D0048301

LE THÉORÈME
DU PERROQUET

A Montmartre, Pierre Ruche, libraire à la retraite et paralytique, reçoit une mystérieuse lettre d'Amazonie, écrite peu avant sa mort par son ami Elgar Grosrouvre. Ce dernier lui lègue une fabuleuse bibliothèque consacrée aux mathématiques. Pour comprendre les circonstances étranges du décès d'Elgar, Pierre, vec sa compagne et ses trois enfants, devra se remettre à l'étude des mathématiques...

Elgar a-t-il été assassiné par un groupe mafieux voulant s'approprier ses recherches ? Il aurait en effet percé un terrible secret et résolu de célèbres conjectures introuvables, comme celle de Goldbach ou celle de Fermat. S'est-il suicidé ou bien a-t-il péri dans un accident en voulant détruire par le feu le résultat de ses travaux ? La bibliothèque que lui a léguée Elgar est peut-être l'endroit où se cachent les réponses aux fameuses énigmes...

Cette excursion aux pays des nombres revient sur la naissance des mathématiques et sur tous les lieux où cette science s'est transformée au fil du temps, de l'Inde à l'Egypte, de Syracuse au Caucase, jusqu'aux séances de l'Académie des Sciences. Denis Guedj mêle l'humour, le suspense et le respect de l'histoire scientifique, et à l'aide d'une intrigue à plusieurs énigmes retrace l'avènement des plus grandes avancées en matière de trigonométrie, d'algèbre, d'arithmétique, de géométrie et de probabilité.

Denis Guedj est mathématicien et professeur d'histoire et d'épistémologie des sciences à l'Université Paris VIII. Il est auteur de romans, La Méridienne *(Robert Laffont, 1997),*

Le Théorème du perroquet *(Seuil, 1998)*, Génis ou le Bambou parapluie *(Seuil, 1999) et d'essais,* La Révolution des savants *(Gallimard, 1988),* L'Empire des nombres *(Gallimard, 1996), et* Le Mètre du monde *(Seuil, 2000).*

Denis Guedj

LE THÉORÈME DU PERROQUET

ROMAN

Éditions du Seuil

TEXTE INTÉGRAL

ISBN 2-02-042785-0
(ISBN 2-02-030044, 1re publication)

© Éditions du Seuil, septembre 1998

www.seuil.com

A Bertrand Marchadier

Merci à Brigitte, Jacques Binsztok, Jean Brette, Christian Houzel, Jean-Marc Lévy-Leblond, Isabelle Stengers.

Chapitre 1

Nofutur

Comme tous les samedis, Max avait fait sa virée aux Puces de Clignancourt ; il s'y était rendu à pied, par le nord de la butte Montmartre. Après avoir farfouillé chez le vendeur où Léa avait échangé les Nike tachés que Perrette lui avait offerts la semaine précédente, il entra dans le grand hangar des surplus coloniaux et se mit à fouiller dans un gros tas d'objets hétéroclites quand, tout au fond du local, il aperçut deux types bien mis très excités. Il pensa qu'ils se battaient. Ce n'était pas son affaire. C'est alors qu'il découvrit le perroquet ; les deux types tentaient de le capturer.

Ça devenait son affaire.

Le perroquet se défendait à grands coups de bec. Le plus petit des deux types lui saisit le bout de l'aile. Vif comme l'éclair, le perroquet se retourna et lui mordit le doigt jusqu'au sang. Max vit la bouche du petit type s'ouvrir dans un cri de douleur. L'autre type, le grand, furieux, assena un terrible coup de poing sur la tête du perroquet. Max s'approcha, il crut entendre le perroquet groggy hurler : « A l'assas… A l'assas… » L'un des types sortit une muselière. Museler un perroquet ! Max fonça.

Au même moment, rue Ravignan, Perrette, retenant sa respiration tellement était forte l'odeur d'huile de vidange, entra dans la chambre-garage. Elle écarta les tentures du lit à baldaquin et tendit une lettre à M. Ruche. Un timbre gros comme une patate illuminait l'enveloppe. Un timbre des postes brésiliennes ! Perrette remarqua que la lettre avait été postée plusieurs semaines avant. Le cachet indiquait qu'elle venait de Manaus. M. Ruche ne connaissait personne au Brésil, encore moins à Manaus.

> *Monsieur Pierre Ruche*
> *1001 feuilles*
> *Rue Ravignan*
> *Paris XVIIIe FRANCE*

La lettre lui était bien adressée. Mais le numéro de la rue manquait et l'adresse était drôlement écrite : « *1001* » au lieu de « *Mille et Une* ».

Manaus, août 1992

    Cher π R,
    La façon dont j'écris ton nom t'indiquera qui je suis. Ne t'étouffe pas, c'est moi, Elgar, ton vieil ami, que tu n'as pas revu depuis… un demi-siècle, oui, oui, j'ai fait le compte. Nous nous sommes quittés après notre évasion, t'en souviens-tu, c'était en 1941. Tu voulais partir, me disais-tu, poursuivre une guerre que tu n'avais pas encore commencée. Moi, je voulais quitter l'Europe, pour clore celle qui à mes yeux n'avait que trop duré. C'est ce que j'ai fait. Après notre séparation, je me suis embarqué pour l'Amazonie, où je vis depuis. J'habite près de la ville de Manaus. Tu en as sûrement entendu parler, la capitale déchue du caoutchouc.
    Pourquoi je t'écris après tant d'années ? Pour t'avertir que tu vas recevoir un chargement de livres. Pourquoi toi ? Parce que nous étions les meilleurs amis du monde et que tu es le seul libraire parmi mes connaissances. Je vais t'envoyer ma bibliothèque. Tous mes livres :

quelques centaines de kilos d'ouvrages mathématiques.

Il y a là tous les joyaux de cette littérature. Tu t'étonneras sans doute qu'à propos de mathématiques je parle de littérature. Je peux t'assurer qu'il y a dans ces ouvrages des histoires qui valent celles de nos meilleurs romanciers. Des histoires de mathématiciens comme celles, je cite au hasard, des Persans Omar al-Khayyām ou al-Tūsī, de l'Italien Niccoló Fontana Tartaglia, du Français Pierre Fermat, du Suisse Leonhard Euler. Et tant d'autres. Des histoires de mathématiciens, mais aussi des histoires de mathématiques ! Tu n'es pas obligé de partager mon point de vue. En cela tu serais de ceux, innombrables, qui ne voient dans ce savoir qu'un ramassis de vérités baignant dans un triste ennui. S'il t'arrivait un jour d'ouvrir l'un de ces ouvrages, offre-moi, vieil ami, de te poser cette question : « Quelle histoire ces pages me racontent-elles ? » Tu regarderas alors, j'en suis sûr, ces mathématiques opaques et ternes sous une tout autre lumière, qui te comblera, toi, l'insatiable lecteur des plus beaux romans. Laissons cela.

Dans les caisses que tu réceptionneras bientôt se trouve ce qui à mes yeux constitue le meilleur de l'opus mathématique de tous les temps. Tout y est.

C'est, n'en doute pas, la plus complète collection privée d'ouvrages mathématiques jamais réunie. Comment ai-je pu la constituer ? Toi le vieux libraire, quand tu les auras sous les yeux, tu n'auras pas de peine à imaginer ce que cela m'a coûté. En temps, en énergie. Et en argent, bien sûr ! Des fortunes !! il y a là, tu le découvriras toi-même, des originaux, vieux parfois de cinq siècles, que j'ai pu me procurer après des années de... chasse, c'est le mot. Comment ai-je pu me les offrir ? Tu comprendras que sur le sujet je garde un silence pudique. Cela n'a pas toujours été en empruntant les voies les plus intègres, et en utilisant les moyens les plus licites mais sache qu'au-

11

*cun de ces ouvrages n'est taché de sang. Peut-être, seule-
ment, ça et là, de quelques gouttes d'alcool, et de troubles
compromissions.*

*Ces livres que j'ai choisis un à un et que j'ai mis des
décennies à rassembler s'offraient à moi, et à moi seul !
Chaque soir, je choisissais ceux avec qui j'allais passer
une longue nuit de veille. Nuits de volupté, nuits torrides
et moites de l'équateur. Cela valait, crois-moi, celles,
ardentes, que nous passions dans les hôtels autour de la
vieille Sorbonne. Je m'égare.*

*Un mot encore. Si tu n'as pas changé, je prévois,
concernant cette bibliothèque, que 1) connaissant ton peu
d'attrait pour l'argent, tu ne la vendras pas, 2) connaissant ton peu d'attrait pour les mathématiques, tu ne liras
aucun de ces ouvrages, et que, ainsi, tu ne les détérioreras
pas plus qu'ils ne le sont déjà.*

*Je t'embrasse.
Ton vieil Elgar.*

La provocation de la dernière phrase était évidente.
Elgar Grosrouvre n'avait pas changé. M. Ruche se jura
qu'il allait pour une fois contrecarrer les plans tordus de
son ami. Ces livres, s'il les recevait, il se promit qu'il
allait les lire ET les vendre.

C'est exactement ce que Grosrouvre avait prévu !
Celui-ci savait que Ruche n'avait qu'un seul moyen de
réaliser son double projet : d'abord lire les ouvrages,
ensuite seulement les vendre. Et il savait que, les ayant
lus, jamais Ruche ne pourrait les vendre.

En Amazonie ? Qu'est-ce qu'il était allé faire là-bas ?
Et pourquoi cette ville, Manaus ? Perdu dans ses pensées,
M. Ruche n'avait pas remarqué les deux notes ajoutées
au recto de la deuxième page.

N.B.₁. Les beaux cartons que je m'étais évertué à confectionner ont craqué. J'ai dû en catastrophe fourrer les ouvrages dans n'importe quel ordre à l'intérieur de grandes caisses. Il te faudra, cher π R, les reclasser et les ranger suivant les principes qui te conviendront le mieux. Mais ce n'est déjà plus mon affaire.

N.B.₂. Peut-être viendrai-je te rendre visite. Vu nos âges avancés cela ne pourrait être que dans un bref délai. Me reconnaîtras-tu ? Je suis tout gris, j'ai le front bleui par l'humidité et les pieds rougis par la chaleur. Dans ces forêts d'Amazonie d'où je t'écris, je suis, je crois, devenu un vieux sorcier.

La rue Ravignan est une rue pentue. Large et courte. A un bout, la place Émile-Goudeau avec une fontaine et deux bancs, et le Bateau-Lavoir, l'ancien atelier des peintres de Montmartre. Une place penchée ! A l'autre bout, un confluent formé par les rues des Abbesses et d'Orchampt.

Bien ancrée à mi-pente, *Les Mille et Une Feuilles*, la librairie de M. Ruche.

Vu la petitesse des magasins de la Butte, elle peut être considérée comme une boutique spacieuse. Pierre Ruche l'a voulue ainsi.

Les livres compressés sur des rayonnages étriqués étaient l'une des choses qui le mettaient le plus en fureur. Il ne supportait pas, à l'inverse, de les voir avachis sur une étagère. C'est comme les gens, aimait-il à dire, isolés, ils ne se tiennent pas, entassés, ils ne se supportent plus. Ni le métro à six heures, ni la place de la Concorde le 15 août à midi.

Laisser les livres respirer était l'un des principes qu'il avait inoculés à Perrette Liard, la frêle jeune femme qui travaillait à ses côtés. Perrette l'avait mis à profit, surtout depuis qu'elle avait la charge complète de la librairie, après le terrible accident de M. Ruche. Des petits matins aux grands soirs, elle campait sur le front : clients, fournisseurs, commandes, ventes, rangement, comptabilité, retours. Elle faisait tout et le faisait bien.

Max, le nez égratigné, l'oreille écorchée, la joue bleuie, le pantalon sinistré, poussa la porte de la salle à manger-salon. A onze ans, Max avait déjà l'âme d'un chineur. De ses tournées aux Puces, il rentrait chaque fois avec un objet insolite et de valeur. Cette fois, l'objet portait plumes et puait.

Un perroquet mal en point était juché sur sa main indemne. Max déposa l'oiseau sur le dossier d'une chaise près de la table basse où Jonathan et Léa, ses frère et sœur, finissaient leur petit déjeuner. Ils jetèrent un coup d'œil en direction du perroquet.

Haut d'une quarantaine de centimètres, il vacillait sur ses pattes sombres. Son plumage vert était maculé ; sous la poussière, on devinait que le bout des rémiges était d'un rouge vif éclatant. Ce qui surprenait, c'était le bleu du front. Au milieu de la tache bleue, il y avait une sale blessure. L'oiseau avait du mal à garder les yeux ouverts. Deux iris d'un noir profond cerclé de jaune.

Avant tout, le laver ! L'oiseau se laissa faire, indifférent. Le paquet de coton y passa. Max nettoya les plumes, puis les pattes. Lorsqu'il voulut s'attaquer au bec, cela faillit mal tourner. Les yeux de l'oiseau étincelèrent, mais la flamme vacilla. On put croire qu'il allait s'écrouler. Il trouva la force de battre des ailes et décolla. Voletant malhabilement, il se posa sur la corniche de plâtre surplombant la cheminée et s'endormit instantanément, la tête repliée vers l'arrière, enfouie dans les plumes du dos.

D'un seul étage, surélevée par une soupente, la maison se déployait sur une dizaine de mètres le long de la rue Ravignan. En façade, la librairie et le garage, séparés par un couloir donnant sur une cour. Au centre de la cour, un vieux laurier ; au fond, deux ateliers d'artiste attenants.

Au-dessus de la librairie et du garage, l'appartement occupait la totalité du premier étage. Une petite cuisine à l'américaine ouverte sur une salle à manger-salon dont un mur entier était mangé par une gigantesque cheminée. Perrette occupait l'ancienne chambre de M. Ruche. Max, son plus jeune fils, régnait sur une petite pièce coincée entre des toilettes minuscules et une spacieuse salle de bains.

Le rez-de-chaussée était ouvert sur la rue, tandis que le premier étage donnait sur la cour intérieure qu'il surplombait grâce à un long balcon de type provençal. Depuis la cour, on accédait à l'appartement par un étroit escalier. L'agencement de l'espace avait quelque chose de mauresque. Appuyée sur le mur ouest, une fontaine ; son antique robinet de plomb n'avait jamais su empêcher l'eau de s'égoutter dans une vasque aux formes orientales.

La soupente avait été divisée en deux chambres symétriques que Jonathan-et-Léa, les jumeaux, s'étaient partagées. La présence d'un minuscule cabinet de toilette en haut des escaliers obligeait à faire un coude pour pénétrer dans les chambres. Le toit d'ardoises était troué par un couple de Vélux panoramiques qui laissaient pénétrer la lumière dans la journée et l'obscurité relative des grandes cités durant la nuit.

Spationautes des soupentes, dès qu'ils rejoignaient leurs chambres, Jonathan-et-Léa se branchaient sur le ciel et les nuages, la lune et les étoiles. Bref, grâce à ces deux lames de verre, ils participaient de l'infinité du monde.

Et, dans la cour, il y avait le « monte-Ruche » ! M. Ruche l'avait fait construire après l'accident qui l'avait laissé paralysé des jambes dix ans plus tôt. Il s'inspirait des monte-fûts que l'on trouve dans la plupart des cafés de Paris. Habituellement situés derrière le bar, cachés par une trappe, ils servent à hisser les casiers à bouteilles et les fûts de bière entreposés dans la cave. Dans la cour de la rue Ravignan, au lieu de fûts, c'était M. Ruche que le monte-Ruche hissait depuis la cour jusqu'au balcon du premier étage. M. Ruche faisait rouler son fauteuil sur la plate-forme, bloquait les roues et actionnait l'élévateur à l'aide d'une commande électrique. Un superbe parasol fixé à la plate-forme couronnait le tout. Il fallait le voir s'élever doucement dans les airs, royalement installé dans son fauteuil sous le parasol multicolore !

Après son accident, M. Ruche avait procédé à un autre aménagement. Il s'était fait une chambre bien à lui.

Sa vieille voiture ne lui servirait plus. Garée sous ses yeux, elle n'aurait cessé de lui rappeler le bon vieux temps où, pied au plancher, il sillonnait les petites routes de l'Ile-de-France. Il l'avait vendue. Du garage libéré, il avait fait sa chambre. De plain-pied avec la rue, il pouvait ainsi partir directement sur son fauteuil roulant faire son tour quotidien. Ce dont pour rien au monde il ne se serait passé. Par ces deux aménagements, il s'était rendu autonome, autant pour ses déplacements verticaux qu'horizontaux.

Parfois, quand il faisait chaud, une odeur d'huile de vidange remontait du sol. Et les souvenirs avec.

Dans le choix du mobilier, il s'était offert une fantaisie : un lit à baldaquin. Monument de tentures de velours pourpre occupant presque tout l'espace de la pièce. Quand M. Ruche en parlait, il disait « une couche royale pour un va-nu-pieds ».

Des baldaquins aux brodequins, il n'y a qu'un pas, que M. Ruche avait terriblement de mal à franchir. Dans un coin de la pièce, un meuble d'angle. Ce meuble était empli de chaussures. Sur la porte, un autocollant :

« On ne comprend pas ce qu'est la science de la chaussure, quand on ne comprend pas ce qu'est la science »
(Platon, *Théétète*).

Depuis belle lurette, dans sa maison de la rue Ravignan, M. Ruche n'attendait plus rien ; il s'était embarqué dans une fin de vie en pente douce. Poussé par la brise des ans, il filait vers une éternité d'absence. Et voilà qu'une lettre, qu'il tenait toujours dans la main après que Perrette eut quitté discrètement la chambre-garage, une lettre écrite par un revenant du bout du monde, prétendait troubler la quiétude molle dans laquelle il s'était installé.

Ce matin, l'odeur d'huile de vidange était plus forte que jamais.

Grosrouvre. Ils s'étaient connus dès leur première année d'université. Tous deux inscrits à la Sorbonne, Ruche en philo, Grosrouvre en maths. Après quelques années de fac, ils s'étaient piqués d'écrire. Ruche avait pondu un essai remarqué sur l'ontologie, Grosrouvre avait publié une plaquette bien documentée sur le zéro. Dans le petit monde estudiantin, on ne les avait plus appelés que « L'Être et le Néant ». Ils étaient inséparables. Quand, plusieurs années plus tard, Sartre avait publié son essai philosophique, M. Ruche s'était convaincu qu'il leur avait piqué le titre. Mais il n'avait aucune preuve.

M. Ruche s'installa dans son fauteuil, ouvrit la porte de la chambre-garage et partit pour son tour de quartier, préoccupé. Que lui voulait Grosrouvre ? Voulait-il, en fin de course, le faire chavirer pour l'empêcher de sombrer dans l'engourdissement ? Cadeau ou bombe à retardement ?

Revenu de sa promenade, il convoqua le menuisier de

la rue des Trois-Frères. Dans le premier des deux ateliers d'artistes, il décida d'installer des rayonnages pour accueillir les livres de Grosrouvre. S'ils arrivaient un jour… Car il y avait tout de même de quoi se questionner, Grosrouvre n'avait donné aucune raison pour expliquer son envoi. Cependant, lorsqu'il annonçait quelque chose, il le faisait, enfin s'il n'avait pas changé. Ces livres étaient bien capables de débarquer d'un jour à l'autre, *plusieurs centaines de kilos* ! Et s'ils n'arrivaient pas, ce serait l'occasion de vider l'atelier et d'en faire une remise pour les livres du magasin.

— Ça sent la pisse de chat, ici ! jeta Perrette de fort méchante humeur.

Elle était arrivée comme d'habitude, sans faire de bruit. Elle se déplaçait comme sur un tapis d'air, mouvements libres, corps délié. On sentait qu'elle ne supportait pas d'avoir les gestes entravés. Elle revenait de chez le coiffeur, les cheveux encore plus courts qu'à l'ordinaire, bouclés, de jais, affichant un maquillage imperceptible. Elle était belle. Visiblement, cela n'avait aucune importance pour elle.

— Un perroquet, même dégoûtant, ne sent pas la pisse de chat, mère, rectifia Jonathan.

— A la rigueur, il sent la pisse de perroquet, précisa Léa.

— Un perroquet ?

Perrette le chercha du regard. Ils le lui désignèrent. Tout là-haut, affalé sur la corniche.

— Mettez-moi ça dehors !

- Il dort, m'man, dit Max réprobateur.

— Attendons qu'il soit réveillé, suggéra Léa qui ne tenait pas tellement à garder l'oiseau.

— Comme si dans cette maison il n'y avait pas assez de deux jumeaux, d'un sourd et d'un hémiplégique ! éclata Perrette. Il faudrait en plus un perroquet ?

18

Toute à sa fureur, elle n'avait pas entendu le chuintement du fauteuil roulant. Elle devint pâle. Le fauteuil s'immobilisa devant la cheminée. Perrette finit par articuler :

– Excusez-moi, M. Ruche.

– Et de quoi, Perrette ? Vous n'avez dit que la vérité ; c'est une description objective des occupants de la maison.

Elle était au bord des larmes. M. Ruche avait remarqué que depuis quelques jours elle était tendue.

– Cela vous va bien, vos cheveux, dit-il en faisant des petits ronds avec les doigts.

Elle le regarda, décontenancée.

– Quoi, mes cheveux ? (Passant sa main sur son crâne :) Ah, oui. Ils ont un peu forcé sur les bouclettes.

– Que je te raconte, mère.

Jonathan décida de rapporter à Perrette les circonstances de l'arrivée du perroquet. Ce n'est que lorsqu'il décrivit la conduite héroïque de Max qu'elle remarqua les marques sur le visage de son fils. Après les avoir examinées, elle estima qu'il n'y aurait pas de cicatrices.

– Qu'en pensez-vous, M. Ruche ? demanda-t-elle.

– Je pense qu'il n'y aura pas de cicatrices.

– Non. Pour le perroquet ?

– Je pense qu'il aura une cicatrice, lui.

– Non. le garder ou…

– Ah. Si on le jette dehors après ce que l'on vient d'apprendre, ce sera indubitablement de la non-assistance à perroquet en danger.

Ils éclatèrent de rire.

Sauf Max.

Il fixait sa mère depuis un moment. D'une voix calme :

– Tu refuserais vraiment de recueillir quelqu'un qui a besoin d'aide, m'man ?

Perrette se troubla, hocha la tête. La pensée qui l'obsédait depuis plusieurs jours revint à la charge. « Il faudra

que je leur dise ; à quoi bon attendre ? », se dit-elle. Puis :
— Il parle ?
— Pas un mot… depuis qu'il est là, assura Max.
— Alors, on peut lui accorder un visa temporaire.

Chacun sous son Vélux, allongé sur son lit. Jonathan-et-Léa se répondaient d'une chambre à l'autre par la porte entrouverte.
— Pourquoi deux hommes, « bien mis », a précisé Max, s'acharnaient-ils à vouloir passer une muselière à un perroquet, au fond d'un hangar de surplus coloniaux ? demanda Jonathan.
— Pour l'empêcher de parler, pardi, répondit Léa.
— De parler ou de mordre ?

Trente-trois ans et trois mètres quarante de long à eux deux. Jonathan, l'aîné, Léa, la benjamine, à deux minutes trente près. A cet ordre d'arrivée – ou de départ – ils devaient celui de leur nom couplé : Jonathan-et-Léa, « J-et-L ».

Ces deux minutes trente de retard qui l'avaient faite seconde, Léa n'eut de cesse de les rattraper. En chaque occasion elle voulait être la première. Elle y parvenait généralement. Quant à Jonathan, qui n'avait pas demandé de commencer la paire, il se satisfaisait de cet avantage originel. *Les alouettes lui tombaient toutes cuites dans la bouche !*

Jonathan-et-Léa se ressemblaient comme deux gouttes d'eau, c'est-à-dire que, comme elles, ils ne se ressemblaient pas du tout. Impossible d'être si semblables et si différents à la fois. Ils étaient le « même », mais sous des emballages différents. Seuls leurs yeux étaient identiques. Personne n'aurait pu différencier ceux du frère de ceux de la sœur. Ils avaient de grands yeux, du bleu pâle des jeans délavés.

Léa, cheveux courts, jeans et blouson, débardeur et tee-shirt, tennis, Nike ou Doc Martens. Des seins petits et durs. Le visage jamais maquillé, mais les cheveux toujours colorés. Perrette avait beau lui dire que la teinture tuait les cheveux, elle n'en continuait pas moins de parcourir les nuanciers les plus extravagants, changeant de couleur au fil des semaines. La souplesse d'une liane, la finesse d'une ligne. Euclide aurait dit d'elle qu'elle était « une longueur sans largeur ».

Jonathan portait les cheveux longs bouclés des années soixante, des habits amples et une boucle d'or à l'oreille droite. Il n'avait jamais froid, n'était ni petit ni frêle. Il avait eu des boutons sur le visage, mais n'en avait plus. Sauf un, sous le menton, qu'il titillait quand quelque chose n'allait pas. Il avait les mains soignées, pas de fesses et un dos droit. Il n'était pas épais mais large, avec le torse d'un écran 16/9e. Euclide aurait dit de lui qu'il était une surface, parce qu'il avait « seulement longueur et largeur ».

Et la profondeur ?

C'est à Max que la famille Liard la devait. Tout en rondeur, un front large comme une autoroute, cerné par un casque de cheveux bouclés et fortement cuivrés. Un peu plus, il était roux. Il avait de tout petits yeux noirs. Deux boulets d'anthracite. Un plissement du front les faisait presque disparaître. Mais qu'ils brillaient ! Étonnamment musclé pour son âge. Cela l'empêchera de grandir, annonçaient les Pythies asthmatiques de Montmartre, lorsqu'elles le croisaient dans la côte de la rue Lepic.

Cette bouille, pourtant, baignait dans une gravité qui surprenait, et qui parfois mettait mal à l'aise, car elle renvoyait chacun à ses superficielles agitations. Il faisait montre d'une assurance qui décontenançait son entourage.

Et Euclide, qu'aurait-il dit de lui ? Ben... qu'il était un

solide. Max ne possédait-il pas tout à la fois « longueur, largeur et profondeur » ? Solide, donc. Mais aussi follement aérien.

Comment Max avait-il pu lire sur le bec du perroquet quand celui-ci avait crié : « A l'assas… » ? Il n'avait pas lu. Mais il avait compris.

Pour Max, les sons étaient comme des icebergs. Ce que l'on entendait n'en était que la partie émergée, la plus grande part de la charge du mot était inaudible et n'était pas du ressort de l'audition. Il avait peu à peu développé un septième sens. Son corps entier participait de la réception des sons et captait ce qui avait échappé à l'oreille. M. Ruche, ayant décelé cette étonnante aptitude, l'avait surnommé *Max l'Éolien*. Il l'avait deviné sensible à tous les vents.

Chapitre 2

Max l'Éolien

Le perroquet n'avait toujours pas bougé de la corniche. Un petit tas de plumes ! Sa tête toujours repliée vers l'arrière était entièrement cachée dans les plumes du dos. S'adonnait-il à un sommeil réparateur ou était-il plongé dans un coma irréversible ? Max traîna l'escabeau jusqu'à la cheminée, grimpa et s'assit sur la dernière marche. Il avança la main vers l'oiseau. Au moment de le toucher, il arrêta son geste. Il se dit qu'il n'avait pas le droit de profiter de son état pour le caresser ; il fallait lui laisser la possibilité de refuser.

« Pourquoi n'as-tu pas dit un mot depuis que tu es là ? Je sais que tu parles, je t'ai entendu dans le hangar. Tu es presque muet et moi presque sourd. Nous allons bien nous entendre. Mais il faut que tu te réveilles. Prends ton temps, bien sûr, mais réveille-toi quand même. »

Max s'interrompit, se retourna et vérifia que personne n'était entré dans la pièce pendant qu'il parlait. Il revint vers le perroquet :

« Si je ne regarde pas, je n'entends pas. Tu ne sais pas ce que c'est que d'être sourd. Personne ne le sait, à part les sourds, bien sûr. Tu n'entends que toi et tu t'entends tout le temps. Des fois, je voudrais, comment dire, un peu m'éloigner de moi. Tout le contraire des jumeaux. Tu les as vus, les jumeaux ? Eux, ils sont deux, mais on dirait qu'ils sont une seule personne, Jonathan-et-Léa en un seul mot ! Moi, c'est Max l'Éolien. Tu trouves que je parle trop. Heureusement que je ne suis pas sourd de naissance, sinon je serais muet EN PLUS ! Il vaut mieux entendre et parler que d'être sourd et muet, tu es d'accord ? Il faut qu'on te trouve un nom. Tu n'en penses rien ; ce n'est pas ton problème. Ton problème, c'est de te sortir du coup que tu as reçu sur le crâne. J'ai vu quand tu l'as reçu. Quels sales types ! Ah, si on les retrouve. Tu en as mordu un. Bien fait ! Peut-être qu'il vaut mieux qu'on ne les retrouve pas. Ils te recherchent, hein. Bah, Paris est grand ! Pourquoi j'ai dit tout à l'heure "sourd et muet" ? Parce que si tu n'entends rien, tu ne peux pas parler. C'est drôle, hein, enfin, c'est plutôt pas drôle, tu ne parles que parce que tu entends. Pas seulement les mots, mais les sons. Tous les sons, l'eau de la fontaine de la cour, le grincement du fauteuil de M. Ruche. Je peux te les refaire. Écoute ! »

D'une toute petite voix, il fit l'eau de la fontaine de la cour et le grincement du fauteuil de M. Ruche.

« Tu vois, on ne fait que répéter. On est tous des perroquets ! »

Il éclata de rire, l'escabeau vacilla, Max se rattrapa à la corniche et attendit que l'escabeau se stabilise.

« Il n'y a que deux choses qu'on ne répète pas, crier et pleurer. Pas besoin de les avoir entendues pour les faire Et rire, peut-être ; mais je n'en suis pas sûr. »

L'eau s'abattit sur la vitre avec une violence qui fit trembler le cargo jusqu'à la quille. Épuisé, le capitaine Bastos était à la barre depuis des heures. Il avait quitté Belém trois jours plus tôt ; Dieu sait qu'il l'avait fait, ce trajet entre les côtes du Brésil et celles de l'Europe. Trente ans qu'il naviguait et jamais il n'avait essuyé

pareille tempête ! Il connaissait bien l'océan, mais la violence des éléments et la soudaineté avec laquelle le vent
s'était déchaîné l'avaient surpris. Malgré le froid, il
transpirait. Et le radar qui semblait ne pas fonctionner
normalement. Tout à l'heure, sur l'écran, il avait aperçu
un point lumineux qui avait soudainement disparu. La
porte s'ouvrit, le second fut projeté dans la pièce et dut
s'accrocher à une poignée pour ne pas s'écraser contre
les manettes. Lui aussi paraissait harassé :

– Je suis allé vérifier dans la cale ; la cargaison tient
encore ; pas pour longtemps, encore trois ou quatre coups
de boutoir comme celui-ci et les cordes lâcheront ! Nous
sommes trop chargés, capitaine. Il se racla la gorge : Si
cela continue, on sera obligés de se délester d'une partie
de la cargaison.

Bastos se tourna vers lui et hurla :

– Vous êtes fou, da Silva ! Me délester de ma cargaison ! On m'a confié ces marchandises et vous voulez que
je les jette aux poissons ! Depuis que je commande un
navire, vous m'entendez, pas une seule caisse, pas un
seul conteneur n'a manqué à l'arrivée. Mon père et mon
grand-père, qui étaient sur la même ligne, ont fait de
même. Allez plutôt voir ce qui se passe dans la chambre
des machines.

Le second hésita, voulut parler.

« C'est un ordre !

Bastos savait qu'il possédait l'un des meilleurs équi-
pages de tout l'Atlantique sud. Il avait choisi les marins un
à un, des hommes durs, expérimentés. Il connaissait la
valeur de son second, avec qui il voyageait depuis des
années. A maintes occasions il avait pu éprouver son courage. « Je suis le capitaine, c'est moi qui prends les déci-
sions. Tout ce qui a été embarqué arrivera à bon port. »
Quelle était la cargaison ? Bastos essaya de se souvenir. Il
n'y parvint pas, fit un effort en essayant de visualiser le

moment du chargement. Des troncs d'arbres, comme d'habitude, des meubles, des dizaines de conteneurs. Et aussi des caisses de livres qui viennent de Manaus.

Soudain, le cargo hésita ; à travers le vacarme il y eut comme un silence, le bruit des machines cessa. Puis, après un temps qui parut l'éternité, le bruit des machines reprit. Mais il reprit plus faiblement. Le cargo sembla peiner davantage. Bastos eut un serrement de cœur, il avait compris, un des moteurs venait de lâcher. Plus qu'une solution. Foutre la cargaison à la mer. Cette idée répugna encore à Bastos. La cargaison est sacrée. Et les hommes ? Deux paquets de mer, coup sur coup, balancèrent le cargo. C'était maintenant ou jamais. Bastos, livide, prit sa décision. Je ne serai pas le capitaine Achab, ni mon navire le *Péquod*.

Vaincu, il décida de donner l'ordre que l'équipage attendait. Jeter le chargement à l'eau. Et prier Dieu que cela suffise. Un bruit terrible, le cargo se cabra, s'éleva un peu plus haut comme s'il était aspiré vers le ciel. Quand, après une interminable ascension, il eut atteint le faîte de la vague, au milieu de la brume, Bastos crut apercevoir, fonçant sur eux, un navire énorme.

Une montagne de spaghettis trônait sur la table de la salle à manger-salon. Léa touillait à pleines fourchettes pour bien mélanger la sauce. La maisonnée impatiente suivait ses gestes. C'est alors qu'une voix éraillée s'éleva : « Je ne parlerai qu'en présence d'un avocat. » C'était le perroquet.

N'ayant rien vu, Max n'avait rien entendu. Il se douta seulement qu'un bruit, que lui seul n'avait pas perçu, était à l'origine de l'étonnement qu'il lisait sur les visages. Il se retourna. Comme une vieille pendule qui se remettait brusquement en marche, le perroquet s'ébrouait. Perché sur la corniche, bien campé sur ses pattes ; son plumage luisait, le bout des rémiges brillait d'un éclat rouge vif. Sur son front bleu étincelant, un mince trait sombre signalait la blessure cicatrisée. Léa remarqua qu'autour de la cicatrice quelques plumes avaient changé de couleur ; elles formaient une petite touffe pastel.

Perrette fut la première à réagir :

— Vous m'aviez assuré qu'il ne parlait pas !

— Eh bien, il parle ! déclara Jonathan. Mais c'est pour dire qu'il ne parlera pas.

— Non. Qu'il parlera, mais seulement en présence de son avocat, précisa M. Ruche.

— Pourquoi a-t-il dit cela ? s'interrogea Léa. C'est fou, tout de même.

— Il l'a dit parce qu'il l'a entendu ! Il répète, asséna Jonathan.

— Alors, il appartient à un avocat, trancha Léa.

— Non. A un truand, rectifia Max. C'est une phrase de truand.

— C'est peut-être cela qu'il hurlait aux deux types qui voulaient le zigouiller aux Puces, tu ne crois pas, Max ? supposa Jonathan.

— Ils ne voulaient pas le zigouiller, mais le museler, corrigea Max.

Un éclat de rire les fit se retourner. Perrette était hilare :

— Mes pauvres petits, vous lisez trop de romans policiers. Il n'a pas dit *mon* avocat, il a dit *un* avocat. Et cet avocat ne porte pas une toge noire, mais une peau verte, bien verte et bien luisante. Il crève de faim, voilà ce qu'il a, ce perroquet.

A cette heure, il n'y avait d'ouvert que l'épicerie de Habibi, au coin de la rue des Martyrs. Habibi n'avait pas d'avocats. Max dut aller jusqu'aux boutiques africaines de la Goutte-d'Or. Il revint avec un kilo d'avocats du Sénégal. Le perroquet les dévora.

Le coup reçu à la tête avait eu quelques conséquences ; la blessure s'était vite cicatrisée, mais l'oiseau semblait ne se souvenir de rien. Ce qui en faisait un spécimen unique : il était le seul perroquet qui répétait ce qu'il n'avait jamais entendu. Ils décidèrent de l'appeler Nofutur.

Ses plumes multicolores dressées sur son crâne faisaient de Nofutur le premier perroquet punk de la longue histoire des oiseaux parleurs.

Doté d'une mangeoire à trémie, d'augets et d'une petite baignoire, le perchoir fut installé dans la salle à manger, en haut des escaliers. On prit garde qu'il soit bien à l'abri des courants d'air. Sous la mangeoire, un large plateau se chargeait de recueillir les déchets. En un rien de temps Max apprit à Nofutur qu'il s'appelait désormais Nofutur.

« Tu refuserais de recueillir quelqu'un en détresse ? » La question que Max lui avait posée l'autre soir avait bouleversé Perrette. C'était décidé, elle allait leur parler ; le moment était venu de leur révéler comment il se faisait qu'ils se retrouvassent ensemble, tous les cinq, dans la maison de la rue Ravignan. Le soir même elle leur parla.

Tout avait commencé dix-sept années plus tôt. Par une chute. Perrette allait avoir vingt ans ; elle suivait des études de droit et était sur le point de se marier avec un jeune juge d'instruction. Ils s'étaient rencontrés aux vacances d'hiver dans une station des Pyrénées, s'étaient revus au printemps sur la Côte d'Azur et avaient programmé leur mariage à Paris, pour le début des vacances d'été.

Elle se rendait au Grand Magasin de Blanc pour l'ultime essayage de sa robe de mariée. Absorbée par les mille petites choses qui lui restaient encore à faire, elle n'avait pas vu le trou au milieu du trottoir. Au mépris des règles de sécurité, les égoutiers avaient retiré la dalle sans disposer l'habituelle barrière de protection autour de l'ouverture.

Perrette s'était sentie aspirée, elle avait poussé un cri. Personne ne l'avait vue disparaître dans le *regard* d'égout. Elle en était ressortie, des heures plus tard. Combien d'heures ? Trempée, salie, percluse. Quand elle était arrivée au Magasin de Blanc, les rideaux étaient tirés et les portes closes. Elle était rentrée directement chez elle, avait débranché le téléphone, s'était lavée. Sa nuit avait été traversée de rêves et de cauchemars. Le lendemain, elle avait rompu ses fiançailles. Neuf mois plus tard naissaient Jonathan-et-Léa, deux vrais faux jumeaux.

Ses parents, à qui elle n'avait donné aucune explication, ne lui avaient pas pardonné la cérémonie annulée, les frais engagés et le regard amusé de leurs amis. Elle ne les avait plus revus. Elle n'avait pas revu non plus le jeune juge d'instruction dont elle avait failli devenir l'épouse.

Elle avait trouvé une place de vendeuse aux *Mille et Une Feuilles*. A la naissance des jumeaux, M. Ruche lui avait proposé de venir habiter la maison de la rue Ravignan. Elle n'avait pas hésité. Il lui avait appris le métier. Puis elle avait décidé d'avoir un troisième enfant. Une fois encore, elle ne donna pas d'explications. Malgré la loi sur l'adoption qui prétend qu'il faut à une femme un mari pour être la deuxième mère d'un enfant qui n'est pas le sien, le petit Max, âgé d'à peine six mois, avait rejoint Jonathan-et-Léa dans la maison de la rue Ravignan.

Perrette s'arrêta de parler. Le silence était total. Les personnes qui lui étaient le plus chères étaient là. Max, Jonathan, Léa, M. Ruche. Son monde. Ils l'avaient écoutée avec une attention extrême. Dix-sept années de vie racontée d'un coup, en quelques minutes. En ce rien de temps chacun avait appris sur ses origines quelque chose d'essentiel. Hormis M. Ruche, pour lequel cette question était depuis longtemps résolue.

Pour Perrette, ce fut une délivrance. Jamais elle n'avait parlé de sa chute. Jamais, non plus elle n'avait parlé de l'adoption de Max et M. Ruche, qui eût été seul à pouvoir le faire, ne lui avait posé aucune question sur le sujet. Perrette avait parlé d'une voix monocorde, sans regarder personne. Elle releva la tête, passa sa main dans ses frisottis et les regarda.

A Max, elle dit :

— Tu n'es pas de moi. Et j'ai choisi de t'avoir.

Aux jumeaux, elle dit :

— Vous, vous êtes de moi. Et j'ai choisi de vous garder.

Puis, à ses trois enfants ·

— Je vous ai. Vous m'avez !

Elle prit une cigarette, l'alluma. M. Ruche avança la main :

— Vous voulez bien m'en donner une, Perrette.

Cela faisait des années qu'il ne fumait plus. Elle lui tendit une cigarette. Pendant qu'elle avançait l'allumette et qu'il se penchait vers elle, elle lui glissa :

— Et vous, M. Ruche, vous nous avez fait une maison.

Elle écrasa sa cigarette, se leva un peu raide, voulut paraître digne, se redressa, les traits chiffonnés. Un sourire inattendu éclaira son visage. « Je vous souhaite la bonne nuit. » Légère comme une plume, elle quitta la pièce.

En se glissant dans le lit, elle ne sut pas pourquoi elle pensait à la poissonnerie du coin de la rue Lepic. Chaque fois qu'elle passait devant l'étalage, elle remerciait silencieusement le patron. A l'époque, quand elle cherchait du travail, il avait refusé de l'embaucher. Que serait-il advenu de nous si au lieu de livres j'avais vendu des sardines, des maquereaux et des bulots ? Et elle s'endormit.

Au même instant, dans la salle à manger-salon, Max en pyjama était accoudé au perchoir de Nofutur. Les yeux du perroquet brillaient dans la pénombre. Il écoutait Max avec attention. « Je ne sais pas d'où tu viens, lui disait Max. Ce n'est pas grave parce que moi aussi je ne sais pas d'où je viens. Tu as entendu ce qu'a dit m'man ; elle a dit : "J'ai choisi de te garder." » Il le caressa. L'oiseau ployant le cou, se laissa faire. « Moi aussi, j'ai choisi de te garder. Pas question de visa temporaire ! » Et avec un sourire d'évidence : « Je l'avais décidé pendant que je te ramenais des Puces. »

Au même instant, à l'étage au-dessus, sous les Vélux. Ciel sans étoiles, voûte rougeoyante des nuages renvoyant les lumières de la ville. Jonathan se résolut à poser la question qui lui brûlait les lèvres :

— Qu'est-ce qu'elle a voulu dire précisément quand elle nous a sorti : « Neuf mois après… »

Léa le coupa :

— Les jumeaux sont nés. Il faut te faire un dessin ? Elle a dit qu'on est nés dans les égouts.

— Non. Qu'on y a été conçus, hurla Jonathan.

Elle devina son visage hostile.

— Tu aurais préféré, gloussa-t-elle, naître au creux d'un lit moelleux fleurant bon l'eau de violette, et elle couchée sur un drap de soie, avec une taie d'oreiller fleurie ? Et avoir pour père un jeune juge propret ? Tu es d'un classique, mon pauvre ! conclut-elle d'un ton écœuré.

— Ce que j'aurais préféré, c'est qu'elle nous dise : « Je ne vous dévoilerai pas dans quelles circonstances vous êtes nés », plutôt que de nous raconter ce truc invraisemblable. J'aurais préféré qu'elle nous dise la vérité, jeta Jonathan furieux.

— Elle nous a dit la vérité !

Au même instant, au rez-de-chaussée, sous les tentures du lit à baldaquin. M. Ruche grommela : « Tout arrive en même temps ! Grosrouvre et ses livres, Perrette et ses révélations, et même ce perroquet. Comment ont-ils décidé de l'appeler ? Nofutur. C'est moi qu'ils devraient appeler Nofutur ; avec mon âge... Ils sont marrants, ces gosses, avec leurs mots anglais. Pourquoi Perrette ne m'a jamais rien dit, pourquoi avoir attendu dix-huit ans ? Bah, qu'est-ce que cela change ? Au fond rien. Mais pour les petits... Il faut que je leur parle. Les jumeaux surtout ; ils ne vont pas bien, ça se sent. Max, c'est différent : il est solide. Mais comment leur parler ? Je ne sais pas parler à des enfants. En plus, ce ne sont plus des enfants. Les adolescents, c'est pire ! Si je leur parle directement, ils vont se bloquer. Des têtes de mules, fiers, susceptibles. Je dois trouver une idée. »

Il s'endormit avant d'avoir trouvé l'idée.

Au fil des ans, l'atelier était devenu un véritable caravansérail, M. Ruche avait décidé de le vider entièrement. Avant que les Compagnons d'Emmaüs ne viennent emporter le tout, Max s'était réservé les plus belles pièces, qu'il était allé vendre aux Puces, en prenant garde de ne pas passer devant le hangar des surplus coloniaux.

Après que le menuisier de la rue des Trois-Frères eut fini d'installer les rayonnages pour la – future – bibliothèque de Grosrouvre dans le premier atelier, M. Ruche le fit venir dans la chambre-garage. Avec une satisfaction visible, il lui donna des directives précises pour aménager le deuxième atelier. M. Ruche venait de trouver l'idée qu'il cherchait depuis plusieurs jours.

Thalès !

CHAPITRE 3

Thalès, l'homme de l'ombre

– C'était au temps du fils du roi Gugu. Près de la ville de Milet, en Ionie, sur les bords de la mer Égée, Thalès, fils d'Examyas et de Cléobuline, marchait à travers la campagne.

Qui osait réveiller Jonathan aux aurores un dimanche matin ? Barbarie ! C'était Léa. Ouvrant un œil de boule-dogue, Jonathan commença par titiller son bouton sous le menton. Comme toujours, la porte de séparation entre leurs chambres était ouverte. La voix rauque et nasillarde poursuivit :

« Thalès avançait à travers champs, une servante mar-chait à ses côtés.

Ce n'était pas Léa. C'était la radio. SA radio !

« Tout en marchant, Thalès scrutait le ciel.

Ce n'était pas sa radio.

Jonathan s'expulsa du lit et fonça vers la porte.

– J'hallucine !

Agrippé au chambranle, le perroquet ! De l'autre côté de la porte, Léa, tout aussi stupéfaite, découvrait le vola-tile prêt à poursuivre sa tirade. Ils l'ignorèrent et dévalè-rent les escaliers.

Dans la salle à manger-salon, la pendule indiquait onze heures. Tandis que Max rangeait les restes du petit déjeu-ner, M. Ruche faisait semblant de lire son journal.

Léa l'apostropha :

– Vous trouvez que c'est malin de nous faire réveiller un dimanche matin, aux aurores, par un perroquet ? Par un perroquet qui répète d'une voix nasillarde tout ce que vous lui avez fourré dans la tête ?

Battant des ailes, le perroquet la dépassa et se mit à glousser :

– Je ne répète pas, je ne rapporte pas, je n'informe pas, je ne renseigne pas. JE RACONTE !

Autour de sa blessure à présent cicatrisée, les plumes dressées comme des piques affirmaient à quel point il était fâché. Léa, dont le peignoir ouvert laissait voir les seins nus, réajusta son habit. Jonathan, titillant sa boucle d'oreille, demanda :

– Pourquoi nous parler de Thalès ? A jeun !

Ignorant les questions, M. Ruche posa son journal :

– Ainsi que Nofutur vous le racontait, il insista sur le verbe, Thalès scrutait le ciel pour y découvrir des secrets sur le cours des astres. La jeune servante qui l'accompagnait aperçut un grand trou au milieu du champ. Elle l'évita. Thalès, lui, continuant à examiner le ciel, tomba dedans. « Tu n'arrives pas à voir ce qui est à tes pieds et tu crois pouvoir connaître ce qui se passe dans le ciel ! », lui lança-t-elle en l'aidant à sortir du trou.

M. Ruche conclut :

« Oui, tout commence par une chute.

La porte s'ouvrit, Perrette entra chargée des lourds paniers des courses. Elle avait entendu la dernière phrase. Jonathan-et- Léa la regardèrent et regagnèrent leurs chambres. Ils avaient compris le message. Léa ne put s'empêcher de lancer d'un ton narquois :

– Et il eut beaucoup d'enfants.

– Pile à côté, Léa ! jubila M. Ruche. Thalès n'eut pas un seul enfant. Il a adopté le fils de sa sœur Kybisthos.

Comme tous les élèves du monde, Jonathan avait croisé Thalès à plusieurs reprises. Chaque fois, le professeur leur avait parlé du théorème, jamais de l'homme. D'ailleurs, en cours de maths, on ne parlait jamais de personne. De temps en temps, un nom tombait, Thalès, Pythagore, Pascal, Descartes, mais c'était seulement un nom. Comme celui d'un fromage ou d'une station de métro. On ne parlait pas non plus de où ni de quand ça s'était fait. Les formules, les démonstrations, les théorèmes atterrissaient sur le tableau. Comme si personne ne les avait créés, comme s'ils avaient été là de tous temps, comme les montagnes ou les fleuves. Encore que les montagnes, elles, n'avaient pas été là de tous temps. Et l'on arrivait à ceci que les théorèmes avaient l'air plus intemporels que les montagnes ou les fleuves ! Les maths, ce n'était ni l'histoire, ni la géographie, ni la géologie. C'était quoi au juste ? La question n'intéressait pas grand monde.

— Tu as été génial. (Max lissait le plumage de Nofutur.) C'était bien, comment tu leur as répondu. (Il allongea la bouche, mimant le perroquet en se dandinant.) « Je ne répète pas, je raconte ! » Bravo. Ils étaient estomaqués. En tout cas, tu as une satanée mémoire.

C'est précisément la réflexion qu'à l'étage au-dessus Jonathan était en train de se faire.

— Pour un perroquet muet, je trouve qu'il se rattrape bien. Tu avais déjà entendu un perroquet parler aussi longtemps ? demanda-t-il à Léa.

Elle ne répondit pas.

— Tu te souviens, Perrette nous a emmenés dans les magasins d'animaux sur les quais de la Seine. On est restés une heure devant les cages de perroquets ! Ils n'ont pas pipé mot.

— Ce n'était peut-être pas des parleurs, suggéra Léa.

Mais son esprit était ailleurs.

— Lui, ce n'est pas un parleur, c'est un bavard !

Léa le planta là et descendit dans la salle à manger-salon. Elle fonça vers M. Ruche qui, mine de rien, l'attendait :

— Qu'est-ce qui a commencé avec la chute de Thalès ? lui demanda-t-elle, agressive.

Elle s'installa pour prendre son petit déjeuner. S'activant dans la cuisine américaine, Perrette écoutait. M. Ruche prenait son temps. Finalement, il répondit :

— Thalès a été le premier « penseur » de l'Histoire. Je ne dis pas qu'avant lui personne n'avait jamais pensé ! Oh, non, ça pense depuis longtemps ! Avant lui, il y avait des mages, des scribes, des prêtres, des comptables, des conteurs, qui récitaient des prières, effectuaient des calculs, racontaient des mythes. Thalès, lui, a fait d'autres choses : il s'est posé des questions. Par exemple : qu'est-ce que c'est que penser ? Ou : quels liens y a-t-il entre ce que je pense et ce qui est ? Ou encore : est-ce qu'il y a des choses qui échappent à ma pensée ? De quoi est faite la Nature ? Des questions comme celles-ci, cela nous étonne aujourd'hui, on ne les avait encore jamais posées.

M. Ruche prenait un grand plaisir, il nageait en pleine philosophie. Jonathan les rejoignit, vêtu d'une espèce de sari indien mauve et de sandales de corde. Il se versa un bol de lait dans lequel il noya deux poignées de céréales complètes.

— N'est-ce pas de la philo, cela, M. Ruche ? demanda Léa, immédiatement secondée par Jonathan :

— Je croyais que Thalès était mathématicien.

M. Ruche jubilait, il les avait « accrochés ». Il s'empressa de répondre :

— A l'époque de Thalès, au VIᵉ siècle avant notre ère, la philosophie et les mathématiques étaient totalement imbriquées. D'ailleurs, ces mots n'existaient pas encore. Ils ont été inventés plus tard. Et plus tard encore ils se sont séparés. Mais aujourd'hui tout le monde veut oublier qu'à leur naissance ils étaient réunis.

Maintenant qu'il leur avait lancé Thalès dans les pattes, M. Ruche ne pouvait s'arrêter en chemin. Il connaissait bien ce penseur, c'était même l'un de ceux qu'il avait placés au plus haut de son Panthéon. Mais il lui fallait se rafraîchir la mémoire sur la dimension mathématique de son œuvre.

Où piocher ces informations ? A la Bibliothèque nationale ! La BN, comme on l'appelait de son temps. Comme on l'appelle encore. Étudiant, il y avait passé des semaines. Avec Grosrouvre, bien sûr.

On n'entre pas à la BN comme dans un cinéma. Il faut une carte. L'inscription n'étant accordée, ou refusée, qu'après un sévère entretien avec un membre de l'administration. La bibliothécaire qui le reçut lui demanda s'il était enseignant ou chercheur, s'il effectuait une recherche et laquelle, et sous la direction de quel professeur, s'il avait une carte d'étudiant, si… Prenant soudain conscience de l'âge de son interlocuteur, elle se troubla :

– Nous posons ces questions à tout le monde, s'excusa-t-elle.

Pouvait-il lui dire : « Voilà, j'habite avec une jeune femme, Perrette Liard, quand elle avait vingt ans, elle est tombée dans un regard d'égout, et cætera et cætera, alors j'ai décidé de faire des recherches, parce que les jumeaux… » Elle n'y comprendrait rien.

Il fit un grand sourire à la bibliothécaire.

– Je m'appelle Pierre Ruche, je suis libraire à Montmartre, j'ai quatre-vingt-quatre ans. Mon directeur de recherche est mort en 1944. Je n'ai jamais fini ma thèse. Depuis, j'essaye de me débrouiller seul. Mes recherches sont absolument personnelles ; je n'ai aucune publication en vue. Je voudrais consulter des ouvrages sur Thalès et sur les débuts des mathématiques grecques.

Elle leva la main pour dire que c'était bien suffisant.

– Désirez-vous une carte pour dix entrées ou une annuelle ?

– A mon âge, je devrais prendre dix entrées Ce serait plus raisonnable. Mais va pour l'annuelle !

M. Ruche paya, passa à la photographie. La photo, immédiatement développée, s'imprima directement sur la carte de lecteur en plastique renforcé. Sans la regarder, M. Ruche saisit la carte avec fierté et l'enfouit dans la poche de sa veste.

A l'entrée de la salle des imprimés, en échange de sa carte, on lui remit une plaque sur laquelle était inscrit un numéro de place. La salle de lecture n'avait pas vraiment changé.

Jadis M. Ruche trottait dans les coursives ; aujourd'hui, les déplacements du fauteuil roulant posaient quelques problèmes. Au passage, il accrocha une chaise, écrasa un porte-documents abandonné à terre et érafla une étagère bondée d'usuels. Il finit par atteindre sa place située au milieu d'une travée. Retrouvant les réflexes d'antan, il se sentit immédiatement en familiarité avec les lieux. Il alluma la lampe ; c'était une habitude de la BN, les lampes étaient allumées quelles que soient l'heure et la luminosité. La salle où se trouvait l'ensemble des catalogues et des fichiers était située au sous-sol. On n'y accédait qu'en empruntant un escalier ! Furieux, il s'apprêtait à protester auprès du conservateur lorsqu'il se souvint que le *Catalogue général des livres imprimés* était disponible également dans la salle de lecture. Il pouvait donc consulter facilement le *Catalogue* répertoriant les livres imprimés jusqu'au début du XXᵉ siècle. Il nota les cotes, remplit les fiches de commandes des ouvrages.

Il mangea un sandwich et un verre de bordeaux dans une petite rue voisine, partageant sa table avec un groupe d'habitués.

13 h 30. Le bistrot se vida. M. Ruche resta un long moment à goûter le silence revenu. Il se sentait à nouveau étudiant. Un vieil étudiant. Il sortit sa carte de lecteur, regarda la photo. Elle était minuscule mais d'une netteté étonnante. Il vit deux yeux clairs, très clairs, presque transparents. Des cheveux fins abondants, tirés vers l'arrière. Des joues creuses, un menton affirmé, un nez droit et une peau presque lisse, sans rides. Il sourit : Les rides sont en dedans ! Cela faisait si longtemps qu'il ne s'était pas regardé. Il rangea la carte dans son portefeuille.

Dans la papeterie située de l'autre côté du square, il se fit présenter différents cahiers. Très maniaque sur tout ce qui concernait les accessoires d'écriture, il finit par se décider pour un épais cahier à couverture cartonnée noire, dont les pages à gros carreaux offraient une marge large. Puis il rentra rue Ravignan en taxi.

Il se rendit directement dans le deuxième atelier, celui que le menuisier de la rue des Trois-Frères finissait d'aménager. Ses idées s'étaient précisées sur la manière de transformer le lieu afin qu'il réponde à ses desseins. Le menuisier avait scrupuleusement suivi ses directives.

M. Ruche regagna la chambre-garage et passa l'après-midi à mettre en œuvre le projet qu'il avait en tête. Tout devait être prêt pour le dimanche suivant.

Après quelques matinées de BN, le cahier était déjà bien rempli. M. Ruche s'installa dans une des travées de droite de la salle de lecture et relut les notes déjà prises.

VIIe siècle avant notre ère, côtes de l'Anatolie. Alors qu'à Sardes, la capitale de l'empire de Lydie, règne le fils du roi Gugu, en Ionie toute proche, aucun roi ne règne sur Milet. La ville est l'une des premières cités-États. Une ville libre ! Thalès y est né autour des années

–620. On lui doit la formule célèbre : « Connais-toi toi-même ! » Il fut l'un des Sept Sages de la Grèce antique, et le premier à énoncer des résultats généraux concernant les objets mathématiques.

Thalès ne s'est pas beaucoup occupé des nombres, il s'est principalement intéressé aux figures géométriques, cercles, droites, triangles. Il fut le premier à considérer l'angle comme un être mathématique à part entière, dont il fit la quatrième grandeur de la géométrie, rejoignant ainsi le trio déjà là, longueur, surface, volume.

Thalès affirma que les angles opposés par le sommet formés par deux droites qui se coupent sont égaux.

M. Ruche les dessina :

Que ce dessin était sinistre ! Tellement semblable à ceux qui avaient attristé sa jeunesse. M. Ruche continua sa lecture. Puis, il nota :

> Lien entre cercles et triangles. Thalès a montré qu'à chaque triangle on pouvait faire correspondre un cercle : celui qui passe par ses trois sommets, le *cercle circonscrit*, dont il a proposé une construction générale.

M. Ruche réfléchit, puis inscrivit dans la marge du cahier :

« Ce qui veut dire que par trois points il passe toujours un cercle. Et il n'en passe qu'un seul. »

Il relut. Non, non ! Il rajouta : « non alignés », parce que si les trois points étaient alignés, il ne passait pas un cercle, mais une droite. Il fallait être très précis, sans cela on écrivait des bêtises. Puis il ajouta : « Ce qui veut dire que trois points non alignés *définissent* non seulement un triangle, ce qui est évident, mais un cercle, ce qui ne l'est pas. » Tout en faisant le dessin, M. Ruche fut frappé par l'intérêt que Thalès portait aux liens reliant entre eux les objets mathématiques. Presque aussi sinistre que le précédent !

Il se mit à griser l'intérieur du cercle. C'était déjà moins moche.

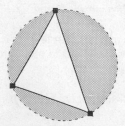

Puis il sortit de sa trousse son attirail et dessina un cadre autour de la figure, plissant les yeux pour estimer l'effet obtenu. Il était fier de son idée : présenter les figures géométriques comme des tableaux de peintre !

La jeune fille assise à la table qui lui faisait face le regarda avec surprise, intriguée par le comportement de ce vieux monsieur s'appliquant à faire des dessins sur son gros cahier. Du plat de la main, M. Ruche balaya la page pour en chasser les raclures de gomme. Puis, se replongeant dans son cahier, il écrivit :

> Thalès a démontré qu'un triangle isocèle avait deux angles égaux. Établissant ainsi un lien fort entre les longueurs et les angles : deux côtés égaux, deux angles égaux !

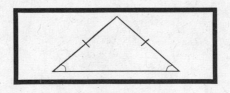

En lisant les lignes suivantes, M. Ruche ne put s'empêcher de sourire ; il avait écrit :

> Pour parler d'un bison, les Indiens d'Amérique disent un « deux-cornes ». Pour les vélos et les motos, on dit un deux-roues. Et pour une figure à trois angles, on dit un tri-angle. Mais on pourrait tout aussi bien dire un *tri-côté*. C'est ce que faisaient les Anciens qui parlaient de *trilatères*, mot formé sur le même modèle que quadrilatère.

Poursuivant sur sa lancée étymologique, M. Ruche ajouta :

Et isocèle ? *Iso* : même, *skelos* : jambes. Un triangle isocèle est un triangle qui a deux jambes pareilles ! Du coup, les triangles quelconques, qui ont leurs trois côtés inégaux, étaient qualifiés de triangles *scalènes,* boiteux.

M. Ruche rêva d'un problème de maths commençant par : « soit un triangle boiteux ». Cela résonna dans sa tête, il pensa à Perrette, à sa progéniture trilatère, « deux enfants plus un ». Il resta un long moment songeur, se remémorant ce que Perrette leur avait révélé concernant sa chute. En fait, elle ne leur avait presque rien dit. Sans s'en rendre compte, M. Ruche était revenu au point de départ, à ce qui avait déclenché sa recherche sur Thalès.

Après avoir traité les liens établis par Thalès entre cercles et triangles, puis entre angles et côtés, il aborda ceux liant droites et cercles. Pour cela, il dut se plonger dans la lecture d'un ouvrage sur les débuts des mathématiques grecques.

Au moment de coucher sur le papier ce qu'il avait glané, un passage de la lettre de Grosrouvre lui revint en mémoire : *Il y a dans ces ouvrages des histoires qui valent celles de nos meilleurs romanciers.* Les mathématiques : du Zola, du Balzac, du Tolstoï ! Comme à son habitude, Grosrouvre avait forcé le trait. Il proposait là néanmoins une façon originale de voir les mathématiques, admit M. Ruche.

Pourquoi ne pas suivre son conseil un moment ? Quelle histoire ces pages me racontent-elles ?

L'histoire se passe dans un plan et met en scène une droite et un cercle. Que peut-il arriver à une droite et à un cercle ? Ou bien la droite coupe le cercle ou bien elle ne le coupe pas. Elle peut aussi le frôler, remarqua M. Ruche. Si elle le coupe, elle le partage forcément en deux parties. Comment la droite doit-elle être située pour que les deux parties soient égales ? Thalès a donné la réponse : pour que la droite coupe le cercle en deux parties égales, elle doit obligatoirement passer par le centre. C'est un *diamètre* ! Le diamètre est le plus long segment que le cercle abrite en son sein, il le traverse dans toute sa longueur. C'est pour cela qu'on peut dire que le diamètre « mesure » le cercle.

Un compas, une règle, un crayon. Cela donna :

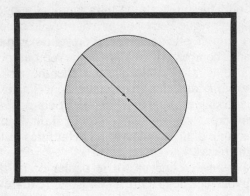

M. Ruche reprit sa lecture. Puis il écrivit :

La réponse de Thalès ne concerne pas un cercle particulier, mais n'importe quel cercle. Il ne fait pas la moindre invite à un résultat numérique établi à partir d'un objet singulier, comme c'était le cas avant lui, pour les Égyptiens ou les Babyloniens. Son ambition est d'émettre des vérités concernant une classe entière d'êtres. Une classe infinie ! Il veut affirmer des vérités pour une infinité d'objets du monde. C'est une ambition d'une nouveauté absolue. Pour pouvoir y parvenir, Thalès va être obligé, par sa seule pensée, de concevoir un être idéal, « LE cercle », qui est en quelque sorte le représentant de TOUS LES CERCLES DU MONDE ! C'est parce qu'il s'intéresse à tous les cercles du monde, et non à une poignée d'entre eux, c'est parce qu'à leur sujet il prétend affirmer des vérités qui tiennent à leur nature de cercle, qu'on peut lui décerner le titre de « premier mathématicien de l'Histoire ». C'était une façon fichtrement nouvelle de voir les choses. Une phrase comme : *Toute droite passant par le centre d'un cercle le coupe en deux parties égales*, on a peine à imaginer quelle nouveauté ce fut.

Il quitta la BN avec des droites et des cercles plein la tête.

Perché sur une branche du laurier de la cour intérieure, Nofutur faisait des cabrioles, déchaînant les rires.

Assise à une table de jardin, Perrette, sirotant un quinquina fraise, avait du mal à garder son sérieux. M. Ruche bouillait, prêt à interrompre la lecture de ses notes. Avec regret, Nofutur abandonna sa branche et vint se poser sur l'épaule de Max. Lorsque M. Ruche prononça la phrase : « Thalès veut affirmer des vérités pour une infinité d'objets du monde », Jonathan ne put se contenir :

– C'est terrible ce que vous affirmez là, M. Ruche. Il n'y aurait pas un petit cercle caché quelque part dans le monde, un clandestin, qui aurait pris le maquis et qui aurait échappé à votre théorème ?

– Aucun ! Jamais ! Nulle part ! canonna M. Ruche.

– Tu n'as pas entendu ? s'écria Léa. Il a dit TOUS les cercles ! Aucune exception !

– C'est raide, tout de même ! clama Jonathan.

– C'est totalitaire, tu veux dire !

M. Ruche ne répondit pas ; il admirait leur fureur adolescente. Il les aimait ainsi, révoltés contre l'ordre du monde. Cela lui rappelait les terribles discussions avec Grosrouvre, dans la salle enfumée du café-tabac de la Sorbonne.

– On n'échappe pas à un théorème qui s'applique à soi ! déclara Léa, dressée comme une Pythie.

Perrette regarda Léa, stupéfaite de tant de véhémence. Elle versa une rasade de quinquina dans son verre vide et l'adoucit avec une lichette de sirop de fraise.

– Vos maths, c'est comme le destin dans les tragédies, M. Ruche, vous ne trouvez pas ? dit doucement Perrette.

– Mes Maths ? (Il était furieux.) C'est Grosrouvre qui va être content ! Il a réussi son coup !

Mais Perrette poursuivait son idée :

– N'y aurait-il pas un lien entre les tragédies et les mathématiques ? Toutes les deux sont nées en Grèce, à peu près à la même époque, non ?

M. Ruche la regarda, stupéfait. Il n'avait jamais fait un tel rapprochement. La tragédie et les mathématiques ! Eschyle, Euripide, Sophocle… A creuser !

Il répondit à Jonathan :

– Rassure-toi, les théorèmes ne concernent que des êtres idéaux.

– Il ne craint rien, alors, s'esclaffa Léa.

- Absolument rien, confirma M. Ruche. Les théorèmes ne s'appliquent pas aux êtres humains.

– Et aux perroquets ? demanda Max.

– Non plus.

A l'aube, il faisait déjà chaud. La température ne cessa de croître tout au long de la matinée. Le cinéma était la seule solution de survie. Jonathan-et-Léa partirent pour la place Clichy, toute proche ; ignorant les grappes de mini-salles, devant lesquelles ils passèrent avec mépris, ils s'installèrent dans une véritable salle de cinéma. Fauteuils moelleux, moquettes épaisses, rideau mettant une plombe pour s'ouvrir, écran grand comme la grand-voile d'un trois-mâts.

A l'entracte, ils s'empiffrèrent d'esquimaux en chantonnant une comptine idiote de leur invention, composée naguère, lorsque Perrette, fauchée, les menait à la séance populeuse du dimanche après-midi.

> *Dans l'esquimau,*
> *tout chaud,*
> *le plus bon*
> *c'est le bâton,*
> *parce qu'il dure plus longton.*

Hasard d'une programmation prémonitoire, le cinéma affichait *La Terre des pharaons* de Howard Hawks. Film somptueux de 1955, avec Jack Hawkins, Dewey Martin et Joan Collins, sur un scénario de William Faulkner. Il s'agissait du mystère de la construction des pyramides.

Le film les avait emballés. Ils quittèrent la salle fraîche avec regret. Jonathan-et-Léa remontèrent vers la Butte, abordant sans courage le pont Caulaincourt.

Le pont Caulaincourt est un pont unique en son genre. Il enjambe un cimetière, forçant les piétons qui l'empruntent à marcher sur les tombes ! Ses partisans soutiennent qu'il vaut mieux marcher sur un pont au-dessus d'un cimetière que dans un tunnel au-dessous, arguant qu'il est préférable d'avoir des tombes sous les pieds que sur la tête.

— Pas un seul arbre pour s'abriter alors qu'en bas ils pullulent ! grommela Léa. Toujours la même histoire, on ne donne qu'à ceux qui n'en ont pas besoin !

Elle haïssait ce pont.

Jonathan la regardait avancer d'un pas de somnambule ; tête chiffonnée toute tournée vers l'intérieur, épaules verrouillées perchées sur son buste de fil de fer barbelé. Un corbeau avec un corps de héron, pensa-t-il tendrement en lui enfonçant son coude dans les côtes. Elle fit un saut de côté et faillit passer sous la seule voiture qui, en cet après-midi torride, roulait dans la ville.

— Ne me touche pas ! brailla-t-elle.

— Arrête ! lui dit Jonathan. Tu sens le moisi.

Formule consacrée qu'il adressait à sa sœur quand elle « vomissait sur le monde ».

Posté devant l'entrée de la librairie, Max les guettait. Il leur fit signe de se presser et les entraîna vers l'atelier.

La pièce était méconnaissable ; le sol était recouvert de tapis, plus épais encore que la moquette du ciné de la place Clichy, et sur les tapis, par endroits, des minces nattes en alfa. Nofutur trônait sur un haut tabouret recouvert de velours pourpre. Tout au fond, M. Ruche les accueillit d'un sourire discret. Max les installa sur les nattes et se retira. Un long silence suivit, au fond duquel ils crurent entendre le bruit des vagues. C'était le signal. La voix rauque de Nofutur s'éleva :

« Appuyé au bastingage, Thalès regardait s'éloigner la terre d'Ionie où jusqu'à ce jour il avait vécu. Milet disparut dans le lointain. Il partait pour l'Égypte. » Sérieux comme un pape, Nofutur, perché sur son haut tabouret, parlait. A chaque mot, son cou gonflait, ses yeux pétillaient ; il se dressait sur ses pattes pour prendre un meilleur appui, afin, on pouvait le supposer, d'assurer sa voix. Comme s'il avait suivi des cours de diction. « Poussé par les vents étésiens, qui ne soufflent qu'en été durant les périodes de canicule, le navire accomplit la traversée d'une traite, arriva en vue des côtes égyptiennes, pénétra dans le lac Mariotis où Thalès s'embarqua sur une felouque qui devait remonter le Nil. »

La voix de Nofutur s'éteignit, il était au bout du rouleau. Max le caressa doucement et lui fit une offrande. Dans un petit bol, il versa un cocktail trois étoiles : cacahuètes préparées et finement salées, amandes, noisettes et noix de cajou !

M. Ruche enchaîna :

— Après quelques jours d'un voyage interrompu par de nombreux arrêts dans les villes bordant le fleuve, il l'aperçut. Dressée au milieu d'un large plateau, non loin de la rive, la pyramide de Khéops ! Thalès n'avait jamais rien vu d'aussi imposant. Deux autres pyramides, Khéphren et Mykérinos, s'élevaient sur le plateau ; à côté, elles paraissaient petites et pourtant... Tout au long du voyage sur le Nil, les voyageurs l'avaient pourtant averti. Les dimensions du monument dépassaient tout ce qu'il avait imaginé. Thalès quitta la felouque. A mesure qu'il s'approchait, sa marche se fit plus lente ; comme si le monument, par sa seule masse, parvenait à ralentir ses pas. Il s'assit, vaincu. Un fellah sans âge s'accroupit à ses côtés. « Sais-tu, étranger, combien de morts a coûté cette pyramide que tu sembles admirer ? » « Des milliers, sans doute. » « Dis : des dizaines de milliers. » « Des dizaines de milliers ! » « Dis : des centaines de milliers. » « Des centaines de milliers ! » Thalès le regarda incrédule. « Plus, peut-être, ajouta le fellah. Pourquoi tant de morts ? Pour creuser un canal ? Retenir un fleuve ? Jeter un pont ? Construire une route ? Bâtir un palais ? Dresser un temple en l'honneur des Dieux ? Ouvrir une mine ? Tu n'y es pas. Cette pyramide a été dressée par le pharaon Khéops dans le seul but d'obliger les humains à se persuader de leur petitesse. La construction devait excéder toute norme pour nous accabler : plus gigantesque elle serait, plus infimes nous serions. Le but est atteint. Je t'ai vu approcher et, sur ton visage, j'ai vu se dessiner les effets de cette immensité. Pharaon et ses architectes ont voulu nous contraindre à admettre qu'entre cette pyramide et nous il n'y a aucune commune mesure ! »

« Thalès avait déjà entendu pareille spéculation sur le dessein du pharaon Khéops, mais jamais aussi impudiquement, et aussi précisément, énoncée. "Aucune commune mesure !" Ce monument volontairement démesuré le défiait. Depuis 2 000 ans, l'édifice construit pourtant par la main des hommes restait hors de portée de leur connaissance. Quels qu'aient été les buts du pharaon, il restait une évidence : la hauteur de la pyramide était impossible à mesurer. Elle était la construction la plus visible du monde habité et elle était la seule à ne pouvoir être mesurée ! Thalès voulut relever le défi.

« Toute la nuit, le fellah parla. Ce qu'il raconta à Thalès, personne ne l'a jamais su.

« Lorsque le soleil éclaira l'horizon, Thalès se leva. Il regarda sa propre ombre se déployer en direction de l'ouest ; il pensa que, quelle que soit la petitesse d'un objet, il existe toujours un éclairage qui le fait grand. Longtemps, il resta debout, immobile, les yeux fixés sur la tache sombre que faisait son corps sur le sol. Il la vit rapetisser à mesure que le soleil s'élevait dans le ciel.

« Puisque ma main ne peut effectuer la mesure, ma pensée l'effectuera, se promit-il. Thalès fixa longuement la pyramide ; il devait se trouver un allié "à la mesure" de son adversaire. Lentement, son regard alla de son corps à son ombre, de son ombre à son corps, puis se porta sur la pyramide. Enfin, il leva les yeux, le soleil lançait ses rayons terribles. Thalès venait de trouver son allié !

« Que ce soit l'Hélios des Grecs ou le dieu Râ des Égyptiens, le soleil ne fait aucune différence entre toutes les choses du monde, il les traite de la même façon. C'est ce que plus tard en Grèce, concernant les hommes entre eux, on appellera démocratie.

« En traitant semblablement l'homme minuscule et la gigantesque pyramide, le soleil établit la possibilité de la mesure commune.

« Thalès se pénétra de cette idée : le rapport que j'entretiens avec mon ombre est le même que celui que la pyramide entretient avec la sienne. Il en déduisit ceci :

à l'instant où mon ombre sera égale à ma taille, l'ombre
de la pyramide sera égale à sa hauteur ! La voilà, l'idée
recherchée. Encore fallait-il pouvoir la mettre à exécution

« Thalès ne pouvait effectuer seul l'opération. Il fallait
être deux. Le fellah accepta de l'aider. Peut-être est-ce
ainsi que cela s'est réellement passé. Comment savoir ?

« Le lendemain, dès l'aube, le fellah se dirigea vers le
monument et s'assit à l'ombre immense de la pyramide.
Thalès traça dans le sable un cercle au rayon égal à sa
propre taille, se plaça au centre, se redressa afin d'être
bien droit. Puis il fixa des yeux le bout de son ombre.

« Lorsque celui-ci effleura la circonférence, c'est-
à-dire lorsque la longueur de l'ombre fut égale à sa taille,
il lança le cri convenu. Le fellah, qui guettait, planta
immédiatement un pieu à l'endroit atteint par l'extrémité
de l'ombre de la pyramide. Thalès courut vers le pieu.

« Ensemble, sans échanger un mot, à l'aide de la corde
bien tendue, ils mesurèrent la distance séparant le pieu de
la base de la pyramide. Quand ils eurent calculé la longueur de l'ombre, ils connurent la hauteur de la pyramide !

« Sous leurs pas, le sable se leva ; le vent du sud se mit
à souffler. L'Ionien et l'Égyptien marchèrent vers la rive
où venait d'aborder une felouque. Le sommet de la pyramide disparut à leurs yeux fatigués. Thalès sauta dans
la felouque. Sur la rive, le fellah souriait. la felouque
s'éloigna.

« Thalès était fier. Avec l'aide du fellah, il avait inventé
une ruse. Le vertical m'est inaccessible ? Je l'obtiendrai
par l'horizontal. Je ne peux mesurer la hauteur parce
qu'elle se perd dans le ciel ? Je mesurerai son ombre écra-
sée sur le sol. Avec le "petit", mesurer le "grand". Avec
l'"accessible", mesurer l'"inaccessible". Avec le "proche",
mesurer le "lointain".

« Les mathématiques sont une ruse de l'esprit, conclut M. Ruche épuisé.

Il avait prononcé la dernière phrase autant pour ses auditeurs que pour lui-même.

Toujours dressé sur son haut tabouret de velours pourpre, Nofutur gardait une immobilité totale. On pouvait penser qu'il dormait.

– En fait, c'est un péplum que vous nous avez raconté, M. Ruche ? remarqua Léa.

– Voilà un compliment qui me va droit au cœur. J'adore Cécil B. de Mille, *Les Dix Commandements*, *Ben Hur*…

– Le son n'était pas mauvais, mais cela manquait d'images, minauda Léa. C'est tout de même un beau mythe.

– Un mythe ! fulmina M. Ruche. Thalès a vraiment existé, la ville de Milet aussi, les pyramides sont toujours là, le soleil brille encore, les vents étésiens soufflent chaque été en période de canicule, le Nil coule toujours, et dans le même sens.

Il s'arrêta soudain :

« Et pourquoi pas un mythe ! Vous avez quelque chose contre les mythes ? Un mythe que Plutarque a raconté. Quant au théorème de Thalès, il est encore vrai.

– Théorème de Thalès ? Thalès, je vois, mais théorème, je ne vois pas.

Max sourit d'un air entendu, il avait fait la même remarque à M. Ruche dans l'après-midi lorsqu'ils avaient répété la séance.

Tout alla très vite. Une lourde tenture noire descendit devant la verrière, plongeant la pièce dans l'obscurité, tandis que sur le mur arrière descendait un drap blanc. Max mit en marche un projecteur, le moteur ronfla. Un peu partout de minuscules lampes s'allumèrent, creusant des niches de lumière dans la nuit. Sur le drap, quelque chose apparut. Flou d'abord, puis ce fut ceci :

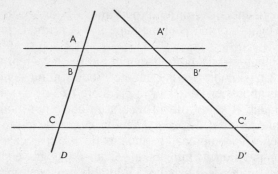

— Et cela, ça y ressemble, à votre théorème ? demanda M. Ruche railleur.

— Fichtrement, admit Jonathan.

Léa opina.

— Suivante ! commanda M. Ruche.

$$\frac{\overline{AB}}{\overline{AC}} = \frac{\overline{A'B'}}{\overline{A'C'}}$$

Max enclencha la diapo suivante.

— Beuh, firent-ils avec une moue écœurée. Ce n'est plus un péplum, M. Ruche, c'est un film underground. Après Hawks cet après-midi, c'est vraiment miséra...

Une voix métallique les coupa net. « Attention, attention, ceci est un théorème. » Ce n'était pas Nofutur ! Une lumière s'alluma.

Près de la verrière, un haut-parleur était solidement accroché au mur, près du plafond. HP était un vieux haut-parleur du style camp de prisonniers durant la dernière guerre, avec un large pavillon, que Max avait rapporté des Puces. Il se mit à cracher : « Ceci est un théorème, ceci est un théorème. Sur un couple de sécantes, *D* et *D'*, une série de parallèles AA', BB', CC', découpe des segments qui sont en proportion. AB barre sur AC barre égal A prime B prime barre sur A prime C prime barre. »

Jonathan-et-Léa, complètement bluffés, restèrent sans voix. Un véritable Son et Lumière ! Seul Nofutur semblait ne pas apprécier HP. Pour la première fois de sa vie de perroquet, il se retrouvait face à un autre non-humain capable, lui aussi, de parler. Celui-ci, certes, ne faisait que répéter et ne comprenait pas un mot de ce qui s'échappait de son pavillon. D'ailleurs, n'y avait-il pas gravé sur le métal *La Voix de son maître* ! Véritable provocation pour Nofutur, le perroquet libertaire.

Max appuya sur le bouton du magnétophone, la cassette s'immobilisa. HP se tut.

— Pour un début, c'est un beau début ! lancèrent Jonathan-et-Léa en adressant un sourire complice à M. Ruche.

— Vous l'avez dit ! Avec ce théorème débute ce qui va devenir l'un des plus beaux fleurons des mathématiques grecques, la science des proportions. Théorème de Thalès ou *Théorème des proportions*. Tout à l'heure, avant, disons le mot, l'entracte, lorsque Thalès a pris conscience que le Soleil traite semblablement toutes les choses du monde, il nageait en pleine similitude. Et derrière la similitude, il y a LA FORME ! Toutes les figures semblables ont la même forme ! Conserver les proportions, c'est conserver la forme. Hm ! On pourrait dire aussi, et ce serait plus correct : la forme est ce qui se conserve quand on garde les proportions et que l'on change les dimensions.

Il s'arrêta pour apprécier l'effet de son speech. Jonathan-et-Léa écoutaient vraiment. Une petite tache rouge fluo apparut sur l'écran et se mit à gigoter autour de la formule comme une mouche autour d'une plaie.

« Faire parler les formules ! s'écria-t-il, encouragé.

Il venait de se souvenir de ce que Grosrouvre répétait sans cesse lorsqu'il étudiait un texte mathématique :

« Les formules, faut les faire parler ! Si tu veux savoir ce qu'elles ont dans le ventre, passe-les à la question ! » A l'époque M. Ruche n'avait pas compris ce que cela signifiait.

« Qu'est-ce que je disais ?

— Vous avez dit : faire parler, et immédiatement après, vous vous êtes tu, lui rappela Jonathan.

— Ah oui, « faire parler les formules ». Que dit la formule de Thalès ? (Silence.) Je répète la question.

— AB sur A'B' égal AC sur A'C', avec des barres partout, répondit Léa, faussement docile.

— Non ! Je vous demande : qu'est-ce qu'elle veut dire ? Dans la vie, quand on dit quelque chose, c'est pour exprimer une idée, enfin, la plupart du temps. En maths, aussi. La formule de Thalès VEUT dire. La tache fluo s'immobilisa sur AB. « Elle veut dire AB est à A'B' ce que AC est à A'C'. »

« Je suis à toi comme elle est à lui », pensa Léa, mais elle le garda pour elle.

— La formule de Thalès nous annonce, poursuivit M. Ruche, que le premier couple et le second sont *dans le même rapport*. Le mot est lâché ! Ce théorème, qui n'a l'air de rien, traîne à sa suite toutes les questions mettant en jeu des rapports : les changements d'échelles, les modèles réduits, les plans, les cartes, les réductions, les grossissements.

M. Ruche fit un signe à Max qui quitta le projecteur pour se diriger vers un meuble dissimulé au fond de la pièce, une photocopieuse. En trois coups de marqueur, Max dessina sur une feuille vierge une sorte de perroquet, déposa la feuille sur la vitre, appuya sur le bouton marqué 50%, attendit, saisit l'original et le présenta en même temps que la photocopie. M. Ruche annonça : « Réduction. Même forme, mais plus petit. Perroquet deux fois plus petit. » Max remit l'original sur la vitre, appuya sur 150 %, attendit, et présenta l'original et la nouvelle photocopie. M. Ruche annonça : « Agrandissement. Même forme, mais plus grand. Perroquet une fois et demi plus grand. »

Jonathan se leva subitement, prit l'agrandissement des mains de Max, saisit la réduction, présenta les deux feuilles, et imitant la voix de M. Ruche, annonça : « Même forme, mais plus grand. » Pointant son doigt vers Léa : « Perroquet agrandi, combien de fois plus grand que perroquet rétréci ? » Prise de court, Léa balbutia, puis, rouge : « Je ne parlerai qu'en présence de mon avocat ! » Nofutur tressaillit. D'autant qu'il n'appréciait guère ces exercices pédagogiques faits sur son dos et avec sa tronche. Pour changer de sujet, Léa enchaîna :

— Tout cela ne nous dit pas comment Thalès a procédé *concrètement*. Car il s'agissait bien de mesurer réellement la pyramide, non ? Pas d'inventer une formule sur le papier.

— Tu veux dire : sur le papyrus, la reprit Jonathan intraitable.

— Papyrus ou papier, la formule est la même. Elle ne dépend pas du support.

Max se mit à rêver à des formules qui dépendraient du matériau sur lequel elles étaient inscrites ; le « plus » devenant « moins » en passant du tissu à l'étain, la croix du multiplié devenant la barre de fraction en passant du parchemin au vélin…

— Combien de fois plus grand ? insista Jonathan.

On dédaigna de lui répondre.

La formule disparut de l'écran. M. Ruche embraya :

— S'il avait été question d'un arbre ou… de l'obélisque de la Concorde qui, avant d'être transportée à Paris se trouvait en Égypte, s'il avait été question d'un corps effilé, l'entreprise de Thalès aurait été plus simple, la mesure qu'il venait d'effectuer aurait suffi. Mais la pyramide est évasée. C'est même sa spécialité géométrique de l'être, d'avoir une base sur laquelle elle repose. La pyramide de Khéops a une base carrée, et son axe tombe exactement au milieu du carré.

La hauteur de la pyramide, c'est la longueur de l'axe. Et la longueur de l'ombre de l'axe, c'est la longueur de l'axe. Simple ! Diapo !

Une figure apparut sur l'écran.

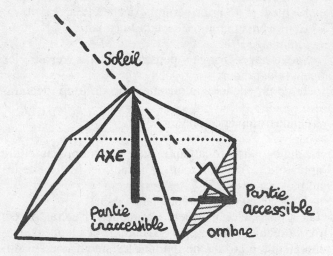

– Or, Thalès ne peut mesurer concrètement (M. Ruche lança un regard appuyé vers Léa) que la partie s'étendant en dehors de la base. L'autre, celle qui est à l'intérieur du monument, lui est inaccessible.

– Tout cela ne lui a donc servi à rien ! s'exclama Léa indignée.

– C'est ce que j'avais cru. Puis j'ai réfléchi et j'ai trouvé la solution… dans un autre livre. Thalès a dû s'en sortir en faisant sa mesure au moment où les rayons du soleil étaient exactement perpendiculaires au côté de la base !

— C'est-à-dire ? demanda Léa.

— Hou la la ! Laisse-moi me souvenir. Perpendiculaires au côté de la base, cela implique que la partie cachée était égale à la moitié d'un côté. Ainsi, la hauteur de la pyramide était égale à la longueur de l'ombre plus la moitié d'un côté, conclut expéditivement M. Ruche.

— Eh bien, je n'ai rien compris, déclara Léa.

— Et moi encore moins, déclara Jonathan.

— On mange !

« Sauvé par le gong ! » pensa M. Ruche. Perrette les appelait pour dîner.

— Je commençais à avoir une faim de loup, déclara-t-il.

Cela ne trompa personne.

Le lendemain, Jonathan-et-Léa n'avaient pas cours l'après-midi. A leur retour de la cantine, M. Ruche les interpella :

— Dépêchez-vous, j'ai commandé Albert.

On sonnait, c'était Albert. Casquette grise crasseuse à gros carreaux, lunettes épaisses comme des loupes, cigarette éteinte à la bouche, portant lestement une soixantaine voûtée. « Bonjour la compagnie ! » Il s'empara de M. Ruche, homme et fauteuil roulant, il savait comment s'y prendre. Dans sa vieille 404 gris métallisé, tout cuir, toit ouvrant, il convoyait le libraire dans tous ses déplacements depuis son accident. C'est lui qui l'avait conduit à la BN, ces jours derniers.

Lorsque M. Ruche parlait d'Albert, il disait : « C'est un indépendant. » Fallait voir le plaisir qu'il éprouvait à prononcer le mot ! Lui aussi, à sa manière, était un indépendant. Albert avait toujours refusé d'être radio-taxi, c'était sa fierté. Il se demandait comment les clients pouvaient supporter de faire un voyage avec cette voix lancinante : « 105 rue de Vaugirard, 83 boulevard de Belleville, impasse Guéménée devant le 8, 105 rue de Vaugirard, 34 rue du faubourg-Saint-Denis, impasse Guéménée, devant le 8… » Il travaillait à la maraude ou à l'arrêt dans les stations. Il avait également quelques clients attitrés comme M. Ruche.

L'accident de celui-ci les avait rapprochés. Lorsque Albert s'offrait un jour de congé, il venait chercher M. Ruche tôt le matin, et ils partaient en balade à la campagne pour la journée. Sur le siège arrière, un panier à provisions plein de bonnes choses, comme dans les films de Renoir.

Max avait cours. Mais, avec l'accord de Perrette, il suivit la troupe. Tout le monde, Nofutur compris, s'engouffra dans la 404. Perrette, debout dans l'entrée de la librairie, les regarda partir avec envie. M. Ruche refusa de dire où ils allaient. Place Pigalle, Notre-Dame-de-Lorette, la Trinité, l'Opéra Garnier, où l'on donnait *L'Enlèvement au sérail*. Puis l'on s'engagea dans l'avenue de l'Opéra. Albert se débrouilla pour ralentir quand il passa devant la bouche de métro de la ligne 5, la station Pyramides.

Après avoir doublé le Palais-Royal, la 404 s'engagea sous les arches du Louvre et pénétra dans la cour du Carrousel. Albert freina brusquement et en un tournemain rangea la 404 le long du trottoir. Au milieu de la cour Napoléon, la pyramide de verre scintillait sous le soleil.

Ils s'installèrent sur le parvis.

– 4 639 ans séparent la pyramide opaque de Khéops de celle, translucide, du Louvre. L'une s'élève sur les bords du Nil, l'autre sur les rives de la Seine.

Tout en parlant, M. Ruche avait sorti un cahier de dessins et des crayons.

« Pour Thalès, l'idée que le soleil traite semblablement les choses va s'exprimer par le fait que tous les rayons du soleil sont parallèles. L'astre est si loin et nous sommes si petits que cette estimation est justifiée. Voici la situation au moment où Thalès a fait la mesure.

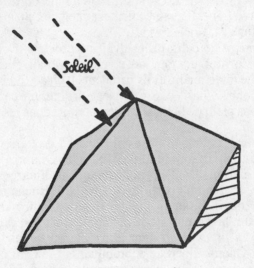

Dès les premiers coups de crayon de M. Ruche, Nofutur s'était installé sur son épaule comme pour mieux voir ce qu'il dessinait.

« Puisque la pyramide que Thalès devait mesurer n'était pas, comme celle-ci, transparente, je vais pratiquer une autopsie. J'ôte tout ce qui empêche de voir l'intérieur, je garde l'ombre et je trace l'axe.

M. Ruche effaça les différents grisés des faces, traça une verticale depuis le sommet jusqu'au milieu de la base :

« La hauteur de la pyramide est la longueur de l'axe, annonça-t-il. C'est elle que Thalès recherche.

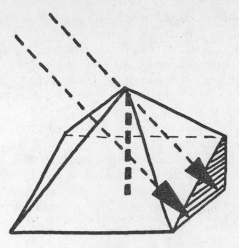

« Poursuivons l'autopsie !

M. Ruche bougeant trop, Nofutur quitta son épaule pour celle de Max. M. Ruche gomma complètement les faces. Puis, traçant une horizontale, depuis le pied de l'axe jusqu'à l'extrémité du triangle sombre qui figurait l'ombre portée de la pyramide :

« Si la pyramide avait été transparente, voici l'ombre de l'axe dont Thalès voulait déterminer la longueur.

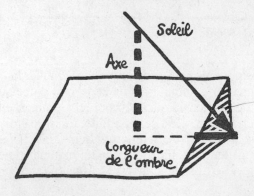

« La partie de l'ombre qui tombe à l'intérieur de la base, donc à l'intérieur de la pyramide, est en pointillés ; elle est inaccessible. Thalès ne peut pas la mesurer ; l'autre, qui s'étend depuis le côté de la base jusqu'à l'extrémité de l'ombre, est en gras, Thalès peut la mesurer. C'est même, dans toute cette histoire, la seule chose qu'il puisse mesurer.

M. Ruche effaça le triangle sombre, traça en continu l'axe, puis inscrivit la lettre A au pied de l'axe, H à l'endroit où l'ombre coupait le côté de la base, et M, à l'extrémité de l'ombre. Il plaça côte à côte le premier et le dernier dessin.

« Avant ! Après ! Comme dans les publicités pour les produits amaigrissants !

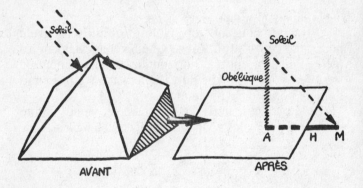

« Dépouiller les choses de leur chair. Oublier la masse du monument, la gommer, et ne conserver d'elle que les effets qu'elle a sur la question posée. Gommer, épurer, simplifier, oublier, c'est ce qu'a fait Thalès. Je crois bien que tous les mathématiciens agissent ainsi. C'est ce qu'ils appellent "abstraire". Pour un mathématicien le problème se termine là, conclut M. Ruche.

– Quoi ! s'insurgèrent Jonathan-et-Léa.

– Si Thalès s'était attaqué à un obélisque, son affaire serait terminée, il aurait mesuré directement la longueur AM sur le sol. Mais il a voulu se mesurer à une pyramide qui, cachant en elle-même la partie AH, intérieure à la base, la rendait inaccessible.

– Alors, c'était foutu, triomphèrent Jonathan-et-Léa.

M. Ruche ignora l'interruption. Levant la tête, il s'aperçut que quelques touristes s'étaient arrêtés et suivaient la scène de loin. Il revint à Thalès.

– Que se passait-il sur le sable entourant la pyramide de Khéops ? Quand la direction des rayons du soleil faisait un angle quelconque avec le côté de la base, ce qui était le cas presque tout le temps, l'ombre formait un triangle quelconque et… Thalès ne pouvait rien faire.

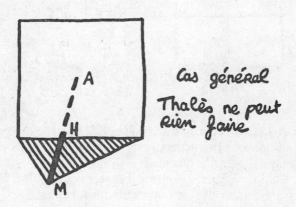

« Ne l'oubliez pas, les mathématiques sont une ruse ! Thalès va chercher une situation particulière lui permettant de s'en sortir. Il la trouve en résolvant son problème à un moment particulier de la journée, celui où les rayons sont perpendiculaires au côté de la base. Il s'agit de la situation dont je vous ai parlé à la maison, et à laquelle vous n'aviez, semble-t-il, rien compris. Allons-y !

Il n'était pas sûr de pouvoir être clair. Et avec cette masse de touristes qui commençaient à s'agglutiner autour de lui !

« Ce que Thalès ne pouvait atteindre par la mesure directe, il allait le déduire par le raisonnement. Quelles étaient ses armes ? De la pyramide, il ne connaît qu'une seule chose, le côté de la base. Il allait s'en servir.

M. Ruche exhiba un nouveau dessin effectué avec une rapidité étonnante.

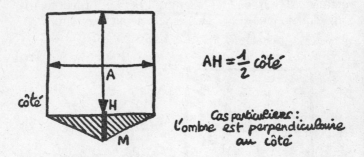

$$AH = \frac{1}{2} \, côté$$

Cas particuliers :
L'ombre est perpendiculaire au côté

Satisfait, il regarda l'auditoire. Les touristes étaient plus nombreux encore autour de lui. Il referma lentement son cahier à dessins quand...

– Comment Thalès pouvait-il savoir que l'ombre était perpendiculaire au côté ? demanda Jonathan.

La tuile ! M. Ruche lui lança un regard noir.

– C'est une bonne question... que je me suis également posée.

Et, rouvrant de mauvaise grâce son cahier :

« Thalès n'avait pas d'équerre, il avait mieux : l'orientation de la pyramide. Les architectes avaient construit le monument de façon à ce que l'une des faces soit orientée plein sud.

M. Ruche compléta son dernier dessin.

« L'ombre est perpendiculaire au côté au moment où le soleil est à son zénith. A midi exactement.

– Juste au moment où il fait le plus chaud ! remarqua Jonathan.

– Il faut souffrir pour connaître, philosopha Léa. Les textes disent-ils si Thalès a attrapé un coup de soleil ? A midi, en plein désert, ce serait le moins !

– A midi, certes, mais à l'ombre, Léa. Je te rappelle que Thalès mesurait l'ombre, pas le soleil. Et quand on mesure l'ombre, c'est qu'il y en a et s'il y en a, on peut se mettre à l'ombre.

Le fou rire s'empara de la troupe.

– A propos d'ombre, vous ne nous auriez pas un peu maffiaté, M. Ruche ? La pyramide fait-elle une ombre tous les jours de l'année à midi ?

– Non ! répondit M. Ruche.

Jonathan triompha :

– D'abord, il faut qu'il y ait une ombre visible, c'est-à-dire qui s'étende en dehors de la pyramide. Enfin, si j'ai bien compris.

– Qu'elle s'étende à midi précisément, parce que si c'est à un autre moment de la journée, Thalès n'en a rien à faire, poursuivit Léa.

– Et qu'elle soit égale à la pyramide, poursuivit Jonathan. Cela fait un troupeau de conditions pas faciles à réaliser.

M. Ruche attendit que la salve cesse :

– La pyramide ne fait pas une ombre visible, perpendiculaire au côté, chaque midi. Toute la difficulté est là. Pour qu'il y ait une ombre, il faut que le soleil ne soit pas trop haut dans le ciel tout au long de sa course durant la journée.

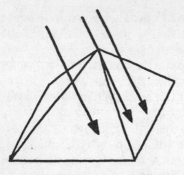

Période durant laquelle
l'ombre tombe à l'intérieur
de la base

– Résumons. Deux conditions : l'ombre doit être égale
à la pyramide et elle doit être perpendiculaire à la base.
Pour y répondre, il faut sortir de la pure géométrie et
entrer dans l'astronomie, la géodésie et la géographie. Il
faut revenir sur le terrain.

La pyramide de Khéops se trouve à Gizeh, à 30° de
latitude, dans l'hémisphère nord ; comme nous, mais
beaucoup plus bas, elle se trouve au-dessus du tropique.
Pour que l'ombre soit égale à l'objet, il faut que les
rayons soient inclinés à 45°. Or en été, à midi, à Gizeh,
les rayons sont presque verticaux. Il n'y aura donc pas
d'ombre du tout durant toute une période de l'année. En
plus, pour que l'ombre soit perpendiculaire à la base, elle
doit être orientée nord-sud. Ces conditions ne sont
réunies que deux jours dans l'année. Les astronomes
affirment que la mesure de Thalès n'a pu être effectuée
que… (Il sortit un calepin de sa poche, le feuilleta) …
que le 21 novembre ou le 20 janvier. Vous avez le choix.
Tu vois, Léa, cela s'est passé à midi, certes, mais à
l'ombre ET en hiver. Et si Thalès a attrapé quelque chose
pendant sa mesure, c'est plus un rhume qu'un coup de
soleil.

Un groupe de Japonais se pressait autour de M. Ruche ; certains voulaient acheter les dessins. Quelqu'un prit une photo.

– Le théorème est sans doute général, mais la mesure fichtrement particulière. Combien a-t-il trouvé concrètement, Thalès ? Car il s'agit toujours de déterminer la hauteur de la pyramide, n'est-ce pas ? demanda Léa.

– Il n'avait sous la main qu'une corde et il lui fallait une unité de mesure. Il utilisa le *thalès*, c'est-à-dire sa propre taille. Avec la corde, dont la longueur avait été ajustée à sa taille, il mesura l'ombre. Il trouva 18 thalès. Puis il mesura le côté de la base, divisa par deux et trouva 67 thalès. Il additionna et inscrivit en gros le résultat sur une feuille. *La pyramide de Khéops mesure 85 thalès.*

« Or, en mesure locale, le thalès valait 3,25 coudées égyptiennes, ce qui fait 276,25 coudées au total. Nous savons aujourd'hui que la hauteur de Khéops est de 280 coudées. 147 mètres !

M. Ruche ne leur dit pas le temps qu'il avait passé, la nuit précédente, pour effectuer tous ces calculs. Combien de fois il s'était trompé !

« Celle-ci, dit-il en désignant la pyramide du Louvre, a pour dimensions…

Il s'apprêtait à chercher dans son calepin, quand la voix d'Albert s'éleva :

– 21 mètres 60 de haut et 34 mètres 40 de côté.

Tous le regardèrent stupéfaits. Il tripatouilla sa casquette, gêné.

« Je l'entends chaque fois que je dépose des touristes ici, rajouta-t-il pour s'excuser.

– Pour que cessent les questions, je vous ai préparé une batterie de dessins.

M. Ruche détacha les feuilles et les présenta.

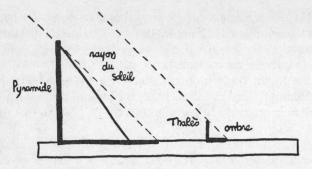

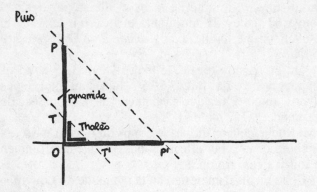

Ce qui donne aussi :

$$\frac{\overline{OT}}{\overline{OP}} = \frac{\overline{OT'}}{\overline{OP'}}$$

Des touristes japonais tendirent la main. M. Ruche s'excusa.

– Là, vous retrouvez le dessin Son et Lumière de la dernière fois, représentant le théorème de Thalès, tel qu'en son souvenir Jonathan l'avait conservé.

Puis il présenta le dernier dessin. L'abstraction avait fait son travail. Là, vraiment, plus de chair, plus de matière ; l'épure était arrivée à son comble. Tous avaient sous les yeux un vrai schéma mathématique.

M. Ruche conclut : « Ce théorème raconte en fait ce qui se passe quand un groupe de droites parallèles se mettent à couper un couple de sécantes. »

Un tonnerre d'applaudissements salua la dernière phrase de M. Ruche. Sur tous les tons, avec des accents pas possibles, fusèrent des « thaelis », « Talaiis ». Thalès fut mis à toutes les sauces linguistiques, un Américain, enthousiaste, lança même un : « Yeah ! télis ! »

Les touristes japonais, surtout, étaient ravis ; ils voulaient donner des sous. Ça, c'est Paris !

Quelque temps plus tard, dans un quotidien de Tokyo, au milieu de la page culture, s'étalait une photo. M. Ruche trônant sur son fauteuil ; à ses côtés Max, avec Nofutur perché sur son épaule et Albert qui, dans un réflexe, avait ôté sa casquette, mais avait gardé son mégot. Au deuxième plan de la photo, dans le fond, les lecteurs de Tokyo pouvaient apercevoir la fameuse pyramide du Louvre. La photo était accompagnée d'une légende :

高齢のフランス人学者は、建築家イェオ・ミン・ペイの設計によるルーヴル美術館のガラス製ピラミッドの高さを、古代ギリシアの数学者タレスの、影を使う方式で測定する。

Le soleil avait disparu derrière les murs des Tuileries, il commençait à faire frais. Au lieu de remonter directement vers le nord, la 404 longea la Seine et s'infiltra dans la place de la Concorde au moment où les réverbères s'allumaient. Elle fit deux tours complets pour laisser à tous le temps de jauger l'obélisque. Puis, empruntant la rue Saint-Honoré, Albert fit admirer la colonne Vendôme.

— Comme vous voyez, dit M. Ruche qui commençait à être fatigué, on déplace les colonnes et les obélisques. Les pyramides sont plus difficiles à transporter.

— Et à mesurer, glissa Max.

— C'est toujours ainsi, ajouta M. Ruche pour lui. Au lycée, mon professeur de mathématiques disait : « Et ensuite, il suffit d'appliquer le théorème, etc. » et il reposait sa craie. Il en avait de bonnes ! Il suffit…

— Les mathématiques sont simples, M. Ruche, déclara Léa. C'est leur application qui est compliquée.

— Moi je dirais : les mathématiques sont compliquées et leurs applications le sont encore plus, rectifia Jonathan.

— Tu dramatises toujours. Regarde Thalès, la puissance de son théorème va bien au-delà de toutes les applications, et pourtant il a utilisé un cas tout à fait particulier pour mesurer sa pyramide, celui où le rapport entre la pyramide et son ombre est égal à 1, parce que c'était plus simple.

— Plus simple mais moins fréquent, dit Jonathan.

— C'est normal, un cas particulier est moins fréquent

que le cas général. C'est comme dans la vie, il faut choisir : compliqué et fréquent, ou bien simple et rare, dit M. Ruche philosophe.

– Moi, je préfère simple et fréquent, dirent ensemble Jonathan-et-Léa, à nouveau réunis.

Max se redressa :

– M. Ruche, la première fois, à la maison, vous aviez dit que Thalès avait quitté Milet en pleine canicule, et qu'il ne s'était pratiquement pas arrêté avant l'arrivée à Khéops ? Et tout à l'heure, vous avez dit qu'il a fait la mesure en hiver. Le voyage n'a tout de même pas duré six mois !

M. Ruche tomba des nues. Piégé !

– Il s'est peut-être un peu arrêté en chemin, je ne sais pas, moi, pour visiter Alexandrie, par exemple. Non, qu'est-ce que je dis. Pas Alexandrie : la ville a été construite plus tard. Pour visiter Thèbes, alors. En fait, je crois plutôt que Thalès s'est installé au pied de la pyramide et qu'il a attendu le bon moment pour faire sa mesure.

– Et le fellah ? demanda Max. Qu'est-ce qu'il est devenu, le fellah de Thalès ?

M. Ruche hocha la tête ; il avait complètement oublié le fellah.

– Sans le fellah, pas de mesure ! appuyèrent Jonathan-et-Léa.

– Vous avez raison. Sans lui, Thalès n'aurait pu effectuer la mesure. Il ne pouvait pas vérifier que son ombre était égale à sa taille et en même temps marquer l'extrémité de l'ombre de la pyramide. Il faut être deux pour appliquer le théorème de Thalès.

– Il faudrait alors dire le théorème de Thalès et du Fellah, conclut Léa. Il faut rendre au fellah ce qui est au fellah !

Chaque fois qu'il sera question d'un théorème, M. Ruche se promit de poser la question : qui est le fellah du théorème ?

Tout le monde s'enfonça dans les banquettes de cuir. Le silence s'installa dans la 404.

Tandis qu'ils regagnaient les hauteurs de Montmartre, M. Ruche tirait les enseignements de ce qui s'était passé depuis sa décision de leur raconter Thalès à des fins, disons personnelles.

Ses récits devraient cadrer avec tout ce que l'on savait de la réalité, ils devaient être conformes à l'Histoire. Les jumeaux s'étaient révélés d'intraitables interlocuteurs. Il sut qu'ils ne lui laisseraient rien passer. Cela s'avérait plus ardu que prévu. Mais plus excitant.

Avec une habileté toujours aux limites de l'accrochage, Albert se coulait au milieu des embouteillages.

– M. Ruche, vous saviez que Thalès avait prévu une éclipse ? demanda brusquement Jonathan, rompant le silence.

– Oui.

– Vous ne nous l'aviez pas dit !

– Non.

– J'ai lu, reprit Jonathan, que ce qui l'a rendu célèbre en son temps, ce n'est pas du tout son théorème. C'est le fait que l'éclipse qu'il avait prévue s'est produite exactement au moment où il l'avait prévue.

Léa, désarçonnée par cette révélation, lança un regard noir à Jonathan. Elle se reprit immédiatement, interpellant M. Ruche :

– La petite cruche de servante qui accompagnait Thalès aurait mieux fait de se taire. Sa remarque était à côté de la plaque (elle ricana), si je puis dire. « Tu n'arrives pas à voir ce qui est à tes pieds et tu crois pouvoir connaître ce qui se passe dans le ciel », glapit Léa avec une voix acide, mimant la cruche ionienne. Elle avait tout faux.

Albert donna un coup de frein, Léa se cogna contre la vitre, elle continua imperturbable.

Ce n'est pas : « Comme tu ne vois pas le trou, tu ne

peux pas voir le ciel », mais tout le contraire : « Parce que tu as passé ton temps à chercher à savoir ce qui se passe dans le ciel, tu es tombé dans le trou du chemin ! »

Sans laisser à M. Ruche le temps de répliquer, elle demanda à Albert de stopper. Elle descendit. Jonathan la suivit.

Tandis que la 404 grimpait vers Montmartre, M. Ruche se demanda pourquoi il n'avait pas parlé de l'éclipse. Il ne trouva aucune réponse. Que se passe-t-il quand survient une éclipse ? La lumière qui crevait les yeux l'instant d'avant disparaît brutalement. En un instant, du jour on passe à la nuit. Thalès, l'homme qui fait des liens... En disparaissant dans le *regard* d'égout ouvert au milieu du trottoir, qu'est-ce que, dix-sept ans plus tôt, Perrette avait voulu ne plus voir, qu'elle voyait trop bien l'instant d'avant ? se demanda M. Ruche.

La 404 avait lâché J-et-L sur le boulevard entre Pigalle et Blanche. Immédiatement, Léa demanda :

– Pourquoi ne m'as-tu pas raconté cette histoire d'éclipse à moi d'abord ? Tu joues en solitaire !

– Tu étais libre de faire ton enquête de ton côté. Je te rappelle que deux, c'est aussi deux fois un.

Ils avançaient sur le terre-plein central, passèrent devant le Moulin-Rouge, dont ils haïssaient les grandes ailes tape-à-l'œil. Jonathan marchait devant, furieux : « Je ne vais tout de même pas l'avertir de tout ce que je fais. Il faudra bien qu'elle admette qu'on doit aussi vivre chacun de son côté. » Puis il revint à l'éclipse. En la prévoyant, grâce à l'étude du ciel, Thalès s'était libéré de la frayeur que la disparition soudaine du soleil ne manquerait pas de déchaîner.

Il attendit que Léa arrive à sa hauteur :

– Quant au trou, voilà ce que j'en pense. Thalès a accepté

le risque de tomber dedans et d'être plongé dans une obscurité, comment dirais-je…

— Locale ? proposa Léa.

— Locale, reprit Jonathan, pourvu qu'il puisse étudier
le ciel et échapper à l'obscurité générale qui allait enva-
hir la terre entière et terrifier les hommes.

Léa regarda Jonathan, décontenancée. Faut-il que ce que
Perrette leur avait révélé concernant leur origine l'ait
chamboulé pour qu'il s'exprime d'une manière tellement
éloignée de sa façon habituelle de parler ! Ils marchèrent
côte à côte. Pour la première fois, Léa se dit qu'ils avaient
eu de la chance d'être nés à deux, pour pouvoir assumer
ensemble ce problème et elle pensa : « Deux, c'est aussi
un plus un. » Elle s'arrêta, massa la bosse, fruit du coup de
frein d'Albert, et tirant Jonathan par le bras :

— Le trou était le prix à payer pour se libérer de la peur
de ce qui allait arriver, c'est cela que tu veux dire ?

Tout bien pesé, Thalès faisait l'affaire. Jonathan-et-Léa
décidèrent d'adopter ce grand ancêtre qui avait pris pouvoir sur l'ombre et domestiqué l'obscurité du monde.

CHAPITRE 4

La Bibliothèque de la Forêt

Un tremblement secoua les vitres qui vibrèrent comme le matin du 14 juillet quand la Patrouille de France éclate la tête des Parisiens. On frappa à la porte de la chambre-garage M Ruche ouvrit ; un petit type l'apostropha, montrant le papier qu'il tenait en main :

– Il y a le nom de la rue, mais pas le numéro. Vous êtes monsieur Riche ?

– Ruche, rectifia M. Ruche.

M. Ruche découvrit un gigantesque semi-remorque garé devant la librairie. Il comprit immédiatement. Un déménageur ouvrit les portes arrière. Les caisses emplissaient la remorque. C'était donc vrai ! Jusqu'à cet instant, M. Ruche n'y avait pas cru. La bibliothèque de Grosrouvre était là !

– Eh, vous m'écoutez ? cria l'homme dans les oreilles de M. Ruche. Je disais que vous avez failli ne pas les recevoir ; le cargo qui les transportait a manqué couler au milieu de l'Atlantique C'est un navire de guerre cubain qui l'a sauvé. Il l'a remorqué en pleine tempête. Le cargo était trop chargé. Un marin m'a dit que c'est juste au moment où le capitaine donnait l'ordre de jeter la cargaison à la mer que le cubain est arrivé. Vous pouvez dire que c'est un miracle qu'elles soient là.

Il se planta devant M. Ruche :

« Moi, je ne crois pas aux miracles. Si ce n'est pas arrivé, c'est que cela ne devait pas arriver.

Et les caisses s'empilaient dans l'atelier.

– Les livres, y a pas plus lourd, grommela un déménageur passant devant M. Ruche. En plus, les gens les bourrent jusqu'à la gueule. On voit que ce n'est pas eux qui les portent !

Il s'assit, s'épongea le visage. Désignant une inscription sur le couvercle :

«Elles viennent du Brésil. D'habitude, ce sont des troncs d'arbres qui viennent de là-bas. Sur le port, j'ai vu des pièces énormes, des satanées bêtes, je vous dis. Nos chênes à côté, des allumettes !

– Elles n'ont pas pris l'eau, au moins ? demanda brusquement M. Ruche.

– On n'est pas dedans. Nous, on se contente de les transporter.

Une caisse tombant à l'eau pendant le transbordement, c'était arrivé à l'un des amis de M. Ruche, un rapatrié d'Algérie, en 1962, dans le port de Marseille. On avait repêché la caisse sans rien lui dire. Quand il l'avait ouverte, tout était pourri dedans, les vêtements, les livres, les boîtes… M. Ruche se mit à inspecter scrupuleusement chaque caisse. Avec une étonnante aisance, il tournait autour avec son fauteuil, passant la main sur les planches. Aucune trace d'humidité, le bois était sain.

Les déménageurs quittèrent l'atelier. M. Ruche entendit le ronflement du moteur résonner dans la rue Ravignan. Le silence envahit la rue.

Les rayonnages tout neufs commandés au menuisier de la rue des Trois-Frères tapissaient les murs. La verrière laissait pénétrer un flot de lumière froide. Comme tous les ateliers d'artistes, celui-ci était orienté au nord. Bientôt, les rayonnages seraient pleins de livres. Ils seront bien ici, pensa M. Ruche. Ni soleil ni humidité.

Perrette glissa le pied de biche sous le couvercle. La planche crissa avec le bruit d'une noix que l'on brise.

M. Ruche eut juste le temps de voir le couvercle se soulever.

Les livres !

Emplissant la caisse jusqu'à ras bord, ils étaient posés à
plat les uns sur les autres.

– Le sagouin ! s'exclama M. Ruche. Ceux d'en bas
doivent être écrabouillés !

Perrette saisit un livre, l'inspecta longuement, leva la
tête vers M. Ruche, incrédule. Dans ses mains elle tenait
un joyau, un ouvrage du XVIe siècle en parfait état. Émue,
elle le tendit à M. Ruche. Il refusa de le prendre, elle le
déposa sur le rayonnage le plus proche. Le premier livre !

M. Ruche suivait avec une extrême attention les gestes
de Perrette. Elle ouvrit d'autres caisses, avec toujours ce
bruit de noix que l'on brise.

Le chuintement du fauteuil creva le silence ; M. Ruche
s'avança vers les rayonnages. Doucement, tout doucement, avec une attention extrême, il passa en revue les
ouvrages que Perrette y avait placés. Il n'en toucha
aucun, se contentant de les caresser du regard, lisant,
quand cela était possible, le nom inscrit sur le dos. Ce
n'était qu'une infime partie de la bibliothèque de Grosrouvre ! Le reste était dans les caisses.

– Faut-il qu'il ait été riche pour avoir pu se les payer !
laissa échapper M. Ruche.

– Qu'il ait été ? demanda Perrette, surprise. Il ne l'est
plus ? Vous pensez qu'il est ruiné… ou bien mort ?

– Pas du tout ! Qu'est-ce que vous dites là ? On recevra
bientôt de ses nouvelles, affirma M. Ruche sourdement.

Devant l'air dubitatif de Perrette, il insista :

« Je suis sûr qu'on va en recevoir incessamment… »

Elle lui coupa brutalement la parole :

– Surtout ne dites pas « sous peu ».

Il la regarda, déconcerté. Elle se reprit :

« Ne dites pas "incessamment sous peu", pas vous, je

vous en prie. Au début, c'était une plaisanterie et maintenant tout le monde l'emploie sans se rendre compte que c'est un pléonasme ridicule. "Je vous l'envoie incessamment sous peu", "Je reviens incessamment sous peu", les clients, les fournisseurs me le rabâchent à longueur de journée, c'est une véritable épidémie.

– Je ne vous savais pas aussi chatouilleuse sur le style. Mais je vous informe que je n'avais pas l'intention de dire « sous peu ».

Quelle mouche avait piqué Perrette ? Elle n'avait tout simplement pas envie de retourner à la librairie et l'heure était venue d'ouvrir le magasin. Elle aurait voulu rester dans l'atelier avec ces livres-là aux côtés de M. Ruche. Il le comprit et décida de l'accompagner. C'était exceptionnel. Depuis son accident, M. Ruche n'avait pas mis les pieds dans la librairie.

Une jeune femme élégante au visage tavelé entra dans le magasin, fonça vers la table de présentation des nouveautés, saisit un exemplaire de *J'aurai ta peau !,* le bestseller du Dr Larrey sur les maladies cutanées, paya et sortit dignement.

Perrette revint vers M. Ruche :

– Je n'ai aperçu aucune étiquette indiquant le contenu des caisses.

– Il n'y en a pas, confirma M. Ruche.

– Cela nous aurait facilité la tâche.

– Dans sa lettre, Grosrouvre m'a averti qu'il n'avait pas eu le temps de mettre les livres en ordre, caisse par caisse.

Il s'interrompit :

« Vous avez dit "nous" ?

Elle rougit :

– Si vous êtes d'accord, je vous aiderai à les ranger.

– Si je suis d'accord ? Bien sûr. Je n'osais pas vous le demander. Avec tout le travail que vous donne le magasin… Ce sera un peu comme lorsque vous avez débuté et que nous travaillions ensemble.

– Vous allez les garder ?

– Quoi donc ?

– Ben, les livres.

– En tout cas, je les garde en pension. Jusqu'à ce que Grosrouvre me fasse signe et me dise ce qu'il compte en faire.

– Tout de même, il est étrange, votre ami. Vous y croyez, vous ? Qu'est-ce qui aurait bien pu le presser au point qu'il n'ait pas eu le temps de mettre les livres en ordre dans les caisses ?

– Je n'arrête pas de me poser la question. Et ce n'est pas la seule. Pourquoi est-ce que tout à coup il m'envoie sa bibliothèque ? Et sans me demander mon avis. Si j'étais mort depuis des années, hein, et que sa lettre lui soit retournée avec « N'habite plus à l'adresse indiquée » ? D'ailleurs cela a failli lui arriver, il a écrit *1001 feuilles* au lieu de *Mille et Une Feuilles*.

Un sourire espiègle rajeunit son visage :

« Et si je lui renvoyais toutes ses caisses !

M. Ruche savoura sa vengeance, imaginant Grosrouvre dans sa propriété au milieu de la forêt, recevant le chargement de caisses avec écrit dessus : « Retour à l'envoyeur ! »

Sa satisfaction fut de courte durée.

– Vous avez son adresse ? lui demanda ingénument Perrette.

M. Ruche resta interdit. Il ne l'avait pas ! Pas plus qu'il n'avait son numéro de téléphone. Il n'avait jamais pensé à les rechercher. Comme si, dans l'esprit de Grosrouvre, la communication ne pouvait être que dans un seul sens. En conclusion, il ne disposait d'aucun moyen de joindre Grosrouvre. Perrette se précipita sur l'annuaire. 19 33 12, renseignements internationaux, puis 21, pour le Brésil. L'opératrice était catégorique, il n'y avait pas d'Elgar Grosrouvre à Manaus !

M. Ruche se souvint alors que dans sa lettre Grosrouvre avait dit qu'il habitait les environs de Manaus. Sans plus de précisions.

— Dans ces coins-là, avec les distances, les environs, ça peut aller jusqu'à des centaines de kilomètres, lui fit remarquer Perrette sans quitter le combiné. Quoi ? dit elle, répondant à l'opératrice. Il vous faut un nom de ville ou de village, sans cela vous ne pouvez rien faire ?

Elle raccrocha. M. Ruche haussa les épaules, désappointé. Il était piégé. C'était ainsi depuis la Sorbonne ; Grosrouvre décidait, sans demander l'avis de personne, puis il se débrouillait pour que l'on entre dans sa combine. Cela marchait généralement, on faisait exactement ce qu'il avait décidé de vous faire faire.

— Vous êtes sûr qu'il s'agit bien de votre ami ? insista Perrette.

— Pourquoi en douterais-je ?

Et, d'un air inspiré :

« "De ce qu'à moi, ou à tout le monde, il en semble ainsi, il ne s'ensuit pas qu'il en est ainsi. Mais ce que l'on peut fort bien se demander, c'est s'il y a sens à en douter." »

Perrette le regarda, surprise. M. Ruche :

« Wittgenstein, Perrette ! Quel sens y aurait-il à en douter, n'est-ce pas ?

Une dame d'une cinquantaine d'années poussa la porte et demanda « une sorte de dictionnaire sur la pêche ou quelque chose de ce genre ». Pour faire un cadeau à son mari qui venait de prendre sa retraite, précisa-t-elle. M. Ruche abandonna Perrette au milieu de sa vente. Plutôt qu'un dictionnaire, elle ferait mieux de lui offrir une canne à pêche toute montée et des appâts bien frais, pensa M. Ruche en retournant dans l'atelier.

Il plongea la main dans la caisse de livres la plus proche. Sa vision se brouilla. Dans un flash, il entrevit les caisses posées au fond de l'Océan, enfouies sous cent mètres d'eau. M. Ruche fut pris de vertige. Cela lui arrivait de temps en temps. Comme le premier mètre étalon envoyé en 1794 par la Convention nationale au Congrès américain, qui avait sombré au cours d'un naufrage dans la mer des Caraïbes, la plus belle bibliothèque d'ouvrages mathématiques du monde peuplait le fond des océans. La vision était d'une précision insupportable.

Dans ce désastre, une chose le réconfortait : les caisses étaient intactes ! Pas une n'était éventrée. Les livres reposaient à l'abri de l'eau, du sel, des poissons, des mollusques et des algues. Dans 2 000 ans, peut-être, on les retrouverait, comme on retrouve des pièces d'or au fond des amphores grecques dans les eaux tièdes au large de Marseille. « Oh, non ! » Il poussa un cri, ou cru l'avoir poussé. L'une des caisses s'entrouvrait ! L'eau pénétra à l'intérieur. Le coin d'un livre apparut, puis la couverture, une belle couverture grenat, en maroquin grainé, puis le livre entier, qui se glissa hors de la caisse et s'éleva dans l'eau.

Dans un effort inouï, M. Ruche lança le bras et parvint à rattraper l'ouvrage qui filait vers la surface, aspiré par les remous scintillants. Mais, des autres caisses béantes, d'autres livres s'échappaient à leur tour. M. Ruche sombrait.

Les secours lui vinrent de l'ouvrage, bien réel celui-là, qu'il tenait, encore, dans la main, et auquel il s'agrippait comme à une bouée, dans l'atelier de la rue Ravignan. M. Ruche s'arracha à ce naufrage de cauchemar. La vision s'effaça, mais la frayeur rétrospective perdura, avant d'être balayée par le contact rassurant de la couverture en maroquin grainé qu'il caressait avec bonheur.

Son regard convalescent se posa sur les rayonnages de l'atelier. Les livres miraculés étaient là. Dans les caisses entrouvertes, il y avait tous les autres QUI L'ATTENDAIENT. Grosrouvre les lui avait confiés ; il se jura de prendre garde à ce que rien de fâcheux ne leur arrive.

Lorsque Jonathan-et-Léa pénétrèrent dans l'atelier, ils découvrirent M. Ruche dans un état d'excitation intense. Ses yeux, habituellement presque transparents, brillaient d'un éclat surprenant pour un homme de cet âge ; ses mains maigres, enserrant le cerclage des roues de son fauteuil, se mouvaient lentement.

Jonathan-et-Léa étaient nés dans les livres, avaient vécu avec eux. Ils leur étaient aussi familiers que les carcasses de voitures aux gamins squattant les casses de banlieue. Mais cette fois c'était autre chose. La vision de M. Ruche transformé par cette bibliothèque venue du bout de monde les fascinait. Sur-le-champ, ils la nommèrent *la Bibliothèque de la Forêt*. La BDF.

Une envie de gamin qui déballe tous ses jouets d'un coup traversa M. Ruche. Il avait un désir fou de sortir tous les livres, de les poser immédiatement sur les rayonnages afin que d'un seul regard il puisse prendre la mesure de la bibliothèque entière. C'était pure folie. S'il agissait ainsi, comment ensuite utiliser une bibliothèque dont les ouvrages auraient été placés n'importe comment ? Il était entre deux feux ! Le mot était mal choisi.

La sagesse l'emporta.

M. Ruche remisa son désir. Avant de pouvoir contempler l'ensemble des livres, il lui fallait mettre au point un principe de rangement de la Bibliothèque de la Forêt.

Lorsque M. Ruche avait ouvert *Les Mille et Une Feuilles*, il lui avait fallu établir un classement pour ranger les ouvrages présentés à la vente : Romans, Essais, Policiers, Science-fiction, Tourisme, Vie pratique, etc. Avec un petit rayon Poésie, et également un rayon Étranger, présentant des romans faciles pour les touristes qui s'arrêtaient sur le chemin du Sacré-Cœur. Il se souvint qu'avec le temps, il avait dû maintes fois modifier le classement.

Grosrouvre ne lui facilitait vraiment pas la besogne. « Si au moins je pouvais le joindre, se dit-il, je lui demanderais comment il avait organisé sa bibliothèque. J'exigerais qu'il m'envoie son fichier et sa nomenclature. Comment établir un principe de rangement efficace quand on n'est pas familier des objets que l'on veut ranger ? Comment ranger des ouvrages de mathématiques si l'on ne connaît rien aux mathématiques ?

Ce que j'ai refusé lorsque j'avais vingt ans, il me force à le faire à quatre-vingts passés ! Grosrouvre a tout manigancé pour que je plonge dans SES mathématiques ! Le salaud. » La couverture glissa du fauteuil, M. Ruche se pencha, en profita pour lisser ses chaussures d'un revers de manche et reposa la couverture sur ses jambes mortes.

Finalement, la colère passée, M. Ruche rejeta l'hypothèse du piège tendu par Grosrouvre. Malgré les passages caustiques de la lettre, le ton était grave. Il y avait en filigrane une véritable urgence. Quelque chose, M. Ruche commençait à s'en persuader, avait contraint Grosrouvre à lui envoyer en catastrophe sa bibliothèque. Quoi ?

« Il te faudra, cher Pierre, les reclasser et les ranger suivant les principes qui te conviendront le mieux. Mais ce n'est déjà plus mon affaire. »

« Oui, puisque c'est devenu la mienne ! maugréa M. Ruche. C'est exactement ce qu'il voulait ! »

M. Ruche opta pour l'ordre chronologique secondé par l'ordre thématique : la place d'un ouvrage dépendant d'abord de la date de parution de l'édition originale, du thème traité, ensuite.

Déterminer des grandes périodes de l'histoire des mathématiques. Elles constitueront les sections. Établir ensuite la liste des différentes disciplines traitées, qui formeront les sous-sections. Les disciplines évoluant avec le temps, les sous-sections ne seront pas forcément les mêmes suivant les époques. Certaines se tarissant et disparaissant, absorbées par de nouvelles, d'autres se transformant en se subdivisant ; quelques-unes enfin, totalement inédites, apparaissant.

Établir cette classification ne revenait-il pas à recomposer l'architecture entière des mathématiques ! Pour pouvoir y parvenir, M. Ruche devait se faire géographe et historien. Il lui faudrait dresser la carte de l'univers mathématique. Pas une carte figée, mais une carte historique.

« Grosrouvre va s'installer au beau milieu de l'Amazonie et moi, au fond de mon atelier, je dois me faire explorateur ! pesta M. Ruche. »

Il décida de relever le défi.

Après une enquête sommaire, il opta pour trois grandes périodes. Plus tard, il peaufinerait.

« Section 1 : Les mathématiques de l'Antiquité grecque. » Antiquité un peu élargie, disons entre - 700 et + 700.

« Section 2 : Les mathématiques dans le monde arabe. » De 800 à 1400.

« Section 3 : Les mathématiques en Occident. » A partir de 1400.

Et les sous-sections ? Établir la liste des différents domaines abordés revenait tout bonnement à se poser la question : de quoi traitent les mathématiques ? Une paille !

Alors, de quoi traitent-elles ?

Des figures et des nombres. De l'espace et de la quantité. Telle fut sa première réponse : *Géométrie, Arithmétique*. Un peu rudimentaire tout de même, admit-il. Avant de faire appel aux dictionnaires et aux encyclopédies, il essaya de se remémorer les intitulés des différents cours suivis durant ses études. Outre les deux déjà cités, M. Ruche parvint, soixante années plus tard, à se souvenir de : *Algèbre, Trigonométrie, Probabilités, Statistiques, Mécanique*. La Géométrie s'occupe des figures ; l'Arithmétique, des nombres ; la Trigonométrie, des angles ; la Mécanique, du mouvement et de l'équilibre des figures.

Dans l'atelier, au milieu des caisses ouvertes, Max débarqua avec tout un attirail, papier Canson, gomme grosse comme un coing, règle plate, crayons de couleur – il exécrait les feutres. Scotchant plusieurs feuilles entre elles, il confectionna un panneau qu'il accrocha au mur.

Son cahier de notes ouvert sur ses genoux, M. Ruche présenta à l'auditoire pour acceptation son principe de rangement de la BDF. Désirant un choix démocratique, il avait convoqué Perrette et les jumeaux, qui étaient venus, et Albert, qui avait refusé. La Géométrie fut acceptée à l'unanimité. Max dessina une case sur le papier, à l'intérieur de laquelle il inscrivit *Géométrie*.

Cela ne se passa pas si aisément avec l'Arithmétique. Certains voulurent l'identifier à l'Algèbre. Pour justifier la présence de deux sous-sections, M. Ruche exposa la spécificité de chacune d'elles :

– Arithmétique vient de *arithmos*, nombre en grec.

« Il ne loupe pas une occasion de placer son grec ou son latin », se dit Léa en demandant hypocritement :

– Et algèbre, ça vient de quoi ?

M. Ruche n'en avait pas la moindre idée. Il reprit en lisant ses notes :

– L'arithmétique est la science des nombres entiers naturels : 1, 2, 3… L'algèbre est la science des équations. Ce n'est pas la même chose. En arithmétique, on étudie la forme des entiers, leurs propriétés, s'ils sont pairs ou impairs, divisibles ou pas. En algèbre, on cherche à résoudre des équations, sans se préoccuper de la nature de ce que l'on cherche. Seul compte, si l'on peut dire, la forme des contraintes que l'on impose aux objets recherchés.

L'air peu convaincu de son auditoire le força à ajouter :

« "La somme de deux entiers pairs est un entier pair" est une phrase de l'arithmétique, alors que "L'équation ax^2 plus bx et cætera a deux racines et cætera" est une phrase de l'algèbre. »

Il crut apercevoir une lueur de compréhension sur les visages.

Argument décisif en faveur de la distinction des deux domaines, M. Ruche révéla que l'arithmétique était née en Grèce, au VIe siècle avant notre ère, alors que l'algèbre avait vu le jour bien plus tard.

Max dessina deux cases.

M. Ruche passa à la trigonométrie.

– Comme son nom l'indique, la trigono-métrie est la mesure des triangles. Des triangles considérés à partir de leurs angles, pas de leurs côtés. Parfois on dit que la trigonométrie est la science des ombres. Vous voyez à quoi je fais référence ?

Jonathan lança un « Yeah, Theales ! » avec l'accent américain des touristes du Louvre.

« C'est, reprit M. Ruche, la science de l'inclinaison des objets, de l'orientation et de la direction ; toutes choses que l'on peut mesurer par un angle. Grâce à son sinus et à son cosinus, on peut connaître un angle sans avoir à le mesurer directement. Le sinus et le cosinus d'un angle sont des nombres.

Deux camps se dégagèrent, celui de l'autonomie, celui du rattachement. Et dans celui du rattachement, il y eut deux options ; Jonathan opta pour le rattachement à la géométrie, « puisqu'on prend le sinus d'un angle et que les angles sont en géométrie, la trigo fait partie de la géométrie ». Léa opta, bien entendu, pour la position inverse, demandant le rattachement à l'arithmétique « puisque le sinus d'un angle est un nombre et que les nombres sont en arithmétique ». M. Ruche emporta le morceau en lâchant :

« Justement ! La trigonométrie étant le mariage des

deux, il faut au nouveau couple une chambre à part.

Sans attendre, Max dessina une case.

Puis M. Ruche passa aux Probabilités. Alors que toutes les autres disciplines sont au singulier, remarqua Perrette, seules les probabilités sont au pluriel.

– Et alors, demanda Jonathan.

– Et alors, rien, répondit Perrette.

– La probabilité pour que Max tombe sur un perroquet en train de se faire tabasser dans un hangar des Puces est quasiment nulle, n'est-ce pas ? questionna Léa. Et pourtant, il est tombé sur Nofutur. Ce qui nous vaut l'immense bonheur de le compter parmi nous depuis.

Nofutur milita pour que les Probabilités aient une case. Cela suffit à Max pour en dessiner une.

Abordant la sous-section suivante, M. Ruche crut bon de préciser que ce que les mathématiciens appellent *Mécanique* est un savoir théorique et non manuel.

– La mécanique s'intéresse aux causes des mouvements. Qu'est-ce qui cause un mouvement ? (La question était de pure forme.) Ce sont les forces, répondit M. Ruche sans attendre. Forces que le mécanicien mathématicien va tenter d'exprimer par des formules, à l'aide de différentes fonctions.

Pas un mot. M. Ruche regretta l'absence d'Albert.

Max dessina une case.

Perrette demanda pourquoi les *Statistiques* ne figuraient pas dans la liste. M. Ruche déclara qu'il les trouvait un peu trop empiriques pour être admises comme une sous-division des mathématiques. Recalées !

– Savez-vous ce que vous avez oublié ? s'exclama Perrette. La LO-GI-QUE !

– Je ne l'ai pas oubliée, répondit M. Ruche avec assurance. La logique fait partie de la philosophie. Aristote, qui l'a fondée, était, que je sache, un philosophe, pas un mathématicien.

– S'il n'y a pas de logique en mathématiques, je me demande bien où il y en a ?

– Mais dans la pensée, Perrette !

– Et dans le raisonnement en particulier. Et sans raisonnement pas de mathématiques.

– Ça c'est de la logique, m'man, s'écria Max en battant des mains et il dessina une nouvelle case.

Battu à plates coutures, M. Ruche !

– Et les maths modernes ? demanda Max.

S'ensuivit une discussion houleuse, où Perrette fit remarquer que « moderne » n'était pas un substantif désignant une discipline, mais un adjectif temporel.

– Adjectif ou pas, râla Jonathan, un « ensemble » n'est pas une figure, ni un nombre, ni un cosinus, ni une probabilité, ni un raisonnement, donc…

Il n'y avait rien à répliquer. Perrette accepta à condition qu'on l'écrivit en un seul mot, comme un substantif.

Max dessina une case dans laquelle il inscrivit *Maths-modernes*.

Ils admirèrent le panneau :

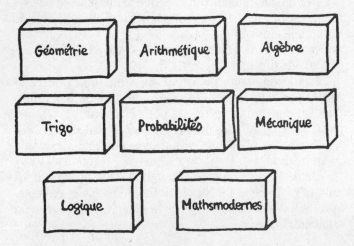

On fit le compte. Trois sections et huit sous-sections. Vingt-quatre cases pour ranger la Bibliothèque de la Forêt !

Des pigeons paons, des coqs nains, des canards silvert, des tourterelles et des colombes, de minuscules serins du Mozambique, cordon-bleu, ventre-orange, queue-de-vinaigre. Des canaris de toutes sortes, des chanteurs et des siffleurs ; une colombe diamant, bec de corail, joues orange ; une huppe royale d'un blanc de lait avec, piquées en haut du crâne trois plumes jaune clair et sur la queue intérieure une légère touche couleur œuf ; un tourago musophage au corps violet, au bec orange et à la tête recouverte de petites parcelles, pourpres sur l'arrière, jaunes sur le devant. Des lapins angora et des lapins bélier, des hamsters, des gerbilles. Un couple d'hippocampes séchés serrés entre deux plaques de plastique, un iguane, un caméléon et un boa de trois ans dans sa cage de verre, devant laquelle Max était planté, guettant le moindre mouvement de la bête. Mais il ne s'était pas déplacé jusqu'ici pour admirer tous ces animaux. A regret il quitta le boa.

Avant de partir, il avait pris la précaution d'enfiler un grand béret pour cacher sa tignasse rousse. On ne sait jamais. De Montmartre, il avait glissé jusqu'aux Grands Boulevards.

Juste avant d'arriver à la Seine, Max s'était retrouvé dans une rue minuscule. Sur la plaque était écrit : « Rue Jean-Lantier, du nom d'un habitant du XIIIe siècle, dit Jean Lointier ».

Sept cents ans, un bail ! Même pour les perroquets. Max venait d'apprendre que certaines espèces atteignaient facilement le siècle. Quel âge pouvait bien avoir

Nofutur ? C'était pour pouvoir répondre à ces questions qu'il s'était déplacé.

Le long de la Seine, entre le Louvre et la place du Châtelet, s'étend le quai de la Mégisserie, coin des animaleries et des bouquinistes. Les livres, sur le trottoir surplombant la Seine et, séparés par le flot continu des automobiles débouchant de la berge rive droite, les animaux.

Il y a là tous les volatiles du monde. Hormis, bien entendu, les espèces protégées, dont la liste a été établie par la Convention de Washington. Espèces interdites à la vente. Mais si l'on est prêt à y mettre le prix...

Max entra dans l'une des plus grandes oisselleries du quai de la Mégisserie. A l'entrée, comme dans les boulangeries, un carton affichait : *Les animaux sont interdits*. Max éclata de rire ! Après « animaux », une main anonyme avait rageusement rajouté « même en cage ».

La première salle était celle des chiens. Max passa devant une grappe de minuscules caniches aux aboiements acides, puis devant un yorkshire terrier, un pékinois tout bouclé allongé à côté d'un rooker golden. Autres salles, autres chiens ; une pancarte avertissait : « Vous pénétrez dans cette enceinte à vos risques et périls. » Sur son épaule, Nofutur se hérissa ; ses pattes s'enfoncèrent dans sa chair. Max évita le lieu et entra dans l'espace des perroquets.

Là, il eut une première révélation. La perruche n'est pas la femelle du perroquet. Il y a des perruches mâles et des perroquets femelles. S'ensuivit une question qu'à sa grande surprise il admit ne s'être jamais posée. Nofutur était-il un mâle ou une femelle ? Cela ne changerait rien, bien sûr. Tout de même, j'aimerais bien le savoir.

— Les mâles ont une plus grosse tête que les femelles, expliquait le vendeur à un couple de clients.

— On ne peut pas s'en rendre compte directement, je ne sais pas, moi, en examinant l'organe sexuel, par exemple ? demanda la femme.

— Non. Sans cela je ne vous aurais pas parlé de la tête, répondit sèchement le vendeur. On n'est pas capable de connaître le sexe d'un perroquet, ni à la vue, ni au toucher. C'est à cause de leur dimorphisme.

Le couple se regarda, ahuri. Puis, la femme :

— Dimorphisme ou pas, il y a bien des mâles et des femelles, non ? Il faut tout de même savoir ce qu'on achète !

— La seule façon d'être sûr du sexe est de pratiquer une petite opération, répondit le vendeur.

Il leur tourna le dos et s'en alla rejoindre d'autres clients.

Max jaugea à la dérobée la tête de Nofutur :

— En tout cas, la tienne n'est pas petite. Rassure-toi, on ne t'opérera pas.

De quel coin du monde venait Nofutur ? A quelle espèce appartenait-il ? Un poster présentant les différentes sortes d'aras lui apporta une première réponse. Nofutur n'était pas un ara. C'était déjà cela. Mais comme il y a plus d'une centaine d'espèces de perroquets, c'était peu.

Sur un planisphère étaient indiquées les différentes aires géographiques des perroquets. L'Afrique centrale et l'Amérique du Sud étaient les deux principales régions de peuplement, mais l'est de l'Asie et les Indes aussi.

Max fila en douce vers le rayon bouffe.

Il y avait le choix entre le mélange supérieur et le normal. Le supérieur était un riche mélange de graines : tournesol, millet, riz, sorgho, sarrasin, blé, arachide, paddy caddi et gruaux d'avoine, tandis que le normal était un mixte de tournesol, d'alpiste, de millet, de gruau d'avoine, de niger, de chènevis. Max prit un gros paquet de supérieur. Dédaignant les pâtés tout préparés, « mélange équilibré avec des protéines végétales », il saisit une poignée de baguettes de miel, la friandise suprême. Nofutur était excité comme une pie.

Max s'arrêta devant une affiche présentant la liste des

vétérinaires de Paris, établie par la Préfecture de police. Il se figea, ce qu'il était en train de lire était grave : une affiche officielle rappelait que tous les animaux introduits sur le territoire français devaient posséder un certificat *« sous peine de confiscation de l'animal »*. Ils devaient également subir une quarantaine à leur arrivée sur le territoire. Il fallait partir au plus vite.

Les mains pleines de sacs, Max s'approcha de la caisse. Il y avait la queue. Apercevant Nofutur, une vendeuse debout près de la caisse ne put dissimuler son intérêt :

– Voilà un superbe amazone à front bleu ! Je vous félicite, jeune homme. Avec les jacos du Gabon, ce sont les meilleurs parleurs que l'on puisse trouver. Vous savez que vous n'avez pas le droit d'entrer dans le magasin avec votre perroquet ? Vous imaginez, s'il était malade et qu'il… Vous avez un certificat, bien sûr, dit-elle avec un sourire rassurant. On voit bien qu'il pète de santé. (Puis, baissant la voix :) Je connais des amateurs qui donneraient des fortunes pour un bon parleur. Il parle bien ?

– Demandez-lui !

– Dis-moi quelque chose, lui demanda-t-elle d'une voix enjôleuse.

Nofutur détourna la tête. La vendeuse vexée :

« Qu'est-ce que tu as là ?

Elle avança la main. Nofutur se fit menaçant.

« Une bien vilaine cicatrice.

Puis, à Max :

« Vous l'avez depuis longtemps ?

C'était au tour de Max de payer. Il paya. La vendeuse revenant à la charge, il dit :

– Je suis pressé, ma mère m'attend, et en plus elle m'a interdit de parler à des dames que je ne connais pas.

Elle se força à rire :

– Il a de l'humour, le petit monsieur.

Max se dépêcha de sortir.

Ils n'étaient pas dehors que la vendeuse se mit à fouiller dans la poche de sa blouse, sortit une feuille, l'approcha de ses yeux pour lire le numéro de téléphone qui y était écrit. En quittant le magasin, Max parla doucement à Nofutur :

– Je trouve qu'elle nous a drôlement regardés, toi en particulier. Je lui trouve l'air louche.

La vendeuse, également, avait baissé la voix. Bouche collée au combiné d'un téléphone, elle disait :

– Oui, un jeune garçon d'une douzaine d'années avec un amazone à front bleu. Une bête superbe.

– ...

– Oui, oui, à front bleu avec une cicatrice sur le crâne.

– ...

– Je ne sais pas, je n'ai pas bien vu ses cheveux.

– ...

– Comment, pourquoi ? parce qu'il portait un béret.

– ...

– Que je les retienne au magasin ?... Mais... (Elle regarda vers la porte.) Ils sont déjà partis. Vous arrivez tout de suite.

Elle déposa le combiné. Bousculant les clients, elle se rua sur le trottoir, scrutant les quais pleins de monde.

De l'autre côté du quai, devant l'étal d'un bouquiniste, Max, caché derrière une vieille affiche, qu'il semblait examiner, vit la vendeuse regagner le magasin, furieuse. « Je t'avais dit, elle est louche, glissa-t-il à Nofutur. Filons. J'en suis sûr maintenant, il y a un trafic d'animaux. » Il s'interrompit. « Ça y est ! J'ai compris, les deux types des Puces, c'étaient des trafiquants de perroquets ! La vendeuse a bien dit qu'un bon parleur pouvait valoir des fortunes. Et pour être un bon parleur, ça, mon vieux, tu te poses là. Tu vaux une fortune, Nofutur ! Tu as peut-être même gagné des concours. Ils étaient furieux parce qu'ils voyaient leur magot s'envoler. Imagine, ils avaient déjà trouvé un acheteur, qui leur avait déjà versé une avance, et toi, en leur faussant compagnie, tu les as forcés à rembourser tout le fric qu'ils avaient reçu. Je comprends qu'ils soient furieux. Génial, tu es génial, Nofutur. Vaut mieux pas rester dans les parages. J'ai bien fait de mettre mon béret. »

En repassant par la rue Jean-Lantier, Max fit le bilan de sa virée au quai de la Mégisserie. Que savait-il de plus ? Il ne savait pas si Nofutur était un mâle ou une femelle, il ne savait pas quel âge il avait. Il savait qu'il n'avait pas de certificat médical et qu'il lui en fallait un, il savait que Nofutur était un amazone à front bleu, et qu'il était un excellent parleur.

Quelques instants après que Max et Nofutur eurent quitté le quai de la Mégisserie, une grosse Mercedes pila devant l'entrée de l'oisellerie. Un des deux hommes bien mis, le plus grand des deux, en descendit.

CHAPITRE 5

Le personnel mathématique
de tous les temps

Impossible d'y couper ! Malgré son impatience de voir enfin les livres libérés des caisses dans lesquels ils croupissaient, écrasés comme sardines en boîtes, M. Ruche savait que pour aller plus loin dans le rangement de la Bibliothèque de la Forêt, il devait retourner à la BN.

Pour le lendemain même il commanda Albert, qui l'y transporta.

Conformément à la classification établie, M. Ruche se composa un programme succinct. Mais terriblement ambitieux. Il devait établir une sorte d'inventaire du personnel mathématique de tous les temps. 2500 ans de mathématiques ! L'exhaustivité étant exclue, il lui faudrait faire un choix. Il le fit.

Il retrouva la BN avec plaisir. Mais, à la différence des fois précédentes, il n'avait plus le droit de musarder à travers les ouvrages. Il lui faudrait être immédiatement opérationnel. Aller à l'essentiel. Précisément ce qu'il y avait de plus difficile, son expérience de philosophe le lui avait appris.

M. Ruche sortit son cahier cartonné, il était lourd, l'ouvrit, tourna les pages. Heureusement qu'il en avait acheté un gros, car il était déjà bien rempli. Gros et lourd. Il sortit son porte-plume tout neuf, qu'une de ses anciennes clientes venait de lui envoyer de Venise. Entièrement en verre ! Non seulement le manche, mais la plume. En verre torsadé. Il venait tout droit de Murano, « façonné sous mes yeux », lui avait-elle affirmé dans le petit mot joint.

Il posa son encrier, dévissa le bouchon, trempa la plume et… tout autour de lui, le travail s'était interrompu. Ses voisins le regardaient avec un air bizarre. A cet instant seulement, M. Ruche remarqua qu'il était dans le coin des « portables ». Il était cerné par des micro-ordinateurs noirs branchés à des prises blanches par des fils gris !

Heureusement, il s'était fait porter de gigantesques dictionnaires de mathématiques et de non moins imposants traités d'histoires des sciences, qui lui faisaient un rempart derrière lequel il s'abrita. Il trempa sa plume de verre dans l'encrier et se mit à écrire. La plume crissa. Immédiatement, tout autour crépitèrent des rafales. Sur les claviers alentour, des doigts nerveux voulurent lui rappeler la supériorité de l'électronique sur la mécanique.

M. Ruche les oublia. Il décida de ne pas perdre de temps à rédiger. Quelques notes suffiraient.

Section 1. Première période. Mathématiques grecques

VIe siècle avant notre ère, les fondateurs : Thalès, géométrie, Pythagore, arithmétique.

Ve siècle avant notre ère, les pythagoriciens : Philolaos de Crotone, Hippase de Métaponte, Hippocrate de Chios, Démocrite l'atomiste, les Éléates (Élée, ville du sud de l'Italie) : Parménide et Zénon. Le sophiste Hippias d'Élis, un géomètre.

IVe siècle avant notre ère. École d'Athènes. Platon, travaux de l'Académie : Eudoxe de Cnide, créateur avec Antiphon de la méthode d'exhaustion, ancêtre du calcul intégral, Théodore de Cyrène, Théétète, Archytas de Tarente. Et Aristote (Logique, raisonnement). Ménechme, Autolycos de Pilane. Et Eudème de Rhodes, le péripatéticien, historien des mathématiques et de l'astronomie.

IIIe siècle, siècle d'or des maths grecques. Le Grand Trio : Euclide et Apollonios, à Alexandrie, Archimède, à Syracuse, les « Législateurs de la géométrie ». Euclide et les *Éléments*, Apollonios et les *Coniques*. Et Archimède.

Il nota que l'œuvre des trois derniers cités était presque exclusivement mathématique.

A partir du IIIe siècle avant notre ère (presque) tout va se passer à Alexandrie. Période dite *hellénistique*. Nées après les voyages de Thalès et Pythagore en Égypte, les maths grecques retournent au pays de leurs origines.

IIIe siècle avant notre ère : Ératosthène, mathématicien, astronome, géographe, directeur de la bibliothèque d'Alexandrie, il a effectué la première mesure rigoureuse de la Terre.

IIe siècle avant notre ère : Hipparque précurseur de la trigonométrie et Théodose, l'astronome.

Ier siècle avant notre ère Héron, le mécanicien.

Changement d'ère. IIe siècle, Claude Ptolémée, géographe et astronome. Nicomaque de Gérase, Théon de Smyrne (théoric des nombres), Ménélaos (sections coniques).

IIIe siècle. Diophante, précurseur de l'algèbre.

IVe siècle. Pappus, synthèse de la géométrie des siècles précédents. Théon d'Alexandrie, géométrie, et sa fille, Hypatie, la seule mathématicienne de l'Antiquité.

Ve siècle. Puis, les « grands commentateurs » des mathématiques grecques, Proclus, qui commente Euclide, Eutocius, qui commente Apollonios et Archimède.

VIe siècle. Boèce, le dernier mathématicien de l'Antiquité.

Fin des mathématiques grecques.

Le soir tombait, lundi finissait. Ils n'étaient plus que deux dans la travée. Autour de M. Ruche, dans la grande salle de lecture des imprimés de la Bibliothèque nationale, les places s'étaient vidées. Après avoir jeté un coup d'œil sur ses notes, M. Ruche, à sa grande surprise, ne dénombra pas plus d'une vingtaine de noms. Sur un millénaire ! Cette poignée d'hommes, couchée sur les feuilles de son cahier, avait fait les mathématiques grecques !

Il s'en était bien tiré. Ses notes étaient un peu sommaires, mais suffisantes pour effectuer le rangement des ouvrages de cette période. Il devait établir sa liste « jusqu'à nos jours ». Impossible. Il décida de s'arrêter à l'année 1900. Une paille ! Plus que 1 500 ans ! Il enragea en pensant à tous les livres de la BDF bloqués dans leurs sarcophages de bois.

Mardi. Albert déposa M. Ruche devant les portes de la BN, bien avant 9 heures. Il devait, dit-il pour s'excuser, se trouver impérativement à l'aéroport de Roissy à 9 h 45.

En un instant M. Ruche fut opérationnel. La veille, il avait pris la précaution de commander les ouvrages dont il aurait besoin pour la Section 2.

Section 2. Mathématiques dans le monde arabe. Du IXe au XVe siècle

Il s'arrêta. Il pénétrait en terre inconnue. Pouvait-il citer un seul mathématicien arabe ? Poussé par un sentiment d'urgence, M. Ruche se plongea dans un gros traité et comprit très vite qu'il s'agissait non pas des mathématiciens arabes, mais des mathématiciens ayant rédigé leur œuvre en langue arabe. Il y avait parmi eux des Persans, des Juifs, des Berbères. Ce furent pour la plupart des savants « à spectre large », œuvrant tout autant dans les domaines de la médecine, de l'astronomie, de la philosophie, de la physique et des mathématiques. Ils ressemblaient en cela aux premiers penseurs grecs pour lesquels la connaissance n'avait pas de frontière.

La section couvrait sept siècles, au cours desquels les mathématiques se déployèrent sur toute l'étendue du monde arabe. Parties de Bagdad, elles gagnèrent le Khorasan, le Khwārizm sur les bords de la mer d'Aral, l'Égypte, la Syrie, le Maghreb et la péninsule Ibérique.

Après quelques siècles de somnolence, entre le Ve et le VIIIe de notre ère, le savoir grec fut repris par les mathématiciens arabes qui, après l'avoir assimilé, le firent fructifier. C'est en passant par Byzance, la chrétienne, que les mathématiques de l'Alexandrie païenne parvinrent à Bagdad, la capitale de l'islam.

Les savants arabes, particulièrement ceux du IXe et du Xe siècle, eurent la particularité d'être tout à la fois de grands mathématiciens et des traducteurs accomplis. Ils se lancèrent dans une immense entreprise de traduction des textes des mathématiciens grecs, Euclide, Archimède, Apollonios, Ménélaos, Diophante, Ptolémée. Ce qui leur permit d'assimiler le savoir mathématique de l'Antiquité, puis de l'élargir considérablement, tout en créant de nouveaux champs mathématiques absents du savoir grec. Ils s'abreuvèrent également à d'autres sources, principalement à la source indienne.

Voilà qu'il s'était mis à faire des phrases. Comme s'il avait le temps !

Point commun avec leurs prédécesseurs grecs, les savants arabes sont « à spectre large », maths, médecine, astronomie, philosophie, physique. Les mathématiciens arabes ont créé l'algèbre, la combinatoire, la trigonométrie.

Début du IXe siècle. Bagdad, al-Khwārizmī (algèbre, équations du 1er et 2e degré à une inconnue). Égypte, Abū Kāmil, élargit le champ de l'algèbre (systèmes de plusieurs équations à plusieurs inconnues). Al-Karajī, premier à considérer les quantités irrationnelles comme des nombres. Al-Fārisī jette les bases de la théorie élémentaire des nombres. Il établit que : « Tout nombre se décompose nécessairement en facteurs premiers en nombre fini, dont il est le produit. »

Deuxième moitié du IXe. Géométrie, toujours à Bagdad, les trois frères Banū Mūsā. Puis, trois autres savants, Thābit ibn Qurra, al-Nayrīzī et Abu al-Wafā (calculs d'aires : parabole, ellipse, théorie des fractions, construction d'une table de sinus, fondateur de la trigonométrie comme domaine mathématique autonome).

Fin du Xe siècle. Deux grands savants, le géographe al-Birūni, astronome et physicien, et Ibn al-Haytham, le « al-Hazen » des Occidentaux (théorie des nombres, géométrie, méthodes infinitésimales, optique, astronomie. Mais pas algèbre !).

Ibn al-Khawwām se pose ce qui plus tard va devenir la célèbre conjecture de Fermat : un cube ne peut être la somme de deux cubes, l'équation

$$x^3 + y^3 = z^3$$

n'a pas de solution en nombres entiers.

Deux autres grands mathématiciens, al-Karajī, à la fin du Xe siècle, et al-Samaw'al, au XIIe siècle, qui poursuivit son œuvre. Al-Samaw'al pose un système de 210 équations à 10 inconnues. Et le résout ! Arithmétisation de l'algèbre.

Cela demandait une explication.

Arithmétisation de l'algèbre : applications à l'inconnue des opé-rations (+, −, ×,:, extraction des racines carrées) que l'arithmétique utilisait exclusivement pour les nombres. Élargissement du calcul sur les nombres au calcul algébrique.

al-Karajī étudie les exposants algébriques : x^n et $1/x^n$. Al-Samaw'al utilise les quantités négatives, démontrant la règle fondamentale du calcul sur les exposants : $x^m x^n = x^{m+n}$. Il est l'un des premiers à user de la *démonstra-*

tion par récurrence pour établir des résultats mathématiques, principalement en théorie des nombres. Calcul de la somme des *n* premiers nombres entiers, de la somme de leurs carrés, de celle de leurs cubes.

Dans la marge de son cahier, M. Ruche commença à écrire : « 1 + 2 + ». Pas assez de la place ! Il réintégra la pleine page et encadra la formule :

$$1 + 2 + 3 + \cdots + n = \frac{n \times (n+1)}{2}$$

Il ne put s'empêcher de tester la formule. Il essaya avec $n = 5$. Il additionna les cinq premiers nombres entiers. Ça faisait 15. Avec la formule, ça faisait ? ça faisait…

$$\frac{5 \times (5+1)}{2} = \frac{5 \times 6}{2} = \frac{30}{2} = 15$$

Ça marchait !

Il passa à la formule suivante. Méchamment plus compliquée !

Somme des carrés des *n* premiers nombres entiers

$$1 + 4 + 9 + 16 + \cdots n^2 = \frac{n\,(n+1)\,(2n+1)}{6}$$

Puis à la suivante :

La somme des cubes des *n* premiers nombres entiers est
égale au carré de la somme de ces *n* nombres

$$1 + 2^3 + 3^3 + \dots n^3 = (1 + 2 + 3 + \dots n)^2$$

« Mais je perds un temps fou !, se dit M. Ruche. Je ne
vais pas m'amuser à vérifier toutes les formules qui me
tombent sous la main. » Il décida de ne plus en noter
aucune.

Il eut envie de café. Pas celui de la machine. Une vraie
lavasse. Il alla au bar du coin et revint revigoré. En approchant de sa place, il chercha des yeux son porte-plume. Il
ne le vit pas. Il se précipita, bousculant quelques sièges
sur son passage. Les forçats du portable le regardèrent
sans aménité. Il chercha avec fébrilité. Il n'y était effectivement pas. Il serait tombé à terre. Horreur ! Dans ce cas,
il est sûrement brisé. En se penchant pour regarder sous la
table, il remarqua le gonflement d'un des gros ouvrages
traitant des mathématiques. Il l'ouvrit. Le porte-plume de
Murano était là, glissé entre deux pages.

Sans y prendre garde, M. Ruche l'y avait glissé juste
avant de partir pour le café. Il le saisit avec précaution et
passa amoureusement son doigt dans la rainure des torsades qui couraient le long du manche. Inutile de dire
avec quelle joie il inscrivit :

Fin du XIe siècle. Omar al-Khayyām, mathématicien
poète, grand algébriste.
Fin XIIe. Sharaf al-Dīn al-Tūsī, grand algébriste aussi. Il
utilise des procédés qui préfigurent la notion de dérivée,
cinq cents ans avant les mathématiciens occidentaux.

XIIIe. Nasīr al-Dīn al-Tūsī (astronome, réformateur du système de Ptolémée).

En écrivant ce nom, M. Ruche se dit qu'il l'avait déjà entendu, mais où ? Il était trop pressé pour essayer de le savoir.

> Début XVe. Aboutissement des mathématiques arabes ; al-Kāshi, directeur de l'observatoire de Samarcande, fait la synthèse des mathématiques arabes depuis sept siècles : liens entre l'algèbre et la géométrie, liens entre l'algèbre et la théorie des nombres ; trigonométrie et *analyse combinatoire* (étude des différentes façons de combiner les éléments d'un ensemble) ; *résolution d'équations par radicaux* (calcul des solutions des équations en n'utilisant que les quatre opérations et les racines carrées, cubiques, etc., et rien d'autre).

Pile ! La première cloche, celle de 19 h 45, sonna. Il venait juste de finir la Section 2. Difficile d'aller plus vite. Il verrait à l'usage si ces notes étaient suffisantes pour effectuer le rangement de la BDF.

Demain il allait aborder le gros morceau, les mathématiques en Occident à partir du XVe siècle. La deuxième cloche sonna. M. Ruche actionna les roues de son fauteuil et se dirigea vers la sortie de la salle de lecture des imprimés de la Bibliothèque nationale. Il était 20 heures.

Sur le trottoir de la rue Vivienne, devant l'entrée de la BN, il attendit longtemps qu'un taxi s'arrête. Il faisait frais et humide.

Il est clair que M. Ruche ne comprenait pas tout ce qu'il notait sur son cahier. Quelquefois même, il ne comprenait pas du tout. Alors, il recopiait mot à mot. Cette traversée historique du champ mathématique, dans laquelle il s'était lancé avec ardeur, ne prétendait pas lui ouvrir les portes des contenus, encore moins des techniques mises en œuvre. Elle avait un objectif infiniment plus modeste : le familiariser avec ces domaines et lui donner quelques repères pour lui permettre d'entrer en intelligence avec les grands mouvements d'idées qui avaient traversé cette discipline.

Quels étaient les grands problèmes d'une époque ? les grands champs de travail ? les grands hommes ? Quelles questions célèbres posées au cours des siècles passés se trouvaient à un certain moment de l'Histoire définitivement résolues ? Quelles nouvelles questions se posaient alors ? Quels champs nouveaux s'ouvraient ? Voilà ce qu'il lui fallait saisir même approximativement. Pas en spécialiste, mais en amateur éclairé.

Mais, et c'était une interrogation d'importance, peut-on être un amateur éclairé en mathématiques ? La question se posa brutalement à M. Ruche. Au moment où il tentait d'y répondre, il s'aperçut qu'il était en train d'oublier qu'il ne s'était pas lancé dans la lecture de ces ouvrages dans le but de se cultiver. Il avait une tâche à accomplir ; le rangement de la Bibliothèque de la Forêt qui passait par la libération urgente des livres écrasés au fond des caisses de l'atelier.

Le lendemain, M. Ruche ne parvint pas à se lever. De la fièvre, mal partout ; il avait attrapé une bonne crève. Sans doute la veille en attendant un taxi en plein vent devant la BN.

Perrette décommanda Albert. Elle soigna le grippé et le pouponna. Il faut dire qu'elle n'avait pas souvent vu M. Ruche malade, trois ou quatre fois depuis qu'elle le connaissait. Deux jours au lit ! Baldaquin ou pas, ce n'était pas le moment.

Finalement, toussant et mouchant, encapuchonné, il

débarqua de la 404 et fila directement dans la salle des imprimés. Il sortit tout son attirail.

A présent, le gros morceau. Il écrivit :

Section 3. Mathématiques en Occident à partir de 1400

Cette section était à l'évidence trop étendue, il faudrait la subdiviser. Pour l'heure, il s'en contenta.

Aire géographique. D'abord l'Italie. Puis la France, l'Angleterre et l'Allemagne. Puis Pays-Bas, Suisse, Russie, Hongrie, Pologne. Très peu de mathématiciens au sud-ouest de l'Europe.

Il commença à écrire :

> XVIe siècle. Le grand siècle de l'algèbre élémentaire. École italienne de Bologne (équation du 3e et 4e degré) : Tartaglia, Cardan, Ferrari, Bombelli. Découverte des nombres complexes. Grands progrès des notations symboliques, Viète, Stevin.
>
> XVIIe siècle. Invention des logarithmes : Napier. Les *mathématiques baroques*. Algèbre : Albert Girard, Harriot, Oughtred. Géométrie analytique (qui établit un lien entre nombres et espace par l'entremise de l'algèbre) : Fermat, Descartes. Géométrie des indivisibles : Cavalieri, Roberval, Fermat, Grégoire de Saint-Vincent. Calcul infinitésimal (calcul différentiel, calcul intégral) : Newton, Leibniz, Jacques et Jean Bernoulli, Taylor, Mac Laurin.
>
> Théorie des nombres : Fermat. Probabilités et combinatoire : Pascal, Fermat, Jacques Bernoulli. Géométrie : Desargues, Pascal, La Hire...

Sa tête bourdonnait. Ce n'était plus de son âge. Il eut envie de rentrer, d'aller faire une petite sieste. Il ferma les yeux. Cela lui rappela la période de ses examens quand il bûchait comme un dingue. Toujours en juin, en plein printemps, au moment où l'on pète d'énergie ! Quel gâchis. Là, on était heureusement au début de l'automne, mais il n'avait plus vingt ans et il était malade.

Il ne pouvait pas se permettre de perdre une journée supplémentaire. L'image de tous ces livres précieux écrasés dans les caisses de l'atelier lui redonna de la vigueur :

> XVIIIᵉ siècle. Époque classique. L'âge d'or de l'*analyse*. Après les nombres et les figures, les fonctions deviennent les objets privilégiés des mathématiques. Équations différentielles, étude des courbes, nombres complexes, théorie des équations, calcul des variations, trigonométrie sphérique, calcul des probabilités, mécanique : les Bernoulli, Euler, D'Alembert, Clairaut, Moivre, Cramer, Monge, Lagrange, Laplace, Legendre.
> La résolution des problèmes posés au début du siècle par Leibniz et Newton, quadratures, intégration des équations différentielles, a fait de grands pas.

Encore un siècle !

> XIXᵉ siècle. Ouvertures de nouveaux champs mathématiques, invention de nouveaux outils (les groupes, les matrices…). La théorie des fonctions d'une variable imaginaire domine le début du siècle : Cauchy, Riemann, Weierstrass. L'algèbre avec Abel, Galois, Jacobi, Kummer. La géométrie avec Poncelet, Chasles, Klein. Et Gauss, présent partout !
> Les géométries non euclidiennes : Gauss, Lobatchevski, Bolyai, Riemann. Le calcul matriciel : Cayley. L'algèbre de Boole. La théorie des ensembles : Cantor, Dedekind. Et Hilbert et…

Il n'en pouvait plus. Il était sûr d'en avoir manqué des tas… Tant pis. Sa tête allait exploser. M. Ruche avait utilisé trois mouchoirs, et écrit une dizaine de pages. Éreinté, il avait 2 500 ans de maths dans les pattes !

Perrette avait enfilé une sorte de jogging et des baskets pour être à son aise. Ruche, toujours mouchant et toussant, avait passé un pull-over le laissant libre de ses mouvements. Ils s'étaient donné le week-end pour ranger la Bibliothèque de la Forêt.

M. Ruche approcha son fauteuil d'une caisse, releva le couvercle, sortit un ouvrage, annonça solennellement : *Introductio in analysin infinitorum*, Euler. Section 3 ! Le premier livre de la BDF atterrit sur l'étagère, à sa place. Immédiatement suivi par *Arithmetica*, Diophante. Section 1. La première caisse fut vidée, et sortie dans la cour. Puis la deuxième, puis la troisième.

La présence imprévue de livres modernes les contraignit à ajouter une nouvelle section :

Section 4. Mathématiques du XXe siècle

Ils furent quand même surpris de trouver autant d'ouvrages récents, et de si récents. Il ne s'agissait nullement de livres de collection ; on pouvait se les procurer dans les librairies spécialisées du Quartier latin, par exemple. Ce fait les intrigua. Cette présence massive d'ouvrages modernes transformait le statut de la BDF. De bibliothèque de collectionneur, telle qu'il l'avait crue dès l'abord, elle devenait également une bibliothèque de chercheur.

D'autant qu'ils découvrirent une caisse pleine de revues de mathématiques parues ces toutes dernières années. Pensant qu'elles ne risquaient rien à rester dans leur caisse, M. Ruche décida de ne pas les ranger sur les rayonnages. Perrette referma la caisse de revues et la disposa le long du mur, près de la BDF.

— *The Arithmetic of Elliptic Curves*, Silverman. Section 4.
Le rangement se poursuivit.

— *Isagoge, introduction à l'art analytique*, Viète. Section 3.

— *Traité sur le quadrilatère complet*, Nasīr al-Dīn al-Tūsī. Section 2.

— *Mirifici Logarithmorum*, Napier. Section 3.

— *Disquisitiones Arithmeticæ*, Gauss. Section 3.

— *Miftah al-hisab*, la clef de l'arithmétique, al-Kāshi. Section 2.

— *Les Sphaerica*, Ménélaos. Section 1.

Combien de joyaux passèrent entre leurs mains ! Les rayonnages se remplissaient.

Le lundi matin, le rangement n'était pas fini. Avant d'ouvrir la librairie, Perrette se rendit dans l'atelier. Elle découvrit M. Ruche endormi dans son fauteuil au milieu des caisses. Il avait passé la nuit là. Le plaid anglais recouvrant habituellement ses cuisses avait glissé, découvrant un pantalon au pli impeccable et des souliers parfaitement cirés. Il avait l'air content. Sa tête inclinée, penchée sur le côté, laissait voir, tendue par les cordes vocales, la gorge maigre et plissée des vieilles personnes. Sous l'effet de la respiration, la peau battait comme une voile qui faseye. Perrette se souvint que juste après son accident M. Ruche avait vieilli d'un coup, il avait pris dix ans en quelques jours. Depuis, il n'avait pas bougé. Elle le laissa dormir.

L'identification des ouvrages de la bibliothèque de Grosrouvre s'était révélée plus ardue que M. Ruche ne l'aurait cru. Le livre qu'il avait entre les mains le retenait depuis un bon moment. Il n'avait jamais entendu parler de l'auteur, ne comprenait rien au contenu et la table des matières lui était totalement hermétique. Il le feuilleta une nouvelle fois. Une feuille s'en échappa. Évidemment, elle fila au-dessous des rayonnages. Impossible de la récupérer ! M. Ruche ne voulait demander de l'aide à personne. De toute manière, il n'y avait que Perrette dans la maison. Mais elle était dans la librairie en plein travail.

M. Ruche réfléchit. Son visage s'éclaira, il n'aurait besoin de personne. Il roula vers le placard de l'atelier, en sortit un aspirateur, le brancha, déroula le fil jusqu'à l'endroit où la feuille avait disparu. Il mit toute la puissance, en agitant le balai. Au bout d'un instant il ramenait, collée au balai, une petite fiche.

Il n'y a pas que les mathématiques qui soient une ruse ! Si tu ne peux pas aller à la chose, la chose viendra à toi ! Il se salua comme un Thalès ménager.

C'était une fiche cartonnée manuscrite. Il reconnut l'écriture de Grosrouvre. Une écriture fine à l'encre de Chine, comme celle de la lettre, mais là, l'espacement était plus petit. Il s'agissait d'un résumé de l'ouvrage, émaillé de commentaires de Grosrouvre. La fiche était ancienne, rédigée depuis bien longtemps.

M. Ruche saisit d'autres ouvrages. A la fin de chacun d'eux, au dos de la couverture, retenue par une bande de plastique, il y avait une fiche semblable. Il s'étonna de ne pas l'avoir remarqué. La fiche s'était échappée du livre parce que la bande plastique qui devait la maintenir s'était décollée.

A présent, ils pourraient ranger la bibliothèque. Ces fiches allaient grandement les aider.

Après le dîner qu'elle prit sur le pouce, Perrette rejoignit M. Ruche dans l'atelier. Une nuit blanche commença. Il y avait à présent beaucoup plus de caisses vides que de pleines. Bientôt, il n'y en eut qu'une seule pleine. Comme tous ceux qui les avaient précédés et qui remplissaient les rayonnages, les ouvrages de la dernière caisse prirent leurs places dans la BDF.

Brouillon project d'une atteinte aux événements des rencontres du Cône avec un Plan, Desargues, Section 3.

Ars magna, Cardan. Section 3. *Local Class Field Theory*, Iwasawa. Section 4…

Perrette sortit la caisse dans la cour.

Le jour se levait. Ils n'avaient jamais vu autant de livres anciens exposés en un même lieu, sauf, bien sûr, à la Bibliothèque nationale, ou à celle de l'Arsenal. M. Ruche avait assisté à de nombreuses ventes aux enchères, mais on n'y présentait jamais plus de quelques dizaines d'ouvrages sérieux. Par sérieux, il entendait des ouvrages à la fois anciens et dont le contenu était digne d'intérêt.

Ils eurent envie de s'embrasser.

C'était incroyable ! M. Ruche pensa avec fierté à son vieil ami. Il n'y avait que lui pour avoir pu créer une telle bibliothèque. Presque tous les ouvrages présentés étaient des éditions originales. Vieilles, pour certaines, de plus de cinq siècles. Ce que, dans le milieu, on appelait les *incunables*, les ouvrages « du berceau », imprimés avant l'année 1500. Autant dire qu'on en trouvait peu de par le monde. Et combien dans la Bibliothèque de la Forêt ?

Certains ouvrages étaient accompagnés de tout un attirail de notes manuscrites, de planches et de figures dessinées avec le plus grand soin, de véritables œuvres d'art. Un grand nombre de fac-similés d'une qualité superbe. M. Ruche n'en croyait pas ses yeux, il y avait le *nec plus ultra* de l'édition, la pièce que tout collectionneur rêve de posséder, l'édition *princeps*, la première édition d'un ouvrage, celle par lequel le texte avait été divulgué, la plus originale des éditions originales. Et dans tous les formats possibles, à la française, à l'italienne, des *in-plano*, des *in-folio*, des *in-quarto*, des *in-octavo*. Tous dans un étonnant état de conservation. La plupart des reliures étaient d'époque, elles présentaient cette patine inimitable que seul offre avec le temps le vélin à recouvrement. Toutes, cependant, n'étaient pas de cette ultime qualité, il y avait également des couvertures en basane qui

auraient suffi à combler de bonheur beaucoup d'amoureux des livres.

Des milliers d'ouvrages, écrits en grec, latin, arabe, italien, allemand, anglais, russe, espagnol, et français. Une
Babel mathématique !

*« Dans les paquets que tu réceptionneras bientôt se
trouve ce qui à mes yeux constitue le meilleur de l'opus
mathématique de tous les temps. Tout y est. C'est, n'en
doute pas, la plus complète collection privée d'ouvrages
mathématiques jamais réunie. »* Grosrouvre n'avait pas
menti. Il ne mentait que sur les détails. Par contre s'il
vous affirmait quelque chose d'invraisemblable, de vraiment invraisemblable, vous pouviez être certain que
c'était vrai. Avec lui, plus c'était gros, plus c'était vrai !
Là, cela n'avait jamais été aussi gros, et jamais aussi vrai.

Ils refermèrent la porte de la BDF. Et, premiers clients
du bistro du coin, ils engloutirent un gigantesque petit
déjeuner.

Chapitre 6

La deuxième lettre de Grosrouvre

Un colibri aux plumes multicolores sur fond de jungle impénétrable; le timbre, énorme, occupait un bon quart de l'enveloppe de mauvaise qualité qu'à travers les tentures fermées Perrette tendait à M. Ruche. Il la saisit.

– Grosrouvre! s'écria-t-il de derrière les tentures.

Sa tête apparut entre les deux pans de velours.

« Je vous l'avais dit, Perrette, qu'il allait nous donner des nouvelles.

Et clignant de l'œil :

« Qu'il allait nous en donner incessamment.

Perrette sourit au souvenir de sa récente sortie sur « incessamment sous peu ». Elle souleva les tentures.

En regardant de plus près, M. Ruche s'aperçut que la lettre portait un en-tête : *Police de Manaus. État d'Amazonas*. Ce n'était pas Grosrouvre. M. Ruche, dépité, décacheta l'enveloppe en prenant garde, cette fois, de ne pas déchirer le timbre. Perrette ouvrit les fenêtres donnant sur la cour.

– Merde, merde et merde !

Elle se retourna, surprise; ce n'était pas dans l'habitude de M. Ruche de dire des grossièretés. Le visage défait, il lui tendit la lettre.

Dans un anglais approximatif, le commissaire principal de Manaus – son nom, difficilement lisible ressemblait à quelque chose comme « Grindéiros » –, le commissaire

Grindéiros annonçait que le Senhor Elgar Grosrouvre avait péri dans l'incendie de sa demeure dans les environs de la ville. On avait retrouvé son corps totalement carbonisé. Un Indien, employé dans la propriété de Grosrouvre, avait découvert dans les décombres une lettre qu'il avait déposée quelques jours plus tard au commissariat. La lettre était jointe.

Roussie par les flammes, l'enveloppe, semblable à celle de la première missive de Grosrouvre, portait le nom et l'adresse de M. Ruche. C'était sans conteste l'écriture de Grosrouvre.

M. Ruche coinça des coussins derrière son dos, Perrette vint s'asseoir sur le bord du lit.

– Cela lui ressemble tellement ! Mourir juste au moment où nous nous retrouvons !

M. Ruche, le visage défait, ouvrit l'enveloppe, approcha les pages. Il était trop ému. Perrette lui retira doucement les feuilles des mains et se mit à lire.

Manaus, septembre 1992

Cher π R,
Je n'ai que quelques heures devant moi, juste le temps de te donner quelques explications. Je te les dois. Tout d'abord t'expliquer pourquoi l'Amazonie. Je te vois d'ici : « Mais qu'est-ce qu'il est allé faire là-bas ? » J'étouffais en Europe. Tu connais mon insatiable besoin de respirer : « Six litres au spiromètre ! », « Un torse comme une armoire normande », c'était ton expression. Où aller ? Mais dans « le poumon du monde », la « plus grande réserve d'oxygène de la planète » naturellement ! La forêt amazonienne. Là, crois-moi, j'ai respiré à pleins poumons. Cependant, depuis quelques années, les choses changent ; ces salauds sont en train de brûler la forêt. Des incendies éclatent partout. C'est crève-cœur de voir des

113

pans entiers grands comme des départements disparaître en fumée. Qui les arrêtera ?

En quittant Paris j'avais présent à l'esprit ce proverbe portugais du XVIe siècle : « Passé l'équateur, il n'y a plus de péché. » Examine une carte. Manaus se trouve au-delà de l'équateur, à 2 ou 3 degrés tout au plus. En m'installant dans cette ville, d'un coup je changeais de pays, de continent et d'hémisphère.

Et c'était une ville qui avait sa vie derrière elle. Comme moi. Le temps passe, allons à l'essentiel. En premier lieu, sans cela tu ne comprendrais rien à ce qui va suivre, il me faut te dire quelle a été la passion de ma vie, en tout cas celle des quatre dernières décennies. Après quelques années à travailler dur – je passais des semaines entières en pleine forêt, sans voir personne –, une pensée s'est installée en moi et ne m'a plus quitté ; elle seule m'a permis de survivre au milieu des incroyables dangers. J'ai décidé de résoudre quelques-unes des conjectures les plus fameuses des mathématiques ! Cela ne te dira sans doute rien. Ce fut un travail colossal.

Pourquoi cette idée, que tant d'autres ont eue avant moi ? Pour me mesurer aux titans mathématiques du passé, et les surpasser ? Non. Je n'ai jamais eu de goût pour la compétition, sans doute parce que les autres comptent si peu pour moi. Devenir célèbre et obtenir le droit d'officier dans les temples modernes de la science ? Encore moins. Tu me vois passant mes journées dans un centre de recherche entouré de « collègues » ? Non, Pierre. Je me suis lancé ce défi tout simplement pour survivre. Tu ne peux imaginer ce qu'est la nature dans ce pays. Sa vitalité a quelque chose d'effrayant. Me croiras-tu si je te dis que j'ai VU pousser des arbres ? S'il est un coin du monde où la nature a horreur du vide, c'est bien ici. Tu quittes un lieu que tu as déboisé en te donnant un mal de chien. Tu reviens quelques jours plus

tard, c'est plein comme un œuf ! Ça déborde de partout !
Quoi opposer à une nature insatiable qui engloutit tout
en un instant, à laquelle rien de physique ne résiste ?

Dans cette atmosphère où la chair se délite, où les corps
moites dégouttent, où tout pourrit ; dans cette atmosphère
qui, par excès de vie, précipite la mort, je me suis accroché à des êtres sans matérialité, à des idéalités, que ni la
chaleur étouffante ni l'humidité inouïe ne pouvaient corrompre. A l'exubérance informe contre laquelle on ne
peut rien, j'ai voulu opposer la rigueur maîtrisée. Pour
résister à ce délire de matières périssables, je me suis
baigné dans la pureté figée du cristal.

A-t-on vu des définitions mathématiques pourrir sur
pied ? des théorèmes dégouliner ? des raisonnements
moisir ? des axiomes mangés par les vers ? J'ai choisi les
mathématiques, pas seulement parce qu'elles étaient ma
formation d'origine. Tu vas rire, mais c'est à cette occasion, où il en allait de ma sauvegarde, que j'ai pris
conscience que les mathématiques sont imputrescibles.
Pour m'échapper de la prégnance de ce réel qui m'étouf-
fait, j'ai dû en appeler à une pure activité de l'esprit.

Et dans les mathématiques, vers quoi porter mon attention ?

Tu ne peux savoir ce que c'est que de se frayer un chemin dans la jungle. Tu avances à l'intérieur du tunnel
que tu façonnes à coups de machette en taillant dans un
entrelacs continu où nulle forme ne se détache.

A l'opposé de ceci, quelle image te propose ton esprit ?
En tout cas, le mien. Un désert lisse où, au loin, se dresse
un rocher. Pas un mirage, un rocher bien réel dont nul ne
conteste l'existence. Et ce rocher, tu ne peux l'atteindre.
Ne crois pas que cette image soit un effet de littérature ;
elle fut pour moi un baume qui me permit de m'évader,
de me libérer de mon environnement. Face à l'angois-
sante exubérance de la nature, j'ai recherché la plus

115

extrême pureté et la plus radicale simplicité. Où les trouver ? Dans quelques-unes des plus belles conjectures des mathématiques ; celles qui durant des siècles ont résisté aux efforts des plus grands mathématiciens. La célébrissime conjecture de Fermat, celle de Goldbach, celle d'Euler, celle de Catalan, d'autres encore.

Imagine un continent dont l'humanité entière serait assurée de l'existence et auquel on ne trouverait aucun moyen d'accès ; voilà ce qu'est une conjecture mathématique ! Mais tu le sais. Ce que, par contre, tu ne peux savoir, c'est qu'elles sont l'une des choses les plus excitantes qui soient : une assertion d'une absolue simplicité, qu'un élève moyen de lycée comprendrait sans peine. Une assertion que tout le monde considère vraie, mais dont personne n'a pu démontrer la vérité. Exactement ce qu'il me fallait ! Quels os à ronger !

Je me suis attelé à deux d'entre elles. On ne peut pas tout faire. J'y ai passé tout mon temps, la nuit comme le jour. Plus la nuit que le jour. Et je les ai résolues ! Je n'avais pas le choix. C'était pour moi une question de vie ou de… Non, simplement une question de vie. Elles sont « tombées » ! La plus vieille et la plus célèbre de toutes, l'ancêtre, la conjecture de Fermat ET aussi la conjecture de Goldbach. Les deux, mon capitaine ! comme on disait quand on était troufions.

En quoi consistent-elles ? Leur énoncé est d'une simplicité déroutante. Même toi, Pierre, tu pourrais les comprendre.

Si cette nouvelle était divulguée, crois-moi, tous les journaux de la planète en feraient leur une. Mais ils ne le sauront pas. J'ai décidé de taire la nouvelle et de garder secrètes mes démonstrations. Je te demande de garder à ton tour le secret. De toute manière, si tu te mettais à crier cela sur les toits, personne ne te croirait. On crierait au vieux fou !

LA DEUXIÈME LETTRE DE GROSROUVRE

Je ne ferai donc aucune divulgation de mon travail Cela te révolte ? Je n'ai plus beaucoup de temps, mais je vais tenter de t'expliquer pourquoi j'ai fait ce choix. Si différents que nous soyons, tu me comprendras. Sache d'abord que ce n'est pas la première fois que la pratique du secret a cours dans l'histoire des mathématiques. Au contraire, c'est là une vieille habitude des mathématiciens. Une pratique qui n'est certes plus de mise de nos jours. Aujourd'hui, ce serait plutôt l'inverse, on annonce un résultat bien avant de l'avoir tout à fait démontré. Moi, je le démontre et ne l'annonce pas. Ce n'est pas toi qui va me demander d'être « moderne ». Revenons à nous, justement.

Nous n'étions, tu ne peux l'avoir oublié, d'accord sur rien ; j'ai, depuis, pensé que cela a été le meilleur ciment de notre amitié. J'aimais Aristote, qui a laissé derrière lui tant d'ouvrages, tu raffolais de Socrate, dont on n'a pas retrouvé un seul écrit. J'aimais Danton, parce qu'il avait su faiblir ; tu aimais Robespierre, parce qu'il avait pu ne pas se laisser corrompre. Tu aimais Rimbaud, et tu n'as pas quitté Paris ; j'aimais Verlaine, et c'est moi qui suis parti pour des bouts du monde. Mais, ensemble, nous avons aimé tant de choses.

La philosophie a deux origines, c'est toi qui le disais, Thalès et Pythagore. Tandis que tu te passionnais pour Thalès, moi, je m'enflammais pour Pythagore. Tous deux avaient fait le voyage d'Égypte ; des rives du Nil, ton Thalès était revenu avec une histoire d'ombre – que tu adorais nous raconter – et mon Pythagore avec une histoire de nombres dont je me souviens t'avoir souvent parlé.

Pythagore parlait avec toutes sortes de bêtes. Figure-toi qu'il convainquit un ours qui terrorisait toute une contrée de ne plus s'attaquer aux hommes et qu'il persuada un bœuf de ne plus manger les fèves qui le ren-

daient malade. Des animaux, ici, j'en ai adopté des dizaines. C'est peu dire que nous avons eu ensemble de longues discussions.

Tu sais, sans doute, que Pythagore avait fondé une sorte de... secte, c'est le mot. Une des lois était l'interdiction de divulguer les connaissances acquises. Pour éviter que leurs secrets tombent sous les yeux d'étrangers à leur communauté, les pythagoriciens écrivaient le moins possible et se transmettaient leur savoir de bouche à oreille. Les écrits restent, les paroles s'envolent. Pour que les leurs ne s'envolassent pas, ils avaient mis au point des tas d'exercices afin de développer la mémoire.

Mais l'un des membres de la secte, Hippase de Métaponte, un fort bon mathématicien a, dit-on, révélé à l'extérieur l'incroyable découverte des irrationnels à laquelle il avait participé. Pour expier cette divulgation, il a péri dans un naufrage quelque temps après.

Quant à moi, certaines personnes, de vieilles connaissances, avec qui j'étais en affaire, ont appris mes découvertes concernant les conjectures mathématiques. Ces gens ne sont pas, c'est le moins que l'on puisse dire, particulièrement pacifiques. Ni patients. Ils m'ont offert des sommes considérables pour que je leur cède mes démonstrations. J'ai refusé. Ils vont revenir à la nuit tombée. Tu peux m'en croire, Pierre, ils n'auront pas mes démonstrations ! Je vais les brûler sitôt que j'aurai terminé cette lettre. S'il devait m'arriver malheur et pour qu'elles ne soient pas perdues à jamais, m'inspirant des akousmata *pythagoriciens, je les ai confiées oralement à un fidèle compagnon qui saura s'en souvenir.*

Quoi qu'il en soit, et si je me rapporte à notre jeunesse, chaque fois que je te cachais quelque chose, tu te débrouillais pour le découvrir. Et puis, je t'en ai assez dit sur le sujet.

Thalès, tu te souviens, a été un habile commerçant

durant la première partie de sa vie. Ce n'est que sur le tard qu'il s'est intéressé aux mathématiques. Ta librairie, j'en suis sûr, doit très bien marcher. Tu as toujours su très bien « vendre » ce que tu aimais. Mais peut-être est-il difficile, dans une librairie, de ne vendre que les ouvrages que l'on aime.

Alors, tu as reçu mes livres ! Je ne t'avais pas menti, ils sont magnifiques, n'est-ce pas ? Ah, je viens de m'apercevoir que j'avais oublié de t'envoyer le mode de classification que j'avais utilisé pour les ranger dans ma bibliothèque. Mais tu n'en as sans doute plus besoin puisque, à coup sûr, ils sont déjà rangés à ta façon.

Il va bientôt faire nuit. Je dois me préparer.

Je t'embrasse.
Ton vieil Elgar.

A propos, t'ai-je dit ce qui m'avait « accroché » à Pythagore ? Il a inventé le mot amitié ; le savais-tu ? Comme on lui demandait ce que c'est qu'un ami, il répondit : « Celui qui est l'autre moi-même, comme sont 220 et 284. » Deux nombres sont « amis », ou « amiables », si chacun est la somme de tout ce qui mesure l'autre. Les deux nombres amis les plus célèbres du Panthéon pythagoricien sont 220 et 284. Ils font une belle paire. Vérifie-le, si tu as le temps. Et nous deux, sommes-nous des « amis » ? Qu'est-ce qui te mesure, Pierre ? et moi ? Le temps est arrivé, peut-être, de faire la somme de ce qui nous a mesurés.

Perrette, la bouche sèche d'avoir tant parlé, déposa la lettre sur la table de nuit de M. Ruche qui avait écouté, allongé sur son lit, les yeux fixés sur le velours du baldaquin. Elle quitta la chambre-garage sans dire un mot. Il n'entendit pas la porte se refermer.

Voilà bien Grosrouvre, il me laisse sans nouvelles durant un demi-siècle et au moment où il m'annonce qu'il est vivant... c'est pour me faire immédiatement savoir qu'il ne l'est plus ! J'avais fait mon deuil depuis des décennies et comme à plaisir il rouvre une plaie que je croyais à jamais cicatrisée !

Perrette était partie ouvrir la librairie. La grille d'entrée grinça. M. Ruche mit plus de temps qu'à l'accoutumée pour s'habiller. Dans le meuble à chaussures, il choisit avec application une paire de mocassins vernis, de ceux qu'on chausse les jours de deuil. Il les fit briller avec entêtement.

La colère ne put empêcher la tristesse.

M. Ruche s'aperçut que Grosrouvre avait été son seul véritable ami. Il le perdait pour la deuxième fois. Et cette fois, c'était définitif.

Alors que, cassé en deux, il laçait ses souliers, M. Ruche se redressa, livide. Si Grosrouvre ne lui avait pas expédié sa bibliothèque, elle aurait disparu dans l'incendie ! L'évidence de ce fait l'ébranla. Tous les livres brûlés ! Ces ouvrages, qu'ils avaient mis des jours à ranger dans la BDF et dont ils avaient pu apprécier l'inestimable valeur, disparus ! Une perte irrémédiable. M. Ruche sourit. En quelques semaines, par deux fois la bibliothèque avait échappé à la destruction. Une première fois, si l'on en croit le transporteur, dans les vagues de l'Atlantique, une deuxième fois dans un brasier en Amazonie. Elle avait échappé à l'eau et au feu !

Un miracle ! A moins... qu'il n'y ait un lien entre l'envoi de la bibliothèque et l'incendie. Du genre : c'est pour que la bibliothèque ne disparaisse pas dans l'incendie que Grosrouvre me l'a expédiée. Mais si c'était le cas, cela voudrait dire que... que l'incendie était prévisible, donc que Grosrouvre savait, plusieurs semaines avant, que sa maison disparaîtrait dans un incendie. Qu'il le savait ou qu'il s'en doutait ou qu'il le redoutait ? En un mot, l'incendie était-il prévisible ou était-il prévu ? Et s'il était prévu, c'est qu'il était programmé. Et s'il était programmé, par qui l'avait-il été ? Devant les conséquences, énormes, de ces suppositions, M. Ruche recula. Il valait mieux opter pour le hasard. Un hasard miraculeux qui avait fait expédier la bibliothèque sans lien aucun avec l'incendie.

Passant devant l'église, il traversa la place des Abbesses, et s'arrêta à la terrasse de la brasserie. L'après-midi était calme. Des mères avec leur poussette, l'incontournable trio de clochards installé sur son banc, un couple de touristes blonds s'extasiant devant le style fin XIXe de la bouche de métro. Quelques habitués le saluèrent. Il leur rendit leur salut. Son air fermé rebuta toute velléité de discussion.

Il s'entendit commander une fine à l'eau. Il ne sut pourquoi. Quand le garçon déposa le petit verre bombé, il sut. C'était leur boisson favorite. Grosrouvre et lui se la réservaient pour les grandes occasions. Aujourd'hui, pour M. Ruche, elle était la boisson du deuil. Il but à petites gorgées. Elles lui brûlèrent la gorge. Une foule de questions se bousculaient. Les unes concernant les circonstances de la mort de son ami, les autres se rapportant aux fragments de mathématiques cités dans la lettre.

Il en était persuadé, ces derniers n'avaient pas été mentionnés par hasard. Il devrait aller y voir de plus près. Et se plonger dans Pythagore comme il l'avait fait avec Thalès. Mais là, les enjeux étaient autres.

La place vivait son après-midi douillettement. Peu de monde, peu de voitures, un soleil doux. Un environnement propice aux souvenirs.

C'était vrai que Grosrouvre et Ruche n'étaient d'accord sur rien. On aurait dit qu'ils avaient décidé de découper le monde en deux. A toi ceci, à moi cela. M. Ruche se souvint de leur obsession à forcer leur différence. Si on aime la même chose, c'est comme si on se répétait, disait Grosrouvre. Non, ce n'était pas lui, c'est moi qui le disais. Lui, il disait, en parlant de moi : Lui, c'est lui ; moi, c'est moi. Et nous, ce n'est pas les autres ! Toujours ces formules. Cela ne nous a pas franchement rapprochés de nos condisciples. On s'en foutait.

La puissance physique de Grosrouvre avait toujours impressionné M. Ruche. Cela se passait à l'armée, quelques semaines avant la déclaration de guerre, en 39 ; ils venaient juste d'être incorporés. On faisait les tests. Quand ce fut au tour d'Elgar de souffler dans l'appareil, l'aiguille s'est mise à grimper, grimper, grimper. Tous s'étaient rapprochés. Quand elle s'était arrêtée, elle avait dépassé le 6. L'adjudant avait sifflé d'admiration : « Six litres au spiromètre ! » Et brusquement il s'était mis à aboyer : « Grosrouvre, le tour du bois et avec le barda complet ! Immédiatement ! » Vingt kilomètres. Elgar était rentré en pleine nuit, frais comme un gardon, sans une goutte de sueur. L'adjudant s'était avancé vers lui, goguenard ; il voulait l'envoyer faire un second tour, il avait ouvert la bouche. Dans les yeux d'Elgar, il y avait quelque chose de terrible. L'adjudant s'était arrêté net. Toute la chambrée avait entendu le souffle de Grosrouvre, une forge. On avait eu peur pour l'adjudant.

« Un torse gros comme une armoire normande, c'était mon expression en effet, se dit M. Ruche. Quand Grosrouvre allait danser, c'était rare qu'il n'y ait pas une fille qui n'abandonne son front sur sa poitrine. Lui, une tête au-dessus des cheveux de la fille, impassible comme la proue d'un navire, fendait la foule des danseurs qui s'agitaient sur la minuscule piste de danse. Et merde avec ces souvenirs ! »

M. Ruche demanda au serveur de lui apporter de quoi écrire et se mit au travail. Penché sur la feuille, studieusement, il écrivait. A ses traits tirés, on pouvait voir que cela n'était pas facile.

Rageur, il raturait et reprenait. Au bout d'un certain temps, ratures, biffages et corrections aidant, il était arrivé à ceci :

Diviseurs de 220 : 1, 2, 4, 5, 10, 11, 20, 22, 44, 55, 110.
Diviseurs de 284 : 1, 2, 4, 71, 142.

Somme des diviseurs de 220 ? Il commença à additionner, se trompa, ratura, recommença. Le résultat finit par tomber : **284** ! M. Ruche esquissa un sourire, la moitié du chemin était accomplie ! Somme des diviseurs de 284 ? il additionna sans faire aucune erreur et inscrivit **220** ! Un large sourire éclaira son visage. « Voilà, j'ai vérifié… ce sont bien deux amis ! »

Perrette arrivait.

Elle s'assit à la table de M. Ruche, remarqua le verre bombé des alcools forts. Elle commanda, bien que ce ne soit pas l'heure, un quinquina fraise.

– On n'a jamais beaucoup parlé, tous les deux, M. Ruche.

M. Ruche la regarda longuement. Elle n'avait presque pas changé depuis ce jour où elle avait débarqué aux *Mille et Une Feuilles*. Ses cheveux bouclés plus courts et plus noirs que jamais, on aurait dit qu'elle avait tapissé son crâne avec de la moquette charbon de bois. Une jeune fille au corps élastique. Qui lui aurait donné quarante ans ?

– C'est vrai, reconnut-il.

Puis, après un instant :

« Est-ce que vous pourriez m'appeler Pierre ?

– Oh, non ! s'exclama-t-elle.

Elle rougit de la vivacité de sa réponse :

– Si je vous appelais par votre prénom, ou si je vous tutoyais, je pense que cela nous éloignerait. Cette distance nous a rapprochés. Je pense que vous n'aimez pas beaucoup la familiarité.

– On ne me l'avait jamais dit. Cela doit être vrai.

– Depuis quelque temps, il arrive beaucoup de choses rue Ravignan ! Je crois que nous sommes à un tournant de notre… (elle ne put trouver le mot) … de notre cohabitation. Non, je veux dire de notre vie en commun. Il va falloir faire attention à nous.

M. Ruche écoutait. Il ne l'avait encore jamais entendue parler ainsi.

« Cette histoire est bien compliquée, reprit-elle. Vous ne vous en sortirez pas tout seul. Je sais, vous ne demandez rien à personne. Comme toujours. Grosrouvre, qu'à part cela j'aurais bien voulu connaître, est votre ami. Savez-vous à qui il me fait penser ? A l'oncle d'Amérique ! Celui qui est parti jeune homme, qui a bourlingué toute sa vie, dont on est sans nouvelles depuis des lustres et qui un jour vous tombe dessus : un notaire vous annonce qu'il vous a légué une fortune. Mais là, tout s'est passé dans l'ordre inverse. Vous avez reçu la fortune avant le testament. Cette bibliothèque !… (Ses yeux brillèrent.) C'est plus qu'une fortune, elle n'a pas de prix. Et la lettre de ce matin, qu'est-ce donc sinon un testament ? Un testament écrit à chaud…

M. Ruche leva brusquement la tête. Elle avait les yeux malicieux. Un léger haussement d'épaules : « Quoi dire d'autre ? »

Il avait envie de la remercier.

– Un testament empoisonné, il faut l'avouer, jugea Perrette. Les jeunes sauront très bien s'en débrouiller, vous verrez. Ils sont terriblement malins et moi, je ne suis pas mauvaise non plus.

Ils décidèrent de convoquer une assemblée générale

pour après le dîner dans la salle à manger-salon. Elle posa sa main sur la sienne.

En fait, Perrette ne savait rien de M. Ruche. Ils étaient aussi secrets l'un que l'autre. Depuis quelques jours, pour l'un et pour l'autre, des portes s'entrouvraient. Juste un peu.

Brusquement, elle lui demanda :

– Pourquoi vous y tenez tant, à votre Grosrouvre ?

– Pourquoi ?

En un instant son visage se transforma. Il sembla transporté, loin, loin… dans le temps :

« Les Allemands ont attaqué, on a été pris par surprise. La plupart d'entre nous ont été faits prisonniers. Grosrouvre avait pu s'échapper. Moi, pas.

Un jour, je le vois arriver au camp, il boitait affreusement. Il avait eu la jambe cassée dans un assaut. Puis l'hiver est arrivé. Il faisait un froid de canard. J'ai attrapé une pneumonie. Il n'y avait pas de médicaments, on ne donnait pas cher de ma peau. Grosrouvre a dit que cela ne se passerait pas comme ça. Il avait dégotté de la moutarde, je ne sais pas comment ; il m'a fait des cataplasmes à la moutarde, qu'il mettait dans ses caleçons de toile. Ça brûlait. Je grelottais. Il a enlevé sa pelisse et il l'a mise sur moi. Il m'a veillé pendant des jours et des nuits. Je délirais. Quand je sortais de mon délire, je le voyais assis sur un tabouret à mon chevet, il n'avait rien sur le dos, il me disait : « La philosophie est immortelle, alors ne fais pas le con, ils comptent sur toi. » Et il égrenait le nom des philosophes que j'aimais.

Quand j'ai été en convalescence, maigre comme un fil de fer, il a dit : « Bon, on ne trouvera pas toujours de la moutarde, alors s'il nous arrive encore quelque chose, on va clamser ici. Maintenant, je peux marcher, je propose qu'on tire notre révérence à la compagnie. »

On a trouvé un moyen de s'évader. On a été obligés de

se séparer pour ne pas se faire repérer Je me suis dirigé vers une prairie, il s'est enfoncé dans un bois. C'est la dernière fois qu'on s'est vus.

Max s'était placé bien en face de sa mère pour mieux lire sur ses lèvres. Gavé de baguettes de miel, Nofutur somnolait sur son perchoir. Jonathan-et-Léa occupaient le canapé. Le fauteuil de M. Ruche était dans l'ombre, un peu à l'écart. Après toutes ces heures passées dehors, ses souliers vernis avaient perdu leur éclat.

Dos à la cheminée, Perrette, toute droite, une mante jetée sur un chemisier blanc, lisait la lettre. Elle lisait lentement, ménageant des temps de silence, de façon que chacun puisse peser les mots de Grosrouvre.

Quand Perrette lut la dernière phrase : « *Le temps est arrivé, peut-être, de faire la somme de ce qui nous a mesurés* », tout le monde se mit à parler en même temps. L'incendie et Pythagore, les conjectures et les activités mystérieuses de Grosrouvre, la disparition des démonstrations… Perrette tendit la lettre à M. Ruche qui la prit machinalement. Au milieu du brouhaha, on entendit Max déclarer :

— Ces types sont des sales types.

Dans sa bouche, c'était vraiment une condamnation. Se retournant vers M. Ruche :

« Si votre ami ne voulait pas leur vendre ses… ses…

— … démonstrations, l'aida Perrette.

— Il avait le droit. Elles étaient à lui, c'est lui qui les avait faites. Personne ne pouvait le forcer. Ils sont responsables de l'accident.

— Pourquoi dis-tu accident ? demanda Jonathan.

— C'en est un, martela M. Ruche. J'y ai beaucoup pensé depuis ce matin. Je crois que j'en suis en partie responsable.

- Qu'est-ce que vous racontez là ? s'emporta Perrette. Vous, ici, responsable d'un accident à 10 000 kilomètres ?

— La distance n'est pas en question, Perrette. Qu'est-ce qui a pu se passer ? Ayant pris la décision de faire disparaître les papiers où étaient consignées ses démonstrations, il s'est mis à écrire la lettre. Huit pages ! Il n'a pas vu le temps passer. Quand il l'a eu finie, la nuit était presque tombée. Il ne lui restait que quelques minutes ; les autres allaient arriver, et mettre les mains sur ses démonstrations. Il s'est précipité et s'est mis à asperger d'essence ses papiers. Dans sa hâte, il a fait une mauvaise manœuvre, le feu s'est propagé dans la maison. Il n'a pas pu s'enfuir ; c'est qu'il n'est pas… il n'était pas de la première jeunesse. Vous vous imaginez, toute son œuvre, quarante années de travail, ses cahiers, ses carnets, ses notes, brûlant sous ses yeux ! Cela a dû être terrible. Ou bien… je ne sais pas, moi, oui, il a pu avoir un malaise et renverser l'essence qui s'est répandue et…

M. Ruche vivait les différentes scènes, en proie à une intense émotion.

— Eh bien moi, intervint Jonathan doucement, je pense que cela ne s'est pas passé comme vous le dites. Vous n'êtes responsable de rien du tout.

M. Ruche hocha la tête tristement.

— Votre ami avait tout organisé, poursuivit Jonathan. La lettre qu'il vous a adressée est son testament. Il avait prévu sa mort et il l'a mise en scène.

— Tu veux dire, s'écria M. Ruche, qu'il…

— Qu'il s'est suicidé. Oui, c'est ce que je pense, affirma Jonathan.

— Ce n'est pas le genre de Grosrouvre, protesta M. Ruche.

— Écoutez, M. Ruche, Grosrouvre avait décidé de refuser leur offre. Il avait détruit tout ce dont ces types voulaient s'emparer. Il les connaissait bien, ils savaient de quoi ils étaient capables. Imaginez-les, débarquant chez

Grosrouvre qui leur annonce : « J'ai brûlé ce que vous venez chercher et que vous n'aurez jamais ! » A votre avis, quelle serait leur réaction ? Fous de rage, ils se jetteraient sur lui et commenceraient à lui taper dessus pour le faire parler, parce qu'ils penseraient qu'il y a des doubles cachés quelque part. Grosrouvre sait que c'est exactement ce qui va se passer. Alors, il prend ses dispositions. Il vous écrit, puis il brûle ses papiers, ensuite il met le feu à la maison et il se donne la mort. Comment ? Dans ces pays, il doit y avoir des tas de moyens ; le curare ne vient pas de là-bas ?

— Mais pourquoi ne s'est-il pas enfui, plutôt que de se tuer ? demanda Perrette.

— Parce qu'il les connaissait. Il savait que, où qu'il aille, ils le retrouveraient. C'est une bande bien organisée.

— C'est un film que tu nous joues ! railla Léa qui jusqu'à présent n'avait pas dit un mot. Bande de criminels ou pas, est-ce si important de savoir ce qui s'est passé ?

Ignorant l'intervention de Léa, Jonathan se dressa, secouant ses longs cheveux :

— C'est parce qu'il savait qu'il allait mettre le feu à sa maison qu'il vous a envoyé sa bibliothèque. Il n'aurait jamais pu la brûler ; c'était impossible. Ses démonstrations, il pouvait les brûler, parce que c'est lui qui les avait créées, mais les livres... Parce que, pour tout vous dire, je trouvais étrange que quelqu'un qui possède une telle bibliothèque s'en sépare sans raison et l'envoie à des milliers de kilomètres. Ça sentait l'urgence.

Léa se leva et, sans dire un mot à personne, monta se coucher.

— A moins qu'il ne vous l'ait envoyée pour la mettre hors d'atteinte de ces types, qui auraient pu l'utiliser pour faire un chantage : Tu nous vends tes démonstrations, sinon on brûle tes livres un à un, suggéra Max.

– En effet, pensa M. Ruche, l'envoi de la bibliothèque ne prouve rien.

– Quand il y a mort d'homme, il y a quatre éventualités. Mort naturelle, accident, suicide, meurtre. Ce n'est évidemment pas une mort naturelle. Vous avez envisagé l'accident et le suicide. Mais vous avez oublié le meurtre, déclara Perrette d'un ton assuré.

Ils la regardèrent, stupéfaits. Personne n'avait pensé au meurtre. Le silence tomba. Cela devenait grave. M. Ruche se redressa.

– Ils n'avaient aucun intérêt à le tuer, s'écria Jonathan. Au contraire. Les papiers ayant brûlé, il ne leur restait que Grosrouvre. Mort, il ne leur servait plus à rien.

M. Ruche écoutait ; la façon crue qu'ils avaient de parler de la mort de Grosrouvre lui faisait mal.

– C'est exact. C'est pourquoi, s'il s'agit d'un meurtre, c'est un meurtre accidentel. Mais un meurtre tout de même. Ils ont essayé de le faire parler, comme Jonathan l'a décrit ; Grosrouvre a refusé, ils l'ont menacé. Il ne s'est pas laissé faire, la balle est partie. A moins que ce ne soit son cœur qui ait lâché.

Les choses avaient pu en effet se passer comme Perrette les décrivait. Jonathan cependant revint à la charge :

– Mais, alors, pourquoi l'incendie de la maison ?

– Pour maquiller ce meurtre accidentel en accident tout court. Et aussi pour effacer toutes traces de leur forfait, conclut Perrette.

Accident, suicide ou meurtre ?

Il était tard. Sur son perchoir, Nofutur dormait. Le reste de la maisonnée était silencieux ; chacun évaluant pour soi la vraisemblance des différentes éventualités. M. Ruche croyait à un accident. Jonathan penchait pour le suicide, Perrette pour le meurtre ; et Léa, visiblement, s'en foutait. Max voulait n'avoir aucune opinion sur le sujet ; il avait une certitude : accident, meurtre ou suicide, ces types étaient responsables de la mort de l'ami de M. Ruche. C'est pourquoi il importait de savoir qui ils étaient et pourquoi les démonstrations de Grosrouvre les intéressaient à ce point.

A quoi diable pouvait bien leur servir de posséder des démonstrations inédites de mathématiques ?

Il y avait d'autres questions.

Ces types responsables de la mort de Grosrouvre étaient en affaire avec lui. De quelles affaires s'agissait-il ? M. Ruche se souvint que, dans sa première lettre, Grosrouvre lui avait dit qu'il avait gagné beaucoup d'argent et qu'il s'était procuré certains livres par des voies qui n'étaient pas des plus intègres. Était-ce des trafiquants ? Drogues, diamants, armes ? Jonathan avait peut-être eu raison de parler d'une mafia.

Comment résoudre ces questions depuis la rue Ravignan ? C'est-à-dire depuis un autre pays, un autre continent, un autre hémisphère ?

Qui était ce fidèle compagnon à qui Grosrouvre avait confié ses démonstrations ? Quelqu'un, en tout cas, conclurent-ils, qui devait posséder une satanée mémoire !

Assise sur son lit, dans la soupente, Léa enrageait. Ils passent une soirée entière pour savoir comment ce vieux mec est mort à Manaus, et ils se foutent pas mal de savoir comment nous, ici, on est nés ! Et Jonathan qui marche dans la combine. Pourquoi est-ce plus important de savoir comment lui est mort dans un trou perdu en Amazonie que comment nous, nous sommes nés dans un trou en plein Paris !

CHAPITRE 7

Pythagore, l'homme qui voyait des nombres partout

Connaissant Grosrouvre tel qu'il le connaissait, M. Ruche était convaincu que la lettre de son ami, outre ce qu'elle déclarait explicitement, devait recéler des informations cachées, qu'il lui faudrait, comment dire ? décoder, c'était le mot. Il y avait sûrement deux niveaux de lecture. Tout tournait autour de Pythagore. Pourquoi Grosrouvre l'avait-il choisi et pour dire quoi à son sujet ?

La première tâche de M. Ruche fut donc de se plonger dans l'œuvre et dans la vie du vieux penseur grec, ainsi que dans celles des mathématiciens de son école. Qu'étaient exactement ces *akousmata* auxquels il avait fait référence et pourquoi cette obligation du secret ? En quoi consistait l'« incroyable découverte » des irrationnels et pourquoi était-elle importante au point d'avoir causé la mort de cet Hippase de Métaponte, le briseur du secret ? Qu'est-ce qui avait permis aux pythagoriciens de faire cette découverte ? Le fameux théorème de Pythagore était-il pour quelque chose dans cette affaire ?

Dans sa jeunesse, M. Ruche avait flirté avec quelques-unes de ces questions, mais, à vrai dire, il n'en avait gardé que des souvenirs vagues. Il se souvint, ainsi que Grosrouvre l'avait mentionné dans sa lettre, n'avoir jamais porté une affection particulière aux doctrines pythagoriciennes, par trop mystiques et religieuses à son goût.

M. Ruche pénétra dans la Bibliothèque de la Forêt. Il

fit rouler son fauteuil jusqu'aux rayonnages de la section des Mathématiques grecques, au deuxième niveau du meuble. M. Ruche saisit son pince-livres et ramena plusieurs ouvrages concernant les *Présocratiques*. Puis il lança à nouveau son instrument dont les mâchoires déposèrent sur son bureau *La Vie de Pythagore*, de Jamblique, écrite au IIe siècle de notre ère.

Il roula jusqu'au petit bureau qu'il avait fait installer dans un coin de l'atelier. Un superbe secrétaire aux pieds torsadés recouvert de cuir. M. Ruche se jeta dans *La Vie de Pythagore*. Il la lut, un roman ! L'extrême fatigue de la couverture témoignait que Grosrouvre l'avait fréquemment consultée. Certaines pages étaient particulièrement chiffonnées ; M. Ruche leur prêta une attention particulière.

Il sortit de son cartable son porte-plume de Murano.

Écrire avec du verre ! Les mots lui paraîtraient plus fragiles ainsi, donc plus précieux. M. Ruche ouvrit le cahier cartonné, tourna les feuilles jusqu'à la première page blanche, trempa le porte-plume dans un petit encrier et la plume cristalline écrivit :

Pythagore a inventé le mot *philosophie*.

Il aurait pu s'arrêter là, cela aurait suffi. Mais il avait une enquête à mener et il n'en était qu'au tout début.

Comme pour Thalès, on ne dispose d'aucune œuvre écrite de Pythagore, pas plus qu'on ne connaît les dates exactes de sa naissance et de sa mort. On sait seulement qu'il a vécu au VIe siècle avant notre ère, qu'il est né dans l'île de Samos, au milieu de la mer Égée et qu'il est mort à Crotone, dans l'extrême Sud de l'Italie.

Pythagore avait dix-huit ans lorsqu'il participa aux Jeux olympiques. Il emporta toutes les compétitions de pugilat.

Après sa victoire, il décida de voyager. En Ionie toute proche, il passa quelques années auprès de Thalès et d'Anaximandre, son élève. Puis, en Syrie, il séjourna auprès des Sages phéniciens qui l'initièrent aux mystères de Byblos. Puis au mont Carmel, dans le Liban d'aujourd'hui. De là, il s'embarqua pour l'Égypte, y resta vingt années. Dans les temples des rives du Nil, il eut tout le temps d'acquérir le savoir des prêtres égyptiens.

Et voilà que les Perses envahirent le pays, et voilà qu'il se retrouve prisonnier et qu'on l'emmène à Babylone. Il n'y perd pas son temps. Durant les douze années passées dans la capitale mésopotamienne, il acquiert l'immense savoir des scribes et celui des mages babyloniens, et, plein d'usages et raison, il retourna à Samos qu'il avait quittée quarante ans plus tôt.

Mais à Samos régnait Polycrate, le tyran, et Pythagore haïssait les tyrans. Alors il repartit. Cette fois vers l'ouest, vers les côtes de la Grande Grèce. Il débarqua à Sybaris, au sud de l'Italie. Sybaris, la ville de tous les plaisirs, était célèbre dans toute l'Antiquité ! Mais Pythagore alla se fixer dans la cité voisine de Crotone. Où il fonda son « École ».

De Pythagore, qui fut élève de Thalès durant quelques années, jusqu'à Archytas de Tarente, lui-même fidèle ami de Platon, l'école pythagoricienne dura près de 150 années et compta 218 pythagoriciens. Pas un de plus, pas un de moins. Tous ne furent pas mathématiciens, loin s'en faut. M. Ruche, sectaire, ne s'intéressa qu'à ces derniers ; ils avaient noms : Hippocrate de Chios, Théodore de Cyrène, Philolaos, Archytas de Tarente. Et Hippase, bien sûr.

M. Ruche referma *La Vie de Pythagore* et ouvrit les autres livres traitant de l'œuvre mathématique de Pythagore et des membres de son école.

Hippase fut l'un des premiers pythagoriciens ; il était le chef des « acousmaticiens », les candidats à l'initiation, tandis que Pythagore dirigeait les « mathématiciens », les initiés.

Hippase fut l'un des inventeurs de la troisième médiété.

Les médiétés sont des nombres qui désignent les différents types de liens que trois nombres peuvent entretenir

Avant Hippase, il y avait deux moyennes, l'arithmétique et la géométrique. Après, il y en eut trois, la nouvelle se nommait l'harmonique.

La *moyenne arithmétique* de deux nombres a et c est connue comme la moyenne tout court : leur demi-somme Elle met en jeu l'addition et la soustraction. Une expression dit bien ce qu'elle est : « *L'excès du premier nombre par rapport au deuxième est le même que l'excès du deuxième par rapport au troisième.* » M. Ruche écrivit la formule et l'encadra.

$$a - b = b - c.$$
b est la *moyenne arithmétique* de a et c

$$b = \frac{(a+c)}{2}$$

La *moyenne géométrique* de deux nombres a et c met en jeu la multiplication et la division. Une expression dit bien ce qu'elle est : « *Le premier est au deuxième ce que le deuxième est au troisième.* »

Pour les Grecs, elle représente la figure de l'*analogie*. M. Ruche écrivit la formule et l'encadra.

$$\frac{a}{b} = \frac{b}{c}$$

b est la *moyenne géométrique* de a et c
$$b^2 = ac$$

Et enfin, la nouvelle venue, la *moyenne harmonique*, est plus compliquée à définir : « *Le premier dépasse le deuxième d'une fraction de lui-même, tandis que le deuxième dépasse le troisième de la même fraction du troisième.* »

Bien que la phrase fût absolument claire, M. Ruche ne saisit pas ce qu'elle signifiait. Le texte d'où il tirait ces informations proposait un exemple avec les nombres 6, 4 et 3. M. Ruche leur appliqua la définition : 4 est la *moyenne harmonique* de 6 et de 3. Parce que 6 dépasse 4 de 2, qui est le tiers de 6 et que 4 dépasse 3 de 1, qui est le tiers de 3. C'était simple, finalement !

---

4 est la *moyenne harmonique* de 6 et de 3

$$6 = 4 + 2, \text{ avec } 2 = \frac{1}{3} \text{ de } 6$$

$$4 = 3 + 1, \text{ avec } 1 = \frac{1}{3} \text{ de } 3$$

Quel effort ! A mon âge !

Le crissement du verre sur le papier était un régal. S'écoulant dans les fines torsades, l'encre alimentait le bout de la plume avec ce qu'il fallait de liquide pour permettre une écriture ciselée. M. Ruche prenait un plaisir physique à façonner les lettres et à entendre le bruit de la plume de verre sur le papier de son cahier à la couverture cartonnée. Qu'écrivait-il ?

Cent cinquante ans avant Euclide, Hippocrate de Chios écrivit les premiers *Éléments* de l'histoire des mathématiques. Ne pas confondre cet Hippocrate avec le père de la médecine, celui du serment. Tous les deux ont vécu au Ve siècle avant notre ère, mais le mathématicien est né dans l'île de Chios, le médecin dans celle de Cos.

D'après Aristote, Hippocrate fut l'un des plus éminents géomètres ayant existé, mais pour le reste, poursuivait-il, il était « niais et stupide ». Une anecdote lui collait à la peau. Il avait commencé sa vie comme commerçant en négoce maritime. Au cours d'un voyage en mer, des percepteurs venus de Byzance lui avaient escroqué tout l'argent qu'il possédait. Thalès, lui aussi, s'était occupé de commerce maritime, remarqua M. Ruche. Mais une telle mésaventure ne lui serait jamais arrivée, il était bien trop rusé. Ruiné, Hippocrate ne trouva qu'une chose à faire : il se fit mathématicien. Si tous les ruinés du monde faisaient comme lui ! Ne serait-ce qu'à Montmartre, il y en aurait assez pour fonder une Académie !

Comme on ne prête qu'aux niais et aux stupides, on affirme qu'Hippocrate fut l'inventeur du *raisonnement par l'absurde* ! Une paille ! Le raisonnement par l'absurde est l'une des armes les plus redoutables de la Logique. Il permet d'établir la vérité d'une proposition en démontrant que la proposition contraire conduit à une absurdité, comme par exemple : « un nombre qui soit à la fois pair et impair », « deux parallèles se coupant », « un triangle isocèle ayant tous ses angles différents », etc.

Si M. Ruche portait une affection particulière à ce type de raisonnement, c'est que celui-ci partait d'une hypothèse fausse… pour parvenir à une proposition vraie ! Cela lui avait toujours fait penser à ce proverbe : « Prêche le faux pour savoir le vrai. »

« Si tu veux démontrer qu'une proposition est vraie, prends son contraire et considère-le comme vrai. Tires-en les conséquences. Si elles sont absurdes, c'est la "faute" de ton hypothèse. Pardi, comme elle est fausse, elle entraîne des conséquences absurdes ! Et, puisqu'elle est fausse, son contraire est vrai. Exactement ce que tu voulais démontrer ! Les jumeaux devraient adorer cela. Mais ils en ont sûrement entendu parler au lycée. A voir. »

Sur une feuille vierge, M. Ruche s'appliqua à dessiner ceci :

Thalès scrutait le ciel, Hippocrate, lui, pourchassait les croissants de lune. Qu'en maths on appelle des *lunules*. Hippocrate établit la quadrature des lunules. Ce fut la première quadrature d'une figure courbe. En marge, M. Ruche nota :

> Reprendre plus tard les trois grands problèmes des mathématiques grecques, quadrature du cercle, duplication du cube, trisection de l'angle.

Jeune, Hippocrate avait été ruiné. Vieux, il fut chassé de l'école pythagoricienne parce qu'il avait « touché de l'argent pour montrer de la géométrie » ! N'est-ce pas précisément ce que Grosrouvre avait refusé ? Toucher de l'argent pour montrer ses démonstrations à cette bande de types qui le harcelait. S'il avait accepté, il serait vivant aujourd'hui, pensa M. Ruche. Grosrouvre n'avait voulu ni dévoiler ses découvertes, comme l'avait fait Hippase, ni les vendre, comme l'avait fait Hippocrate.

M. Ruche poursuivit sa lecture. L'École s'était installée dans la ville de Crotone, tout en bas de la botte italienne. Il y avait dans la cité un habitant riche et puissant du nom de Cylon qui voulait absolument être admis dans les rangs des pythagoriciens. A plusieurs reprises, sa demande fut rejetée. Violent et autoritaire, Cylon ne supporta pas qu'on ose lui refuser ce qu'il désirait.

M. Ruche s'interrompit, cela ressemblait à une phrase qu'il avait déjà entendue. Il n'arrivait pas à se souvenir. Ah, la mémoire ! avec les années… Soudain, il se souvint. Cette phrase, il ne l'avait pas entendue, il l'avait lue. Dans la lettre de Grosrouvre : *des individus à qui l'on ne peut longtemps refuser ce sur quoi ils ont jeté leur dévolu.*

Cylon décida de se venger. Les membres de l'École se réunissaient régulièrement dans une grande demeure pour délibérer des affaires de la cité. Cylon et ses partisans s'approchèrent et y mirent le feu. Tous les occupants périrent brûlés, sauf un.

M. Ruche tressaillit. Une telle coïncidence ne pouvait être fortuite. Éconduits, les gens qui voulaient récupérer les démonstrations avaient-ils agi, comme 2 500 ans plus tôt les partisans de Cylon, en incendiant la maison de Grosrouvre ? Indigné, M. Ruche ne put poursuivre sa lecture. La thèse de l'incendie criminel, soutenue par Perrette, et en laquelle il n'avait pas cru lorsqu'elle l'avait exposée, pourrait se révéler exacte. Un crime ! Si telle était la vérité, il devenait indispensable, et urgent, d'identifier le Cylon de cette bande qui avait donné ordre à ses sbires d'assassiner Grosrouvre. Ce n'était qu'une hypothèse.

M. Ruche abandonna Crotone et les flots bleus de la mer Ionienne pour Manaus et la verte forêt amazonienne.

D'où il revint après un long moment, encore plus convaincu. Il devait poursuivre son enquête mathématique ; c'est elle qui fournirait les réponses à ses interrogations. Par elle, il saurait enfin ce qui s'était passé à Manaus et ce qu'il était advenu des démonstrations de Grosrouvre.

Où en était-il ? Ah, oui, le survivant, celui qui était sorti indemne de l'incendie. On raconte qu'il se nommait Philolaos.

Comme beaucoup de penseurs de cette époque, il s'occupait d'astronomie et de cosmogonie. Il avait imaginé un étonnant système du monde. Non seulement la Terre tournait, mais en plus elle n'occupait pas le centre de l'univers ! Et il avait imaginé cela 2 000 ans avant Copernic et Galilée !

Qui, alors, occupait le centre de l'univers ? C'était à n'y pas croire. Un feu central ! Au centre de l'univers, Philolaos avait placé un feu, autour duquel la Terre tournait, ainsi que les autres planètes et le Soleil. Une question traversa l'esprit de M. Ruche : Philolaos avait-il édifié cette stupéfiante construction avant l'incendie dont il était miraculeusement sorti indemne, ou bien après ? Quelle que soit la réponse, il rendit hommage au premier penseur qui avait osé chasser la Terre du centre de l'univers.

Si M. Ruche n'avait pas été paralytique, il aurait affirmé qu'il avait des fourmis dans les jambes. En fait, c'est dans tout le haut du corps qu'il les avait. L'immobilité dans laquelle il s'était maintenu durant ce long travail lui avait coincé le dos. Il lui fallait bouger. Il s'ébroua, sortit dans la cour, fit plusieurs tours, but à la fontaine et rentra. Il avait encore pas mal de pythagoriciens sur la planche.

Juste en face de Crotone, dans l'échancrure de la botte italienne, Tarente. Puis il tomba sur cette phrase : « *Archytas de Tarente est l'inventeur du nombre un.* »

L'inventeur ? M. Ruche marqua un temps d'arrêt. Le « un » n'avait-il pas toujours existé ? Eh bien, non ! Pour la plupart des penseurs grecs, les nombres commençaient à « deux ». Pour eux, il y avait le un… et les autres.

Le un parle d'existence, pas de quantité, affirmaient les Grecs. La multiplicité est du ressort des nombres : « Est un ce qui est. » Ça, c'est de la philo ! M. Ruche était aux anges, il retrouvait ses petits. Et dire qu'il avait su tout cela ! En dépouillant le un de sa singularité et de son altérité, Archytas en avait fait un nombre comme les autres !

Le premier, certes, mais une modalité parmi d'autres de la quantité.

M. Ruche continuait à prendre des notes. Il y avait de la matière ! Au titre de « Père du un », Archytas en ajouta un second, il fut le « premier ingénieur ». Appliquant un grand nombre de principes mathématiques de la géométrie à l'étude des dispositifs matériels, il créa l'art mécanique. Ne se contentant pas de dessiner ses machines sur du papyrus, il les construisait réellement. Il fabriqua un oiseau mécanique ! Voilà qui allait faire plaisir à Nofutur.

Une colombe de bois qui volait toute seule ! Par la seule énergie que lui conférait le mécanisme inséré dans son ventre. Et elle battait des ailes ! Mais lorsqu'elle se posait, elle ne pouvait plus s'envoler. Elle volait, mais ne décollait pas. Et en plus, elle ne parlait pas ! Pas de quoi donc inquiéter le perroquet de la rue Ravignan.

Et ça ! Archytas fut le premier graffiteur de l'Histoire. Voilà comment cela s'était fait. Il ne supportait pas de prononcer des mots grossiers. Un jour qu'il se trouvait dans l'obligation de le faire, il avait tourné brusquement le dos à ses interlocuteurs et foncé vers le mur qui se trouvait derrière lui. Là, en grosses lettres, il avait écrit le mot qu'il refusait de prononcer. Cela rappela quelqu'un à M. Ruche. Max ! Oui, Max ne disait jamais de grossièreté. M. Ruche en prit conscience à cette occasion. C'était tout à fait étrange pour un enfant de son âge. Comme si les mots étaient trop importants pour qu'il les utilise à cela.

Le Père du un avait de multiples activités. Outre les colombes de bois, les mathématiques et la musique, Archytas faisait de la politique. En bon pythagoricien, il s'intéressait à la vie de la cité. Tarente jouissait d'une constitution démocratique, Archytas fut sept fois élu stratège. Un record.

Et il avait sauvé Platon. Aux yeux de M. Ruche, c'était

là sa plus grande gloire. Denys, tyran de Syracuse, avait projeté de faire assassiner le philosophe. Archytas, ayant été averti, dépêcha à Syracuse un navire empli de soldats, avec à son bord un messager. Celui-ci avertit Denys : Archytas lui demandait instamment de laisser repartir Platon. Redoutant une guerre avec la puissante Tarente, Denys accéda au désir du stratège. Platon quitta Syracuse sain et sauf.

M. Ruche relut ses notes. Trempant la plume de verre dans l'encrier, il écrivit :

> Avec les pythagoriciens, l'univers des mathématiques s'est agrandi. Ils ont introduit la musique et la mécanique. Leur vision mystique des nombres ne les a pas empêchés de fonder l'arithmétique comme la science des nombres. C'est à eux que l'on doit les premières véritables démonstrations de l'Histoire. Outre leur démonstration de l'irrationalité de la racine de 2, ils démontrèrent, par exemple, que tous les triangles ont en commun d'avoir la somme de leurs angles égale à 180 degrés.

M. Ruche était satisfait. Il avait de quoi nourrir la séance prochaine sur Pythagore et Cie. Il rangea son cahier, essuya sa plume et roula vers la porte de l'atelier.

A l'heure où les lions vont boire, Jonathan-et-Léa pénétrèrent par la porte latérale dans la salle des séances. La pièce était plongée dans la pénombre. Quelques chaises et rien d'autre, comme dans une pauvre salle paroissiale. Après avoir refermé la porte, Léa-et-Jonathan s'aperçurent qu'ils n'étaient pas seuls. Quelqu'un était assis près du mur. Il portait une casquette. Albert ! Le silence était total. Ils décidèrent de ne pas le rompre.

A mesure qu'elle s'habituait à l'obscurité, Léa s'étonnait de ne pas apercevoir le fond de l'atelier. Elle finit par en découvrir la cause, un rideau coupait la pièce en deux dans le sens de la largeur, l'empêchant de voir ce qui se passait dans le reste de l'espace. Et les sièges avaient été placés face au rideau. Elle attendit que celui-ci se lève. Il ne se leva point. Elle attendit que sur lui se projette une image, comme durant la séance sur Thalès. Aucune image ne se projeta. De l'autre côté du rideau, une lampe s'alluma. Léa distingua très faiblement la lueur. Simultanément, une série de sons à peine perceptibles s'éleva. Comme des tintements aux allures musicales.

De l'autre côté du rideau, invisible, Max officiait. Quatre vases identiques en forme de cylindres étaient posés sur une table basse. Le premier était vide, le second, portant une étiquette marquée « 1/2 », était empli d'eau à moitié, le troisième était marqué « 1/4 », le quatrième « 1/3 ». Assis en tailleur dans la position d'un joueur de gamelans, Max tenait un petit marteau de bijoutier dans chaque main. Il s'apprêtait à rééditer la série de sons ayant ouvert la séance. Un léger coup de marteau sur le vase vide, puis un autre sur le moitié plein, cela fit deux sons. Puis Max frappa simultanément sur les vases. Cela fit un seul son, beaucoup plus harmonieux que les deux précédents.

– Accord d'octave ! lança Nofutur.

Un temps de silence s'ensuivit. De la même façon, Max heurta simultanément de ses deux marteaux le vase vide et celui au tiers rempli. Ils tintèrent.

– Accord de quinte ! lança Nofutur.

Nouveau temps de silence. Puis Max heurta le vase vide et celui au quart rempli.

– Accord de quarte ! lança Nofutur.

A vrai dire, Max n'avait presque pas perçu les sons émis par les vases. Il avait tenu à faire lui-même l'expérience. Lui, se charger d'une manip sur les sons !

De l'autre côté du rideau, Jonathan-et-Léa écoutaient

sans trop comprendre à quoi tout cela rimait. Albert, lui, écoutait sans se poser de questions. A l'écoute du résultat, M. Ruche regrettait de ne pas avoir demandé à Max d'utiliser une corde tendue entre deux chevilles et pincée en différents endroits, plutôt que ces vases. Le résultat eût été plus probant. Il s'en voulut d'avoir préféré le spectaculaire à l'opératoire. Tant pis.

– Pythagore voyait des nombres part !… s'écria Nofutur.

Sa voix s'enraya. On entendit un bruissement d'ailes, puis un raclement de gorge. Nofutur reprit plus faiblement :

– … partout ! Pour lui, tout ce qui existe est nombre. C'est dans la musique qu'il les dénicha pour la première fois.

La voix de Nofutur se cassa à nouveau.

M. Ruche prit la relève.

– A l'aide de ce simple dispositif, Pythagore venait de faire une découverte stupéfiante : un intervalle musical est un rapport de deux nombres ! L'intervalle d'octave, produit par le vase vide et le vase à moitié vide, s'exprimait par le rapport 1/2, celui de quinte par 2/3, celui de quarte par 3/4. Connaissez-vous des rapports numériques plus simples que ces trois-là ? interrogea M. Ruche.

– Il le fait exprès ! murmura Léa, se contenant difficilement. Qu'est-ce que c'est que ces vases ! Il sait bien qu'on ne les voit pas.

– M'est avis qu'il le fait pour nous faire réagir, la calma Jonathan. On laisse courir.

Et M. Ruche de poursuivre :

– Ainsi, des rapports numériques se révélaient capables de rendre compte des harmonies musicales ! Mieux, l'Harmonie elle-même était la mise en sons de rapports numériques. La gamme était nombre et la musique, mathématique !

Une voix de soprano s'éleva dans l'atelier et chanta *a cappella* l'aria d'une cantate de Bach, *Ich habe genug*. C'était beau. Mais ça grattait un peu. Le microsillon que M. Ruche avait posé sur un antique pick-up était une pièce de collection. Dans un parfait fondu enchaîné, la voix de la soprano baissa progressivement tandis que s'élevait celle de M. Ruche :

– Mais il n'y avait pas que la musique. Pour les pythagoriciens, l'harmonie s'étendait à l'univers entier ; l'ordre des cieux eux-mêmes s'exprimait par une gamme musicale. La musique des sphères ! Pour dire cela, il fallait un mot. Pythagore l'inventa : *cosmos* ! Le Bon Ordre et la beauté. Et l'histoire du monde se raconta comme la lutte du *cosmos* contre le *chaos*.

M. Ruche jeta un coup d'œil sur la suite du texte qu'il avait préparé.

> Ces trois petits sons sonnaient la naissance de la première loi mathématique de la nature. C'était parti pour la recherche des nombres dans les choses ! avait-il écrit.
> Donner à la connaissance de la nature un fondement numérique, tel était le projet des pythagoriciens. Pour y parvenir, il leur fallait étudier les nombres en eux-mêmes. Ce fut la fondation de l'arithmétique, la science des nombres, qu'ils ont tenu à distinguer de la *logistique*, l'art du pur calcul. Par cette séparation, ils élevaient l'arithmétique au-dessus des besoins des marchands.

M. Ruche décida de ne pas lire ce passage, préférant passer la parole au Haut-Parleur, dont la voix retentit sur-le-champ : « Attention, attention, les auditeurs sont admis à passer de l'autre côté du rideau. De l'autre côté du rideau. »

Auditeurs ? il s'agit de nous. Auditeurs et pas spectateurs, notèrent Jonathan-et-Léa en se levant. Ils soulevèrent le tissu et passèrent de l'autre côté du rideau.

L'ambiance était tout autre. Trois lampes façonnaient des petites aires de lumière dans l'obscurité. L'une éclairait Max, devant une table basse sur laquelle toutes sortes d'objets étaient posés. Parmi eux, les quatre vases musicaux.

La deuxième lampe éclairait Nofutur. Il était agrippé à son perchoir devant une sorte de lutrin sur lequel on pouvait croire distinguer une partition. La troisième, plus puissante, était au service de M. Ruche. Installé sur une estrade, il s'était entouré de tout un matériel audiovisuel. Question audio, il y avait des disques, des cassettes et une chaîne hi-fi. Sur une autre table, prêt à fonctionner, le matériel de projection déjà utilisé lors de la séance sur Thalès. Deux baffles imposants étaient placés en avant-garde du fauteuil roulant de M. Ruche qui trônait, alerte.

Posés sur son pupitre, le cahier cartonné et plusieurs feuilles volantes. M. Ruche en saisit une et déclara :

– Pythagore commença par établir une première classification des nombres. Elle nous paraît si naturelle aujourd'hui qu'elle semble avoir toujours existé. Ce fut pourtant une grande première. Il répartit les nombres entiers en deux catégories, les pairs et les impairs. Ceux qui sont divisibles par deux et ceux qui ne le sont pas.

Dans le silence qui suivit on entendit une voix de tragédienne déclamer :

– Ceux qui croyaient en deux et ceux qui n'y croyaient pas !

C'était Léa. La phrase lui était sortie de la bouche.

« Ah, celle-là ! songea M. Ruche. Un satané talent pour trouver des formules chocs. J'espère qu'elle ne travaillera pas dans la publicité. » Puis, tout de go, il reprit :

– Pythagore a établi les règles de calcul concernant la parité.

Nofutur embraya :

– Pair plus pair égale pair. Impair plus impair égale pair. Pair plus impair égale impair.

M. Ruche :

– Et pour la multiplication.

Nofutur :

– Pair fois pair égale pair. Impair fois impair égale impair. Et pair fois impair égale pair.

De l'autre côté du rideau, la porte latérale s'ouvrit. Une bouffée d'air frais envahit l'atelier. Perrette se glissa sans bruit dans la pièce au moment où le sifflement d'admiration de Jonathan-et-Léa se finissait. Elle voulut les rejoindre. Apercevant Albert, elle se ravisa et s'assit.

C'est alors que la voix ferme du haut-parleur s'éleva :

– Attention, attention, ceci est une révélation ! Ceci est une révél…

M. Ruche coupa le contact et annonça :

– Ici Ruche, j'ai une révélation à vous faire. Le théorème de Pythagore n'est pas de Pythagore.

Une salve d'applaudissements accueillit le scoop. Pourquoi Léa en éprouva-t-elle un tel plaisir, elle ne sut le dire. Jonathan, lui, resta de marbre.

– Il faut, poursuivit M. Ruche, rendre à César ce qui est à César… et reprendre à Pythagore ce qui n'est pas à Pythagore. Bien avant lui, les Égyptiens et surtout les Babyloniens avaient découvert une certaine relation liant des triplets de nombres entiers, celle précisément désignée par le fameux théorème.

Pour ne pas rallonger son intervention, M. Ruche s'abstint de dire que sur une tablette babylonienne, la tablette Plimpton 322, du nom de l'archéologue anglais

qui l'avait découverte, un scribe avait consigné une quinzaine de triplets de nombres entiers qui en définitive
revenaient à ce que la somme des carrés de deux d'entre
eux soit égale au carré du troisième. La tablette avait été
gravée plus de mille ans avant la naissance de Pythagore ! L'un de ces triplets était 45, 60, 75, qui équivaut à
notre fameux triplet 3, 4, 5.

M. Ruche fit un signe à Nofutur qui se dressa sur son
perchoir, tandis que Max se mettait debout. « Trois bouts
de bois ! », annonça Nofutur. Max saisit les trois bouts de
bois étalés sur la table et les présenta.

Nofutur : « La longueur du premier est 3, celle du
second 4, celle du dernier 5. » Max reporta par trois fois
la longueur de sa main ouverte sur le plus petit morceau
de bois, quatre fois sur le moyen et cinq sur le dernier.

— Ils font du *live*, maintenant ! grogna Léa.

— Ils ont répété, ma parole ! grommela Jonathan.
Quand ont-ils bien pu préparer ce numéro d'hôtesse de
l'air ?

Max, en effet, avait plaqué sur son visage un sourire
plat et ses gestes mécaniques étaient ceux des hôtesses de
l'air expliquant aux passagers le maniement du masque
et du gilet de sauvetage.

Nofutur poursuivit :

— Le carré de 3, qui est 9, plus le carré de 4, qui est 16,
étant égal au carré de 5, qui est 25, le triangle ayant ces
morceaux de bois pour côtés est rectangle !

A mesure qu'il parlait, Max, du bout de l'index, écrivait dans l'air ce que Nofutur disait :

$$3^2 + 4^2 = 5^2$$

Puis il joignit les trois morceaux de façon que leurs
extrémités soient en contact. Ils formaient un triangle
faisant une équerre parfaite !

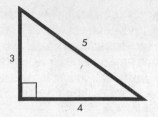

– Que dit le théorème ? demanda M. Ruche. Il nous dit qu'un lien existe entre la longueur des côtés et la nature du triangle. Et ce lien peut s'exprimer de la façon suivante : si la somme des carrés de deux côtés d'un triangle est égale au carré du troisième :

$$a^2 + b^2 = c^2$$

alors ce triangle est rectangle. C'est un lien très fort entre la longueur des côtés et la nature de l'un des angles du triangle.

M. Ruche se versa un verre d'eau. Il but doucement. Max, qui avait regagné sa table, frappa sur l'un des vases sonores :

– Accord de M. Ruche ! annonça-t-il avec la voix rauque de Nofutur, qu'il imitait de mieux en mieux.

M. Ruche faillit s'étouffer.

Perrette avait ôté ses chaussures et allongé les jambes. Sa longue journée à la librairie l'avait fatiguée. Face au rideau aveugle, elle écoutait mais ne voyait pas. Ce qu'elle ne voyait pas, surtout, c'était ce que tout cela avait à faire avec la lettre de Grosrouvre et avec les questions qu'elle avait déchaînées.

Jonathan bouillait, il interpella M. Ruche :

– Ce n'est pas pour défendre Pythagore…

En fait ça l'était. Les cheveux longs et le look de Pythagore avaient immédiatement installé une complicité entre lui et ce routard de l'Antiquité qui avait roulé sa bosse des rives du Nil à celles de l'Euphrate, de Thèbes à Babylone, des côtes de l'Asie Mineure à celles de la Syrie, des îles de la mer Égée aux rivages de la mer Ionienne.

« Ce n'est pas pour défendre Pythagore, mais vous nous avez suffisamment dit qu'il fallait faire une distinction entre un résultat et sa démonstration. Or les Babyloniens et les Égyptiens possédaient un résultat, certes, mais l'avaient-ils démontré ? demanda Jonathan.

– Apparemment non, répondit M. Ruche.

– On peut donc dire : « le résultat des Babyloniens » et « le THÉORÈME de Pythagore ». Il faut rendre à Pythagore ce qui est à Pythagore.

Jonathan triomphait.

C'est à ce moment que Léa interpella M. Ruche :

– Pourquoi ce rideau ? Pourquoi nous avoir laissés poireauter derrière ?

– J'attendais la question. Je suis même surpris qu'elle arrive si tard. Seriez-vous en train de devenir patients ? demanda M. Ruche avec ironie. J'ai voulu vous mettre – oh, quelques instants seulement – dans la situation de ceux qui désiraient devenir disciples de Pythagore.

« Voilà comment il s'y prenait pour tester les candidats.

« Pythagore commençait par observer si le postulant était capable de "tenir sa langue", c'est le terme qu'il employait. Pouvait-il se taire et garder pour lui ce qu'il avait entendu durant les séances d'enseignement. Dans un premier temps, vous le remarquez, son silence l'intéressait plus que sa parole.

La salle d'enseignement était séparée en deux par un rideau. Pythagore se trouvait d'un côté, les postulants de l'autre ; ils n'avaient accès à son enseignement que par l'ouïe. Ils l'entendaient mais ne le voyaient pas. L'épreuve durait cinq ans !

– Ne rien voir, écouter et la boucler, ça c'est un programme ! Et pendant cinq ans ! explosa Léa. C'était vraiment une secte !

Max fulminait. Et les sourds, ils n'avaient pas le droit d'apprendre ? Comment faisaient-ils pour percevoir quoi que ce soit s'ils étaient derrière le rideau ! Cela ne me plaît pas du tout. Voilà ce qu'il aurait dit s'il avait dit quelque chose. Mais de tels débordements n'étant pas dans ses habitudes, il garda ses pensées pour lui. Devinant ce qui agitait Max, M. Ruche lui fit un signe qui signifiait : « Eh oui, c'était ainsi, Max. Je n'y peux rien. » Puis, il reprit :

– Le rideau avait une extrême importance dans la vie de l'École pythagoricienne. Sa traversée signifiait que l'on avait passé avec succès les épreuves. Les membres de l'École étaient répartis en deux catégories suivant le côté du rideau où ils se trouvaient. A l'extérieur de l'espace où se tenait Pythagore, les *exotériques*… A l'intérieur, et pour le reste de leur vie, les *ésotériques*. Eux seuls pouvaient entendre Pythagore ET le voir !

– En nous faisant passer de VOTRE côté du rideau, vous nous avez jugé dignes d'être des ésotériques, c'est cela ? demandèrent ensemble Jonathan-et-Léa.

– En effet, répondit M. Ruche.

– On peut savoir pourquoi ?

– Pourquoi ? Parce que, excusez-moi le terme, vous l'avez bouclée tout le temps que vous étiez de l'autre côté du rideau. Je n'en croyais pas mes oreilles, vous avez su tenir votre langue.

– C'était donc un piège, pointa Léa en adressant un signe de connivence à Jonathan.

– Non, un test, précisa M. Ruche.

– Et si nous ne l'avions pas bouclée ?

– Vous seriez restés de l'autre côté. Nous l'avions décidé ainsi avec Max. Nofutur également était d'accord.

En entendant son nom, Nofutur, qu'irritait la longue immobilité à laquelle l'avait astreint sa participation à la séance, se crut libéré et se mit à voler dans la pièce. Il effleura le rideau. La toile trembla, Max voulut la retenir et par son geste, au contraire, finit de la déséquilibrer. Elle s'affala dans un grand bruit de feutre, ensevelissant Max qui disparut sous le lourd tissu. Jonathan plongea la main dans les plis ; d'une secousse il sortit Max tout ébouriffé.

Apercevant Perrette sagement assise de l'autre côté de la séparation qui n'existait plus :

– m'man, tu étais là ? Depuis quand ?

– Depuis le théorème de Pythagore, lui répondit-elle en souriant…

Personne ne l'avait entendue entrer. Albert remua sur son siège. On l'avait oublié. Il dormait. L'éclat de rire qui suivit ne parvint pas à le réveiller.

Comme les acteurs de talent qui poursuivent la pièce, malgré les catastrophes, M. Ruche continua, superbe :

– Les textes des pythagoriciens étaient eux aussi soumis au secret. Rédigés dans un langage à double sens, ils jouaient sur deux niveaux d'interprétation ; l'un compris par tout le monde, l'autre réservé aux seuls initiés. Les pythagoriciens parlaient de *sumbola* et d'*ainigmata*, de symboles et d'énigmes.

Disant ces mots, M. Ruche pensa à la lettre de Grosrouvre. Elle était, à n'en pas douter, un véritable texte pythagoricien passible d'une double lecture, truffée de symboles et d'énigmes.

– La plupart des connaissances se transmettaient de bouche à oreille. Ce type de transmission donna lieu à une deuxième séparation. Il y avait les *acousmatiques*, à qui l'on transmettait les résultats mais pas les démonstrations pour y parvenir. Et il y avait les *mathématiciens*, à qui l'on transmettait les résultats et les démonstrations.

Quant aux fameux *akousmata*, dont Grosrouvre parlait dans sa lettre, c'étaient des paroles. Qui n'étaient donc transmises qu'oralement et dont il n'y avait pas de traces écrites. Quand Grosrouvre parlait d'*akousmata*, que voulait-il nous dire ? Les *akousmata* représentent-ils les démonstrations qu'il avait transmises oralement, ayant brûlé tous ses écrits, à celui qu'il nomme son fidèle compagnon ?

Comme le faisaient les disciples de Pythagore, le fidèle compagnon avait dû apprendre par cœur ce que Grosrouvre lui transmettait oralement. Mais il n'avait pas eu besoin de comprendre tout ce qu'il enregistrait dans sa mémoire. Cela aurait été impossible, fit remarquer M. Ruche. En un mot, il n'était pas nécessaire qu'il soit mathématicien. Il lui suffisait d'être précisément ce que les pythagoriciens appelaient un acousmatique. A propos, ces démonstrations, quelles longueurs avaient-elles ? Personne n'en avait la moindre idée. Deux pages, dix pages, plus peut-être ?

Avec l'aide de la Bibliothèque de la Forêt, ils durent en convenir, M. Ruche menait rondement son enquête. Et lui de conclure :

– Qui est ce fidèle compagnon de Grosrouvre à la mémoire entraînée ?

Le silence s'installa. Léa sourit :

– A la recherche d'un acousmatique de la forêt vierge ! Beau titre pour un journal du soir !

– Et nous, dans quel groupe nous rangez-vous ? Acousmatiques ou mathématiciens ? demanda Jonathan.

– Cela dépendra de votre aptitude à comprendre les démonstrations. Et à vous en souvenir. Seul l'avenir nous permettra d'en décider.

Jonathan-et-Léa échangèrent un coup d'œil.

– Tous les membres de l'École devaient exercer leur mémoire, reprit M. Ruche, auquel l'échange entre Jonathan-et-Léa avait échappé. Le matin, un pythagoricien ne se levait jamais avant de s'être remis en mémoire les événements qu'il avait vécus la veille. Il essayait de se souvenir précisément de ce qu'il avait vu, de ce qu'il avait dit, de ce qu'il avait fait, de qui il avait rencontré.

– Et ceux qui étaient refusés, que leur arrivait-il ? demanda brusquement Léa.

– En se présentant à l'École, chaque prétendant devait remettre tous ses biens à la communauté, déclara M. Ruche.

– Exactement comme les sectes aujourd'hui, triompha Léa.

– A ceci près, précisa M. Ruche, que celui qui était renvoyé recevait avant son départ le double des biens qu'il avait déposés.

– Il repartait donc plus riche qu'il n'était entré, constata Jonathan. Cela fait une sacrée différence avec les sectes d'aujourd'hui qui pompent les gens jusqu'à la moelle.

– On lui donnait en argent ce qu'il n'avait pas su prendre en savoir, déclara M. Ruche. Mais… (il laissa sa phrase en suspens) … mais dès que son exclusion était prononcée, on lui creusait un tombeau.

– Même s'il n'était pas mort ! s'écria Max.

– C'était une mort symbolique, Max, dit Léa railleuse. Perrette se leva brusquement, les yeux brillants :

– La mort était symbolique, mais le tombeau bien réel. Quelqu'un découvrant ce tombeau pouvait de bonne foi croire que la personne dont c'était le tombeau était morte. On peut donc penser avoir les preuves de la mort de quelqu'un alors qu'il est vivant.

« Où veut-elle en venir ? » se demanda Léa.

Max se rapprocha. Tout le monde était tendu vers les paroles de Perrette.

– Vous parlez de Grosrouvre, n'est-ce pas ? demanda M. Ruche. Je vous rappelle qu'on a retrouvé le… il ne

parvint pas à dire « cadavre » … le corps de Grosrouvre.
Je crois que vous confondez le contenu et le contenant.
Le corps n'est pas le tombeau…

— Je ne les confonds pas, mais je dis que s'il y a des
morts sans sépulture, vous venez de nous apprendre qu'il
y avait des sépultures sans mort.

— Alors ? demanda M. Ruche presque agressif.

Elle osa.

— Qui nous dit que le corps calciné retrouvé dans les
décombres de la maison de Manaus est bien celui de
votre ami ?

Personne jusqu'alors n'avait émis le moindre doute sur
ce sujet. C'était même – jusqu'à cet instant ! – le seul
point acquis. Ils restèrent interloqués. M. Ruche fut le
premier à réagir :

— Enfin, Perrette, excusez-moi de vous le dire crûment,
vous débloquez ! Le commissaire l'a bien écrit dans la
lettre.

— Je ne vous comprends pas, M. Ruche, qu'est-ce que
vous voulez ? Qu'il soit mort ou pas, votre ami ?

— Ce que je veux ? Ce que je veux ? Comme si cela
pouvait avoir une quelconque importance, comme s'il
suffisait que je veuille qu'il soit vivant pour qu'il le soit.

— Ce n'est pas une raison pour le tuer, alors que vous
n'êtes pas sûr qu'il soit mort, explosa Perrette.

— Comment, le tuer ? Là, vous allez fort, s'indigna
M. Ruche. Vous dites que je tue Grosrouvre ?

— Calmons-nous. Je dis simplement que nous n'avons
pas de preuve qu'il soit mort.

— Pas de preuve ? ! M. Ruche était excédé. Le corps
calciné retrouvé dans sa maison, ce n'est pas une
preuve ?

— Non. La seule chose que prouve un corps calciné,
c'est que la personne dont c'était le corps est morte. Cela
ne dit pas qui elle est, ni même qu'elle soit morte brûlée.

A propos (elle changea de ton), quelqu'un a-t-il reconnu le corps ? Une autopsie a-t-elle été pratiquée ?

– Mais on s'en fout ! explosa Léa.

– Je vous rappelle, dit M. Ruche à Perrette, que c'est vous-même qui avez parlé de l'assassinat de Grosrouvre. Et s'il y a assassinat, c'est que quelqu'un est mort.

– Où est la contradiction ? Il s'agit d'hypothèses et je voudrais que nous les envisagions toutes. C'est ce qu'en mathématiques, je crois me souvenir, on appelle les différents *cas de figure*. N'en négligeons aucun.

– Vous n'avez pas faim ? demanda Léa.

– Si ce corps n'est pas celui de Grosrouvre, de qui est-il ? demanda M. Ruche.

– Essayons d'abord de savoir si c'est celui de Grosrouvre, répliqua Perrette.

– Si vous n'avez pas faim, moi si, insista Léa.

– Bon. Arrêtons-nous, concéda M. Ruche. Mais on pourrait continuer après le repas. On pourrait faire, comment dit-on pour les Grands Magasins ?

– Un nocturne.

– C'est cela, faisons un nocturne.

Le mot réveilla Albert. Sa casquette de traviole, et sa cigarette encore collée à ses lèvres, il roula des yeux ahuris derrière ses lunettes blanches de buée.

– Je crois que je me suis un peu assoupi. J'ai travaillé toute la nuit. J'étais à Roissy. Les aéroports, ça rapporte mais c'est crevant.

– Albert, lui aussi, n'a pas dit un mot, fit remarquer Max. La règle doit être la même pour tous. Vous devez l'admettre lui aussi comme ésotérique, M. Ruche.

– Albert, déclara M. Ruche, tu es admis dans le groupe des ésotériques. A présent tu es un pythagoricien.

– Pas question ! Je n'appartiens à rien ni à personne. Je suis un indépendant. Parti, syndicat, association, équipe de boules, amicale, pas pour moi !

CHAPITRE 8

De l'impuissance à l'assurance.
Les irrationnels

M. Ruche bloqua son fauteuil sur la plate-forme du monte-Ruche, appuya sur le bouton et s'éleva lentement dans les airs de la cour intérieure de la maison de la rue Ravignan. La séance sur Pythagore avait été longue et fatigante. Il regrettait déjà d'avoir sottement proposé de faire un « nocturne » ; la BDF n'était pas un grand magasin et lui pas une pimpante vendeuse dans un rayon lingerie. Ça grinçait terriblement. Il faudrait demander à Albert de graisser le mécanisme. Le bruit de crémaillère du monte-Ruche lui rappela celui du grand huit à la Foire du Trône, lorsque le wagon était hissé tout en haut, juste avant le grand saut qui coupait le souffle.

Max était resté dans l'atelier des séances. Il ne s'était pas aperçu de la présence, au fond de la salle, de Perrette. Assise dans l'ombre, elle réfléchissait à ce qui venait de se passer. Pourquoi avoir parlé si brutalement à M. Ruche ? Ce qui l'étonnait le plus, c'est qu'elle se sentait poussée à s'investir dans une histoire qui concernait la mort d'un inconnu, un individu qu'elle n'avait jamais vu et dont quelques semaines plus tôt elle ne connaissait pas l'existence. Elle était obligée de constater que l'ambiance de la rue Ravignan avait changé depuis la première lettre de Grosrouvre. Jusqu'alors ils formaient un… regroupement vivant dans une cohabitation molle, non conflictuelle, faite d'habitudes et baignant dans une affection implicite mais sans passion. Pas de but commun, pas d'aventures, pas de passions communes ; ils n'avaient rien eu réellement à partager, hormis le quotidien. Perrette, dont la place était centrale, n'avait pas fait grand-chose pour qu'il en soit autrement. C'est par elle que l'assemblage s'était constitué, c'était à elle de créer les liens. Elle se rendait compte qu'elle n'avait pas assumé sa responsabilité.

Et voilà que cette histoire de Manaus leur tombait dessus. La bibliothèque, les livres, les mathématiques, l'incendie. Était-ce un cadeau ou une tuile ? C'était à l'usage qu'elle le saurait. Quoi qu'il en soit, pour l'heure, elle pouvait affirmer que cela arrivait à point nommé, pour leur offrir ce qui leur avait manqué. Pour la première fois, elle sentait la maisonnée vibrer à l'unisson. Même ce perroquet y allait de sa partition.

Tandis que Max pliait soigneusement le rideau et s'apprêtait à le ranger, Nofutur voleta dans l'atelier et se posa sur la table où Max avait fait sa musique. Il avait soif. Il inséra son bec dans un des vases mais ne parvint pas à atteindre l'eau, le récipient était trop étroit et l'eau trop basse. Il essaya les deux autres vases sans plus de succès.

Apercevant ses efforts, Max vint à la rescousse. Perrette suivait la scène, amusée. Elle se leva pour les rejoindre. Max saisit le récipient marqué 1/3, le transvasa dans celui marqué 1/2. Nofutur inséra son bec, l'eau était encore hors d'atteinte. Max saisit le vase marqué 1/4, et s'apprêta à y déverser l'eau. Découvrant le cahier de M. Ruche, ouvert sur la table, Perrette se précipita : « Arrête, Max ! » Trop tard. Il avait déjà transvasé l'eau. L'eau s'échappait du vase trop plein, inondant le cahier. Il avait perçu, plus qu'entendu l'exclamation de Perrette. Tout en pressant le cahier sur sa chemise pour le sécher, il lui demanda :

– Comment as-tu su que ça allait déborder ?

Depuis bientôt dix ans, Perrette tenait la caisse de la librairie.

Elle avait pris l'habitude de calculer de tête le montant des factures en même temps qu'elle tapait les sommes sur la caisse enregistreuse. Elle s'amusait à faire des concours de vitesse avec la machine. Qui, d'elle ou de la caisse, donnerait le résultat la première ? La femme contre la machine, version *light* des combats héroïques que menaient les champions d'échecs contre l'ordinateur.

— J'ai fait le calcul et j'ai su que cela devait déborder.

— Comment ?

— En transvasant les trois vases, tu as additionné leur contenu : 1/2 + 1/3 + 1/4. Ça fait 13/12. Et 13/12 est plus grand que 1, c'est-à-dire plus grand que la contenance d'un de tes vases. Donc ça DEVAIT déborder !

Max ne cacha pas son admiration.

— Et tu as fait le calcul de tête. C'est fort, m'man !

C'était tellement inhabituel pour Perrette qu'elle se défaussa par une plaisanterie :

— Le calcul m'indique en plus qu'il y a 1/12 de litre de flotte sur le cahier de M. Ruche, qui ne va pas être très content.

L'eau avait fait des auréoles sur les pages. Perrette jaugea les dégâts. La page la plus abîmée était celle où M. Ruche avait décrit la vie de Pythagore, ses voyages, son arrivée à Sybaris, son installation à Crotone. Le texte cependant restait lisible.

— Tu es une as, m'man !

De cet épisode, hormis l'exploit de Perrette, Max retira que le calcul pouvait servir à empêcher que « ça déborde ».

La casserole emplie de café chauffait doucement sur le brûleur. Quand le liquide commença à frémir, Albert coupa le gaz et se versa une grande tasse. Il en allait toujours ainsi lorsqu'il avait travaillé la nuit ; le lendemain il lui fallait son litre de café sinon il s'endormait comme tout à l'heure durant la séance. A la file, il en but une seconde, pour avoir, dit-il, quelques chances de rester pendant le nocturne.

— Pourquoi fais-tu les nuits, si cela te fatigue tant ? Pour gagner plus de fric ? demanda Jonathan.

— Des fois, oui. Mais cette nuit, c'était parce que j'avais envie d'aller à Rio.

— D'aller à Rio !

Le couteau de Jonathan ripa, la lame érafla la planche sur laquelle il était en train de découper des tranches d'un jambon fumé de montagne. Des tranches les plus fines possible. Sinon, au goût de Jonathan, c'était du lard.

— Quand j'en ai assez de Paris, que c'est trop triste, que c'est trop sombre, ou que, je ne sais pas, moi, quand j'en ai envie tout simplement, je pars en voyage, je vais à Orly ou à Roissy. Hier, en me réveillant, je me suis dit : « Rio ! J'ai envie de Rio. » J'ai consulté les horaires, j'en ai toujours à la maison. Rio, c'est Roissy, 5 heures du matin. Je me suis pointé à l'aéroport juste pour l'arrivée de l'avion. J'ai embarqué un couple de Brésiliens qui habitaient Rio et je leur ai demandé : « Alors Rio, ça n'a pas changé ? » Je leur ai posé des tas de questions sur des transformations qui étaient en train de se faire dans la ville ; un voyageur m'en avait parlé quelques semaines plus tôt. La femme m'a dit : « Vous connaissez bien Rio ! Vous y étiez quand ? » Je lui ai dit : « Je n'y suis jamais allé, madame. » Elle m'a regardé avec des yeux gros comme des billes. Elle n'a plus dit un mot.

Jonathan découpa un mince filet de gras et le tendit à Albert qui en raffolait. La cendre de sa cigarette faillit tomber dans le plat de tomates au persil que Jonathan avait, croyait-il, préparé avec art. Elle tomba dans la salière. Tout en vidant la salière dans la poubelle, Albert expliqua à Jonathan comment, entre l'aéroport et les périphériques, chaque client lui racontait sa ville, les endroits qu'il préférait, les bistrots où il se rendait, les places qu'il aimait traverser, les jardins où il avait l'habitude de s'asseoir, les quartiers qu'il détestait, et comment lui, Albert, vol après vol, se faisait une idée de cette ville où il n'avait jamais mis les pieds, comment il imaginait les lieux que chaque voyageur lui décrivait à sa façon. New York, Tokyo, Bogotá, Singapour. De cette façon, il connaissait une bonne vingtaine de villes de par le monde. Bien sûr, il n'avait jamais ouvert un guide, c'eût été une trahison. Sauf pour Syracuse, la seule ville qu'il avait connue par les guides, parce qu'il avait envie d'y aller et qu'il n'existait pas de vol direct, donc pas de passagers venant de là-bas qu'il aurait pu interroger.

— Des villes, précisa-t-il, pas des pays. Les pays, c'est des conneries, ils n'existent que sur les cartes. Les villes, elles, existent vraiment...

Albert lui confia qu'il avait pris cette habitude des aéroports à la suite du seul voyage à l'étranger qu'il avait fait. A Rome, il y a longtemps. Il avait perdu ses papiers et son billet d'avion, il avait attrapé une grippe qui l'avait cloué dans une chambre d'hôtel durant tout son séjour.

— Tu connais Manaus ? demanda Jonathan brusquement.

— Non. C'est où ?

— Au Brésil, en Amazonie.

— Au Brésil, comme je t'ai dit, je connais seulement Rio, et Brasília. Manaus, ça n'est pas sur les horaires des long-courriers.

Tout en parlant, Albert avait fini de mettre la table. Perrette, suivie de Max et de Nofutur, entra dans la salle à manger en même temps que Léa descendait de sa chambre. On s'installa à table.

Jonathan leva le bras vers la plus haute étagère du meuble de cuisine pour atteindre un long plat en métal sur lequel il comptait étaler les tranches de jambon. Perrette l'interpella : « Ne lève pas les bras si haut, tu me fatigues ! » De surprise, il laissa échapper le plat qui tomba sur le sol. Une explosion ! Même Max sursauta. Nofutur s'enfuit à toutes ailes et dans un réflexe alla se percher sur la corniche de la cheminée, comme la première fois lorsqu'il avait débarqué dans la maison de la rue Ravignan. Perrette ne parvenait pas à prononcer un mot tant elle riait. Elle finit par dire :

– Vous avez bien parlé de Sybaris tout à l'heure, M. Ruche. Quand j'ai vu Jonathan dans cette position, cela m'a fait penser à une histoire qu'on se racontait à l'école.

Un Sybarite se promenait dans la campagne. Passant à côté d'un paysan qui piochait dans son champ, il s'arrêta net et s'écria : « Ne lève pas les bras si haut, tu me fatigues ! »

Jonathan, ramassa le plat.

Décidément en verve, Perrette poursuivit :

– Il y a aussi ce Sybarite qui, à la seule vue d'un esclave fendant du bois, se mettait à suer à grosses gouttes. Et puis un autre qui avait loué une barque pour aller à Crotone, dans la ville de Pythagore justement. Avant de partir, il avait exigé des marins que, durant la traversée, les rames ne fassent aucun bruit et qu'elles frappent la mer sans faire jaillir aucune goutte d'eau, sans cela ils ne seraient pas payés. … Et le comble, c'est ce Sybarite qui, en se levant un matin, se plaignit de n'avoir pas pu dormir de la nuit, parce que dans son lit semé de pétales de roses l'un des pétales l'avait incommodé en se pliant en deux. Vous ne pouvez pas imaginer ce que cela nous faisait rire. Surtout la dernière, le pétale plié.

Le jambon était excellent.

Au moment où tout le monde se levait, Perrette lança :

– Sybaris fut détruite par les troupes de Crotone. A l'initiative des pythagoriciens, je crois me souvenir. Et pour qu'il n'en reste aucune trace, ils ont dérouté un fleuve qui a enseveli la ville. Cela a tellement bien marché qu'on n'a jamais retrouvé une seule pierre de la cité de tous les plaisirs.

L'entracte était terminé. Le nocturne allait commencer. M. Ruche était fatigué. Perrette proposa de remettre la séance au lendemain. M. Ruche refusa. Perrette l'aida à se hisser sur l'estrade. Albert se plaça au premier rang. Fauteuil d'orchestre! Bien décidé à rester éveillé jusqu'à l'aube s'il le fallait, Nofutur était resté sur son perchoir dans la salle à manger-salon. La séance de l'après-midi l'avait épuisé.

– Certains, ici, n'ayant pu attendre vingt-quatre heures pour savoir ce que fut, il y a près de 2 500 ans, la crise des irrationnels, je me vois sommé d'en brosser nocturnement le tableau, annonça d'une voix claire M. Ruche.

Nous sommes au Ve siècle avant notre ère, quelque part en Grande Grèce, probablement sur les rivages de l'Italie du Sud, près de Crotone. Drame en trois actes.

Premier acte. Tout est nombre!

Deuxième acte. Si un nombre représente le côté d'un carré, aucun nombre ne pourra représenter sa diagonale. Diagonale et côté sont incommensurables!

Troisième acte. Il existe donc des grandeurs qu'aucun nombre ne peut exprimer!

Ce constat, établi par les pythagoriciens eux-mêmes, mit en péril leur propre vision du monde. Il dut impérativement rester secret. Reprenons.

Premier acte. Tout est nombre. Quels étaient-ils, ces nombres chargés de dire le monde et l'harmonie, ces nombres chargés de dire le cosmos? Les nombres entiers. Et les fractions, aussi, qui ne sont que des rapports d'entiers. Les positifs uniquement. Pour la bonne raison qu'il n'y avait pas de nombres négatifs dans les civilisations de l'Antiquité.

Surprise dans l'assistance. « Y z'avaient pas de moins un ! », « Y z'avaient pas de moins deux !.», « Comment ils calculaient alors ? »…

En bon orateur, M. Ruche attendit que cessent les réactions avant de reprendre :

« Par contre, les Grecs ont utilisé les rapports de deux entiers quelconques. En Égypte, par exemple, il n'y avait que des demis et quelques autres fractions particulières. Pas de 22/7, par exemple. La fonction principale de ces nombres, nommés plus tard *rationnels,* était d'exprimer numériquement les grandeurs géométriques, c'est-à-dire de les mesurer.

Albert en aurait avalé son mégot. Il regarda M. Ruche avec extase. Comment pouvait-on avoir tout cela dans la tête !

M. Ruche annonça :

– Deuxième acte. L'arrivée de la diagonale du carré de côté 1.

Il était trop tard pour confectionner des transparents. Sur une feuille de papier, M. Ruche dessina un carré et l'une de ses diagonales. Levant la feuille au-dessus de sa tête afin que tous puissent voir, il annonça… mais captant le sourire de Perrette, il s'interrompit.

– Oui je sais : « Ne lève pas les bras si haut », je vous fatigue, peut-être ?

– Pas du tout ! hurla Albert. C'est extra, continuez, M. Ruche ! (Se tournant vers l'assemblée :) Ceux qui sont fatigués peuvent aller se coucher !

Quolibets et sifflets accueillirent son intervention.

M. Ruche, levant à nouveau le papier au-dessus de sa tête, ramena le silence. Il annonça :

– Côté et diagonale, les deux segments remarquables d'un carré !

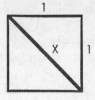

« Quel rapport y a-t-il entre eux ? Prenons le carré le plus simple, celui de côté 1. Quelle est la longueur de sa diagonale ? Coupons-le en deux, on obtient deux triangles rectangles isocèles égaux. L'hypoténuse commune des triangles est la diagonale du carré.

Qu'affirme le théorème de Pythagore ?

Ce n'était pas une question mais une clause de style et pourtant tous en chœur, ils répondirent :

— Le carré de l'hypoténuse est égal à la somme des carrés des deux autres côtés.

— Si l'on se souvient que 1 au carré est égal à 1, reprit M. Ruche, la formule donne : carré de l'hypoténuse, c'est-à-dire carré de la diagonale, égale

$$\text{Carré de la diagonale} = 1^2 + 1^2 = 2.$$

« Voilà l'information capitale : la longueur de la diagonale est un nombre dont le carré est 2 !

M. Ruche fit rouler son fauteuil au bas de l'estrade et, s'approchant de l'assistance, longea les premiers rangs pour mieux dramatiser la question qu'il allait poser :

« Quel est ce nombre ? C'est peu dire que les Grecs le cherchèrent Aucun nombre ne convenait ! Aucun entier, aucune fraction ! La question surgit alors : ce nombre existe-t-il ? Et s'il n'existe pas, comment s'en assurer ?

Pour s'assurer qu'une chose existe, il suffit de l'exhiber. Mais quand elle n'existe pas, hein ?… Difficile d'exhiber la non-existence ! Alors ? La seule façon d'affirmer qu'une chose n'existe pas, c'est de prouver qu'elle NE PEUT PAS EXISTER. C'est-à-dire qu'il faut passer de l'impuissance à trouver la chose en question à l'assurance que cette chose n'existe pas. Ce passage a un prix fort, il exige une démonstration. Une démonstration d'impossibilité !

C'est ce qu'ont fait les pythagoriciens. Ils ont démontré qu'un nombre rationnel dont le carré est 2 ne peut pas exister. Si un nombre représente le côté d'un carré, aucun nombre ne pourra représenter sa diagonale. La diagonale et le côté sont INCOMMENSURABLES !

Comment auraient-ils pu faire autrement que d'en passer par une démonstration ? Regardez la figure.

Il leva à nouveau la feuille. Moins haut que tout à l'heure. Il était très fatigué. Perrette trouvait cela déraisonnable, mais elle savait que pour rien au monde il n'accepterait d'interrompre la séance. Il répéta :

– Regardez la figure. VOIT-ON que la diagonale et le côté sont incommensurables ? Non ! On ne décèle aucun indice qui pourrait nous mettre la puce à l'oreille. Rien de cette impossibilité ne transpire. L'incommensurabilité n'est pas visible ! La figure est muette, seul le travail de la pensée peut la révéler.

Troisième acte. Comment réagit la société grecque à ces révélations ? Ce simple carré dessiné sur cette feuille recèle un abîme, dans lequel sombrèrent des certitudes. Le lien capital entre nombres et grandeurs, qui établit la cohérence de l'univers des pythagoriciens, fut brutalement rompu. Et il le fut au cœur même d'une des deux figures phares du monde antique : le carré. Comble, le coup avait été porté par l'application de deux des plus célèbres créations des pythagoriciens, le théorème de Pythagore lui-même. (M. Ruche fit un signe à Jonathan.) Et la séparation des entiers en pairs et impairs. Vous vous souvenez, c'était avant le dîner.

Incommensurable, qu'est-ce que cela veut dire au juste? Le côté et la diagonale d'un même carré n'admettent aucune commune mesure! Si un nombre mesure l'un, aucun nombre ne mesurera l'autre! Ce qui veut dire qu'on ne peut connaître exactement les deux à la fois… (il s'interrompit) … et pourtant, tous les deux, sous nos yeux, ils s'exposent avec le même degré de… (il chercha le mot) … de réalité. La coexistence de ces deux grandeurs prouve que la réalité est plus riche que les nombres.

Cette diagonale, on l'avait construite et on ne pouvait la mesurer! Jusqu'alors, ce que l'on pouvait construire, on pouvait le mesurer. C'en était fini de cette solidarité entre construction et mesure.

La révélation consista en ceci : certaines grandeurs, il n'y avait pas de nombre pour les dire! Voilà pourquoi elles furent qualifiées d'*inexprimables*, *alogon*.

M. Ruche était épuisé, mais on sentait qu'il éprouvait une joie intense. C'était vraiment de la philo! Quarante ans que cela ne lui était pas arrivé. Son visage émacié était traversé d'énergie et en même temps ravagé par la fatigue. Perrette était subjuguée et angoissée. Pourvu qu'il ne lui arrive rien!

M. Ruche poursuivit :

– Voilà le « scandale logique » qu'Hippase de Métaponte a divulgué à l'extérieur du cercle des pythagoriciens. Pour l'avoir fait, il a péri dans un naufrage. Ce naufrage fut en même temps celui d'une certaine pensée s'appuyant sur l'harmonie et la toute-puissance des rapports rationnels entre les choses du monde. Il a été provoqué par une démonstration. L'Histoire retiendra que la première démonstration mathématique fut une démonstration d'impossibilité!

– Cela n'a pas dû être facile à démontrer, songea Perrette tout haut.

– Détrompez-vous, Perrette. Eu égard à l'importance

des conséquences que cette démonstration a eues, elle est plutôt facile.

M. Ruche se tut, à bout de forces.

C'était, de l'avis de tous, son plus beau numéro. Un show en solitaire. Sans l'aide de Max, ni de Nofutur, ni du Haut-Parleur. De la belle ouvrage !

Albert trifouillait sa casquette en piaillant :

— Je reviendrai, je reviendrai !

L'eau du robinet coulait à gros jets. « Passer d'une impuissance à une assurance ! », comme une boule de billard heurtant les bandes du tapis vert, la phrase de M. Ruche ne cessait de rebondir dans l'esprit de Jonathan. Léa sortit de la salle de bains, ses cheveux encore humides, plus longs que d'habitude. Elle s'installa sur son lit, coinça un miroir entre les plis du drap, sortit sa palette de teintures et commença à bleuir les mèches de devant. « L'incommensurabilité ne se voit pas sur la figure ! » avait dit M. Ruche. Jonathan dévisagea longuement sa sœur. C'était vrai, cela ne se voyait pas.

— Faut qu'on se lance dans la démonstration, dit doucement Jonathan qui l'épiait depuis sa chambre.

Elle arrêta son geste :

— Tu me matais !

— Je veux qu'on fasse la démonstration que M. Ruche n'a pas faite.

— Ça t'a pris d'un coup ! On peut savoir pourquoi ?

— Tu tiens vraiment à le savoir ? Bon. Je veux qu'ensemble on passe d'une impuissance à une assurance, tu me comprends. Même si ce n'est qu'en maths.

Le pinceau s'échappa de ses doigts. Le drap devint aussi bleu que ses mèches.

Ils se jetèrent sur les livres comme ils ne l'avaient jamais fait. M. Ruche avait dit à Perrette que la démonstration n'était pas très difficile. Mais quand même ! Ils mirent du temps à comprendre que tout reposait sur le fait que Pythagore avait coupé l'univers des nombres en deux : les pairs et les impairs. Ce faisant, il pouvait lancer sa machine démonstrative, armé d'une seule idée : exhiber un nombre qui soit à la fois pair et impair : un monstre ! Et, l'ayant exhibé, en conclure que les hypothèses qui avaient permis cette impossibilité étaient fausses.

Foi de jumeaux, ils y arriveraient. Devraient-ils passer une nuit blanche. Une grise suffit. Avant l'aube, ayant la démonstration bien en main, ils s'endormirent satisfaits et ne se réveillèrent que bien après le début des cours. Ils manquèrent le lycée toute la matinée.

Entre la poire que M. Ruche avait trempée dans son verre de vin et le fromage, un crottin que Perrette coupait en fines lamelles, Jonathan prit la parole.

– Prétextant que la démonstration de l'irrationalité de racine de 2 était simple, M. Ruche, hier soir, l'a squeezée.

– Je n'ai rien squeezé du tout, faillit s'étrangler M. Ruche. J'ai dit qu'on racontait qu'elle était simple.

Deux belles taches de vin violaient sa coquette chemise blanche.

– Démonstration par l'absurde de l'irrationalité de racine de 2, annonça Léa d'une voix forte en tirant le petit tableau que Max utilisait à l'école primaire.

Mal étalé, le bleu de ses mèches était franchement aléatoire.

– Supposons qu'il existe une fraction a/b dont le carré soit égal à 2, susurra Jonathan en se penchant vers l'assistance d'un air comploteur.

– Donc : $a^2/b^2 = 2$, enchaîna Léa, l'écrivant sur le tableau.

– Prenons la plus petite fraction, la fraction irréductible, ayant cette forme. Ses termes, a et b, sont premiers entre eux. C'est-à-dire qu'aucun nombre ne les divise tous les deux à la fois.

– Donc a et b ne peuvent être tous les deux pairs, j'insiste ! déclara Léa.

– Et si $a^2/b^2 = 2$, tout naturellement $a^2 = 2b^2$.

– Donc a^2 est pair, puisqu'il est égal à un double, annonça Léa.

Qu'est-ce qui leur prend ? Perrette les regardait effarée.

– Or seul le carré d'un pair est pair, informa Jonathan, lançant un coup d'œil furtif à sa mère.

– Donc a est pair, j'insiste ! déclara Léa.

– Donc a est un double. Celui d'un nombre c, par exemple :

$a = 2c$. Jonathan l'écrivit sur le tableau.

– Pas si vite, cria M. Ruche qui jouait à vouloir suivre.

– Reprenons l'égalité du début : $a^2 = 2b^2$. Remplaçons a par $2c$.

$(2c)^2 = 2b^2$. Donc $4c^2 = 2b^2$, donc $2c^2 = b^2$.

– b^2 étant égal à un double…

– Vous écrivez comme des cochons et pourtant j'ai une bonne vue, maugréa M. Ruche.

– Je reprends, annonça Jonathan : b^2 étant égal à un double, b^2 est pair.

– Même chose que tout à l'heure ! Donc b est pair, j'insiste ! déclara Léa.

– Reprenons les trois « j'insiste » qui constituent le raisonnement par l'absurde. D'une part a et b ne peuvent pas être pairs tous les deux à la fois, d'autre part, a et b sont tous les deux pairs ! Impossible ! Qui est cause de cette absurdité ? demanda Jonathan en fixant l'assistance d'un regard inquisiteur.

Les voir se passionner pour une démonstration de maths ! Un miracle ! Perrette et M. Ruche se regardèrent, chacun questionnant l'autre : Tu vois ce que je vois ! Tu entends ce que j'entends !

L'étonnement des deux adultes ravissait Max. Il était fier des jumeaux.

– Qui est cause de cette absurdité ? redemanda Jonathan.

– Mon hypothèse, avoua Léa, baissant la tête.

– Répétez-la, cette hypothèse fautive ! commanda Jonathan.

– Il existe une fraction dont le carré est égal à 2, balbutia Léa.

– Balayons-la ! rugit Jonathan.

Ensemble, ils s'emparèrent de leur fourchette et se mirent à taper sur leur verre, comme Max, la veille, sur ses vases pythagoriciens. Sur un air de reggae, ils entonnèrent :

> *C'est bon !*
> *C'est bon !*
> *Y a pas de fraction*
> *qu'a le carré égal à deux*
> *C'est affreux !*
> *C'est affreux !*

Un tonnerre d'applaudissements accueillit ce numéro inédit : la conclusion reggaeisée d'un raisonnement par l'absurde !

– Nous aussi, on a répété !

Entourant M. Ruche, ils lui posèrent la question cruciale :

– Alors, M. Ruche, acousmatiques ou mathématiciens ?

M. Ruche se fit une tête d'examinateur pythagoricien bredouillant :

– Mémoire, OK. Compréhension des démonstrations, OK. Tout y est. (Il tapota sur la table.) Mathématiciens, assurément !

Consacrés mathématiciens grâce à cette brillante démonstration, ils avaient gagné leur place de l'autre côté du rideau, d'où ils pourraient, quand bon leur semblerait, oser se colleter avec formules et théorèmes, propositions et raisonnements.

Sans l'avoir vu venir, M. Ruche se retrouva coincé entre les jumeaux qui, chacun dans une oreille, lui glissèrent une phrase énigmatique :

— Il n'y a pas de secret sans feu !

CHAPITRE 9

Euclide, l'homme de la rigueur

On était fin novembre. Trois mois déjà depuis l'irruption intempestive de Grosrouvre dans le petit monde de la rue Ravignan, qu'il pouvait, par-delà la mort, se vanter d'avoir révolutionné.

Le rangement de la Bibliothèque de la Forêt était terminé ; mais, depuis la grande réunion qui s'était tenue juste après la deuxième lettre de Grosrouvre, ils n'avaient guère avancé dans leur enquête.

A se remémorer la façon dont ils avaient collectivement géré cette histoire qui leur était tombée dessus, M. Ruche dut admettre qu'ils avaient singulièrement manqué de rigueur. De rigueur et de synthèse. Il fallait y remédier.

Max, ayant constaté que Nofutur parlait avec plus de facilité le matin et surtout le soir, proposa à M. Ruche que les séances aient lieu en fin de soirée.

Ce soir, on était de sortie ! La séance n'eut pas lieu à l'endroit habituel, là où les semaines précédentes s'étaient déroulés les épisodes Thalès et Pythagore. Jonathan-et-Léa se dirigèrent vers l'autre atelier, celui de la Bibliothèque de la Forêt. Ils étaient habillés en tenue de soirée. Disons que leur tenue était censée être une tenue de soirée. Léa avait emprunté à l'une de ses amies une robe longue, fourreau ouvert à mi-cuisses, et à Perrette une capeline de velours mauve qui sentait la naphtaline. Elle avait des sou-

liers à très hauts talons sur lesquels elle oscillait gravement. Perrette lui avait passé un collier de perles fines qui
lui faisait une gorge princière. Une dame. Accompagnée
de son chevalier servant. Jonathan avait eu plus de mal à
s'attifer. Son habit était un mixte, mi sportif – mi dandy. Il
avait trouvé une cravate or qui sur sa chemise noire était
du plus bel effet. Il avait réussi à enfiler une veste croisée
gris argent dans laquelle il explosait, son pantalon était
indéfinissable mais avec un pli parfait. Une chose déton-
nait : il portait des sandales.

A la porte, Max admiratif, les réceptionna. Il leur prit
leur billet et les conduisit à leur place. Une rangée de
fauteuils en velours éculé sur lesquels ils s'assirent. La
pièce fut plongée dans l'obscurité complète.

Un faisceau de lumière jailli du centre de la pièce se
mit à tourner lentement, éclairant l'espace comme le
gyrophare d'une voiture de police en patrouille. Balayant
les rayonnages, le faisceau les éclairait l'un après l'autre ;
les ouvrages, un instant illuminés par les feux de la
rampe, se perdaient à nouveau dans le noir et l'oubli.
Puis, abordant la grande baie vitrée, le faisceau, que plus
rien n'arrêtait, se perdait dans l'infini de la cour. Un bruit
de vagues imperceptible accompagnait la ronde lumineuse. Il s'imposa bientôt aux oreilles paresseuses de
Jonathan-et-Léa. Les vacances ! Elles étaient déjà loin.
Il ne manquait que les senteurs d'anis et de thym, et le
bruit des grillons, pour se croire dans les Maures ou dans
l'Estérel. Jonathan fit sauter les boutons de sa veste cintrée. L'intensité du faisceau se mit à décroître. Dans
l'obscurité revenue, la voix du Haut-Parleur retentit :

– Attention, attention ! Vous venez de pénétrer dans la
grande bibliothèque du Muséum d'Alexandrie. Flashs,
cigarettes et chewing-gum sont rigoureusement interdits !

Léa ôta ses souliers et les glissa du bout du pied sous
son fauteuil.

M. Ruche embraya :

« Si ni Thalès ni Pythagore ne débarquèrent à Alexandrie lorsqu'ils abordèrent la terre d'Égypte, c'est tout simplement parce que la ville n'existait pas encore. Elle naquit des siècles plus tard, en −331, sur ordre d'Alexandre le Grand, qui venait de conquérir l'Égypte. Coincée entre deux eaux, entre la mer et le lac Mariotis, la ville s'étend sur une bande de terre où se mêlent le sable et les marécages. Aux avant-postes, se dresse un minuscule îlot. Contre l'assaut répété des vagues, il défend la ville. Pharos !

Alexandrie est une ville nouvelle. Bâtie en quelques années, entièrement conçue sur plans. En l'honneur d'Alexandre, l'architecte a donné à la cité la forme d'une chlamyde, les lourds manteaux pourpres des cavaliers macédoniens qui accompagnaient le général dans ses conquêtes. Un rectangle presque parfait traversé d'artères se coupant à angles droits. Une ville géométrique.

300 000 habitants, sans compter les esclaves ! A la différence d'Athènes, Alexandrie est une ville cosmopolite. Des Égyptiens bien sûr, originaires de la vallée du Nil et des villages du delta. Des Grecs, des îles ou du continent, venus faire fortune sur l'autre rive de la Méditerranée. Des Juifs, venus de la Palestine en voisins, et aussi beaucoup de mercenaires venus des quatre coins de l'Europe, pour s'enrôler dans les armées du roi Ptolémée, des Scythes, des Thraces, et surtout les terribles Gaulois.

Les voyageurs descendant de bateau découvrent une cité aux dimensions gigantesques, d'un luxe inouï. Parcourue de canaux, pavée de galets, quadrillée d'artères si larges que quatre chars peuvent avancer de front.

Entre ciel et terre, des enfilades de colonnes en marbre s'élèvent à des hauteurs impressionnantes, sur elles reposent des dalles colossales, en marbre elles aussi, dont une seule ne pouvait être déplacée que par des centaines d'hommes. Ville colossale admirablement décorée de pierres multicolores, ville de marbre et de pierre à l'abri des incendies qui guettent les grandes cités.

Une intense activité règne partout dans la ville et dans le port. Dans les ports. Alexandrie en a deux, l'un abrité à l'est, l'autre à l'ouest. D'où que souffle le vent, les navires peuvent aborder sans danger. C'est pour cette configuration que la ville a été construite là. A toute heure de la journée des navires entrent et sortent, venus de tous les ports de la Méditerranée, des côtes d'Asie Mineure, de Milet, du Péloponnèse, de la Grande Grèce, de Syracuse et d'Italie du Nord, de Libye aussi. Alexandrie est le comptoir du monde. D'immenses magasins regorgeant des denrées les plus diverses s'étendent interminablement le long de kilomètres de quais. Des céréales surtout. Des fabriques de toutes sortes de produits. Le verre d'Alexandrie est célèbre pour son extrême finesse qu'il doit à la pureté du sable du désert entrant dans sa fabrication. Et dans ses chantiers navals on fabrique toutes sortes de bateaux, ceux destinés à la haute mer, ceux qui vogueront le long du Nil jusqu'à la première cataracte et ceux à fond plat pour les marécages entourant la ville.

Trait d'union entre l'Europe et l'Afrique, entre la Grèce et l'Égypte, entre le panthéon grec et les dieux égyptiens, Alexandrie sera le musée du monde grec durant sept siècles. Plus du double du temps qui sépare Euclide de Thalès.

Emportés par la voix de M. Ruche, Jonathan-et-Léa n'eurent aucune peine à imaginer la cité. C'est peu dire qu'ils auraient payé cher pour se retrouver dans Alexandrie la Blanche, plutôt que de moisir dans l'humidité de Paris, avec son ciel bas et ses frimas. Mais ils avaient en tête, pour l'été, un autre voyage qui les mènerait plus loin encore. Chut ! C'était un secret, dont ils parlaient à voix basse le soir sous leurs Vélux.

Quelques phrases de M. Ruche leur avaient échappé ; ils rembarquèrent dans le récit au moment où il déclarait :

— Huit années après la fondation d'Alexandrie, Alexandre meurt. Il a tout juste trente-trois ans. L'immense empire qu'il a fondé se disloque. Athènes va être détrônée. Elle n'est plus le centre du monde grec, jamais plus elle ne sera ce qu'elle a été.

On percevait une profonde tristesse dans la voix de M. Ruche. Il se tut. Pour lui Athènes était La Ville. La ville de la philosophie.

— Toutes les capitales se bousculèrent. Qui serait la nouvelle Athènes ? Pergame, Antioche en Syrie, Pella en Macédoine, Éphèse, Alexandrie ? La dernière née l'emporta ; Alexandrie succéda à Athènes. Elle avait un atout maître : le tombeau d'Alexandre ! Le roi Ptolémée s'était débrouillé pour récupérer le corps du général et l'avait fait enterrer dans la cité. Durant sept siècles, Alexandrie allait être le phare de l'activité intellectuelle de ce coin du monde.

A des milliers de kilomètres de là, à Paris, en cette fin de soirée d'hiver, dans l'atelier de la BDF, heureusement bien chauffé, le faisceau de lumière s'alluma, s'éteignit immédiatement, jaillit à nouveau, mais dans une autre direction, éclairant tour à tour les quatre coins de la pièce. C'était le signal. La voix de Nofutur s'éleva :

— A tous les souverains et gouvernants de la terre, je demande qu'ils envoient dans notre ville d'Alexandrie les œuvres des poètes et prosateurs, des rhéteurs et des sophistes, des médecins et des devins, des historiens, et des philosophes et de tous autres encore…

— Qui lance cet appel ? demanda Max, jouant à merveille son rôle de compère.

— Le roi Ptolémée Ier, dit Sôter, « le sauveur », fondateur de la dynastie des Lagides. Ancien compagnon d'Alexandre, il s'est installé sur le trône d'Égypte à la mort du général, répondit M. Ruche. A la suite de cet appel, des dizaines de messagers furent lancés à travers l'immense empire d'Alexandre, à présent déchiré en autant d'États qu'il y avait de prétendants à sa succession.

Cet appel avait été rédigé par un proscrit. Un philosophe qui faisait de la politique. Il venait d'Athènes dont il avait été l'archonte apprécié durant dix années : Démétrios de Phalère. Forcé de s'enfuir à la suite d'un retournement politique, il trouva refuge à Alexandrie où Ptolémée s'empressa de l'accueillir.

Démétrios avait des projets.

Changeant de ton, M. Ruche se fit une voix plus douce :

– Dans le jardin du citoyen Académos, en plein cœur d'Athènes, Platon avait fondé l'*Académie*. Quelque temps plus tard, dans un gymnase des environs, sur un emplacement consacré à Apollon Lycaios, Théophraste, un élève d'Aristote, fonda le *Lycée*. Les élèves prirent l'habitude de poursuivre leur discussion sous les allées ombragées du gymnase. De là, les philosophes aristotéliciens tirent leur nom : *péripatéticien*, « ceux qui aiment marcher en discutant ».

Démétrios décida de mettre en œuvre le projet aristotélicien d'un savoir universel. Ce qu'il n'avait pas pu réaliser à Athènes, il le réaliserait à Alexandrie. Ce serait sa revanche. Ceux qui l'avaient chassé allaient pâlir d'envie devant les deux institutions dont Démétrios fut le fondateur et qui firent la gloire d'Alexandrie : le Muséum et la Grande Bibliothèque.

Rassembler dans un même lieu tout le savoir du monde ! Telle était l'ambition de Démétrios de Phalère. Le roi Ptolémée partagea immédiatement ce projet.

Jamais pareille entreprise n'avait été mise en œuvre. Succès complet. Hommes et livres affluèrent. Les premiers réunis dans le Muséum, les seconds dans la Grande

Bibliothèque, faisant de cette dernière la plus belle bibliothèque qui ait jamais existé. Mais il y avait dans la ville un autre édifice qui leur disputa la célébrité et qui attirait à lui tous les regards : le phare ! Une des sept « merveilles du monde ».

La première merveille, vous la connaissez. C'est par elle que nous avons commencé nos séances, la pyramide de Khéops. Il y en a une autre que vous connaissez également, le colosse de Rhodes, tout en bronze. Alexandrie et Rhodes sont, à un poil près, sur le même méridien. Pour les Anciens, ce méridien constituait « l'axe du monde » sur lequel, à partir de cette époque, s'appuient toutes les cartes géographiques. C'est lui que, quelques années plus tard, Ératosthène, directeur de la Grande Bibliothèque et pensionnaire du Muséum, mesura. Ce fut la première mesure de la Terre.

M. Ruche, en bon animateur, fit donner le bruit des vagues et du vent, enregistré sur un disque de sons pour le cinéma. Ballotté par les vagues, emporté par le vent, l'atelier de la BDF vogua vers Alexandrie.

– Encore en pleine mer, à plus de cinquante kilomètres de la côte, dans l'obscurité de la nuit, massés sur le pont de leur navire, les marins, comme des papillons, sont fascinés par une lueur d'une puissance inouïe qui les attire et les guide vers le port. Si haute dans le ciel qu'on croirait une nouvelle étoile. Une hauteur à couper le souffle. Imaginez ! Une tour de cinquante étages dressée sur un minuscule îlot à quelques encablures de la côte ! Voilà le phare d'Alexandrie.

Il repose sur un socle d'une solidité à toute épreuve qui le met à l'abri des fureurs de la mer. Trois parties. Au sol, une tour carrée de soixante-dix mètres de haut, faite d'énormes blocs, sur laquelle repose une deuxième tour, octogonale, à peine deux fois moins haute, supportant une troisième, beaucoup plus fine, cylindrique, d'une dizaine de mètres. Tout est en marbre blanc. Là-haut, au sommet, s'ouvre une coupole supportée par huit piliers. Sous la coupole brûle un feu terrible, dont la lueur est multipliée par une impressionnante batterie de miroirs.

Seize siècles durant, Pharos va lancer ses lumières dans la nuit alexandrine, avant d'être abattu en… (M. Ruche jeta un coup d'œil à ses notes) … en 1302, par un terrible tremblement de terre, qui dispersa les blocs de marbre dans la mer alentour.

— Des satanés molosses ! On se demande comment ils ont fait à l'époque pour élever ce phare, se demanda Jonathan.

— C'est quand même une spécialité égyptienne, non, le colossal, intervient Léa. Moi, je me demande qui est le fellah du Phare ? Est-ce que cela a coûté autant de morts que la pyramide de Khéops ? Écrasé à Khéops ou noyé à Alexandrie, tu préfères quoi, toi ?

— Les deux ! Écrasé à Gizeh par un bloc de pierre qui m'entraîne au fond de l'eau à Alexandrie ! répondit Jonathan en tirant sa cravate or au-dessus de sa tête pour dire qu'il aurait pu en plus être pendu.

— Après ça, comment voulez-vous que je continue ! se plaignit M. Ruche.

Il continua tout de même :

« Le Phare éclaire les marins, le Muséum éclaire les esprits. C'est ce que l'on disait à Alexandrie. Au fronton de l'Académie de Platon, il y avait une inscription : "Nul n'entre ici s'il n'est géomètre." Au Muséum, rien de tel, le lieu était dédié aux Muses. A toutes les Muses. Alors que l'Académie et le Lycée étaient des institutions privées, ne vivant qu'avec l'argent de ses membres, le Muséum était une institution publique, vivant avec les subsides que le roi lui attribuait sans compter.

— Le Muséum était installé dans le Brouchéion, au cœur du quartier des palais, non loin du port privé de

Ptolémée. Des bâtiments dans le plus pur style grec, entourés de jardins, avec de nombreuses cours intérieures ombragées. Des salles de travail, un peu partout, calmes, claires, silencieuses. Mais aussi des salles spécialement conçues pour la conversation et d'autres pour le repos. Une longue promenade bordée de portiques, des fontaines, des parcs peuplés d'une foule d'animaux rapportés des expéditions dans le grand Sud ; une galerie de peinture, des collections de statues. Tout y était conçu pour offrir les meilleures conditions de travail. Théétète, Eudoxe et Archytas travaillèrent à l'Académie de Platon. Au Muséum œuvrèrent Ératosthène, Apollonios, peut-être Dosithée, le mathématicien aveugle, grand ami d'Archimède. Mais l'un des premiers pensionnaires, et sans doute le plus célèbre, fut Euclide. D'où vient-il, on ne le sait pas. A quelle date est-il né, à quelle date est-il mort ? On ne le sait pas non plus.

Outre la gloire d'en être membre, le Musée offrait d'énormes avantages matériels. Peu nombreux, nommés personnellement par le roi, les pensionnaires étaient nourris, logés et salariés. Et exemptés d'impôts !

Mais l'inégalable richesse dont ils jouissaient se situait ailleurs, dans la Grande Bibliothèque, dont les vastes bâtiments s'étendaient dans l'enceinte du Musée. Elle était à leur disposition le jour et la nuit.

Créer de toutes pièces une bibliothèque est une entreprise considérable. Partir de rayonnages vides et les emplir peu à peu avec des ouvrages de qualité est un travail de Titan.

M. Ruche marqua un silence, il venait de penser à quelque chose. Ses yeux pétillèrent :

« N'est-ce pas précisément ce qu'a accompli Grosrouvre en constituant la Bibliothèque de la Forêt ? Mais lui n'avait pas le soutien du roi Ptolémée, ni les moyens considérables qu'il avait mis à sa disposition. Bientôt, dans la Grande Bibliothèque d'Alexandrie, il y eut 400 000 rouleaux !

Et dans la Bibliothèque de la Forêt, combien ? M. Ruche refusa de se poser la question et décida de ne pas tenter de le savoir. Il répugnait à porter un regard comptable sur la bibliothèque de son ami.

Puis revenant à son récit :

— Ces ouvrages, il a fallu les faire venir. Une incroyable chasse fut lancée par les autorités alexandrines. Des « chasseurs de livres » se mirent à sillonner les principaux marchés du monde méditerranéen, achetant à prix d'or tous les manuscrits qu'ils trouvaient. Et lorsqu'ils ne pouvaient les acquérir, ils se les procuraient par d'autres moyens. Vol, concussion, extorsion.

— Grosrouvre a-t-il utilisé ces moyens, à votre avis, M. Ruche, pour la Bibliothèque de la Forêt ? demanda Max.

— Comment le savoir ?

En son for intérieur M. Ruche n'aurait pas misé beaucoup sur la probité de son ami. Préférant changer de sujet, il embraya :

« Voilà un navire qui entre dans le port d'Alexandrie. Il n'a pas touché le quai que des soldats montent à bord et se mettent à fouiller les bagages des passagers. L'or, ni les étoffes, pas plus que les pierres précieuses ne les intéressent. Ce qu'ils cherchent ? Les livres ! L'ordre du roi est formel : "Tous les manuscrits trouvés à bord doivent être emportés et transportés dans les ateliers de la Grande Bibliothèque."

Après avoir été soigneusement étudiés et recopiés par des scribes, ils seront rendus à leur propriétaire, tandis que la copie ira enrichir les rayonnages de la bibliothèque. Mais lorsqu'il s'agit d'une pièce rare, c'est une simple copie qui est remise au propriétaire. L'original, lui, est conservé par les autorités et va enrichir une col-

lection particulière, que l'on a eu le bon goût de nommer
« le fonds des navires ».

– C'est de l'arnaque, s'écria Jonathan, révolté, qui desserra le nœud de sa cravate. J'arrive avec un super bouquin de collection, je repars avec une vulgaire photocopie ! Et en plus, je suppose que si je l'ouvre, je me
retrouve en cabane. Ils sont vraiment dégueulasses, ces
Ptolémée.

– Originaux ou copies, il faut du papyrus pour les confectionner, intervint M. Ruche. Et il en pousse en touffes
denses dans les marécages du Delta, tout près d'Alexandrie. Savez-vous, demanda-t-il, quel est le nom grec du
papyrus ? *Byblos.* Voilà pourquoi – il désigna les rayonnages qui l'entouraient – cela s'appelle une bibliothèque.

En bon libraire, passionné par tout ce qui touche aux
livres, M. Ruche pouvait vous raconter par le menu la
fabrication du papyrus.

« Pour la confection des feuilles destinées aux manuscrits, il est nécessaire de traiter les tiges immédiatement
après la coupe. La plante est gorgée d'eau. Dès qu'elle
est coupée, une course contre la montre s'engage. La
plante perd immédiatement une grande quantité de l'eau
qui l'irrigue. Quarante-huit heures après il est trop tard,
la tige est devenue brune et sèche ; elle a rétréci, elle a
perdu la moitié de sa largeur. La fabrication des feuilles
ne peut donc se faire qu'à proximité de l'endroit où
pousse la plante. Voilà pourquoi l'Égypte a été le fournisseur exclusif de papyrus de tout le monde grec.

La bibliothèque d'Alexandrie avait une rivale, Pergame, l'autre grand lieu d'édition. Ptolémée était en position de monopole ; il en profita et décida d'interdire l'exportation de papyrus, qui allait cruellement faire défaut
aux bibliothécaires de Pergame.

M. Ruche était à la fête, comme jamais il ne l'avait été
depuis le lancement des séances.

« Ces ouvrages, quel était leur aspect ? On ne plie pas un papyrus. On le roule ! Les premiers livres se présentaient sous la forme de rouleaux, *volumen* en latin.

— Je me demande ce que vous feriez sans l'étymologie ! glissa Léa.

— « J'aimerais moins les mots. »

La réponse avait jailli. Et c'était une réponse sincère.

« Donc, reprit-il, chaque volume – il insista sur le mot à l'adresse de Léa – était composé de feuilles de papyrus collées les unes aux autres pour former une bande que l'on enroulait autour d'un bâton. Les textes étaient présentés en colonnes. Écrits en grec ou bien en démotique, qui était l'écriture égyptienne populaire de l'époque, avec de l'encre jaune diluée dans de l'eau de myrrhe ! Seul un côté de la feuille était utilisé par les scribes, qui se servaient d'un petit roseau pointu, le calame. Pour les lire, il fallait utiliser les deux mains ; l'une tenant l'extrémité de la feuille, comme ceci, l'autre déroulant la bande de papyrus.

Il joignit le geste à la parole.

« Les rouleaux étiquetés étaient rangés dans des casiers, à l'intérieur d'armoires murales. Rangés par disciplines : textes littéraires, philosophiques, scientifiques et techniques. Puis selon l'ordre alphabétique des noms d'auteurs. En gros, suivant le même principe que celui que nous avons utilisé pour la Bibliothèque de la Forêt.

Tout ce que le monde grec avait produit depuis trois siècles se trouvait dans les rayonnages de la Grande Bibliothèque d'Alexandrie. Tout Homère ; deux dizaines de versions différentes de l'Odyssée ; les tragiques : Eschyle, Sophocle, Euripide. Les grandes comédies, Aristophane. Les Milésiens : Anaximandre, Anaximène. Les sophistes, les Éléates, les Mégariens. *La Sphère et le Mouvement* d'Autolycos de Pitane, Les *Éléments* d'Hippocrate de Chios. Les œuvres de Théétète et celles de Théodore.

Et la bibliothèque entière d'Aristote, qu'après maints efforts, beaucoup d'or et bon nombre de coups tordus, Ptolémée avait pu enfin s'approprier.

Mais Démétrios de Phalère n'était plus là pour assister au triomphe de sa bibliothèque. Sôter avait eu plusieurs fils, Démétrios avait milité pour que l'un d'eux, qu'il appréciait beaucoup, s'assît sur le trône. Sôter en avait choisi un autre. Pour avoir fait le mauvais choix, Démétrios fut condamné à mort par le nouveau roi. Il préféra se suicider. Quelques années plus tôt, cet homme des livres n'avait-il pas écrit : « Les livres ont plus de courage que les courtisans pour dire la vérité aux rois » ! Il fut le dernier grand Athénien.

Ptolémée II succéda à son père sous le nom de *Philadelphe*, « celui qui aime sa sœur ». Il avait, selon la tradition égyptienne, épousé sa sœur Arsinoé. Dont il était follement amoureux. On raconte qu'Arsinoé était d'une beauté éblouissante.

Léa sifflota.

« Philadelphe était également très beau, il avait, dit-on, de belles boucles blondes.

Jonathan sifflota.

« Mais, poursuivit M. Ruche, il avait une forte tendance à l'obésité.

Léa resifflota, sur un air différent. Changeant subitement de ton, les désignant tour à tour du doigt :

« Vous souvenez-vous m'avoir demandé un jour, toi Léa, s'il n'y avait pas de chemin plus rapide en mathématiques, c'était au sujet du théorème de Thalès... et du fellah, et toi, Jonathan, à quoi elles servaient ? demanda M. Ruche.

Les jumeaux se redressèrent dans un bel ensemble. Pas mécontent de son effet, M. Ruche, d'un ton amène :

« Eh bien, j'ai découvert qu'Euclide vous avait concocté des réponses qui vous raviront.

Et il se mit à raconter :

« Un jour, le roi Ptolémée visitait la bibliothèque. Passant en revue les ouvrages, il s'arrêta longuement devant les rayonnages où se tenaient les nombreux rouleaux des *Éléments*, rangés dans leurs étuis. Se retournant brusquement vers Euclide, il lui demanda s'il n'y avait pas une route plus courte que celle-ci pour pénétrer dans les sujets mathématiques. Euclide lui répondit : "En géométrie, il n'y a pas de chemin direct réservé aux rois." Il fallait un satané courage pour répondre ainsi.

Une autre fois, alors qu'Euclide venait de terminer d'enseigner un théorème à un élève, celui-ci, un jeune loup, voulut savoir quel profit il allait en retirer. Euclide appela un esclave : "Donne-lui trois oboles, lui ordonnat-il, puisqu'il lui faut absolument retirer un bénéfice de ce qu'il vient d'apprendre."

– Je vous reçois cinq sur cinq, M. Ruche, dit Jonathan en s'inclinant.

Puis, s'adressant à Léa :

« Ce que, par la voix d'Euclide, ce cher M. Ruche nous déclare céans, c'est : "Si vous touchez aux maths, vous ne devez être ni pressés, ni cupides, fussiez-vous roi ou reine."

Épatés par cet emploi imprévu, et justifié, du subjonctif, M. Ruche et Léa, admiratifs, hochèrent la tête de concert.

– Tu m'as bien reçu, Jonathan, confirma M. Ruche. Ce… théorème que tu viens d'énoncer est vrai, non seulement pour les mathématiques, mais pour la connaissance en général. Et aussi pour les arts.

– Et pour l'amour aussi, ajouta Léa.

– Sans doute, sans doute. Cela me rappelle la réponse que Grosrouvre avait fait à l'une de ses maîtresses. Cela se passait au Tabac de la Sorbonne, le bistrot où l'on se retrouvait. Grosrouvre était arrivé avec pas mal de retard.

La fille l'attendait avec impatience. « Qu'est-ce que tu faisais, mon chou ? » « Je terminais une question de maths. » La fille remua la tête en signe d'incompréhension : « Je ne comprends pas comment tu peux passer tant de temps à faire ces choses-là. Enfin, à quoi ça sert, tes maths ? » Elgar l'avait regardée droit dans les yeux. Elle s'était troublée. Il lui avait glissé : « Et l'amour, mon chou, à quoi ça sert ? » On n'a jamais plus revu la fille.

— Mais la question a servi à ce que votre ami quitte sa... je n'aime pas le mot maîtresse, quitte la dinde avec qui il sortait. Une fille qui appelle son mec « mon chou » est une tarte ! déclara Léa d'un ton sans réplique. Et votre ami, apparemment, ne s'en était pas rendu compte avant. Plus finaud en maths qu'en psychologie féminine !

— On s'éloigne ! Donc, constata Jonathan, vous voulez que nous fassions des mathématiques pour que cela ne nous serve à rien.

— Et qu'en plus nous empruntions le chemin le plus long ! asséna Léa.

Devant tant de mauvaise foi, M. Ruche manqua s'étouffer. Les menaçant du poing, il les houspilla, mais dans son for intérieur il jubilait et déclara :

— Jeunes gens, jeunes gens, d'Aristote vous devriez réapprendre la saine logique et d'Euclide la rude rigueur.

Il jubilait parce qu'il avait enfin pu placer la phrase qui devait déclencher la séance. Toutes les lumières s'éteignirent, et la salle fut plongée dans l'obscurité complète. Jonathan-et-Léa s'agitèrent sur leurs fauteuils de velours. Celui de Léa avait un ressort retors qui lui labourait la fesse depuis un moment. Elle en profita pour changer de siège.

— Chut, lança Jonathan de façon insistante pour la faire enrager.

Comme dans les théâtres modernes, le changement de décor se fit sans que l'on eût à baisser le rideau. Ça travaillait dur dans le noir. On entendit des pas précipités et des bruits de meubles déplacés. Puis ce fut le silence. Jonathan se redressa. La scène s'alluma.

Tout avait changé.

M. Ruche trônait sur une estrade placée au milieu de l'espace s'étendant entre les rayonnages de la BDF. A quelques mètres, devant lui, une série de pupitres disposés en demi-cercle. Sur chacun d'eux était déposé un texte écrit de sa main. M. Ruche se redressa sur son fauteuil et annonça d'une voix de bateleur :

– Les *Éléments* d'Euclide ! Treize livres ! (D'un geste circulaire, de la gauche vers la droite, il désigna les treize pupitres.) L'auteur les a numérotés de I à XIII pour affirmer qu'ils forment un tout et que ce tout se déploie suivant un ordre précis. Ordre intérieur à chaque volume et ordre entre les volumes. Cette hiérarchie entre les différents ouvrages constitue l'architecture du monument euclidien.

Cette œuvre est, après la Bible, celle qui a eu le plus grand nombre d'éditions. Plus de 800 à ce jour ! Celle de la BDF était l'une des plus anciennes éditions. Une traduction italienne de Niccoló Tartaglia, publiée à Venise en 1543. Dieu sait comment Grosrouvre avait pu se la procurer ! Elle n'avait pu que lui coûter une somme folle.

Max et Nofutur firent leur entrée. Max portait le frac des solistes de l'Opéra, qui lui allait un peu grand ; il l'avait dégotté aux Puces. Jonathan-et-Léa s'esclaffèrent, M. Ruche eut du mal à se retenir.

Les solistes s'installèrent devant les pupitres situés à l'extrême gauche du demi-cercle, Nofutur posé sur l'épaule de Max. Ils s'immobilisèrent dans l'attente du moment où la partition leur commanderait d'interpréter leur morceau.

– 130 définitions, 465 énoncés ! annonça M. Ruche. Le plan est limpide. D'abord la géométrie plane, puis la théorie des nombres, enfin la géométrie dans l'espace. En bon Grec de l'Antiquité, Euclide a offert à la géométrie l'honneur de préluder l'œuvre ; les quatre premiers livres lui sont consacrés. Le cahier des charges qu'il s'impose est clair : identifier les figures, calculer leur aire, sauf celle du cercle, et procéder à leur construction.

Désignant les quatre pupitres devant lesquels Max et Nofutur se tenaient :

« Dans les premières lignes de son texte, comme dans une pièce de théâtre, Euclide présente les "acteurs" de l'épopée géométrique qu'il va dérouler en treize actes. C'est le rôle des définitions.

Il fit signe aux solistes. Entre Max et Nofutur commença un long duo.

– Un point est ce dont il n'y a aucune partie, chantonna Nofutur.

– Une ligne est une longueur sans largeur, gazouilla Max.

– Une surface est ce qui a seulement longueur et largeur, babilla Nofutur.

– Un angle, dans un plan, est l'inclinaison, l'une sur l'autre, de deux lignes qui se touchent et qui ne sont pas placées en ligne droite, fredonna difficilement Max, tant la phrase était tarabiscotée. (Reprenant son souffle :) Parmi les lignes, il y en a une remarquable, la ligne droite.

Dernier mot de la réplique repris au vol par Nofutur :

– Est droite celle qui, parmi toutes les lignes, est placée de manière égale par rapport aux points qui sont sur elle.

M. Ruche intervint pour expliquer que sur une ligne droite aucun point n'est dans une situation permettant de le repérer :

– Dit autrement, la droite traite également tous les points qui sont sur elle.

Il fit un signe aux solistes qui reprirent leur duo.

– Parmi les surfaces, il y en a une remarquable, la surface plane, chantonna Nofutur.

– Est plane celle qui, parmi toutes les surfaces, est placée de manière égale par rapport aux droites qui sont sur elles, enchaîna Max.

Et de son propre chef, coupant l'herbe sous les pieds (!) de M. Ruche, il ajouta :

« Le plan traite également toutes les droites qui sont sur lui.

Silence. En deux temps. Puis M. Ruche reprit :

– Angle !

Tendant le bras – pas vers le haut, cette fois, mais devant lui – il le plia, faisant jouer l'articulation du coude.

« Le nom vient de *ankon*, coude.

Puis il bloqua l'articulation à mi-chemin :

– Parmi les angles, il y en a un remarquable. Le droit.

Max plaça ses bras en croix. A coups de bec Nofutur piqua l'un après l'autre les quatre espaces ainsi formés :

– Deux droites qui se coupent forment quatre angles. S'ils sont égaux, tous les quatre sont droits, dit Max.

M. Ruche reprit :

– Présentation des différentes figures. Le cercle d'abord, qui n'a qu'une seule forme. Puis toutes les sortes de figures rectilignes. Le triangle d'abord. (Changeant de ton :) Il vaut mieux le savoir tout de suite, si vous comptez vous offrir un petit territoire et que vous ne disposiez que de deux lignes droites, mieux vaut ne pas insister, vous n'y parviendrez pas. Il vous en faut trois pour délimiter un espace rectiligne. Le triangle est la plus élémentaire des figures rectilignes fermées.

Il y a les évasés, les *obtusangles*, qui ont un angle obtus et les tout pointus, les *acutangles*, qui les ont tous aigus. Et puis, il y a le quelconque, l'isocèle, l'équilatère, le rectangle. Puis les quadrilatères, dont la place d'honneur est occupée par le carré, qui lui aussi n'a qu'une seule forme. Une seule information, son côté, suffit à le connaître entièrement. Puis le rectangle, deux informations pour le définir. Et le losange, et le parallélogramme, et le trapèze. Et, j'allais les oublier, alors qu'ils sont de loin les plus nombreux, les quelconques ! Ceux qui n'ont rien de remarquable.

— En fait, intervint Jonathan, ceux avec lesquels on ne travaille jamais en maths.

— C'est vrai, constata M. Ruche. Et ce n'est pas étonnant. Qu'est-ce qu'on peut dire d'un quadrilatère quelconque ?

— Qu'il a quatre côtés, quatre angles, deux diagonales, dit Jonathan.

— Et que la somme de ses angles est égale à 360 degrés, quand même ! rappela Léa avec un effet appuyé de sa capeline.

Max agita le bras. M. Ruche était en train d'oublier quelque chose. Max déclara :

— Deux droites d'un même plan. Si vous les prolongez indéfiniment de part et d'autre – ce qui est fichtrement difficile et qui prend un certain temps… (M. Ruche pouffa. Les commentaires de Max n'étaient pas prévus.) … Eh bien, si ces deux droites ne se rencontrent pas, ni d'un côté ni de l'autre, elles sont PA-RA-LLÈLES !

Encore riant, M. Ruche enchaîna :

Et, le livre I ne pouvant se terminer que par un « must » : on trouve, humblement présenté sous les traits de la discrète proposition 47, LE THÉORÈME DE PYTHAGORE lui-même !

Les acteurs étant définis, Euclide va maintenant opérer avec eux. Couper un angle en deux parties égales, ce qui conduit aux constructions des bissectrices, faire de même avec un segment, ce qui conduit aux médiatrices. Calculer des aires. Établir à quelles occasions deux figures de même type sont égales. Pour les triangles, par exemple, ce sont les fameux « cas d'égalité », chers à l'écolier que je fus.

Au passage, il n'est pas interdit de remarquer que les deux premiers livres traitent de la géométrie de la règle, alors que le troisième concerne la géométrie du compas.

Et, pour clore en beauté la géométrie plane, poursuivit M. Ruche, Euclide présente la construction des polygones réguliers. Pour chacun d'eux, il détermine le cercle *inscrit*, et le cercle *circonscrit*. Circonscrire un feu consiste à l'entourer au plus près pour l'empêcher de se propager à l'extérieur. Le cercle circonscrit est extérieur au polygone et passe par tous ses sommets, le *cercle inscrit* est intérieur au polygone et est tangent à tous ses côtés.

Voilà ce que cela donne pour le triangle équilatéral, qui est le premier des polygones réguliers.

Sur l'écran apparut :

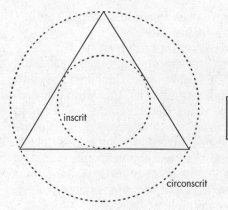

inscrit

Cercle inscrit (dedans)
cercle circonscrit (dehors)

circonscrit

Max referma les quatre premiers pupitres et les déposa à terre.

Ce fut le signal de l'entracte.

Les lumières se rallumèrent. Léa eut un mal de chien à

remettre ses chaussures, Jonathan renfila difficilement sa veste cintrée qui avait dû rapetisser durant la séance. Ils sortirent et s'ébrouèrent dans la cour, M. Ruche s'ébroua dans son fauteuil. Nofutur but à grandes gorgées l'eau que Max lui versait dans un bol. Sonnerie. L'entracte était terminé. Ils regagnèrent leurs places. Les lumières s'éteignirent. Silence. Les lumières se rallumèrent uniquement sur la scène.

Debout devant le cinquième pupitre, Max annonça tout de go :

– Le livre V, le plus fameux des treize. Le « Livre des proportions ».

M. Ruche :

– Euclide veut établir ce qu'est un rapport entre deux grandeurs, que ces grandeurs soient géométriques : lignes, surfaces ou volumes, ou arithmétiques : nombres.

Max :

– Il y a *rapport* entre deux grandeurs chaque fois que les multiples de l'un dépassent l'autre.

– Les pythagoriciens, on l'a vu, reprit M. Ruche, ne pouvaient envisager de rapports entre des grandeurs incommensurables. Ceci est terminé. Euclide les englobe dans sa théorie générale des rapports. Une véritable révolution... qui n'est pas due à Euclide, qui n'a fait que la populariser et la rattacher aux autres pans des mathématiques. L'inventeur est Eudoxe de Cnide, un formidable mathématicien doublé d'un astronome, à qui Euclide a emprunté la presque totalité du contenu de ce livre.

Debout devant le sixième pupitre, Max annonça :

– Le « Livre de la similitude ».

M. Ruche :

– On ne peut pas vraiment « définir » ce qu'est la forme d'un objet. Essayez, vous verrez ! Mais on peut dire quand ils ont la même forme.

Max :

— Ils ont la même forme quand ils sont les mêmes...
mais ils n'ont pas forcément la même taille.

— Oui, confirma M. Ruche, les mêmes à la dimension
près. C'est la grande question de la similitude, qui va
bien au-delà des mathématiques : être semblable. Ici, elle
est traitée dans l'univers de la géométrie. Quand deux
figures sont-elles semblables ? demanda M. Ruche.

Il le demanda à Max comme cela était prévu, c'est
Nofutur qui répondit :

— Quand elles sont proportionnelles.

— Et quand, donc, sont-elles proportionnelles ?

Nofutur s'écria :

— Quand leurs angles correspondants sont... proportionnels et que leurs... côtés sont... chacun à chacun...

Nofutur s'emmêlait visiblement les plumeaux.

Max intervint :

— Ce n'est pas la faute de Nofutur, c'est le texte qui est
très compliqué.

M. Ruche reprit la parole :

— La phrase était : « Quand leurs côtés correspondants
sont proportionnels et que leurs angles sont égaux chacun à chacun. »

On croyait l'incident clos. C'était mal connaître Nofutur. En professionnel consciencieux, à la stupeur générale,
on l'entendit déclarer :

— Quand leurs côtés correspondants sont proportionnels et que leurs angles sont égaux chacun à chacun.

Sans la moindre erreur, cette fois.

On l'applaudit. Qui peut affirmer qu'il n'en avait cure ?

Encore sept livres ! M. Ruche accéléra :

— Honneur aux ancêtres. A la proposition 2, on trouve
le théorème de Thalès.

Max referma les deux pupitres, les déposa à terre. Se
déplaçant vers la droite, il annonça :

— Les trois livres d'arithmétique.

M. Ruche :

– Euclide reprend ici une grande partie des travaux des pythagoriciens sur les nombres entiers, principalement ceux d'Archytas. On l'a déjà dit, une des activités principales des mathématiciens est la classification. Première classification : pair/impair. Tu te souviens, Léa, ta belle formule : « Ceux qui croyaient en deux et ceux qui n'y croyaient pas ! » Les pairs sont divisibles en deux parties égales, les impairs, non. Et puis, il y a ceux qui ne sont divisibles ni par deux, ni par trois, ni par aucun nombre : ce sont les *nombres premiers*. Nommés ainsi parce qu'aucun autre nombre ne peut les mesurer.

M. Ruche s'interrompit, une phrase de la lettre de Grosrouvre lui revint : « *Qu'est-ce qui te mesure, Pierre ? Le temps est arrivé, peut-être, de faire la somme de ce qui nous a mesurés.* » Il lui fallut quelques instants pour revenir dans le présent. Max s'en était aperçu, il rappela :

– Deuxième classification.

M. Ruche reprit :

– Deuxième classification : les divisibles/les premiers. Les nombres premiers vont devenir la pièce essentielle de l'arithmétique. Il y en a une infinité ! (Puis, sur le ton de la confidence :) Une chose m'a beaucoup surpris, l'addition, Euclide s'en fiche ! Ce qui l'intéresse, c'est la division.

Puis c'est la fameuse décomposition en facteurs premiers : un nombre entier ne peut être obtenu que d'une seule manière (à la disposition des facteurs près), par la multiplication de nombres premiers.

Chercher les diviseurs d'un nombre, trouver ceux qui sont communs à deux nombres a et b. Trouver le plus grand de ces diviseurs, le fameux PGCD, Plus Grand Commun Diviseur, qui est le plus grand nombre entier divisant exactement a et b. Et le non moins fameux PPCM, le Plus Petit Commun Multiple !

Il actionna lui-même la machine à diapos. Sur l'écran, un drôle de dessin apparut :

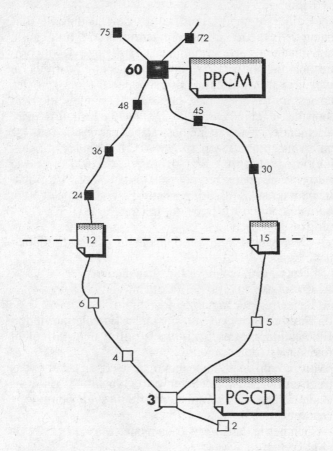

– Parfait, parfait, apprécia M. Ruche, découvrant la figure que Max avait composée au cours de l'après-midi. En voilà un à qui les séances profitent !

Max referma les trois pupitres qui venaient d'être « traités », les posa à terre, se posta devant le suivant et annonça :

– Livre X, le « Livre des irrationnels ».

M. Ruche :

– Euclide reprend ici les travaux de Théodore, le fondateur de la théorie des incommensurables. Il traite aussi bien des lignes droites commensurables que des incommensurables entre elles, ainsi que des aires carrées ou rectangulaires qui leur correspondent. Alors que les pauvres pythagoriciens ne possédaient qu'une seule irrationnelle, la racine carrée de 2, Théodore les fait fleurir : il démontre l'irrationalité des racines carrées de tous les entiers jusqu'à 17. A part bien sûr, 1, 4, 9, 16, qui sont des carrés parfaits. Pourquoi s'arrête-t-il à 17, on ne le sait pas. Thééthète, lui, poursuit et démontre l'irrationalité pour les suivants. Au passage, il faut dire que ce livre est de loin le plus difficile des treize.

Max :

– C'est pour cela qu'on l'appelle la « croix du mathématicien ».

M. Ruche crut entendre Jonathan maugréer :

– C'est aussi la croix de Jonathan.

Cela ne l'empêcha pas de poursuivre :

– Dans ce livre, on voit comment Euclide parvient à « domestiquer » ces irrationnels qui avaient tellement troublé les pythagoriciens.

Max referma le dixième pupitre et le posa à terre. « Plus que trois ! » pensa Jonathan en comptant les pupitres encore debout. Le chemin de croix était sur le point de se terminer.

– Géométrie dans l'espace, annonça Max.

M. Ruche :

– Comme il l'avait fait avec la géométrie plane, Euclide va identifier les différents êtres mathématiques de l'espace : les *solides* : pyramide, prisme, cône, cylindre et bien sûr la sphère, auxquels il ajoute les polyèdres réguliers. Calculant la surface et le volume de certains, déterminant les rapports entre les volumes, pour d'autres.

Euclide a utilisé une méthode redoutablement efficace inventée par Eudoxe, que plus tard on appellera la méthode d'*exhaustion*. Exhaustion veut dire « épuiser par la pensée ». Une liste exhaustive, n'est-ce pas une liste qui épuise les objets à lister ! Cette méthode consiste à prouver que deux grandeurs sont égales en montrant que leur différence est plus petite que n'importe quelle quantité donnée. On y parvient non pas en une étape, ni en deux, ni en dix, mais par la mise en œuvre d'un processus sans fin qui « épuise par la pensée » les étapes successives.

Par exemple, pour déterminer la surface du cercle, on inscrit un carré à l'intérieur, puis on double le nombre des côtés. La surface du polygone inscrit que l'on obtient à chaque étape est de plus en plus grande, mais toujours plus petite que celle du cercle. Tout l'intérêt de la méthode est que la différence entre cette surface, que l'on sait calculer, et celle du cercle, que l'on cherche, peut être rendue aussi petite que l'on veut en multipliant le nombre de côtés. On peut donc connaître la surface du cercle aussi précisément qu'on le désire... Mais on ne peut pas la connaître exactement.

La méthode d'exhaustion

Max affala deux pupitres. Dans le grand espace au milieu de l'atelier des séances, il ne restait qu'un seul pupitre.

Max :

– Livre XIII, couronnement de l'œuvre entière !

M. Ruche :

– Euclide y présente ce vers quoi ont tendu les douze livres précédents, la construction des cinq polyèdres réguliers inscriptibles dans la sphère : le tétraèdre : pyramide à base triangulaire, aux quatre faces en triangle équilatéral ; le cube, aux six faces carrées ; l'octaèdre, c'est-à-dire deux pyramides égales collées par leurs bases carrées, aux huit faces en triangle équilatéral ; le dodécaèdre, aux douze faces en pentagones réguliers ; et l'icosaèdre, aux vingt faces en triangle équilatéral.

– Pourquoi cinq et pas quatre ou six ? s'exclamèrent dans un touchant ensemble Jonathan-et-Léa.

– Vous avez mis le doigt dessus ! C'est bien cela qui est extraordinaire en cette affaire. Dans l'infinité des polyèdres de l'espace, il y en a exactement cinq qui sont réguliers ! Lorsque dans un groupe d'objets mathématiques du même type, on cherche ceux qui répondent à une propriété donnée, généralement, ou bien il n'y en a aucun, ou bien il y en a un seul. Ou bien il y en a une infinité. Par exemple, dans le plan, il y a une infinité de polygones réguliers inscrits dans un cercle. Et là, dans l'espace, cinq ! Allez savoir pourquoi. Autant dire que cela a donné du travail aux penseurs grecs. La réponse de Platon a été celle-ci : il y en a cinq parce qu'il y a cinq éléments fondamentaux dans le cosmos. Chaque polyèdre étant là, dans sa perfection, pour symboliser l'un d'eux, et les cinq ensemble s'inscrivant dans la sphère géométrique, qui est la sphère de l'univers, participent de la création du monde en en figurant l'absolue harmonie. Voilà pourquoi dans l'Antiquité ils ont été célébrés comme les *solides de Platon*.

Et pour conclure, le résultat vers lequel tendait l'édifice entier des *Éléments* :

« Il n'y a pas d'autres polyèdres réguliers que ces cinq-là !

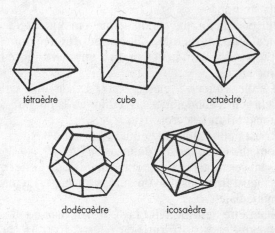

tétraèdre   cube   octaèdre

dodécaèdre   icosaèdre

Le dernier pupitre se retrouva à terre, rejoignant les douze autres. Max, se retournant vers les fauteuils en velours :

— Les treize livres des *Éléments* constituent ce que devait savoir un jeune mathématicien grec en entrant dans la carrière en l'an −300.

— Vous les avez lus en entier ? demanda Léa admirative. Les treize ?

M. Ruche eut envie de répondre oui. A son âge, réussir à provoquer l'admiration de deux jeunes gens était un plaisir tellement inespéré que ce serait un péché de ne pas se l'offrir. Il mentit :

— Oui, oui.

Et il annonça :

« Éléments, suite et fin !

Après avoir présenté le contenu de l'ouvrage, M. Ruche s'apprêtait à dévoiler le projet de l'entreprise euclidienne.

Ce fut HP qui commença :

– Attention, attention, aucune proposition mathématique ne doit être admise sans démonstration, sans démonstration !

Telle était la loi que les mathématiciens grecs s'étaient donnée. Une loi inédite. Mais comment démontre-t-on une proposition ? En la déduisant d'une autre déjà admise comme vraie.

– Cercle vicieux ? clama Max. Les mathématiques seraient- elles condamnées à se mordre la queue ? Sinon comment briser ce cercle ?

– C'est la question du début ! répondit M. Ruche. Qui est toujours une question délicate.

Disant ces mots, il s'aperçut, trop tard, de l'effet qu'ils ne manqueraient pas d'avoir sur les jumeaux. La réaction fut immédiate.

– Pour être délicate, elle l'est. Il faut bien commencer par quelque chose, affirma Léa. N'est-ce pas, M. Ruche ? A propos, j'ai trouvé cette phrase d'un dénommé Polybe : « Le commencement est la moitié du tout. » Autant dire que si ça commence mal, c'est parti pour longtemps !

– Si ça commence bien aussi, ajouta Jonathan. De toute façon, sans début, pas d'histoire !

– Ni de constructions, ajouta Léa. C'est la première pierre. Qu'il faut poser pour que sur elle repose le reste de l'édifice.

– Exactement ! dit M. Ruche d'un ton énergique. Il faut une « mise de fond » de vérités. Ce sera le prix à payer pour faire démarrer la machine à produire des vérités. Ensuite, le dispositif doit fonctionner avec sa propre énergie. Donc, on ne peut sortir du cercle vicieux qu'en admettant quelques vérités de départ, que l'on pose, *a priori* et une fois pour toutes. Une mise de fonds que l'on ne peut modifier suivant les besoins : en gros, on ne change pas les fondations à tout bout de champ !

Que placer au début ? Des définitions. Elles sont là pour proclamer l'existence des êtres mathématiques primordiaux, les êtres fondateurs à partir desquels on en construira d'autres. Et ainsi on peuplera d'êtres nouveaux l'univers mathématique.

– Dites-moi, M. Ruche, cela ne vous fait pas penser à la Bible ? Au début, il y a... non, avant le début, il y a Dieu. Et puis Dieu décide que Adam existe. Il pose quelque chose comme : « Il existe Adam. Adam est un homme. » Puis Adam fait Ève, avec une de ses côtes, je crois. Et puis Adam et Ève ensemble, etc. Et ils eurent beaucoup d'enfants, Abel, Caïn et les autres.

M. Ruche écoutait médusé cette Bible vue et corrigée par Jonathan. Une Bible axiomatique !

– Je ne suis pas très religieux, vous savez.

– Nous non plus. Mais on connaît nos classiques.

– Vos classiques ? Parce que vous l'avez vraiment lue ?

– Pas plus que vous n'avez lu les *Éléments*. Et pourtant ce sont les deux ouvrages les plus traduits dans le monde...

– Revenons à...

M. Ruche avait failli dire : à Dieu, tant le rapprochement entre la Genèse et les *Éléments* l'avait troublé.

« Revenons à Euclide. Juste après les définitions, arrivent les postulats et les axiomes. Les premiers affirment *a priori* que certaines constructions sont possibles. Les seconds sont des notions communes, acceptées par tous, des principes de la pensée dont on ne ressent pas le besoin de discuter la légitimité. Par exemple : qu'en serait-il de l'égalité des choses si deux d'entre elles, étant égales à une même troisième, se révélaient différentes l'une de l'autre ? Ou si, ajoutant des choses égales à des choses égales, on avait à l'arrivée des choses différentes ? Hein ?

Ou encore, si les doubles d'une même chose s'avéraient différents ? Hein ?

C'est pourquoi, en toute quiétude, Euclide a posé cette batterie d'axiomes dont le champ s'étend bien au-delà de la stricte mathématique.

Max enclencha la machine et, dans un ronflement de bon aloi, la première diapositive s'afficha sur l'écran :

> Les choses égales à une même chose
> sont égales entre elles.

Clic-clac. Disparition. Apparition de :

> Et si, à des choses égales,
> des choses égales sont ajoutées, les touts sont égaux.

Clic-clac. Disparition. Apparition de :

> Et si, à des choses égales, des choses égales sont
> retranchées, les restes sont égaux.

Clic-clac. Disparition. Apparition de :

> Et si, à des choses inégales, des choses égales sont
> ajoutées, les touts sont inégaux.

Clic-clac. Disparition. Apparition de :

> Des choses qui coïncident l'une avec l'autre sont égales.

Clic-clac. Disparition. Clic-clic. Les deux suivantes défilèrent à la suite.

> Et les doubles du même sont égaux entre eux.

> Et les moitiés du même sont égales entre elles.

Imaginez deux moitiés différentes ! On aurait un tout bancal, complètement *scalène* ! C'est parce qu'elles sont égales qu'on peut dire LA moitié. Euclide ajouta un dernier axiome qui affirme que « la partie est plus petite que le tout ». Voilà pour les axiomes. Et à quoi servent-ils ? À COMPARER.

Les moitiés entre elles, la partie et le tout, des choses égales auxquelles on ajoute ou on retranche des choses égales, etc. Sans eux, il n'y aurait pas de comparaison possible.

Au tour des postulats ! Mon premier étonnement, confia M. Ruche, a été de découvrir qu'il n'y avait de postulats qu'en géométrie. Pas en arithmétique.

– Parce qu'il n'y en a pas besoin ! lâcha Léa. Sans cela, il ne se serait pas gêné pour en allonger une batterie. Du style de : « par deux nombres, il peut en passer un troisième », ou bien « il y a des nombres partout ». Ou bien : « prolonger un nombre, il en restera toujours quelque chose », ou : « un nombre, c'est bien, deux nombres, c'est mieux. Trois nombres, bonjour les dégâts ! » ou encore...

Il fut impossible à Léa de continuer au milieu des rires. Que le fou rire ait duré si longtemps était plus à mettre sur le compte de la fatigue que de l'humour de Léa.

Peu à peu, on s'était éloigné du phare d'Alexandrie la Blanche, des avenues où quatre chars roulaient de front, des jardins du Muséum. Bref, on commençait à en avoir un peu marre. La séance avait été trop longue ; il aurait fallu arrêter là.

— Postulats de la géométrie. Euclide en a choisi cinq.

— Comme les polyèdres ? demanda Jonathan.

— Rien à voir avec les polyèdres. Ni d'ailleurs avec le fait qu'Euclide avait cinq doigts comme la plupart de ses collègues du Muséum. Le premier postulat, vous le connaissez tous.

Clic. Diapo :

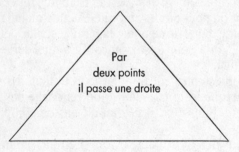

Par
deux points
il passe une droite

— Que veut Euclide en posant ce postulat ? Quels que soient deux endroits de l'espace, Euclide veut 1) pouvoir les joindre ; 2) sans avoir à contourner quoi que ce soit. Alors il le demande.

Clic-clic. Deuxième postulat :

Un segment de droite peut être prolongé d'une longueur aussi grande que l'on veut

— Que veut Euclide en posant ce postulat ? Un segment, cela indique une direction. Euclide veut pouvoir le prolonger autant qu'il le désire. Il faut qu'il y ait de la place pour pouvoir le faire. En fait, Euclide veut que l'espace soit sans limite dans toutes les directions. Alors il le demande.

— Après les droites, les cercles. Troisième postulat :

De

tout point

on peut tracer

un cercle dont ce point est le centre

au moyen de

n'importe quel

rayon

— Que veut Euclide en posant ce postulat ? Il veut que partout puissent exister des cercles ! Et pas seulement dans tel ou tel coin privilégié de l'espace. Et qu'en plus, ces cercles puissent être aussi grands ou aussi petits qu'il le veut. Alors il le demande.

– Après les droites et les cercles, les angles. Quatrième postulat :

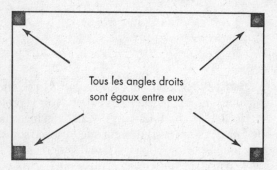

Tous les angles droits
sont égaux entre eux

– Que veut Euclide en posant ce postulat ? Il veut que les angles droits ne changent pas de valeur suivant l'endroit où ils se trouvent.

– Qu'est-ce qui pourrait se passer d'autre ? Qu'ils grandissent, qu'ils rapetissent ? demanda Jonathan.

– Justement. Euclide veut qu'il ne se passe rien d'autre. Alors il le demande.

Max était « out » depuis longtemps. M. Ruche dut faire le travail tout seul :

– Et puis, il y a le plus connu des postulats. *Le postulat des parallèles* qui est équivalent à :

Dans un plan, par un point extérieur à une droite donnée, il passe une parallèle et une seule à cette droite.

« Et cela dit… ce que cela veut dire, ajouta M. Ruche.

– Vous voulez plutôt dire : cela veut dire ce que cela dit ? corrigea Jonathan.

– Écoute Jonathan, je veux dire ce que je dis ou plutôt je dis ce que je veux dire, put à peine articuler M. Ruche.

C'était reparti. Impossible de garder son sérieux. C'est au milieu de cette trombe d'hilarité que Perrette débarqua. Et dans ce cas, on a l'air vraiment bête. Les rieurs veulent à tout prix vous expliquer pourquoi ils rient, n'y arrivent évidemment pas, ce qui redouble leur hilarité, et vous exclut un peu plus du groupe des gais indigènes, vous, le lugubre étranger.

Inutile de dire que lorsque Léa put enfin expliquer à Perrette qu'ils riaient au sujet du cinquième postulat d'Euclide, elle les regarda comme l'on fait d'une assemblée de fêlés. Et la seule chose qu'elle trouva à dire fut :

– Et ça vous fait rire ?

Alors là, ce fut l'explosion ! M. Ruche, qui n'avait pas bloqué son fauteuil, tanguait sur sa machine frénétique que nul n'avait l'idée de bloquer. Pas même Max dont la tignasse rousse s'agitait follement. Ses yeux ardents encerclés de mille mèches enflammées pétillaient sur son visage que l'on distinguait à peine, comme s'il se détachait sur un fond de coucher de soleil. Et Léa, la longiligne ? Toute gonflée de gloussements, elle avait la rondeur d'une poularde sautillant à cloche-patte au milieu d'une basse-cour. Il n'était pas jusqu'à Nofutur qui ne participât de l'allégresse générale. Voletant en rasemottes, il lançait des cris rauques. Les perroquets rientils ? fut la seule question que Perrette osa se poser.

CHAPITRE 10

La rencontre d'un cône et d'un plan

Du faisceau du phare d'Alexandrie, M. Ruche passa au cône de lumière d'un lampadaire.

Lorsqu'ils s'étaient installés dans la salle des séances, elle était une fois de plus plongée dans l'obscurité. Soudain, sur le mur, un cercle de lumière apparut. Tenant fermement le pied du lampadaire, Max le dirigeait perpendiculairement au mur. Sur la pierre, le faisceau de lumière diffusé par l'abat-jour conique dessinait un cercle parfait.

Dans les ténèbres, la voix éraillée de Nofutur annonça :
– Cercle !

Max inclina latéralement le lampadaire. La tache s'allongea, le cercle devint ovale.
– Ellipse !

Max continua d'incliner le lampadaire. L'ellipse s'allongea. Brusquement, elle se déchira. Sur le mur, la tache de lumière n'était plus fermée ; elle s'étendait sans limite autre que celle de la pièce elle-même.
– Parabole, annonça Nofutur.

Max poursuivant son geste, l'inclinaison de l'abat-jour conique par rapport au plan du mur devenait de plus en plus faible. La parabole s'élargit. Brusquement, sur le mur, de l'autre côté, apparut une deuxième tache de lumière. La voix hésitante de Nofutur annonça :
– Hyperbole !

Comme s'il était un peu gêné. Faut dire que sur le mur, c'était un peu vaseux.

Pour pallier les insuffisances de la dernière partie, M. Ruche intervint :

– Vous venez d'assister à une rencontre. La rencontre entre le cône de lumière issu de l'abat-jour et le plan du mur. Voilà pourquoi ces quatre figures formées sous vos yeux s'appellent *Sections coniques*. Plus brièvement *Coniques*.

Imaginez un instant quelle émotion ce fut lorsque Ménechme, un mathématicien grec, découvrit le phénomène ; c'était au IVe siècle avant notre ère. Quatre figures aussi différentes que l'ellipse et le cercle, toutes deux fermées.

M. Ruche actionna la machine à transparents.

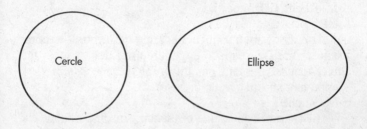

« Aussi différentes que la parabole et l'hyperbole, toutes deux ouvertes.

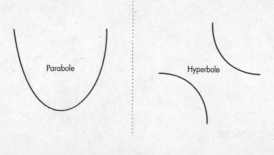

« Des figures aussi différentes que les trois premières faites d'un seul tenant, et la dernière, composée de deux branches disjointes. Je disais donc, imaginez quelle émotion fut celle de Ménechme lorsqu'il découvrit que ces figures aussi différentes pouvaient être créées à partir d'un même événement : la rencontre d'un cône et d'un plan, et que l'on pouvait passer de l'une à l'autre sans à-coups, par la seule inclinaison continue de l'axe du cône !

Dans le regard des jumeaux, M. Ruche perçut de l'étonnement, de l'amusement et aussi une sorte d'incompréhension agressive. Il en soupçonna la cause : dans ce qu'ils venaient d'entendre, J-et-L ne retrouvaient pas leur cône habituel !

M. Ruche fit donner HP.

HP :

– Attention, attention, ceci est une définition : le cône est la figure de l'espace engendrée par des droites, les *génératrices*, passant par un point fixe, le *sommet*, et s'appuyant sur un cercle, la *base*.

M. Ruche :

– A l'encontre de ce que beaucoup pensent, un cône est formé de deux nappes s'étendant symétriquement de part et d'autre du sommet. Et ce que communément l'on prend pour un cône n'est en fait qu'un mi-cône.

– J'ai passé ma jeunesse à demander des cônes et on m'a fourgué des mi-cônes ! enragea Jonathan.

– Heureusement ! Essaye donc avec un vrai cône ! Pendant que tu lèches la boule du haut, celle du bas s'écrase sur tes sandales !

M. Ruche :

– Je voudrais que l'on se souvienne que les figures de la géométrie sont des idéalités qui ne se lèchent pas. Qu'elles sont des êtres abstraits qui ne s'écrasent pas sur de sandales. La géométrie n'a rien à voir avec la sorbéterie.

Max replaça le lampadaire sur ses pattes. Au plafond, comme à son habitude, le faisceau de l'abat-jour dessina un cercle banal.

« Deux siècles après Ménechme, Apollonios s'empara du sujet pour en faire un des champs les plus pointus, si je puis dire, de la géométrie. Il est l'inventeur des noms des coniques. Pour des raisons mathématiques que je ne saurais vous dévoiler, parce que je ne les ai pas comprises, il a créé les mots : hyperbole, qui vient de excès : *hyper*, "quelque chose en plus", ellipse, qui vient de manque, "quelque chose en moins", et parabole, *para*, le même, "juste ce qu'il faut".

Ces courbes géométriques, on les rencontre dans nombre de phénomènes naturels. Dans le cours du monde, par exemple. Les planètes, du grec *planetes*, qui veut dire « errantes », tirent leurs noms de ce que dans la *Sphère des fixes,* où sont plantées les étoiles immobiles, elles sont les seules à bouger. Depuis la nuit des temps, les hommes ont voulu savoir comment erraient ces errantes.

L'harmonie commandait que tout se déplaçât suivant des cercles ou des sphères. Cosmos ! Les astronomes grecs firent en sorte qu'il en fût ainsi. Eudoxe, en particulier. Mais on ne contraint pas la nature. Les planètes tournaient autour du Soleil comme bon leur semblait et elles boudaient les cercles.

M. Ruche raconta comment, 2 000 ans après Eudoxe, Kepler découvrit que les planètes se déplaçaient suivant des ellipses et non suivant des cercles. Des ellipses ayant pour foyer le Soleil !

Puis il parla de la découverte d'un mathématicien italien de la fin du XVIe, Tartaglia, qui pressentit que la trajectoire d'un boulet de canon n'était pas une droite mais une parabole.

Le cercle et la droite en prirent un bon coup !

Incontestablement, l'homme des coniques fut Apollonios, à qui fut décerné le titre envié de *Grand Géomètre*. Il vécut à Alexandrie dans la deuxième moitié du IIIe siècle avant notre ère. Probablement pensionnaire du Muséum, il a fréquenté la Grande Bibliothèque dirigée à cette époque par Ératosthène. Son œuvre maîtresse : *Les Coniques*. Huit livres, dont sept seulement ont été retrouvés.

Ils étaient là, posés sur la table de M. Ruche.

– Autant vous l'avouer franchement, malgré les fiches de Grosrouvre, je n'y ai pas compris grand-chose. Comme vous le voyez, les mathématiques grecques ont continué leur chemin, après Euclide. Au IIe siècle avant notre ère, il y eut Hipparque. Je vous lis la fiche :

On s'accorde à voir en Hipparque l'ancêtre de la trigonométrie. A la suite des astronomes babyloniens, il a introduit la division du cercle en 360°. Et grâce à un immense travail d'observations des astres, il a établi les premières « tables de cordes » qui seront longtemps un des outils les plus précieux pour l'astronomie mathématique. Grâce à la précision de ses tables, il découvrit que l'axe de la Terre n'était pas fixe ! Il se déplaçait le long d'un cercle pour revenir à la même place tous les 26 000 ans environ : la *précession des équinoxes*.

N.B. Si l'axe de la Terre se déplace, la Terre bouge ! Difficile donc après Hipparque de soutenir que la Terre est immobile. Et pourtant, combien ont continué de l'affirmer !

A Alexandrie, où en était-on ? Après Ptolémée Ier, dit Sôter, « le sauveur », Ptolémée II, dit Philadelphe, on en a déjà parlé, etc. Au début du Ier siècle avant notre ère, on en était à Ptolémée IX, dit Lathyros : « Pois chiche ». Pourquoi pois chiche ? Aucun ouvrage savant ne le dit. Pas de Ptolémée X. Le XI fut tué dans une émeute de fellahs. Quant au XII, l'Aulète, dit le Flûtiste, chassé par les habitants d'Alexandrie, il se réfugia à Rome, d'où il revint flanqué des armées romaines qui ne quittèrent plus la place. C'en était fini de l'indépendance de l'Égypte.

Le Flûtiste avait décidé que son fils, âgé d'une dizaine d'années, deviendrait Ptolémée XIII à la condition qu'il se mariât avec sa grande sœur.

M. Ruche s'interrompit pour préparer son effet :

« Avec sa grande sœur Cléopâtre ! Ils se marièrent. Très vite, ça n'alla pas du tout dans le couple.

– Ah, ce n'est pas comme Philadelphe et Arsinoé, dit Léa d'un ton faussement mélancolique. Eux au moins s'aimaient !

– Cléopâtre s'enfuit et revint… avec César qui se trouvait à Alexandrie, poursuivit imperturbable M. Ruche. Une révolte éclata, la population d'Alexandrie assiégea les deux amants.

– Pourquoi nous raconte-t-il tout cela ? Ce n'est pas son genre, murmura Jonathan.

– Oh, il doit avoir une idée, chuchota Léa.

– Pour éviter que sa flotte ne soit capturée, César fit incendier tous les navires qui se trouvaient dans le Grand Port. Le feu se propagea à terre et gagna la Grande Bibliothèque. Des dizaines de milliers de papyrus furent détruits. Ces volumes, qui avaient demandé tant d'efforts aux premiers bibliothécaires pour les acquérir, disparurent dans les flammes.

Coup d'œil complice des jumeaux : Ah, c'était pour cela !

« César avait réussi son coup, les bateaux coulèrent. Mais les livres brûlèrent.

M. Ruche ne put s'empêcher d'ajouter, mais sans ironie, tristement :

« Les navires touchèrent le fond, et le "fonds des navires", où se trouvaient les originaux, empruntés de force aux navires de passage, disparut dans les flammes.

— Bien mal acquis ne profite jamais ! lança Léa à M. Ruche qui voulut ne pas entendre.

— Une bataille s'ensuivit entre les troupes de César et les partisans de Ptolémée XIII, qui fut tué. Voilà Cléopâtre veuve. Pas pour longtemps. Elle avait un autre frère. Avec qui elle se maria. Il devint Ptolémée XIV. Et disparut à son tour, sans doute assassiné sur les ordres de Cléopâtre. Veuve pour la deuxième fois, et de ses deux frères ! César retourna à Rome, Cléopâtre le suivit. Puis César fut assassiné, Cléopâtre retourna à Alexandrie. Elle ne tarda pas à tomber follement amoureuse d'un autre général romain.

— Antoine ! s'écrièrent J-et-L dans un touchant ensemble. Ils s'aimèrent et eurent trois enfants.

— Je vois que rien de ce qui concerne les altesses royales ne vous est étranger.

— Vous ne crachez pas dessus, vous non plus ! On a vu tous les *Cléopâtre*.

— Avec Élisabeth Taylor et Richard Burton, rappela Jonathan.

— Et celui avec Vivien Leigh, rajouta Léa.

— Et *La Princesse du Nil* ? Vous ne l'avez pas vu ? et *Les Légions de Cléopâtre* ? demanda M. Ruche sur un ton sibyllin. C'était avec Linda Cristal. Vous ne connaissez pas Linda Cristal, elle était superbe. Mais laissons les

214

films et revenons aux livres. Cléopâtre tenait à reconstituer la Grande Bibliothèque. Antoine pilla celle de Pergame, la rivale, et fit transporter plus de 200 000 volumes qu'il offrit à Cléopâtre. Ils allèrent rejoindre les rouleaux ayant échappé au grand incendie.

– Il faut rendre à César ce qui est à César ! lança Jonathan.

– Et enlever à Pergame pour donner à Alexandrie ! ajouta Léa.

– Cléopâtre fut la dernière reine d'Égypte. De tous les souverains de la dynastie des Ptolémée, elle fut la seule à aimer vraiment son peuple, la seule à parler sa langue, à partager ses coutumes. Longtemps, on l'appela la « Reine des fellahs ». L'Égypte devint province romaine. Phrygie, Mysie, Carie, Lydie, Thrace, Scythie, Sarmatie, Colchide, Arménie, Cappadoce, Paphlagonie, Galatie, Bithynie, Syrie, Libye...

Max, J-et-L, et Nofutur regardaient M. Ruche, admiratifs, et inquiets. A deux reprises il avait perdu le souffle durant sa longue énumération.

« ... l'empire d'Alexandre, reprit M. Ruche, pour ce qui est de sa partie hellénistique, se fondit dans l'Empire romain. L'Égypte passa de mains en mains : byzantines, arabes, turques, françaises, anglaises. Il lui faudra attendre deux millénaires pour recouvrer son indépendance.

Alexandrie continua néanmoins à abriter de nombreux savants. Deux d'entre eux en particulier, membres du Muséum, traversèrent les siècles par l'importance de leur œuvre. Ptolémée, au IIe siècle et Diophante, au IIIe.

Claude Ptolémée, qui, soit dit en passant, n'a rien à voir avec les rois d'Égypte, est plus connu comme astronome que comme mathématicien, alors qu'il était en fait plus mathématicien qu'astronome. Ce n'est pas pour rien qu'il nomma son œuvre majeure *La Syntaxe mathématique*.

Max montra à l'assistance l'ouvrage de Ptolémée, que Grosrouvre avait évidemment introduit dans la BDF, et annonça :

— Treize livres !

Panique du côté des jumeaux. Max n'allait pas recommencer son interminable spectacle avec les treize pupitres sur les *Éléments* d'Euclide !

Max se contenta de lire la fiche de Grosrouvre :

A cette époque, l'astronomie se présentait comme la science de « l'aspect de l'univers », cherchant à décrire les mouvements apparents des astres et à en donner une description géométrique. Que ce soit Eudoxe, Hipparque, ou Ptolémée, la plupart des grands astronomes grecs ont tenté de construire des modèles mathématiques destinés à expliquer les mouvements des corps célestes, pour, comme dit Ptolémée, « sauver les apparences ».

Au centre de son système, Ptolémée place une Terre immobile, autour de laquelle tourne le reste du monde. Ce ciel fourmillant de cercles et de sphères en appelle naturellement à la géométrie du cercle et à la géométrie sphérique dont Ptolémée livra un traité complet.

— Bâtir des théories, construire des modèles... pour sauver les apparences, répéta M. Ruche lentement.

Il feuilleta son cahier de notes :

— Rome s'écroula, Byzance prit la relève. Et Alexandrie, la païenne, devint chrétienne. En fait, elle l'était déjà depuis la conversion des empereurs romains au christianisme.

Autant les sciences furent chéries en Grèce, autant elles furent délaissées à Rome. Sur les bords du Tibre, seul comptait l'art de gouverner. Et si l'on se passionnait pour les lois, ce n'était pas pour les lois mathématiques, mais pour celles qui régissaient la sphère juridique. Au Panthéon des Romains, les idéalités ne se bousculaient pas. Dans le presque millénaire de l'Empire romain, on ne trouve pas la moindre trace d'une seule école mathématique !

La conjugaison du désintérêt romain pour les choses de l'esprit et de l'hostilité des chrétiens pour ces savoirs qui ne devaient rien à Dieu ni à ses saints eut des conséquences tragiques sur la survie des sciences. La première à en subir les effets fut Hypatie, la première grande mathématicienne de l'Histoire.

Léa, que le devenir d'Alexandrie ne passionnait plus guère, dressa l'oreille.

– A la fin du IVe siècle vivait à Alexandrie une famille de célèbres mathématiciens, Théon, et ses deux enfants, Hypatie et Épiphane. C'est dans les œuvres de Théon que se trouve la fameuse méthode de calcul des racines carrées, qui a empoisonné ma jeunesse. Sa fille, Hypatie, effectua des travaux brillants à partir des découvertes d'Apollonios, elle travailla également sur Diophante et Ptolémée. Épiphane travailla également sur l'astronomie de Ptolémée. Il était, dit-on, moins doué que sa sœur.

Renouant avec les grands Anciens, Hypatie était aussi bonne philosophe que mathématicienne, au point d'enseigner les deux disciplines. Des centaines d'auditeurs se pressaient à ses cours, subjugués par son intelligence, son savoir… et sa beauté. Toutes choses insupportables aux partisans du nouvel ordre moral qui s'abattait sur Alexandrie. Hypatie était une femme libre.

Un jour de l'année 415, la populace, longuement travaillée par les hommes du patriarche d'Alexandrie, se rua sur son char, la jeta à terre, lui ôta ses habits et la traîna dans un sanctuaire. Elle fut torturée, à l'aide de coquilles d'huîtres aiguisées comme des lames, avant d'être brûlée vive. Décidément, certains ecclésiastiques n'aiment les femmes que brûlées vives, comme Hypatie,

Jeanne d'Arc et les dizaines de milliers de « sorcières » de l'Inquisition.

Léa le regardait, elle était blême. M. Ruche se reprocha d'avoir donné trop de détails, ils étaient inutiles.

– Une seule mathématicienne dans toute l'Antiquité, elle est torturée et brûlée !

Et, le plus sérieusement du monde, elle laissa échapper :

« Et l'on s'étonne qu'il n'y ait pas beaucoup de filles qui fassent des maths.

Il fallait aller au bout de l'agonie de l'Antiquité.

– Après Alexandrie, Rome. Les Romains n'eurent qu'un seul mathématicien, le sénateur Boèce. Il fut exécuté sous l'ordre de l'empereur Théodoric. Puis ce fut au tour de Justinien qui donna ordre de fermer ce que les intégristes chrétiens de l'époque appelaient « les universités païennes ». En premier lieu, l'Académie puis toutes les autres écoles d'Athènes.

Dix années après la mort de Mahomet, en 642, les troupes arabes s'emparèrent d'Alexandrie. La ville chrétienne devint musulmane. Et le resta. Trois ans avant la prise de la ville par les Arabes, une révolte éclata, une grande partie des livres de la Grande Bibliothèque furent brûlés… dans les bains publics !

Un silence suivit cette étrange information.

« Une fois de plus, releva M. Ruche, l'eau et le feu se trouvaient réunis pour détruire des livres. Ce fut la fin de la Grande Bibliothèque. Puis vint le tour du Muséum. En 718, Omar II ordonna aux savants du Muséum de s'établir à Antioche. Alexandrie, c'est fini ! La séance aussi.

– En général, l'impossible ne se produit pas. Encore que…

Si une chose arrive, c'est qu'il y a des raisons pour

qu'elle arrive ! Savoir pourquoi ce qui est arrivé est arrivé et pour quelles raisons un événement s'est produit là et pas ailleurs, à ce moment-ci et pas à un autre, est une question des plus délicates. On peut trouver toutes sortes de raisons : politiques, économiques, religieuses, je ne sais pas, moi, techniques, mais aussi des raisons proprement humaines qui tiennent à la pensée des hommes.

Ce laïus, pour le moins emprunté, se voulait une réponse de M. Ruche à une question de Léa, posée le lendemain de la chute d'Alexandrie. Alors qu'il partait faire des courses au marché des Abbesses, Léa était venue dans sa chambre-garage. Elle était encore marquée par la mort tragique d'Hypatie. Toutes ces fins ! Fin de la ville, de la Grande Bibliothèque, du Muséum. La fin de l'Antiquité, à laquelle, sans s'en rendre compte, elle avait commencé à s'attacher au cours des semaines, lui avait fichu un coup. Elle avait soif de débuts. Alors, elle lui avait demandé :

– M. Ruche, pourquoi les mathématiques sont-elles nées en Grèce et pas ailleurs, au VIe siècle et pas à une autre époque ?

Bien sûr qu'il s'était posé la question tout au long de ses études et bien sûr qu'il y avait des réponses convaincantes. Après avoir réfléchi durant la matinée, il avait trouvé une raison qui lui convenait pleinement. La réponse tenait en une phrase : LES GRECS ADORENT DISCUTER.

L'*osso bucco* se sert avec un *risotto* au safran et de la *gremolata*.

Tout commença par deux cubes de bouillon de poulet jetés dans une casserole emplie d'eau. La confection du bouillon, pièce maîtresse de la recette dans laquelle M. Ruche s'était lancé, lui prit plusieurs minutes. Dès que le liquide, chauffé à feu doux, se mit à frémir, il en préleva un bol, dans lequel il plongea les filaments de safran. Puis il régla le feu afin que le bouillon continue de frémir. C'était important.

Il faisait un temps de chien. M. Ruche étala les cinq rouelles de jarret de veau, pleines jusqu'à la gueule d'une moelle ferme et dense, tandis qu'au-dehors la pluie picorait les vitres de la cuisine américaine.

Léa ressassait la réponse de M. Ruche en suivant chacun de ses gestes. Lui avait décidé qu'il en avait assez dit et se taisait, absorbé, au moins en apparence, par sa préparation culinaire.

Dans la vieille sauteuse en cuivre qui lui venait de sa mère et qui commençait à chauffer sur le deuxième feu, M. Ruche fit tomber trois belles cuillerées de beurre, avant de déposer la première rouelle au fond de la sauteuse. Dans le crépitement du beurre, il déposa la deuxième, puis la troisième. A la quatrième, Léa l'apostropha :

– Alors, M. Ruche, les Grecs adorent discuter ! Voilà pourquoi ils ont découvert les mathématiques. Et moi, pendant dix ans, je n'ai pas cessé d'entendre dans la plupart des cours de maths : « Mademoiselle Liard, on ne discute pas, ici ! »

M. Ruche admit qu'il lui devait une explication. Si elle n'y voyait pas d'objection, on parlerait des Grecs, pas des professeurs.

– J'ai dit discuter, Léa, pas ergoter. Pour les Grecs de cette époque, la discussion est une activité noble. Elle a un but précis : convaincre son interlocuteur par la parole.

Les rouelles doraient.

« Dans les stades, les athlètes s'affrontent dans les jeux du corps, sur les places, on se livre à des assauts par la parole. Ce que l'on échange : des arguments, pas des coups. Et les échanges sont réglés comme le pugilat, dans lequel, tu te souviens, Pythagore avait remporté les Olympiades. M. Ruche pointa un doigt vers le filet d'oignons accroché au mur. Machinalement, elle l'attrapa, et en sortit une poignée.

— En tranches fines, s'il te plaît, lui demanda-t-il.

Elle les coupa en tranches fines et se mit à pleurer.

— Cela ne vous fait rien ? lui reprocha-t-elle, révoltée devant les yeux secs de M. Ruche.

— Je n'ai plus beaucoup de larmes. Je préfère les garder pour de meilleures occasions, dit-il en tapissant de deux couches d'oignons le fond de la sauteuse. Il ajouta le céleri et la carotte, déglaça avec une louche de bouillon, remit les rouelles dans la sauteuse, compléta avec le persil et les morceaux de tomates que Léa avait épépinées. Et laissa cuire.

Léa sécha ses yeux avec du Sopalin. Le regard de M. Ruche sembla se perdre dans le lointain. Après un moment de silence, il se mit à parler.

La pièce s'éclaira. La pluie cessa de battre les vitres, le bruit des voitures dévalant la rue Ravignan s'estompa. Ils se retrouvèrent bercés par les eaux bleues de la mer Égée, à Milet, à Éphèse, à Colophon, au Pont-Euxin, dans les Cyclades et les Sporades, et dans toutes ces îles, à Chios, à Samos, à Délos... il y en a tant !

Il revit les maisons basses, blanchies à la chaux, avec leurs portes et leurs fenêtres d'un bleu à perdre la tête. M. Ruche décrivit les groupes d'hommes attablés sur les petits ports grecs, assis autour de minuscules tables de bois, discutant sans fin, échangeant chacun ses arguments devant un verre d'ouzo, piquant des morceaux de calmars grillés et des quartiers de tomates écarlates.

— Je ne sais pas si du temps de Thalès et de Pythagore il y avait de l'ouzo, mais il y avait sûrement des calmars et du feu pour les faire griller. Et c'était les mêmes paroles échangées.

Dans la cuisine de la rue Ravignan, cela commençait à sentir fichtrement bon. Le céleri et la carotte cuisaient dans leur lit d'oignons. L'heure avançait ; il était plus que temps de commencer la préparation du *risotto*.

Comme toutes les bouteilles d'huile, celle-là était poisseuse. Mais c'était de l'huile d'olive première pression à froid venant droit de Toscane. Léa l'essuya, s'essuya les mains et la passa à M. Ruche qui en remplit un verre avant de s'essuyer à son tour.

— Pour que les discussions ne glissent pas entre les mots, comme cette bouteille entre les doigts, les Grecs ont inventé un dispositif vraiment génial ; un dispositif à crans.

Léa apprécia l'à-propos de M. Ruche.

« Plus j'y pense, poursuivit-il, et j'y ai beaucoup pensé depuis ta question ce matin, plus je trouve cette invention redoutable.

Il pointa son doigt vers Léa :

« Acceptes-tu que les hommes sont mortels ?

Surprise de Léa. Puis, comprenant ce que M. Ruche était en train de faire, elle rentra dans le jeu :

— Oui, dit-elle fermement, comme une mariée répondant à la question décisive, je l'accepte.

— Acceptes-tu que Socrate est un homme ?

— Oui, dit-elle, je l'accepte.

Il battit des mains :

— C'est fini ! Alors Socrate est mortel ! Tu n'y peux rien cela ne dépend plus de toi. Le piège s'est refermé sur toi, ma belle Léa. Tu m'as accordé les deux premières phrases, tu ne peux pas ne pas me concéder la troisième !

Elle resta sans voix. Puis, mauvaise joueuse :

— Je te donne un doigt, tu me prends le bras tout entier ! C'est ça votre invention ?

— Je ne l'aurais pas formulé ainsi, mais c'est une bonne façon de voir la chose. Quand j'étais jeune, on disait : « Quand t'en as deux, t'en as trois ! »

— Je vous en prie, M. Ruche, restez correct, mijaura Léa avec une voix de crécelle.

Sur le premier feu, le bouillon de poule frémissait. Léa retira la lourde cocotte en fonte perchée sur une étagère, la posa sur le deuxième feu. M. Ruche éminça deux échalotes, toujours sans verser une larme, versa le verre d'huile dans la cocotte et régla le feu.

– Ce n'est pas que ce ne soit pas intéressant, ce que vous me racontez là, M. Ruche, mais je ne sais pas si après ce long voyage avec Socrate et quelques calmars, vous vous souvenez encore que ma question était : pourquoi en Grèce et pas ailleurs ? insista Léa.

– J'y viens, j'y viens. Thalès, Pythagore, Hippase de Métaponte, Hippocrate de Chios, Démocrite, Théétète, Archytas de Tarente, tous ces penseurs grecs qui ont fait les mathématiques telles que nous les connaissons, qui sont-ils, que font-ils dans la vie, quelle est leur place dans la société ?

Ils ne sont ni esclaves ni fonctionnaires d'État, comme les mathématiciens-calculateurs babyloniens ou égyptiens qui, eux, appartenaient à la caste des scribes ou à celle des prêtres, détenant le monopole de la connaissance et du calcul. Les penseurs grecs n'ont de comptes à rendre à aucune autorité. Il n'y a ni roi ni Grand Prêtre pour décider quelle sera la nature de leur travail ou pour poser des limites à leurs études. *Les penseurs grecs sont des hommes libres !* Mais…

Dans la cocotte, les échalotes n'étaient pas encore fondues.

« … Mais, ils ont à défendre leur point de vue face à leurs pairs, poursuivit M. Ruche.

M. Ruche expliqua à Léa que, même lorsqu'ils appartenaient à une « école », ces hommes étaient des penseurs individuels, position sociale inédite. Ils s'affirmaient en tant qu'individus, usant de leur liberté de pensée, se servant de leur droit d'avancer des thèses, de développer des théories. A charge pour eux d'avoir à les défendre. Res-

ponsables de leurs productions, non pas devant une autorité particulière, mais devant chaque personne qui pouvait à son tour user de son droit de les critiquer, de les
contester, de les contredire. Semblables à leurs conci-
toyens dans le domaine de la politique, ils étaient, dans
celui des idées, des citoyens de la pensée.

La Grèce de cette époque n'était pas un empire, mais
une constellation de cités, des cités-États, indépendantes.
Il y en avait des tyranniques et d'autres, démocratiques.
Dans celles-là, les citoyens participaient de façon intense
à la vie politique, mais cela tu le sais. Ce que tu ne sais
peut-être pas, c'est qu'à Athènes se tenaient des assem-
blées de 7 à 8 000 citoyens, et chacun pouvait prendre la
parole à son tour ! Imagine ce que cela devait être. Les
arguments affûtés pour convaincre et emporter l'adhé-
sion. Et à la fin de la séance, tout le monde votait, et
toutes les voix valaient la même chose ! Et dans les salles
des tribunaux, on ne s'en rapportait pas à un jugement de
Dieu, ni au jugement du roi, mais à un jugement de juges
et de jurys populaires, qu'il fallait convaincre. Débats
politiques, débats juridiques, débats philosophiques.

– Et les mathématiques ? Vous tournez autour du pot !

– Pas autour. Je tourne dedans !

Les deux feux de la cuisinière travaillaient de conserve.
M. Ruche souleva les couvercles : dans la sauteuse, les
cinq rouelles cuisaient, dans la cocotte, les échalotes fondaient.

Revenant à la passion de la discussion qu'il prêtait aux
Grecs, M. Ruche déclara :

– On ne peut vraiment discuter que si l'on est d'accord
sur un minimum. Ce minimum accepté, on peut y aller !
Tu m'dis, j'te dis, tu m'avances ceci, je te réplique cela, tu
peaufines tes arguments, j'affûte les miens. Mais qui finalement a raison ? Comment nous départager ? Qui aura le
dernier mot ?

S'agissant des sciences, particulièrement des mathématiques, les penseurs grecs ont creusé la différence dans deux directions. Par rapport à l'argumentation politique, juridique ou philosophique. Par rapport aux mathématiques égyptiennes et babyloniennes. Les mathématiciens grecs ont posé deux exigences.

Les philosophes, les hommes politiques et les juristes grecs excellaient dans l'art de la persuasion, mais leur pratique, si l'on peut dire, avaient des limites. La persuasion n'annule pas définitivement le doute. Les mathématiques en sont venues à exiger quelque chose de plus que la simple persuasion. Ils ont exigé l'irréfutabilité ! Ils voulaient convaincre de façon telle que nul ne puisse réfuter ce qu'ils avançaient, car ils avaient la prétention d'apporter à tout moment les justifications qui lèveraient tous les doutes. Ils voulaient des preuves absolues ! Voilà en quoi les mathématiciens grecs se sont démarqués des autres praticiens contemporains de la preuve.

Et ils se sont démarqués de leurs prédécesseurs babyloniens et égyptiens en refusant que l'intuition puisse suffire à légitimer des vérités mathématiques, en refusant également les preuves numériques. Je me convainc de quelque chose parce que je le vois et je te convainc parce que je te le montre. C'est la preuve concrète, utilisée sur les rives de l'Euphrate et sur celles du Nil. Les mathématiciens grecs ont refusé de se satisfaire de ce type de preuves matérielles, ils ont exigé quelque chose de plus : la démonstration.

– Il n'y avait pas de démonstration avant eux ? demanda Léa surprise.

– Non. Ce sont eux qui l'ont inventée.

Les échalotes étaient sur le point de fondre. C'était le moment ! M. Ruche versa le riz, le mélangea à l'huile et aux échalotes jusqu'à ce que les grains deviennent translucides. L'instant délicat était arrivé, tout se jouait maintenant. Afin d'empêcher les grains de coller, il ne fallait pas cesser de remuer. M. Ruche remua. Quand il eut bien pris le rythme, il poursuivit .

« Mais le refus de l'intuition et de l'évidence concrète a une conséquence. Il ouvre la porte à l'inquiétude. S'il ne suffit plus que je le vois pour que je le croie, s'il ne suffit plus que je te montre pour que tu me croie, qu'est-ce qui va m'assurer que ce que j'affirme est vrai ? Comment me persuader, comment te persuader de la vérité de ce que j'énonce ? Qui me tranquillisera ? Et voilà que surviennent tout naturellement les questions que les penseurs grecs furent les premiers à se poser dans l'histoire des hommes : "Comment penser ? Pourquoi je pense ce que je pense ? Comment m'assurer que ce que je pense est valide ?"

A la passion que M. Ruche mettait à énoncer ces questions, Léa sentit que ces interrogations avaient été siennes. Étaient encore siennes. Des questions qu'elle-même ne s'était jamais posées.

– Pour calmer cette inquiétude qui les étreignait, poursuivit M. Ruche, qui n'en continuait pas moins de suivre avec attention la préparation de son *osso bucco*, les penseurs grecs élaborèrent des procédés chargés de les rassurer, en les assurant de la justesse des assertions qu'ils avançaient. Ils le firent sciemment, en toute conscience. C'est cela qui est fondamentalement nouveau. Pour la première fois dans l'histoire de l'humanité, la pensée s'est prise pour objet de la pensée.

Cette élaboration s'est accomplie entre le Ve et le IVe siècle avant notre ère. Aristote a couché tout cela dans un ouvrage qu'il a appelé l'Outil, l'*Organon*, l'outil de la pensée. C'est la naissance de la logique considérée comme l'énoncé des règles de la pensée, chargées de dire comment établir des vérités.

Chaque proposition particulière se voyant appliquer la procédure commune, et non un procédé *ad hoc*, suspect de… copinage, la logique s'affiche comme un espace démocratique posant que toutes les assertions seront passibles des mêmes lois.

Posées *a priori* et indépendamment des sujets traités, ces procédures, ne pouvant être suspectées de partialité, pourront être acceptées pour juges.

Le riz avait absorbé toute l'huile. M. Ruche versa une louche de bouillon dans la cocotte et remua.

– Ces procédures reposent sur quelques principes simples. Mais que personne n'avait encore jamais posés. Tout commence par un interdit :

On n'a pas le droit d'affirmer une chose et son contraire.

Dit autrement, une assertion et son contraire ne peuvent être tous les deux vrais. *Principe de non-contradiction*, l'interdit absolu !

Tout en continuant de remuer le riz, M. Ruche ajouta :
– Il y a un autre principe qui prévient de ceci :

Une assertion et son contraire ne peuvent être tous les deux faux.

« Si l'une est fausse, l'autre est vraie. Il n'y a pas d'autre possibilité. C'est le *principe du tiers exclu*.

Voilà, conclut M. Ruche, comme un impétrant prononçant la dernière phrase de sa leçon inaugurale au Collège de France, voilà comment les Grecs sont passés de montrer à démontrer.

Léa suivait avec autant d'attention le discours de M. Ruche que la préparation de l'*osso bucco*. Il régla le feu pour entretenir des frémissements réguliers, versa le safran.

« Le secret du *risotto* tient à la façon de remuer.

Pour la première fois depuis le début de la préparation,

M. Ruche se pencha sur la fiche de cuisine afin de vérifier qu'il avait bien suivi la recette. C'était le cas.

– Ah, oui, dit-il, j'allais oublier. L'arrivée de l'alphabet
dans le monde grec quelque temps plus tôt a favorisé ces
pratiques démonstratives. Il est évidemment plus facile
de s'assurer que l'on n'a pas commis de contradictions si
l'argumentation est écrite, surtout si elle est longue.

Il ne restait qu'à préparer la *gremolata*. Il saisit des
gousses d'ail, les hacha, bourra une tasse de branches de
persil, qu'il découpa dans un cliquetis de ciseaux, râpa
les zestes de citron en s'écorchant le bout du doigt.

C'était fini. Et cela serait fameux. Une question cependant tarabustait Léa. Pourquoi M. Ruche avait-il décidé
de se lancer dans la préparation de l'*osso bucco* alors qu'il
savait qu'il allait lui parler de toutes ces choses-là ? Il y
avait sûrement un lien. Jusqu'à la fin, elle s'était attendue
à ce qu'il en jouât et elle n'avait rien vu arriver. Elle s'en
ouvrit à lui. Il la regarda avec un air croustillant :

– Il ne faut pas voir des liens partout, Léa. La liberté
consiste à pouvoir parler de la démonstration grecque en
préparant de la *gremolata* !

Sur la table de la salle à manger-salon, cinq assiettes.
Dans la cuisine américaine, la sauteuse. M. Ruche souleva le couvercle, les rouelles étaient à point ; la chair
commençait à se détacher de l'os. C'était le moment de
servir. Il les déposa sur un long plat ovale, celui-là même
que Jonathan avait laissé échapper le soir du nocturne. La
moelle se tenait bien ; ferme encore mais cuite à point, elle
restait contenue par l'os. M. Ruche déposa une couche de
gremolata sur chaque rouelle, versa le *risotto* dans un poê-
lon, saupoudra de parmesan, mit le tout sur un plateau
qu'il posa sur ses cuisses.

Il roula vers la table où tout le monde attendait. Il
déposa une rouelle dans chaque assiette, servit le *risotto*

bien crémeux. Léa alla chercher le chianti qui refroidissait sur le balcon. La bouteille était mouillée à cause de la pluie. C'était du *gallo nero* provenant des meilleurs vignobles toscans, entre Sienne et Florence.

– Du vin italien, pour une invention grecque ! jeta Léa. On trinqua.

– La mer Égée est une mer de paroles ; elle offre ses côtes à la libre discussion. Et le bon appétit à la compagnie ! souhaita M. Ruche en avalant la première bouchée de son *osso bucco*.

Léa se régala. La lumière resta allumée tard dans la salle à manger-salon de la rue Ravignan.

Frais et pétillant, le liquide d'un vert lagon donnait des envies de voyage. Dans les bulles se cachait un petit alcool redoutable qui vous faisait voir, pour le reste du repas, la vie en rose. Pour répondre à l'*osso bucco*, J-et-L avaient trouvé d'autres nourritures. En se rendant au restaurant avec M. Ruche, ils s'étaient arrêtés au pied de la porte Saint-Denis pour admirer le célèbre bas-relief.

Bien ramassée sur elle-même, protégée par de solides remparts, défendue par des soldats aguerris, la cité était prête à résister à tous les assauts. Les troupes qui l'assiégeaient étaient, elles aussi, bien armées, bien commandées. La cité à laquelle elles s'attaquaient était la mieux fortifiée d'Europe.

En un tournemain, la ville fut prise. Passant le Rhin, la Meuse et l'Elbe, les troupes françaises commandées par le roi Louis XIV avaient, en soixante jours, conquis trois provinces et enlevé quarante places fortes. Celle qui, ce matin de juin 1673, venait de tomber, avait pour nom : Maastricht. La ville est restée célèbre à cause d'un mort fameux : au cours de la bataille, le mousquetaire d'Artagnan, devenu maréchal de camp, trouva la mort.

La scène représentée dans le bas-relief était sculptée dans la pierre de la porte Saint-Denis, entre République et Opéra. Juste en face, au début du boulevard Bonne-Nouvelle, une grande librairie de livres d'occasion portait un nom inespéré : *L'Équipement de la pensée* !

A une centaine de mètres de là, côté faubourg, commence le passage Brady, où l'on peut pour 55 francs se faire couper la faim et les cheveux : le tandoori riz est à 25 F et la coupe à 30 F. Mais, pour l'occasion, Léa avait fait dans le luxe. Le *Shalimar* était le plus chic de tous les restaurants indiens – en fait, pakistanais pour la plupart – du passage Brady, qui en abritait une bonne quinzaine.

Le vert lagon du cocktail faisait son effet. M. Ruche, ayant accepté l'invitation de J-et-L, se retrouvait, surpris, dans ce petit restaurant inconnu. Il ne voulut pas savoir pourquoi il y était, d'autant qu'il savait qu'il le saurait bientôt. A son âge, il valait mieux ne pas anticiper.

Déjà, apportant une réponse énigmatique à la question qu'il ne voulait pas se poser, Léa, les joues rosies, s'était lancée :

– Elle avait tout pour elle, Lilavati ! Belle, intelligente, et en plus son père était un grand savant, un astronome réputé. Quand elle fut en âge de se marier, il étudia longuement son horoscope. Il y lut une terrible prévision : si Lilavati se mariait, il mourrait. Bhaskara, c'était son nom, aimait la vie. Il refusa que sa fille le quitte et lui interdit de se marier. Pour se faire pardonner, il donna son nom à l'ouvrage qui était l'œuvre de toute sa vie : *Lilavati*. Il y avait dedans des tas de problèmes qu'il était le premier à résoudre. Il les présenta, sous la forme de questions posées à sa fille. *Lilavati* devint l'un des plus célèbres ouvrages des mathématiques indiennes. Cela se passait au début du XIIe siècle. (Léa s'arrêta, puis reprit, sarcastique :) Quelqu'un a dit : l'essence des mathématiques, c'est la liberté !

— C'est Georg Cantor, le père de la *Théorie des ensembles*. La phrase faisait fureur à la Sorbonne à notre époque.

— J'ai une autre version, intervint Jonathan. Le début est presque le même. Sauf que dans l'horoscope, Bhaskara avait lu autre chose. La prédiction disait ceci : si Lilavati se marie, « sa vie d'épouse sera très brève ». Bhaskara se plongea dans des calculs ardus pour savoir s'il y avait un moyen d'échapper à la prédiction, autre que le refus du mariage. Il y en avait un : Lilavati devait se marier un jour précis, que Bhaskara parvint à déterminer.

Afin de compter le temps les séparant de la date fixée, Bhaskara construisit une fontaine de sable, dans laquelle les grains, s'écoulant à travers un orifice étroit, comptabilisaient le temps. Souvent, Lilavati venait voir le sable s'écouler. Un jour, tandis qu'elle était penchée au-dessus de la fontaine, une minuscule perle incrustée dans son nez se détacha sans qu'elle le remarque. La perle tomba dans le sable et se mélangea avec les grains. L'écoulement du sable en fut ralenti ; le mariage fut célébré quelques jours après la date fixée par les calculs astrologiques. Peu de temps après, Lilavati perdit son mari qui mourut brusquement. Pour la consoler, son père lui dédia le célèbre ouvrage de mathématiques…

— Oh ! Le cri de Léa résonna dans le passage Brady. Cela ne m'étonne pas de toi ! C'est la fille, la vilaine coquette avec sa perle dans le nez qui détraque le temps et qui est responsable de la mort de son jeune époux, heureusement que son père était là pour lui écrire un livre dont elle n'avait rien à faire ! Cela ne m'étonne pas de toi, la version macho du mythe. Attention, Jon, tu vas mal vieillir !

— Toi, c'est déjà fait. Tu vois le mâle partout !

— Parfois, vous me faites penser à un vieux couple, leur confia M. Ruche.

Le coup était rude.

— Je suppose que vous ne m'avez pas invité à manger pour que je vous voie vous opposer sur deux versions du même mythe.

— Oh non, dirent-ils, soudain à nouveau réunis. On voulait vous informer qu'un dénommé Brahmagupta avait inventé des maths multicolores. Lorsqu'il y avait plusieurs inconnues, la deuxième était noire, la troisième bleue, la quatrième jaune, la cinquième blanche et la sixième rouge. Vous imaginez des équations en couleur !

— Ils avaient quelque chose contre le vert ? demanda sournoisement M. Ruche avant de boire d'un coup le reste de son cocktail. A noir, E blanc, I rouge, U vert, O bleu, vous connaissez ? Rimbaud, *Voyelles*. Un exemple de plus de la complicité entre la poésie et les maths.

— Les maths indiennes, rectifia Jonathan. Toute couleur mise à part, on voulait vous parler du commencement. Tout commence par Thalès, les Grecs ont inventé la démonstration, etc. Et les Babyloniens, M. Ruche ? et les Indiens ? et les Chinois ? Dans la classification pour laquelle vous aviez mis en branle une procédure démocratique, vous nous avez proposé de voter pour ou contre les statistiques ou la trigonométrie. Mais vous ne nous avez pas proposé de voter pour une section, que vous auriez appelée, je ne sais pas, moi, « Mathématiques autres » ou « Mathématiques non occidentales ».

— Parmi les ouvrages que nous avons reçus de Manaus, aucun n'aurait pu être rangé dans une telle section !

— Vous l'avez dit ! Pourquoi *Lilavati* ne se trouve pas dans la Bibliothèque de la Forêt ? Ni aucune tablette babylonienne ? Ni aucun texte chinois, ni des reproductions mayas ? Pas un seul ouvrage dans la Bibliothèque de la Forêt qui ne soit issu des maths grecques ! Mais vous, vous ne le saviez pas, puisque vous aviez établi la nomenclature *a priori*, avant de déballer les livres des caisses.

Imparable ! Lui, l'humaniste, l'esprit ouvert aux différences, le voilà pris en flagrant délit d'ethnocentrisme, d'occidentalo-nombrilisme, de… Jonathan plongea la main sous la table, en retira un paquet qu'il tendit à M. Ruche, en lui disant cette seule phrase :

– Ahmès, mille ans avant Thalès !

M. Ruche ouvrit le paquet et en sortit le *papyrus Rhind*. Superbe fac-similé du rouleau découvert au XIXᵉ siècle dans le temple mortuaire de Ramsès II, à Thèbes. Puis acheté et emporté en Angleterre par Alexander Rhind, et déposé au British Museum. Ce rouleau de plus de cinq mètres de long, composé de 14 feuilles de papyrus, expose des dizaines de problèmes de toutes sortes. Il est le plus vieux traité de mathématiques retrouvé à ce jour.

Le rédacteur commence par se présenter : Ahmès, scribe. Puis il indique que le texte a été rédigé au cours du 4ᵉ mois de la saison de l'inondation de la trente-troisième année du règne du roi Apophis, de la 15ᵉ dynastie, au cours de la période intermédiaire. En un mot, au milieu du XVIᵉ siècle avant notre ère. Et encore ! Ahmès précise que ce texte reprend un papyrus plus ancien, écrit durant le règne de Ammenemès III, sixième roi de la XIIᵉ dynastie. 2 000 ans avant notre ère ! Plus encore, d'après certains chercheurs, les matériaux mathématiques présentés dans le papyrus Rhind remonteraient à l'époque de la construction des pyramides, 2 800 ans avant notre ère !

Ne voulant pas abuser de son avantage, Léa fit une proposition à M. Ruche :

– Si vous voulez, nous pourrions nous mettre d'accord sur : « Pas tout ne commence par Thalès ! »

Difficile de refuser !

– De la même façon qu'un train peut en cacher un autre, un début peut en cacher un autre, M. Ruche, affirma Jonathan en faisant craquer un os de poulet sous ses dents. Au deuxième millénaire avant notre ère, en Mésopotamie et en Égypte, à Babylone et à Thèbes, il y a eu d'autres débuts des mathématiques. Il s'agissait de mathématiques différentes, mais il s'agissait de mathématiques. Et en Chine, par exemple ? Y avait-il des démonstrations ? Des démonstrations grecques, sûrement pas ! Mais des moyens de justifier ce qu'on affirmait concernant les nombres et les figures, et qu'ils n'appelaient pas des démonstrations, sûrement ! Bon, on ne va pas passer plusieurs millénaires là-dessus.

Léa, pointant le livre :

– Ahmès, comme vous le lirez dedans, avertit qu'il va présenter « les règles pour scruter la nature et pour connaître tout ce qui existe, chaque mystère, chaque secret »…

– Tout ce qui existe ! bondit M. Ruche. Comme quoi « tout » est la chose du monde la mieux partagée.

– Ahmès, Thalès : Rien n'est tout ! lâcha Jonathan qui aurait voulu que l'on conclue.

Mais Léa avait passé deux soirées le nez dans les hiéroglyphes. Elle voulait que cela se sache :

– Les six premiers problèmes, que vous voyez là, dit-elle en désignant à M. Ruche des colonnes de hiéroglyphes, se rapportent au partage d'un certain nombre de pains entre dix hommes, ce nombre allant de 1 à 9. C'était l'une des façons qu'avaient les Égyptiens de présenter la table de multiplication jusqu'à 9.

Coïncidence, le serveur apporta à cet instant une assiette de nans, ces petits pains délicieux, cuits au four, qu'ils se partagèrent à trois. Ce qui les empêcha d'aller au-delà de la table de multiplication par 2. Ce qui ne coupa pas l'appétit de Jonathan qui trempait sans cesse des bouts de nan dans une sauce fluide, piquante et fraîche, de la même couleur bleu lagon que le cocktail.

M. Ruche était ému. C'était le premier cadeau des jumeaux et c'était un livre ! Surtout ne rien laisser paraître.

Et Léa, tenace, poursuivit, en lui montrant un regroupement de hiéroglyphes :

– Problème 50. Il traite de la quadrature du cercle, du calcul approché de π. Ahmès trouve 3,16. Une erreur de 0,5 % pour un calcul effectué 2 000 ans avant notre ère !

Et, là, elle lui montra un dessin, un octogone inscrit dans un carré qui préfigure, peut-être, le calcul de l'aire du cercle par, comment avez-vous dit… *exhaustion*. Bon, on ne va pas les passer en revue. D'ailleurs… un jour Ramsès II décida d'attribuer à tous ses sujets des lopins de terre identiques : carrés et de surface égale. Ainsi tous les sujets devaient acquitter un impôt identique. Mais, chaque année, les inondations du Nil amputaient certaines parcelles, leur ôtant des bouts de terrain. Ramsès envoyait des scribes pour mesurer ces pertes de superficie, de façon à ce que l'impôt en soit proportionnellement réduit. C'est là l'origine de la géométrie, ce n'est pas moi qui le dit, mais un historien grec, qui l'a écrit dans ses *Enquêtes*, Hérodote, que vous connaissez bien.

– Merci de me le rappeler. En t'écoutant, j'ai pensé qu'Hérodote nous disait : c'est lorsque l'égalité a été rompue que les hommes ont besoin d'inventer la géométrie.

Son regard se perdit dans le passage Brady. Sur chaque table du *Shalimar*, une bougie allumée, habitude de la maison, donnait au repas une allure « souper aux chandelles ». M. Ruche poursuivait sa pensée, n'écoutant pas ce que J-et-L lui racontaient sur les maths indiennes, sur l'invention de l'écriture des nombres chez les Sumériens, sur la présence des nombres négatifs chez les Indiens et chez les Chinois, sur les ouvrages des mathématiciens indiens, Āryabatha au Ve siècle, Brahmagupta au VIIe siècle, sur le grand traité chinois de Jiuzhang Suanshu, *Les Neuf Chapitres sur l'art mathématique*, écrit un siècle avant notre ère, où apparaissent des calculs de racines cubiques.

Soudain, revenant de ses pensées, ils l'entendirent prononcer quelques mots :

– Chaque fois que l'égalité est rompue, on est forcé d'inventer de nouvelles connaissances pour la rétablir.

– Rétablir l'égalité ! Établir la liberté ! Vous me disiez, M. Ruche, rappela Léa, que les penseurs mathématiciens grecs étaient des hommes libres, vous avez sans doute raison. Moi aussi j'y ai repensé, c'est sûrement là que se fait la différence. Hormis en Grèce, toutes les autres mathématiques sont nées dans de grands empires hyper-hiérarchisés : Mésopotamie, Égypte, Inde, Chine, et aussi, en Amérique, les Aztèques, les Mayas.

– Je dois à l'honnêteté de ne pas cacher que les scribes, ne devant rendre compte à personne de leurs procédés, autrement que par la réussite de leurs applications, avaient une fâcheuse tendance au secret. Avec toutes les conséquences que cela pouvait avoir, admit Jonathan. Oui, la liberté et le secret.

De retour à la BDF, M. Ruche ouvrit une cinquième section.

« Section 5 : les Mathématiques autres. Les Mathématiques non occidentales ». Il y rangea le *Papyrus Rhind*.

CHAPITRE 11

Les trois problèmes de la rue Ravignan

Comme auraient dit les Grecs, ils n'avaient pas avancé d'un *iota*. Et décembre était déjà bien entamé. Pour s'escrimer, ils s'escrimaient, mais aucune des trois questions concernant Grosrouvre n'était résolue.

Le « fidèle compagnon » n'était pas identifié. La bande qui voulait s'approprier ses démonstrations non plus. Quant aux conditions de la mort de Grosrouvre, accident, crime ou suicide ? Ils n'en savaient pas plus qu'au début de leur enquête.

Trois problèmes qui les tenaient en haleine. Trois !

M. Ruche venait de trouver son programme pour le dîner du réveillon de Noël. Plus exactement, pour la séance programmée juste avant ce dîner et au cours de laquelle ils devaient faire le point sur leur enquête.

Nofutur ouvrit la séance par un tonitruant :

– Les Trois Grands Problèmes de l'Antiquité ! Duplication du cube, trisection de l'angle, quadrature du cercle.

Il était superbe. Dressé sur son perchoir, avec son front bleu azur et le bout de ses plumes rouges, il aurait fait un parfait annonceur en amorce des films Technicolor américains.

M. Ruche avait bien fait les choses. Des guirlandes dorées et des étoiles d'argent suspendues à un fil invisible brillaient dans le ciel de la pièce.

Perrette avait tenu à ne pas rater l'ultime séance de

l'année, les jumeaux devant partir au ski le lendemain matin. Pour une fois, elle avait forcé sur son maquillage. Du bleu aux yeux et du rouge sur le bout des ongles, à rendre jaloux Nofutur. Elle aussi était superbe, installée bien au fond d'un fauteuil profond dans l'atelier des séances. Un second fauteuil était destiné à Albert. Mais il avait prévenu qu'il lui serait difficile d'arriver avant le dîner. Ce n'est pas que cela ne m'intéresse pas, avait-il assuré, mais le 24, c'est une soirée en or pour nous les taxis. Tout le monde savait qu'il voulait refaire la peinture métallisée de sa 404.

On avait commencé sans lui.

— La quadrature du cercle est si célèbre qu'on en a fait un proverbe, avait déclaré Max à la suite de Nofutur.

Avançant vers Jonathan-et-Léa, il dessinait voluptueusement un cercle devant son visage. S'arrêtant brusquement, il fendit l'espace de quatre coups de serpe qui figuraient les côtés d'un carré. Il ajouta :

— Comme cet arpenteur d'une pièce d'Aristophane qui veut diviser l'air afin que le rond devienne carré. Avec une révérence : La pièce s'appelle… *Les Oiseaux* !

Nofutur fit l'oiseau.

Max dut l'arrêter. Visiblement, Nofutur y prenait goût. D'une voix claire et douce, Max présenta les trois problèmes :

— La quadrature du cercle consiste à construire un carré égal à un cercle donné ; la duplication du cube à construire un cube double d'un cube donné ; la trisection de l'angle à partager un angle en trois parties égales. La première concerne les surfaces, la deuxième les volumes, la troisième les angles.

Nofutur annonça :

— Quadrature du cercle !

Tandis que Max s'installait derrière la machine à projeter les transparents, M. Ruche prit la relève :

– Déjà, à Babylone et en Égypte, on s'intéressait aux liens entre le cercle et carré, n'est-ce pas, dit-il en regardant Jonathan-et-Léa. Dans le plus vieux texte mathématique retrouvé, il le montra fièrement, le *papyrus Rhind*, le scribe Ahmès demandait de « trouver un carré équivalant à un cercle donné ». Il proposait de prendre un carré de côté égal aux 8/9e du diamètre du cercle. Ce n'était qu'une valeur approchée.

Plus tard, en Grèce, Anaxagore de Clazomène, fils d'Hégésibule…

Jonathan-et-Léa se regardèrent. Trois mois plus tôt, ici même, M. Ruche avait déclaré : « Thalès, fils d'Éxamyas et de Cléobuline, marchait à travers la campagne des environs de Milet. » C'était la première séance. Que cela paraissait loin ! Ils se souvinrent aussi dans quelle intention il leur avait parlé de Thalès. Tout à côté d'eux, Perrette, confortablement assise dans son fauteuil, écoutait avec attention les paroles de M. Ruche :

« … fut le premier Grec à s'intéresser à la question. Anaxagore était en prison comme prisonnier politique, quand il se mit en tête de résoudre le problème de la quadrature. Sous les quolibets des autres prisonniers, il écrivait sur les murs de sa cellule. Qui bientôt furent noircis de figures et de calculs. Sans résultat.

Grâce aux interventions de Périclès, le fondateur de la démocratie grecque, qui avait été son élève, Anaxagore fut libéré. Ne supportant pas d'avoir été injustement emprisonné, il se suicida. La quadrature lui survécut.

Depuis le scribe Ahmès, poursuivit M. Ruche, le problème avait changé de nature. Il ne s'agissait plus de calculer une valeur approchée, mais de construire un carré rigoureusement ÉGAL à un cercle. Puis vint Hippocrate de Chios.

– Celui qui s'est fait arnaquer ? demanda Léa.

– Lui-même !

– L'homme qui était dans les lunules ! lança Jonathan.

– Lui-même ! Je ne me doutais pas que vous vous souveniez si bien de ce qui se raconte dans nos séances, apprécia M. Ruche.

– Nous buvons vos paroles, jeta Jonathan.

Et Léa de surenchérir :

– Ce que vous nous dites ne tombe pas dans l'oreille d'un…

Elle s'interrompit. Derrière l'appareil à transparents, Max la fixait. Déconfite, elle le regarda pour s'excuser. D'un signe de tête, il l'encouragea à poursuivre sa phrase.

– … d'un sourd, dit Léa d'une voix faible.

– Jonathan faisait allusion aux lunules d'Hippocrate et il avait raison. C'est d'elles précisément dont il est question. Le fait qu'Hippocrate ait réussi la quadrature des lunules avait eu un retentissement énorme. Jusqu'à lui, on n'avait pu effectuer que des quadratures de figures rectilignes, rectangle, parallélogramme, trapèze. En parvenant à « quarrer » une figure courbe, Hippocrate suscita un espoir fou. Personne ne pouvait plus à présent affirmer que les surfaces courbes ne pouvaient être « quarrées ». Pourquoi pas le cercle, alors !

Hippocrate lui-même essaya et se cassa le nez. Tous les autres mathématiciens grecs après lui, également !

Nofutur battit des ailes, ouvrit grand le bec :

– Duplication du cube !

M. Ruche :

– La première fois que l'on entendit parler de duplication du cube, ce fut à l'occasion d'une grande épidémie. La peste s'était répandue à Athènes. Rien ne pouvait l'arrêter. Une délégation d'Athéniens s'embarqua pour Delphes et questionna l'oracle pour qu'il leur indique comment faire cesser l'épidémie. L'oracle se retira. La délégation patienta. Puis il revint.

Nofutur battit des ailes, se dressant sur son perchoir :

– Athéniens ! Pour que la peste cesse, vous devrez doubler l'autel consacré à Apollon dans l'île de Délos.

On aurait dit que Nofutur avait doublé sa voix pour faire l'oracle.

– L'autel d'Apollon à Délos était célèbre dans toute la Grèce pour des tas de raisons. En particulier pour sa forme. C'était un cube ! expliqua M. Ruche.

– Doubler l'autel ? demanda Max de derrière son projecteur à transparents. Rien ne parut plus simple aux Athéniens. Ils se transportèrent sur l'île et construisirent un nouvel autel dont l'arête était double de celle de l'ancien.

– La peste continua, poursuivit M. Ruche. Grand fut leur désappointement. Un savant homme qui passait par là leur fit remarquer que le nouvel autel n'était pas double de l'ancien, mais huit fois plus grand !

Dans les yeux de Perrette, un voile d'incompréhension passa. Sur l'écran, un énorme cube apparut à côté d'un tout minus. Dans le lointain la voix de Max claironna :

– 2 fois 2 fois 2 !

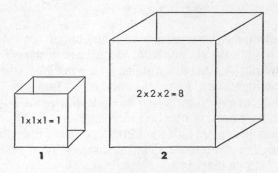

Le visage de Perrette s'éclaira : Eh oui, dit-elle, deux au cube ! Huit ! Je n'avais jamais fait le lien. 2 au carré, surface du carré de côté 2. Et 2 au cube, volume du cube de côté 2.

Jonathan regardait sa mère avec des yeux ronds. Il n'aurait jamais imaginé qu'elle pût s'exalter pour une affaire de cube.

– Revenons à Délos avec les Athéniens, proposa M. Ruche. Débarquant sur l'île, ils s'empressèrent de détruire le gros autel. Ils se mirent au travail, bien décidés à donner, cette fois, satisfaction à l'oracle. Sur l'ancien autel, ils en élevèrent un nouveau en tous points identique à l'ancien.

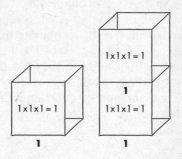

– Le volume des deux autels réunis était effectivement deux fois plus grand que celui de l'ancien, déclara d'une voix fourbe M. Ruche. Satisfaits, ils regagnèrent Athènes en se congratulant. La peste continua. La fureur et l'incompréhension furent à leur comble. N'avaient-ils pas construit un autel double du précédent ?

– Non, justement ! s'écria Perrette, rouge d'excitation. Ce qui était double, ce n'était pas le volume d'un seul autel, mais de deux !

M. Ruche opina, il n'avait rien à rajouter. Il prit un petit temps et déclara :

– Les Athéniens ne comprenaient pas pourquoi ils ne parvenaient pas à résoudre ce problème qui paraissait si simple. Dupliquer un segment? Rien n'est plus élémentaire.

Max glissa un transparent.

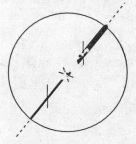

Duplication du segment

M. Ruche reprit :

– Dupliquer un carré? Les plus instruits parmi les Athéniens savaient qu'on pouvait le faire en le construisant sur sa diagonale.

Max retira le transparent et en glissa un nouveau :

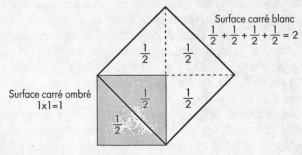

Surface carré blanc
$$\frac{1}{2} + \frac{1}{2} + \frac{1}{2} + \frac{1}{2} = 2$$

Surface carré ombré
$1\times1=1$

Duplication du carré

243

– Pourquoi, alors, ne parvenaient-ils pas malgré leurs efforts à dupliquer un cube ? demanda M. Ruche sur un ton dramatique.

La question posée, il se tut. Perrette se dressa :

– Et la peste, M. Ruche ? Avait-elle cessé ?

Faisant fi de la question, Nofutur annonça :

– Trisection de l'angle !

Max revint sur le devant de la scène :

– Partager un angle en deux parties égales, on savait le faire. La *bissectrice* avait été inventée pour cela et elle était facile à construire.

Il pouvait en témoigner pour l'avoir fait à plusieurs reprises en classe.

– Partager un angle en trois parties égales ne devait pas être terriblement plus compliqué, poursuivit M. Ruche. D'autant qu'avec le théorème de Thalès et du Fellah, on savait partager un segment en trois parties égales. Erreur ! Sur ce problème également, les mathématiciens grecs se cassèrent les dents. Pourquoi ? Je n'ai malheureusement aucune épidémie à vous proposer pour la trisection. La légende ne concerne que la duplication du cube.

– Vraiment, M. Ruche, pas un seul Grec n'est parvenu à résoudre un seul de ces trois problèmes ? demanda Perrette.

– Pas un ! répondit M. Ruche théâtralement. Oh, il y a bien eu quelques mathématiciens qui ont apporté des solutions, Hippias d'Élis, Archytas de Tarente, celui qui avait sauvé Platon en Italie, Ménechme, Eudoxe. Mais c'était en contournant la loi !

– La loi ? Quelle loi ? Vous ne nous avez jamais parlé de Loi, s'exclama Jonathan qui, dès qu'il entendait le mot loi, se sentait pousser des barreaux devant les yeux.

– Au début de la séance, j'ai précisé que toute cette histoire se passait dans l'univers de la géométrie et qu'il s'agissait de constructions de figures. Qui dit construction dit outils. Outils de la pensée, bien sûr, mais aussi outils matériels. Les outils de la pensée, nous en avons déjà beaucoup parlé. Quant aux outils matériels, les géomètres grecs en sont arrivés à épurer leurs méthodes jusqu'à ne plus admettre que la règle et le compas !

— Pourquoi ces deux-là et pas d'autres ? demanda Léa. Ils auraient pu prendre d'autres instruments plus… tarabiscotés.

— Les penseurs grecs, Léa, n'étaient pas des gens tarabiscotés ! déclara M. Ruche gravement. On peut même dire qu'ils ne supportaient pas du tout ce qui était tarabiscoté. La règle, c'est la droite ; le compas, c'est le cercle ! On ne peut pas trouver plus élémentaire. Toujours leur idée d'*éléments* ! Pour les tracer, un seul geste suffit. La droite, un long geste filé de la main, le cercle, une rotation huilée du poignet.

Dans l'univers de la géométrie grecque, une figure n'existe que si elle a été construite à l'aide de droites et de cercles exclusivement.

Il but un grand verre d'eau. Perrette commençait à s'inquiéter pour le repas du réveillon. Il ne faudrait pas que cela dure trop longtemps.

— Je peux enfin énoncer la formulation correcte des trois problèmes de l'Antiquité, annonça M. Ruche solennellement : À L'AIDE DE LA RÈGLE ET DU COMPAS, construire un carré de surface égale à un cercle donné, construire un cube de volume double d'un cube donné, partager un angle donné en trois parties égales.

C'est le début de phrase qui change tout. Certains mathématiciens grecs ont bien proposé des constructions pour ces trois problèmes, mais elles n'étaient pas faites à la règle et au compas !

— Alors ils ont été brûlés comme Giordano Bruno ou condamnés comme Galilée ? demanda Jonathan.

— Non ! Mais vous avez vu ce qui est arrivé à Hippase.

Quant à Anaxagore de Clazomène, dont nous avons parlé tout à l'heure, il avait été condamné à la prison non pour son activité de géomètre, mais pour son activité d'astronome. Ce n'est ni le carré ni le cercle qui lui ont coûté la vie, mais le Soleil. Il a affirmé que le Soleil était une sorte de pierre incandescente. Cinq siècles avant notre ère !

— Affirmer que le Soleil est un vulgaire caillou, même incandescent, cela n'a pas dû plaire à tout le monde, admit Jonathan.

Perrette n'écoutait plus, elle semblait préoccupée. Puis soudain :

— Et la peste, M. Ruche ? Est-ce qu'elle a cessé ou non ? Vous nous racontez cela comme une belle histoire de cube ; il s'agit quand même d'une sombre histoire de peste.

— Je ne l'oubliais pas, répliqua M. Ruche.

— Après leur deuxième échec, celui des deux autels empilés, qu'ont fait les Athéniens ? insista Perrette.

— Ils se découvraient totalement impuissants. Désespérés, ils décidèrent de faire appel aux plus grands mathématiciens du temps, répondit M. Ruche. Il s'en trouva, comme je l'ai dit plus haut, qui résolurent le problème. A leur façon.

Archytas de Tarente, en faisant intervenir l'intersection de trois surfaces, un cône, un cylindre et un tore. Ménechme, lui, en utilisant deux coniques : une hyperbole et une parabole. Mais le premier qui osa transgresser la loi de la droite et du compas fut Hippias d'Élis, le sophiste.

Quand j'étais étudiant, Hippias m'avait fasciné. Il savait tout sur tout. Il était ce que les Grecs appelaient un *polymathe*. Astronomie, musique, peinture, sculpture, mathématique. Capable d'improviser un discours sur n'importe quel sujet, il avait une mémoire prodigieuse qu'il cultivait par des exercices mnémotechniques. Dans sa vieillesse, il était encore capable de réciter, dans l'ordre où il les avait entendus, une liste d'une cinquantaine de noms !

Son habileté était célèbre. Tout ce qu'il portait, il l'avait fabriqué lui-même, tunique, chaussures, ceinture, fiole de parfum, poudres, tout ! Il avait commencé sa vie très pauvre et l'avait finie immensément riche. Sa fortune avait débuté lorsqu'il s'était rendu dans une toute petite ville, un trou perdu de Sicile, Inycos, où il avait gagné un argent fou. On ne dit pas comment il l'avait gagné.

Pour lui, tous les problèmes étaient des problèmes techniques. Il ne s'encombrait pas de théorie, ne s'interdisait aucun moyen, et recourait à toutes les astuces possibles pour arriver à ses fins. C'est comme cela qu'il gagnait son argent. Sa redoutable habileté lui permettait de triompher de tous les problèmes… de façon technique. Même de la quadrature du cercle qu'il parvint à effectuer grâce à la *quadratrice* qu'il avait mise au point. Trois siècles plus tard, Dioclès, suivant son exemple, inventa la *cissoïde* qui lui permit de résoudre la trisection de l'angle et Nicomède, un siècle après, inventa une courbe en forme de coquille, la *conchoïde*, qui fit merveille tout à la fois pour la duplication du cube et pour la trisection de l'angle. Et…

– Et la peste ? M. Ruche. La peste à Athènes, vous continuez à l'oublier.

– Rassurez-vous, Perrette, on est en train d'en voir le bout. Toutes ces courbes inventées par ces mathématiciens pour résoudre ces problèmes étaient des courbes MÉ-CA-NI-QUES ! Pas des courbes géométriques.

Pour la loi géométrique en vigueur, il s'agissait de moyens inférieurs. Ces constructions avaient une tare rédhibitoire : elles faisaient intervenir le mouvement et la vitesse. Des points qui se meuvent ! Des droites qui glissent ! Des figures qui bougent ! Autant de phénomènes proscrits. Le monde officiel de la géométrie grecque était un monde statique.

Et, cerise sur le gâteau, si je puis m'exprimer ainsi, ces constructions géniales, mais faisant intervenir des mobiles, avaient un inconvénient majeur, concernant la construction du temple de Délos : elles n'étaient pas concrètement réalisables. Or l'oracle l'avait commandé, il fallait effectivement construire ce temple.

Ainsi, et M. Ruche reprit le ton du conteur, les inventeurs de courbes n'avaient pas apporté la solution désirée. La peste continua ! Alors, les Athéniens se résolurent à aller voir du côté de la philosophie ; ils rendirent visite à Platon à l'Académie. Voici ce qu'il leur dit : « Si par la bouche de l'oracle, Apollon a exigé cette construction, vous pensez bien que ce n'est pas parce qu'il avait besoin d'un autel double. C'est parce qu'il reprochait aux Grecs de négliger les mathématiques, et qu'il blâmait leur dédain pour la géométrie. Dans votre désir de résoudre à tout prix ces problèmes, leur dit-il, vous n'avez pas hésité à recourir à des moyens irrationnels et à utiliser des bricolages empiriques. Ce faisant, ne perdiez-vous pas irrémédiablement LE MEILLEUR DE LA GÉOMÉTRIE ?

Au moment où Perrette ouvrait la bouche pour reposer sa question, M. Ruche s'empressa d'annoncer :

« Et à Athènes la peste cessa.

Il était temps. L'heure du repas approchait et il y avait encore pas mal de petites choses à préparer.

Un repas de Noël, c'est un repas de Noël. En la matière, Perrette était d'un classicisme éprouvé. Foie gras, dinde aux marrons, clémentines, bûche glacée. Elle n'avait admis qu'une seule entorse à la tradition : déplacer au 24 au soir la dinde du 25 midi, pour cause de départ des jumeaux à la neige. M. Ruche avait choisi les vins. Un blanc doux du Bordelais avec le foie gras, un rouge épais de Bourgogne avec la dinde. Et pour la bûche, un champagne brut d'Épernay.

Au milieu du foie gras, la porte s'ouvrit. Albert débarqua. Un « oh ! » unanime accompagna son entrée. Il était méconnaissable. Disparue, sa blouse grise. Envolée, sa casquette. Cheveux plaqués, raie tracée au cordeau, costume sombre strié de rayures pâles, chemise ivoire lumineuse, il s'avança. Et se laissa admirer.

Ils étaient en pleine dinde quand les cloches du Sacré-Cœur tout proche retentirent. Vitres et verres tremblèrent comme sous un bombardement allié.

— Et dire que tout ce que vous nous avez raconté avant le dîner s'est déroulé quatre siècles avant l'événement que ces cloches sont chargées de nous rappeler si bruyamment, remarqua Perrette sur le ton de « que d'eau a passé sous les ponts » !

A partir de cet instant, la discussion roula sur le contenu de la séance. La loi, les moyens que l'on se donne pour résoudre une question, les limites que l'on s'impose concernant ces moyens.

Bien sûr, ils pensèrent tous à Grosrouvre et à la façon dont il s'était enrichi à Manaus. Il avait avoué qu'il n'avait pas toujours utilisé des moyens licites. Il avait fait des trafics, c'est sûr. Pierres précieuses ? or ? bois rares ? animaux, peut-être ?

— N'a-t-il pas ajouté qu'il n'avait pas de sang sur les mains ? demanda Perrette.

— En le précisant, il voulait m'informer qu'il n'avait pas utilisé TOUS les moyens. Ce qui visiblement n'est pas le cas de la bande qui le poursuivait. Pour ces gens-là, tous les moyens semblaient bons. Ce n'étaient pas vraiment des gens à s'interdire certaines méthodes.

— La faucille et le marteau pour les communistes ! La croix et la bannière pour les chrétiens ! Le sabre et le goupillon pour les rois ! Et pour les Grecs ? demanda M. Ruche.

La tablée se mit à hurler : « La règle et le compas ! » Dans les flûtes, le champagne pétillait, dans les assiettes, les tranches de bûche, icebergs têtus, résistaient aux coups de cuillères des convives.

Les cris réveillèrent Nofutur. Albert proposa qu'on lui verse un fond de champagne. Il se leva, la bouteille à la main.

– Ne fais pas cela, malheureux ! l'arrêta M. Ruche. Tu ne te doutes pas à quoi tu nous exposes. Dressé sur son fauteuil, il déclama : « L'oiseau de l'Inde qu'on nomme perroquet et dont on dit qu'il a la langue de l'homme, on ne peut le faire taire quand il a bu du vin ! » Aristote, *Histoire des animaux*...

Nofutur n'eut pas son champagne, mais une pleine assiette de baguettes de miel. Entre deux bouchées de bûche, Perrette interpella M. Ruche :

– Si j'ai bien compris, les Grecs ne s'en sont pas sortis, de leurs Trois Problèmes. A la fin de l'Antiquité, mille ans après avoir commencé à se les poser, ils n'en avaient résolu aucun !

– Continue, mère ! Ils ne les avaient pas résolus à cause de la règle et du compas. Allons-nous faire comme eux, ou bien, comme Archytas et Hippias, allons-nous recourir à des moyens « illégaux » ? Les Grecs ont rejeté les solutions mécaniques parce qu'elles mettaient en jeu le mouvement, c'est bien ce que vous nous avez dit ? Ne nous sommes-nous pas, nous aussi, interdit tout mouvement ? On n'a pas bougé nos fesses d'ici ! explosa Léa.

M. Ruche sourit.

« Je ne parle pas de vous, M. Ruche, mais c'est quand même vrai. Je me pose simplement la question : peut-on sans bouger d'ici, résoudre les... *les Trois Problèmes de la rue Ravignan* ?

On applaudit la formule de Léa.

— Les conclusions de Léa sont bien hâtives. Les Grecs n'ont pas résolu les questions, soit, mais l'Histoire n'est pas finie. D'autres mathématiciens sont venus après. Qui te dit qu'ils n'ont pas pu, avec la règle et le compas, résoudre l'un de ces trois problèmes, ou pourquoi pas les trois. Qu'en sais-tu ?

Léa resta silencieuse.

— Pourquoi les TROIS problèmes ? demanda Jonathan. Il y en a un dont on ne parle jamais ici, comme s'il était tabou. Et qui est essentiel pourtant : Est-ce que Grosrouvre a réellement démontré les deux conjectures ? C'est quand même une question, non ?

— Trois et un, quatre ! lança Albert un peu éméché. C'est comme les Trois Mousquetaires, vos trois questions, il y en a quatre !

CHAPITRE 12

Les obscurs secrets de l'IMA

M. Ruche ne souffrait pas d'insomnie. En général, il s'endormait juste après avoir éteint la lumière. Et il éteignait la lumière lorsqu'il sentait le sommeil monter en lui. Et le sommeil montait habituellement en lui peu après qu'il se fut mis au lit. Ensuite, il dormait tout son saoul. Jusqu'au matin.

Ce ne fut pas le cas cette nuit-là. Il se réveilla au beau milieu de la nuit. Sans doute, dissimulé entre ses draps, un pétale de rose plié en deux avait nui à son sommeil, à moins que ce ne fussent les lettres de Grosrouvre. Elles ne cessaient d'occuper son esprit. Il était à présent convaincu que par elles, au-delà des mots, Grosrouvre lui adressait un message.

Lorsque dans sa première lettre, ayant cité certains mathématiciens, Grosrouvre avait déclaré les avoir pris au hasard, M. Ruche devait-il le croire ? Ou bien, au contraire, devait-il supposer que son ami les avait choisis intentionnellement ? Pour des raisons précises qu'il lui faudrait découvrir. Et qu'il ne pourrait découvrir qu'en étudiant les mathématiciens cités et en tentant de déceler ce qui dans leur vie ou dans leurs œuvres pourrait l'aider à résoudre les questions qu'il se posait concernant les événements de Manaus.

En établissant un lien entre le secret qu'il voulait maintenir sur ses démonstrations et la pratique pytha-

252

goricienne, Grosrouvre ne lui montrait-il pas le chemin ?

M. Ruche bouillait. Une phrase lui revint en mémoire. Il se redressa, actionna le cordon. Les rideaux de son lit à baldaquin se soulevèrent. Il alluma, ouvrit le tiroir de la table de nuit, en retira les deux lettres soigneusement pliées. Immédiatement, il la trouva. A la fin de la deuxième lettre, Grosrouvre avait écrit :

Si je me rapporte à notre jeunesse, chaque fois que je te cachais quelque chose, tu te débrouillais pour le découvrir.

Qu'est-ce qu'il me dit là ? Qu'il n'a jamais rien pu me cacher ? Ce n'est pas tout à fait vrai ; mais s'il a tenu à l'écrire, n'est-ce pas justement pour m'informer que tout ce sur quoi il a fait mystère dans ses lettres, je dois me débrouiller pour le découvrir. « Débrouille-toi pour découvrir ce que je veux te cacher », c'est bien ce qu'il me dit ? Et pourquoi veut-il me cacher ce que je finirai par découvrir ? Oui, pourquoi ? M. Ruche ne trouva pas de réponses. Puis, ses yeux brillèrent, il ne veut pas ME le cacher, mais il veut le cacher. Le cacher à qui ? A tous ceux qui liraient ces lettres dans l'intention maligne d'y découvrir des informations sur les démonstrations.

Il faut donc que je me débrouille. Comme toujours avec Grosrouvre, c'est aux autres de se débrouiller ! Heureux de retrouver la vieille complicité qui les avait liés, M. Ruche s'apprêtait à refermer la lettre, quand une phrase attira son regard. Une phrase qui, lors des précédentes lectures, n'avait pas retenu son attention : *Et puis, je t'en ai assez dit sur le sujet.*

Nom de nom ! M. Ruche sursauta. Par-delà la mort, Grosrouvre lui adressait incontestablement un message qui se résumait à deux petites phrases :

1) Je dois te cacher certaines choses.

2) Je t'en ai assez dit pour que tu les découvres.

Ce faisant, M. Ruche n'était-il pas en train d'opérer la

deuxième lecture adressée aux initiés, telle que les pythagoriciens la pratiquaient pour préserver le secret et sur
laquelle Grosrouvre avait tant insisté ?

« Si mon raisonnement est juste, il y a dans ces lettres
tout ce qu'il me faut pour répondre aux questions que
nous nous posons », pensa M. Ruche. Elles constituent
un véritable programme. Il me faudra passer par tous les
points qu'il m'indique, et étudier les uns après les autres
les mathématiciens cités. Une fois encore, Grosrouvre
menait la danse !

3 h 30 du matin dans la chambre-garage de la rue
Ravignan. M. Ruche frissonna. Ce n'était pas de froid. Il
rangea les lettres dans le tiroir de sa table de nuit, éteignit
la lampe, tira sur le cordon. Enclos à l'intérieur des
lourdes tentures de son lit à baldaquin, il ne put se ren-
dormir.

Les premiers mathématiciens cités par Grosrouvre
étaient deux Persans, *Omar al-Khayyām* et *al-Tūsī*.

Albert déposa M. Ruche sur le quai Saint-Bernard,
juste à l'entrée du pont Sully qui relie la rive gauche à
l'extrémité est de l'île Saint-Louis.

Il se trouvait au pied de l'Institut du monde arabe, qu'à
Paris tout le monde appelle l'IMA. Pas tout à fait au pied,
sans cela il n'aurait pu apercevoir l'étrange reflet que faisaient un groupe d'immeubles sur le haut de la façade
nord, devant laquelle il se trouvait. M. Ruche pouvait
s'enorgueillir de posséder une vue excellente ; il n'avait
jamais porté de lunettes et il était trop tard pour qu'il en
portât jamais. Ni myopie, ni astigmatisme, ni presbytie,
ni cataracte n'avaient jamais obscurci ou affaibli sa vue. Il
ne pouvait pas tout avoir à la fois. Paralytique et aveugle,
c'était une sorte de cumul des mandats.

A bien y regarder, donc, il s'aperçut qu'il ne s'agissait
pas de reflets réels mais de silhouettes d'immeubles séri-

graphiées sur les vitrages. M. Ruche apprécia la jolie idée de l'architecte qui avait préféré la réalité de la photographie à la virtualité des reflets.

Comme sur tous les quais de Paris, les voitures roulaient à toute allure. Dans un bruit assourdissant, plus proche du vacarme des rues du Caire que du silence des déserts d'Arabie, M. Ruche attendit que le feu passe au rouge. Actionnant avec énergie les roues de son fauteuil, il traversa le plus rapidement qu'il put.

A présent, il se trouvait au pied de l'IMA. Il longea la Tour des livres. Ça commençait drôlement. Au lieu d'être droit, le portail par lequel on accédait au parvis dallé séparant l'IMA des bâtiments de la faculté des sciences de Jussieu était oblique. Il faisait un beau soleil.

Que tout avait changé! Il ne reconnaissait plus rien. A cet emplacement, quarante ans plus tôt, s'étendait la Halle aux Vins. Mélange de petits bâtiments, de jardinets, entrecoupés de ruelles grossièrement pavées, bordées d'arbres centenaires. Le plus surprenant était ce tunnel de plus d'une centaine de mètres traversant le site de part en part, depuis la Seine jusqu'à la place Jussieu. Ce tunnel était une cave.

Une cave immense, dans laquelle les grossistes et les négociants entreposaient le vin. Dans d'impressionnantes cuves aperçues dans une semi-obscurité, reposaient des milliers d'hectolitres de pinard ; la plus grande partie de la consommation des Parisiens ! Cela sentait le vin à des lieues à la ronde.

Tout à coup, M. Ruche prit conscience que c'était sur une terre imbibée de vin que l'on avait édifié un institut pour le monde arabe. Qui avait eu cette idée ? Bien sûr, il s'agissait du monde arabe et pas du monde musulman, mais tout de même !

La bibliothèque n'ouvrant qu'à midi, M. Ruche eut tout le loisir de découvrir les lieux. Dans cette débauche de

verre et de métal, seule la Tour des livres était en béton.
Mais la matière première de tout l'édifice était la lumière,
elle pénétrait de partout. L'architecte lui avait ménagé
mille façons différentes de s'introduire dans la place, latéralement, verticalement, de plein fouet ou par réflexion.
Au milieu du bâtiment principal, par exemple, celui qui
abritait la bibliothèque, il avait ouvert un puits de lumière,
une grande cage de verre, dans laquelle quatre ascenseurs,
en verre également, montaient et descendaient en une
chorégraphie troublante. Les cabines transparentes se
croisaient sans bruit, dans un silence ponctué de petites
sonneries – faisant à peu près le bruit des vases pythagoriciens de Max –, signalant les arrêts aux étages.

Midi. M. Ruche fit glisser son fauteuil dans l'une des
cabines. Il y avait juste la place. La porte se referma sans
bruit. Il fut immédiatement transporté dans les airs, cerné
par le vide. De l'autre côté du puits de lumière, une cabine
identique à la sienne partait pour la même ascension.
Avec ses occupants « en vitrine », on aurait dit une bulle
d'air habitée s'élevant dans une colonne de verre emplie
d'eau. C'était magique. « Quel merveilleux monte-Ruche
cela ferait ! » pensa M. Ruche, se promettant d'en faire
construire une semblable dans la cour de la rue Ravignan.
Cadeau pour le nouveau millénaire !

La bibliothèque s'étendait sur trois étages. On ne pouvait y accéder que par l'étage du milieu. A l'intérieur,
pas d'escaliers. Une rampe hélicoïdale reliait les différents niveaux sur toute la hauteur de la Tour des livres.
De chaque côté de la rampe couraient des rayonnages
bourrés d'ouvrages. C'est la première fois que M. Ruche
voyait des rayonnages inclinés.

Il lança son fauteuil dans la pente, retrouva immédiatement la sensation grisante de jadis, quand au volant de sa
voiture il dévalait la rampe étroite du parking de la place
Clichy qui n'en finissait pas de lui donner le tournis.

Il freina en catastrophe. Les œuvres poétiques d'al-Khayyām se trouvaient à la cote 8. Il saisit les ouvrages et pénétra en trombe dans la salle de lecture. Elle était vaste, haute de plafond, claire. Et d'un moderne ! Pour dire, les tables étaient en métal ! Des tables de bibliothèque ! D'un gris brillant, un peu comme celui de la 404 d'Albert. Et les sièges aussi. Leur seul inconvénient, la forme de leur dossier : il était rond ! Essayez de poser votre veste sur un dossier rond ! Elle glisse immédiatement et tombe à terre dans un bruit de feutrine. Ce n'était pas le problème de M. Ruche qui, suivant la formule affichée dans certains établissements, « avait apporté son dossier avec lui ». Il ôta sa veste avec un plaisir inhabituel et la fixa sur le dossier rectangulaire de son fauteuil.

A la différence de ce qui se passait à la BN, les ouvrages étaient directement à la disposition des lecteurs. Rangés dans des rayonnages à portée de main, on pouvait les compulser à loisir. Pour les rayonnages les plus élevés, M. Ruche demanda à une jolie brunette de lui passer les livres qu'il ne pouvait atteindre. Elle le fit avec grâce et gentillesse.

Omar al-Khayyām était non seulement mathématicien, mais poète. Le premier ouvrage dans lequel M. Ruche se plongea fut ses *Rubâ'iyât*. Un recueil de quatrains. Une note sur la forme des quatrains lui apprit que le premier, le deuxième et le quatrième vers étaient liés, ils devaient rimer. Le troisième était libre.

L'arbre de la tristesse, ne le plante pas dans ton cœur.
Relis chaque matin le livre de la joie,
Tu peux boire du vin et servir tes penchants.
Notre temps, notre vie, le ciel nous les mesure.

Et ces vers :

> *Tu brises ma carafe, ô Dieu.*
> *Tu me prives ainsi de mon plaisir, ô Dieu.*
> *C'est moi qui bois, alors que c'est toi qui titubes.*
> *Pardonne-moi, ô Dieu, es-tu vraiment saoul ?*

Régal d'insolence douce et de provocations.

> *Le vin, les beaux cheveux dans tes mains, c'est autant*
> *de pris dans cette vie. Combien de jours te reste-t-il ?*

M. Ruche posa le livre sur la table métallique. Une douce tristesse l'envahit. Combien de jours te reste-t-il ? Eh, Ruche, tu ne vas pas te laisser aller, non ! N'oublie pas que tu es en service. Tu as une tâche à accomplir.

Un quatrain placé en bas de page vint opportunément le ramener à ce qui avait entraîné son déplacement dans ce lieu. Ce quatrain, qu'on aurait dit écrit par Grosrouvre à l'adresse de son vieil ami, lui confiait ceci :

> *Ceux qui par la science vont au plus haut du monde*
> *Qui, par leur intelligence, scrutent le fond des cieux*
> *Ceux-là, pareils aussi à la coupe du ciel*
> *La tête renversée, vivent dans leur vertige.*

Si, comme il l'affirmait, Grosrouvre avait résolu ce couple de conjectures, il était allé « au plus haut du monde ». Et pas seulement du monde mathématique. Le vertige qu'il avait dû éprouver valait les plus intenses ivresses offertes par les vins les plus généreux. Mais les avait-il résolues ? Il l'affirmait. Pourquoi ne pas le croire ? Grosrouvre avait bien des défauts, mais il n'était ni fanfaron ni hâbleur.

M. Ruche avait de plus en plus chaud. Il était pourtant en bras de chemise. Il s'assura que sa veste était toujours sur le dossier de son fauteuil. Refermant les *Rubâ' iyât*, il se plongea dans un ouvrage sur la vie d'Omar al-Khayyām. Il était assez avancé dans sa lecture quand un bruit insolite se fit entendre, un bruit métallique. M. Ruche regarda autour de lui, ne vit rien qui pût avoir occasionné ce bruit. Finalement, son regard fut attiré vers la façade vitrée. Le bruit se précisait. Un cillement mille fois répété.

Ce qu'il vit le stupéfia. Toutes les ouvertures constellant les panneaux de verre, il y en avait des milliers, se refermaient lentement comme si un chef d'orchestre invisible leur en avait donné l'ordre. Une forêt d'yeux métalliques se plissaient dans un même mouvement. Cela dura quelques secondes. Et puis cela cessa. Les yeux étaient presque totalement clos.

La jolie brunette ne put s'empêcher de rire devant l'air ébahi de M. Ruche : « Il y en a 27 000 ! Exactement. » Devant l'air incrédule de M. Ruche, elle précisa que la façade comprenait 240 panneaux, et que chaque panneau en contenait plus d'une centaine. Étudiante en architecture, elle était venue à la bibliothèque justement pour en étudier le fonctionnement.

Chaque orifice, composé de petites lamelles métalliques, se comportait comme un diaphragme, s'ouvrant et se fermant sur commande. Une cellule photoélectrique centrale liée à un ordinateur dosait la lumière pénétrant dans la salle. Lorsque le soleil était trop fort, comme ce venait d'être le cas, la cellule donnait aux diaphragmes l'ordre de se refermer. Et ils se refermaient ! Chaque ouverture se comportant comme un œil qui se plisse lorsque la lumière est trop forte. Il y avait 27 000 yeux !

La jeune fille lui fit remarquer que les panneaux représentaient des éléments classiques de la géométrie architecturale arabe ; celle de l'Alhambra en particulier. Elle indiqua à M. Ruche ravi que toutes ces figures fonctionnaient par rotation, le concepteur ayant joué d'une

combinatoire habile entre diverses formes géométriques :
carrés, cercles et octogones. Et aussi l'étoile, qui est un
polygone croisé, avait-elle ajouté, se souvenant qu'elle
lui avait passé des ouvrages de mathématiques.

Son petit laïus fini, elle se replongea dans ses livres,
abandonnant M. Ruche qui aurait bien voulu poursuivre
la conversation. Rencontre de bibliothèque, ça faisait tellement étudiant ! Bien obligé, il se replongea dans les
Rubâ'iyât, la tête ailleurs. Hasard, ses yeux tombèrent
sur ce quatrain :

> *Je ne me suis jamais privé de donner mon temps*
> *aux sciences*
> *Par la science j'ai dénoué les quelques nœuds*
> *d'obscurs secrets*
> *Après soixante-douze années de réflexion sans*
> *jour de trêve*
> *Mon ignorance, je la sais…*

« Ce Khayyām est mon frère par-delà les siècles ! se dit
M. Ruche. Mon ignorance, je la sais. Oh, oui ; je ne l'ai
jamais tant éprouvée que depuis ces derniers mois. Depuis
que – M. Ruche ne sut s'il devait dire "à cause" ou
"grâce" – grâce, quand même. Depuis que, grâce à Grosrouvre, j'ai été balancé dans cette aventure, combien de
choses j'ai apprises ! Mais aussi combien j'ai pu éprouver
mon ignorance ! Mais aussi, quelle joie, chaque fois, j'ai
éprouvée quand je l'ai vue s'écailler ! »

En quittant l'IMA, une question l'accompagna qu'un vers
d'al-Khayyām avait suscité : « Quels nœuds d'obscurs
secrets ai-je dénoués depuis le début de cette aventure ? »

Obscurs secrets !

Après une courte sieste, M. Ruche se réveilla plein
d'énergie. Les jumeaux étaient aux sports d'hiver, Max

en vadrouille, Dieu sait où, aux Puces, sans doute, et Perrette dans la librairie. Il avait l'après-midi entier devant
lui. Jetant une pelisse sur ses épaules, il ouvrit la porte de
la chambre-garage, actionna son fauteuil et traversa
la cour en brinquebalant sur le pavement inégal. Un
froid sec lui griffait le visage, un froid de neige. Son petit
doigt lui disait qu'il ne tomberait pas un seul flocon de la
journée.

Il poussa la porte de la BDF. La pièce était sombre et
tiède. Il alluma quelques spots, se débarrassa de sa
pelisse, sortit ses affaires de travail, les posa sur son
bureau, ouvrit son cahier, relut ses notes. Puis il se dirigea vers les rayonnages de la Section 2 : Mathématiques
arabes.

*Le Livre de la connaissance des figures planes et sphé-
riques* des trois frères Bānū Mūsā. Le *Livre des procédés
ingénieux et des mystères de la nature sur la subtilité des
figures géométriques*, d'Abū Nasr al-Fārābī. D'al-Karajī,
il y avait son *al-Badi* et son *al-Fakhri, Le Livre suffisant
sur la science de l'arithmétique*. D'al-Birūni, *Le Traité
sur les ombres*. D'al-Samawa'l, *Le Livre lumineux sur
l'arithmétique,* et d'al-Kāshi, *La Clef de l'arithmétique…*

M. Ruche pointa les œuvres d'al-Khayyām et les sortit.
Il fit de même avec celles d'al-Tūsī. Un détail l'intrigua,
il concernait le prénom de l'auteur. Certains ouvrages
affichaient « Sharaf al-Dīn », d'autres « Nasīr al-Dīn ». Il
devait y avoir confusion. M. Ruche vérifia dans son gros
cahier cartonné : à la Section 2, il y avait deux al-Tūsī.
L'un, Sharaf, né à la fin du XIIᵉ siècle et mort au début du
XIIIᵉ, l'autre, Nasīr, avait vécu au XIIIᵉ. Les deux étaient
persans. Lequel était le bon ? Était-ce du premier ou du
second dont Grosrouvre parlait ?

Deux al-Tūsī sur les bras, voilà qui ne va pas me facili-
ter la tâche !

Puis M. Ruche tomba sur *Opuscule sur les nombres*

amiables de Thābit ibn Qurra. Il le retira immédiatement des rayons, libéra la fiche fixée à la fin du livre. De son écriture fine, Grosrouvre avait écrit :

La plus ancienne copie des *Éléments* d'Euclide remonte au IXe. Thābit ibn Qurra en effectua une nouvelle traduction quelques décennies plus tard.

Alors qu'Euclide avait totalement laissé de côté les nombres amiables – si chers aux pythagoriciens ! –, Thābit ibn Qurra, établissant les conditions permettant de débusquer les couples de nombres amiables, démontra ce qui allait devenir le grand théorème sur le sujet. Les Grecs ne connaissaient qu'un seul couple de nombres amiables...

« Oui, oui, 220 et 284 », j'ai vérifié, murmura M. Ruche.

... les mathématiciens arabes vont en détecter d'autres : al-Fārisi découvrit le couple (17 296, 18 416), connu comme *le couple de Fermat*, parce que Fermat l'a redécouvert plusieurs siècles après ! Al-Yazdi découvrit le couple (9 363 584, 9 437 056), connu comme *le couple de Descartes*, parce que Descartes l'a redécouvert un siècle après !

M. Ruche retrouva l'ironie de Grosrouvre. Revoir son écriture le troubla plus qu'il ne l'aurait cru. Quand avait-il rédigé cette note ? Il y a des années sans doute. Il l'imagina dans sa grande maison de Manaus, jeune encore, en tricot de peau, avec son torse énorme, penché sur une table, s'appliquant à... En fait, il ne parvint pas à l'imaginer. Comment était cette maison ? En pleine jungle ? Dans les faubourgs de la ville ? Le long de l'Amazone ? De ses fenêtres voyait-il couler les flots sombres du grand fleuve ? En fait, M. Ruche n'arrivait pas à imaginer comment on pouvait vivre à deux pas de l'équateur, lui qui avait une sainte horreur de la chaleur et plus encore de la chaleur moite. Le souvenir du froid sec et vivifiant, lorsqu'il avait traversé la cour, lui fut un baume.

Au passage, il remarqua que dans sa courte note Grosrouvre n'avait pas manqué l'occasion de mentionner le nom de Fermat et de glisser quelques mots au sujet des nombres amiables sur lesquels il avait clos sa deuxième lettre. M. Ruche s'en souvenait au terme près : *Et nous deux, sommes-nous des « amis » ? Qu'est-ce qui te mesure, Pierre ? et moi ? Le temps est arrivé, peut-être, de faire la somme de ce qui nous a mesurés.*

« Pour toi, ami, le temps est passé. Et pour moi ? »

La porte s'ouvrit. Perrette entra.

– Il fait bon chez vous.

Réprimant un sourire, elle déposa une enveloppe sur le bureau.

« Les jumeaux nous ont écrit.

Elle s'approcha, elle sentait le froid.

« Je ne reste pas ; il y a des clients au magasin.

De son temps, M. Ruche n'aurait jamais quitté la librairie avec des clients à l'intérieur. Elle, elle avait confiance, et il n'y avait jamais eu de vols.

« J'ai beaucoup vendu aujourd'hui. Les gens achètent à nouveau des livres pour les cadeaux, annonça-t-elle joyeusement. Figurez-vous que j'ai revu deux anciens clients qui n'étaient pas venus depuis des années. Et ils m'ont commandé plusieurs bouquins.

– Cela vous a fait des tas de paquets-cadeaux, alors ?

M. Ruche avait posé la question, une pointe d'appréhension dans la voix. Il avait horreur des paquets-cadeaux. C'était l'un de ses cauchemars. Il ne parvenait jamais à plier correctement les feuilles, toujours trop larges, toujours trop étroites.

– J'adore les paquets-cadeaux. Gamine, je passais mon temps à en faire. Des fois je mettais quelque chose dedans, des fois rien. Je prenais tout ce qui me tombait sous la main, des boîtes d'allumettes, de chaussures, de haricots verts, même des tout petits morceaux de sucre, là je me servais des pinces à épiler de ma mère. Des carrés, des cylindriques, des pointus. Les plus durs pour plier le papier, c'étaient les pointus, en forme de cornets. Vous avez déjà fait un paquet en forme de cône, monsieur Ruche ?

– Oh non, pitié !

– Si les gens se remettent à lire, c'est bon signe ! criat-elle en refermant la porte.

Oui, c'est bon signe. C'est même un très bon signe. Le chiffre d'affaires des librairies est un fichu baromètre pour la société. Faisant rouler son fauteuil jusqu'au bureau, il saisit l'enveloppe que Perrette avait déposée, l'ouvrit, en retira deux photographies. Sur la première, Jonathan-et-Léa, debout, impeccables, gants, serre-têtes, lunettes de soleil. Ils étaient en haut d'une piste, skis bien parallèles, prêts à s'élancer dans la pente qu'on devinait raide. Au dos de la photo, un mot : « Avant ». La deuxième représentait les mêmes en tas, recouverts de neige, skis et bâtons enchevêtrés dans une inextricable partie de mikado. Au dos de la photo : « Après ».

Éclatant de rire, M. Ruche déposa les deux photographies sur son bureau. Les jumeaux ne s'épargnaient pas plus qu'ils n'épargnaient les autres. Cette fois, ils ne s'étaient pas loupés !

« Avant, ap... » Y avait-il de la neige à Samarcande ? M. Ruche s'approcha des rayonnages et s'arrêta devant les ouvrages d'al-Khayyām. La BDF en possédait trois. Ayant extrait les deux premiers, *L'Algèbre* et *La Division du quart de cercle*, il alla s'installer à son bureau.

« Al-Khayyām a établi autant de théorèmes que de quatrains », remarqua M. Ruche. Il dégagea les fiches.

Khayyām fut à l'origine de la notion de polynôme. A ses débuts, l'algèbre consistait en l'étude des équations, Khayyām en élargit le champ à l'étude des polynômes. Addition, soustraction, multiplication, mais surtout division (il appliqua le procédé de division euclidienne des nombres à la division des polynômes) et également racine carrée d'un polynôme.

Pour sa compréhension, M. Ruche inscrivit sur un papier le fameux $ax^2 + bx + c$. Parlant tout haut en griffonnant :

« Si j'écris "$ax^2 + bx + c = 0$", c'est une équation du second degré. Je peux, ou non, calculer ses racines. Bon, maintenant si j'écris tout simplement "$ax^2 + bx + c$", ce n'est plus une équation, c'est un polynôme. Un polynôme du second degré. Et puisqu'il a trois termes, c'est un trinôme. Un trinôme *du second degré* ! s'exclama-t-il, redécouvrant l'antique formulation dont le sens longtemps lui avait fait mystère. Du coup, "$ax + b$" est un binôme du premier degré. Et un monôme ? C'est lorsqu'il y a un seul terme. C'est marrant, parce que quand j'étais à la Sorbonne, un monôme, c'était justement une tripotée d'étudiants en file indienne qui sillonnaient les rues du Quartier latin pour semer le foutoir. Un monôme d'un seul étudiant ! Ridicule. »

M. Ruche se porta à la dernière page de *L'Algèbre* d'al-Khayyām. L'ouvrage finissait par ces mots : *Terminé à midi, le premier jour de la semaine, vingt-troisième du mois Rabia premier, de l'an 600.* M. Ruche revint à la fiche de Grosrouvre.

Al-Khayyām établit une classification complète des équations des 1er, 2e et 3e degrés. Alors qu'al-Khwārizmī avait traité celles du second degré, lui se spécialisa dans celles du troisième degré qu'il classa en 25 types différents, suivant le nombre de termes qu'elles contenaient. Il les résolut en utilisant des procédés géométriques.

N.B. A la suite d'al-Khujandi, al-Khayyām affirma que l'équation $x^3 + y^3 = z^3$ (en notations d'aujourd'hui) n'avait pas de solution en nombres entiers. Sans démonstration. La conjecture de Fermat n'est pas loin. Et nous sommes au XIIe !

A plusieurs reprises, dans les fiches concernant l'algèbre, Grosrouvre avait cité al-Khwārizmī. M. Ruche se dit qu'il ferait bien d'aller voir du côté de ce mathématicien.

Il y passa des heures.

Quand il quitta la BDF, il neigeait abondamment. Depuis deux bonnes heures, à en croire la couche recouvrant le sol. Une fois de plus il s'était trompé. Il n'avait jamais rien compris à la météorologie. Sous sa pelisse, bien à l'abri, l'ouvrage d'al-Khwārizmī.

Juste avant de s'endormir, M. Ruche en lut les premières lignes : « Les savants des temps passés et des nations révolues n'ont cessé de composer des livres, écrivait al-Khwārizmī. Ils l'ont fait pour léguer leur savoir à ceux qui les suivent. Ainsi demeurera vive la quête de la vérité. Et ne sera pas vaine la peine qui fut la leur en découvrant les secrets de la science et en en éclairant la part obscure. Tel homme découvre une nouveauté (jusqu'à lui inconnue) et la lègue à ceux qui viennent après lui. Tel autre ouvre ce qui est resté clos chez les Anciens : il jette une lumière sur le chemin, il facilite l'accès. La prise est proche. Tel autre encore trouve des erreurs en quelque livre : il cherche à réparer, à rectifier, sans accabler l'auteur, ni tirer gloire de sa rectification. »

Tel homme découvre une nouveauté et la lègue à ceux qui viennent après lui. Grosrouvre aurait été bien avisé de lire cette phrase avant de s'entêter au secret. M. Ruche s'endormit.

M. Ruche dut se l'avouer, les jumeaux lui avaient manqué. C'était la première fois qu'il s'en rendait compte. Peut-être était-ce tout simplement la première fois qu'ils lui avaient vraiment manqué. Quand ils débarquèrent en fin de journée dans la salle à manger-salon, chargés de bagages, volubiles, impatients déjà, M. Ruche ressentit une petite bouffée de chaleur. Les suivant des yeux tandis qu'ils traversaient la pièce, il se demanda s'il avait la berlue. Il lui semblait que Jonathan-et-Léa boitaient.

Il ne se trompait pas. C'était là les suites de leur carambolage calamiteux sur les pistes enneigées, immortalisé par la photo « Après ». Ils avaient bonne mine. Le hâle de leur visage encerclant les deux cernes blêmes de leurs yeux leur donnait une allure d'alpinistes de haute cordée. Cela n'empêcha pas Nofutur de les reconnaître et de leur faire une petite fête sobre.

Jonathan-et-Léa gravirent en claudiquant l'escalier menant à leur soupente. Ils s'affalèrent, se déshabillèrent et souffrirent un peu de leurs bobos. Avec une pommade qui puait le torticolis, elle lui massa sa cheville bleuie. A l'aide d'un baume à l'odeur limite, il lui frictionna l'alentour du genou. Qui de gris poussière tourna franchement au noir de jais. Chacun dans son igloo, ils s'endormirent, la jambe posée haut sur un coussin mou.

CHAPITRE 13

Bagdad pendant…

– L'algèbre n'est pas née en Grèce !

Clamée avec vigueur, l'annonce eut l'effet escompté. Jonathan-et-Léa se redressèrent comme un seul jumeau, prêts pour la première séance de l'année que, dans le plus grand secret, chacun d'eux attendait.

Par les vitres de l'atelier des séances, avec peine, pénétrait la pâle clarté des fins de journées de janvier. Installé au milieu de la pièce, M. Ruche commença à raconter :

– Un homme marche dans la rue. Il cherche son chemin. Un passant passe à ses côtés, l'homme l'interpelle : « Je dois aller à la rue X, pourriez-vous me dire où c'est ? » Le passant lui lance un regard méprisant : « Monsieur, quand on sait pas, on va pas ! »

Explosion de rires.

« Eh bien, poursuivit M. Ruche, l'algèbre, c'est exactement le contraire. Quand on ne sait pas, on va !

L'anecdote n'était pas terminée que le lourd rideau noir descendit devant la verrière. Max, qui était en embuscade, s'avança. La lueur d'un briquet brilla dans sa main. Il se pencha.

Une à une s'élevèrent les flammes fragiles d'une foule de bougies plantées dans des petites boules d'argile posées dans un lit de sable. Mesure de sécurité, de l'autre côté du mur il y avait la Bibliothèque de la Forêt. Mais ce sable était aussi un morceau de désert importé dans l'atelier de la rue Ravignan.

Dans un coin, sur un petit canoun, chauffait une théière. A côté, sur un superbe plateau de cuivre de la forme d'un disque d'or, étaient posés des verres étroits à la surface grenelée surchargée de motifs de couleur.

De lourdes senteurs d'encens envahirent l'atelier, annonçant les vagues de sons suaves d'un instrument à cordes. Du luth. Jonathan était aux anges. Il ferma les yeux, et se laissa aller. Ah, partir ! Lawrence d'Arabie. Bercé par le pas balancé d'un chameau, il se laissa aller à un autre rythme. Qu'elle est loin la dune, là-bas ! Oh, rien ne presse ; tu as tout le temps. La tête vide, il s'embarqua pour des déserts d'éternité.

La mélodie répétitive qui le transportait si loin de la rue Ravignan s'évanouit. Les battements d'une derbouka crépitèrent. Jonathan sursauta, ce qui réveilla la douleur de sa cheville. Les sons n'étaient pas très forts mais ils étaient tellement proches qu'on ne pouvait s'y tromper, ce n'était pas de la musique « en conserve », comme disait Léa, mais du *live*. Dans la pénombre de l'atelier, quelqu'un jouait de la derbouka !

Jonathan ouvrit les yeux et réintégra l'atelier des séances de la rue Ravignan. Tout le monde était là comme avant le chameau et le désert. Léa, tout à côté de lui, M. Ruche dans son fauteuil ; Max assis sur le banc de sable, éclairé par les bougies. Avec, en plus, les battements de derbouka. Malgré ses efforts, Jonathan ne parvint pas à identifier le musicien.

C'était parti pour une nouvelle séance !

Après un crépitement vertigineux qui laissa Jonathan au bord de l'asphyxie, la derbouka lâcha un dernier son. L'entrée en matière était terminée. La matière, cette fois, c'était l'algèbre.

Calé dans son fauteuil, M. Ruche adressa un signe de

remerciement au musicien invisible. Il regarda autour de lui, appréciant le décor entièrement composé par Max.

Sa fréquentation assidue des Puces, son tempérament de chineur lui avaient formé le goût. Max possédait le don des vrais décorateurs ; avec une poignée d'objets, il savait reconstituer un univers dont la force vous aspirait et dont la vérité vous invitait à l'habiter. Mais ce qui était à l'œuvre dans cette faculté était plus essentiel, il s'agissait de la nature même de Max. Tout son rapport au monde s'exerçait là, sa retenue, son refus de l'exubérance, son rejet du superflu. M. Ruche avait mis des années avant de s'apercevoir que Max ne répétait jamais, ni une phrase ni un geste. Plus étonnant encore venant de la part d'un garçon qui avait tant de peine à entendre, il ne faisait jamais répéter son interlocuteur. Comme si ce qui avait été mal perçu était définitivement perdu et qu'il n'y avait pas à y revenir. Cette sobriété, cette économie de moyens, c'était Max. Quelques mots lui suffisaient pour dire beaucoup, et pour entendre beaucoup.

« Si ce n'était cette odeur d'encens, ce serait parfait », pensa M. Ruche avant de murmurer sur le ton de la confidence :

– Tout a commencé ce jour de l'année 773, lorsque, après un interminable voyage, une caravane lourdement chargée, venant des Indes, se présenta aux portes de *Madinat al Salam*, la Ville de la Paix : Bagdad.

Comme Alexandrie, Bagdad était une ville nouvelle, construite en trois années à peine. Comme elle, elle était coincée entre deux eaux, entre le Tigre et l'Euphrate. Comme elle encore, elle était traversée de canaux – chaque habitant, les riches bien sûr, se devait de posséder un âne dans son écurie et un bateau sur le fleuve. Et comme elle, c'était une ville cosmopolite. Mais alors qu'Alexandrie était une ville rectangulaire, Bagdad était circulaire. On la nommait la Ville ronde.

Une enceinte circulaire d'une forme géométrique parfaite qu'on aurait dit tracée au compas, avec, au centre exact de ce cercle, la mosquée et le palais du calife d'où partaient, dans les quatre directions, de larges artères aboutissant aux quatre portes percées dans l'enceinte. Ces portes étaient le seul moyen de pénétrer dans la cité.

Ce fut par l'une d'elles, la porte de Khorassan, que la caravane regorgeant de présents pour le calife al-Mançour entra dans la Ville ronde, se dirigeant lentement vers le palais. La foule se pressait sur son passage.

Dans l'enceinte du palais, seul le calife pouvait se déplacer à cheval. Les voyageurs descendirent de leur monture et pénétrèrent dans la salle de réception.

Chaussé de magnifiques bottines rouges, portant le manteau du Prophète, sa baguette, son sabre et son sceau, le calife, dans sa fonction officielle de « Redresseur de torts », arbitrait un conflit entre deux plaignants. Mais les voyageurs ne purent l'apercevoir : comme la coutume le commandait, il était dissimulé derrière un rideau.

Descendant directement du prophète Mahomet, le calife était, du fait de ce lien, le Commandeur des croyants. Titre suprême de l'Islam lui donnant pouvoir sur tous les musulmans du monde. Et en cette fin du VIIIe siècle, les musulmans étaient devenus très nombreux dans le monde.

Parti de quelques arpents du désert, autour de la ville de Médine, l'Islam s'était répandu avec une rapidité inouïe. L'empire, comment dirais-je ? l'empire islamique s'étendait des Pyrénées jusqu'aux rives de l'Indus. Cela vaut le coup d'énumérer les pays conquis, ou qui se sont convertis, en quelques décennies : péninsule Ibérique, Maghreb, Libye, Égypte, Arabie, Syrie, Turquie, Irak, Iran, Caucase, Pendjab. Et bientôt, la Sicile. Après l'empire d'Alexandre, après l'Empire romain, l'empire musulman.

A cette époque, en l'an 800, vivaient deux souverains légendaires, Charlemagne et Haroun al-Rachid. A l'empereur de l'Occident, sa *Chanson de Roland,* au calife d'Orient, ses *Mille et Une Nuits.*

Les volutes d'encens s'étant complètement dissipées, M. Ruche respira plus aisément. Il en avait besoin, la séance était loin d'être terminée.

« Ces populations qui venaient juste d'être islamisées, la religion seule ne pouvait suffire à les unifier. Il fallait une langue commune, elle sera le ciment unissant ces millions d'hommes si différents. Née dans le désert, parlée par un petit groupe d'hommes, la langue arabe était une toute jeune langue. Afin qu'elle puisse exprimer toutes ces notions inconnues d'elle, il a fallu l'enrichir, l'adapter, créer de nouveaux mots, élargir les champs de significations, forger des sens. Heureusement, sa structure même se prêtait à la formulation de termes abstraits. C'est une langue qu'on dirait faite pour l'algèbre.

Traduire, assimiler, enrichir et développer. Bâtir une langue est une aventure extraordinaire. Cette aventure passa par les livres.

Dans le quartier d'al-Karkh s'étendait le plus grand marché aux livres qui ait jamais existé. Les ouvrages, papyrus ou parchemins, venaient de partout, de Byzance comme d'Alexandrie, de Pergame comme de Syracuse, d'Antioche comme de Jérusalem. On les achetait à prix d'or.

De nouveau le parallèle entre Alexandrie et Bagdad s'impose. La première possédait le Muséum et la Grande Bibliothèque, la seconde s'offrit une institution qui ressemblait comme une sœur au Muséum, *Beit al Hikma*, la Maison de la Sagesse.

A Alexandrie comme à Bagdad, on avait construit un

observatoire. Et une bibliothèque. Une différence entre les deux cités, cependant. A Alexandrie, le Muséum précéda la bibliothèque ; à Bagdad, la bibliothèque fondée par Haroun al-Rachid précéda la Maison de la Sagesse, créée par son fils, al-Ma'mun.

La bibliothèque de Bagdad fut l'authentique héritière de celle d'Alexandrie. Les livres arrivant à Alexandrie étaient pour la plupart écrits en grec, alors qu'aucun de ceux qui parvenaient à Bagdad, au IXe siècle, n'était écrit en arabe. Il fallut les traduire.

Une extraordinaire entreprise commença. Traduire, traduire, traduire !

Le corps des traducteurs de la Maison de la Sagesse constitua sa plus grande richesse. Ils étaient des dizaines, venus de partout, s'affairant devant des manuscrits venus de partout. La diversité inouïe des langues à partir desquelles les transferts s'opéraient en firent une Babel savante : grec, sogdien, sanskrit, latin, hébreu, araméen, syriaque, copte. Et tous ces traducteurs étaient des savants. Pouvait-il en être autrement, compte tenu de la nature des ouvrages mis en traduction ? Textes scientifiques, textes philosophiques. Les Grecs d'abord : Euclide, Archimède, Apollonios, Diophante, Aristote. Tout Aristote ! Ptolémée, le géographe, Hippocrate, le médecin, et Galien et Héron, le mécanicien, etc.

Dans de vastes ateliers de calligraphie, des armées de scribes œuvrent sans discontinuer. Les ouvrages, écrits en arabe cette fois, commencent à peupler les rayons de la bibliothèque de la Maison de la Sagesse. Les copies se multiplient ! Tout est prêt pour que, par l'entremise de ces ouvrages, à présent accessibles, ces savoirs venus d'ailleurs se propagent dans l'immense empire arabe.

Les bibliothèques privées prolifèrent. La plus prestigieuse, celle du mathématicien al-Kindi, est l'objet de toutes les convoitises. Un trésor qu'à sa mort on se dispute âprement. Les trois frères Banū Mūsā, Mohamed, Ahmed et Hassan, les premiers géomètres arabes, finissent par se l'approprier. Véritable institution, le trio des frères mathématiciens possédait ses propres traducteurs envoyés à grands frais à l'étranger pour recueillir les ouvrages anciens les plus recherchés.

– Dites, M. Ruche, cela ne vous fait pas penser à quelque chose ? demanda, faussement naïf, Jonathan.

« Tu parles que j'y ai pensé ! se dit M. Ruche. Mais dans le cas de Grosrouvre le mouvement a été en sens inverse, c'est la Bibliothèque qui est venue à lui. »

– En un rien de temps, poursuivit-il, à l'échelle de l'Histoire, le monde arabe parvint à associer à sa culture traditionnelle un savoir moderne d'une ampleur considérable. Durant sept siècles, durée à peine moins longue que celle qui sépare Thalès de Ménélaos, ce fut dans cette région du monde que les sciences prospérèrent.

Alexandrie avait eu ses Ptolémées, Bagdad eut ses califes amoureux des arts et des sciences. Une chasse aux manuscrits en tous points semblable à celle lancée mille ans plus tôt par les Ptolémées fut lancée par les califes. Après al-Mançour qui avait reçu le cadeau des émissaires indiens, il y eut Haroun al-Rachid, celui des *Mille et Une Nuits*, puis son fils, dont la semaine dernière encore je ne connaissais pas le nom, al-Ma'mun. Un homme étonnant que cet al-Ma'mun. Un calife rationaliste ! Adepte passionné d'Aristote, il haïssait les intégristes qu'il pourchassa tout au long de son règne. Il fut l'âme de la Maison de la Sagesse.

Ses troupes ayant remporté une victoire sur les armées byzantines, al-Ma'mun proposa un étonnant échange à l'empereur d'Orient : les prisonniers contre des livres ! Le marché fut conclu : un millier de guerriers chrétiens libérés par les Arabes regagnèrent Constantinople tandis qu'en sens inverse une dizaine d'ouvrages rarissimes, fleuron des bibliothèques byzantines, arrivaient à Bagdad, accueillis dans l'exaltation à la Maison de la Sagesse.

Revenons à la caravane. Parmi les somptueux cadeaux transportés dans ses coffres, il en était un qui allait avoir une importance capitale pour les savants arabes, le *Siddhantha*, un traité d'astronomie avec ses tables, écrit un siècle plus tôt par... (le cocktail couleur lagon, le passage Brady...) par un mathématicien que Jonathan-et-Léa connaissent bien, Brahmagupta, celui des inconnues multicolores. Immédiatement traduit en arabe, il sera célèbre sous le nom de *Sindhind*.

Dans ses pages, un trésor. Dix petites figures ! Oh, rien ne vous est plus familier. Il s'agit des dix chiffres avec lesquels nous calculons ! Oui, un, deux, trois... jusqu'à neuf. Sans oublier le dernier, le « zéro » !

L'érudit, un dénommé Kanka, chargé de remettre les présents au calife, les connaissait bien. Avec eux, depuis des années, il effectuait tous ses calculs. Combien de fois, pour passer le temps, les avait-il psalmodiés au cours des interminables journées du voyage qui l'avait conduit à la Ville ronde ! A force de les entendre, les caravaniers avaient fini par les connaître par cœur. Le soir, autour du feu, la voix de l'un deux s'élevait, égrenant les chiffres dans le silence de la nuit ; en chœur, les autres caravaniers reprenaient.

Dans le silence de l'atelier de la rue Ravignan, on entendit la voix éraillée de Nofutur réciter sur le rythme écolier :

— *Eka, dva, tri, catur, panca, sat, sapta, asta, nava.*

Chaque nom était ponctué d'un accord de luth.

— Et le zéro ? demanda Léa.

Nofutur, à qui l'on n'avait rien prescrit d'autre, resta sec. M. Ruche s'était réservé la part du lion. A lui revenait l'honneur d'introduire le zéro :

– Çunya !

Un long battement de derbouka salua l'arrivée du dernier des nombres.

« Çunya veut dire vide en sanskrit. Le zéro est représenté par un petit rond. Pourquoi un rond ? On ne le sait pas vraiment. Par contre, on sait que, traduit en arabe, çunya devient sifr qui, traduit en latin, devint zéphirum qui, traduit en italien, donna zéphiro. Et de zéphiro à zéro, il n'y a pas loin. Et le nom du zéro, sifr, devint celui de tous les chiffres. Le zéro, "ce rien qui peut tout", n'avait pas volé son surnom.

M. Ruche s'arrêta. Tout lui était revenu d'un coup. Il fut étonné de se souvenir aussi précisément après plus de cinquante années. Le texte que Grosrouvre avait publié sur le zéro, son seul article sans doute, semblait imprimé dans sa mémoire. C'était ce texte qui, couplé à l'article que lui-même avait écrit sur l'ontologie, leur avait valu leur surnom de « l'Être et le Néant ».

Ces dix chiffres constituaient l'une des pièces d'un dispositif global, qui permettait d'écrire les nombres et de calculer avec eux : la numération décimale de position avec un zéro. Incontestablement, l'une des plus importantes inventions de l'humanité.

M. Ruche laissa passer un instant :

– Pourquoi « de position » ? demanda-t-il. Puisque personne ne me pose la question, je suis obligé de me la poser moi-même. Vous dormez, ou quoi ?

– Pas du tout. J'écoute, s'insurgea Léa. Je trouve cela tellement passionnant que…

Un long soupir de Jonathan l'empêcha de poursuivre :

– Ah, Bagdad !…

Blague à part, c'est vrai que cela semblait vraiment les intéresser. Les nombres passionnent toujours tout le monde. Parfois trop ! Il y a, lâchés dans la nature, une multitude de fadas des nombres. Quand il tenait la librairie, M. Ruche en avait rencontré des tas. Il les fuyait comme la peste. Dès qu'ils vous tiennent, ils ne vous lâchent plus. Ils voient des nombres partout ! Si l'on cherche du merveilleux, pas la peine de faire toute cette gymnastique ridicule pour interpréter les nombres et leur faire dire n'importe quoi, il n'y a qu'à regarder ce qui se passe vraiment.

Autant l'arithmétique, comme science des nombres, l'avait passionné depuis qu'il l'avait découverte ces derniers temps, autant la numérologie l'avait agacé. Le merveilleux dans les nombres se trouve dans les nombres eux-mêmes ! Pas la peine de les plomber de desseins mystico-psychologiques. Il se trouve dans la répartition des nombres premiers, dans la conjecture de Fermat, dans celle de Goldbach, dans la recherche des couples de nombres amiables. Et dans l'existence des *nombres premiers jumeaux* ! Qu'est-ce que c'est que ça ?

Si HP avait été branché, il aurait clamé : « Attention, attention, deux nombres premiers sont *jumeaux* s'ils sont on ne peut plus près l'un de l'autre, c'est-à-dire si leur différence est égale à deux. »

17 et 19 sont jumeaux, et... 1 000 000 000 061 et 1 000 000 000 063 le sont aussi ! Question : Y a-t-il une infinité de nombres premiers jumeaux ? Eh bien, aujourd'hui encore on ne le sait pas ! La seule chose que l'on sait, c'est qu'ils sont d'une extrême rareté. Voilà une question qui devrait intéresser certains !

Les braises du canoun brillaient d'un éclat incandescent.

M. Ruche commença à répondre à la question qu'il s'était didactiquement posée :

– Pratiquement tous les peuples ont possédé une numération, c'est-à-dire une façon d'inscrire les nombres. Certaines très efficaces, d'autres poussives comme la numération romaine, par exemple. Dans la plupart d'entre elles, la valeur d'un chiffre est indépendante de la position qu'il occupe dans l'écriture du nombre : le « X » de la numération romaine vaut « dix » où qu'il se trouve. Ainsi, « XXX », c'est « trente », dix plus dix plus dix.

Pour la numération de position, c'est tout le contraire, la valeur d'un chiffre dépend de la position qu'il occupe dans l'écriture du nombre. En un mot, la place « compte » ! 1 vaut un, dix ou cent suivant qu'il occupe la dernière, l'avant-dernière, ou l'avant-avant-dernière place.

– La valeur qui dépend de la position qu'on occupe ! Il me semble avoir déjà entendu ce genre de slogan, l'interrompit Léa. Plus on est placé haut dans la société, plus on a de la valeur, l'échelle hiérarchique qu'il faut grimper si l'on veut réussir dans la vie et bla-bla-bla. (Elle fit une moue.) Qu'est-ce que tu en penses, Jonathan ?

– Je constate seulement que Léa veut politiser nos séances et que… je suis d'accord avec Léa. Mais…

Et sur le ton d'un vieux sage oriental :

– Un nain assis sur la plus haute marche est plus haut qu'un géant dressé sur la plus basse. Vieil adage arabe.

M. Ruche reprit la balle au bond :

– Et le 1 de 1 000 vaut plus que les trois neuf de 999 ! La numération indienne accomplit un véritable prodige, plus admirable encore que celui de l'alphabet. Avec une poignée de signes – exactement autant que de doigts de nos deux mains –, elle permet de représenter TOUS LES NOMBRES DU MONDE ! Voilà ce qu'ont inventé les Indiens. C'est dire leur avance en ce domaine sur toutes les autres civilisations. Aujourd'hui, tout le monde utilise ces chiffres. S'il y a une invention qui a eu une destinée universelle, c'est bien celle-là.

Avec un regard appuyé en direction des jumeaux, M. Ruche conclut :

« Voilà une chose que les Grecs n'ont pas inventée !

Une voix retentit, les laissant interdits :

– Mais, mon ami, tu n'es pas en train de nous voler nos chiffres, à nous, les Arabes ?

C'était le joueur de derbouka. Sorti de la pénombre dans laquelle il s'était maintenu jusqu'alors. Habibi, l'épicier du coin de la rue des Martyrs ! C'était lui le musicien qui avait si bien joué du luth et de la derbouka.

– Les chiffres, le zéro, c'est des inventions des Arabes ! s'écria Habibi. Qu'est-ce que tu nous fais là, monsieur Ruche ? (Il prononçait « Riche », comme les déménageurs qui avaient transporté les caisses de la BDF.) Je ne m'attendais pas à ça de la part d'un vieil ami.

– Je suis désolé, Habibi, c'est aussi ce que je croyais jusqu'à ces derniers jours. Mais c'était une erreur, les chiffres qu'on utilise aujourd'hui ont été inventés par les Indiens en Inde. C'est comme cela. On ne réécrit pas l'Histoire.

– Tu peux m'expliquer alors pourquoi tout le monde dit « les chiffres arabes » ?

C'est à ce moment que Léa s'aperçut que M. Ruche portait, oui, c'était bien des babouches. Des babouches grenat ! Comme le calife de Bagdad. Elle réprima difficilement un éclat de rire. Habibi aurait pu le prendre pour lui et elle ne voulait surtout pas le blesser.

Elle en avait passé des heures dans sa boutique à aller le soir chercher ce que Perrette avait oublié d'acheter dans la journée.

– Lorsque ces chiffres sont arrivés à Bagdad, expliqua M. Ruche, les Arabes les ont appelés *les figures indiennes*. Un mathématicien, membre de la Maison de la Sagesse, a rédigé un traité pour les faire connaître et pour décrire la façon de les utiliser. C'est par lui que les Arabes ont connu les chiffres indiens. Plusieurs siècles plus tard, le livre a été traduit en latin. Ce fut l'un des plus grands best-sellers de la fin du Moyen Age !

C'est par cet ouvrage qu'en France, en Italie, en Allemagne, on les a découverts. Et puis ils se sont répandus dans tout l'Occident. Et comme c'est par l'entremise des Arabes que les chrétiens les ont connus, ils les ont nommés « chiffres arabes », et ils ont déclaré que le zéro était une invention arabe. Et si tout le monde dit « chiffres arabes » et pas « chiffres indiens », c'est parce que, depuis des siècles, le monde occidental s'est arrogé le pouvoir de nommer les choses pour l'humanité entière.

Habibi était triste.

– Ce n'est pas une bonne nouvelle que tu m'apprends là, monsieur Riche, confia-t-il.

Le regard perdu, Habibi réfléchit. On sentait qu'il voulait exprimer à quel point cela lui était un déchirement. Il y eut un éclat dans son regard et il lâcha :

« C'est comme si tu me disais que le couscous a été inventé par les Suédois ou par les... Irlandais ! Oui, par les Irlandais.

La comparaison produisit son effet.

Max, à qui une bonne partie de l'échange avait échappé, ressentit le chagrin de Habibi. Sensible au malaise qui s'était installé dans l'atelier, il saisit le plateau de cuivre et le posa au milieu de la pièce. Après avoir versé une cuillerée de pignons dans chaque verre, il demanda à Habibi s'il voulait bien servir le thé. Habibi se leva, s'approcha du canoun, saisit l'anse de la théière. Avec ce geste inimitable qu'ont les Orientaux pour verser le thé, il attrapa un verre, l'abaissa à la hauteur du sol, éleva la théière au bout de son autre bras tendu. Jouant des deux mains dans un vertigineux va-et-vient, rapprochant et éloignant tour à tour les deux objets. Inclinant subitement la théière, il lâcha le jet brûlant d'une précision étourdissante qui fondit dans le verre. Pas une goutte n'était tombée hors du verre.

M. Ruche rapprocha son fauteuil. Ses babouches grenat à présent exposées aux yeux de tous, Léa put lui adresser ses compliments pour ce choix sagace. On fit cercle autour du plateau. Max ouvrit la boîte de dattes fraîches que Habibi avait apportées de l'oasis algérienne d'où la famille de sa femme était originaire.

Elles fondaient dans la bouche. Ajouté à cela que, hormis Habibi, tous avaient eu le palais incendié à la première goulée de thé. Comment, dans ces conditions, la discussion aurait-elle pu ne pas s'interrompre ? On se tut. Dans le silence, on entendit le raclement du bec de Nofutur triant les graines dans sa mangeoire.

Quand l'ultime datte fut avalée, que la dernière gorgée de thé fut lampée, Habibi était apaisé. M. Ruche lui parla doucement :

– Ne sois pas triste, Habibi. Les Arabes n'ont pas créé les chiffres, mais ils ont inventé quelque chose de vraiment formidable. Tout à l'heure, si j'ai dit que l'algèbre n'était pas née en Grèce, c'est tout simplement parce qu'elle est née à Bagdad !

Avant de plonger en terre arabe à l'aube du IXe siècle, une pause s'imposait. Habibi prit la théière, sortit dans la cour, la rinça à la fontaine, ajouta du charbon de bois dans le canoun, versa de l'eau dans la théière, déplia une feuille de papier tout entortillée de laquelle il sortit des feuilles de menthe, qu'il huma longuement. On se réinstalla.

« Thalès avait été le premier mathématicien grec, al-Khwārizmī fut le premier mathématicien arabe.

– Ça y est ! Voilà M. Ruche qui recommence avec ses débuts ! bougonna Léa.

La prononciation exécrable de M. Ruche lui avait fait totalement louper le nom du premier mathématicien arabe, qui avait fini en bouillasse. Il faut dire qu'il s'agissait du redoutable « rreuh » des langues sémitiques, qu'on ne pouvait obtenir qu'à l'aide d'un raclement prolongé de l'arrière-palais. Il en avait fait chuter plus d'un avant lui.

Charitable, Habibi fit une démonstration. M. Ruche n'avait plus l'âge de telles gymnastiques buccales. Pourtant, il la tenta. Prenant son élan, il se jeta dans le nom complet : al-Djafar Mohamed ibn Mussa al-Khwārizmī. Le rreuh, poussé par le vigoureux « al » qui le précédait, passa victorieusement la barrière des lèvres. L'exploit valut à son auteur de chaudes félicitations.

Sachant trop à quel hasard il avait dû la victoire, M. Ruche se promit de ne pas tenter à nouveau sa glotte.

– Ce nom, dit-il prudemment, nous informe – n'est-ce pas Habibi ? – qu'il est le fils d'un dénommé Mussa, originaire de… – mince ! à nouveau le mot, tant pis – … du Khwārizm !

Il l'avait redit. C'était définitivement gagné. Pour preuve :

« Le Khwārizm est la région qui s'étend autour de la mer d'Aral. Bon. Quand on se pose un problème, c'est qu'on cherche quelque chose !

– Aurait dit monsieur de La Palice, poursuivit Léa en minaudant.

Jonathan, déconcerté, ne réagit pas. M. Ruche fonça dans la brèche :

– Toutes les évidences ne sont pas mauvaises à dire. Il arrive même parfois que ce soit en tirant les conséquences des évidences les plus évidentes que l'on découvre les vérités les moins évidentes.

Même Habibi le regarda avec des yeux ronds. Il demanda, inquiet :

– Ça va bien, monsieur Riche ?

Lequel M. Ruche tendit un ouvrage à Habibi, lui demandant d'en lire le titre.

Habibi saisit l'ouvrage avec respect et aussi avec un peu de crainte. Consciencieusement, détachant chaque syllabe, Habibi lut les mots barrant la couverture :

Kitab al-muhtasar fi hisab al-Jabr wa al-Muqabala.

Quand il eut prononcé la dernière syllabe, il la garda en bouche comme un enfant qui vient de terminer de sucer un berlingot.

Reprenant le livre, M. Ruche se mit à lire les premières pages :

— « J'ai composé pour le calcul d'al-Jabr et d'al-Muqabala ce livre concis qui saisit la part subtile et glorieuse du calcul. C'est Ma'mun, le Prince des Croyants, qui m'encouragea, lui qui ranima l'énergie chez les gens de culture, les attira, les rassembla, les protégea, les aida. Lui qui les incita à rendre clair l'obscur et simple le complexe. »

Il répéta la dernière phrase d'al-Khwārizmī :

— « Rendre clair l'obscur et simple le complexe. » Plus qu'un programme, une philosophie.

La phrase resta en l'air. Léa réagit la première :

— Qu'il nous faudra mettre en pratique si nous voulons résoudre les Trois Problèmes de la rue Ravignan, parce que, faut-il le rappeler, c'est pour cela que nous sommes à Bagdad en l'an je ne sais plus très bien.

— Bien sûr, bien sûr, s'empressa de dire M. Ruche. La rapidité avec laquelle, parfois, elle réagissait, enchantait M. Ruche qui adressa un signe d'approbation à Léa, avant de reprendre :

— Ce livre est l'un des plus célèbres de l'histoire des mathématiques. Tout au long de ces pages, dit-il en feuilletant l'ouvrage avec précaution, une nouvelle discipline, totalement originale, est fondée : l'algèbre. Son nom est tiré du titre même de l'ouvrage : *al-Jabr*.

— Al-Jabr, c'est le raboutage ! s'exclama Habibi.

Très excité, il se mit à raconter :

« Chez nous, au *douar*, quand tu t'étais cassé quelque chose, on t'emmenait chez le rebouteux. (Pris par l'inspiration, il saisit sa derbouka.) Un petit coup à gauche.

Aïe ! Un petit coup à droite. Aïe ! Il te remettait l'os en place. Ensuite il le fixait avec des plaques de bois bien plates entourées de bandes de tissus. Aïe ! Aïe ! Aïe ! Et puis, tu n'avais plus mal, chantonna-t-il joyeux en se mettant à jouer du luth. Oui, oui, *jabr*, c'est quand tu remets en place une chose brisée. Alors, c'est les Arabes qui ont inventé ça ! Aujourd'hui, monsieur Riche, tu m'apprends deux nouvelles, une mauvaise et une bonne. Et tu as commencé par la mauvaise, est-ce que c'est une bonne ou une mauvaise journée ?

M. Ruche s'écria :

— Dans *Don Quichotte*, il y a un *algebrista*, un rebouteux. Je comprends pourquoi maintenant. Cervantès a repris le mot aux Maures espagnols.

— Et l'autre mot ? demanda Léa en prenant garde de ne pas le prononcer.

— Muqabala ? C'est quand tu mets deux choses une en face de l'autre, expliqua Habibi. Comment vous dites ?

— Confronter ? demanda M. Ruche.

Léa ne laissa pas passer l'occasion :

— *Traité de calcul du raboutage et de la confrontation*, voilà le nom d'un des livres de maths les plus célèbres de l'Histoire ! Quand je vais annoncer en cours de maths qu'on est en train de faire du raboutage, je vais te faire un de ces effets ! Et si le prof rouspète, je te l'envoie, Habibi.

— Envoie, envoie ! dit Habibi.

— Quand on y pense bien, en algèbre, on passe son temps à trifouiller, constata Léa. On fait passer des termes d'un côté à l'autre, on ajoute à droite, on ajoute à gauche, on enlève à droite, on enlève à gauche. On fait de la cuisine.

— Pour arriver à la faire, cette… cuisine, il a fallu passer par une opération étonnante. Voici comment al-Khwārizmī la rapporte. « Cette chose que je recherche, dit-il, je vais commencer par la nommer. Mais comme je ne la connais pas, puisque justement je la cherche, je vais l'appeler tout simplement : la *chose*. »

— *Chei*, en arabe, lança Habibi.

— C'est elle l'inconnue qu'il poursuit. Maintenant, seulement, il va pouvoir travailler avec elle. Cette *chose*, parce qu'il l'a nommée, et bien qu'elle soit encore inconnue, il va l'utiliser comme si elle était connue. Voilà sa stratégie. C'est tout bonnement un coup de génie. Sa grande invention, enfin, telle que moi je l'ai comprise : calculer avec l'inconnue comme si elle était connue ! Je trouve cette idée superbe. Un retournement complet.

— Pourquoi dites-vous inconnu*e*, au féminin ? demanda incidemment Léa.

— *E ?* Euh..., bredouilla M. Ruche.

— L'homme connu, la femme inconnue, cliché un peu éculé.

— Écoute, Léa, on n'est pas en train de faire de la grammaire, mais de l'algèbre, rappela sèchement Jonathan.

— Cela ne m'empêche pas de remarquer qu'en algèbre c'est le féminin qui l'emporte sur le masculin, la belle affaire ! déclara Léa.

— Je vais vous dire ce que je pense, ajouta Jonathan d'un ton grave. Il y a dans cette façon de procéder un côté domestication qui ne me plaît pas du tout. Telle que vous l'avez décrite, cela me fait penser à un... domptage d'inconnues.

M. Ruche fut surpris par ce regard porté sur l'algèbre, mais on sentait que ça l'avait titillé :

— Moi, je dirais les choses autrement. L'inconnu, avec ou sans *e*, n'est plus rejeté comme un être étranger. Elle... il... est accueilli parmi les autres quantités connues. Elle... il...

M. Ruche s'emporta :

« Écoute, Léa, j'ai dit "elle" jusqu'à aujourd'hui, je

continuerai. Personne ne peut m'interdire de continuer.

– Mais je ne vous ai rien interdit, j'ai fait simplement remarquer.

M. Ruche eut du mal à reprendre :

– L'inconnue va être traitée de la même façon que les quantités connues, al-Khwārizmī va l'additionner, la multiplier, etc., comme il le fait avec les connues. Mais il ne faut pas s'y fier, tout cela est fait dans un seul but : parvenir à la démasquer. Démasquer l'inconnue, voilà l'alchimie algébrique !

Alchimie pour alchimie, Jonathan était plus intéressé par celle pratiquée par Habibi dans sa préparation du thé.

– Ne cherchez pas à trouver dans le livre d'al-Khwāz̄ rizmī une écriture que vous connaissez, des signes plus, moins ou égal ou des petits x. Cette écriture est venue plus tard. Toutes les équations sont écrites littéralement, avec des phrases. Autre différence : les Arabes n'ont pas de nombres négatifs. Les termes précédés du signe moins doivent disparaître des équations. Savez-vous comment on les appelle ? *Naquis*, qui veut dire amputé ! Al-Khwāz̄ rizmī n'accepte que des nombres positifs, entiers ou fractions. D'ailleurs le mot fraction vient de là. Du latin *fractiones*, qui est une traduction de l'arabe *kasr*. Et savez-vous ce que veut dire *kasr* ? Rompu ! Les fractions sont des nombres rompus !

– C'est un véritable champ de bataille, vos mathématiques. Amputé ! Rompu ! s'exclama Jonathan. On comprend pourquoi il y a besoin de rebouteux !

– Tu ne crois pas si bien dire ! Prends le nombre 5, brise-le en cinq morceaux égaux, en *cinquièmes* ; prends-en trois. Tu as fabriqué 3/5 ! Au-dessous de la barre, le *dénominateur* dénomme ; au-dessus, le *numérateur* dénombre. Cette notation est venue bien plus tard. Si vous voulez savoir quand... (Il fouilla dans ses notes.) Voilà :

Nicolas Oresme, durant la guerre de Cent Ans, créa les mots *numérateur*, *dénominateur*.

– Ah ! s'exclama Jonathan réjoui, je sentais bien qu'il manquait quelque chose à ma culture. Merci, M. Ruche.

– C'est Nicolas Oresme qu'il faut remercier et aussi al-Khwārizmī qui ne travaillait pas non plus avec les nombres irrationnels, qui étaient appelés *assam*. Savez-vous ce que veut dire *assam* ? Sourd ! Pourquoi ? Parce que les irrationnels sont inexprimables par la parole : on ne peut pas les dire avec des chiffres. Un nombre irrationnel est un nombre sourd. (M. Ruche chercha à nouveau dans ses papiers et lut :) « Quand nous n'avons pas une expression exacte pour une quantité, nous la nommons *sourde*, parce qu'alors elle échappe, comme un bruit sourd qu'on distingue mal. » Elle était d'un philosophe français Étienne Condillac. Et le mot racine, demanda M. Ruche, savez-vous d'où il vient ?

– De la racine d'un arbre ? demanda Max.

– Oui. Qu'est-ce que c'est que la racine carrée d'un nombre *a* ?

– Un nombre qui élevé au carré redonne *a* ! claironna Jonathan.

– C'est-à-dire ? Un nombre qu'il faut « extraire » de l'endroit où il est enfoui, enfoui comme les racines d'un arbre. Et, l'ayant extrait, il fit un geste vers le haut... on l'« *élève* » au carré. Ce n'est pas beau, ça ! Ah les mots... les mots !

– C'est bucolique ! On passe d'un champ de bataille à un verger, remarqua Léa, mi-ironique, mi-conquise. On dit « racine d'une équation », parce qu'elle est cachée et qu'il faut la...

– ... « découvrir », proposa Max.

– Oui, Max ! Ah, les mots, les mots, M. Ruche !

– A propos, enchaîna ce dernier, c'est à al-Khwārizmī que l'on doit la notion d'équation. Un être mathématique totalement nouveau. Il ne se trouve, reconnu en tant que tel, ni en Grèce, chez Diophante, ni en Inde, chez Āryabhata.

– Qui ? demandèrent-ils tous ensemble pour le faire enrager.

– Āryabhata, voyons !

M. Ruche avait un don pour les langues, il prononçait aussi bien les noms indiens que les noms arabes !

Modeste, il poursuivit :

« Les équations ont été conçues pour désigner non pas un problème, mais des classes entières de problèmes d'un même type. Par exemple, la classe de problèmes qu'on pourrait décrire par : "Une chose ajoutée à un premier nombre est égale à un second nombre." Le problème consiste à trouver cette chose chaque fois qu'on donne les deux nombres.

– Équation du premier degré, lança Jonathan.

– La spécialité d'al-Khwārizmī est l'équation du second degré, dont il distingue six types : « des carrés égalent des choses », « des carrés égalent un nombre », « des carrés et un nombre égalent des choses », « des carrés et des choses égalent un nombre », « des choses et un nombre égalent des carrés », « des choses égalent un nombre ». Et il va en donner les résolutions.

Évidemment, cela ne sortait pas directement de la mémoire de M. Ruche. Il lisait scrupuleusement les notes prises dans la BDF à partir des fiches de Grosrouvre.

– Chaque fois qu'on dit équation, il y a le mot égal. Que ferait-on sans l'égalité ! Sans l'égalité, il n'y aurait pas de mathématiques.

– Et pas de République, M. Ruche !

– Parce que ces jeunes gens croient qu'il y a vraiment de l'égalité dans la République ?

– Laissez-nous à nos illusions. L'égalité des chances, c'est pour ceux qui ont de la chance, on sait tout cela, mais on fait comme si.

– Question au sage et lucide M. Ruche : Est-ce que les hommes sont égaux dans la lutte pour l'égalité ? demanda Jonathan qui s'était levé pour faire jouer sa cheville qui s'ankylosait.

« Ils m'étonneront toujours, pensa M. Ruche. Au moins, les maths ont servi à quelque chose ; je ne les avais jamais entendus parler de ces sujets-là. »

Reprendre le cours de la séance. M. Ruche plaça ses deux mains ouvertes à la même hauteur et déclara :

– Une balance, ses deux plateaux. Une égalité est une balance dont les deux plateaux sont constamment maintenus en équilibre. Si tu en charges un...

Max s'approcha et fit mine de poser un objet sur la main droite de M. Ruche. Elle s'abaissa. Dans le même mouvement la gauche s'éleva.

« ... l'équilibre est rompu ! constata M. Ruche en replaçant ses mains dans leurs positions initiales. Si tu en décharges un...

Max fit mine d'ôter quelque chose de la main droite de M. Ruche. Elle s'éleva, tandis que la gauche s'abaissait.

« ... l'équilibre est rompu. Et l'égalité est détruite, conclut M. Ruche. Vous vous souvenez peut-être, mais c'était avant vos vacances de neige, Euclide parlait de l'égalité dans plusieurs de ses axiomes.

– Et si, à des choses égales, des choses égales sont ajoutées, les touts sont égaux, chantonna Léa, imitant Nofutur.

– Et si, à des choses égales, des choses égales sont retranchées, les restes sont égaux, fredonna Jonathan, imitant Max.

– Eh bien, une équation est une égalité entre deux expressions dont l'une comporte au moins une inconnue. Voulez-vous que je vous dise, il a fallu que j'attende quatre-vingts ans et des poussières pour le comprendre, confia M. Ruche.

– Donc, nous, les jeunes, si on n'a pas encore compris, on a une bonne soixantaine d'années pour y arriver, déclara Léa. Et si on a déjà compris, on a en gagné tout autant.

– Une égalité, on la vérifie. Une équation, on la résout, déclara M. Ruche.

– Si on peut, ajouta Léa.

– Et lorsqu'on l'a résolue et qu'on remplace l'inconnue par la valeur trouvée, l'équation devient une égalité.

– Devient une égalité, si on ne s'est pas trompé, ajouta Léa. Parce que si on a fait une erreur…

– Ce n'est justement pas une égalité. C'est d'ailleurs comme cela qu'on vérifie si on s'est trompé ou non, enchaîna M. Ruche, décidé à ne pas laisser le dernier mot à cette blanche-bec.

– Si je dis « 2 + 2 = 4 » est une égalité et « 2 + x = 4 » est une équation, est-ce que j'ai gagné du temps ? demanda Max.

– La moitié d'une vie, répondit Léa.

La mine de Max s'épanouit. Ses yeux riaient.

– C'est l'autre moitié qui va être difficile, dit-il tout bas.

Nofutur s'envola de son perchoir, et vint se poser sur l'épaule droite de Max. Qui, sous le poids, baissa exagérément son épaule gauche jusqu'à en être totalement déformé. Tout tordu, il déclara quasimodesquement :

« Et l'équilibre est rompu !

M. Ruche éteignit les lumières de l'atelier des séances. Les enfants étaient déjà dans la cour, aidant Habibi à transporter ses instruments. M. Ruche sortit quelque chose de sa poche dont il semblait avoir oublié la présence. Il interpella les enfants. Max ne se retourna pas. Jonathan était trop chargé. Léa revint sur ses pas. Il lui tendit une enveloppe :

– C'est pour toi et tes frères.

290

Elle crut qu elle contenait un supplément d'étrennes. Elle se trompait gravement.

Chaque soir, c'était la même cérémonie ! Approcher le fauteuil jusqu'au bord du lit, libérer l'accoudoir situé du côté du lit, empoigner l'autre. Puis, à la seule force des bras, se hisser et petit à petit glisser du fauteuil jusqu'au lit. Respirer. Ramener les jambes comme l'on fait d'un paquet et les poser sur le lit. Un paquet léger ! Pour cela, il n'avait plus à se plaindre. M. Ruche se débarrassa des babouches grenat. Elles tombèrent sur le tapis en faisant un bruit mat.

Raboutage. En s'allongeant douloureusement sur son lit à baldaquin, M. Ruche pensa que lui n'avait pas trouvé son rebouteux pour remettre en place son corps disloqué par la chute dans la librairie.

Il n'avait pas eu besoin d'être *naquis*, comme disaient les algébristes arabes, il lui avait suffi d'être rompu. Nombre rompu, homme rompu. M. Ruche se dit qu'il faisait une drôle de fraction : un numérateur et pas de dénominateur ! Et la barre de division qui lui passait juste au-dessous des reins.

Ce qui avait été rompu, ce n'était pas les os. Qu'avait dit ce mathématicien ? « La part subtile et glorieuse du calcul. » C'est la part subtile qui avait été rompue. Et pour elle, il n'y a pas de raboutage. Que vienne une algèbre qui nous libérera de ces amputations invisibles. M. Ruche s'endormit, un goût amer dans la bouche. Et un sourire perdu au coin des lèvres.

Le sourire lui était venu lorsque, juste avant de sombrer dans le sommeil, regardant les lourds rideaux de son lit, il s'était inopinément souvenu que « baldaquin » venait de « Bagdad ».

Le lendemain, comme annoncé, Léa fit sa petite intervention en cours de maths. Quand elle lâcha son histoire de raboutage, cela marcha encore plus que prévu. Il y eut de l'ambiance en salle C113.

Deux élèves culs serrés fulminèrent, lui reprochant de diffamer la noble discipline en la rabaissant à d'obscures pratiques empiriques. Léa était aux anges, acceptant tout ce qu'on voulait, endossant tout ce qu'on lui reprochait, pourvu que cela continue de mettre en rage les deux faux génies qui confondaient ennui et rigueur, sévérité et profondeur. Pour en finir, elle les traita de « pisse-froid » ET de « culs serrés » ! Congelés sur place, les deux restèrent cois. Et la classe, en chœur, de tenter d'imaginer comment pourrait se réaliser concrètement la formule de Léa.

Léa avait donné rendez-vous à ses frères dans un petit café de la rue Lepic. Max ne le montrait pas, mais il était fier de se retrouver dehors avec Jonathan-et-Léa. Immédiatement Léa leur montra l'enveloppe que M. Ruche lui avait remis la veille. Un petit carton sur lequel il avait écrit deux lignes :

« Perrette Liard a eu, comme elle dit, "2 + 1 enfants".
Deux jumeaux et un isolé. La somme des âges de ses
enfants est 43 ans et la différence 5. Quel âge ont les
enfants Liard ? »

Jonathan et Max regardèrent stupéfaits Léa et partirent d'un grand éclat de rire. Max secoua la main :

— De toute manière, ce n'est pas de mon niveau.

Mais il ne se désintéressa pas pour autant de la question. Il sortit une feuille et un crayon qu'il tendit à... C'est Léa qui les saisit.

Elle s'était rencardée au lycée dans la matinée :

– Il y a trois enfants Liard, mais deux âges. Chapeau ! Et il y a deux informations. Système de deux équations à deux inconnues. Fastoche ! Première inconnue, l'âge de Jonathan et le mien, qui sont les mêmes.

– A 2 minutes 30 près ! bondit Jonathan.

– Pinailleur ! jeta Léa d'un ton dédaigneux. Age que je note x.

– La chose, c'est elle que je recherche ! fit Jonathan imitant al-Khwārizmī.

– Elle-même ! La deuxième inconnue est l'âge de Max, que je note y. Première info : la somme des âges des enfants Liard est 43 ans. Donc ?

– Donc « x + x + y = 43 », dit Max.

– Deuxième info : la différence des âges est de cinq ans. Donc ?

– « x – y = 5 », répondit Jonathan avec assurance.

Léa inscrivit les deux équations l'une au-dessous de l'autre :

$$2x + y = 43$$
$$x - y = 5$$

Et annonça :

– Deux équations à deux inconnues. Et maintenant, je raboute comme une folle, je muqabalise comme une bête. (Elle se mit à griffonner.) Je remplace, je substitue...

$$x = y + 5, \text{ donc } 2(y + 5) + y = 43,$$
$$\text{donc } 2y + 10 + y = 43.$$

Je retire 10 de chaque côté et j'obtiens :

$$3y = 33.$$

– L'âge de Max est 11 ans, pile-poil ! s'écria Jonathan.

Max admiratif acquiesça, comme l'on fait lorsque, ayant choisi le sept de pique dans un tas de cartes, le prestidigitateur, après un tour de passe-passe, vous crie : « Sept de pique ! » en exhibant votre carte.

Et Léa, sur sa lancée :

– Et, puisque $y = 11$ et que $x = 11 + 5$, l'âge de moi et celui de lui est 16 ans !

Elle empoigna la tête de son frère et l'agita pour l'obliger à confirmer.

Ils mangèrent leur croque-monsieur.

Depuis un instant, Max avait l'air soucieux. Il se décida :

– Il y a quelque chose qui ne me va pas, mais je ne sais pas quoi. Pourquoi tu as écrit $x – y = 5$?

– Parce que la différence entre ton âge et le mien est 5 ans, pardi ! répondit Léa.

– Ah c'est ça ! (Il bondit.) Regarde, Léa ! Quand tu écris $x – y = 5$, tu ne dis pas seulement que la différence est 5 tu dis, en plus, que les jumeaux sont plus âgés que l'isolé, comme il l'appelle, M. Ruche.

– Ben c'est vrai !

– Oui, mais comment tu le sais ? M. Ruche ne l'a pas écrit sur son carton. Qui te dit que l'isolé n'est pas plus âgé que les jumeaux ?

Elle n'insista pas. Elle regarda Jonathan :

– Il a raison. C'est le coup de la *valeur absolue*.

Elle ne put s'empêcher de lui passer la main dans les cheveux :

« Ah, toi alors !

Max rit de plaisir.

Jonathan :

– Mais qu'est-ce que cela change ?

– Tu vas voir, ce que cela change !

Elle reprit la feuille, barra « $x - y = 5$ », et écrivit « $y - x = 5$ ».

Sous le regard attentif de ses deux frères, elle regriffonna. Cela dura plus longtemps que la première fois. Ils ne la quittèrent pas des yeux.

Enfin elle put annoncer :

– Max aurait 17 ans et demi passés et nous, mon pauvre, tout juste 12 ans et demi passés.

– Ce serait bien, ce serait bien ! s'écria Max.

M. Ruche n'était pas rue Ravignan. Ils le trouvèrent dans l'épicerie de Habibi. En lui offrant le papier griffonné au café, Léa lui raconta comment ils avaient résolu son énigme algébrique. Puis elle lui révéla l'existence de la deuxième solution. Il était stupéfait et un peu honteux. Il n'y avait pas pensé, mais alors pas du tout.

– On a utilisé les bonnes vieilles méthodes de votre al-Kwh...

Paf ! Léa était tombée dedans. Une bouillie !

« C'est vrai que c'est difficile à dire, admit-elle.

– Al-Djafar Mohamed ibn Mussa al-Khwārizmī, dit Habibi qui s'était souvenu du nom entier. Écoute, Léa, proposa Habibi, tu viens à la boutique l'après-midi quand il n'y a pas de monde, et je te fais des cours de prononciation.

– Merci, Habibi. Mais au bac, je passe anglais, espagnol et italien, alors...

Il avait l'air désolé.

« Après les vacances, je ne dis pas, proposa Léa.

Puis :

« Tu ne connais pas le portugais, par hasard ?

Habibi les invita dans l'arrière-salle, confiant le magasin à son neveu. Léa poussa le fauteuil entre les étagères pleines de paquets de couscous, de boîtes de harissa. Et de jarres d'olives ! Vertes, noires, cassées, pas cassées, piquantes, pas piquantes... C'était comme les triangles, il y en avait de toutes sortes. Mais pas des quelconques... elles étaient toutes délicieuses !

— Tout à l'heure, au café, les trois enfants Liard, comme vous les appelez, ont un peu réfléchi aux « TPRR », annonça Jonathan à M. Ruche éberlué : aux Trois Problèmes de la Rue Ravignan !

— Et qui sont quatre, rappela Léa. Eh bien, ils ne sont pas du même type. Pas du tout.

M. Ruche bloqua son fauteuil :

— Qu'est-ce que vous voulez dire ?

— Que les types de solutions sont très différents. Pour le premier problème : « Qui est le fidèle compagnon ? », il n'y a qu'un inconnu, LE fidèle compagnon, et il s'agit de le démasquer. Dans le second : « Qui sont les types avec qui Grosrouvre étaient en affaires et qui devaient revenir le soir pour s'emparer de ses démonstrations ? », il s'agit aussi de démasquer l'inconnu. Sauf qu'il y en a plusieurs et qu'on ne sait pas combien il y en a. Donc, en fait, on a à répondre à deux questions : combien et qui ?

Pour le troisième problème : « Comment est mort votre ami, accident, suicide, ou meurtre ? »...

— Quel ami ? les interrompit Habibi. Vous avez un ami qui est mort ?

— Je te raconterai, lui dit M. Ruche.

— Pour ce problème, reprit Léa, les réponses possibles sont connues ; il s'agit de savoir laquelle est la bonne.

Se rendant compte de ce qu'elle venait de dire, elle se reprit :

« Je voulais dire laquelle est la réponse correcte.

Le quatrième problème lui, est totalement différent : « Grosrouvre a-t-il résolu les deux conjectures qu'il affirme avoir résolues ? » Ici, il ne s'agit plus d'identifier qui que ce soit, mais de répondre par oui ou par non.

Bien sûr, on peut aussi répondre qu'il n'en a résolu qu'une sur deux, mais cela ne change rien à la nature de la réponse.

– Ça ne va pas, M. Ruche ? demanda Max inquiet.

M. Ruche s'était figé, le regard perdu. Puis il se mit à sourire et s'écria :

– Les quatrains d'Omar al-Khayyām ! Je vous en ai récité plusieurs. A l'institut du monde arabe, j'ai lu une note qui m'avait échappé, elle parlait de la technique des quatrains. Ils ont une forme très précise : Trois des quatre vers sont liés, ils doivent rimer, et le quatrième est indépendant. C'est exactement ce que vous venez de dire. Nous avons quatre problèmes à résoudre, trois sont liés et le quatrième indépendant.

Ce qui veut dire… (Il réfléchit un long moment.) … Que l'identité du fidèle compagnon, celles des membres de la bande, ainsi que la nature de la mort de Grosrouvre sont TOTALEMENT indépendantes du fait qu'il a ou non résolu les conjectures ! Quelles preuves pourrons-nous avoir qu'il les a effectivement résolues ? Sinon des preuves purement mathématiques.

Alfred Russel Wallace inspecta les caisses. Des centaines de spécimens de plantes, presque toutes inconnues de ses collègues à Londres, des échantillons innombrables soigneusement répertoriés et rangés dans le meilleur ordre. La sirène retentit. Satisfait, Wallace remonta sur le pont et passa dans sa cabine. Là, il regarda avec affection ses deux malles emplies de notes, résultat des quatre années passées dans la forêt amazonienne.

Son séjour avait duré quatre ans, de 1848 à 1852. La sirène retentit à nouveau. Le vapeur *Amazonas* s'éloigna de la rive, direction Liverpool. 8 000 kilomètres avant d'atteindre les côtes d'Angleterre. Il avait hâte de pouvoir étudier le trésor amassé durant ses longues courses à travers la forêt vierge.

Le vapeur était déjà loin des côtes quand le tintement d'une cloche retentit. La cloche d'incendie ! Malgré les efforts des marins, le feu se répandait. Impossible de le maîtriser. Le navire sombra. Wallace s'en sortit, mais tous ses bagages coulèrent. Toutes ses caisses, les milliers de spécimens de plantes, d'insectes, ses cahiers de notes, ses observations. Tout disparut au fond de l'eau !

Quand J-et-L rapportèrent l'histoire à M. Ruche, il blêmit. Exactement son cauchemar ! Le vapeur de Wallace, le cargo de Grosrouvre suivaient la même route… Sans le bateau cubain, les livres de la BDF auraient rejoint les notes de Wallace au fond de l'Atlantique.

Lorsque dans le port de Manaus, Grosrouvre avait fait charger les caisses de livres, avait-il pensé au voyage dramatique de Wallace ? Avec quelle émotion avait-il dû voir le cargo s'éloigner sur le grand fleuve ! C'est alors que M. Ruche prit conscience que Grosrouvre était mort sans savoir que sa bibliothèque était arrivée à bon port.

Quand il naît sur les plus hauts sommets de la cordillère des Andes, l'Amazone est à moins de 150 kilomètres du Pacifique. Au lieu de foncer vers l'Océan tout proche, il lui tourne le dos et file dans la direction opposée. Il lui faudra parcourir 6 500 kilomètres et traverser le continent entier pour parvenir à l'Atlantique.

Au début, la pente est terrible : 5 000 mètres de dénivelée au cours des mille premiers kilomètres ! Des cascades, des cataractes d'enfer ! Après, c'est le calme plat. C'est le plat, mais pas le calme. Sur les 3 000 derniers kilomètres le fleuve descend de 65 mètres. 2 centimètres de dénivellation par kilomètre. Difficile de faire plus plat !

Tout avait commencé par ce dialogue.

– Pardon, mademoiselle, je voudrais aller à Manaus, pourriez-vous me dire où c'est ? avait demandé Jonathan d'une voix fausse.

– Écoutez, monsieur, lui avait répondu Léa sur un ton pincé, quand on ne sait pas, on va !

– Justement, on va ! avait clamé Jonathan avec la voix d'Ivan le Terrible dans *Ivan le Terrible*.

– C'est décidé ? On va ?

– Juré !

– Juré !

L'idée leur était venue avant Noël, mais ils n'étaient pas alors tout à fait décidés. A présent, ils l'étaient ! Ils partiraient après leur bac, qu'ils l'aient obtenu ou non. Deux mois d'été, c'était suffisant. Était-ce la bonne saison pour s'y rendre ? Qu'importe, puisque c'était le seul moment possible.

D'une petite valise en faux cuir, Jonathan avait sorti une liasse de dépliants publicitaires, des guides, des cartes postales et plusieurs cartes géographiques. Il avait déplié la carte immense de l'Amazonie. Une immense étendue verte occupait le lit de Jonathan sur toute sa largeur.

Jonathan suivait sur la carte ce que Léa lisait à haute voix dans les différents ouvrages.

– Difficile de faire plus plat, de faire plus large, jusqu'à 30 kilomètres, de faire plus profond, jusqu'à 70 mètres. Des affluents par dizaines, et pas des ruisseaux ! C'est à Manaus que le rio Negro, qui n'a pas moins de 2 500 kilomètres de long, rejoint l'Amazone.

Au lieu de mêler immédiatement leurs eaux, les deux fleuves coulent côte à côte pendant 80 kilomètres, sans se mélanger. Et cela se voit ! Sur la photo que Léa montra à Jonathan, cela se voyait en effet : le fleuve semblait découpé en deux interminables rubans, l'un jaune, l'autre marron, le jaune soutenu des eaux opaques chargées du limon de l'Amazone, le marron profond des eaux riches de composés organiques du rio Negro. Finalement, loin en aval de Manaus, le « mariage des eaux » a lieu, les flots des deux fleuves se mêlant dans un brun clair qui sera celui de l'Amazone jusqu'à son embouchure 1 500 kilomètres plus loin.

Ça y est, Léa était partie. Allongée dans un hamac, sur un petit caboteur chargé de victuailles, descendant le fleuve jusqu'à Belém, avec des types fredonnant des chansons nostalgiques. Léa se retrouva dans l'embouchure.

Une embouchure de 300 kilomètres de large ! Avec au milieu une île. Le dépliant disait… non ! Une île aussi grande que la Suisse. C'était écrit ! La Suisse au milieu d'un fleuve ! A chaque heure du jour et de la nuit, l'Amazone déverse 70 milliards de litres d'eau ! 500 fois plus que la Seine ! Un cinquième de toutes les eaux douces se jetant dans les océans du globe ! Même l'Océan ne peut lutter contre une telle force : les eaux de l'Amazone s'enfoncent jusqu'à 200 kilomètres des côtes.

Dans les années 1500, alors qu'il naviguait au large des Amériques, un capitaine espagnol tomba sur cette immense étendue brune. Lançant un seau dans les flots, il goûta : De l'eau douce en pleine mer ! Il baptisa le lieu : la « Mer douce ». Il mit le cap vers l'ouest pour tenter de comprendre comment un tel miracle était possible. Il découvrit l'Amazone.

La Saison des feux, l'ouvrage, emprunté à la bibliothèque du XVIIIe arrondissement, racontait l'assassinat de Chico Mendes, un « saigneur » de caoutchouc, qui avait créé un syndicat pour lutter contre les massacres et toutes les exactions commises par les propriétaires terriens et par les bandes de tueurs à leur solde.

Comme tous ceux qui depuis des décennies ont osé lutter contre la terreur et l'oppression qui sévissent en Amazonie, Chico Mendes a été abattu.

Qui se dresse dans la forêt pour s'opposer aux grandes compagnies ? Les hommes et les arbres. Après avoir décimé les hommes, avoir réduit en esclavage les Indiens, les avoir torturés, violés, massacrés, les mêmes salauds se sont attaqués aux arbres. Ils mettent le feu à la forêt. Des incendies gigantesques allumés pour faire table rase. C'est Grosrouvre, dans sa lettre, qui avait parlé du « poumon du monde ». Elle était en train d'en prendre un satané coup, la plus grosse réserve d'oxygène de la planète !

— Et comme si cela ne suffisait pas, il a fallu en plus que la maison de Grosrouvre crame ! jura Léa.

— Eh, c'est vrai ce que tu dis ! Si la bande qui a fait le coup est de la région, avec l'habitude qu'ils ont, ils n'ont pas dû être longs à foutre le feu à la baraque de Grosrouvre ! Cela devrait intéresser M. Ruche.

Dans l'un des guides, les surfaces de forêt qui partaient chaque jour en fumée étaient évaluées en nombre de terrains de foot. « C'est peut-être pour cela que le Brésil est le meilleur pays du monde en foot ! » ironisait Jonathan. Cela ne les dérida pas.

Jonathan-et-Léa étaient blancs de rage. Il y a vraiment des pourris partout ! Chacun pour soi, ils se dirent qu'il fallait commencer à s'occuper du monde.

Mais comment d'ici empêcher qu'on brûle la forêt là-bas ? Une raison de plus pour se rendre à Manaus. Cette forêt qu'ils voulaient sauver, il fallait commencer par la connaître.

L'Amazonie est le Jardin du monde. Pas du tout dans le genre Éden, à la fois l'enfer et le paradis. Il y a de tout beaucoup, et tellement plus qu'ailleurs. L'eau, le bois, l'oxygène et 15 % de toute la végétation du globe.

« L'architecture de la forêt – ils parlent d'architecture,

fit remarquer Jonathan – est le résultat de la contradiction entre deux besoins : celui de puiser l'eau et les éléments nutritifs dans le sol, et celui de disputer aux plantes voisines la lumière dispensée par le soleil. » Être proche de l'eau, qui se trouve dans le terre, c'est être très loin de la lumière, qui est au-dessus de la voûte. Et réciproquement. Les arbres ont absolument besoin des deux. Comment faire ?

Simple ! Grimper plus haut que son voisin. « La hauteur impressionnante des arbres vient de la nécessité pour chacun d'être plus haut que les autres. » Certains grimpent à plus de cent mètres, trente étages, des buildings de bois ! Pour hisser leur feuillage à ces altitudes incroyables, ils dépensent une énorme partie de leur énergie. Voilà pour le haut. Et pour le bas ? Comment puiser l'eau du sol et parvenir à ce qu'elle irrigue l'arbre jusqu'aux branches les plus hautes ? Simple, encore ! Fabriquer une pompe aspirante.

Grâce à la superficie énorme des feuilles et à la chaleur – on est si près de l'équateur – l'évaporation dans la voûte est tellement rapide qu'elle crée un énorme vide dans tous les conduits de l'arbre. Pour combler ce vide, l'eau et les aliments nutritifs, tout en bas, sont propulsés à l'intérieur du tronc. Aspirée avec une puissance terrible, l'eau est littéralement pulsée. En un instant elle atteint les frondaisons qu'elle vient nourrir à plus de cent mètres de hauteur.

Avant de refermer *La Saison des feux*, Jonathan laissa échapper une petite information concernant la flore : « Un seul arbre de la forêt amazonienne peut abriter 1 500 espèces d'insectes ! » Un frisson parcourut Léa sous l'œil narquois de Jonathan. Léa se reprit. Quinine et trousse anti-venin ; elle était décidée. Elle était prête à vivre dangereusement.

CHAPITRE 14

Bagdad après…

Tandis que par l'entremise de la carte et des guides Jonathan-et-Léa voguaient dans leur soupente vers la lointaine Manaus, M. Ruche, dans sa chambre-garage, se persuadait que s'il voulait suivre « à la lettre » la lettre de Grosrouvre, il lui fallait partir à la rencontre de cet al-Tūsī qui, dans la liste dressée par son ami, suivait immédiatement Omar al-Khayyām.

La réponse était dans les livres.

En entrant dans l'atelier de la BDF, M. Ruche avait encore en mémoire ce texte d'un contemporain d'al-Khwārizmī, qu'il avait dégotté à l'IMA, *Le Cadi et la Mouche* :

« Les livres ne ressuscitent pas les morts, ne métamorphosent pas un idiot en homme raisonnable, ni une personne stupide en individu intelligent. Ils aiguisent l'esprit, l'éveillent, l'affinent et étanchent sa soif de connaissances. Quant à celui qui veut tout connaître, il vaut mieux, pour sa famille, le soigner ! Car cela ne peut provenir que d'un trouble psychique quelconque.

« Muet quand tu lui imposes le silence, éloquent lorsque tu le fais parler. Grâce au livre, tu apprends en l'espace d'un mois ce que tu n'apprendrais pas de la bouche de connaisseurs en une "éternité" et cela, sans contracter de dette du savoir. Il te débarrasse, te délivre du commerce de gens odieux et des rapports avec des

LE THÉORÈME DU PERROQUET

hommes stupides, incapables de comprendre. Il t'obéit de jour comme de nuit, aussi bien durant tes voyages que pendant les périodes où tu es sédentaire. Si tu tombes en disgrâce, le livre ne renonce pas pour autant à te servir. Si des vents contraires soufflent contre toi, le livre, lui, ne se retourne pas contre toi. Il arrive, parfois, que le livre soit supérieur à son auteur… »

A présent que M. Ruche connaissait l'existence de tant de mathématiciens arabes, la question se posait de savoir pourquoi Grosrouvre avait cité ces deux-ci. « Si mon hypothèse est correcte, se dit-il, il me faut découvrir dans quelle intention il les a choisis, quels liens il a voulu dessiner entre eux et sa propre histoire. Peut-être aussi était-ce dans l'intention de désigner des points communs entre ces deux mathématiciens, des points communs qui feraient sens. »

Avant de pouvoir répondre à cette question, il lui fallait d'abord découvrir lequel des deux al-Tūsī était le bon. Sharaf ou Nasīr ? Question époque, Sharaf était plus proche d'al-Khayyām que Nasīr.

Il ne neigeait pas comme la dernière fois. Le froid était glacial. Plus une goutte ne s'écoulait du robinet. Seulement, de sa gueule de cuivre pointait comme une crotte de nez gelée.

M. Ruche retrouva son bureau dans l'état où il l'avait laissé. Gros désordre. Feuilles de brouillon noircies de ratures, une tasse de thé au cul jauni, des journaux de l'année dernière, et les deux photographies de Jonathan-et-Léa « Avant-Après ». M. Ruche ouvrit le seul ouvrage de Sharaf que la BDF possédait, *Les Équations*, ouvrage d'algèbre, comme son nom l'indiquait. La fiche de Gros-rouvre commençait par ses mots :

Sharaf est le continuateur des œuvres d'al-Khayyām…

C'était clair! Grosrouvre annonçait la couleur. Sharaf
al-Dīn al-Tūsī poursuivit, en effet, l'étude géométrique
des équations du 3ᵉ degré. Ce qui l'amena à se lancer
dans l'étude des courbes. C'est dire s'il était en avance
sur son temps. Précurseur génial; son plus important
apport fut l'utilisation de quelque chose qu'il faut bien
appeler la *dérivée*.

Si Sharaf était le bon al-Tūsī, quelles informations
concernant l'histoire de Manaus Grosrouvre voulait-il lui
communiquer? En gros, en quoi le duo Omar-Sharaf faisait-il avancer sa recherche? M. Ruche décida d'aller
voir du côté de Nasīr. Faisant glisser son fauteuil, il s'immobilisa devant les ouvrages de Nasīr al-Dīn al-Tūsī et
commença par retirer son *Recueil d'arithmétique à l'aide
du tableau et de la poussière*.

Les calculateurs indiens du Vᵉ siècle, et à leur suite les
continuateurs arabes, inscrivaient leurs chiffres directement sur le sol, que ce soit sur de la terre meuble ou sur
du sable, ou bien sur des planchettes de bois recouvertes
de poussière ou de farine, qu'ils transportaient dans de
petits sacs. Pour cette raison, on les a nommés « les
chiffres de poussière ».

M. Ruche avança de quelques centimètres le long des
rayonnages et s'immobilisa devant un ensemble de cinq
beaux volumes reliés, *Le Dévoilement des mystères sur
la figure sécante*. Un titre à vous donner envie de soulever le voile. Il déposa les volumes sur son bureau. C'était
de la géométrie. Beaucoup de figures, parmi lesquelles
de nombreux cercles. La raison : *Le Dévoilement* était
l'œuvre majeure de la trigonométrie arabe.

Dans sa fiche, Grosrouvre précisait que Nasīr al-Dīn al-
Tūsī était, avec Abūal-Wafā, le véritable fondateur de la
trigonométrie. Elle existait, certes avant lui, mais que ce
soit en Grèce, en Inde ou dans le monde arabe, elle
n'était qu'un outil de l'astronomie, fournissant les calculs

nécessaires à la connaissance du ciel, à la position des étoiles, au mouvement des planètes. Al-Tūsī lui donna ses lettres de noblesse en en faisant une discipline mathématique autonome, édifiée sur la géométrie du cercle et de la sphère.

Le style de la rédaction de la fiche retint l'attention de M. Ruche. A l'évidence, elle n'était pas rédigée pour un usage strictement personnel. Il réalisa qu'il en était de même pour toutes celles qu'il avait eues entre les mains. Grosrouvre les avait composées comme si, s'adressant à des lecteurs, il voulait rendre clairs les sujets traités dans chacun des ouvrages de la Bibliothèque de la Forêt. La fiche poursuivait :

Comme tout fondateur, Nasīr al-Dīn al-Tūsī a eu des prédécesseurs. D'abord les deux géographes-astronomes grecs d'Alexandrie, Hipparque au IIe siècle avant et Claude Ptolémée au IIe après. Puis deux mathématiciens, toujours d'Alexandrie, Théodose, au IIe siècle avant, et Ménélaos, au IIe siècle après.

Instinctivement, M. Ruche jeta un coup d'œil sur les deux photos de Jonathan-et-Léa au ski, toujours étalées sur son bureau. Intrigué par ce geste, il allait poursuivre sa lecture quand il en comprit les raisons. Par deux fois, dans les dernières lignes, Grosrouvre avait écrit « avant », « après » ! Par-devers sa pensée consciente, le lien s'était immédiatement établi avec les photos. « On est une drôle de machine ! » songea-t-il. M. Ruche adorait ce genre de coïncidences, qu'il regardait comme l'ingérence du miraculeux dans le déroulement sage des choses de la vie. En rationaliste conséquent, refusant toute interprétation extravagante, il ne voulait rien y lire d'autre et reprit sa lecture.

Un siècle après Euclide et sa géométrie du plan, Théodose, puis Ménélaos dans *Les Sphaerica*, lancèrent la géométrie de la sphère. Ménélaos mit à jour un grand nombre de propriétés des figures géométriques construites sur la sphère. En particulier les triangles sphériques, à propos desquels il établit un résultat fondamental : la somme des angles d'un triangle sphérique est supérieure à 180 degrés.

Supérieure ? Il relut. Oui, oui, supérieure, pas égale ! Et lui qui avait cru que la somme des angles d'un triangle était égale à 180 degrés. C'est bien ce que les Grecs affirmaient ! Mais elle n'était « égale » que dans un plan. Pas ailleurs. Ailleurs ? M. Ruche fut forcé d'admettre qu'il ne s'était jamais posé la question : « Comment cela se passe quand on se trouve sur du courbe ? » Le résultat de Ménélaos affirmait-il autre chose que « un triangle étalé sur la peau d'une orange est plus "grand" que celui déployé sur la feuille de l'oranger » ?

Sur le tard de sa vie, après plus de quatre-vingts années vécues sur la surface d'une sphère, il s'apercevait qu'il était un homme du « plat », n'ayant jamais fait que raisonner dans un plan. Bref, il était un fieffé euclidien. Était-ce trop tard pour se faire une vision plus ronde des choses ?

Roulant doucement vers les rayonnages, M. Ruche ne pouvait cacher son trouble. « La somme des angles d'un triangle est égale à 180 degrés », cette phrase, qu'il se souvenait avoir toujours entendu proclamer comme une vérité absolue, indépendante de tout contexte, n'était en fait qu'une vérité sous condition. Elle concernait certes tous les triangles du monde, mais tous les triangles PLANS du monde. L'adjectif changeait tout ! Comme dans la vie.

Cette nécessité que les mathématiques ont, plus que toute autre connaissance, de préciser dans quel cadre, sous quelles conditions, avec quelles hypothèses une affirmation est vraie, les rendait exemplaires. Par ces quelques lignes écrites sur la fiche de Grosrouvre, M. Ruche toucha du doigt à quel point elles pouvaient être philosophiquement, et même politiquement, une école d'apprentissage contre l'absolutisme de la pensée.

Que clament les proclameurs d'évidences, les aboyeurs d'indiscutables lorsqu'ils veulent vous clouer le bec ? Ils assènent l'inévitable : « Comme deux plus deux font quatre ! » Eh bien, justement, deux plus deux ne font pas partout quatre ! Ils le « font » là où on leur dit de le faire. Ils le font dans les univers de nombres que nous utilisons quotidiennement.

Mais il y a d'autres univers numériques, dans lesquels, justement, deux plus deux font autre chose que quatre. Il y en a même dans lesquels deux plus deux font zéro ! Horreur. Si les maths foutent le camp des arguments d'autorité !…

M. Ruche jubilait ! Les mathématiques ne proclament pas des vérités absolues, mais des vérités parfaitement localisées. Des vérités localisées, mais de bronze ! Et dire qu'il avait failli terminer sa vie en passant à côté de cette époustouflante révélation !

Par sa fréquentation soutenue de la BDF, il commençait, oh, tout juste, à flirter avec ces mathématiques qui jusqu'alors avaient représenté pour lui un monde frigide et insensé, où la vérité, véritable statue du Commandeur, interdisait de lier des relations charnelles et passionnées avec les objets étudiés. D'avoir vraiment ressenti que les vérités mathématiques ne transcendaient pas les univers, mais qu'elles étaient consubstantielles aux espaces dans lesquels elles s'affirmaient comme vérité, eut un effet euphorisant et lui donna vraiment envie d'aller plus loin.

Pour M. Ruche, les concepts philosophiques n'avaient jamais été des pensées froides, du ressort exclusif de l'in-

tellect. Il les vivait comme des êtres sensibles avec lesquels il entretenait des relations physiques, faites de sensation, d'émotion, d'attachement. De répulsion, parfois.
En cela, il était un philosophe.

Après ce qui venait de se passer, peut-être était-il sur la
voie de lier des liens semblables avec les objets qui peu-
plaient l'univers mathématique. Il songea que cette ouverture à d'autres êtres, il la devait sans doute au fait qu'il ne
pouvait plus marcher et qu'il était immobilisé. Cette perte
de liberté dans l'espace physique, il trouvait là l'occasion
d'y remédier en lui substituant de nouveaux espaces de
pensée. Chacun s'en sort comme il peut. S'il s'en sort !

L'esprit bouillonnant, il se dirigea vers son bureau et
reprit la lecture de la fiche sur l'ouvrage de Nasīr al-Dīn
al-Tūsī à l'endroit où il l'avait abandonnée.

M. Ruche n'avait pas, mais alors pas du tout, de bons
souvenirs de la « trigo ». Des tas de formules à appliquer
par cœur, pour faire des tas de calculs fastidieux qui servaient à faire des calculs pour… allez savoir ?

Il était tout bonnement en train de comprendre qu'il
s'agissait, là encore, des rapports entre le courbe et le
droit, entre des arcs de cercles et les cordes qui les sous-
tendent : évaluer la longueur de la corde en fonction du
rayon du cercle. Le choix des mots était on ne peut plus
parlant. Dans l'arme de chasse, la corde est rendue droite
par la pression que la tige de bois exerce à ses extrémités,
tandis que l'arc est rendu courbe par les limites que lui
impose la corde tendue. Il paraîtrait que le mot corde
vient d'« intestin » en hittite, qui a donné « saucisse » en
grec. Et merguez en arabe, ajouta M. Ruche, hilare, en
pensant à Habibi. Il eut du mal à retrouver son sérieux.

Toujours lisant la fiche, M. Ruche apprit comment, du
cercle, la trigonométrie était passée au triangle, en établissant des liens entre les angles et les côtés. Ce faisant,

elle offrait un moyen précieux de passer de la mesure des angles à celle des côtés et inversement. Il apprécia le double passage « courbe-droit » dans le cercle et « angle-segment » dans le triangle.

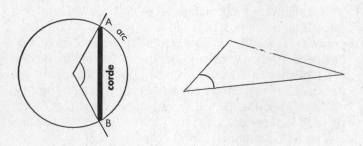

L'une des tâches de l'astronomie fut l'établissement de tables. Les premières tables, celles d'Hipparque, ont été perdues. Quant à celles de Ptolémée, elles établissaient les correspondances entre les longueurs des cordes et les différentes valeurs d'arcs. Grosrouvre avait inséré une petite note :

Les tables de cordes sont les premiers exemples de *fonctions* dans l'histoire des mathématiques. C'est à cette époque que les Grecs ont pris l'habitude de diviser le cercle en 360 degrés.

Plus tard, les Indiens ont remplacé les tables de cordes par des tables de sinus, plus faciles à manier. Le sinus n'étant rien d'autre que la demi-corde. L'appellation vient de *jiva* en sanscrit : « corde d'arc ». En arabe cela donna *jiba* : « poche, repli du vêtement ». Sans oublier qu'en latin *sinus* = sein !

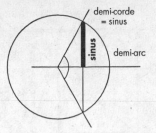

M. Ruche revint à la fiche.

La précision de tout calcul astronomique repose sur l'exactitude de la table des sinus, dont la construction est liée au problème de la trisection de l'angle ! Al-Khwārizmī fut le premier mathématicien arabe à établir des tables de sinus.

Revoilà la trisection ! Ça faisait plaisir. Apparemment, toujours pas résolue ! Cet al-Khwārizmī semblait avoir touché à tout, on le retrouvait au début de presque tous les champs des mathématiques arabes. Un super Thalès !

Comme si Grosrouvre avait lu dans ses pensées, il écrivait, pour suivre :

Juste après, Habash al-Hāsib inventa la *tangente*. Al-Hāsib veut dire « le calculateur ». La tangente est l'outil idéal pour mesurer la hauteur d'un objet.

N.B. On peut déterminer la fameuse hauteur de la pyramide de Khéops directement, si l'on dispose d'une table de tangentes. Thalès n'en disposait pas...

M. Ruche retrouvait les quatre mousquetaires de la trigo, sinus, cosinus, tangente et cotangente. Il saisit un crayon, une règle, un compas et traça à la va-vite un dessin. Tout lui était revenu d'un coup.

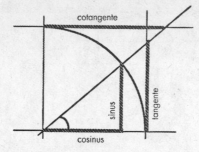

Pour établir ces tables de façon la plus complète possible, les mathématiciens arabes eurent besoin de créer une théorie, ajoutait Grosrouvre. Ce qui les conduisit à construire les fameuses formules de trigonométrie, hantise de tant de lycéens.

$$\cos (a+b) = \cos a \times \cos b - \sin a \times \sin b$$
$$\sin (a+b) = \sin a \times \cos b + \sin b \times \cos a$$

etc.

Grâce à elles, par exemple, si l'on connaît le sinus et le cosinus de l'angle a et de l'angle b, on peut calculer le sinus et le cosinus de l'angle $(a + b)$ ou de l'angle $(a - b)$. Voilà donc à quoi servaient ces fichues formules ! A compléter au fur et mesure les tables trigonométriques en partant de quelques valeurs simples connues.

Sur cet effort, M. Ruche referma le livre d'al-Tūsī, satisfait de savoir enfin ce qu'était la trigonométrie, mais déçu de n'avoir rien trouvé qui fasse lien entre Omar et Nasīr al-Dīn concernant leur activité mathématique. Hormis un point, le premier avait surtout fait de l'algèbre, le second de la trigonométrie et de l'astronomie. Logiquement, s'il y avait entre eux des liens mathématiques, ils ne pourraient se trouver que dans le troisième champ : la géométrie.

M. Ruche quitta la chambre-garage non sans avoir enfilé sa pelisse. Une pelisse coupée à mi-hauteur. On aurait dit que les réverbères avaient attendu sa sortie pour s'allumer. La nuit n'était pas encore totalement tombée. La lumière électrique si habile à lutter contre la nuit noire ne pouvait rien contre la pénombre. M. Ruche attaqua la pente en direction de la place Émile-Goudeau, à deux tours de roues. Il avait la tête... l'expression des gosses lui vint à l'esprit : « la tête comme un balai ». L'air était frais et sec. S'oxygéner les neurones ! Il avait besoin d'exercice.

Pas un chat ! Ce qu'il y a de bien avec l'hiver, c'est qu'il fait disparaître non seulement les feuilles des arbres, mais également les touristes de Montmartre.

Avant de rentrer, il jeta un coup d'œil dans la librairie à travers la vitrine. Personne. L'après-fêtes était la pire période, pourtant, avec l'hiver et ses longues nuits, ce devrait être le moment rêvé pour la lecture. Assise devant une petite table d'osier, à côté de la caisse, Perrette était plongée dans le grand cahier de comptabilité.

Après le froid de la rue, l'atelier de la BDF lui parut torride. Il alluma quelques spots. Et en avant pour la géométrie !

Trouverait-il enfin les liens attendus entre Omar et Nasīr ? Du premier, il sortit les *Commentaires sur les difficultés de certains postulats du livre d'Euclide*. Pas la peine de l'ouvrir pour savoir qu'il traitait de géométrie, M. Ruche se souvenant que, dans Euclide, il n'y avait de postulat qu'en géométrie.

Du second, il ne trouva aucun ouvrage concernant cette discipline. Les deux auteurs n'auraient-ils rien en commun concernant leurs travaux mathématiques ? M. Ruche en douta. Si son hypothèse était bonne, l'ouvrage recherché devait forcément se trouver dans la BDF. Mais où ?

M. Ruche longea lentement les rayonnages, lisant soigneusement chaque titre. Il avait presque atteint le bout de la Section 2 consacrée aux mathématiques arabes, quand son regard tomba sur un ouvrage au titre surprenant : *Opuscule qui délivre des doutes concernant les droites parallèles*. Il était de Nasīr al-Dīn al-Tūsī et c'était un ouvrage de géométrie !

Ragaillardi, M. Ruche déposa les deux ouvrages sur son bureau encombré. Ordre chronologique, il ouvrit en premier lieu celui d'al-Khayyām dont il retira prestement la fiche.

L'ouvrage concerne le postulat n° 5 sur les parallèles. Ce postulat n'a pas cessé de tracasser les mathématiciens depuis qu'Euclide a choisi de le poser. Ce qu'on lui reproche ? Son énoncé ressemble plus à celui d'un théorème qu'à celui d'un postulat, et c'est d'ailleurs la réciproque d'un théorème. Or, on ne peut se passer de lui. Sans lui, pas de théorème de Pythagore. C'est lui qui permet d'affirmer que la somme des angles d'un triangle plan est égale à 180°, ou tout simplement d'affirmer qu'il existe des rectangles. Une paille !

Pour remédier à cette défaillance, les mathématiciens ont constamment voulu le destituer de sa position de postulat pour le ramener plus prosaïquement à la situation de théorème. Ils se sont acharnés à le démontrer (à le déduire des autres axiomes et postulats). Que dit Khayyām à ce sujet ? Deux droites perpendiculaires à une troisième ne peuvent pas converger, ni diverger des deux côtés à la fois.

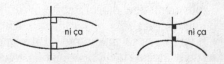

Ce qui poussa al-Khayyām à suggérer une autre interprétation des parallèles : deux droites sont parallèles si elles sont perpendiculaires à une même troisième. Avantage : le parallélisme se teste directement, sous nos yeux. Inconvénient : étant soumis à l'orthogonalité, il n'est plus une propriété première. Ce qui implique qu'on ne peut tester directement le parallélisme d'un couple de droites. Si on veut le faire, on doit en appeler à une troisième droite. Je n'aime pas beaucoup cela.

Inutile de dire que M. Ruche n'avait pas, loin de là, tout compris de ce qu'il venait de lire, mais cela lui rappela une blague qui courait dans les cours de récréation : les parallèles, c'est comme les rails d'un train, elles tournent en même temps ! Il referma le livre d'al-Khayyām et ouvrit celui d'al-Tūsī. Superbes figures ! La fiche.

Nasīr al-Dīn al-Tūsī, lui aussi, a voulu démontrer le postulat 5. Il reprocha à Khayyām de s'être trompé. Mais lui aussi a commis une erreur dans ses démonstrations. Nasīr voulait démontrer le 5 en partant du fait qu'une perpendiculaire et une oblique à une même droite se coupent forcément.

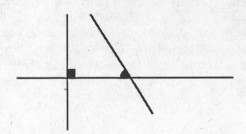

Pas plus al-Tūsī qu'al-Khayyām, ni aucun autre mathématicien arabe, ne sont parvenus à démontrer le postulat n° 5. La question reste ouverte pour les mathématiciens occidentaux qui vont suivre. Une épine plantée dans le corps géométrique.

N.B. Nasīr al-Dīn propose de partir du postulat suivant :
« Si des lignes droites situées dans le même plan divergent
dans une direction, elles ne peuvent converger dans cette
direction à moins qu'elles ne se rencontrent. »

Le voilà, le lien ! Omar et Nasīr al-Dīn s'étaient tous
les deux attachés à démontrer le postulat n° 5, et aucun
des deux n'y était parvenu !

Qu'en tirer ?

Tout en rangeant son bureau, M. Ruche fit un rapide
bilan. La récolte était mince. Pour aller plus loin, il devait
s'informer sur la vie d'al-Khayyām et sur celle de Nasīr
al-Tūsī. Peut-être alors des liens plus convaincants appa-
raîtraient-ils. M. Ruche jeta les feuilles de brouillon,
fourra la tasse de thé dans sa poche pour la laver au robinet de la cour, prit les deux photographies pour les glisser
dans l'enveloppe. Un petit bout de papier s'échappa de
l'enveloppe et alla se poser le plus loin possible. Pas sous
la bibliothèque, comme pour la première fiche de Grosrouvre. M. Ruche se pencha pour le ramasser. N'y parvenant pas, il saisit la longue pince rangée sous son
siège qui ne le quittait jamais. Il ramena le papier. C'était
une feuille de papier à cigarettes sur laquelle Léa avait
inscrit : « M. Ruche, après moult chutes, nous vous pro-
posons le postulat suivant : *Par un pied extérieur à un
ski, il ne passe qu'un ski et un seul parallèle au ski
donné*. »

La grande tour de verre du Shinjuku NS s'élève bien
au-dessus des deux cents mètres. Dressé au cœur du
célèbre quartier d'affaires de Tokyo, le building attire
tous les regards. L'intérieur est encore plus stupéfiant :

un tronc évidé dont il ne resterait que l'écorce. 6 000 vitres ! affirment les dépliants de la municipalité.

Allez savoir pourquoi à la hauteur du 29e étage du Shinjuku NS, et seulement là, enjambant le gouffre à presque cent mètres de hauteur, un pont intérieur permet de traverser le building en ligne droite, sans avoir, comme c'est le cas pour tous les autres étages, à contourner le vide central.

Sur ce pont jeté dans la jungle de la ville, un homme marchait. Pressé. Après avoir réglé quelques-unes des affaires pour lesquelles il se trouvait à Tokyo, il se dirigeait vers la gare de Shibuya, où il avait un rendez-vous au pied de la statue du Chien. Bousculant un groupe de lycéennes en costume marin qui lui barrait le chemin au milieu du pont en jacassant, l'homme avait encore en mémoire l'histoire qu'un de ses « clients » venait de lui raconter concernant cette statue, lieu habituel des rendez-vous de la capitale nippone.

Cela se passait à la fin des années 20. Chaque matin, un professeur d'Université se rendait à la gare de Shibuya, accompagné de son chien Hachiko. Un peu avant l'heure du retour de son maître, Hachiko retournait à la gare et l'attendait. Ensuite, ils rentraient tous les deux. Cela durait depuis des années. Un soir, le professeur ne revint pas. Dans la journée, il avait été renversé par une voiture et était mort sur le coup. Personne ne prévint le chien. Tous les soirs, Hachiko retournait à la gare de Shibuya pour attendre son maître. Lorsque le dernier voyageur descendait, Hachiko s'en retournait. Cela dura sept ans. En 1935, Hachiko mourut. En souvenir de cette fidélité, les habitants de Tokyo élevèrent une statue en l'honneur de Hachiko. Se donner rendez-vous à la statue du Chien, c'est être assuré que l'on vous attendra le temps qu'il faudra.

L'homme n'eut pas à attendre. Son « client » était là. L'exactitude japonaise. L'affaire fut vite conclue. La journée avait été bonne. Le patron serait satisfait.

La nuit tomba sur Tokyo. C'était quelques jours après Noël. Attaché aux traditions, l'homme regrettait de ne pas avoir passé les fêtes avec sa famille. Le boulot. Il se rattrapa en s'offrant un des plus luxueux restaurants de la ville.

Il se régala de *takoyaki*, succulents beignets de poulpe que l'on ne trouve qu'à Tokyo, et de *sushi*, abondamment arrosés d'un saké de qualité. Il était repu. La soirée ne faisait que commencer.

Un taxi le conduisit dans le quartier du Kabuki cho, un des coins chauds des nuits de Tokyo. S'étonnant de la longueur du trajet, celui-ci lui expliqua que tout le centre de la ville était occupé par le palais de l'empereur et par d'immenses jardins, qu'il était interdit de traverser.

– Au Shinjuku NS, au moins, il y a un passage direct au 29e étage ! fit remarquer l'homme.

– Les buildings sont américains, les jardins sont japonais, lui répondit le chauffeur.

Le taxi le laissa devant l'entrée d'un bar karaoké. L'homme poussa la porte et fut immédiatement enveloppé par l'atmosphère moite et douce de ce bar à chansons. Debout sur une minuscule scène, sous les feux de faibles projecteurs, une femme chantait, accompagnée d'un fond musical préenregistré. Une cliente.

Malgré ses épaules de débardeur et son allure volontaire, l'homme était un tendre ; il adorait les chansons d'amour. Elles le faisaient craquer. La chanteuse regagna sa table sous les applaudissements des autres clients.

L'animateur s'approcha : « Vous, français ? » L'homme acquiesça. En fait, il était italien, mais c'était plus simple comme cela. L'animateur lui tendit le micro : « Japonais,

beaucoup aimer chansons françaises. Vous chantez ? » Il
lui avait parlé en français et pas en américain. L'homme
déclina l'offre. L'animateur fit un mouvement brusque,
le micro lui échappa des mains. Dans un réflexe d'une
extraordinaire rapidité, l'homme le rattrapa bien avant
qu'il ne touche le sol. C'était un truc de l'animateur, le
micro était attaché à un fil enroulé autour de son poignet.
Le public était habitué, la salle éclata de rire. L'homme
se retrouva le micro en main. Il ne pouvait plus refuser.
L'animateur le poussa vers la scène, lui tendant un livret
sur lequel étaient recopiées les paroles de chansons
françaises.

Le silence se fit et l'assistance ravie entendit ce grand
type costaud, habillé d'un impeccable costume rayé,
chanter : « Parlez-moi d'amour, redites-moi des choses
tendres… » C'était beau.

Les applaudissements crépitèrent. L'homme alla se
rasseoir. A la table voisine, deux jeunes et jolies femmes
levèrent leur verre dans sa direction. Il leva le sien. Ils
burent à leur santé et aux chansons d'amour. L'une
des deux, celle qui chantait au moment de son arrivée,
lui montra un journal et au milieu de petits rires, avec
un accent à croquer : « Paris ! Paris ! » Puis, fouillant
son sac, elle sortit un journal froissé, qu'elle déplia à
une page précise. Au milieu de la page s'étalait une
photo. L'homme reconnut la pyramide du Louvre. Au-
dessous, une légende, dont il ne comprit pas un traître
mot :

高齢のフランス人学者は、建築家イェオ・ミン・
ペイの設計によるルーヴル美術館のガラス製ピラ
ミッドの高さを、古代ギリシアの数学者タレスの、
影を使う方式で測定する。

Puis, sans trop savoir pourquoi, au moment où il allait rendre le journal, il regarda à nouveau la photo. Réflexe de professionnel. « Nom de Dieu ! » Il poussa un tel rugissement que la jeune femme, effrayée, retira sa main.

Au milieu de la photo, il venait d'apercevoir un gamin avec, perché sur son épaule, un perroquet ! Il se leva en trombe, jeta un billet sur la table et quitta le bar, le journal à la main.

Il entra dans la première galerie marchande, fonça vers une photocopieuse, étala la page du journal sur la vitre, disposa la photo bien au centre, programma un agrandissement. La photocopie était d'excellente qualité. Qualité japonaise ! Quelle heure était-il à Paris ? Huit heures de décalage ; on était en plein milieu de l'après-midi. Pas une minute à perdre.

Un peu plus loin dans la galerie, un drugstore d'où l'on pouvait envoyer des fax. Il demanda une feuille de papier, sortit un stylo en or, gros comme un havane, et écrivit : « Voilà une photo du gamin. Comme tu le vois sur la photo, le perroquet se trouve toujours à Paris. A toi de jouer ! Retrouve-les vite ! » Il faxa le tout à son acolyte à Paris.

Il se détendit. Le Patron allait être satisfait. L'homme réajusta son élégante veste rayée et quitta le drugstore. C'était l'un des deux types bien mis, le grand, avec qui Max s'était colleté dans le hangar des Puces de Clignancourt.

M. Ruche pénétra dans la cabine vitrée qui l'emmena au septième ciel de la bibliothèque. Pour en savoir plus sur la vie d'Omar al-Khayyām, il avait décidé de retourner à l'IMA. Et aussi parce qu'il avait tout simplement envie d'y retourner. Comme la première fois, Albert l'avait déposé à l'angle du quai Saint-Bernard et du pont Sully. Et comme la première fois, il avait attendu une éternité avant de pouvoir traverser.

Sitôt arrivé, il s'élança comme un gamin dans la rampe hélicoïdale de la Tour des livres qui le conduisit au milieu de la salle de la bibliothèque où il retrouva avec plaisir les tables de métal et les sièges à dos rond.

Après avoir fait son marché dans les rayonnages, il s'installa, regardant de tous côtés, il chercha la jolie brunette qui l'avait si aimablement aidé la première fois. Elle n'était pas là. Il se mit au travail, d'autant que vers cinq heures il avait rendez-vous au neuvième étage à la brasserie de la terrasse, avec les trois enfants Liard.

Omar al-Khayyām naquit le 18 juin 1048, dans un petit village perse du Khorassan, le Pays du soleil levant. Son père se nommait Ibrahim, qui est le nom d'Abraham en arabe. Il vendait des tentes.

Lorsque Omar devint poète et qu'il dut se choisir un nom, il choisit « al-Khayyām » : le fils de celui qui vend des tentes. A une époque où les voyages étaient si longs et les caravanes si nombreuses, c'était un bon commerce. Ibrahim envoya son fils étudier à la médersa de Nishapur. Très vite, Omar se fit des amis. Deux en particulier, Abdul Kasem et Hassan Sabbah. Le trio devint inséparable. Ensemble, les jeunes gens vécurent de merveilleux moments, d'études et de plaisirs. Comme tous les étudiants du monde, en toutes époques, ils passaient de folles soirées dans des fêtes interminables.

A la fin de l'une d'elles, l'un des trois amis, on ne sait lequel, proposa un pacte aux deux autres. « Jurons-nous fidélité. Nous sommes tous trois semblables et égaux. Cela ne doit pas cesser. Le premier d'entre nous qui atteindra la gloire et la fortune aidera les deux autres. » Ils jurèrent.

Le premier à atteindre la gloire fut Abdul Kasem. Sous

le nom de Nizam u'l Mulk, il était devenu le grand vizir du sultan Alp Arslan. Les deux autres allèrent le voir. Il n'avait pas oublié le pacte qui les liait.

Cela ressemblait à une légende à la manière des *Mille et Une Nuits*. M. Ruche continua.

Nizam u'l Mulk proposa à Omar un poste important à la cour. Omar refusa : « Je ne veux pas de poste, la plus grande faveur que tu puisses me faire est de me donner les moyens de continuer d'étudier aussi longtemps que j'en aurai besoin. » Nizam lui octroya une rente et lui fit construire un observatoire dans la ville d'Ispahan.

Ce fut au tour de Hassan. Lui, par contre, accepta sur-le-champ le poste important que Nizam lui offrait. Intelligent et cultivé, Hassan fut très vite apprécié par le Sultan. Mais voilà qu'il se mit à comploter contre Nizam, intriguant sans cesse pour lui prendre sa place. Vizir avisé et plein de ressources, Nizam para le coup et fit condamner Hassan à mort. Omar intervint auprès du sultan pour qu'on lui laisse la vie sauve. Hassan fut chassé de la ville. Mais il devait constamment changer de demeure pour échapper aux hommes de Nizam qui avait juré de se venger. Il partit à la recherche d'un refuge sûr qui le mettrait hors d'atteinte de ses poursuivants.

Au sud de la mer Caspienne se dresse l'Elbruz, une longue chaîne de montagnes dont les plus hauts sommets atteignent les 6 000 mètres. Hassan entendit parler d'un fortin perdu dans la montagne. Il décida d'aller s'y réfugier.

Il partit, accompagné d'une petite troupe de compagnons. Au milieu de la neige et de la glace, après avoir emprunté des chemins effroyables, longé des gorges abruptes, traversé des défilés sinistres, après des journées de voyage, il aperçut perché, tout en haut de la montagne, un véritable nid d'aigle. La forteresse d'Alamut ! Entourée de fossés emplis d'eau glacée. Pour y pénétrer, une seule voie. Un pont-levis, jeté au-dessus de ravins à pic.

Hassan comprit du premier coup d'œil que la forteresse était imprenable. Il décida de s'en rendre maître. Mais comme elle était imprenable, il ne pouvait s'en emparer par la force. Après avoir ordonné à ses compagnons de se cacher, il s'avança seul et demanda à être reçu par le commandant de la place. On abaissa le pont-levis, remonté aussitôt après son passage. Hassan interpella le commandant de la place : « J'ai là une peau de bœuf. » Il déplia la peau de bœuf. « Je te donnerai 5 000 pièces d'or si tu me vends autant de terrain que ce que l'on peut délimiter avec cette peau. »

Le commandant de la place n'en crut pas ses oreilles. Il voulut voir l'or. Hassan lui montra l'or. Le commandant fit compter les pièces. 5 000 ! Convaincu d'avoir affaire à un insensé, il accepta la proposition : « Donne-moi cet or et je te cède sur-le-champ l'emplacement que tu choisiras. » On abaissa à nouveau le pont-levis. Hassan se dirigea vers le pied des murailles de la forteresse, pointa le doigt vers le sol. Mais au lieu d'étaler la peau de bœuf à l'endroit de son choix, il y planta un pieu, sortit de son habit un long couteau, découpa la peau en fines lamelles, lia bout à bout les lamelles, attacha au pieu une extrémité de la corde de cuir qu'il venait de confectionner. Tenant l'autre, il se mit à marcher le long de la muraille. Bientôt, il avait fait le tour de la forteresse. Il l'avait encerclée avec sa peau de bœuf. La forteresse était à lui ! D'autant que ses compagnons en avaient profité pour s'introduire dans les murs. L'ex-commandant de la place quitta les lieux avec ses 5 000 pièces d'or.

Sitôt installé, Hassan entreprit d'étranges transformations.

De l'autre côté des sombres murailles, dans un coin éloigné de la forteresse, à l'abri des regards, il fit construire un véritable paradis ! Jardins enchanteurs, ruisseaux de cristal, bosquets, lits de fleurs. Un lieu de délices, sévèrement gardé. Hormis quelques proches, personne n'en connaissait l'existence. C'était un lieu secret auquel Hassan avait dévolu un rôle bien particulier.

Tout en lisant et en prenant des notes, M. Ruche guettait du coin de l'œil la fermeture des diaphragmes. Il gardait de cet événement un souvenir ému. A aucun moment ils ne se refermèrent. C'est dire à quel point dehors la lumière était faible.

Hassan avait trié sur le volet quelques dizaines de jeunes hommes, choisis dans tout l'Orient pour leur énergie et leurs qualités de combattants. Conduits à Alamut, ils suivaient des stages intensifs où durant de longs mois on les entraînait à devenir des guerriers prêts à tous les combats. Quand le dernier jour de leur entraînement arrivait, Hassan leur offrait un grand repas. A la fin du repas il leur faisait absorber de grandes quantités de drogue. Une herbe, dont il possédait un stock considérable. Sombrant dans un profond sommeil, ils étaient transportés dans les jardins secrets. Le lendemain, quand ils se réveillaient, ils n'en croyaient pas leurs yeux. Ils étaient au paradis ! Un paradis peuplé de filles magnifiques, penchées à leur chevet, qui finissaient de les réveiller par toutes sortes de caresses.

Commençait alors une journée de délices comme ils n'en avaient jamais espéré dans leurs rêves les plus fous. Le soir venu, au cours d'un somptueux dîner dans le jardin, à nouveau, on leur faisait absorber cette herbe aux étranges effets. Puis on les transportait dans leur chambre.

A leur réveil, pris d'une intense excitation, rien ne pouvait les arrêter, ils étaient intarissables, la beauté des filles, leur douceur, leur amour, les vergers délicieux, les oiseaux aux mille couleurs, les mets, les fruits, les vins… Un rêve. Mais qui était tellement intense, tellement présent. Hassan les calmait. Avec toute l'autorité qui était la sienne, il leur certifiait que ce qu'ils avaient entrevu n'était pas illusion, que c'était le paradis même. Et, solennellement, il les assurait qu'ils y retourneraient. Mais seulement s'ils mouraient au cours des missions pour lesquelles ils avaient été préparés durant ces longues semaines d'entraînement. Et pour lesquelles le lendemain même ils allaient partir.

Quelles missions ?

Hassan avait beaucoup changé ; le proscrit était devenu le Grand Maître tout puissant d'une secte religieuse, les Ismaéliens. Vizirs, califes et sultans pourchassaient les membres de la secte pour leurs croyances. Hassan leur déclara une guerre sans merci, il avait décidé d'éliminer les plus hauts dirigeants de cette partie du monde. Son arme, ces jeunes guerriers qu'il lâchait vers les cibles qu'il leur désignait. Ils prenaient tous les risques, ils n'avaient pas peur de la mort. Ils la souhaitaient, elle était leur passeport pour le paradis que Hassan leur avait promis. Ils ne manquèrent jamais leur cible.

Était-ce à cause du nom de cette herbe absorbée avant leurs missions, le haschich, ou bien parce que ces fous de paradis étaient des envoyés de Hassan, ils furent nommés hashâshins. ASSASSINS !

Le cœur de M. Ruche battit plus fort. Il y avait de quoi. Il était parti gentiment voilà quelques semaines sur l'histoire d'un poète, auteur de quatrains célèbres, aimant les femmes et le vin, *père des polynômes*, spécialiste des équations du 3e degré, astronome réputé, mathématicien persan ayant eu des problèmes avec le postulat n° 5, et il se retrouvait avec une bande d'assassins, qui commettaient leurs assassinats sur l'ordre d'un fanatique génial, enfermé dans une forteresse imprenable. N'est-ce pas précisément cela que Grosrouvre voulait lui faire savoir ?

La tension était si forte qu'il ne put rester en place. Avant, il aurait marché de long en large pour se calmer.

Il ne put que rouler sur son fauteuil à travers la salle de la bibliothèque. Et reprit sa lecture.

Un matin, on trouva le vizir Nizam u'l Mulk poignardé dans sa tente, au beau milieu du camp royal. Le hashâshin envoyé par son ancien ami de jeunesse Hassan Sabbah fut immédiatement exécuté. Lorsque le bourreau lui trancha le cou, il souriait, pressé de rejoindre le paradis promis.

Hassan mourut dans son lit, à Alamut, qu'il n'avait jamais quitté depuis le jour où il y avait pénétré pour la première fois. Durant longtemps, on parla avec crainte du « Vieux de la Montagne ».

Cinq heures passées. M. Ruche se précipita dans l'ascenseur qui l'amena au neuvième étage. Après être passé sur un petit pont jeté au-dessus de la faille qui coupait le bâtiment en deux, il débarqua sur la grande terrasse déserte. Il ne prit pas le temps d'admirer le panorama et pénétra dans la brasserie, toute en vitres, elle aussi, pour la vue.

Léa, Jonathan et Max remarquèrent tout de suite son excitation. M. Ruche commanda un thé à la menthe et deux petits gâteaux libanais aux amandes et au miel. Ils s'attendaient à des maths, ils eurent un petit cours de religion.

— L'ismaélisme est né vers le VIIe siècle et n'a pas toujours prôné l'assassinat. Après la mort de Hassan, il redevint beaucoup plus pacifique. Sa doctrine consistait, consiste encore à libérer l'esprit de tout ce qui pourrait lui faire obstacle et de tout ce qui pourrait le conditionner. Pour dire, la première encyclopédie philosophique et scientifique de l'Histoire a été entièrement conçue par des ismaéliens et *Les Mille et Une Nuits* sont d'inspiration ismaélienne ! A propos, savez-vous ce que signifie Ismaël ? demanda M. Ruche. Cela veut dire « Dieu entend » : Yishsma-El ! En hébreu. C'est le nom du fils d'Abraham et de son esclave Agar. « Tu enfanteras un fils et tu lui donneras le nom d'Ismaël, lui dit Dieu, car Yahvé a entendu ta détresse. »

« Ça craint, pensa Léa. Voilà ce païen de M. Ruche qui devient calotin ! » Max, attentif comme jamais, avait lu sur les lèvres de M. Ruche chaque mot de la réponse. IsmaMax. Max entend !

Le thé était bon, mais il ne valait pas celui de Habibi. M. Ruche leur parla des trois amis et d'Alamut, et de tout ce qu'il avait appris au cours de l'après-midi.

– Vous vouliez nous parler d'al-Khayyām et vous nous parlez de Hassan Sabbah, remarqua Jonathan.

En effet. Le serveur commençait à préparer les tables pour le repas du soir. Ils se levèrent. La terrasse avait la forme d'un triangle rectangle un peu particulier, les deux côtés de l'angle droit, celui qui surplombait la faille et celui qui longeait la vitrine de la brasserie, étaient recti-lignes ; l'hypoténuse, épousant le cours de la Seine, était courbe. Accoudés à la rambarde presque au-dessus de l'eau, Jonathan, Max et Léa regardaient. Le spectacle était magnifique.

Paris ! L'île de la Cité et l'île Saint-Louis. Notre-Dame vue de dos !

La seule personne que Hassan admirait était Khayyām. Il était son ami, il l'avait sauvé de la mort, et c'était un grand savant. A plusieurs reprises, il lui demanda de venir habiter à Alamut. Il avait constitué une bibliothèque extra-ordinaire, où son ami pourrait trouver tous les ouvrages qu'il voudrait. Khayyām refusa. Tout comme il refusa de s'installer à la cour du sultan qui le lui demandait avec insistance. Il accepta, par contre, de participer à l'éla-boration du nouveau calendrier. Khayyām était devenu l'un des plus grands astronomes du monde arabe. Il le devait à ses qualités propres et aussi aux études entreprises grâce à l'observatoire que lui avait fait construire Nizam u'l Mulk à Ispahan. Longtemps, dans le monde arabe, on parla du « calendrier de Khayyām ».

Il était également astrologue. Voilà pourquoi, et ceci est fort rare à l'époque, on connaît la date exacte de sa naissance et aussi celle de sa mort. Un jour, Khayyām confia à l'un de ses disciples que sa tombe serait située en un lieu où soufflerait le vent du nord et où les arbres disperseraient leurs fleurs deux fois dans l'année.

Bien plus tard, quand son disciple revint à Nishapur et qu'il apprit la mort du poète, il s'enquit de l'endroit où il était enterré. On l'y conduisit. La tombe se trouvait dans un jardin en plein vent, au pied d'un petit muret au-dessus duquel s'inclinaient des pêchers et des poiriers. La pierre était recouverte de deux tapis de fleurs fanées entremêlées.

Les jeunes partirent. Les jumeaux avaient une soirée entre copains, et Max regagna à pied la rue Ravignan. M. Ruche resta un moment sur la terrasse. La nuit était tombée. Oubliant l'enquête, Grosrouvre et la Bibliothèque de la Forêt, il repensa à Khayyām dont il s'était tout de suite senti si proche. Deux dates lui revinrent en mémoire. « Né le 18 juin 1048. Mort le 4 décembre 1131. » Khayyām est mort dans sa quatre-vingt-quatrième année. Au même âge que Grosrouvre ! Et…

Il se redressa sur son fauteuil, agrippa la rambarde. Dans le froid et la nuit de Paris, il cria contre le vent du nord : « Le même âge que moi ! »

M. Ruche était dans le mitan de sa quatre-vingt-quatrième année. Il sut à cet instant qu'il ne lui arriverait rien cette année-là. Il se sentit éternel… à quelques années près.

Il retourna dans la salle de la bibliothèque de l'IMA, encore tout vibrant de son cri. Il avança rapidement entre les tables ; elles étaient à présent toutes occupées. Au fond de la salle, il l'aperçut, plongée dans la lecture d'un gros ouvrage, d'architecture, évidemment. La brunette était là. Le plaisir que cela lui fit ! Le rouge lui monta aux joues. A moins que ce ne fût la différence de température. Il faisait tiède ici. La présence de la jeune fille, juste après ce qui venait de se passer là-haut, était un signe. Un signe de vie. Il passa près d'elle. La jeune fille, absorbée dans l'ouvrage, qui était bien un ouvrage d'architecture, ne leva pas les yeux. M. Ruche regagna sa place. Une éternité s'était écoulée depuis que vers cinq heures il l'avait quittée. Albert devait venir le chercher ; il lui restait un peu de temps avant la fermeture. A Nasīr al-Dīn al-Tūsī, à présent !

Nasīr al-Dīn naquit en 1201, à Tus, une petite ville au nord-est de l'Iran. C'est pourquoi il fut nommé al-Tūsī : de Tus. Son père était un savant reconnu. Comme Ibrahim, le vendeur de tentes, il envoya son fils faire ses études à Nichapur. Dans la même médersa qu'al-Khayyām, dont il étudia toutes les œuvres. Comme ce dernier, il se passionna d'astronomie et rêva d'avoir à sa disposition un observatoire semblable à celui d'Ispahan.

Deux mathématiciens. L'un féru de poésie, l'autre de religion. Nasīr al-Dīn écrivit *Le Jardin de la vraie foi*. Est-ce pour cette raison, écrivait l'auteur de l'ouvrage dans lequel M. Ruche tirait ces informations, que Nasīr al-Dīn se retrouva dans la forteresse d'Alamut toujours tenue par les successeurs de Hassan Sabbah ?

M. Ruche n'en crut pas ses yeux. Il relut la phrase. Nasīr al-Dīn avait séjourné à Alamut ! ! Plus de doute, il était le bon al-Tūsī ! Ainsi Omar et Nasīr al-Dīn avaient tous deux été en présence des hashâshins ! Voilà le lien que Grosrouvre voulait me désigner en citant ces deux mathématiciens arabes. Ces deux-là et pas d'autres.

Exalté, M. Ruche poursuivit sa lecture. Il regarda l'horloge, il ne lui restait plus beaucoup de temps avant la fermeture.

Outre le fameux « paradis sur terre » d'Alamut, que Nasīr al-Dīn découvrit avec enchantement, un lieu le ravit plus encore, la bibliothèque édifiée par Hassan. Il y passait le plus clair de son temps.

C'est là que, dans la vie de Nasīr al-Dīn, intervinrent les Mongols.

Rien ne leur avait résisté. En une cinquantaine d'années, leurs troupes avaient envahi l'Asie et l'Europe. A la mort de Genghis Khan, en 1227, l'empire mongol s'étendait depuis les rives chinoises du Pacifique jusqu'à la mer Caspienne. 8 000 kilomètres de long, 3 000 de large ! Levant la tête, M. Ruche lança un regard circulaire comme pour prendre la mesure d'une telle immensité. Au fond de la salle, la place était vide. La jolie brunette était partie sans qu'il s'en aperçoive. Il ne l'avait pas vue venir, il ne l'avait pas vue partir. Il n'y avait presque plus personne dans la salle. L'hiver, les étudiants rentrent tôt.

Après l'Empire d'Alexandre, après l'Empire romain, après l'Empire arabe, l'Empire mongol ! remarqua M. Ruche. C'était le quatrième qu'il croisait depuis le début de son périple dans l'histoire des mathématiques. Pékin, Moscou, Novgorod, Kiev, aucune ville ne résiste. Les armées mongoles arrivent jusqu'aux portes de Vienne. Le territoire est si grand qu'il est partagé entre les descendants du Grand Khan. A Hulagu, le petit-fils de Genghis Khan, a été accordé ce coin du monde qui concerne Nasīr al-Dīn. Le Khwārizm tombe, la mer d'Aral avec. Et le Khorassan et le Kurdistan et l'Iran et l'Irak. Samarcande, Bukhara, Ispahan, Nichapur… Au milieu de ce territoire, deux lieux résistent aux Mongols, Bagdad et son calife, Alamut et ses Hashâshins.

Hulagu commence par Alamut. Les Hashâshins sont traqués, abattus les uns après les autres. Il ne reste plus au Khan qu'à s'attaquer au cœur même de la secte : la forteresse.

Un jour de décembre 1256, Nasīr al-Dīn entend des cris. Quittant la bibliothèque, il se précipite vers les remparts.

Sur le chemin, une troupe imposante avance. Les hommes montent ces petits chevaux nerveux qui ont tant impressionné les populations. Ils traînent les terribles machines de guerre qui ont fait tomber les murailles des villes les mieux défendues du monde. Le combat va commencer.

Alamut, l'imprenable, ne sera pas prise. Elle s'est rendue. On raconte que c'est Nasīr al-Dīn qui a convaincu le Grand Maître des Ismaéliens de ne pas livrer combat. Omar aura vécu la naissance d'Alamut, Nasīr al-Dīn sa mort.

Le Grand Maître, qui avait succédé à Hassan Sabbah, est décapité. Ordre est donné de détruire la forteresse ; il ne doit pas en rester une pierre debout. Hulagu s'arrête devant la bibliothèque. Puis, ayant choisi un érudit de son entourage, il désigne une brouette qui se trouvait là : « Je te laisse la nuit pour remplir cette brouette des livres que tu choisiras dans la bibliothèque. A l'aube, tous les autres seront livrés aux flammes. »

L'érudit s'enferme dans la grande salle. Le tri commence. Pourquoi cet ouvrage et pas cet autre ? Ah, s'ils étaient plus minces, il pourrait en prendre plus. Et la brouette est si petite ! La nuit avance. M. Ruche palpitait. Partageant la souffrance de l'érudit, il l'accompagna dans cette nuit terrible.

S'il est une chose qu'un libraire peut comprendre, c'est bien celle-là : avoir à choisir une poignée de livres et, ce faisant, condamner tous les autres à l'autodafé. Il sut, sans avoir à le lire, que durant le reste de sa vie, l'érudit se maudit de ne pas avoir sauvé tous les autres ouvrages.

Dehors, dans la neige, Nasīr al-Dīn guette. A l'aube, il voit l'érudit sortir de la salle, poussant la brouette débordant de livres. Un ouvrage tombe au sol, Nasīr al-Dīn esquisse un mouvement pour le ramasser, un soldat le repousse. La bibliothèque brûlera sept jours, sept nuits. Hulagu laissa la vie sauve à Nasīr al-Dīn.

Le Grand Maître d'Alamut, qui n'avait pas prévu la fin tragique de la forteresse, n'avait pas su, comme Grosrouvre, faire transporter sa bibliothèque en d'autres lieux. Et la sauver.

Albert attendait devant l'entrée de l'IMA, rue des Fossés-Saint-Bernard. Ils ne parlèrent pas beaucoup durant le voyage. Troublé par ce qu'il venait d'apprendre, M. Ruche ne desserra pas les lèvres pendant le trajet. Albert le déposa devant les *Mille et Une Feuilles*.

Perrette était en train de tirer la grille du magasin ; elle avait déjà éteint les lumières. Le voyant débarquer avec sa tête chiffonnée, elle comprit qu'il avait besoin de parler. Elle ralluma une lampe et s'assit dans son fauteuil d'osier. M. Ruche lui raconta. Elle écouta sans dire un mot.

Elle resta silencieuse de longues minutes.

– A part le fait que la bibliothèque d'Alamut a brûlé comme celle de Grosrouvre. Et à part le fait que al-Khayyām et al-Tūsī ont pratiqué tous les deux la géométrie et se sont l'un et l'autre cassé le nez sur…

– Le postulat n° 5, lui souffla M. Ruche.

– Sur le postulat n° 5. Hormis cela, qu'avez-vous trouvé ?

M. Ruche ne répondit pas. Son silence était éloquent.

– Reprenons au début, proposa Perrette. Au début, Grosrouvre vous raconte une histoire où il n'y a pas deux, mais trois amis, trois jeunes gens qui se sont rencontrés à Nishapur. L'histoire, ensuite, nous parle de leurs relations à mesure qu'ils vieillissent.

– Oui, sauf que nous, nous ne sommes que deux...

– Oui, admit-elle pensive. Dans votre histoire à vous, il n'y a que deux amis. Mais je ne connais rien de votre vie. Est-ce que, un jour, vous n'avez pas été trois amis proches ? Un trio ? Vous, Grosrouvre et quelqu'un d'autre dont vous ne nous avez pas parlé ? Cela pourrait bien être le lien.

M. Ruche la regarda, surpris :

– Trois ?

Il fit un effort pour se souvenir.

« Non, vraiment je ne vois pas. A l'université, non. L'Être et le Néant, vous vous souvenez ? Et puis au camp de prisonniers, il y avait des tas de types dont nous nous sentions proches, mais on était toujours deux. On s'est sauvés à deux. Non, vraiment ; je ne vois pas de trio.

– Bon. Alors, il faut chercher ailleurs.

Tout à coup, surprenant M. Ruche encore plongé dans son passé :

« Et la brouette de l'érudit, M. Ruche, qu'est-elle devenue ?

– Ah oui, la brouette de l'érudit !

M. Ruche lui apprit la suite de l'histoire de Nasīr al-Dīn al-Tūsī. Après la chute d'Alamut, Hulagu se retourna contre Bagdad. Il encercla la ville. La résistance était inutile. Le calife envoya des émissaires à Hulagu. Parmi eux, il y avait Nasīr al-Dīn. Oui, Nasīr al-Dīn al-Tūsī avait rejoint Bagdad après avoir été relâché par les Mongols.

Le Commandeur des croyants sortit de la ville pour se rendre à Hulagu, qui l'autorisa à regagner Bagdad accompagné de Nasīr al-Dīn et de quelques soldats. Nasīr al-Dīn rapportera l'ultime rencontre entre le calife et le prince mongol. Hulagu, saisissant un plat d'or, le tendit au calife : « Mange ! » « Ce n'est pas de la nourriture », répondit le calife. « Pourquoi alors le gardes-tu près de toi et ne l'as-tu pas donné à tes soldats, qui t'auraient ainsi mieux défendu ? » Nasīr al-Dīn raconta que le calife fut enfermé avec son trésor pour seule nourriture et qu'après quelques jours il mourut. De faim.

Pour la deuxième fois de sa vie, Nasīr al-Dīn se trouvait dans une ville qui tombait aux mains d'Hulagu. Comme à Alamut, il y eut un massacre. 100 000 morts, un dixième de la population ! Durant des semaines de hautes pyramides de crânes élevées à chaque porte de la ville témoignèrent de ce qu'il en coûte de résister au Khan.

Hulagu demanda à Nasīr al-Dīn de poursuivre son travail. Nizam u'l' Mulk avait fait construire un observatoire à Ispahan pour Omar al-Khayyām. Cent ans après, dans la ville de Maragha, Hulagu Khan en fit construire un autre, plus puissant encore, pour Nasīr al-Dīn al-Tūsī.

En prenant possession du bâtiment, Nasīr al-Dīn avait dans ses bagages quelque chose à quoi il tenait par-dessus tout. La brouette de l'érudit.

Hulagu la lui avait offerte.

Un à un, Nasīr al-Dīn rangea les livres rescapés d'Alamut dans la riche bibliothèque de l'Observatoire qui deviendrait bientôt l'institution scientifique la plus importante du Moyen Age musulman. Après, bien sûr, la vieille Maison de la Sagesse de Bagdad.

L'assassinat du calife avait eu un retentissement inouï à travers le monde. La prise de la capitale du Commandeur des croyants signa la fin du califat abbasside, qui avait duré un demi-millénaire. Et Bagdad ? Après Hulagu, il y eut Tamerlan. La ville fut une deuxième fois mise à sac. C'en était trop. Ce fut, pour des siècles, la fin de la Ville ronde.

Bagdad après…

CHAPITRE 15

Tartaglia, Ferrari. De la lame au poison

La grande église de Brescia n'a jamais connu une telle affluence. Mais les gens qui s'y pressent ne sont pas tous des fidèles venus pour une cérémonie religieuse. Des dizaines de femmes et d'enfants, entassés, tremblants, ils attendent. Ils espèrent. Ne sont-ils pas à l'abri, ici, dans la maison de Dieu ! Niccoló, sa mère, son frère et sa sœur se terrent près d'un pilier. Il fait presque chaud sous la nef tant il y a de monde, et l'on est en plein hiver ! Le silence est total. Tous les regards sont fixés sur la grande porte. Dehors, le bruit est de plus en plus fort, de plus en plus proche. A l'intérieur, le silence est terrible. Les respirations se sont arrêtées, les corps se sont pétrifiés. Nous sommes le matin du 19 février 1512.

Dans un fracas épouvantable, la porte se brise. Par l'ouverture béante, une troupe de spadassins s'engouffre. L'épée brandie, ils lancent leur monture à l'intérieur de l'église. Les chevaux, poussant des hennissements terrifiants, foncent sur cette masse humaine qui hurle de peur. Les gens se sont dressés, ils ne peuvent fuir. Écrasés, étouffés, piétinés. Mais l'horreur est à venir. A coups d'épée, la meute hache les corps sans défense. Comment échapper ? Niccoló s'est fait encore plus petit ; il s'est blotti dans les bras de sa mère. Un cavalier s'approche du pilier au pied duquel la famille se terre. Niccoló voit l'immense épée grandir, grandir… Puis il ne voit plus rien. L'épée s'est abattue. Sur son crâne, sur son

335

visage. Aveuglement du massacreur, la mère est indemne. Victoire ! Les troupes françaises viennent de s'emparer de la petite bourgade du nord de l'Italie, assassinant, violant, volant, brûlant. Elles sont menées par un beau jeune homme de vingt-deux ans, le terrible Gaston de Foix, surnommé « Foudre d'Italie ». Il mourra 57 jours plus tard à la bataille de Ravenne, le visage transpercé de quinze coups de lance.

M. Ruche tremblait d'émotion. La même émotion que celle qui l'avait étreint cinquante ans plus tôt, en 1944, à la lecture des récits du massacre de la petite église d'Oradour-sur-Glane par les SS. Il ne s'attendait pas à se retrouver confronté à ce souvenir lorsque, suivant le « programme de Grosrouvre », il avait abordé le troisième mathématicien de la liste établie par son ami. Avec le même sentiment d'horreur et de révolte que naguère, mais, comme naguère, plein de la certitude que la vie finit toujours par l'emporter.

C'est ce qui arriva à Niccoló dans l'église de Brescia. Parmi les morts qui se comptaient par dizaines, on releva son corps inanimé. Deux plaies terribles barraient son visage. Il avait la mâchoire fracassée, mais il était vivant.

Niccoló avait douze ans. On lui en donnait beaucoup moins, il était de fort petite taille, comme son père que l'on appelait Micheletto le cavalier, parce qu'il était minuscule et qu'il passait ses journées à cheval sur les routes à distribuer le courrier des nobles du coin. Six années avant ces événements, Michelleto était mort. De fatigue. A sa mort, la famille, qui n'était pas riche, devint pauvre.

Trop pauvre pour pouvoir payer un médecin qui soignerait Niccoló. Sa mère entreprit de le soigner seule ; elle pansa ses plaies, lui passa des onguents. Et laissa faire le temps. Durant des mois, il ne put prononcer un mot. On craignait qu'il ne restât muet. Puis il finit par articuler quelques sons. Il recouvrit peu à peu la parole. Mais il bégayait. Ses camarades l'appelèrent Tartaglia, le Bègue. Il décida de garder ce nom. C'était en 1515, au moment où, non loin de là, François Ier remportait une grande victoire dans le village de Melegnano. Que les Français s'obstinaient à appeler Marignan.

La famille n'avait pas plus d'argent pour payer un médecin qu'elle n'en avait pour appointer un professeur. En fait, Niccoló avait eu un professeur. Mais il n'en avait eu qu'un tiers... qui lui avait enseigné un tiers de l'alphabet. De A à I.

Lorsque Niccoló avait eu ses six ans, son père avait engagé un professeur. Le paiement devait se faire par tiers. Micheletto paya le premier tiers et mourut juste après. Le professeur arrêta net les cours et Niccoló resta en rade, échoué au tiers de l'alphabet. Après I, qu'est-ce qu'il y a et comment cela s'écrit ? Niccoló brûlait de le savoir. Il finit par se procurer un alphabet complet et, tout seul, il apprit les deux tiers restants. Jusqu'à Z !

« Tout ce que je sais, je l'ai appris en travaillant sur les œuvres d'hommes défunts », racontait-il sur le tard de sa vie.

Qui étaient ces « défunts » dans les œuvres desquels Tartaglia avait appris les mathématiques ?

Cette fois, M. Ruche n'avait pas eu envie de monter une séance ; il n'en avait pas eu la force. Et puis, à son âge, était-ce bien le moment de prendre des habitudes ? Depuis la séance mémorable sur al-Khwārizmī avec Habibi, ils se voyaient régulièrement à l'épicerie, durant les heures creuses de l'après-midi. Ils buvaient du thé dans l'arrière-salle de la boutique confortablement aménagée. M. Ruche lisait les ouvrages qu'il avait sortis de la BDF, tandis que Habibi faisait ses comptes, ou rêvassait. Dès que la sonnerie signalait l'entrée d'un client, il se levait. De retour, il annonçait toujours ce que le client avait acheté : deux

1664, un Vichy, trois tranches de jambon. Et M. Ruche, sans lever la tête, faisait « Ah, bon », et l'après-midi se poursuivait.

Depuis qu'il avait entrepris de se pencher sur le troisième personnage de la liste de Grosrouvre, M. Ruche avait extrait des rayonnages de la BDF *Quesiti e Invenzioni diverse* et *General Trattato* de Tartaglia, et *Ars magna* de Cardan. Pour comprendre quelque peu Tartaglia, il fallait remonter en arrière.

Jusqu'à Leonardo Bigollo, dit Léonard de Pise, au XIIIe siècle, le plus grand mathématicien du Moyen Age. Bigollo veut dire « le paresseux » ! En bon fils de famille, Leonardo avait suivi son père, le dénommé Bonaccio, consul à Bougie, sur les côtes de Kabylie, en Algérie.

Habibi connaissait bien Bougie. Il lui décrivit avec tendresse le petit port adossé à la Kabylie sauvage. Les oliviers et les chênes-lièges, les rougets de roche préparés en papillotes, les oursins… Mais le plus beau, et Habibi en parlait avec des trémolos dans la voix, c'était la côte jusqu'à Djidjelli. Une corniche de plusieurs dizaines de kilomètres surplombant la mer, « plus belle que la côte d'Azur ».

– Et à un moment, tu passes devant une grotte, juste de l'autre côté de l'eau, plus grande que la grande mosquée d'Alger, et plus fraîche. Tu sais comment elle s'appelle ? La *Grotte merveilleuse* ! Elle n'a pas volé son nom. Pourquoi tu ne viens pas avec moi, cet été ? On va te faire une fête, là-bas !

– Je suis vieux, Habibi. A mon âge, on ne voyage plus.

– Tu veux que je te dise, je te trouve moins vieux qu'avant.

Le livre que M. Ruche avait entre les mains racontait comment Leonardo avait appris l'arabe dans la boutique d'un épicier de Bougie. M. Ruche regarda affectueusement Habibi plongé dans ses comptes. Lira-t-on plus tard dans la biographie des célébrités de Montmartre de la fin du XXe siècle : « Pierro, fils de Rucho, dit Birucho, philosophe éminent de la deuxième moitié du XXe siècle, apprit l'arabe dans l'arrière-salle d'une épicerie de la rue des Martyrs ! » ? Leonardo alla au Moyen-Orient, en Syrie, en Égypte. Encore un ! L'Égypte, c'était le Compostelle des matheux !

A cette époque, quand on s'intéressait aux mathématiques, la connaissance de l'arabe était un formidable atout. Omar s'était fait appeler al-Khayyām, le fils de celui qui vend des tentes, Leonardo se contenta de « fils de Bonaccio », *filius Bonacci*, dont il fit « Fibonacci ». C'est sous ce nom qu'il est devenu célèbre pour avoir écrit le premier grand livre de mathématiques en Occident, *Liber abaci*, le livre de l'abaque, ou du boulier, si vous préférez.

Durant son voyage en terres musulmanes, Fibonacci s'était converti… aux chiffres indo-arabes, dont il se fit le propagandiste en pays chrétiens, montrant à qui voulait leur indiscutable supériorité sur les chiffres romains. Dans ces pages, les chrétiens découvrirent le zéro, s'initièrent à la numération de position (« Un nain sur la plus haute marche est plus haut qu'un géant sur la plus basse », avait dit Jonathan), apprirent la décomposition des nombres en facteurs premiers et les critères de divisibilité par 2, par 3, etc., et bien d'autres choses. Dont celle-ci, concernant les lapins.

S'étant pris d'un grand intérêt pour la multiplication des lapins, Fibonacci se demanda un jour ce que devenait la postérité d'un couple de lapins au bout d'une année.

Commençant ses ébats au mois de janvier, le couple donne naissance en février à un second couple, qui à son tour engendre un couple par mois. Chaque couple engendrant un nouveau couple dans le second mois suivant sa naissance, puis les suivants au rythme de un par mois.

Fibonacci obtint les nombres de couples suivants 1, 1, 2, 3, 5, 8, 13, 21, 34, 55, 89, 144, 233. En un an, le couple de lapins du fils de Bonaccio en avait engendré 232 autres ! A partir du troisième, chacun des nombres de cette succession étant la somme des deux précédents. En exhibant cette suite de couples de lapins, Fibonacci inventait la notion mathématique de *suite de nombres*, promise à un bel avenir.

Plus étonnant encore : si l'on poursuit cette suite et si l'on fait le rapport d'un nombre sur celui qu'il précède, on découvre que ce rapport tend vers

$$\frac{1+\sqrt{5}}{2} = 1,61803...$$

Le fameux nombre d'or !

Lorsque le petit type bien mis, le « PTBM », reçut le fax que son acolyte, le grand type bien mis, le « GTBM », lui avait envoyé de Tokyo, il glissa la photo dans une chemise et se précipita à l'oisellerie du quai de la Mégisserie. Il fit le tour du magasin à la recherche de la vendeuse. Beaucoup de monde. Il avait dû passer à côté d'elle sans la voir. Il fit un nouveau tour ; elle était introuvable.

N'y tenant plus, et bien que cela ne soit pas très prudent, il aborda un vendeur et lui demanda où se trouvait sa collègue. « Maria ? demanda celui-ci. C'est son jour de congé. » Mince.

Il ne restait plus qu'à aller la cueillir chez elle.

Il sonna. Personne ! Il décida de l'attendre à la brasserie, juste en face de la porte d'entrée de l'immeuble. Il commanda un demi et se mit à rêvasser. Tokyo ! Voilà une ville ! Il aurait tant aimé y être, mais c'est lui qui y est et pas moi. C'est toujours comme cela, il a toujours la meilleure place. Quitter Paris ! Surtout avec le boulot idiot que je fais. Une marotte du Patron, un boulot pas en rapport avec mes capacités. Une tape vigoureuse dans le dos, il faillit s'étrangler et renversa son verre. Le liquide épargna la chemise où se trouvait la photo, mais pas la veste du PTBM. Il se leva furieux, prêt à la chicore. La fille le regardait avec un large sourire.

– Giulietta !

Car elle ne s'appelait pas Maria Giuletti, comme le croyait le propriétaire de l'oisellerie, mais Giulietta. Giulietta Mari. Elle fixait, narquoise, la tache qui s'élargissait sur la belle veste du costume rayé en tweed du PTBM. La fille le dépassait d'une bonne tête.

– Heureusement que tu as pris un demi, sinon la tache serait encore plus grande, remarqua-t-elle en prenant un air affligé.

Il l'aurait bouffée. Elle se fichait de lui. Mais elle lui plaisait tellement. Une brune superbe à la peau ivoire. La belle Italienne !

– Qu'est-ce que tu fais là ? lui demanda-t-elle.

– Je t'attendais, imagine-toi. Il y a du nouveau.

Il sortit la photo de la chemise. Max et Nofutur étaient entourés d'un trait de marker.

– Ce gamin, c'est celui que tu as vu au magasin ?

Elle approcha la photo, très près, elle était très myope et refusait de porter des lunettes en public.

– C'est lui.

– Tu es sûre ?

– Moi, quand j'ai vu quelqu'un une fois...

– Quand tu as réussi à le voir, tu veux dire.

Et tac ! Il fallait bien qu'elle sache qui est le maître, non ? Elle le fixa d'un œil homicide. Il insista :

– C'est lui, ou non ?

– Je le reconnais parfaitement, avec sa tête d'insolent. Je lui aurais bien collé une claque quand il m'a dit : « Ma mère m'a interdit de parler aux dames que je ne connais pas. »

– Ne t'en fais pas. Quand je le retrouverai, je lui en

foutrai une moi aussi. Dans le hangar, aux Puces, tu sais, il m'a foncé dans le ventre, que j'en ai eu des douleurs d'estomac pendant deux jours. Quant à ce salaud de perroquet, Zitt! (Il fit un signe en vrillant sa main pour signifier qu'il lui tordrait le cou avec plaisir.) Regarde ce qu'il m'a fait.

Il exhiba le petit doigt de sa main gauche qui était salement charcuté au bout. Il dut l'approcher du visage de Giulietta. Elle hocha la tête, appréciant:

— En effet! Il ne t'a pas loupé. Heureusement que c'est le petit doigt et qu'en plus c'est la main gauche.

— Ça fait deux fois que tu trouves que j'ai de la chance aujourd'hui, et c'est chaque fois à propos d'une merde qui m'est arrivée, remarqua-t-il, rageur.

— Eh bien oui, fit elle, étonnée de sa réaction. C'est ma mère qui me l'a appris. Elle me disait: « Tu vois, Giulietta, quand il t'arrive une catastrophe, tu te dis : heureusement, cela aurait pu être pire. Et tout de suite ça va mieux. »

— Remercie ta mère. Ça va beaucoup mieux. Et ça ira encore mieux quand j'aurai retrouvé cette merde de perroquet.

L'avant-Tartaglia s'avérait plus long que prévu. M. Ruche s'apprêtait à ranger les ouvrages, mais il ne put résister à celui-ci: *Fleur de solutions de certaines questions relatives au nombre et à la géométrie.* Pourquoi fleur? Parce que, répondait Fibonacci, plusieurs de ces questions, « bien qu'épineuses, sont exposées d'une manière fleurie, et, de même que les plantes ayant leurs racines en terre surgissent et montrent des fleurs, ainsi on déduit de ces questions une foule d'autres ». L'un de ces problèmes fleuris fut l'enjeu d'un tournoi qui l'opposa à

Jean de Palerme, en présence du roi de Sicile Frédéric II. Ce fut le premier défi de l'histoire des mathématiques. Il y en eut bien d'autres. Tartaglia en savait quelque chose. Mais avant d'arriver à lui, M. Ruche dut passer par un moine franciscain, Luca Pacioli.

Sa *Summa de arithmetica, geometria proportioni et proportionalità* était une merveille. M. Ruche la feuilletait avec émotion. Comment Grosrouvre avait-il pu se procurer un tel joyau ? Une œuvre écrite en 1494 ! En pleine Renaissance, au moment où à Bologne, Sienne, Venise, Urbino, Florence, Léonard de Vinci, Raphaël, Piero de la Francesca œuvraient sans relâche pour alimenter les futurs musées du monde entier. Dans celui de Naples, aujourd'hui encore, on peut admirer un tableau de Jacopo de Barbari, représentant Luca Pacioli, la main posée sur sa *Summa :* premier ouvrage imprimé d'algèbre ! Quarante années plus tôt, sur les presses de son atelier de Mayence, Gutenberg avait sorti son premier livre. Depuis, tout était allé si vite.

Les ouvrages imprimés à des dizaines d'exemplaires, voire à des centaines, circulent d'un bout à l'autre de l'Europe, alimentant les librairies qui elles aussi se multiplient. M. Ruche imagina ce que dut ressentir un libraire de cette époque, voyant arriver dans son échoppe son premier livre imprimé. Lui qui n'avait jamais eu entre les mains que des manuscrits sur vélin découvrait un livre imprimé sur du papier !

La première impression, sûrement, avait été l'étonnement. Étonnement devant l'incroyable régularité de la page. Tous les *a* d'une même page si semblables ! et tous les *b*, et tous les *c* ! Une régularité qui rendait la lecture plus aisée, mais qu'il ressentait tout de même comme un appauvrissement. Une monotonie apaisante et un peu triste. Étonnement aussi, mais plus fort encore, quand, recevant deux exemplaires du même ouvrage et les feuilletant, il les découvrait, page à page, identiques. Au point qu'il lui était impossible de les différencier. Deux exemplaires interchangeables ! L'un brûle, l'autre pas, ne put s'empêcher de penser M. Ruche. Des livres jumeaux ! Avant que ne déferlent… des livres clones.

Être libraire à l'époque de l'invention de l'imprimerie ! M. Ruche en rêva. Tenir une librairie dans les années 1480, rue des Escholiers, à deux pas de la Sorbonne où étaient imprimés les premiers ouvrages fabriqués en France ! Voilà une aventure qu'il regrettait de ne pas avoir vécue.

Ce premier traité d'algèbre imprimé, où Pacioli se fit l'apologiste du calcul à la plume, ne contenait pas de résultat nouveau, il présentait un inventaire de ce que l'Occident savait en matière d'algèbre en cette fin du XVe. Et ce que l'Occident savait provenait essentiellement des œuvres des mathématiciens arabes et des traductions qu'ils avaient effectuées des auteurs grecs. Mais les travaux d'Omar al-Khayyām et ceux de Sharaf al-Dīn al-Tūsī, par exemple, étaient presque totalement inconnus.

Bagdad et Alamut étaient bien loin de l'Italie du Nord. Quoique, question massacres, ceux du comte de Foix n'avaient rien à envier à ceux des Mongols. En pensant à al-Khayyām, la question que lui avait posée Perrette dans la librairie, concernant le trio, lui revint.

M. Ruche se souvint d'un petit Italien. Quel était son nom ? Tavio ! Il était serveur au Tabac de la Sorbonne. Un garçon bien gentil, plus jeune que nous, assez copain avec Grosrouvre, au début. Pendant quelques mois, on avait constitué une petite bande, on faisait la foire ensemble. Et puis il y a eu la déclaration de guerre, Grosrouvre et moi nous sommes partis. Lui, on ne l'a plus revu. Un trio bien éphémère. Sinon, M. Ruche avait eu beau interroger son passé, pas de trio. Il y avait bien eu une autre histoire… Grosrouvre et lui avaient été amoureux d'une chanteuse de cabaret russe, elle s'appelait Tania, elle avait la trentaine. Là aussi, ils avaient constitué un trio. Mais cela n'avait pas duré, elle était partie avec un danseur turc. M. Ruche ne voyait pas plus la chanteuse que le petit garçon de café se passionner pour des démonstrations mathématiques. Non, Perrette faisait fausse route.

Il se replongea dans les maths, dans l'histoire et dans l'histoire des maths. Al-Khwārizmī fut la grande célébrité du Moyen Age en Occident. M. Ruche n'avait pu s'empêcher de prononcer tout haut le nom – il n'avait pas oublié l'exclamation d'Habibi concernant le couscous inventé par les Irlandais !

Depuis le XIIᵉ siècle, on n'avait cessé de traduire les œuvres d'al-Khwārizmī. D'abord, son ouvrage sur le calcul indien : *Dixit algorismi*, devenu la Bible mathématique au point que ce calcul fut nommé *algorisme*, d'où est venu le nom algorithme. La numération écrite romaine était totalement inapte au calcul, la moindre opération ne pouvait s'effectuer qu'à l'aide d'abaques, l'équivalent des bouliers chinois, qui se présentaient comme des tables à colonnes sur lesquelles on plaçait des jetons.

L'introduction du nouveau calcul fut une véritable révolution, avec ses adversaires et ses supporters, les abacistes et les algoristes, opposés en camps irréconciliables. Les premiers, appartenant à la corporation des calculateurs professionnels, défendaient leurs privilèges.

« Poser une opération », cet acte si évident, revenant à écrire des nombres et par des manipulations d'écriture à produire le résultat, était pour la plupart des hommes de ces temps – pour l'infime minorité qui savait calculer –

proprement inimaginable. Au cours des premiers siècles du deuxième millénaire, savoir faire une multiplication vous ouvrait toutes les portes de la haute administration.

Le grand bouleversement consista à opérer non plus avec des objets matériels : des cailloux, d'où vient le mot *calculus*, des boules ou des jetons, mais avec des MOTS. On se mit à calculer avec les noms des nombres eux-mêmes ! Le calcul changea radicalement de nature, il devint un CALCUL PAR L'ÉCRIT et par l'écrit seul. M. Ruche n'y avait jamais pensé auparavant. Les mots devenaient opérationnels. Difficile d'imaginer quel choc cela pu être.

Quant à l'arrivée du zéro ? Ce fut l'éblouissement !

M. Ruche ne put s'empêcher de se plonger dans l'historique de son invention. Long chemin que celui emprunté par le zéro pour devenir ce nombre que nous connaissons aujourd'hui.

Dans les dispositifs constitués de colonnes, un nombre était représenté par l'un des neuf chiffres placés dans les colonnes, pour signifier la quantité d'unités, de dizaines, de centaines, etc., qui entrent dans sa composition.

Propriétaire en titre des *Mille et Une Feuilles*, il fit naturellement l'essai avec le nombre « mille un ».

Il ôta les barres de séparation, ce fut le collapsus !

Les béquilles ôtées, le nombre s'était écroulé. « Mille un » était devenu « onze » !

Un jour, quelqu'un – qui ? – eut l'idée de créer un signe particulier pour signifier qu'une colonne était inoccupée : un petit rond. M. Ruche inscrivit un rond dans les deux colonnes vides du milieu :

$$1 \mid 0 \mid 0 \mid 1$$

Cela n'a l'air de rien, mais ce fut un saut énorme. Une absence marquée par une présence ! Un vide traité comme un plein ! Ce signe, au lieu d'en faire un être à part, de le confiner dans une condition singulière, comme un signe de ponctuation, on lui octroya le statut commun, il devint chiffre. Un chiffre comme un autre, comme les neuf autres !

Les zéros placés dans les colonnes, M. Ruche ôta les barres de séparation. Comme les coussinets que l'on insère à l'intérieur des artères pour les empêcher de se refermer afin que s'écoule le sang, les zéros empêchèrent les deux « 1 » de se souder, ils maintinrent ouvert l'espace. Le nombre respira, « mille un » devint

$$1 \mid 0 \mid 0 \mid 1 \implies \boxed{1001}$$

Et les nombres libérés des béquilles purent se tenir debout d'eux-mêmes ! M. Ruche les envia.

Continuant son périple, M. Ruche fut surpris d'apprendre que, trois cents ans avant notre ère, un tel chiffre existait à Babylone. Le zéro babylonien, premier zéro de l'Histoire. Les scribes le représentaient par un double chevron incliné. Plus tard, les astronomes mayas inventèrent un zéro-chiffre, représenté par un ovale horizontal figurant une coquille d'escargot.

Mais il fallut attendre le VIᵉ siècle de notre ère pour que les hommes inventent le zéro « complet », qui était non seulement un chiffre mais un nombre. C'est-à-dire un être susceptible d'être l'acteur d'une opération. Ce fut l'invention du *nombre nul*, la grande invention des Indiens ! *Çunya*, défini comme le résultat de la soustraction d'un entier par lui-même :

$$0 = n - n$$

M. Ruche exprima cette définition dans sa langue de philosophe : le zéro est la différence du même au même.

Totalement impuissant dans l'addition : $n + 0 = n$.

Tout-puissant dans la multiplication : $n \times 0 = 0$.

Absolument interdit de division : $\dfrac{n}{0}\!\!\!\!\not\,\,$

Étonnamment réducteur dans l'élévation à la puissance : $a^0 = 1$, si $a \neq 0$. Telles sont les actions de ce nouveau nombre.

A la question : « Combien y en a-t-il ? », l'apparition du zéro dans le champ des nombres transforma la réponse négative « IL N'Y a rien » en une assertion positive « IL Y a rien ». On passa de « il n'y en a pas » à « il y en a zéro » ! Révolutionnant le statut du nombre, 0 devient une quantité, une quantité comme une autre.

Combien ? zéro !

Les abaques et les différents dispositifs matériels de calcul ayant été évincés, on passa au papier. Papier venu de Chine, puis des alentours de Bagdad, puis des manufactures italiennes et françaises. Papier sur lequel la plupart des livres étaient à présent écrits.

Entre Fibonacci et Pacioli était survenu un événement considérable. En 1453, les troupes du sultan Mohamed II s'étaient emparées de Constantinople. La chute de celle qui, durant des siècles, s'était enorgueillie d'être la « Ville du Milieu » parce qu'elle se trouvait entre Rome et Bagdad laissa face à face le monde chrétien et le monde musulman. L'événement eut des conséquences inattendues. Des centaines d'érudits et de traducteurs byzantins s'enfuirent, emportant des centaines d'ouvrages grecs dont l'arrivée massive en Occident changea le cours des choses.

Le Turc devint l'Ennemi. Dans un ouvrage de *récréations mathématiques*, genre nouveau à l'époque, Tartaglia se laissa aller à poser le problème suivant : « Un vaisseau sur lequel se trouvent 15 Turcs et 15 chrétiens est pris dans une tempête. Le pilote ordonne de jeter par-dessus bord la moitié des passagers. Pour choisir lesquels, on procédera comme suit : tous les passagers seront disposés en rond. En commençant à compter à partir d'un endroit déterminé, chaque neuvième passager sera jeté à la mer. » La question était : « De quelle façon doit-on placer les passagers pour que les Turcs soient seuls désignés par le sort et jetés à la mer ? » Pour résoudre son problème, le pilote chrétien, *via* Tartaglia, dut avoir recours à l'algèbre créée par les Arabes !

Tartaglia s'intéressa à la résolution des équations du troisième degré. M. Ruche fut surpris qu'après Omar al-Khayyām et Sharaf al-Dīn al-Tūsī, il y ait encore quelque chose à trouver en ce domaine.

Une expression revenait fréquemment : *résolution des équations par radicaux*. Il s'agissait de la recherche de formules donnant les solutions d'une équation. Pas n'importe quel type de formules, uniquement celles utilisant les quatre opérations et les radicaux : extractions de racines carrées, cubiques, etc. Et seulement elles. C'est-à-dire, finit par comprendre M. Ruche, des formules opératoires permettant un calcul numérique effectif des solutions.

Omar al-Khayyām, Sharaf al-Dīn al-Tūsī et d'autres mathématiciens arabes s'y étaient essayés. Aucun n'y était parvenu.

Ils avaient certes obtenu des solutions, mais uniquement par des constructions géométriques. Finalement, Omar al-Khayyām avait émis le vœu que les mathématiciens à venir réussissent là où il avait échoué et parviennent à résoudre ces équations par « le calcul seul » C'est-à-dire *par radicaux*…

C'est exactement à quoi s'attelait Tartaglia. M. Ruche ouvrit ses *Quesiti e Invenzioni diverse*. L'auteur y racontait la triste aventure que fut pour lui la résolution de l'équation du troisième degré Feuilletant l'ouvrage M. Ruche remarqua des petites croix inscrites dans la marge. Qui avait commis ce méfait ? Après avoir lu les passages devant lesquels les croix étaient apposées, M. Ruche n'eut plus de doute Grosrouvre ! Le sagouin ! Encore, remarqua M. Ruche, n'a-t i' pas souligné les passages entiers !

Depuis son apprentissage solitaire des deux tiers restants de l'alphabet, Tartaglia avait fait du chemin. Il était toujours aussi petit, mais sa barbe avait grandi. Elle cachait presque entièrement ses blessures. Seule une oreille vigilante aurait pu déceler quelques heurts dans sa prononciation. Savant reconnu, il avait non seulement travaillé sur les « œuvres d'hommes défunts », comme il l'avait écrit, mais il les avait traduites, Euclide, Archimède. L'exemplaire des *Éléments* sur lequel M. Ruche avait travaillé était, il s'en souvint, une traduction de Tartaglia. Il voulut vérifier s'il en était de même pour les œuvres d'Archimède. Il chercha dans les rayonnages ;

elles n'étaient pas à la place où elles auraient dû se trouver. Les aurais-je mal rangées ? Plus tard, ce n'est pas le moment de s'éparpiller.

Dans l'ouvrage de Pacioli, le *chei* arabe, l'inconnue, était devenu le *cosa* latin. Depuis lors, l'algèbre était connue comme l'*art de la chose*. Le carré de l'inconnue était *censo*, son cube, *cubo*. L'équation du second degré s'écrivait en toutes lettres :

censo et cose egual a numero

Un carré et des choses égalent un nombre. Celle du troisième degré sous sa forme réduite (sans inconnue au carré) :

cubo et cose egual a numero

Un cube et des choses égalent un nombre. C'est sur cette dernière équation que les mathématiciens italiens de l'École de Bologne, au XVIᵉ siècle, vont porter leurs efforts, faisant de l'Italie du Nord durant un siècle une terre algébrique.

La première croix apposée dans l'ouvrage de Tartaglia se trouvait en face d'un passage dans lequel il était dit que le premier à ouvrir la brèche fut un professeur de mathématiques de Bologne, Scipione Del Ferro, qui parvint à trouver certaines solutions de l'équation du troisième degré. Au lieu de les publier, il les garda secrètes C'est évidemment ce que Grosrouvre voulait pointer. Il n'était pas le seul à garder secrets ses résultats ; outre les pythagoriciens, bien sûr, qui avaient ouvert la voie.

Mais Scipione Del Ferro, lui, finit par communiquer sa méthode à son gendre, Annibal de la Nave. Ce que Grosrouvre n'a pas fait, ni à un gendre qu'il n'avait d'ailleurs pas, ni à son vieil ami. Pour la première fois, M. Ruche s'étonna que Grosrouvre ne lui ait pas communiqué ses démonstrations, sous le sceau du secret, même à l'ultime moment. Comme s'il avait voulu en être jusqu'au bout le seul dépositaire.

Annibal de la Nave ne put tenir sa langue ; il communiqua la méthode à l'un de ses amis, Anton Maria Del Fiore. Qui, lui, garda le secret jusqu'à la mort de Del Ferro, en 1526. Mais qui ensuite, au lieu de rendre public ce qu'on lui avait confié, se mit à lancer en son propre nom des défis aux mathématiciens.

En possession des démonstrations de Grosrouvre, M. Ruche se vit lançant sur les ondes des défis aux mathématiciens du monde entier. Quelques centaines tout au plus du temps de Del Fiore, quelques dizaines de milliers aujourd'hui.

Tartaglia releva le gant. Un *duel algébrique* s'engagea entre les deux hommes. Chacun déposa une liste de trente problèmes chez un notaire ainsi qu'une somme d'argent. Celui qui, dans les quarante jours, aurait résolu le plus de problèmes serait déclaré vainqueur et empocherait l'argent. On connaît les trente problèmes de Del Fiore. Celui-ci, par exemple : « Trouver un nombre qui, ajouté à sa racine cubique, fasse 6 », ou : « Deux hommes gagnent ensemble 100 ducats, le gain du premier est la racine cubique de la part du second », ou : « Un juif prête un capital à la condition qu'à la fin de l'année on lui paye pour intérêts la racine cubique du capital. A la fin de l'année, le juif a reçu 800 ducats, capital et intérêt. Quel est ce capital ? ». Tartaglia avait ses Turcs, Del Fiore son Juif…

Tous les problèmes de Del Fiore mettaient en jeu des équations du troisième degré. Tartaglia les résolut en quelques jours. Del Fiore ne résolut aucun des problèmes posés par son adversaire. Pourtant il contesta les résultats. Déclaré vainqueur, Tartaglia ne voulut rien accepter d'un adversaire aussi mauvais joueur, il refusa l'argent. On s'attendit à ce qu'il publiât la méthode qui lui avait permis de triompher si facilement.

Dans la marge, une deuxième croix, devant un paragraphe où il était écrit que Tartaglia ne publia pas sa méthode. Ses raisons ? Pour l'heure, disait-il, il était trop occupé par ses traductions. Affirmant qu'il ne voulait en aucun cas « ensevelir ses inventions », il annonça qu'il les réservait à un ouvrage complet sur le sujet qu'il publierait bientôt.

C'est alors qu'intervint un médecin de Milan. Un médecin mathématicien. Girolamo Cardano naquit à Pavie en 1501, au moment où les Français occupaient encore la région. Son nom francisé est Jérôme Cardan. Si M. Ruche put connaître aussi intimement sa vie, c'est parce que, sur le tard, Cardan avait écrit *Ma Vie*, la première autobiographie de la littérature occidentale.

Cardan n'avait pas un mois qu'il avait déjà attrapé la variole. On le plongea dans un bain de vinaigre, elle s'en alla. A huit ans, il eut une dysenterie. A neuf ans, il tomba dans les escaliers, comble de malchance, au moment de sa chute il tenait un gros marteau. Le marteau s'échappa et s'écrasa au milieu de son front qu'il ouvrit jusqu'à l'os. Un malheur n'arrivant jamais seul, quelque temps plus tard, alors qu'il était sagement assis sur le seuil de sa maison, une pierre se détacha du toit et lui tomba sur le crâne ! A dix-huit ans, il attrapa la peste. Il manqua de se noyer à Venise et aussi dans le lac de Garde. Il se brisa l'annulaire de la main droite à Bologne et fut mordu à deux reprises par un chien. Pour tout arranger, il se découvrit impuissant. Malgré toutes les tentatives avec les filles de petite vertu, il ne put s'en libérer. La nuit de son mariage, à 31 ans, son impuissance cessa et ne revint plus jamais. Mais à 35 ans il se mit à beaucoup uriner (jusqu'à soixante onces par jour). Et cela ne cessa pas. A l'encontre de ce qui se passa pour les hémorroïdes, dont il souffrit beaucoup et qui, miracle, cessèrent d'un coup quand il eut atteint sa cinquantième année !

« J'ai été tourmenté quelquefois par le désir de me tuer ; je pense que cela arrive à d'autres qui ne le rapportent pas dans leurs livres. »

Voilà pour la santé. Et pour la famille ?

Le père de Cardan, Fazio, était procureur du fisc, docteur, juriste, érudit ; l'homme de la Renaissance type. Comme Tartaglia, Fazio bégayait. Enfant, il avait reçu lui aussi un coup terrible qui lui avait enlevé des morceaux d'os de la tête. Depuis, il ne pouvait rester sans bonnet. Mais il se rattrapait du côté de la vue. La nuit, il voyait comme un chat et se passa de lunettes toute sa vie. Comme moi, pensa M. Ruche. Mais moi, on ne m'a pas, à ma connaissance, enlevé des morceaux d'os de la tête.

Quant à la mère de Cardan, d'après son fils, elle était « grosse, pieuse, irascible », mais « douée d'une mémoire et d'un esprit supérieurs ». Fazio traitait Girolamo comme un domestique. Exigeant qu'il le suive où qu'il aille et quelle que soit la fatigue de l'enfant. Ainsi, son père et sa mère, qui ne s'entendaient sur rien, s'accordaient sur un point : ils le battaient tant et plus. Et chaque fois, avouait-il, il en était malade à mourir. A sept ans, ses parents décidèrent d'arrêter de le fouetter.

Taille médiocre, pieds courts et larges vers les orteils, poitrine étroite, bras assez grêles, doigts de la main droite détachés les uns des autres au point que les chiromanciens le jugent stupide et balourd, main gauche belle avec des doigts allongés, fins et serrés. Menton fendu, lèvre inférieure épaisse et pendante, yeux petits et presque fermés sauf lorsqu'il regarde avec attention quelque chose. Une petite tache semblable à une lentille sur la paupière de l'œil gauche. Tête se rétrécissant en arrière en une sorte de petite sphère. A la partie inférieure du gosier, une petite tumeur globuleuse, dure et saillante, héritée de sa mère.

Malgré toutes ces misères, sa tête fonctionnait bien, très bien même. A vingt ans il enseignait Euclide à l'université de Pavie, qu'il quitta pour Padoue au moment où François 1er décidait de s'y enfermer et d'y livrer bataille. On était en 1525. Fait prisonnier, le roi de France affirma qu'il avait tout perdu fors l'honneur. C'était quand même lui l'attaquant. N'avait-il pas aussi perdu l'honneur !

Comme son père, Jérôme devint médecin et mathématicien, et comme lui il enseigna les mathématiques. Mais il était avant tout médecin. Dans un village, d'abord, puis à Milan et Pavie. Villes dans lesquelles il enseigna la médecine. Un jour, ses ennemis, qu'il avait en grand nombre, envoyèrent une sorte d'inspecteur pour contrôler ses cours. Bien que ne s'étant pas rendu dans la salle où Cardan faisait ses cours, l'inspecteur écrivit dans son rapport : « J'ai constaté que Jérôme Cardan enseigne non pour ses élèves mais pour les bancs. C'est un homme de mauvaises mœurs, désagréable à tous, qui ne manque pas de sottise... »

Ayant acquis une grande renommée comme astrologue, Cardan passa une grande partie de son temps à tirer des horoscopes. Ainsi que le faisait al-Khayyām quatre siècles plus tôt.

A deux reprises, au cours de sa vie, Cardan brûla une partie de ses œuvres. Une première fois, neuf livres, une deuxième fois cent vingt-quatre ! Après ces deux autodafés, il en resta tout de même une cinquantaine imprimées et autant de manuscrites. Dans la marge, en face de ce passage, M. Ruche remarqua qu'il n'y avait pas de croix.

Grosrouvre, lui, avait été infiniment plus radical que Cardan. Ce n'était ni neuf, ni cent vingt-quatre livres qu'il avait brûlés, mais la totalité de ses œuvres. Tous ses papiers, tous ses carnets, toutes ses notes… toute sa vie ! C'était crève-cœur, tout de même ! Pour la première fois, M. Ruche prit conscience de l'état dans lequel devait se trouver son ami quand il lui écrivit sa deuxième lettre. Il l'imagina écrivant et lançant de temps à autre un regard à ses manuscrits qu'il avait dû entasser au milieu de la pièce. Cette lettre était vraiment un testament.

M. Ruche resta longtemps dans cette pièce de la maison de Manaus aux côtés de son ami, dans ses ultimes moments. Puis il revint à Cardan.

Parmi les livres ayant échappé au feu, un ouvrage *Sur la manière de conserver la santé* ! Cardan savait de quoi il parlait ! Et l'*Ars magna*, son grand ouvrage mathématique. Ses livres furent publiés non seulement en Italie, mais à Bâle, Nuremberg, Paris.

De plus en plus célèbre, Cardan était demandé dans toute l'Europe, à Rome, à Lyon, au Danemark, en Écosse. Il fut grassement payé pour aller jusqu'à Édimbourg soigner un archevêque et sur le chemin du retour, passant par Londres, il en profita pour dresser l'horoscope d'Édouard VI, le jeune fils de Henri VIII et de Jeanne Seymour, monté sur le trône à neuf ans. Le souverain allait sur ses seize ans et lut avec joie l'horoscope de Cardan qui lui prédisait une longue vie, « bien plus longue que l'âge moyen de ses contemporains ».

Cardan n'était pas sitôt arrivé en Italie qu'il apprit la nouvelle : Édouard VI venait de mourir ! Accablé de railleries, Cardan ne se démonta pas. Il invoqua des erreurs de calcul ; ce qui était tout de même embêtant pour un mathématicien. Il décida de refaire entièrement ses calculs et trouva finalement… qu'Édouard VI « avait eu raison de mourir comme il l'avait fait. Un moment plus tôt ou un moment plus tard, sa mort n'aurait pas été dans les règles ». Du grand art !

Cardan eut deux fils et une fille. Avec sa fille, cela se

passa bien. Avec ses fils… L'aîné, Giovanni Battista, fut son préféré ; il avait, lui aussi, une santé fragile. A quatre ans, à cause du manque de soins donnés par sa nourrice, il devint totalement sourd de l'oreille droite. Il apprit quand même la musique, et parvint à être un musicien de qualité. Comme son père, il devint médecin. Mais, bien que n'étant pas du tout impuissant, comme l'avait été son père, il ne suffit pas à combler sa femme au tempérament incendiaire. Elle ne cessa de le tromper. Jusqu'au jour où il lui fit manger un gâteau. Giovanni Battista fut condamné à mort pour empoisonnement. Décapité à vingt-six ans. Ce fut le plus grand drame de la vie de Cardan. Mais il avait un second fils. Pour son malheur.

Aldo, le cadet, était extrêmement violent, fuguant sans cesse, commettant de multiples vols. De retour chez son père, il lui faisait des scènes terribles. Cardan finit par prendre peur. Il le chassa et le déshérita.

A quelqu'un qui lui demandait comment il se faisait qu'étant si sage, il ait des enfants si fous ? Il répondit : « Parce que je ne suis pas aussi sage qu'ils sont fous. »

Avec l'aide d'un étudiant, secrétaire de Cardan, Aldo s'introduisit dans la maison de son père, força un coffre et vola l'or et les pierres précieuses qu'il y trouva. Ils n'allèrent pas loin. Rattrapés et jugés, Aldo fut banni et son complice condamné aux galères. Aldo décida de se venger. De sa prison, il envoya une lettre au Saint-Office à Rome, la terrible Inquisition. Dans la lettre, il dénonçait son père.

Cardan fut immédiatement emprisonné. L'Inquisition lui ordonna d'abjurer les erreurs contenues dans ses ouvrages et de renoncer à les enseigner. Il signa et fut radié de l'Université.

Trente ans après, en 1600, le même Saint-Office condamnera Giordano Bruno à être brûlé. Trente-trois ans plus tard, en 1633, toujours le même Saint-Office fera à

Galileo Galilei un procès qui n'améliora pas pour les siècles à venir l'image de douceur et de clémence de l'Église romaine.

Quels crimes avait donc commis Jérôme Cardan pour mériter les foudres de cette institution criminelle ?

1. Il avait écrit que le christianisme n'était pas vraiment supérieur aux autres religions monothéistes.

2. Il était contre le dogme de l'immortalité de l'âme.

3. Crime suprême, dans son *Commentaire sur Ptolémée*, il avait dressé l'horoscope de... Jésus-Christ ! Comme s'il eût été un vulgaire humain. On ne dit pas s'il avait prévu ce qui lui était arrivé quinze cents ans plus tôt en Galilée.

Une phrase de Cardan marqua beaucoup M. Ruche. Elle lui trotta dans la tête bien après qu'il eut refermé *Ma Vie* : « Quand tu veux te laver, prépare d'abord la serviette pour t'essuyer. »

Voilà pour l'homme. Et son rapport avec Tartaglia ? Et avec la résolution des équations du troisième degré ?

Ayant eu connaissance de la magistrale réussite de Tartaglia, Cardan entra en contact avec lui. Plusieurs années durant, il poussa Tartaglia à lui communiquer ses formules. Tartaglia refusa. Cardan se fit plus insistant. Ruses, prières, tromperies, menaces même. Furieux de ce refus qui durait, il finit par lui écrire une lettre dans laquelle il le traita de présomptueux, disant qu'il se prenait pour « quelqu'un d'important, qui se croyait au sommet de la montagne, alors qu'il n'était que dans la vallée ».

Changeant subitement de comportement, Cardan se fit doux et parvint à devenir l'ami de Tartaglia. Celui-ci commença par lui communiquer le texte de quelques-uns des problèmes qu'il avait posés à Del Fiore. Mais il garda les autres secrets, par exemple :

« Couper une droite de longueur donnée en trois segments avec lesquels on puisse construire un triangle rectangle », ou bien : « Un tonneau est rempli de vin pur. On en retire chaque jour deux seaux qu'on remplace par deux seaux d'eau. Au bout de six jours, il y a moitié vin et moitié eau. Quelle est la contenance du tonneau ? »

Le soir même, en quittant l'épicerie de Habibi, M. Ruche posa le problème au bistrotier du bar à vins de la rue des Abbesses. Mais, s'avisant que, comme Cardan, il n'avait pas la réponse, il vécut à ses dépens l'inconvénient du secret ! D'autant que le bistrotier lui demanda si, partant d'un tonneau empli d'eau que l'on coupait avec du vin dans les mêmes proportions, on arriverait à la même réponse !

Bien qu'écornée, la résistance de Tartaglia n'était pas encore prête à tomber. Mais Cardan avait un atout : il était médecin ! Pour Tartaglia qui en avait tant manqué durant sa jeunesse, c'était un passeport qui ouvrait toutes les portes et faisait tomber toutes les résistances.

En 1537, Tartaglia publia la *Nova scientia*. On se précipita pour découvrir les fantastiques formules et les procédés employés pour la résolution des équations. Pas un mot dessus ! Point d'algèbre dans l'ouvrage.

Sur quoi le rescapé de l'église de Brescia avait-il travaillé ? Sur la fabrication des explosifs ! Sur quoi d'autre encore ? Sur la trajectoire des boulets de canon ! Une question l'avait mobilisé : Quel lien y a-t-il entre la portée d'un projectile et l'angle suivant lequel il a été tiré ? Question à laquelle Tartaglia apportait deux réponses :

1. La trajectoire d'un boulet n'est jamais rectiligne. Mais plus il va vite, moins sa trajectoire est courbe.

2. La portée maximale d'un canon correspond à un angle de tir de 45 degrés.

Par ces deux découvertes, Tartaglia fondait une nouvelle science, la *balistique* : science des mouvements des projectiles. Les sabreurs du comte de Foix feraient bien dorénavant de se tenir hors de portée des boulets de Tartaglia !

Les formules n'étant toujours pas publiées, l'insistance de Cardan se fit plus grande et la résistance de Tartaglia plus faible. Ce que voyant, Cardan lui fit une promesse : « Si vous m'enseignez vos inventions, non seulement je ne les publierai jamais, mais encore je les noterai pour moi en chiffres, afin qu'après ma mort personne ne puisse les comprendre. »

Il y avait, bien sûr, une croix en face de ce passage. M. Ruche interrompit net sa lecture. Il y avait là peut-être une information totalement nouvelle ! Grosrouvre aurait écrit ses démonstrations en langage codé ? Du coup, le fidèle compagnon ne serait en possession que du texte codé. Cela se corsait. Si cet indice se révélait exact, il faudrait non seulement l'identifier, mais en plus découvrir le code. Et sur l'existence, supposée, de ce code, ils ne disposaient d'aucune information. A moins que… ah non… à moins qu'il ne faille recommencer le parcours depuis le début, en examinant s'il ne fournissait pas des indications sur le sujet. Depuis Thalès !

M. Ruche pria pour que son hypothèse sur le cryptage des démonstrations soit erronée.

Un jour de mars 1539, Tartaglia céda. Cardan sentit son cœur battre plus fort. Il s'assit et écouta. La voix de son ami, dont il perçut les légers heurts de son discret bégaiement, s'éleva :

> *Quando che'l cubo con le cose appresso,*
> *Se aggnaglia a qualche numero discreto,*
> *Trovami dui altri differenti in esso.*
>
> *Dapoi terrai questo per consueto*
> *Che'l lor prodotto, sempre sia eguale .*
> *Al terzo cubo delle cose netto.*

El residuo poi tuo generale
Delli lor lati cubi ben sottratti
Varra la tua cosa principale.

Après al-Khayyām et ses quatrains, voilà Tartaglia et ses tercets ! M. Ruche ignorait que naviguaient tant de poètes dans les eaux mathématiciennes.

Le poème disait : « Tu veux résoudre l'équation *un cube et des choses égalent un nombre donné.* Trouve deux nombres dont la différence est le nombre donné et dont le produit est le cube du tiers des choses. Alors, la solution est la différence des racines cubiques des deux nombres. »

C'était si simple ! Enfin pour les mathématiciens.

Même pour les mathématiciens, ce n'était pas si simple ! Malgré le poème, Cardan ne parvenait pas à résoudre les équations. Il s'en ouvrit à Tartaglia, insinuant que celui-ci n'avait en fait pas trouvé la solution. Tartaglia lui répondit que l'erreur provenait de Cardan lui-même : il avait mal interprété le sens du dernier vers du second tercet, *Al terzo cubo delle cose netto.* Ce n'était pas « le tiers du cube » mais « le cube du tiers » !

Les voilà, les formules recherchées depuis cinq siècles ! Le vœu d'al-Khayyām était exaucé.

Pour les équations du troisième degré seulement !

Quelque temps après la lecture de ce poème, Cardan publia l'*Ars magna.* Le Grand Art. Tartaglia s'empressa de lire l'ouvrage de son ami. Qu'y découvrit-il ? Sa propre méthode de résolution de l'équation du troisième degré décrite par le menu ! Cardan l'avait trompé.

Dans son livre, relatant sa déception et sa tristesse, Tartaglia écrivit « je n'ai plus d'affection pour Cardano ». Puis cette phrase : « *Quello que tu non voi che si sappia, nel dire ad alcuno.* » Ce que tu ne veux pas que l'on sache, ne le dis à personne ! En face, dans la marge, Grosrouvre avait inscrit deux croix !

A personne ! Grosrouvre avait fait sien le conseil de Tartaglia, voilà précisément la raison pour laquelle il ne lui avait pas envoyé ses démonstrations.

M. Ruche resta sur sa faim, les *Quesiti* se terminaient sans un mot sur le grand traité que Tartaglia devait publier.

Ce grand traité, le *General Trattato*, ouvrage en six parties, Tartaglia en commença la publication onze années plus tard. Les quatre premières parties parurent en 1556. Le libraire mit en impression la cinquième partie. Avant que l'ouvrage ne sorte des presses, Tartaglia mourut. La sixième partie, celle qui devait traiter de la résolution de l'équation du troisième degré, ne fut jamais imprimée. On n'en retrouva jamais la trace.

M. Ruche resta abasourdi. Ainsi, jusqu'au bout, le Bègue n'avait pas eu de chance. M. Ruche pensa immédiatement : si Cardan n'avait pas, contre la volonté de Tartaglia, publié ses formules, elles auraient disparu avec lui et nous ne les connaîtrions pas ! Les formules de Tartaglia sont parmi les plus célèbres de l'algèbre, elles sont connues comme les *formules de Cardan*.

Quelles étaient-elles ?

M. Ruche brûlait d'envie de les voir. Il les vit ! Et il fut déçu. Il s'attendait à des formules ayant l'allure de celles auxquelles ses lointaines études l'avaient accoutumé, avec des x, des y, des a et des b et une flopée de signes qui attestaient que l'on était bien en terre mathématique et il découvrait quelque chose qui ressemblait à un texte de littérature. Pas le moindre « = », mais des « Aeq » pour *aequalis*, des « P » pour « plus »…

Dans son *Ars magna*, Cardan était allé plus loin que Tartaglia. Il avait non seulement donné les formules de ce dernier, qui n'étaient en fait valables que pour certaines équations particulières, mais il en avait fourni d'autres. Ainsi, il fut le premier à présenter la solution complète de l'équation du troisième degré. Par lui, on sut que l'équation du troisième degré était résoluble par radicaux.

Dans l'*Ars magna*, il y avait un autre résultat formidable. L'équation du quatrième degré, elle aussi, était résoluble par radicaux. La découverte n'était ni de Tartaglia ni de Cardan, malgré leurs efforts. Mais de Ludovico Ferrari.

A quinze ans, Ferrari fut engagé par Cardan comme commissionnaire. C'était, dit-on, un petit garçon propre et rose, avec une voix douce, une face joyeuse et un agréable petit nez, aimant le plaisir, d'une grande intelligence, mais… avec les dispositions d'un démon ! Devant l'intérêt manifesté par son commis, Cardan l'autorisa à suivre ses cours. Ludovico les suivit si bien qu'il surpassa son maître, auquel il portait une véritable affection. Il fut le fils aimé qui lui avait tant manqué. Prenant fait et cause pour Cardan, Ludovico se mit en première ligne dans le combat qui l'opposait à Tartaglia. Il s'ensuivit entre les deux hommes de terribles disputes, dont Ferrari sortit vainqueur. Réussissant dans tout ce qu'il entreprenait, il devint rapidement riche. Assoiffé de plaisirs, il menait une vie dissolue. La sœur de Ludovico était la seule personne pour qui il eut de l'affection. Il mourut à 43 ans, empoisonné, affirme-t-on, par sa sœur. D'autres prétendront que ce fut l'amant de cette dernière qui versa le poison. M. Ruche frissonna. Un mari qui empoisonne sa femme, une sœur son frère ! la résolution par radicaux des équations algébriques est parsemée de morts tragiques. Il est vrai que cela se passait en pleine Renaissance en Italie du Nord, et que les Borgia avaient sacrément démocratisé l'usage du poison.

Troisième, quatrième degré, la question avait été résolue avec succès. En serait-il de même pour l'équation du cinquième degré ? Était-elle, comme les précédentes, soluble par radicaux ? Le chemin pour parvenir à la solution serait-il, lui aussi, bordé de tragédies ?

Comme convenu, M. Ruche devait rapporter à toute la compagnie ce qu'il avait appris. Et, avec eux, analyser les informations qui pouvaient avoir un lien avec l'histoire de Grosrouvre. Et finir par l'inévitable question : en quoi le passage par ce mathématicien avait-il fait avancer leur enquête ?

Max, touché par l'enfance de Tartaglia, aurait voulu en savoir plus sur lui. Concernant la résolution de l'équation du cinquième degré, il dit tout cru qu'il s'en fichait. Qu'à l'école ils en étaient au premier degré, que c'était déjà assez compliqué ainsi.

Pouvait-on concernant une question aussi importante, demanda Léa sans rire, aussi importante que la résolution des équations algébriques, s'arrêter au milieu du chemin ?

– Ça commence à devenir frustrant ! explosa Jonathan. La quadrature du cercle, la duplication du cube, la trisection de l'angle et maintenant la résolution par radicaux ! Je vous rappelle qu'on ne sait toujours pas ce qu'il en est pour les trois premières. Sont-elles solubles ou pas ? Va savoir ! On ne va pas enfiler les problèmes comme on enfile des perles ! Cela va finir par nous déstabiliser.

« Chochotte ! » pensa M. Ruche, en prenant garde de ne pas lézarder le masque empreint d'attention qu'il avait plaqué sur son visage. Jonathan prit un air grave :

– M. Ruche, la jeunesse d'aujourd'hui traverse une crise profonde. Les jeunes demandent…

Léa se pinça le nez pour ne pas exploser.

« Ils demandent des repères, du solide, des réponses ! S'arrêter au milieu du chemin, c'est un *coïtus interruptus* ! Et à nos âges, en pleine adolescence, cela donne des tas de boutons.

« Où a-t-il déniché ça ? se demanda Léa, admirative. Sexe et maths ! »

– Et la langue ? s'écria-t-elle.

M. Ruche et Jonathan la regardèrent, stupéfaits. « Elle va loin », pensa Jonathan.

– Oui, la langue dans laquelle tout cela est exprimé. La chose, le cube de la chose, le *numero*, c'est joli à l'oreille, mais je n'y comprends rien. Il faudrait bien que cela commence à ressembler à ce que l'on apprend au lycée.

M. Ruche tenait sa revanche :

– Il ne faut pas marcher plus vite que la musique ! C'est un connaisseur qui vous le dit. Tartaglia, c'est Tartaglia, et le XVIe siècle, ce n'est pas le XXe !

Jusque-là, tout le monde était d'accord. La paire de tautologies assénées par M. Ruche fit plouf, ne suscitant que hochements de tête condescendants.

« Si vous effacez le travail du temps, vous ne comprendrez pas comment on en est arrivé où on en est arrivé, poursuivit M. Ruche. Vous lisez un livre et vous voulez sauter des chapitres pour connaître la fin. Comment les choses sont devenues ce qu'elles sont, c'est cela l'Histoire.

– L'Histoire, ce n'est pas aussi ce qui aurait pu être ? glissa sournoisement Léa.

– Bien sûr, bien sûr. C'est également cela, l'Histoire. Les possibles qui n'ont pas été réalisés, les chemins qui s'ouvraient et qui n'ont pas été empruntés…

CHAPITRE 16

Égalité

Dans son cabinet de travail pauvrement meublé, éclairé par la lueur d'une chandelle, Robert Recorde était penché sur une feuille noircie de chiffres et de lettres, la plume à la main, prête. Il réfléchissait. Ayant pris sa décision, il trempa résolument sa plume dans l'encrier et dessina un petit trait horizontal. Juste au-dessus, avec application, il apposa un second trait, de la même longueur, rigoureusement parallèle.

Il posa sa plume, saisit la feuille et la tint à bout de bras. Clignant des yeux, il examina longuement le signe qu'il venait de tracer. Il reposa la feuille, satisfait. Il y avait de quoi. Devant lui s'affichait ce qui allait devenir le signe le plus célèbre des mathématiques, le signe égal. Deux petits traits parallèles identiques, séparés par un mince coussin d'air :

$$=$$

On était en 1557 et la question se posait depuis quelque temps de créer un signe pour remplacer le mot *aequalis* égal, dans l'écriture des équations. Comment représenter cette notion si familière et pourtant si complexe ? Un peu plus tard, alors que le signe qu'il avait inventé circulait dans le monde des mathématiciens, on interrogea Recorde sur les raisons de son choix. « Si j'ai choisi une paire de parallèles, c'est parce qu'elles sont deux lignes jumelles, et que rien n'est plus pareil que deux jumeaux. »

Jonathan regarda Léa et Léa regarda Jonathan. Pas comme dans une glace. Une glace ne renvoie jamais qu'une image… glacée à force d'être identique à ce dont elle est l'image. Alors que ce que chacun des enfants Liard apercevait dans l'autre, c'était justement ce qui n'était pas le même : les infimes différences qui mieux que tout disaient leur forme commune ! Ils les traquaient comme les fiancés les points noirs sur le nez de l'aimé. Ils n'étaient pas pareils comme deux livres imprimés, mais comme deux copies du même scribe.

En un mot, ils se disaient qu'ils étaient les mêmes à si peu près que cela valait le coup qu'ils soient deux.

Rien n'est plus pareil que deux jumeaux ! Jonathan-et-Léa ne sourcillèrent pas en lisant la phrase de Recorde, mais en dedans, cela bouillait. Qu'est-ce qu'il en sait, cet Anglais, de la gémellité ! Deux traits posés l'un sur l'autre. Qui est dessus ? Et qui dessous ? Elle ? Moi ? Lui, moi ?

Recorde était mathématicien, mais également médecin. Célèbre au point de devenir le médecin privé du jeune roi Édouard VI.

— Cet Édouard, n'était-ce pas celui dont Cardan avait fait l'horoscope ? Celui qui devait vivre longtemps et qui est mort à seize ans ? demanda Léa.

— Je crois bien.

— Il était bien entouré, le malheureux ! Un médecin matheux capable de lui prédire qu'il mourait vieux et un autre incapable de l'empêcher de mourir jeune.

— Tu te souviens de ce qu'avait dit Cardan ? Édouard avait eu raison de mourir quand il était mort ! Un moment plus tôt ou un moment plus tard, sa mort n'aurait pas été dans les règles. En gros, avant l'heure, c'est pas l'heure, après l'heure, c'est plus l'heure. L'heure,

c'est l'heure ! Si ce n'est pas une apologie de l'égalité…
Ni plus, ni moins ! Égal !

— Justement, le signe plus et le signe moins sont arrivés
quand ?

— Pas plus vite que la musique ! On n'en a pas fini avec
Recorde. Écoute ! « Peu de temps après avoir inventé le
signe égal, Recorde fut jeté dans la prison de Londres pour
avoir fait des dettes. Il y mourut quelques mois plus tard. »

— C'est pas vrai ! ?

Léa le regarda, stupéfaite, puis explosa de rire :

« Le type qui a inventé le signe égal est mort en prison
parce qu'il avait dépensé plus de fric qu'il en avait
gagné ! Plus, pas autant.

— Il avait une parallèle plus longue que l'autre !

— Sa comptabilité était scalène !

Si, quelque temps plus tôt, on leur avait dit qu'ils
feraient de l'humour avec des maths !…

Posés sur le lit, quelques ouvrages retirés de la BDF :
une *Histoire des signes et des notations mathématiques,* et
les œuvres de Cardan. Bien décidés à montrer à M. Ruche
de quels signes ils se chauffaient, J-et-L avaient décidé de
s'occuper des formules de Cardan. L'écriture en toutes
lettres sous laquelle M. Ruche les avait présentées les rendait absolument illisibles. Ils allaient les lui « relooker ».

Qu'il n'y ait pas eu de signe égal avant 1557 les avait
stupéfaits. Léa se dit que le lendemain matin, en cours,
elle allait refaire le coup du raboutage avec le signe égal.
Et si les deux faux génies s'avisent à dire un seul mot
contre les lignes jumelles, je les allonge. Ambiance assurée en salle C113 !

— Il faut qu'un type meure à l'autre bout du monde pour
qu'on découvre d'où vient le signe égal. Pourquoi est-ce
que l'on ne nous raconte jamais ces choses-là en classe ?

Elle poussa un cri, on eût dit Rachel dans le dernier
acte de *Phèdre* :

« Jonathan ! On a failli mourir idiots !

– Mourir ? (Il l'examina, soupçonneux.) Tu n'as pas l'intention de... Ferrari a été empoisonné par sa sœur.

– Ou par l'amant de sa sœur.

– Tu as un amant ? lui demanda-t-il, soupçonneux.

– On planait dans une tragédie et tu sombres dans une comédie de boulevard !

– C'est toi qui as dit amant.

– Est-ce que tu as un amant ?

– Comme Nofutur, je ne répondrai qu'en présence de mon avocat. Nous sommes jumeaux, mais J'AI ma vie privée. Le psychologue l'a dit : Il faut que chacun ait une vie privée.

– Mais il n'a pas dit qu'on ne pouvait pas avoir la même.

– Tu es dingue, toi ! Ne crains rien, Jonathan Liard, tu n'es pas Ludovico Ferrari. Souviens-toi : un garçon propre et rose, avec une voix douce, une face joyeuse et un agréable petit nez. Et d'une grande intelligence. Rien à voir avec toi !

– Mais... avec les dispositions d'un démon ! rugit Jonathan qui se jeta sur Léa.

Heureusement, au-dessous de leur chambre, il y avait celle de Max, que rien n'aurait pu réveiller.

– Tu connais cette histoire de signe, demanda Jonathan à Léa à brûle-pourpoint. Un lac. Sur l'eau calme, un couple de cygnes. Lui devant, souverain. Elle, dans son sillage. Il se retourne... et lui fait un petit cygne.

– Elle est délicieuse, Jonathan. C'est fou ce que tu peux être délicat, quand tu veux. En fait, tu n'es pas un si gros pataud que ça. Ton physique te dessert, tu es trop puissant.

Il l'aurait bouffée. D'un ton badin, elle ajouta :

– On est les mêmes... au signe près !

– *Histoire des signes et des notations mathématiques*, dit-il en rappelant le titre de l'ouvrage.

369

Embrayant sur les signes, il lui raconta comment le + et le − étaient nés dans un traité d'arithmétique commerciale. C'était en 1489, un dénommé Widmann les utilisa pour marquer des caisses de marchandises.

Les caisses s'appelaient *lagels*. Une fois remplie, chacune devait peser 4 *centner*. Lorsqu'on ne parvenait pas à obtenir le poids exact, il fallait l'indiquer sur le couvercle. Si une caisse pesait un peu moins de 4 *centner*, disons 5 livres de moins, on traçait un long trait horizontal et l'on inscrivait : « **4c − 5l** ». Dans le cas contraire, si la caisse pesait, disons 5 livres de plus, on barrait le trait horizontal avec un petit trait vertical pour signaler l'excédent : « **4c + 5l** ». Du bois des caisses, les signes passèrent sur le papier des feuilles de calcul, et du commerce ils émigrèrent à l'algèbre.

Allongée sur le lit, les yeux fermés, Léa écoutait. Quand Jonathan eut fini, elle ne put s'empêcher de remarquer que le moins avait précédé le plus, qui n'était jamais qu'un moins barré.

– Qui peut le moins, peut le plus, conclut Jonathan, philosophe, en montrant à Léa les reproductions des hiéroglyphes utilisés par les Égyptiens pour figurer l'addition et la soustraction.

Ils échangèrent un coup d'œil : M. Ruche apprécierait sûrement !

Jonathan continua d'égrener la liste des signes. La croix de multiplié, « × », inventée par l'Anglais William Oughtred en 1631. Les deux v couchés, « < » et « > » de *inférieur* et *supérieur*, inventés quelque temps plus tôt par Thomas Harriot, un autre Anglais. Le $\sqrt{}$ de la racine carrée, inventé par l'Allemand Rudolff en 1525. Les trois de suite, $\sqrt{}\sqrt{}\sqrt{}$ pour la racine cubique, les quatre, pour la racine quatrième…

– Et pour l'infini ?

— La racine infinie ?

— Non, le signe infini.

Jonathan feuilleta l'ouvrage, trouva la réponse : encore un Anglais, John Wallis. C'est lui, le « huit » couché de l'infini, « ∞ ». Tiens, lui aussi était médecin. Le troisième !

Jonathan passa aux *exposants*, décrivant par le menu à Léa, qui n'en avait cure, la façon dont le Français Nicolas Chuquet pratiquait dès le XVe siècle dans le *Triparty en la science des nombres*, le plus ancien traité d'algèbre écrit en français.

— Tu sais ce qu'il faisait, Chuquet ?

— Médecin !

— Le quatrième ! On dit que les mathématiciens sont des poètes. Des toubibs, oui ! Normal, raboutage, nombres fracturés… Donc Chuquet… pour représenter « 2 x à la puissance 4 », il a gommé tout simplement « à la puissance » et il a monté le 4 : 2^4. Et quand le nombre était au dénominateur, il l'a monté au numérateur et il a mis « − » devant l'exposant. Astucieux.

Des exposants négatifs, alors que les autres matheux ont mis

$$\frac{1}{2^4} = 2^{-4}$$

des siècles avant d'accepter le moindre nombre négatif ! « Et qui de 10 en soustrait moins 4, il reste 14. Et quand on dit moins 4 cest comme si une personne navaoit rien et qui deust encore 4. Quand on dit 0 cest rien simplement… » Un nombre négatif, c'est n'avoir rien et devoir encore.

Léa interrompit le texte de Chuquet :

— J'ai une histoire moi aussi. Midi. Une araignée dans sa toile se prépare pour le repas. Trois mouches passent à portée de fil. L'araignée les regarde, songeuse : si je comprends bien, « moins une mouche », c'est ce que je dois ajouter à ces trois mouches pour n'en boulotter que deux !

– Les négatifs, c'est ce qui permet d'ajouter et d'avoir moins à l'arrivée qu'au départ, résuma Jonathan aussi philosophe que l'araignée. Quand tu possèdes « moins 3 », c'est comme si tu n'avais rien et qu'en plus tu me doives 3 !

– Exactement ce qui est arrivé au pauvre Recorde. Les négatifs mènent tout droit à la prison ! Si zéro, c'est rien, un négatif, c'est un « moins que rien ».

– Drôlement en avance, Nicolas Chuquet ! Sauf que son *Triparty*, il ne l'a pas publié. Personne ne l'a lu à l'époque. Cela n'a eu aucune influence sur le coup.

– Plus ça va et plus on doit admettre que Grosrouvre est loin d'être le premier à n'avoir pas publié ses recherches, songea Léa tout haut. Et les lettres ?

– Ah, non, on l'oublie un peu ! Pour une fois qu'on ne parlait pas de lui.

– Mon Dieu, qu'est-ce qu¹ m'a donné un jumeau pareil ! Je parle des lettres dans les formules !

– C'est un autre chapitre.

Il feuilleta à nouveau le livre. Puis, après quelques minutes :

« Là, le héros semble être un dénommé François Viète, dit "l'homme des lettres" ! Avant lui, par-ci, par-là on remplaçait certaines quantités par des lettres. Mais seulement les quantités inconnues. Viète, lui, a mis des lettres partout, aussi bien pour représenter les quantités inconnues que les connues. Uniquement des majuscules : les voyelles A, O, I… pour les inconnues, les consonnes B, C, D… pour les connues. Et maintenant le contexte historique : la France était en plein dans les guerres de religions, assassinat du duc de Guise, Saint-Barthélemy, Henri IV, etc. Un jour, les hommes du roi interceptèrent des lettres codées que les Espagnols envoyaient aux catholiques. Impossible de les déchiffrer. Elles comportaient pas moins de 500 caractères différents ! Henri IV les soumit à Viète.

D'autres lettres furent interceptées. Les Espagnols modifièrent le code à plusieurs reprises. Mais Viète avait mis au moint un procédé lui permettant de « suivre » les tranformations du code. Convaincues que, sans l'aide de la magie, personne ne pouvait réussir à décrypter leurs messages, les autorités de Madrid dénoncèrent Viète à l'Inquisition. Il faillit être traduit comme sorcier devant le Saint-Office de Rome. Coïncidence, cela se passait à peu près en même temps que l'emprisonnement de Cardan par ce même Saint-Office. On dit qu'il y en a qui bouffent du curé, mais, à l'époque, c'était plutôt les curés qui bouffaient du matheux !

On saute quelques décennies, poursuivit Jonathan, et on arrive à Descartes. Il a remplacé les majuscules par des minuscules et décida que les premières lettres de l'alphabet, *a, b, c*… représenteraient les quantités connues, et les dernières *z, y, x*… les inconnues. On lui doit aussi la notation actuelle des exposants.

Voilà pour les notations des équations. On a tout fait passer du côté gauche de l'équation. Conséquence, à droite il ne resta plus que zéro. Voilà pourquoi c'est toujours égal à zéro ! Eh, oh, tu m'écoutes ! Je ne parle pas pour des prunes, ma caille.

— Voilà pourquoi c'est sont toutes égales à zéro, répéta mécaniquement Léa, qui avait du mal à garder les yeux ouverts. Et ne m'appelle pas ma caille ! Sinon je t'appelle mon chou, comme la tarte de Grosrouvre.

— Et l'on a obtenu *axdeuxplusbxpluscégalzéro* ! triompha Jonathan, fier d'être arrivé au bout.

— Enfin, je reconnais mes petits ! soupira Léa imperceptiblement.

Fin de parcours !

— Faut bosser maintenant, maugréa Jonathan en saisissant le livre de Cardan.

Léa n'était plus. Elle dormait comme une ange. Forçat

de la nuit, Jonathan se mit seul au travail, traduisant en langage de lycéen d'aujourd'hui les interminables formules de Cardan « empruntées à Tartaglia ». Quand il eut fini, il rangea la feuille, éteignit la lumière, ouvrit le Vélux au-dessus de son lit, en chassa la couche de neige, aperçut le ciel noir et referma. L'obscurité pénétra d'un coup dans la soupente.

Le lendemain matin, en partant au lycée, il glissa une feuille sous la porte de la chambre-garage.

Le PTBM ouvrit la lettre postée à Tokyo. Son acolyte lui envoyait la traduction de la légende accompagnant la photo :

Un vieux savant français mesure la hauteur de la pyramide du Louvre construite par l'architecte Ieoh Ming Peï, en utilisant l'antique méthode des ombres du mathématicien grec Thalès.

– Qu'est-ce qu'il veut que j'en fiche, de sa légende ! Thalès, qui c'est ce type ?

Il alla tout de même au Louvre et, bien qu'ayant graissé la patte aux gardiens et aux guides, n'obtint aucun renseignement sur le vieux savant situé au centre de la photo. Pas plus que sur Thalès.

Le PTBM fit une dizaine de photocopies de la photo du journal de Tokyo. Il plaça l'un de ses hommes aux abords du quai de la Mégisserie, au cas où le gamin y retournerait.

Au bout de trois demis, une idée avait fait son chemin. Les enfants, ça va à l'école. Il n'y avait pas de raisons pour que celui-ci n'y aille pas. L'école est obligatoire en France. Si on était à Calcutta ou à Rio ou même à Naples, ce serait moins sûr. Quel âge pouvait-il avoir ? Il ne s'y connaissait pas du tout en gamins.

Giulietta lui affirma qu'il avait dans les onze-douze ans. Plus près de douze que de onze, donc inscrit dans un collège, pas dans une école primaire. Il téléphona au rectorat. « Vous avez dit combien de collèges ? Mon dieu ! Multiplié par le nombre de cinquièmes et de sixièmes par établissement, une bonne dizaine ! » Le PTBM était assommé, il n'allait pas faire la sortie de tous les collèges de Paris. Giulietta, toujours aussi charitable, lui jeta :

– Qui dit qu'il n'est pas dans un collège de banlieue ? Il y a beaucoup de mômes de banlieue qui viennent aux Puces !

Oui, qui pouvait l'affirmer ? Retrouver un enfant de douze ans dans une ville de dix millions d'habitants ! Impossible ! Et en plus, les gamins se ressemblent tous.

Ce n'était pas l'avis de Giulietta.

« Je te dis que celui-ci était étrange, lui confia-t-elle. Il avait quelque chose, je ne sais pas moi, quelque chose de pas ordinaire. Quand tu lui parlais, il avait une façon de te fixer ; il te regardait avec… avec une attention qui te…

– Peut-être qu'il te trouvait jolie, lâcha le PTBM. Il n'est pas le seul, dit-il avec un sourire enjôleur.

Elle fit un geste brutal de la main pour lui dire qu'il commençait à la pomper. Puis, presque pour elle, elle ajouta :

– Il m'a fait un drôle d'effet, ce gamin.

– Eh, tu ne vas pas tomber dans la pédophilie !

– Que tu es très con, toi !

Elle se retourna et s'éloigna d'un pas vif. Elle était vraiment fâchée.

« C'est vrai qu'il est joli, ce gamin. Il me rappelle un petit copain que je n'ai eu pas eu le droit d'aimer quand j'étais petite. Ma mère m'a dit : "Si tu le revois, je t'arrache les yeux."

— Et tu ne l'as pas revu ?

— Faut croire que je tenais plus à mes yeux qu'à lui.

Le PTBM n'avait pas réussi son coup. Pour la conquérir, il faudrait qu'elle l'admire. Il allait lui montrer ses capacités ! Il se força à trouver une deuxième idée. Et la trouva. Elle tenait en une phrase : photo pour photo.

Il avait la photo du gamin et le gamin était dans un collège. Et que fait-on chaque année dans les collèges ? On fait la photo de la classe. C'était par les photographes scolaires qu'il retrouverait le gamin ! « Il a quelque chose là-dedans, le Luigi », dit-il en se caressant le crâne.

Il rendit visite aux photographes scolaires dont il avait réussi à se procurer la liste. Tous étaient méfiants. Ils commençaient par refuser, arguant du secret professionnel. En plus, il s'agissait de mineurs. Mais le PTBM avait mis au point un joli scénario qui faisait vite tomber leurs réserves. Il était le correspondant d'un grand journal animalier japonais. Montrant du doigt le perroquet sur l'épaule du gamin pour confirmer ses dires. L'enfant de la photo sur l'épaule duquel le perroquet se tenait venait de remporter le prix des lecteurs du journal. Il le recherchait pour pouvoir lui remettre ce prix. Une somme importante, soit dit en passant.

« Bien entendu, il y avait une récompense conséquente pour qui permettrait de mettre la main dessus… je veux dire, de le retrouver. » Il n'y avait plus qu'à attendre.

En fait, il avait lancé une troisième piste : les Puces. Tout à coup, il pâlit. Et si le gamin avait revendu le perroquet à l'une de ces bandes ? Merde, merde. Ce serait une catastrophe. Le Patron serait furieux. Et le PTBM redoutait par-dessus tout ses colères. Elles étaient terribles. Quand sur lui s'en abattait une, il perdait tous ses moyens. Il était si désemparé qu'il se serait caché sous la table. Comme quand il était petit, terrifié, et que son père lui tombait dessus. Il n'était pas croyant, mais il adressa une prière urgente à la Madone. « Faites que je retrouve cette merde de perroquet. » Il en était sûr, il allait le retrouver. Le Patron le féliciterait et le GTBM crèverait de jalousie et Giulietta craquerait. Il en rougit d'aise.

Un peu plus tard dans la matinée, M. Ruche récupéra la feuille que Jonathan avait glissée sous la porte de la chambre-garage. Éberlué, il lut ceci :

Voici comment les Égyptiens notaient les signes des opérations :

addition
Deux jambes marchant
dans le même sens
que l'écriture.

soustraction
Deux jambes marchant
en sens inverse.

Ses jambes à lui, qui ne marchaient ni dans le même sens ni en sens inverse, M. Ruche décida de les emmitoufler. Dans le petit meuble d'angle bourré de chaussures, il se choisit des bottines fourrées en agneau. Relisant la citation de Platon collée sur le meuble : « On ne comprend pas ce qu'est la science de la chaussure quand on ne comprend pas ce qu'est la science », il pensa qu'en ce qui le concernait il serait préférable d'en inverser les termes : « On ne comprend pas ce qu'est la science, quand on ne comprend pas ce qu'est la science de la chaussure. »

La suite du message de J-et-L était plus terre à terre… : « En allant, comme vous dites, plus vite que la musique, voilà la tronche que la formule de Cardan aura quelque temps plus tard. »

M. Ruche regarda la chose. Hm… le type même des formules qui l'avaient tant hérissé durant ses études. Celles qui le faisaient considérer Grosrouvre comme un Barbare s'exprimant dans une langue pleine de brutalité.

$$\sqrt[3]{[-q/2+\sqrt{(q/2)^2+(p/3)^3}]}+\sqrt[3]{[-q/2-\sqrt{(q/2)^2+(p/3)^3}]}$$

Ils lui forçaient la main ! M. Ruche sentit qu'il ne pouvait pas s'arrêter au milieu du gué. Il ne savait toujours pas ce qu'il en était de la résolution complète de l'équation du troisième degré. Étaient-elles solubles par radicaux ? Oui ou non !

Quid de cette formule ? Eh bien, il y avait un hic. Présentée ou pas sous ses habits modernes, elle ne résolvait pas tout ! M. Ruche mit du temps à le comprendre. Parfois prolifique, la formule produisait plus de solutions qu'on en attendait, parfois stérile, elle se révélait impossible à appliquer.

Un jour, un des correspondants de Tartaglia avoua à ce dernier sa difficulté de croire qu'une équation du troisième degré puisse avoir deux solutions et peut-être davantage. « Certes la chose est dure à croire, lui répondit Tartaglia, et certainement si l'expérience n'en rendait témoignage, je ne le croirais presque pas. »

Il pouvait donc y avoir plus d'une solution à une équation du troisième degré ! Mais combien ? Deux, trois, plus ? En fait, encore une fois, tout se jouait autour des quantités négatives.

Aux enfants des parkings de la fin du XXe siècle, les

nombres négatifs ne posent pas problème. « −2 » inscrit sur le bouton de l'ascenseur, c'était banalement le deuxième sous-sol, là où la voiture est garée.

Sans être si moderne dans ses rapports avec les quantités négatives, Cardan eut moins de répugnance que ses prédécesseurs à les admettre comme solutions. Elles étaient pour lui, suivant ses termes, des racines « moins pures », mais des racines tout de même.

Dans la formule que Jonathan lui avait communiquée après sa nuit blanche, un morceau posait problème :

$$\sqrt{\{(q/2)^2 + (p/3)^3\}}$$

Si, par malheur, la quantité sous la racine : $\{(q/_2)^2 + (p/_3)^3\}$ était négative, la formule devenait impraticable ! Parce qu'on ne peut extraire la racine carrée d'une quantité négative. M. Ruche essaya de se rappeler pourquoi. Il finit par reconstituer le raisonnement. Il faut dire qu'à mesure qu'il tripotait les mathématiques une petite gymnastique s'opérait par-devers lui, dont il n'était pas mécontent.

1. Le carré d'un nombre est toujours positif. Que le nombre soit positif ou négatif. La règle des signes l'impose : plus par plus et moins par moins faisant plus.

2. Qu'est-ce que la racine carrée du nombre a : $\sqrt{a}$?

C'est un nombre qui, élevé au carré, donne a : $\left(\sqrt{a}\right)^2 = a$. Et si a était négatif ?

On aurait un carré négatif ! Impossible, ce serait en contradiction avec le résultat précédent !

Pas de racine carrée d'une quantité négative !

Ainsi, quand $\{(q/_2)^2 + (p/_3)^3\}$ est négatif, la formule est impraticable, et il n'y a donc pas de racines ! Or, lisant

La Sphère et le Cylindre d'Archimède, peut-être dans la traduction qu'en avait donnée Tartaglia, Cardan découvrit que dans ce cas, justement, le Syracusain montrait qu'il y avait trois racines.

Cardan fit le point. 1. Ma formule est correcte. 2. Elle est inapplicable dans un cas précis et cela la met en contradiction avec les résultats d'Archimède. 3. L'impossibilité de prendre une racine carrée négative est seule responsable de cette contradiction.

Pour Cardan, la solution était toute trouvée. Un homme qui ose dresser l'horoscope du Christ reculerait-il devant l'extraction de la racine carrée d'un nombre négatif ?

Cardan osa. Il avertit ses lecteurs : « Oubliez les tortures mentales que cela vous fera subir, et introduisez ces quantités dans vos équations. » Il introduisit des choses comme « $\sqrt{-1}$ ». Et cela marcha !

On avait mis un temps fou à régler un tant soit peu le sort de $\sqrt{2}$. Comment allait-on s'en sortir avec ce $\sqrt{-1}$?

Les Grecs avaient admis l'existence des grandeurs irrationnelles parce qu'elles s'imposaient. Mais ils leur avaient refusé le statut de nombre. Les Arabes, plus généreux, leur avaient accordé le passeport numérique. Les irrationnels, devenus des nombres (presque) comme les autres, pouvaient se proposer comme solutions d'équations algébriques. Mais ils n'étaient pas pour autant dotés d'une véritable définition. On en était là à la fin du XVIe siècle.

Un parcours semblable débuta pour $\sqrt{-1}$.

Le premier relayeur fut Raffaelle Bombelli. Moins encore que Cardan, il n'eut de scrupules pour utiliser ces *omni* : « objets mathématiques non identifiés ». Il décida d'opérer avec les racines des grandeurs négatives en leur appliquant les mêmes règles que celles utilisées pour les nombres « normaux ». Son *Algèbre*, dans laquelle toutes ces nouveautés étaient présentées, éclipsa aussitôt les ouvrages de Tartaglia et de Cardan. Le pauvre Bombelli ne profita pas longtemps de sa célébrité ; l'ouvrage parut l'année même de sa mort, en 1572 !

Au passage, M. Ruche nota que Bombelli avait signalé que le problème de la trisection de l'angle se ramenait à la solution d'une équation du troisième degré. Ce qui était nouveau, mais ne résolvait pas la question de sa construction à la règle et au compas. Cette information avait pourtant une importance extrême : le problème quittait le champ purement géométrique où il s'était jusqu'alors cantonné pour débarquer dans le champ algébrique !

Une chose encore. Bombelli avait inventé une notation capitale, que Jonathan-et-Léa avaient oubliée dans leur liste : les parenthèses. Grandes oubliées des notations mathématiques.

Les parenthèses vont par couples. A gauche, l'ouvrante, à droite, sa fermante. Leur rôle est essentiel : permettre l'écriture sans ambiguïté d'expressions mathématiques. M. Ruche essaya avec deux divisions à la suite : 2 divisé par 3 divisé par 5, ça fait combien ?

Écrit « 2/3/5 », cela ne fait rien du tout. Est-ce 5 qui divise 2/3 ou est-ce 3/5 qui divise 2 ? Comment savoir ? Sans parenthèses, poubelle !

Avec les parenthèses, par contre, on a le choix. Ou bien on les met au début : « (2/3)/5 », et ça fait 0,13333333333…

Ou bien, à la fin : « 2/(3/5) », et ça fait 3,3333333333… Pas du tout la même chose !

L'erreur de Cardan concernant l'un des tercets de Tartaglia, c'était ça ! *Al terzo cubo delle cose netto.* Cardan avait compris le « tiers du cube », alors qu'il s'agissait du « cube du tiers » ! Avec les parenthèses, pas de possibilité d'erreur. Cardan n'aurait pu lire $(p^3)/3$ si Tartaglia avait écrit $(p/3)^3$.

M. Ruche songea qu'il faudrait lancer une souscription

pour la construction d'un petit monument, avec une dédi-
cace du genre :

> *Aux parenthèses,*
> *les expressions mathématiques reconnaissantes.*

Raffaelle Bombelli avait inventé un autre couple en
mathématiques. Avant lui, il y avait le couple $+1, -1$,
più et *meno*. Bombelli lui en adjoignit un autre, *più di*
meno : $+\sqrt{-1}$ et *meno di meno* : $-\sqrt{-1}$. Dorénavant,
l'algèbre serait le champ clos d'une partie carrée qui se
jouerait à quatre protagonistes. Ayant posé les règles de
ce calcul élargi, il composa une comptine pour en facili-
ter la diffusion :

> *Più di meno via più di meno fa meno.*
> *Più di meno via meno di meno fa più.*
> *Meno di meno via più di meno fa più.*
> *Meno di meno via meno di meno fa meno.*

Ce qui donne :

$$\sqrt{-1} \times \sqrt{-1} = -1$$
$$\sqrt{-1} \times (-\sqrt{-1}) = +1$$
$$(-\sqrt{-1}) \times \sqrt{-1} = +1$$
$$(-\sqrt{-1}) \times (-\sqrt{-1}) = -1$$

C'était parti pour calculer avec ces nouveaux êtres !
Dont tout le monde se gardait bien de donner une définition, tant ils paraissaient fictifs. Purs matériaux de calcul,
ils étaient utilisés comme simples intermédiaires, som-
més au bout du compte de disparaître sans laisser la trace
de leur passage. La petite cuisine, quoi ! Un peu comme
dans l'art de la perspective, inventée justement dans la

même région quelques décennies plus tôt. Invisibles dans l'état définitif du tableau, les droites ayant servi à dresser une perspective étaient soigneusement effacées.

Ces êtres, faut-il les appeler nombres ? Et si on les appelle nombres, ce ne peut être que des *nombres impossibles*. Plus tard, Descartes améliora leur statut. Pour signifier dans quel ordre de réalité, il les situait, il les nomma *imaginaires* ! Plus tard encore, leur réalité ayant été entérinée, le mathématicien allemand Gauss ne vit plus en eux que des nombres… *complexes*.

Par opposition, les nombres utilisés jusqu'alors, positifs ou négatifs, rationnels ou irrationnels, furent appelés *nombres réels*.

Il fallut attendre Leonhard Euler, en 1777, pour que le sulfureux $\sqrt{-1}$ soit remplacé par le symbole sous lequel on le connaît aujourd'hui. Il posa

$$\sqrt{-1} = i, \text{ i comme imaginaire !}$$

M. Ruche tiqua. Cet Euler n'était-il pas l'un des mathématiciens de la liste de Grosrouvre ? Il vérifia. Euler venait juste après Fermat, qui suivait immédiatement Tartaglia. On était en pays de connaissance.

M. Ruche médita longtemps sur le trajet accompli par ces êtres mathématiques. D'impossibles à imaginaires, d'imaginaires à complexes. Combien d'idées, de systèmes politiques, de théories, de procédés ont suivi ce chemin pour devenir « réalité » ! Et parfois, banale réalité !

Ces nouveaux nombres, quelle allure avaient-ils ? S'ils voulaient mériter leur qualificatif, ils se devaient d'être … plus complexes que les autres. Pour faire un nombre complexe, il fallut deux nombres réels. Par exemple, avec le couple (2, 3), on construisit le nombre complexe :

$$2 + 3i$$

Avec le couple $(2, 0)$, on construisit le nombre complexe $2+0i$, c'est-à-dire 2, tout simplement ! Ce qui impliquait qu'un nombre réel était un nombre complexe particulier. La boucle était bouclée. En définitive, le trajet accompli avait consisté à plonger les nombres *réels* dans un ensemble plus vaste. On avait agrandi l'univers dans lequel on avait agi jusqu'alors, afin de rendre possible ce qui était impossible.

Une chose tracassait M. Ruche. En fin de compte, pouvait-on extraire la racine carrée d'un négatif, oui ou non ? La réponse était nette. Et double.

Non ! On ne pouvait pas prendre la racine carrée d'un nombre négatif dans l'ensemble des nombres réels. Ce qui était impossible restait impossible là où c'était impossible !

Oui ! On pouvait prendre la racine carrée d'un nombre négatif dans l'ensemble des nombres complexes.

Finalement, qui était i ?

C'est, proclament les mathématiciens, « une racine imaginaire de l'unité négative » ! N'appartenant pas à l'ensemble des nombres réels, son irruption dans l'univers des mathématiques n'introduit aucune contradiction dans cet ensemble.

M. Ruche s'aperçut que depuis qu'il avait commencé son périple, il s'était retrouvé plusieurs fois face à deux questionnements d'ordre mathématique tout autant que philosophique : la question de l'existence et celle de l'impossibilité.

S'il avait à résumer, il dirait : à certains moments de l'Histoire, quelques mathématiciens confrontés à un problème qu'ils ne parviennent pas à résoudre se trouvent acculés à effectuer des actes illicites. Ils le font dans le secret de leur cabinet. S'ils veulent aller plus loin, ils savent qu'il leur faut quitter l'univers dans lequel ils œuvraient jusqu'alors. Comme Alice, ils traversent le miroir. Là, à l'abri des lois ayant cours dans le monde qu'ils ont quitté, ils effectuent des actes troubles, mais efficaces, qui leur permettent de débloquer la situation. Puis, repassant le miroir, forts de leur audace et enrichis par leur nouveau savoir-faire, ils vont, eux ou leurs successeurs, agrandir l'univers mathématique afin de pouvoir accueillir ces êtres nouveaux enfantés de l'autre côté du miroir.

On peut toujours aller de l'autre côté du miroir, dans les négatifs, les irrationnels, les imaginaires, etc., pourvu qu'on en revienne les mains chargées de merveilles !

Mais il n'y a pas de pure écriture, c'est aussi vrai en poésie et en littérature qu'en mathématiques. Écrire l'« impossible », c'est oser se poser la question de son existence, en autorisant les tentatives de le légitimer. En mathématiques, on le fait en élaborant une théorie dans laquelle cette écriture insensée jusqu'alors, se met à représenter un objet bien DÉFINI. On peut toujours définir de nouveaux êtres. A une condition : que leur existence soit une coexistence. L'arrivée des nouveaux êtres ne doit pas mettre en péril l'existence de ceux déjà là, pas plus qu'elle nc doit contredire les résultats déjà établis.

En mathématiques, les révolutions ne se font pas en détruisant les mondes anciens, qui garderont toujours leur légitimité et leur vérité. Elles se font en construisant de nouveaux univers qui soit englobent les précédents, soit se placent à leurs côtés. Les nouveaux êtres jamais n'annihilent les anciens. Bel exemple de cohabitation entre ancêtres et nouveau-nés.

Quand M. Ruche raconta à Jonathan-et-Léa ce qu'il avait appris concernant les imaginaires, leur réaction fut immédiate.

Jonathan :

– C'est exactement le contraire de ce que vous nous

avez raconté avec la règle et le compas, où on commençait par poser un interdit : « Autrement que par la règle
et le compas, tu ne construiras point ! »

Léa :

– Alors que pour les imaginaires, on n'est pas très
regardant sur les moyens utilisés pour résoudre le
problème. C'est « la fin justifie les moyens » ! D'autant qu'à l'arrivée, les moyens, pfft ! On jette un voile
pudique sur tout ce qui a permis de parvenir au résultat
et…

Elle ne finit pas sa phrase. Sa voix se radoucit :

« Le résultat, lui, s'en contrefiche. Il ne porte pas la
marque des conditions de sa naissance.

Enfin, enjouée :

« L'important, c'est que ça marche !

M. Ruche agitant bruyamment son fauteuil :

– Et quand cela ne marche pas, hein ?

Le regardant affectueusement :

– Quand cela ne marche pas, M. Ruche ? On vole !

Nofutur agita les ailes, s'éleva et se posa sur l'épaule
de Léa. Ce qu'il n'avait encore jamais fait avec personne
d'autre que Max. Léa était toute chose.

Le lendemain, Jonathan-et-Léa prirent l'affaire en
main. M. Ruche n'ayant pas cru bon de monter une
séance sur le sujet, ils la montèrent. Étant assurés de la
présence du ban : M. Ruche, Max et Perrette, ils convo-
quèrent l'arrière-ban, Albert et Habibi. Quant à Nofutur,
il était déjà dans le coup.

Bien accroché à la barre supérieure de son perchoir, il
débuta par une gracieuse cabriole effectuée dans un pur
ralenti. Quand il eut la tête en bas, il annonça :

– Drame des imaginaires !

Changeant de braquet, dans une rotation accélérée, il
termina sa cabriole d'un coup, se retrouvant droit comme

un I sur la barre. Le cou allongé, il déclara en faisant fré-
tiller le bout écarlate de ses rémiges :
— Pièce en i tableaux !

Sur la musique des bateliers de la Volga, Jonathan-et-
Léa avançaient ahanant, psalmodiant des « héliou HAN,
héliou HAN », censés rendre compte musicalement (!)
de la condition misérable des galériens ramant au fond
des soutes. Quand le chœur cessa, ils se sentirent l'âme
persane et, animés du talent de al-Khayyām, ils osèrent
des quasi *Rubâ'iyât* de leur composition :

> *Travailleurs imaginaires*
> *importés de l'au-delà des frontières,*
> *installés dans leur statut d'hors-statut,*
> *on les faisait marner sans manières.*

> *Le temps passant,*
> *la situation se prolongeant,*
> *les imaginaires cessèrent d'être éphémères,*
> *et leur travail fut moins que jamais temporaire*

> *Cette présence durable*
> *rendant la situation intenable,*
> *déchaîna les interrogations.*
> *Il fallut mettre les choses sur la table !*

> *Voilà des êtres inexistants,*
> *tout sauf fainéants.*
> *Trop tard pour affréter un charter*
> *qui les enverraient en l'air*
> *rejoindre leur néant !*
> *Y avait plus qu'une seule solution,*
> *la régularisation, tion, tion !*

A Nofutur, le mot de la fin. Il s'y reprit à plusieurs fois,
peut-être en hommage à Tartaglia, le Bègue, pour dire

« i ». Mais son i sonnait comme un « ai ». Il eut un mal de chien à prononcer un i qui ne fût pas un cri. Après les quatrains d'al-Khayyām, les teɪcets de Tartaglia et les comptines de Bombelli, voilà les poèmes de J-et-L Liard ! *Les Mille et Une Feuilles* étaient en passe de devenir le salon poétique dernier cri.

Habibi était aux anges, il n'avait pas bien compris les paroles, mais il avait vibré à la musique. Perrette avait suivi sans dire un mot le drame des imaginaires et de leur naissance troublée.

La saynète concoctée par Jonathan-et-Léa avait impressionné M. Ruche, moins pour sa qualité artistique que pour son acuité politique. Il ne savait pas J-et-L à ce point sensibles à ces questions, dont ils ne parlèrent jamais à la maison. Mais à la maison, parlaient-ils de ce qui leur tenait à cœur ? Quoique, depuis un certain temps…

M. Ruche n'avait jamais été un militant, mais il avait la fibre politique ; son engagement dans la Résistance l'avait enraciné dans une haine profonde contre toutes les terreurs, qu'elles fussent politiques, idéologiques, religieuses ou économiques. C'était simple, il haïssait l'oppression ; dans sa tête, il y avait une sorte d'axiome implicite qui lui faisait être naturellement du côté de l'opprimé face à l'oppresseur.

CHAPITRE 17

Fraternité, liberté. Abel, Galois

L'équation du cinquième degré était-elle, oui ou non, résoluble par radicaux ? L'assemblée générale avait décidé de poursuivre son enquête jusqu'à pouvoir répondre à la question. Le fait que jusqu'à présent elle n'ait pu apporter aucune réponse aux Trois Problèmes de l'Antiquité avait pesé lourd dans la balance. Ils ne pouvaient pas passer leur temps à ne pas avoir de réponses aux problèmes qu'ils se posaient !

> On tira z' à la courte paille
> pour savoir qui, qui
> ferait le travail
> Le sort tomba
> sur le plus vieux ;
> c'était mieux, c'était mieux.

M. Ruche fut forcé d'aller au charbon. Pour l'occasion, il ressortit son porte-plume en verre de Murano. Sur son cahier à gros carreaux, il écrivit :

D'abord, préciser que ces problèmes de résolution par radicaux ne concernent qu'un type particulier d'équations ; les équations dites *algébriques* qui ne mettent en jeu que des polynômes.
Par exemple,
« $2x^2 + 3x + 1 = 0$ » est une équation algébrique de *degré* 2.

« Sin x + 1 = 0 », non.

La forme de l'équation algébrique la plus générale est

$$a_n x^n + a_{n-1} x^{n-1} + \ldots + a_2 x^2 + a_1 x + a_0 = 0.$$

n est le *degré* de l'équation et les *coefficients* a_i sont des nombres.

Pour les premiers algébristes, le choix était simple, une équation était soluble ou insoluble : elle avait une racine ou elle n'en avait pas. Cardan, Bombelli et d'autres furent forcés d'admettre que c'était plus compliqué. Et, par là même, plus intéressant.

On en vint à poser une question générale concernant le nombre de racines d'une équation. Avant de se mettre à les calculer et à tenter de les déterminer, on se dit qu'il serait bon de savoir, *a priori*, combien il y en avait. Une équation du second degré peut-elle en avoir 3 ? Une du 4e degré peut-elle ne pas en avoir du tout ? Pouvait-on avoir quelque assurance sur la question ?

Dans son *Invention nouvelle en l'algèbre*, parue en 1629, Albert Girard pressentit qu'une équation de degré *n* avait *n* racines… si l'on voulait bien prendre en compte les racines imaginaires et comptabiliser chaque racine autant de fois qu'elle intervenait. Une racine double, par exemple, comptant deux fois.

D'Alembert, l'homme de l'*Encyclopédie*, fit une première tentative de démonstration en 1746, suivi par Euler en 1749. Puis par deux autres Français, Louis Lagrange et Pierre-Simon Laplace. Finalement, ce fut un Allemand, Karl Friedrich Gauss, le « prince des mathématiciens », qui en donna la première démonstration complète. Non content d'ailleurs d'en donner une, il en donna trois autres. Preuve s'il en est de la nécessaire distinction entre l'énoncé d'un théorème et sa démonstration.

Pour toute équation algébrique de degré *n*, on était à présent assuré que non seulement elle avait des racines, mais qu'elle en avait exactement *n* : *Théorème fondamental de l'algèbre* ! Une merveille de théorème ! Peut-on espérer résultat plus simple et plus général ? Une équation de degré 3 a toujours 3 racines ; une de degré 2 en a toujours 2.

M. Ruche tiqua. Comme le prince de la Belle au Bois dormant, une phrase enfouie dans un recoin de sa mémoire s'éveilla toute fraîche après trois quarts de siècle de sommeil : « Équation du second degré. Si le discriminant est négatif, pas de racines. S'il est nul, une racine double. S'il est positif, deux racines ! »

On m'avait donc menti ! Mais qui mentait ? Sa vieille phrase qui lui affirmait que certaines équations du second degré n'avaient pas de solution. Ou le Théorème fondamental, qui assurait que *toutes* les équations du second degré avaient 2 solutions ? Il était sûr de l'exactitude de sa vieille phrase.

Il resta sec. Certes, il suivait scrupuleusement le programme de Grosrouvre et il valait mieux le suivre en comprenant qu'en ne comprenant pas. Mais il n'était pas forcé de tout comprendre tout le temps. Son hémisphère droit lui conseilla de s'en foutre. M. Ruche décida de lui donner raison. Le gauche se rebella, refusant d'admettre une contradiction qui insultait la juste logique. M. Ruche finit par trouver la réponse. Elle était réconfortante : ni sa vieille phrase ni le théorème ne mentaient.

La différence entre les deux assertions tenait en ceci : elles ne se rapportaient pas au même univers de nombres. Sa vieille phrase se rapportait à l'univers des nombres « réels », le Théorème fondamental à celui des nombres « complexes », qui contenait celui des réels. Il n'y avait pas de contradiction.

Toujours cette fameuse question : où cherche-t-on ce

que l'on cherche ? Car on cherche toujours quelque part. Et, la plupart du temps, on ne le sait pas soi-même. Cela lui rappela l'histoire de cet homme qui dans la nuit cherchait sa pipe au pied d'un réverbère. Un passant lui demande : « Vous avez perdu votre pipe au pied de ce réverbère ? » « Non ! Mais il n'y a que là que je pourrais la voir si elle y était. » Sa mère lui disait tout le temps… Ma mère ! Cela fait si longtemps que je n'ai pas pensé à elle. Je suis plus vieux qu'elle maintenant. Dire que je repense à elle grâce au Théorème fondamental. Les maths, vraiment, cela mène à tout ! Oui, ma mère me disait tout le temps : « Toi, on t'enverrait à la mer, tu ne trouverais pas d'eau. » Justement, pour les équations algébriques, chercher des solutions dans l'univers des nombres complexes, c'est comme aller chercher de l'eau à la mer, on en trouve toujours.

C'est à ce moment que M. Ruche prit toute la mesure de ces nombres complexes. Leur force était leur nombre. Ils étaient suffisamment nombreux pour fournir à chaque équation algébrique son comptant de solutions, constituant en somme leur univers naturel !

A Tokyo, les affaires du GTBM se portaient bien. Non seulement celles pour lesquelles il avait été envoyé dans la capitale nippone et qu'il poursuivait au Shinjuku NS. Mais les siennes propres. Il était retourné plusieurs fois dans le bar karaoké. La jeune femme de la table voisine, pas celle qui lui avait tendu le journal, l'autre, y était revenue elle aussi. Ils commencèrent par s'asseoir à la même table, puis ils chantèrent ensemble. En duo.

Il lui avait avoué qu'il n'était pas français, mais italien. Elle lui dit que cela ne changeait rien. Il lui dit que les Italiens étaient de très grands chanteurs. Les meilleurs, avec les Bulgares, mais les Bulgares avaient des voix de basse, tandis que les Italiens avaient des voix de baryton.

– Et les Noirs ? demanda-t-elle.

– Ah oui, j'avais oublié les nègres, reconnut-il.

Et, tout tendre, il confessa :

« J'avais oublié les nègres et je t'avais oubliée aussi.

Cela lui plut beaucoup. Elle n'était pas habituée à cette sorte de galanterie.

« Tu veux que je te montre où je suis né ?

Sur une table basse laquée, il étala une carte de l'Europe. Tout en bas de l'Italie, il lui montra une île.

Elle l'enlaça :

– Tu es né dans une île et moi aussi. On était faits pour se rencontrer. Et pour chanter ensemble.

Il ne sut pas pourquoi, mais il pensa brusquement à *Madame Butterfly*. Peut-être parce que par son kimono entrouvert un petit sein clair était apparu. Il adorait l'opéra de Puccini. Il eut un pressentiment.

Le lendemain, il recevait un télégramme. Le Patron lui ordonnait de rentrer immédiatement à Paris. Il ajoutait : « Luigi, cet idiot, n'a toujours pas retrouvé le perroquet. Il faut que tu t'en occupes toi-même. »

Les ordres du Patron ne se discutaient pas. La jeune chanteuse japonaise l'apprit à ses dépens. Le soir, elle se retrouva seule à la table du bar de Karaoké. Elle serra dans sa main le seul objet qu'elle avait de lui ; cette carte de l'Europe, avec tout en bas, son île. Toute la soirée, elle chanta des chansons tristes.

« *Copenhague, l'an racine cubique 6 064 321 219 (tenir compte des décimales).* »

Découvrant la première phrase de la lettre qu'on venait de lui remettre, Bernt Holmboe sourit. Il sut immédiatement qui en était l'auteur. Excité par la devinette placée en tête de la lettre, il se mit au calcul. L'extraction d'une racine cubique n'est jamais chose facile. Mais le professeur de mathématiques qu'il était savait fort bien se servir des logarithmes. Le résultat tomba : 1 823,590827 ans.

0,590827 année, cela faisait $0{,}590827 \times 365 = 216$ jours. Il s'agissait donc du 216e jour de l'année 1823. Il chercha son calendrier. La lettre avait été postée à Copenhague le 4 août 1823. Elle était de Niels Henrik Abel, son ancien élève, en voyage au Danemark. Il l'avait connu cinq ans plus tôt, lorsqu'il avait rejoint son premier poste de professeur de mathématiques, à Christiania.

A la fin de cette première année, sur le carnet scolaire de Niels, il avait inscrit : « A son génie remarquable, il associe un appétit insatiable de faire des mathématiques. Il deviendra, s'il vit, le meilleur mathématicien du monde. » Pourquoi avait-il ajouté « s'il vit », Holmboe ne le sut jamais. Niels avait 16 ans. Holmboe se souvint avec fierté que c'est lui qui, cette année-là, fit découvrir à Niels les mathématiques.

Jusqu'à présent, sa prédiction était loin d'être fausse. Niels était sans conteste le meilleur mathématicien norvégien, peut-être même scandinave. Et il n'avait que 21 ans. Avec une facilité déroutante, il avait assimilé l'œuvre gigantesque d'Euler.

Depuis quelque temps, un peu partout en Europe, on débattait à nouveau de la vieille question de la résolution par radicaux de l'équation de degré 5. Euler, qui avait réussi tant de choses, avait essayé. Il avait échoué. Mais il était convaincu que la formule existait.

Dès qu'Abel avait été suffisamment cultivé en mathématiques, il s'était passionné pour la question. Et, assez rapidement, il avait découvert la formule donnant la solution de l'équation du 5e degré. Réussir là où Euler avait échoué ! A l'époque, Holmboe n'avait décelé aucune erreur dans la démonstration d'Abel. Pas plus d'ailleurs que les autres mathématiciens qui l'avaient analysée. Heureusement, au bout de quelque temps, Niels s'était lui-même aperçu qu'elle était erronée. La formule ne fonctionnait pas dans tous les cas. Or, c'est justement dans tous les cas qu'il fallait l'établir. Ainsi que cela avait été fait pour les quatre degrés précédents.

Niels avait alors radicalement changé de point de vue. Si l'on n'avait pas trouvé la formule, s'était-il dit, c'est qu'on ne pouvait pas la trouver. Et on ne pouvait pas la trouver parce qu'elle n'existait pas. Renversement total. Il était passé de : « Puisqu'une telle formule existe jusqu'au 4e degré, alors elle doit exister pour le 5e » à « Pourquoi, existant jusqu'au 4e degré, ne peut-elle exister pour le 5e ? ».

De retour de Copenhague, après ses vacances danoises, Abel travailla d'arrache-pied, se plongeant en particulier dans les œuvres de Lagrange, mort quelques années plus tôt, à Paris. Lagrange était celui qui était allé le plus loin dans cette voie, il avait indiqué la direction à suivre « à tous ceux qui voudraient s'occuper de la question ». Direction que Lagrange avait lui-même suivie. Sans succès. Abel prit le témoin des mains de Lagrange.

On était au milieu de l'automne. Les premiers flocons commencèrent à tomber. Il y en avait pour des mois. Abel se mit au travail. Soudain, il eut la conviction que lorsque la neige cesserait, lorsque le printemps chasserait le froid, il serait venu à bout du problème. A présent il disposait des moyens de réussir. Les fêtes approchaient.

Un peu avant la Noël, la démonstration était terminée. Elle était dense mais claire. Il la relut. Cette fois, aucune erreur. C'est que, depuis sa première tentative, Abel avait acquis du métier. Il était devenu un mathématicien. Le résultat était lumineux. Une simple phrase, une phrase simple – mais quelle phrase ! – illuminait sa feuille de calcul :

« Les équations algébriques de degré cinq ne sont pas solubles par radicaux ! »

Long voyage qui avait duré trois siècles. Combien de voyageurs s'étaient passé le relais ? Avec rudesse parfois, et parfois avec aménité. Del Ferro, Tartaglia, Cardan, Ferrari, Bombelli, Tschirnhaus, Euler, Vandermonde, Lagrange, Ruffini, et maintenant… Niels Henrik Abel. Il arrivait au but, terminant le voyage.

Abel écrivit *Mémoires sur les équations algébriques où on démontre l'impossibilité de la résolution de l'équation générale du cinquième degré.* L'article était écrit en français. Il faisait six pages et Abel dut le faire imprimer à ses frais. Par souci d'économie, il en donna une rédaction resserrée en une demi-page. Cela coûta moins cher, mais le texte fut plus difficile à comprendre.

Comment était-il parvenu à ce résultat ? M. Ruche, franchement, n'y saisit pas grand-chose. Il comprit seulement qu'il s'agissait non plus de considérer les solutions des équations une à une, mais dans leur ensemble. Que c'était là la grande idée : prendre toutes les racines de l'équation dans leur ensemble et étudier leurs *permutations*…

Il aurait commencé vingt ans plus tôt, il serait sûrement allé plus loin. Le voilà en train de regretter que Grosrouvre ne l'ait pas contacté plus tôt ! Il savait bien qu'une partie de ses neurones s'en était allée, sans espoir de retour, et que c'était miracle, déjà, d'avoir pu mobiliser les rescapés.

Abel envoya immédiatement son mémoire aux grands mathématiciens européens. Au plus grand, d'abord, à

Gauss qui le rangea sans prendre la peine de le lire. A la mort de Gauss, dans ses papiers, on retrouva l'article non découpé.

Abel écrivit un nouveau mémoire sur l'*intégration*, qu'il joignit à un dossier constitué en vue d'obtenir une bourse à l'Université. Il obtint la bourse, mais le mémoire disparut. Plus personne ne parvint à le retrouver.

Depuis deux ans déjà, Abel était fiancé à la jolie Crelly Kemp. Il n'avait pas assez d'argent pour l'épouser. Alors, ils attendaient qu'Abel ait un poste de professeur. Il n'en eut jamais, pas plus dans son propre pays qu'à Berlin ou Paris. Lorsque enfin une chaire de mathématiques fut créée à l'université de Christiania, on attribua le poste à… Holmboe, son ancien professeur, qui était devenu son ami ! Abel le félicita. La survie devint encore plus difficile. En plus, une partie de ce qu'il gagnait à force de cours particuliers filait en remboursement des dettes familiales. Pauvre et génial, presque un vrai romantique. A ceci près qu'il était sage et résigné, et que la révolte lui était un sentiment étranger. Il n'en multiplia pas moins les tentatives pour faire connaître son travail.

C'est à Paris que ses découvertes seraient reconnues, Abel en était convaincu. Il déposerait ses mémoires à l'Institut, où Cauchy, Legendre et les autres mathématiciens français sauraient les juger à leur juste valeur. Abel parlait correctement la langue, et puis n'était-ce pas un Français qui dirigeait, certes indirectement, le pays ?

En 1815, au moment où Niels avait quitté sa ville natale pour venir faire ses études à Christinia, un acte d'union avait été signé entre la Norvège et sa voisine, la puissante Suède. Ironie de l'Histoire, au moment où Napoléon terminait sa carrière à Waterloo, l'un de ses plus prestigieux maréchaux, le comte Bernadotte, commençait la sienne :

il venait de monter sur le trône de Suède et, par le fait, détenait le pouvoir en Norvège.

La fin du XVIIIe siècle avait vu le plus grand rassemblement de mathématiciens dans un seul pays que l'Histoire ait connu. Durant la Révolution française, travaillaient à Paris Lagrange, Carnot, Monge, Vandermonde, Laplace, Legendre, Lacroix, Fourier, sans compter Condorcet et Delambre. Puis, passé le siècle, Cauchy, Poncelet, Sophie Germain, Poisson, Chasles prenaient la relève.

Au début de l'après-midi, Albert était venu « charger » M. Ruche. Comme la toute première fois, pour Thalès, la 404 se dirigea vers le centre de Paris. Quand, après le Palais-Royal, elle traversa la place du Carrousel du Louvre, M. Ruche jeta un coup d'œil vers la pyramide, une vieille connaissance. C'était au début de l'automne, six mois déjà. Beaucoup de mathématiques avaient coulé de sa plume depuis... Un groupe de Japonais, encore, mais cette fois tout fourrés de fourrures et de bonnets de poils, traversa au passage clouté. La pyramide, encore prise dans le froid de la matinée, ressemblait à un cristal, plus encore qu'à l'ordinaire. Autour, les pièces d'eau étaient figées dans une immobilité plane quasi magique. Sans être gelée, l'eau paraissait lourde. Comme de la vodka sortie du congélateur.

Discret, Albert demanda, et pas seulement par politesse, où en était l'enquête.

M. Ruche fut bien en peine de répondre. Que lui dire, sinon :

– Je viens de passer quelques jours avec un drôle de mathématicien italien, qui était en même temps médecin, et qui il y a quatre siècles a inventé une pièce capitale pour ta 404.

– Il n'y avait pas d'automobile à cette époque !

– Non. Mais il y avait des navires et sur les navires, des

boussoles, et, sous les navires, la mer. Et quand elle bougeait trop, la boussole bougeait aussi et ne servait plus à rien. On perdait le nord. Mon mathématicien a mis au point un système de suspension pour soustraire la boussole au roulis et au tangage. C'est ce système, un peu adapté, qui est dans ta 404. Si je te dis son nom, tu vas tout de suite comprendre. Cardan.

– C'est un type ! Un Italien ; cela ne m'étonne pas. Les Italiens sont des cracks pour les voitures, Ferrari, Maserati, Lamborghini... Alors là ! C'est comme poubelle. La tête que j'ai fait quand on m'a appris que Poubelle, c'était le nom du préfet de Paris qui a inventé... justement la poubelle. C'est une invention magnifique. Non, pas la poubelle, quoique...Vous n'y connaissez rien, vous, à la mécanique. Le joint de Cardan fait deux choses essentielles. D'abord, et il montra le capot, c'est lui qui permet au moteur d'entraîner les roues. Ensuite, c'est lui qui permet au volant de tourner les roues.

Albert tourna le volant pour montrer. Et comme justement les joints de Cardan fonctionnaient bien, les roues tournèrent ! La 404 grimpa sur le terre-plein et faillit écraser le groupe de Japonais qui venaient de traverser dans le passage clouté. Comme quoi...

– Ça va, j'ai compris ! hurla M. Ruche.

Albert laissa M. Ruche sur le quai du Louvre, à la hauteur de la passerelle des Arts. Là, miracle ! De part et d'autre des marches, un plan incliné permettait d'accéder à la passerelle. Albert repartit rassuré, et fila vers le quai de la Mégisserie.

Cardan ou pas, le bruit des voitures était insupportable. Chaque fois qu'en amont, du côté des Tuileries, le feu se mettait au rouge, un silence brutal tombait, inquiétant comme le souffle lourd d'un malade qui s'interrompt brusquement.

Quelques tours de roue, et M. Ruche se retrouva au-dessus de l'eau. La Seine était sublime, d'un bleu-gris à rendre malade un peintre flamand. L'haleine de la Seine : une vapeur bleutée, comme si l'eau exhalait de la fumée. Dans ces moments, lorsque l'hiver à Paris décidait de sortir ses lumières, le reste du monde pouvait aller se rhabiller !

Une péniche chargée de sable passa juste sous son fauteuil, silencieuse. M. Ruche la suivit des yeux. Arrivée à la pointe de l'île de la Cité, elle serra sur la droite et disparut sous le Pont-Neuf.

M. Ruche s'arrêta au milieu de la passerelle. Le soleil pâle, brillant intérieurement d'une chaleur invisible, réchauffait le paysage convalescent, tordant le cou au petit froid sec qui poursuivait M. Ruche. Il se mit à faire doux. Cette douceur, en hiver, M. Ruche la reçut comme un cadeau.

La Seine avait mangé le bruit des voitures. On n'entendait plus que les pas des marcheurs et la voix des passants. Les arbres dénudés, dressés tout le long du quai comme autant de sentinelles nues, posaient la frontière de ce *no man's river*. Au milieu du fleuve, M. Ruche se sentit à mille lieues des deux rives.

Dans son bureau de l'université de Christiania, Holmboe était en plein travail quand le concierge frappa à la porte et lui remit une lettre. Holmboe saisit le coupe-papier, bien en évidence sur son bureau, ouvrit l'enveloppe.

Non, la lettre ne débutait pas par « Froland, racine cubique 6 121 085 701 ». Elle commençait plus conventionnellement par : « Froland, 6 avril 1829 ». Une seule phrase suivait : « Niels Henrik Abel est mort ce jour à quatre heures de l'après-midi. » Holmboe ne put retenir ses larmes. Son élève, son ami, était mort harassé de maladie. Il n'avait pas vingt-sept ans.

Lui revint en mémoire l'inscription qu'il avait apposée sur le carnet scolaire de Niels : « Il deviendra, s'il vit, le meilleur mathématicien du monde. » S'il vit !

Fallait-il que la mort précoce et le malheur fussent à ce point perceptibles, pour que le professeur débutant qu'il était à l'époque ait laissé échapper cette annotation, sans même se rendre compte de la violence qu'elle représentait, comme s'il n'avait pu s'empêcher de signaler la menace qui déjà planait sur le lycéen.

Holmboe sourit tristement. En fait, il s'était trompé dans sa prédiction. Niels n'avait pas vécu longtemps ET il était l'un des meilleurs mathématiciens du monde. Et d'ailleurs, croque-morts scientifiques, les honneurs commençaient à s'abattre sur sa tombe.

L'université de Berlin, qui avait su à plusieurs reprises lui refuser un poste, venait de lui envoyer un courrier ; elle souhaitait le compter pour l'un de ses professeurs. Quand la lettre parvint en Norvège, Niels était déjà enterré. Et à Paris, l'Institut ? Là, c'était encore mieux.

En 1793, la Révolution avait fermé les Académies. Trente mois plus tard, elle créait l'Institut et l'installait au Louvre. En 1805, par la passerelle des Arts qui venait d'être construite, Napoléon lui fit passer la Seine, pour l'installer juste en face, dans l'ex-palais Mazarin.

M. Ruche n'y avait jamais pris garde auparavant. Il regarda à chaque bout : la porte de la cour carrée du Louvre et la coupole de l'Institut étaient dans l'alignement exact de la passerelle. La ligne droite est le plus court chemin… Certes, mais entre quoi et quoi ? Entre l'espoir et la désespérance. M. Ruche ne put s'empêcher d'imaginer l'arrivée à Paris de ce jeune homme venu du froid, débarquant dans la ville des mathématiciens, plein d'espoir, son mémoire sous le bras.

Il faisait chaud, on était en juillet 1826, le pont était plein d'une foule joyeuse. C'était le pont à la mode, le premier pont métallique de Paris ! Abel avait admiré l'armature en fer apparent, avec ses arches en fonte et son tablier en charpente de fer. Il n'avait rien vu de semblable durant son long voyage à travers l'Allemagne, l'Autriche et l'Italie. Il y avait des orangers dans des bacs tout le long de la passerelle ! Abel avait englouti d'une traite un grand verre de limonade à la buvette. Au son d'un petit orchestre joyeux qui jouait des airs populaires, il avait rêvé à Crelly, sa fiancée, qui l'attendait là-bas. Puis il s'était arrêté devant un minuscule théâtre de marionnettes. Il avait ri comme un enfant et s'était précipité vers le quai. Dans quelques instants, son mémoire serait enregistré à l'Institut de France !

Le bruit infernal des voitures avait brutalement ramené M. Ruche dans son siècle. Il attendit patiemment que le feu passât au rouge et traversa le quai Conti en refusant de se presser. Il avait tout son temps. N'avait-il pas rendez-vous avec le passé dans la demeure des Immortels !

Sous le porche, au poste de garde, il dut déposer une pièce d'identité. Le corps de bâtiments abritait deux bibliothèques. La Mazarine, la plus ancienne bibliothèque publique, M. Ruche la connaissait pour l'avoir fréquentée quand il était étudiant. Il ne s'y rendit pas. On lui remit un badge. Deuxième cour, à gauche après le passage voûté. Les huissiers en livrée l'aidèrent à gravir les deux marches du perron et le déposèrent dans un vaste hall. Le chemin de tapis vert pomme qui courait dans l'escalier menait également à un petit ascenseur dont la porte s'ouvrit automatiquement dès son arrivée sur le palier.

La bibliothèque de l'Institut de France ! Pas du tout le même genre que celle de l'autre Institut, celui du monde arabe. Bien qu'ayant en commun d'être situés tous les deux sur la rive gauche de la Seine, rien ne les rapprochait. Surtout pas les sièges. Ici, ils étaient faits d'un solide bois luxueux recouvert de velours vert olive. Et leurs dossiers étaient plats !

La salle étroite, longue d'une quarantaine de mètres, était traversée en son milieu par une enfilade de lourdes tables de chêne aux pieds ornés de griffons de carton pâte. M. Ruche s'installa. Bientôt il eut sous les yeux le *Mémoire sur une propriété générale d'une classe très étendue de fonctions transcendantes*, de Niels Abel ; celui-là même qui dormit trois années dans un tiroir avant d'être présenté en séance… une semaine après la mort d'Abel. Augustin Cauchy, poussé par Legendre, avait finalement pondu un rapport sur Abel. Mais ce grand mathématicien était si absorbé par la grandeur de son œuvre qu'il n'avait pas pris le temps d'utiliser son immense intelligence pour tenter de comprendre les théories de ce jeune Norvégien inconnu et qui, paraît-il, avait en plus une écriture illisible !

Un mois plus tôt, ici même, à l'Institut, un jeune homme, plus jeune encore que Niels Abel – il avait à peine dix-huit ans –, déposait un mémoire : *Recherches sur les équations algébriques de degré premier*.

L'auteur était un lycéen. Sur ses carnets scolaires, voici ce que l'on pouvait lire : « Toujours occupé à ce qu'il ne faut pas faire », « Baisse chaque jour », « Un peu bizarre dans ses manières », « Conduite fort mauvaise, caractère peu ouvert ». Un autre professeur avait ajouté : « Je lui crois peu d'intelligence, ou du moins il l'a tellement cachée qu'il m'a été impossible de la découvrir. »

Comme si montrer son intelligence à quelqu'un, ce n'était pas lui faire un cadeau, ne put s'empêcher de remarquer M. Ruche. Qu'avait fait ce professeur pour que Galois ait envie de lui offrir son intelligence ? Il y a des gens, pensa-t-il, amer, qui méritent qu'on ne leur offre que des flots de bêtise.

Tous les élèves n'ont pas la chance d'avoir leur Holmboe. Certains des professeurs de Galois avaient cependant remarqué que « ses moyens étaient très distingués » et que cet élève était « dominé par sa passion pour les mathématiques ». L'un d'eux avait même écrit : « C'est la fureur des mathématiques qui le domine. »

Et puis cet autre, qui ne se doutait pas à quel point son observation maligne se révélerait exacte : « Il vise à l'originalité ! »

Enfin, inscrite sur un de ses bulletins, cette phrase qui résonnait comme un cri : « Il proteste contre le silence ! »

Ce lycéen furieux de mathématiques et qui venait de déposer son mémoire à l'Institut se nommait Évariste Galois. A nouveau, ce fut l'incontournable Cauchy qui réceptionna le texte.

Cette fois, celui-ci comprit l'importance du travail qu'il avait entre les mains. Hélas, le jour où il dut présenter son rapport, il était malade et ne put assister à la séance. Cauchy retrouva vite la santé, mais oublia le rapport.

M. Ruche imagina sans peine le jeune homme venant rechercher son mémoire et à qui l'appariteur répondit qu'on ne parvenait pas à mettre la main dessus. Comme s'il ne suffisait pas que son travail n'ait pas été présenté en séance, il fallait en plus qu'il ait été égaré. La colère !

Et ce jeune Évariste Galois, qu'on disait excité, révolté, que fit-il ? Il rentra sagement chez lui et réécrivit entièrement son mémoire.

Plus tard, par une journée semblable à celle-ci, au milieu de l'hiver 1830, à nouveau il franchit le porche de l'Institut et déposa son *Mémoire sur les conditions de résolubilité des équations par radicaux*, en vue de concourir au Grand Prix de mathématiques qui devait être décerné au début de l'été. Malheureusement, cette fois, ce n'était pas Cauchy qui devait faire le rapport, mais Fourier, baron d'empire.

Joseph Fourier – grand utilisateur des fameuses séries qui portent son nom – et qui, ayant suivi Bonaparte en Égypte, avait survécu aux attaques des Mamelouks, mourut dans son lit à Paris… quelques jours avant la séance. Personne donc ne présenta le mémoire de Galois. Qui ne sut jamais qu'il n'avait pas concouru.

Le mémoire d'Abel avait finalement été découvert dans les papiers de Gauss, après sa mort ; celui de Galois ne sera pas retrouvé dans ceux de Fourier. Une fois de plus, un travail de Galois avait été égaré.

Le 28 juin 1830, le prix fut décerné à… Niels Abel ! Comme si l'Académie voulait se faire pardonner de ne pas le lui avoir accordé de son vivant. Ce faisant, par une sinistre translation, en le refusant à Galois, son frère en mathématiques, encore vivant, lui, elle reproduisait le même schéma.

Deux ratés n'arrivant jamais seuls, il y en eut un troisième. Durant une journée de l'hiver 1831, Galois franchit pour la troisième fois le porche de l'Institut et déposa son mémoire.

Cette fois-ci, on le lut. Et on lui répondit.

Le mémoire avait été examiné par Denis Poisson, à qui l'on devait, entre autres, une jolie loi en théorie des probabilités.

« Nous avons fait tous nos efforts pour comprendre la démonstration de M. Galois. Ses raisonnements ne sont ni assez clairs, ni assez développés pour que nous ayons pu juger de leur exactitude, et nous ne serions pas même en l'état d'en donner une idée dans le rapport… », écrivit Poisson.

Cette lettre signa la fin des rapports entre l'Institut et Évariste Galois. Au moment où Poisson ne comprenait rien à son travail, Galois était confronté à une autre institution. La prison. C'est assis dans sa cellule de Sainte-Pélagie qu'il découvrait ces lignes qui massacraient son désir de voir son travail reconnu et compris. Il sera dit qu'Évariste Galois aura eu vingt ans en prison.

« Nous ne serions pas même en l'état d'en donner une idée dans le rapport… », avait écrit Poisson. C'est dire si M. Ruche l'aurait pu ! Il se promit, en hommage à Galois, de s'y essayer tout de même. Grosrouvre, par ses fiches, peut-être, lui donnerait quelques lumières.

La bibliothèque fermait à 18 heures. Il était 17 h 45. L'heure était donnée par une étrange pendule à deux cadrans, située tout au bout de la salle, derrière la table du bibliothécaire. Elle avait été construite en l'an IX de la République. Le cadran du haut indiquait l'heure solaire, celui du bas l'heure civile. Mais il l'indiquait de deux façons, les mois et les années étant marqués selon le calendrier grégorien et selon le calendrier républicain. M. Ruche apprit qu'il était en plein pluviôse.

En rangeant ses affaires, il se souvint d'avoir lu quelque part qu'une statue de Voltaire était exposée dans la bibliothèque face à l'entrée. Elle représentait « Voltaire nu à l'âge de 76 ans ». Elle n'y était pas.

Le corps des vieillards, habituellement caché, était exposé là. Et c'était celui d'un philosophe. Doublement concerné, M. Ruche demanda où la statue était passée. On l'informa qu'elle avait été échangée contre un cénotaphe de Mazarin. « Mieux vaut exposer aux regards des académiciens le tombeau vide d'un cardinal, plutôt que le corps vieilli mais vivant d'un philosophe ! » remarqua M. Ruche en quittant la bibliothèque.

M. Ruche regagna la rue Ravignan tout excité. Lorsqu'il eut fini de raconter son après-midi, l'exaltation était à son comble. Bien sûr, à part Max qui était trop jeune et

Nofutur qui était un perroquet, tout le monde avait entendu parler de Galois. Quelques phrases par-ci, par-là. Par la bouche de M. Ruche, c'était des pans entiers de sa vie et de son œuvre qu'ils découvraient. Quant à Abel, ils n'en avaient jamais entendu parler.

« *Mon bien cher fils,*
Voici la dernière lettre que tu recevras de moi. Lorsque tu liras ces mots, je ne serai plus au nombre des vivants. Je ne veux pas que tu te désespères ni que tu t'affliges. Essaie de reprendre une vie normale dès que possible. Je sais qu'il te sera difficile d'oublier un père qui a aussi été un ami pour toi. »

La voix de Léa était à peine perceptible. Elle était assise sur son lit. Jonathan à ses côtés, les yeux perdus cherchant le ciel à travers le Vélux, écoutait.

« *Je vais essayer de t'expliquer de mon mieux pourquoi j'ai décidé d'accomplir ce geste sans retour. Tu sais, mon enfant, que j'ai été pendant dix-sept ans le maire de notre ville. Après Waterloo, les ennemis de la Liberté ont essayé de m'évincer, mais en vain. Chacun connaissait mes convictions, et mon opinion sur les Bourbons et les jésuites.*

Je suis sûr, mon fils, que le curé de la paroisse et les hommes qui l'y envoyèrent savaient qu'ils ne pourraient saper mon autorité dans un franc combat. Ils changèrent de méthode. Je n'étais plus l'adversaire que l'on craint, on me ridiculisa. Certains commencèrent à me gratifier de sourires mal réprimés. D'autres, mes ennemis de toujours, me riaient au nez, en chantant des petites chansons sur Bourg-la-Reine, qui, pour s'être choisi un maire fou, était la risée du pays.

Si je ne réagissais pas, on me riait au nez, si j'essayais d'user de persuasion, on me riait au nez, si je me prenais de colère, on me riait doublement au nez.

Par ce geste ultime, je puis faire renaître le respect qu'ils ont éprouvé pour moi et ma famille. Personne n'osera alors se moquer de ta mère et de toi.

Je meurs étouffé. Je meurs par manque d'air pur. Cet air empoisonné qui me tue a été vicié par des hommes de Bourg-la-Reine. Il faut que cela se sache et soit compris.

Il m'est dur de te dire adieu, mon cher fils. Tu es mon fils aîné et j'ai toujours été fier de toi. Un jour, tu seras un grand homme et un homme célèbre. Je sais que ce jour viendra, mais je sais aussi que la souffrance, la lutte et la désillusion t'attendent.

Tu seras mathématicien. Mais même les mathématiques, la plus noble et la plus abstraite de toutes les sciences, pour éthérées qu'elles soient, n'en ont pas moins leurs racines profondes sur la terre où nous vivons. Même les mathématiques ne te permettront pas d'échapper à tes souffrances et à celles des autres hommes. Lutte, mon cher enfant, lutte plus courageusement que je ne l'ai fait. Puisses-tu entendre avant de mourir sonner le carillon de la Liberté. »

Quand Léa reposa la lettre que le père de Galois avait envoyée à son fils avant de se suicider, elle tremblait.

Avec une prescience terrible, il y avait, inscrit par la main du père, le futur du fils. La souffrance, la lutte, la désillusion, le génie, la liberté et la mort. Comme si, avant de mourir, le père avait dicté au jeune homme son programme de vie.

La lutte, la liberté… Ce fut au tour de Jonathan de rapporter à Léa ce qu'il avait appris. On était en 1830. La Restauration durait depuis quinze ans ; les Bourbons n'en finissaient pas de régler leurs comptes avec le peuple de Paris. En juillet, il y eut l'insurrection de la capitale, les Trois Glorieuses, auxquelles Galois, interne en classes préparatoires au lycée Louis-le-Grand, retenu contre son gré, ne put participer. Il se rattrapa.

Jonathan déplia une feuille sur laquelle il avait soigneusement recopié... un rapport de police :

« *A pris part à presque tous les soulèvements et troubles de Paris. Lors d'une réunion publique de la Société des Amis du Peuple, il essaye de soulever l'assemblée en criant : "Mort aux ministres !" Il s'enrôle dans l'artillerie de la Garde nationale et passe les nuits des 21 et 22 décembre 1830 à essayer de convaincre les artilleurs de livrer leurs canons à la populace. Le 9 mai 1831, au banquet républicain, qui se tenait aux "Vendanges de Bourgogne", un poignard à la main, il a porté un toast : "A Louis-Philippe".*

Caractère : dans ses discours, tantôt calme et ironique, tantôt passionné et violent. Serait un génie mathématique bien que non reconnu par les mathématiciens. Pas de relations féminines. C'est l'un des républicains les plus farouches. Très courageux, extrémiste, fanatique. Peut-être des plus dangereux à cause de son audace. Facile à aborder par nos hommes car fait généralement confiance aux gens et ne connaît rien à la vie. »

– Les mouchards ont dit qu'il n'avait pas de relations féminines ? contesta Léa. En fait, il en eut une. Une seule. Il tomba amoureux d'une jeune femme qui apparemment ne partagea pas sa passion. Pour des raisons stupides, totalement incompréhensibles, un de ses amis républicains, amoureux lui aussi de la jeune fille, le provoqua en duel.

Galois n'avait aucune chance. Son adversaire, ami politique néanmoins, était un officier rompu au maniement des armes. Galois passa la nuit qui précéda son duel à écrire une longue lettre à son ami Auguste Chevalier :

« *... mes principales méditations depuis quelque temps étaient dirigées sur l'application de l'analyse transcen-*

dantale de la théorie de l'ambiguïté. Il s'agissait de savoir a priori dans une relation entre les quantités ou fonctions transcendantes quels échanges on pouvait faire, quelles quantités on pouvait substituer aux quantités données sans que la relation pût cesser d'avoir lieu. Cela fait reconnaître de suite l'impossibilité de beaucoup d'expressions que l'on pourrait chercher...» Léa laissa la phrase en suspens... *« Mais je n'ai pas le temps et mes idées ne sont pas encore bien développées sur ce terrain qui est immense. Je me suis souvent hasardé dans ma vie à avancer des propositions dont je n'étais pas sûr. Mais tout ce que j'ai écrit là est depuis bientôt un an dans ma tête, et il est de mon intérêt de ne pas me tromper pour qu'on me soupçonne d'avoir énoncé des théorèmes dont je n'aurais pas la démonstration complète. »*

Lorsque l'aube arriva, Galois signa : *« Je t'embrasse avec effusion. »*

Il referma son testament mathématique et quitta la pièce avec ses témoins.

Le lendemain, M. Ruche retrouva la BDF. A nouveau, il admira les rayonnages où dominaient le rouge sombre et le doré du dos des ouvrages exposés. Tous ces livres ici ! A sa disposition. Le plus beau cadeau qu'on lui ait jamais fait. Ah, Grosrouvre, Grosrouvre ! Des livres sublimes. Mais qu'il s'était procurés d'une façon pas très... il l'avait dit lui-même. On ne peut cependant pas m'accuser de recel, puisqu'il les a achetés, d'une façon, certes, pas très... disons-le, une sorte de blanchiment d'argent, pas très propre.

Et dire que personne, hormis quelques intimes, ne pouvait soupçonner la présence d'un tel trésor au fond d'une cour si banale. Heureusement, s'écria-t-il ! Il pensa qu'un esprit retors pouvait considérer la librairie comme une « couverture », en façade, masquant un commerce illicite de livres rares, dont, il dut l'admettre, il ne pourrait jamais prouver à qui ils appartenaient. Grosrouvre ne lui avait envoyé aucun papier et sa maison de Manaus était en cendres. Il y avait bien la lettre, mais cela évidemment ne pouvait suffire. Cette bibliothèque était une bombe à retardement.

M. Ruche jeta un large regard autour de lui. Il manquait quelque chose dans cette pièce ! Une sculpture ! Un atelier d'artiste, n'était-ce pas le lieu rêvé pour en abriter une ? D'autant qu'avant que M. Ruche n'en devienne propriétaire, les deux ateliers étaient utilisés par un groupe de peintres et de sculpteurs.

M. Ruche se demanda si ses amis sculpteurs de Montmartre ne pourraient lui faire un « M. Ruche nu à l'âge de quatre-vingt-quatre ans » qu'il placerait à l'entrée de la BDF pour faire la nique à celle de l'Institut. Il imagina les séances de pose, lui qui s'enrhumait dès qu'il ôtait son tricot. Bon, assez déliré. Qu'est-ce qu'il avait donc ce matin ? Sans doute avait-il besoin d'expurger la colère que ses lectures de la veille avaient fait naître en lui.

En quelques mètres, M. Ruche passa de la pierre de sa statue fantasmée au papier bien réel des livres écrits au cours des siècles passés. Dans les rayonnages de la Section 3 de la BDF, Galois, qui haïssait les aristocrates, se retrouvait coincé entre un baron et un prince. Le baron, c'était Joseph Fourier, et le prince, Karl Friedrich Gauss. Mathématiquement parlant, un voisinage de haute qualité.

Avant de repartir à l'assaut de la résolution des équations algébriques, M. Ruche éprouva le besoin de faire le point. Il sortit son porte-plume en verre de Murano, son encrier, et ouvrit son gros cahier cartonné à large marge.

Voilà, telles qu'elles lui étaient apparues, les différentes étapes par lesquelles les mathématiciens étaient passés.

Ils ont tout naturellement commencé par essayer de savoir si une équation d'un type donné avait ou non une racine. En la calculant. Puis ils se sont aperçus que certaines d'entre elles en avaient plusieurs. Une nouvelle question s'est alors posée : combien une équation peut-elle avoir de racines ? Existe-t-il une limite supérieure ? et une limite inférieure ? La réponse est tombée : une équation de degré n a exactement n racines, Théorème fondamental d'algèbre, que nous avons déjà vu.

En même temps, s'étant posé la question du calcul effectif des solutions, la *résolution par radicaux*, ils ont déterminé les formules donnant les solutions pour les quatre premiers degrés.

Il a fallu attendre trois siècles avant qu'Abel démontre que l'équation générale de degré 5 n'avait pas de solution par radicaux. Puis Abel ainsi que Galois, chacun de son côté, ont démontré que non seulement l'équation de degré 5, mais toutes celles de degré supérieur à 5, n'avaient pas de solutions par radicaux.

Dans cette course de relais traversant les siècles, des mains froides d'Abel Galois avait pris le témoin. C'est lui qui allait toucher au but et mettre un terme à cette épreuve commencée à la Renaissance.

M. Ruche poursuivit son résumé :

Affirmer que toutes les équations de degré supérieur à 5 ne sont pas résolubles par radicaux ne signifie pas qu'aucune ne l'est. Galois s'est posé la question de savoir s'il existait un moyen *a priori* de décider si une équation particulière était soluble par radicaux. Existe-t-il un critère ? Galois l'a établi !

Comment s'y est-il pris ? Est-ce la compréhension de ce

critère et des voies empruntées par Galois pour l'établir – à l'âge de 19 ans ! – qui avait mobilisé tous les efforts de M. Poisson et dont il n'avait pu donner même une idée dans son rapport ?

Les *Œuvres complètes* de Galois tenaient en un seul petit volume. M. Ruche s'en remit aux fiches de Grosrouvre.

Une phrase de Galois, calligraphiée avec application, ouvrait la première fiche :

« Les efforts des géomètres les plus avancés ont pour objet l'élégance. »

M. Ruche s'arrêta, voilà bien une qualité qui le touchait. A ses yeux, l'élégance était l'une des catégories du savoir les plus émouvantes. Que ce soit un jeune homme, à peine sorti de l'adolescence, qui la prenne pour objectif de toute son œuvre, avait de quoi faire réfléchir ceux qui se lancent chaussés de godillots dans la connaissance. Galois était emprisonné depuis neuf mois quand il avait écrit ces lignes. Fureur et originalité, était-ce ce cocktail qui menait Galois à ses fulgurances élégantes ? M. Ruche reprit sa lecture :

Au lieu de considérer les racines d'une équation chacune dans son individualité, Galois les considéra dans leur ensemble, écrivait Grosrouvre. Puis il étudia comment cet ensemble se comportait quand il était soumis à certaines transformations, les *substitutions*…

Grosrouvre avait conclu :

Par ce court et intense travail, Galois referma définitivement la question. Mais il le fit de façon telle que les moyens qu'il avait inventés allaient ouvrir un nouveau champ, immense, aux mathématiques.

Les objets qu'il avait créés allaient devenir les nouveaux acteurs des mathématiques et les procédés qu'il avait employés allaient donner naissance à une nouvelle manière de faire des mathématiques.

A partir de Galois, on peut dire que l'algèbre n'a plus le même visage. Les objets sur lesquels elle va porter son attention ne sont plus des nombres ou même des fonctions, mais des « structures ». C'est-à-dire des objets, non pas pris dans leurs singularités, mais pris dans leur *ensemble* et liés par des liens qui *structurent* ces ensembles.

Telle est la structure de *groupe* inventée par Galois, qui va devenir l'objet-roi de l'algèbre du XXe siècle. Cette nouvelle façon de « voir » constitue ce que l'on a bêtement appelé les *mathématiques modernes*. Comme si à chaque époque les mathématiques nouvelles n'étaient pas des mathématiques modernes !

N.B. Définir la structure d'un ensemble, c'est être capable de dire en quoi deux éléments qui ne sont pas LE MÊME, sont différents. C'est rompre l'indifférenciation qui existe entre les éléments d'un ensemble.

M. Ruche apprécia beaucoup la dernière note. C'était de ces moments où les maths rejoignent la philosophie. Ou l'inverse, il l'admit. C'était de ces moments où, avec Grosrouvre, ils pouvaient vraiment se rencontrer... à égalité.

L'extrême nouveauté des mathématiques de Galois atténue la sévérité du jugement que l'on peut porter à ses examinateurs. On ne peut leur reprocher de ne pas avoir compris ses travaux. Mais on doit leur reprocher de n'avoir rien fait pour tenter de les comprendre. Galois a payé, cher !, le prix d'être tellement en avance sur son temps. Il ne s'est pas laissé le temps d'attendre que le reste des mathématiciens l'ait rejoint.

Quand M. Ruche referma les *Œuvres complètes* de Galois, il se souvint d'une phrase de Cardan, par qui, en partie, cette histoire avait commencé : « Efforce-toi de faire que ton livre remplisse un besoin et que cette utilité t'améliore. Ainsi seulement, il est achevé. »

L'ouvrage que M. Ruche rangea dans la BDF, entre ceux de Fourier et ceux de Gauss, était, en ce sens, indiscutablement achevé. Il terminait définitivement une des questions essentielles de l'algèbre.

S'éloignant, il regarda longuement les rayonnages et se demanda combien parmi les ouvrages qu'ils contenaient « remplissaient un besoin » ? Au libraire qu'il était, la réflexion de Galois allait droit au cœur. Lui qui avait passé le plus clair de sa vie avec les livres, combien en avait-il vendus qui soient achevés ? M. Ruche éteignit les lumières et quitta l'atelier.

Bien qu'il fasse encore frais, il resta dans le noir de la cour. Il avait du mal à absorber tout ce qu'il venait de découvrir. Le contenu de la dernière note de Grosrouvre occupait ses pensées. Depuis un long moment, une question le travaillait. Il avait du mal à la formuler. Soudain, elle fut parfaitement claire : y avait-il d'autres moyens de résoudre le problème de la question des équations algébriques que ceux utilisés par Galois ? D'autres moyens que son époque eût compris. Y avait-il une autre façon de faire ? En l'état des mathématiques des années 1830, y avait-il d'autres possibilités que résoudre le problème tel que Galois l'avait fait et être incompris, ou ne pas le résoudre ?

Il n'y a eu tragédie mathématique, et humaine, que parce que Galois, génie improbable, a réussi à résoudre le problème. S'il avait échoué… D'ailleurs ses professeurs, aussi perspicaces, à leur corps défendant, que Holmboe avec Niels Abel, l'avaient mis en garde : Toujours occupé à ce qu'il ne faut pas faire ! Il vise à l'originalité !

L'« originalité » n'était-elle pas la seule voie possible ?

Dans un domaine comme les mathématiques, où la démonstration fait force de loi, la tragédie de Galois fut d'avoir effectivement produit les démonstrations qui prouvaient ses assertions, et de n'avoir trouvé personne qui pût les comprendre. C'est-à-dire les avaliser. Le laissant se débattre seul avec ses certitudes. Il n'y avait donc qu'en lui-même qu'il pouvait trouver l'assurance de la justesse de son travail. Puisque les preuves qu'il en donnait n'étaient pas appréhendables par d'autres que lui.

M. Ruche frissonna et rentra dans sa chambre-garage.

Nofutur était frigorifié. Il n'aimait pas du tout l'hiver. Depuis que la température avait baissé, il était beaucoup moins présent. Il parlait moins, volait moins, ne participant que de loin aux activités de la maison. Bien qu'il ne fasse pas plus froid que les années précédentes, la maison avait été nettement plus chauffée à son intention, mais cela ne suffisait pas.

Dimanche après-midi triste. Temps sale. Nofutur somnolait sur son perchoir, près du radiateur. Ils étaient réunis dans la salle à manger-salon, pour faire le point. Léa apporta du thé pour M. Ruche, du café pour les autres. Il faisait si sombre qu'on alluma le lampadaire. Celui avec lequel M. Ruche avait fait son jeu de lumière sur les coniques d'Apollonios. De la manip, l'abat-jour avait gardé une bosse qui le défigurait.

— Si je me souviens bien, commença Perrette, tout a démarré avec Tartaglia qui voulait garder ses formules secrètes et qui se les est fait barboter parce qu'il a eu confiance en quelqu'un qui s'est fait passer pour son ami.

— S'il n'avait pas voulu les garder secrètes, personne ne les lui aurait barbotées, remarqua Léa.

— Il voulait les publier, insista Jonathan. Ce n'était pas un fou du secret, lui.

– Sauf que lorsqu'il a décidé de les publier, c'était trop tard. Il est mort avant, fit remarquer Max.

– Il ne pouvait pas prévoir, lança Jonathan.

– Tant pis pour lui ! Par sa faute, ses formules portent le nom de celui qui les a divulguées. Il s'est fait doublement blouser, conclut Léa, satisfaite.

Perrette réfléchissait. On sentait qu'elle avait une idée en tête :

– Et cette histoire se termine par Abel et Galois. Qu'est-ce qui leur est arrivé ? Eux deux ont tout fait pour se faire publier, pour être lus, compris. En particulier, dans le cas de Galois, cela n'a servi à rien. Voilà ce que Grosrouvre voulait vous dire, M. Ruche. Voilà pourquoi il vous a fait faire ce long trajet à travers les équations algébriques. Pour vous dire les raisons qui l'ont poussé à garder ses démonstrations secrètes. Pour vous dire que s'il avait voulu les faire publier, il se serait désespéré pour rien.

M. Ruche écoutait avec une extrême attention. Les regards étaient tournés vers lui. Au bout d'un moment, il finit par dire :

– Vous avez sans doute raison. Un vieux type, totalement inconnu, habitant au milieu de la forêt amazonienne, envoyant ses démonstrations aux grands pontes mathématiques ! Elles seraient allées directement à la poubelle.

– Moi, je vois également autre chose dans cette histoire, lança Jonathan. Tartaglia voulait que ses résultats restent secrets et ils ont été divulgués ! Galois voulait les rendre publics et ils sont restés secrets !

– Qu'en conclus-tu ? demanda Perrette.

– Qu'il n'arrive jamais ce que l'on prévoit, laissa échapper Léa.

– Ce que l'on prévoit ou ce que l'on désire ? demanda Perrette.

– Ce que l'on désire, confirma Jonathan.

Perrette regarda intensément Jonathan. A dix-sept ans, qu'avait-il tant désiré qui n'était jamais arrivé ? Elle eut envie de lui caresser les joues. Et de l'embrasser ; mais ce n'était pas dans ses manières. Et puis, il l'aurait rabrouée.

Nofutur ne dit mot.

Max se dit qu'il fallait intervenir.

– De tous ces gens, c'est votre ami qui a le mieux réussi, confia-t-il à M. Ruche. Il voulait garder ses démonstrations secrètes. Elles sont restées secrètes.

– Jusqu'à présent, précisa Léa.

Jonathan fit une grimace. Il n'était pas du tout d'accord avec Max. Sortant une feuille de sa poche :

– Je vous avais préparé ce petit texte que Galois a écrit en prison : « L'égoïsme ne régnera plus dans les sciences quand on s'associera pour étudier. Au lieu d'envoyer aux Académies des paquets cachetés, on s'empressera de publier ses moindres observations pour peu qu'elles soient nouvelles et on ajoutera : "Je ne sais pas le reste". »

Et puis cela aussi : « Un jeune homme, deux fois mis au rebut par eux, a aussi la prétention d'écrire, non des livres didactiques, mais des livres de doctrines. Il y a de ma part du dévouement, car je m'expose au plus cruel supplice, au ris des sots. Voici maintenant les raisons qui m'ont engagé à briser tous les obstacles et à publier malgré tout le fruit de mes veilles.

C'est afin que mes amis que j'ai formés dans le monde avant qu'on m'enterrât sous les verrous sachent que je suis bien en vie. »

Un silence pesant suivit les derniers mots. Évidemment, ces quelques lignes étaient accablantes pour Grosrouvre.

– Il l'a écrit après que ses deux mémoires aient été perdus et il a continué à être contre le secret. Ce que me dit, à moi, Galois, c'est que Grosrouvre est un égoïste, et je ne suis pas loin de partager son avis, dit Jonathan.

418

— J'aurais été Galois…, commença Léa.

Elle ne put finir sa phrase. Tout le monde se détendait. L'hilarité était générale.

— Oui, et tu aurais fait quoi ? demanda Jonathan qui fit mine d'être très passionné par la réponse qu'allait donner Léa.

— J'aurais demandé à mon grand frère de leur casser la gueule !

— Et je la leur aurai cassée avec plaisir, confirma Jonathan.

— Vous trouvez qu'il n'a pas eu assez d'ennuis comme ça ! remarqua Perrette.

— Un de plus, un de moins ! Parce que toutes ces pertes de mémoires, moi, ça m'aurait rendue dingue.

— Qu'est-ce que tu as dit ? sursauta M. Ruche.

— C'est bien vous qui nous avez raconté que les mémoires qu'il avait déposés à l'Institut ont été perdus trois fois de suite ?

— Vous vous souvenez de la seule chose que l'on avait dite à propos du fidèle compagnon de Grosrouvre ? demanda M. Ruche.

— Qu'il devrait avoir une satanée mémoire ! rappela Perrette.

— Donc si ce fidèle compagnon avait une perte de mémoire, les démonstrations seraient perdues à jamais !

— Eh, siffla Jonathan. Où on va, là ? Vous n'allez pas vous mettre à tout interpréter ! C'est une maladie, ça. Cela s'appelle la paranoïa.

M. Ruche accusa le coup. Jonathan avait raison, il devait se méfier. N'était-il pas en train de glisser peu à peu dans un délire d'interprétation ?

Perrette se leva, excitée. C'était rare de la voir ainsi.

— Peut-être suis-je moi aussi atteinte de ce délire d'interprétation. Mais Galois avait lui aussi un fidèle compagnon. C'est ce que vous nous avez raconté. Comment s'appelait-il ?

– Chevalier. Auguste Chevalier, répondit Léa.

– Et la veille de son duel, Galois lui a écrit une lettre, pour lui raconter ce qui s'était passé, et pourquoi ce duel avait lieu. Et aussi pour lui confier ses travaux.

C'était vrai. Personne n'explicita la ressemblance avec Grosrouvre, tant elle était évidente. La veille de sa mort, Grosrouvre aussi avait écrit une lettre. La veille ou quelques instants avant, cela ne changeait pas grand-chose. Cette lettre, il l'avait adressée à M. Ruche.

M. Ruche hocha la tête, il était déstabilisé :

– Fidèle compagnon, je ne sais pas. Mais son vieux compagnon, certainement. Et dans cette lettre, il ne me confie pas ses résultats. C'est toute la différence.

La similitude des situations était troublante, cependant. Le même scénario était à l'œuvre dans les deux aventures.

Jonathan ne supportait pas la comparaison qui était en train d'être établie entre Galois et Grosrouvre. Il explosa :

– Même scénario ? Sauf que dans un cas il s'agit d'un jeune homme qui a tout juste vingt ans et dans l'autre, d'un vieillard qui en a quatre fois plus. Que le premier est un génie et que l'autre…

– Que le premier a été reconnu comme un génie quarante ans après sa mort, rectifia Perrette.

– Eh bien, on attendra quarante ans avant de décider pour Grosrouvre !

– Vous attendrez sans moi, glissa M. Ruche.

Les jumeaux partis, M. Ruche demanda à Perrette :

– Vous savez pourquoi cela les irrite tant ?

– Je crois le savoir

Puis, après un moment :

« Il y a des secrets qu'ils n'ont jamais pu supporter. Une chose m'a surprise dans ce que les enfants ont raconté, je connaissais cette histoire de duel, seulement j'étais persuadée qu'il s'était battu contre un royaliste. En fait, c'est un de ses amis, un républicain comme lui, qui l'a provoqué en duel. Un officier républicain.

— Qu'est-ce que vous voulez dire ?

— Je ne sais pas. Je remarque simplement. On pense toujours que ce sont les ennemis qui vous tuent.

Pour la deuxième fois, Perrette mentionnait le fait que les assassins de Grosrouvre avaient peut-être été ses amis. La première fois c'était au sujet d'Omar al-Khayyām et d'Alamut et sa référence aux « trois amis ». Maintenant, en pointant le fait qu'il s'agissait d'un officier, elle soulignait que Galois n'avait aucune chance de l'emporter contre un professionnel du maniement des armes. Pas plus de chance que Grosrouvre contre cette bande.

— Tant de similitudes ! ne put s'empêcher de souligner M. Ruche. Paranoïa a dit Jonathan, tout à l'heure…

— Le mot est fort.

En une infime seconde, avant de s'endormir, Léa refit le voyage de la lame qui avait défiguré Tartaglia à la balle qui avait abattu Galois. Elle avait, imprimée dans la tête, la dernière phrase de Galois adressée à ses amis républicains : « Adieu ! J'avais bien de la vie pour le bien public. »

Tout à côté, étendu sur son lit, sous le Vélux, Jonathan, pour la dixième fois, revivait le duel. Les deux mouchoirs blancs posés sur l'herbe distants de vingt pas. Les pistolets tirés au sort. Galois et son adversaire, son ancien ami, qui s'éloignent l'un de l'autre. Les deux hommes face à face. L'autre qui tire. Et Galois qui le regarde sans un geste et s'écroule. Et Galois qui entend : « Vous avez une minute pour vous relever. » Puis il n'entend plus rien. Étendu sur l'herbe, il proteste contre le silence.

CHAPITRE 18

Fermat, le prince des amateurs

Ah, l'odeur du mimosa !

Dans l'arrière-pays varois, sur les hauteurs de Bormes, les mimosas incendiaient le paysage. Un événement, la première odeur après le grand vide olfactif de l'hiver ! A présent la nature allait à nouveau sentir. Les petites boules duveteuses chatouillaient la joue de M. Ruche.

Et tout ça parce que, passant devant l'étalage de la fleuriste du bas de la rue Lepic, il avait plongé son nez dans un bouquet trempant dans un grand pot de grès. Il serait bien descendu en bas. En bas, pour M. Ruche, c'était la Méditerranée. A la place du billet de train pour la Côte, il acheta le bouquet, qu'il offrit à Perrette, qui le plaça sur la caisse de la librairie, où pendant plusieurs jours il jaunit le magasin.

Les équations algébriques avaient épuisé M. Ruche. Pas tellement moins que s'il avait dû les résoudre lui-même. Il éprouva le besoin de faire un break. Diète pendant plusieurs jours. Pas de Bibliothèque de la Forêt, pas de Grosrouvre, pas de Manaus, pas de fidèle compagnon. Il ressentit un grand besoin de vacances. Les VACANCES ! Voilà un mot qui avait disparu de son vocabulaire. Il est vrai qu'à présent M. Ruche travaillait. Et que, travaillant, il avait droit à des vacances. Pas cinq semaines, surtout. Il n'en sortirait pas vivant.

Il n'avait pas revu Albert depuis le pont des Arts. Prévenu, celui-ci accepta sur-le-champ. Il prendrait sa journée du lendemain, et comme avant, avant tout ce chambardement, ils se feraient une petite journée tous les deux tout seuls. Dommage qu'il ne fasse pas encore assez chaud pour un pique-nique. Ils sauraient se trouver une auberge à la hauteur.

Vers les dix heures, la 404 se gara devant les *Mille et Une Feuilles*. Le gris métallique de la carrosserie repeinte à neuf scintillait, les enjoliveurs miroitaient. « Les bagnoles, c'est comme les gens, répétait Albert, plus elles vieillissent, plus il faut les chouchouter. Si on fait bien attention à elles, vidange, graissage, allumage, antirouille, elles durent toute la vie-iiie ! »

Les préparatifs du départ n'avaient pas échappé aux petites vieilles, parties par grappes faire leur marché. Dans leurs regards durs, il n'y avait ni blâme ni désapprobation. Mais de l'envie. Si elles l'avaient osé, elles auraient planté là paniers et couffins et se seraient engouffrées avec ces deux vieux-là pour une journée inespérée.

Par les périphériques, la 404 eut vite fait de se retrouver sur l'autoroute de l'Ouest. Ils sortirent à Mantes-la-Jolie, suivirent la nationale en direction de Vernon. Juste avant la côte de Rolleboise, ils bifurquèrent et se mirent à longer la Seine. Albert ralentit, une écluse barrait le fleuve. Un chaland, par chance, pénétrait dans le sas. Albert se gara, nez à la Seine, et sans quitter la voiture, fenêtres ouvertes, ils observèrent à travers le pare-brise immaculé le passage laborieux du bateau. Il faisait le même temps que le jour du pont des Arts et il commençait à faire faim.

La route, quittant le bord de l'eau, grimpa par un raidillon vers le plateau surplombant le fleuve. La 404 traversa une petite forêt, des panneaux signalaient « Passage de gibier ». Albert ralentit. La forêt cessa brusquement. Vue panoramique sur le paysage jusqu'à ce que, sans crier gare, la route butât sur la Seine. Là, comme dans un conte de fées, au bord de l'eau, une vieille auberge toute en vitres, avec un toit de chaume : *Au rendez-vous des canotiers.*

Ils entrèrent. La salle était vide. Pas un client. Le lieu était-il enchanté ? Pourtant, une douce chaleur déposait sur les vitres un filet de buée. M. Ruche, avec sa vue perçante, remarqua une petite affiche. « Du latin ! s'écria-t-il. *Curva Sequana, mens recta.* » Le mégot d'Albert s'agita. « La Seine est courbe, notre esprit est droit », traduisit M. Ruche alors que, sorti d'un petit bar situé de l'autre côté de la route, un jeune homme entrait, le menu à la main. Tant pour les plats que pour l'emplacement de la table, ils eurent l'embarras du choix.

En face, de l'autre côté de la Seine, en prime, on avait construit une superbe église. Elle avait été légèrement surélevée de façon à ce qu'on l'aperçoive à loisir depuis l'autre rive. Comme dans un rêve, M. Ruche, qui pourtant était sûr de n'être jamais venu ici, la reconnut. Il le confia doucement à Albert, bien qu'il n'y eût personne d'autre qu'eux dans la salle du restaurant. Albert parla de faux souvenirs : déposer un client à une adresse où l'on n'est jamais allé et pourtant… reconnaître une personne qu'on voit pour la première fois, revivre un événement qu'on croit avoir déjà vécu… Comme tout le monde, M. Ruche connaissait cette façon qu'a parfois l'esprit de domestiquer le nouveau, en réduisant l'inédit à une simple répétition.

A propos d'inédit, il demanda à Albert si ces derniers temps il ne s'était pas offert de nouveaux pays. « De nouvelles villes ! rectifia Albert, les pays n'existent pas, il n'y a que les villes qui ont une réalité », etc.

Il avait fait pas mal de virées aux aéroports. « Quand Paris est triste, c'est le moment de voyager. » Parmi les villes qu'il venait de découvrir, l'une d'elles l'avait particulièrement marqué. Parce qu'elle avait non pas une mais deux réalités : Johannesburg. Il avait chargé dans son taxi des Blancs et des Noirs, alternativement. Le constat était net, ils n'habitaient pas la même ville ! Ils étaient dans deux mondes différents. Cela ne lui était jamais arrivé, une telle coupure ! Encore n'était-ce pas les habitants des *townships* qu'il avait interrogés.

Une montagne de charbon passa au ras du restaurant, un pousseur long comme un train, plein jusqu'à la gueule, freinait de toute la force de ses moteurs pour aborder l'une des boucles les plus difficiles de tout le parcours entre Paris et Rouen.

Le poulet était fermier, les escargots de Bourgogne, le rosé du Tarn. Il faisait délicieusement doux. Rosissant derrière les vitres, ils se seraient crus des fleurs en serre.

Le lendemain, M. Ruche était d'attaque. Il décida cependant de ne rien faire. La journée fut bien longue. A plusieurs reprises, il débarqua dans la librairie. La première fois, ce fut pour consulter un ouvrage sur les impressionnistes. Il finit par découvrir ce qu'il cherchait : l'église aperçue depuis le *Rendez-vous des canotiers* était celle de Vétheuil peinte par Monet. Peinte depuis un petit canot-atelier amarré tout à côté de l'endroit où ils avaient déjeuné.

Dans leur pot, sur la caisse de la librairie, les mimosas sentaient toujours aussi bon. M. Ruche tourna en rond. Il s'ennuya beaucoup et se demanda comment avant avant les lettres et tout le reste – il se débrouillait pour passer des journées entières sans mourir d'ennui.

Sur la liste de Grosrouvre, le nom suivant était Fermat. L'auteur de l'une des deux conjectures qu'il affirmait avoir résolues ! Un mathématicien capital, donc, dans l'histoire de Grosrouvre. Pierre Fermat.

Machinalement, M Ruche écrivit « πR », comme Gros-rouvre l'avait fait dans sa première lettre. Puis dessous il écrivit « Fermat », entoura le tout d'un cercle tracé en un seul coup de plume.

La ressemblance entre les deux Pierre s'arrêtait là. Fermat avait un grand front, une fossette au menton et cinq enfants. Libraire à Montmartre faisait difficilement le poids face à conseiller au Parlement de Toulouse, commissaire aux Requêtes, conseiller de la Chambre de l'Édit. Quoique, concernant son dernier titre, « conseiller de la Chambre des Enquêtes », M. Ruche se sentît sur la même longueur d'ondes.

Il fit rouler son fauteuil jusqu'aux rayonnages de la Section 3 : Mathématiques occidentales, de 1400 à 1900.

Première surprise, il n'y avait aucun autre ouvrage de Fermat que ses *Œuvres complètes*. Cinq tomes. Du premier tome, M. Ruche retira la fiche de Grosrouvre. En fait, il y avait plusieurs fiches.

Heureusement pour les mathématiques, écrivait Grosrouvre, Fermat fit bien d'autres découvertes qu'émettre sa célèbre conjecture. Dans son œuvre, ce fut la moindre des choses.

Il fonda la théorie moderne des nombres, jeta les bases, avec Pascal, de la théorie des probabilités, créa, avec Descartes, mais indépendamment de lui, la géométrie analytique et fut le précurseur, quelques années avant Leibniz et Newton, du calcul différentiel et du calcul intégral.

Abasourdi par un tel déferlement, M. Ruche laissa échapper : « Et il ne faisait des maths qu'à ses heures perdues ! »

Ce simple résumé lui fit comprendre qu'il lui serait difficile d'aborder Fermat en évitant Pascal et Descartes. Autant le premier lui était inconnu, autant les deux autres lui avaient été familiers. Mais il ne connaissait d'eux que leurs écrits philosophiques, pas leurs travaux mathématiques. Bonne occasion de compléter un savoir bancal.

Comme Viète, dont il s'inspira et dont il reprit les notations, Fermat n'était pas un professionnel. Pour la postérité, il porte le titre enviable de « prince des amateurs ».

Il n'a publié aucun ouvrage complet. La plupart de ses travaux ont été transmis dans des lettres, demeurées manuscrites de son vivant.

M. Ruche s'empressa de feuilleter l'ouvrage. Des lettres, des lettres ! La majeure partie des cinq tomes était en effet composée de lettres adressées aux grands mathématiciens et aux intellectuels de toute l'Europe : Mersenne, Carcavi, Frenicle, Pascal, Descartes, etc.

Une œuvre par correspondance ! M. Ruche commençait à comprendre ce qui, en Fermat, avait pu attirer Grosrouvre. Ils étaient tous deux des « amateurs ». Comme lui, il n'avait écrit aucun ouvrage. Comme lui, il était retiré des grands lieux de productions mathématiques – même si, bien sûr, Toulouse au XVIIᵉ siècle n'était pas Manaus au XXᵉ et le Sud-Ouest de la France pas l'Amazonie. Une chose, par contre, ne les rapprochait pas : Fermat divulguait presque en direct ses travaux. Le contraire même du secret que Grosrouvre avait décidé de maintenir. Soudain, M. Ruche se demanda si Grosrouvre avait eu un échange de correspondance avec d'autres mathématiciens concernant ses travaux. Rien jusqu'à présent ne permettait de le penser. M. Ruche reprit la lecture de la fiche.

Fermat est un continuateur-fondateur, écrivait Grosrouvre. Nulle trace de proclamations fracassantes dans ses lettres. Il n'avait pas en tête, comme Descartes, de révolutionner les mathématiques. Pourtant, il les transforma radicalement. En continuateur d'Apollonios, il fonda la géométrie analytique. En continuateur de Diophante, il fonda la théorie des nombres. En continuateur d'Archimède, il jeta les bases du *calcul intégral*.

Par où pénétrer dans le monument « πR Fermat » ?

M. Ruche prit la feuille sur laquelle il avait tracé le petit cercle et se mit à inscrire les grandes lignes de ce qu'il venait d'apprendre.

Planté au milieu du XVIIᵉ siècle, Fermat se présentait comme une véritable rose des vents mathématique. De lui partaient quatre directions qui ouvraient chacune sur un immense champ. Cela lui rappela Bagdad, la Ville ronde, avec le palais du calife au centre, d'où partaient les quatre artères aboutissant aux quatre portes percées dans l'enceinte. Ces portes étaient, il s'en souvint, le seul moyen de pénétrer dans la cité.

M. Ruche le comprit, il ne pourrait pénétrer dans Fermat qu'en empruntant chacune des quatre directions. Impossible de s'en tirer seul. Suivant l'adage : on a toujours besoin de deux plus petits que soi, il fit appel aux jumeaux. Après leur avoir montré sa rose des vents, il leur demanda quelles directions ils voudraient bien prendre en charge. Puisqu'il n'y avait pas de liaison, à l'oreille « quelles directions » était identique à « quelle direction ». M. Ruche avait employé le pluriel, ils voulurent entendre le singulier.

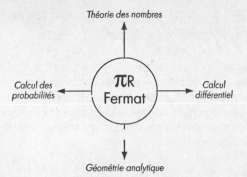

Sans la moindre hésitation, Jonathan-et-Léa choisirent l'ouest : le calcul des probabilités. La porte se referma dans un bruit sec sur M. Ruche, lourd des trois directions qu'il avait sur le feu.

La porte s'ouvrit. C'était Léa. Braves gosses ! Ils allaient le libérer d'une deuxième direction. Léa s'approcha, le dépassa, se planta devant la BDF, sortit les ouvrages de Pascal et requitta la pièce.

En hommage aux mimosas qui à cette heure, fanés sur la caisse de la librairie, devaient avoir perdu leur senteur, M. Ruche décida de commencer par le Sud.

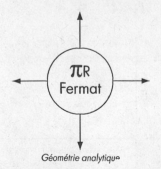

Des quatre flèches de la rose des vents, il passa aux deux axes de la *géométrie analytique.*

Le principe de la géométrie analytique tient en une phrase : l'équation d'une courbe permet de connaître toutes les propriétés de la courbe, avait écrit Grosrouvre. Cette découverte, faite à quelques années de distance par Fermat et par Descartes, indépendamment l'un de l'autre, fut nommée la *géométrie des coordonnées.*

Immédiatement, M. Ruche sut de quoi il s'agissait, s'étonnant cependant qu'au lycée on n'ait jamais cité le nom de Fermat dans cette affaire. Mais Descartes, oh grands Dieux, oui ! Le chouchou des profs, ils en avaient même fait un adjectif : *cartésien* était le repère, *cartésiennes* les coordonnées.

Machinalement, sa main, mue par un automatisme produit par tant d'années d'école, se mit à tracer un axe horizontal. « x'x, axe des *abscisses* », murmura-t-il. Puis vint l'axe vertical : « y'y, axe des *ordonnées* », murmura-t-il encore. A l'intersection, il écrivit un gros O : « origine des *coordonnées* ».

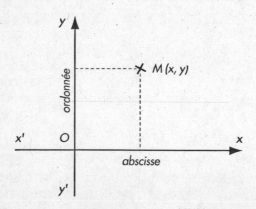

– (A, 8).
– Coulé !

Bataille navale !

Qu'est-ce qu'il y avait joué, à la bataille navale, quand il était enfant ! Son jeu préféré. Un jeu pour enfants sages, qui ne coûtait pas cher. Deux crayons, deux gommes et deux feuilles de papier, mais pas n'importe lesquelles, des quadrillées ! arrachées à ses cahiers de classe. Lui qui ne savait pas nager, qui souffrait du moindre clapotis, qui paniquait dès qu'une vague aspergeait le bout de la jetée de Camaret où il avait passé quelques jours voilà des décennies, il vivait des Trafalgar torrides, des batailles de l'Atlantique interminables. Tour à tour capitaine espagnol ou flibustier hollandais, amiral de la Royale Navy ou corsaire breton, livrant ses combats sur toutes les mers du globe. Un jeu pour enfants sages ? Les boulets de Tartaglia à la trajectoire parabolique s'écrasaient sur le pont, ouvrant des voies d'eau irréparables. Coulé ! Sur ses feuilles quadrillées, jonchées de croix, les épaves surnageaient.

Mon Dieu, quelle heure est-il ? M. Ruche s'était endormi.

Quelque chose lui caressait le crâne. D'un mouvement de bec délicat, Nofutur fouillait doucement dans ses cheveux blancs.

Drôle d'oiseau. Parlant comme Jaurès, affectueux, mais étrange. Il y avait en lui quelque chose que M. Ruche ne parvenait pas à saisir. Planté sur le secrétaire à quelques centimètres de son visage, Nofutur le regardait, ses iris d'un noir profond, cerclés de jaune, fixés sur lui. Sa cicatrice au milieu de son front bleu lui donnait un petit air de Pierrot le Fou juste avant qu'il ne se fasse sauter la tête. De quels combats Nofutur avait-il réchappé ?

M. Ruche lui gratta la nuque à l'endroit précis où il avait vu Max le faire. « Dans le sens des plumes ! » avait précisé Max. Puis, trempant sa plume de verre dans l'écrier, un sourire malicieux aux lèvres, sous le dessin des axes de coordonnées, sur son cahier cartonné, il écrivit :

> Comme les navires sur la mer, les points pris dans le quadrillage du plan seront localisés par leurs coordonnées. Comment indiquer une position à quelqu'un qui n'est pas en mesure de l'apercevoir ? La place d'un point dans le plan quadrillé sera son nom. Comme les individus, dans la vie, les points du plan ont besoin de repères !

Grosrouvre signalait qu'on pouvait placer les axes de coordonnées n'importe où et prendre n'importe quelle longueur comme unité sur les axes. Il signalait également que les coordonnés négatives étaient vues d'un très mauvais œil, en particulier par Descartes. Jusqu'à ce qu'un Anglais, John Wallis, leur donne droit de cité. Sur la fiche, il avait écrit :

> Comme Viète, Wallis était un grand décrypteur de lettres secrètes.

Encore une référence aux lettres codées ! Une note était consacrée à ce dernier. Ayant pris le parti de Cromwell et du Parlement contre le roi Charles I, John Wallis décrypta les messages secrets envoyés par les partisans royalistes, tombés dans les mains des parlementaires. Il s'opposa cependant à l'exécution du roi. « C'est vrai, se dit M. Ruche, question exécution de rois, ce sont les Anglais qui ont tiré les premiers ! Question République, aussi ! Ils ont proclamé la leur, qui n'a pas duré bien longtemps, un bon siècle avant nous !

Étonnant personnage que ce Wallis. Voilà quelqu'un qui fait toutes ses études à Cambridge et qui est nommé professeur à… Oxford ! »

Mathématicien, logicien, grammairien et médecin. Encore

un autre ! Lui aussi s'est intéressé au postulat n°5, il a d'ailleurs traduit les œuvres de Nasīr al-Dīn al-Tūsī. Que cela paraissait loin ! Khayyām, Alamut, la brouette de livres… Wallis fut le premier savant à oser soutenir publiquement la thèse de la circulation du sang que son compatriote William Harvey venait de découvrir. Il ouvrit la première école de sourds-muets de Grande-Bretagne.

Max n'était jamais allé dans une école de sourds-muets. Sa surdité n'avait jamais atteint sa capacité de parole. Il avait une façon bien à lui de parler. Lente, intense, prononçant chaque mot, respectant les silences. Et il avait une façon bien à lui d'entendre, Max l'Éolien !

On était loin des coordonnées négatives ! M. Ruche se remit dans ses marques. Comme cela arrive parfois, quand on repense à quelque chose après n'y avoir pas pensé durant un moment, il saisit avec une clarté nouvelle l'enjeu de la découverte de Fermat et de Descartes. Ces petits axes qui ne payaient pas de mine étaient les agents d'une véritable « dénaturation » de l'espace. Dans cette optique, c'était le mot, un être géométrique était « vu » comme un être algébrique : le point M s'était métamorphosé en un couple de nombres (x, y) ! Il s'agissait bien d'une révolution. Ce qui venait d'être chassé, c'était la géométrie pure.

Idem pour une courbe géométrique. Son équation devenait son nom algébrique. Elle fonctionnait comme un dispositif permettant de produire à volonté le nom de chacun des points de la courbe.

Le plus fort était à venir : la connaissance de cette équation permettait de découvrir toutes les propriétés géométriques de la courbe ! Et M. Ruche retrouva avec émotion la fameuse *représentation graphique* de sa jeunesse !

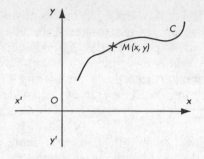

Fermat avait élaboré son système pour offrir à la vieille géométrie les richesses nouvelles de l'algèbre. Pour lui, incontestablement, la géométrie demeurait le centre de tout l'édifice mathématique. Pour Descartes, au contraire, l'algèbre était une science de la grandeur beaucoup plus générale que la géométrie qui, dorénavant, serait traitée comme une science de pur calcul.

Des mathématiques, les Grecs avaient fait une science géométrique. Au XVIIe siècle, elles devinrent une science algébrique. Sur le trône encore chaud de la géométrie, Descartes installa l'algèbre triomphante.

Après la révolution, la libation. M. Ruche se servit son petit thé de cinq heures. Cette fois, il opta pour de l'earl grey.

Descartes a beaucoup écrit. Peu d'ouvrages pourtant dans les rayonnages de BDF. La *Géométrie*, dans un livre relié à part. Puis le *Discours de la méthode. Pour bien conduire sa raison et chercher la vérité dans les sciences*. Enfin les *Règles pour la direction de l'esprit*.

De ce dernier ouvrage, M. Ruche connaissait le début par cœur : « Les comédiens appelés sur la scène, pour ne pas laisser voir la rougeur sur leur front, mettent un masque. Comme eux, au moment de monter sur ce théâtre du monde où jusqu'ici je n'ai été que spectateur, je m'avance masqué. »

M. Ruche sortit la *Géométrie* du rayonnage. L'ouvrage était d'une étonnante minceur. Parmi les essais, sans doute le meilleur rapport « degré de célébrité/nombre de pages ».

Dans cette poignée de pages, Descartes proposait un véritable programme en cinq points. Quiconque se trouvant devant un problème de géométrie devait suivre les instructions ci-dessous :

1. Considérer le problème comme résolu. Ce qui permet de l'*analyser* (c'est-à-dire d'aller de l'inconnu au connu).

2. Décomposer le problème en grandeurs simples. Les répertorier, qu'elles soient inconnues ou connues. Puis les nommer par une lettre.

3. Établir les relations entre ces grandeurs, en continuant de ne faire aucune distinction entre les connues et les inconnues.

4. Se débrouiller pour exprimer une seule et même grandeur de deux façons différentes. En égalant ces deux expressions, on produit une équation.

5. Tenter de trouver autant d'équations qu'il y a de lignes inconnues. Si l'on n'y arrive pas, c'est que le problème n'est pas complètement déterminé.

Admiratif, mais non enthousiaste, M. Ruche comprit que la géométrie analytique tirait son extraordinaire efficacité de ce programme. Finies les constructions pas à pas, il suffisait de déterminer son équation et l'on traçait la figure d'un coup.

Dans le *Discours de la méthode*, Descartes affirmait : « On ne peut se passer d'une méthode pour se mettre en quête de la vérité des choses. » Pour lui, l'algèbre n'était pas une science, c'était une méthode. Une méthode universelle. M. Ruche voulut se souvenir que méthode venait de *meta-hodos*. *Hodos* signifie la route ! La méthode est une route qui mène au but. Si on la suit.

Quelle méthode avait-il suivie au cours de son enquête ?

Avait-il seulement pensé à employer une méthode ? Cherchant ici, ou là, sans programme, il s'était conduit comme un jeune chien. Sur quelle carte la route qui le mènerait au but était-elle tracée ?

Si, dans la rose des vents de πR Fermat, Jonathan-et-Léa avaient choisi l'ouest, pardi, c'est qu'ils avaient pris l'habitude, le soir dans leur soupente, de s'échapper dans cette direction-là. Vers Manaus, par-delà l'Atlantique, en remontant le fleuve Amazone.

Jonathan chercha la lune, il dut se hisser sur son lit pour l'apercevoir frisant le bout de la vitre du Vélux. Elle entrait dans son premier quartier, « en quadrature » avec le soleil.

La lune en quadrature, c'est le moment où, dans les mers et les océans du globe, les marées sont au plus bas. Malgré cela, sur le fleuve Amazone, elle se fit sentir à plus de 1 000 kilomètres en amont, à l'intérieur de la forêt. Elle n'alla pas jusqu'à Manaus, mais atteignit San-tarém.

Bien que son cœur battît à tout rompre, Henry Alexander Wickham répondit placidement au chef de la douane brésilienne qui achevait l'inspection du navire : J'emporte avec moi quelques spécimens délicats que dans quelques jours je planterai moi-même dans les serres du jardin botanique de Kew. Rassuré sur le contenu de la cargaison, le chef de la douane quitta le navire.

Wickham se précipita dans la cale et regarda amoureusement les dizaines de paniers soigneusement entreposés. Ils contenaient un trésor. Un trésor qui allait faire la fortune des Anglais et causer la ruine de Manaus. Le vapeur s'éloigna de Santarém, atteignit Belém, et se lança dans l'océan. Il s'appelait également *Amazonas* et se dirigeait également vers Liverpool. Le voyage avait lieu à la fin du mois de mai 1876, juste un quart de siècle après celui de Wallace.

Pas la moindre tempête, pas le moindre incendie durant la traversée.

Quelles étaient donc ces plantes délicates destinées au jardin botanique de Kew ? Ce n'était pas des plantes, mais des graines ; elles n'étaient pas délicates, mais extraordinairement précieuses, et il n'y en avait pas quelques-unes, mais 70 000. Soigneusement disposées entre des couches de feuilles de bananiers sauvages séchées, placées bien à l'abri dans des dizaines de paniers en fibre de canne à sucre. 70 000 graines d'*hévéa braziliensis* ! Le meilleur arbre à caoutchouc de l'Amazonie, à la fois le plus résistant et le plus productif en latex.

L'exportation de ces graines n'était pas autorisée. Le coup de bluff de Wickham avait réussi, pour le malheur de Manaus.

Quelques décennies plus tard, transplantées dans les forêts de Malaisie, les graines de Wickham donnèrent naissance à d'énormes plantations d'hévéas d'où le latex coulait à flots. Ce fut la ruine de Manaus. La ville se dépeupla et tomba en ruine.

Les châteaux importés d'Europe, pierre par pierre, et remontés le long des grandes artères. Le marché couvert, construit par Gustave Eiffel en Angleterre, transporté sur l'Amazone et remonté à Manaus. Les rues aux pavés venus directement de Lisbonne. Le premier tramway électrique de toute l'Amérique du Sud. Le téléphone en pleine jungle, l'éclairage électrique dès la fin du XIXe siècle. Et l'opéra ! 1 400 places ! L'opéra où Caruso lui-même avait chanté. Tuiles vernissées venues d'Alsace, marbres importés de Carrare, marqueteries de France, ferronneries d'Angleterre, lustres d'Italie, et les vagues de mosaïque ornant la place, qui venaient mourir au pied de la colonnade de marbre à l'entrée de l'Opéra...

Manaus, c'est fini !

Lisant ces lignes, Jonathan se demanda si cette histoire n'avait pas influencé Grosrouvre. S'il ne s'était pas dit : « Voilà ce qui arrive lorsqu'on se laisse déposséder de ce que l'on produit ! » Le vol des graines ne l'avait-il pas convaincu qu'il fallait garder secret ce que l'on a créé ? Garder pour soi le secret de la forêt. « Certes, certes, se dit Jonathan. Mais une graine n'est pas une démonstration. Transplante-t-on une démonstration ? »

Léa le secoua : « Je te fais un petit résumé. » Pendant que Jonathan, sur son lit, vivait la fin de Manaus, Léa, sur le sien, s'était enquise des débuts de Pascal, à qui l'on attribuait les débuts des « Probabilités ».

— Pascal avait un père, pas de mère, deux sœurs et un beau-frère. Sa mère mourut quand il avait trois ans. Jacqueline, l'aînée, devint nonne et Gilberte, la cadette, devint Mme Périer. Étienne Pascal, le père, le type même du père de fils prodige ! Comme le père Mozart, il a tenu à tout lui enseigner lui-même. Ce qui fait que le petit Blaise n'est pas allé à l'école, qu'il n'a pas eu de petits copains avec qui faire des conneries. Et qu'il n'a pas eu d'autre maître que son père.

— Ce n'est pas terrible pour la psy, ça, lança Jonathan.

— Je crois bien ! Étienne était président de la Cour des aides de Clermont, et mathématicien. Il a même inventé une courbe qui porte son nom, le *limaçon* de Pascal père, qui est une *conchoïde*, tu vois ce que je veux dire ? Conchoïde, qui dans un cas particulier est un ovale de Descartes et dans un autre cas, une... trisectrice ! Tout se recoupe, si je puis dire. Tu suis ou quoi ?

— Je bois tes paroles. Mais je n'ai pas très soif.

— Pascal père a interdit à son fils de faire de la géométrie, parce qu'il avait peur que cela lui fatigue la tête. Qu'est-ce qui est arrivé ?

— Il a fait de la géométrie en cachette ! Et en plus, quand il en faisait, ça l'excitait parce qu'il avait peur que son père le sache !

— Bien ! Quand Blaise a eu l'âge de Max, il a redécouvert, tout seul, comme un grand, que la somme des angles d'un triangle était égale à 180 degrés ! La 32e proposition d'Euclide ! Enfin, c'est sa sœur qui le raconte. Et il ne connaissait même pas le nom d'Euclide, que son père lui avait caché. Quand ledit père apprit ce que son fils venait de (re)découvrir, il pleura de joie et fut tellement content qu'il lui offrit… les treize livres des *Éléments* d'Euclide.

— Hou la la !

— Attention, ça ne marche pas toujours. Il y a des tas de parents qui ont eu beau interdire à leurs gosses de faire des maths, ça n'a pas empêché les gosses de ne pas en faire. Les mêmes causes ne produisent pas toujours les mêmes effets.

— 21 ans pour Abel, 18 pour Galois. Et maintenant, 12 pour Pascal. Suite décroissante. Qui tend vers 0 ! jeta Jonathan que cette brochette de génies commençait salement à irriter.

Il pensa : « J'ai l'air de quoi, moi, qui n'ait pas la moindre idée géniale à dix-sept ans ! »

— Et Grosrouvre qui veut démontrer ses conjectures à 60 ans ! S'il a vraiment réussi, chapeau ! Un super scoop, non seulement parce qu'il l'aurait réussi, mais parce qu'il l'aurait réussi à 60 ans.

— J'ai lu un jour : un mathématicien qui n'a pas tout pondu avant ses vingt balais n'a presque aucune chance de découvrir quoi que ce soit d'important après.

— Presque aucune chance ? Combien ? C'est des probabilités, ça ! On va finir par y arriver. Les gymnastes aussi, après 20 ans, ils sont nazes.

– Normal. Les maths, c'est la gym de l'esprit. Et question gym de l'esprit, balaise, le Blaise ! A 16 ans, il a écrit *Essay pour les coniques*. Il est dans la BDF. On n'en a retrouvé que deux exemplaires, je me demande comment Grosrouvre a fait pour s'en procurer un. Dedans, Pascal a démontré un théorème qui a fait du bruit quand il est sorti. Prends un polygone à six côtés.

– Un hexagone, dis-le ! Faut pas avoir peur des mots.

– Fais le malin. Un hexagone inscrit dans un cercle. Six côtés, il y a forcément trois couples de côtés opposés. Quand ils se coupent, eh bien, les trois points sont alignés. Ça t'en bouche un coin.

– Mouiffle…

– Et ce n'est que le début ! Parce que le clou, le voilà. Il a démontré que c'est encore vrai quand l'hexagone était inscrit dans une conique quelconque ! ellipse, parabole, hyperbole…

– Tu comprends tout ce que tu racontes ? lui demanda brusquement Jonathan.

– La moitié ! Une phrase sur deux.

– Pourquoi tu me le racontes ?

– Parce que je ne veux pas que tu meures idiot.

– Tu veux que je meure ? Jonathan se dressa.

– Je t'offre le plus beau théorème de la géométrie et tu parles de toi ! Écoute les noms ! Son hexagone, Pascal l'a appelé l'*hexagramme mystique*. Et son théorème, quelqu'un l'a nommé *le berceau du chat*.

– Tu sais ce qu'il te dit le chat, à cette heure-ci ?

Une seconde après, enroulé dans sa couverture, Jonathan ronronnait.

Léa ne voyait pas pourquoi elle ne ferait pas comme M. Ruche, qui se trouvait un lieu différent chaque fois qu'il abordait un nouveau mathématicien : le Louvre, l'IMA, l'Institut... Léa en chercha un pour son Pascal.

Max avait décidé de se joindre à eux. Il vint avec Nofutur qui n'était pas sorti depuis pas mal de temps. Partant de l'Opéra, ils remontèrent les Grands Boulevards, en sens inverse de la circulation automobile, jusqu'à la porte Saint-Martin. Juste avant, à la porte Saint-Denis, ils montrèrent à Max le bas-relief représentant la bataille de Maastricht où était mort d'Artagnan. Tout en marchant, ils essayèrent en vain de se souvenir où étaient morts les trois autres mousquetaires.

Brusquement, Léa leur parla de la brouette de Pascal ! Les deux frères firent comme si c'était normal et refusèrent de s'étonner que Pascal ait pu faire la théorie de la brouette, encore moins qu'il ait apporté à l'engin des améliorations techniques conservées jusqu'à aujourd'hui. Malheureusement, la chose ne se trouvait pas au Conservatoire national des arts et métiers, au CNAM, où Léa les avait conduits. Mais il y avait là une autre invention de Pascal.

Créé pendant la Révolution, le CNAM est logé dans une ancienne abbaye, qui avait plus que de beaux restes En passant, ils jetèrent un coup d'œil dans l'ancien réfectoire, d'une hauteur à vous couper l'appétit. Il avait été transformé en bibliothèque. Puis ils pénétrèrent dans l'église. Là, il y avait des avions suspendus par des fils ! Et le fameux pendule de Foucault dont Umberto Eco avait fait le titre d'un de ses romans sémiotiques, que Jonathan avait lu.

Face à un tel espace, Nofutur craqua. Délaissant l'épaule de Max, il se mit à virevolter, faisant une série de loopings étourdissants autour des ailes des avions suspendus. Au grand plaisir des visiteurs jusqu'à ce qu'un gardien intervienne. Ah, s'il avait eu un fusil !

Le gardien parla, parla. Max ne comprit pas un mot. Impossible de lire sur ses lèvres, les sons lui sortaient de la bouche comme la chair à saucisse d'une machine à faire la viande hachée. Max exécrait ce type de personnes, les avaleurs de mots, les bouffeurs de ponctuation. Ces gens le rendaient vraiment sourd.

Nofutur réintégra l'épaule de Max. Le gardien voulut les foutre dehors. Devant la désapprobation des visiteurs, mais surtout devant le visage mauvais de Max, il accepta que le quatuor poursuive la visite, à condition que Nofutur ne quitte pas l'épaule de Max. Nofutur promit. Tête du gardien !

Il fallait bien en venir à ce pour quoi on était venu là. Revenir donc à Pascal. Léa, transformée en guide, commença par leur parler du père : Pour gagner sa vie, Étienne Pascal levait les impôts en Normandie. Poste grassement rétribué ; plus tu fais rentrer d'argent, plus t'en gardes pour toi. Inutile de dire que tu es motivé. Le seul ennui, c'est qu'il y avait des tas d'additions à faire. Aimant toujours beaucoup son père, que fit Blaise ? Il lui inventa une petite merveille de machine à calculer : *La Pascaline*. À l'époque, ils disaient « une machine arithmétique ».

La machine était là sous leurs yeux, dans une vitrine. Une boîte de bois avec six roues grises munies chacune de dix rayons dorés, pour matérialiser les dix chiffres.

— Une boîte somme toute assez classique, fit remarquer Léa.

— Bravo pour le jeu de mots ! Somme toute, je suppose que ta Pascaline fonctionne à coups d'additions !

Devant le visage étonné de Léa, il ajouta :

« Et elle ne l'a pas fait exprès, en plus !

— Bravo pour le jeu de mots. En plus !

— Je peux savoir la fin ? insista Max.

— Toute la question pour un calcul mécanique, c'est

qu'est-ce qu'on fait quand, arrivé à 9, on ajoute 1 ? dit Léa. C'est la question de la retenue.

— Comment retenir les retenues, c'est cela, demanda Max.

— Bravo pour le jeu de mots ! lui jeta Jonathan.

Max, penaud, avoua :

— Je l'ai pas fait exprès.

— Pascal avait mis au point un petit mécanisme auquel personne n'avait pensé avant lui, un « reporteur à sautoir » qui reportait automatiquement la retenue.

Le gardien de tout à l'heure, qui ne les avait pas lâchés des yeux, les invita à sortir. Le musée allait fermer.

Dans le flot des visiteurs qui se pressaient vers la sortie, adressant force sourires à Nofutur, Léa leur raconta comment Blaise Pascal était devenu un petit entrepreneur. Il avait monté son entreprise, fait les plans de sa machine, engagé des ouvriers, fait breveter son procédé et sorti une cinquantaine de Pascalines. De la production en série, vendues 100 livres chacune, il s'était fait plein de sous. Ils quittèrent le CNAM.

— Dans ses *Pensées*, rapporta Léa, Pascal dit que sa Pascaline s'approche plus de la pensée que tout ce que font les animaux.

À cause du bruit des voitures, Max n'avait pas bien entendu. Il leva la tête d'une façon que Léa connaissait bien. Elle répéta :

« Il dit que sa machine est plus proche de la pensée des hommes que tout ce que font les animaux. Et il a ajouté, ajouta Léa : Mais rien de ce qu'elle fait ne peut faire dire qu'elle a de la volonté comme les animaux.

— Qu'est-ce que tu en penses ? demanda Max à Nofutur qui se reposait des loopings de l'église autour du vieil avion suspendu du CNAM.

Visiblement, Nofutur se foutait de ce que Pascal pouvait bien penser des animaux. Presque autant que Pascal

443

se foutait de ce que Nofutur pouvait bien penser des philosophes mathématiciens jansénistes du XVIIe siècle.

L'un et l'autre avaient raison.

Un autre avion, un gros celui-là, atterrissait à l'aéro-
drome de Roissy. L'homme se dirigea vers le taxi le plus
proche. Par la fenêtre ouverte, il demanda :

— Vous pouvez me conduire à Paris ?

A sa grande surprise, le chauffeur, au lieu de lui
demander où il allait, lui demanda :

— D'où venez-vous ?

L'homme hésita, puis répondit :

— De Tokyo.

— Cela ne m'intéresse pas, répondit le chauffeur en
démarrant… pour s'arrêter devant une autre entrée de
l'aéroport, un peu plus loin. Interloqué, l'homme se dirigea vers la file de taxis la plus proche. Attendant son
tour, il aperçut au loin le taxi qui l'avait refusé prendre
des passagers et s'éloigner.

Quand vint son tour, l'homme monta dans un break
tout neuf qui prit la direction de l'autoroute du Nord en
direction de Paris. Il bruinait

L'homme ne parvenait pas à chasser de ses pensées le
chauffeur du taxi qui l'avait éconduit. Brusquement, il sai
sit son attaché-case, tapa le code, ouvrit la mallette, fouilla
dans ses papiers, en sortit une chemise. Il n'avait pas sitôt
commencé d'examiner le document que…

— Nom de Dieu ! s'écria-t-il.

— Quelque chose ne va pas, monsieur ? interrogea le
conducteur en le fixant dans le rétroviseur.

L'homme continuait de regarder le document. Le doute
n'était pas permis.

FERMAT, LE PRINCE DES AMATEURS

Sur la photo du Louvre, le gars debout à côté du gamin avec le perroquet sur son épaule était bien le chauffeur du premier taxi. Incroyable ! La même casquette.Une bouffée de joie l'envahit. « Ça, c'est du cul ! » Il faillit faire un signe de croix. Personne ne me croira. Il pesta : « Je l'avais sous la main et je l'ai laissé filer ! » Se penchant vers le chauffeur :

— Un taxi a quitté l'aéroport quelques minutes avant nous. Il faut le rattraper.

— C'est difficile d'aller plus vite, avec ce temps, monsieur.

— J'ai dit : il faut.

Examinant son passager dans le rétroviseur, le chauffeur prit la mesure de ce type sapé, à l'allure décidée, et costaud !

— Si vous le rattrapez, vous n'aurez pas perdu votre matinée, lança l'homme.

— De quelle marque, monsieur, le taxi qu'il faut que je rattrape ?

— Une 404.

— Et la compagnie ? Avez-vous remarqué de quelle compagnie il était, monsieur ?

— Euh… non.

— Alors cela va être difficile. Regardez le nombre de taxis autour de nous.

Ils étaient entourés d'une nuée de taxis, venant presque tous de l'aéroport. Et pas de 404 !

— Êtes-vous sûr que c'était un taxi ?

— Vous me prenez pour qui ? demanda le GTBM menaçant.

— Je veux dire un taxi officiel. Il avait bien une enseigne lumineuse sur le toit ?

— Oui, allumée. Il était libre.

— Et à l'arrière ? Avez-vous vu un petit panneau lumineux sur la plage arrière ? Comme celui-ci ?

Il désigna le panneau tout proche de la tête de l'homme.

« De l'intérieur, vous ne pouvez pas voir ce qu'il y a d'affiché : il indique l'horaire de fin de service du taxi et le jour de l'année. Je vous dis ça parce qu'il y a de plus en plus de faux taxis. Les gars vont jusqu'à aller acheter des horodateurs de contrebande. Le seul moyen d'être sûr que vous avez affaire à un vrai taxi, c'est ça ! (Il pointa le doigt vers un papier rose fixé au pare-brise.) Il indique si vous êtes bien inscrit cette année aux registres des taxis.

– Où se trouve ce registre ?

– A ıa PP.

– La préfecture de police !

Ils étaient arrivés au périphérique ; le break ne rattraperait pas la 404. C'était fichu !

C'était fichu pour cette fois. Mais le GTBM possédait une piste à présent. Il retrouverait ce taxi. Il était comme Giulietta, quand il voyait une chose une fois… Alors que ce pauvre Luigi, depuis le temps qu'il merdouillait.

Le Patron allait être content. Il y avait à présent deux pistes : celle de la photo, celle du taxi.

Le mimosa, c'est comme le trèfle à quatre feuilles, pas besoin de regarder longtemps pour s'apercevoir qu'il n'y en a pas. « Quand l'éphémère fait défaut, y a qu'à se contenter du permanent ! » Forte de cet adage, la fleuriste du bas de la rue Lepic proposa des roses à M. Ruche. Il repartit avec un bouquet qu'il offrit à Perrette qui le plongea dans le vase, sur la caisse de la librairie.

Dans la BDF, sur son secrétaire, une autre rose attendait M. Ruche. En maître des vents, d'un coup d'œil, ıl fit le point.

Partis en direction du couchant, Jonathan-et-Léa voguaient en terres probabilistes. Retour de ce voyage de découvertes, de quoi leurs cales seront-elles pleines ? Quant à lui, il revenait repu d'un long périple dans le Midi où, solidement repéré par son couple de coordonnées, il s'était algébriquement promené dans le monde policé de la géométrie analytique.

Il restait le nord et l'est. Le nord, il en était convaincu, indiquait la direction où Grosrouvre voulait l'entraîner. Il la garderait pour la fin.

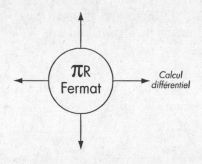

Il se prépara à filer en direction du Levant, bien décidé à découvrir cette *terra incognita* que représentait pour lui le *calcul différentiel*.

La liste de ceux qui contribuèrent à faire naître cette nouvelle science mathématique constituait le *Who's who* des mathématiciens du XVIIᵉ siècle. Deux Italiens, Bonaventura Cavalieri et Evangelista Toricelli ; des Français, à la pelle, Fermat, bien sûr et Roberval, Pascal, Descartes, le marquis de l'Hospital ; un Hollandais, Christian Huygens ; deux Suisses, les Bernoulli, Jacques – qui a inventé le mot *intégral* – et son frère Jean ; une tripotée de Britanniques, Isaac Barrow, Christopher Wren, John Wallis, James Gregory, Brook Taylor, Colin Mac Laurin.

Et les maîtres-d'œuvre de cette architecture considérée comme le plus beau monument des mathématiques, Isaac Newton, Gottfried Wilhelm Leibniz (N et L).

M. Ruche se tortilla sur son siège. Il avait mal aux fesses. Dix ans qu'il était assis sur un fauteuil! Le nouveau coussin plat que Perrette lui avait offert n'était pas encore culotté. Doux et ferme, aéré et souple, combien de temps faudrait-il pour qu'il « prenne la forme » ? Le vieux était parti en lambeaux, éclaté comme une vieille peau triturée par la chirurgie esthétique. Il souleva une fesse, déplaça le coussin, oh, d'un rien. Cela suffit. Bien arrimé à son fauteuil, M. Ruche put continuer d'avancer dans la quatrième direction de la rose des vents de πR Fermat.

Une courbe.

Que repère-t-on du premier coup d'œil ?

Les *maxima* et les *minima*, là où elle est au plus haut ou au plus bas; les *points d'inflexion,* où elle infléchit sa courbure, passant d'ouverte vers le haut à ouverte vers le bas; les *points de rebroussement*, etc.

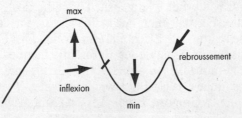

C'est quoi au juste, un maximum, ou un minimum ? En regardant bien, on remarque que juste avant, c'est la même chose que juste après ! Cette propriété caractérise un « extremum » ! Fermat la plaça à la base de sa méthode pour la recherche des maxima et des minima, en la traduisant dans le langage algébrique, c'est-à-dire par des équations.

« Avant », cela n'est pas difficile à traduire. Mais « JUSTE avant » ! « Juste », comment ça se dit, au juste, en maths ? Toute la question était là.

Entre un point et « juste avant » ce point, la différence est petite, très petite, aussi petite qu'on peut la vouloir petite. Elle est infiniment petite !

« L'esprit différentiel » s'empara du XVIIe siècle.

Inoculant dans le savoir une sensibilité microscopique, ce fut l'époque où, dans de nombreux domaines, on alla y « voir de plus près ». Jusqu'alors une connaissance locale, parfois, permettait une connaissance globale. On sauta le pas : une connaissance microscopique ouvrait à présent sur une connaissance globale.

Les « infiniment petits ». Qui étaient ces nouveaux êtres ? Des grandeurs géométriques, comme pour Cavalieri ? Ou des grandeurs numériques, comme pour Fermat ? Leibniz, lui, les considérait comme des fictions, des fictions utiles ! Même scénario que pour les imaginaires : sans trop savoir qui ils étaient, on les fit agir. Ils produisirent des résultats miraculeux !

Le cahier cartonné se remplissait à mesure qu'avec excitation M. Ruche pénétrait dans l'univers de ces infiniment petits. Et dire que durant mes longues études j'étais passé à côté ! A côté, ou « juste » à côté ? Largement à côté. Durant sa licence de philo, il avait été forcé d'aborder ces domaines, mais il avait eu si peu d'attirance pour ces choses-là que les enjeux lui avaient totalement échappé.

Avec soixante ans de retard, M. Ruche comprit ce que plus de trois siècles plus tôt Fermat avait compris : un arc infiniment petit d'une courbe peut être assimilé au segment correspondant de la *touchante*. En plus, les mots étaient exquis ! Il comprit ce que Roberval avait compris : la direction du mouvement d'un point décrivant une courbe est la touchante à la courbe en chaque position du point. Enfin, il comprit ceci : la forme d'une courbe ne dépend que de la direction de sa touchante. La connaissance d'une famille de droites permet la connaissance de la courbe entière ! Toute cette histoire revenait en fait à connaître du courbe par du droit.

C'était le temps où les infiniment petits s'appelaient des *évanouissantes*, et les tangentes des *touchantes*. Les deux notions clefs. Les premières, Newton les définit comme des « quantités qui diminuent, non pas avant de s'évanouir, ni après qu'elles sont évanouies, mais au moment même où elles s'évanouissent ». Au moment même de l'évanouissement ! On aurait dit un poème sur l'hystérie.

Et une touchante ? C'est la limite d'une sécante lorsque les deux points M et M' où elle coupe la courbe « se rapprochent infiniment l'un de l'autre ».

Toucher n'est pas couper ! C'est un frôlement avec contact. M. Ruche dessina une touchante.

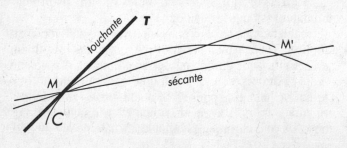

Il se passait en mathématiques l'inverse de ce qui se passait dans la vie · on commença par le « rentre-dedans » de la sécante, pour finir avec le flirt de la touchante. Mieux, le second état était le résultat de l'abandon progressif du premier. Belle figure de l'érotisme !

Les photos défilaient. Vingt-cinq, trente par photo. Les deux premiers rangs, assis, les deux derniers, debout. Des gamins, des gamins, des gamins ! Si au moins, il avait été pédophile ! Il ne supportait pas les gamins : il avait été scout. Ils se ressemblaient tous ! Même avec la loupe, ils avaient la même tronche. Mais aucun ne ressemblait à la petite teigne des Puces. Le PTBM était sur le point de craquer. Ses demandes auprès des photographes n'étaient pas restées vaines, il croulait sous les photos de classes de cinquièmes et sixièmes. Les photos défilaient. Le patron s'impatientait.

Plongé dans le calcul différentiel, M. Ruche commençait à trouver que cette direction de la rose des vents l'emportait fort loin. Avait-il besoin de toutes ces connaissances pour poursuivre son enquête, les fonctions, les variations, les limites, les *dérivées*… ? Sûrement pas. Il n'empêche. Comment savoir où s'arrêter ?

Au sujet de la dérivée, notion qui ne lui avait pas laissé de bons souvenirs, il croyait avoir compris de quoi il s'agissait : mesurer la variation instantanée d'une fonction. Comme son nom l'indique, une fonction varie en fonction de la variable. Connaître la variation de la fonction dans un intervalle est facile. Mais la connaître pour une valeur précise de la variable ? C'est le rôle dévolu à la *dérivation*. Prendre la dérivée revenait à mesurer la variation instantanée. Comment ? Tout bonnement en calculant le rapport entre un changement infiniment petit de la fonction et celui correspondant de la variable. Puis en faisant tendre ce dernier vers 0.

Ça y était, il était perdu ! Il y avait une formule pour définir la dérivée f'(x) de la fonction f(x).

Si $f(x)$ est une fonction de la variable x,

sa dérivée sera notée $f'(x)$.

Δx : variation de la variable x

Δf : variation correspondante de la fonction

alors

$$f'(x) = \frac{\Delta f}{\Delta x} \text{ quand } \Delta x \text{ tend vers } 0$$

ou encore $\quad f'(x) = \lim_{\Delta x \to 0} \frac{\Delta f}{\Delta x}$

Il ne comprit pas davantage ! Sauf que l'apparition de la notion de limite lui fit plaisir. Tendre vers une limite, se rapprocher aussi près que l'on veut de quelque chose… sans jamais l'atteindre ! Il y avait dans tout cette mathématique une façon délicieuse de parler de la jouissance… Toujours l'érotisme. Mais qu'est-ce qu'il avait donc aujourd'hui ? Un retour de flamme, une bouffée de désirs ! C'était le printemps ou quoi ? C'était le printemps. On était le 22 mars. Oh, à un jour près…

M. Ruche était joyeux. Il ne savait pas pourquoi ces infiniment petits, ces indivisibles, ces touchantes avaient sur lui un effet tonique. Question de regards.

De la même façon qu'était apparu un « esprit différentiel », naissait un « regard intégral ». Lorsque tous ces gens du XVIIe se mirent à regarder une surface, ils la virent non comme un tout d'un seul tenant, mais comme composée de petites bandes, qui, mises côte à côte, la remplissaient totalement.

Cela lui rappela quelque chose. Alamut ! Juste avant que les jumeaux partent à la neige. Lorsque Hassan Sabbah était arrivé à Alamut, il avait déplié une peau de mouton ou de bœuf et avait proposé au commandant de la place de lui donner 5 000 pièces d'or s'il lui vendait autant de terrain que ce que l'on pouvait délimiter avec cette peau.

Au lieu d'étaler la peau à terre, Hassan l'avait découpée en fines lamelles qu'il avait liées bout à bout pour en faire une corde. Comme Cavalieri, il avait décomposé la surface de la peau en une multitude de lignes ! Plus fines il les couperait, plus longue serait la corde et plus grande la surface qu'elle enfermerait. Ainsi, ce n'est pas par les armes que Hassan Sabbah s'était emparé de l'imprenable forteresse d'Alamut, mais par le calcul intégral.

Mm… M. Ruche admit que l'analogie n'était pas tout à fait exacte. Soit. Il quitta Hassan et revint vers le « regard intégral ». Pour ce dernier, l'aire d'une figure était une somme. Mais une somme d'un type particulier. Une « somme » d'une quasi-infinité de « lignes », ayant chacune une surface presque nulle ! M. Ruche reprit la phrase : « somme » d'une quasi-infinité de « lignes » ayant chacune une surface presque nulle.

Toute la question était de savoir ce que pouvait signifier la « somme » d'une infinité d'éléments et en plus d'une infinité d'éléments infiniment petits.

Étrange opération que cette addition qui additionne, non pas un nombre fini de bonnes quantités finies, mais une « infinité » d'éléments infimes. Et qui parvient, au bout du compte, à une quantité finie. Cette totalisation d'un genre nouveau, c'est l'*intégration*.

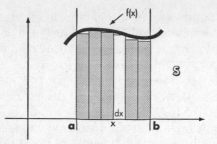

M. Ruche ressentit le besoin de faire le point. Après un moment de réflexion, il se dit que l'intégration revenait à sommer une infinité « d'infimités » et que cela finissait par faire quelque chose de bien défini. Il pensa qu'il avait avancé.

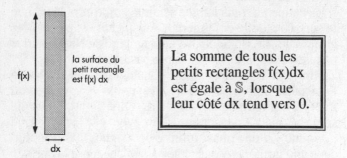

la surface du petit rectangle est f(x) dx

La somme de tous les petits rectangles f(x)dx est égale à $\mathbb{S}$, lorsque leur côté dx tend vers 0.

Pour symboliser cette totalisation, Leibniz introduisit un ∫ allongé : le signe de l'*intégrale*, somme d'un nombre infiniment grand de rectangles infiniment petits, dont l'aire totale constitue l'aire de la figure.

À quoi tout cela servait-il ? Non pas en dehors des maths, M. Ruche se souvenait trop bien de la question posée à Euclide par son élève et aussi de celle de la « tarte » du Tabac de la Sorbonne. Non, il voulait savoir à quoi cela servait EN MATHS ?

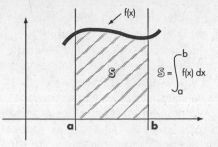

$$\mathbb{S} = \int_a^b f(x)\,dx$$

Dans la vie, rectifier, c'est corriger, rendre correct. En maths, c'est rendre droit. Et quand une ligne est droite, si elle est finie, on peut calculer sa longueur. *Rectifier* une courbe revient à la « redresser » de façon à pouvoir en calculer la longueur.

M. Ruche eut sa réponse : tout cela servait à la rectification de courbes, à la quadrature de surfaces, à la cubature de solides. C'est-à-dire à calculer une longueur, une aire, un volume.

On « quarra » comme jamais ! La spirale d'Archimède, des paraboles, des hyperboles, la cycloïde… Quel chemin parcouru depuis la quadrature des lunules par Hippocrate de Chios ! Mais aussi que de temps passé : 2 000 ans !

Aux côtés de la géométrie et de l'algèbre, faisant figures d'« anciens », apparut la toute jeune *Analyse*, nouveau domaine réunissant le calcul différentiel et le calcul intégral, parée de toutes les beautés. On la nomma *Analyse sublime*. Ruche leva la tête, le panneau était toujours accroché au mur. Il fit rouler son fauteuil. Aux huit sections dessinées par Max il y a déjà si longtemps, il ajouta :

C'est là qu'intervinrent les deux véritables fondateurs de l'Analyse. N et L, Newton et Leibniz, les pères ennemis qui se déchirèrent pour que leur paternité soit reconnue ! On leur doit deux découvertes essentielles.

La première : Ils découvrirent que les deux directions différentes dans lesquelles les mathématiciens avaient travaillé jusqu'alors, détermination des tangentes et calcul d'aires, constituaient en fait les deux faces d'un même phénomène et que l'on pouvait passer de l'une à l'autre. On pouvait à partir des tangentes remonter à la courbe, on pouvait de la fonction dérivée remonter à la fonction dont elle était la dérivée. Une rectification avait été ramenée à une quadrature ! Si les Grecs voyaient ça !

Ce fut une révélation dans le monde des mathématiciens. Le même outil était capable d'effectuer des actions aussi différentes que calculer la longueur d'une courbe, déterminer l'aire d'une figure, calculer le volume d'un solide, positionner le centre de gravité d'une figure, localiser les minima et les maxima d'une courbe, déterminer les tangentes, exprimer des vitesses et des accélérations ! Une sorte d'outil universel qui enthousiasma ceux qui se préoccupaient de physique. Les variations de toutes sortes de phénomènes pourraient à l'avenir être étudiées avec cette technique. La porte s'ouvrait toute grande à la connaissance des phénomènes physiques. La physique et la mécanique avaient trouvé leur outil ! Et cet outil était mathématique.

Conséquence : le « mouvement », exclu le plus souvent des mathématiques, faisait une entrée en force. A la fin du XVIIe siècle, le monde figé des figures de la Grèce antique s'anima. On passa de la photographie au cinéma.

La deuxième : « N et L » firent de ce nouveau champ un « calcul », muni de règles, le *calcul infinitésimal*. La *dérivation* devint une opération. Opération d'un nouveau genre qui agissait non pas sur des nombres mais sur des quantités variables liées à des courbes. Opération que l'on pouvait effectuer à l'aide d'un algorithme systématique.

Après des siècles où, pour seules opérations, le monde disposait des quatre de l'arithmétique et de l'extraction des racines, surgirent en quelques années la *différentiation* et l'*intégration*. De la même façon que les premières allaient par couples d'inverses : addition/soustraction, multiplication/division, élévation au carré/ racine carrée, le nouveau duo fonctionnait semblablement, différentiation et intégration étaient inverses l'une de l'autre. Mais la première avait priorité sur la seconde.

Il paraît qu'à sa naissance Newton était si menu qu'il pouvait tenir dans un pot d'un litre... A dix ans, il fabriquait des cerfs-volants dans lesquels il fixait des lanternes allumées. Effrayés, les villageois, la nuit, s'enfuyaient, croyant voir voler des chauves-souris flamboyantes.

Avec un soin inhabituel, Grosrouvre avait recopié deux phrases. La première était de Newton :

J'ignore sous quel aspect je puis apparaître au monde ; mais, à moi-même, je me fais l'effet de n'avoir pas été autre chose qu'un garçon jouant sur le rivage, et m'amusant de temps à autre à trouver un caillou poli ou un coquillage plus joli qu'à l'ordinaire ; tandis que le grand océan de la vérité se déroulait devant moi sans que je le connusse.

La deuxième était de Pascal :

Ceux qui verront clairement la vérité de la Géométrie des indivisibles pourront admirer la grandeur et la puissance de la nature dans cette double infinité qui nous environne de toutes parts, et apprendre par cette considération merveilleuse à se connaître eux-mêmes en se regardant placés entre une infinité et un néant d'étendue, entre une infinité et un néant de nombres, entre une infinité et un néant de mouvement, entre une infinité et un néant de temps. Sur quoi on peut apprendre à s'estimer à son juste prix, et former des réflexions qui valent mieux que tout le reste de la géométrie même.

Placé entre un infini et un néant ! Écarter les bras. D'une main effleurer l'un, de l'autre caresser l'autre. Et s'estimer à son juste prix. Longtemps dans la tête de M. Ruche, le bruit des vagues… Puis ce fut la grande marée et il oublia tout. Il s'endormit dans son fauteuil au milieu de la BDF. Toute la nuit, il courut pieds nus sur la grève.

CHAPITRE 19

La rose des vents

En sortant du métro Barbès, un grand Noir en boubou tendit à Léa un prospectus. Pas une grande feuille de pub, mais une petite carte discrète.

Grand Médium – Monsieur SIMAKHA – Grand Voyant
Détenteur de puissants dons héréditaires

Un petit texte écrit très fin suivait : **Pas de problèmes sans solutions.**

Léa glissa la carte dans la poche arrière de son jeans en se dirigeant vers le café de la rue Lepic où, avec Max, ils avaient résolu la fameuse équation de M. Ruche sur l'âge des enfants Liard.

— Voilà deux ou trois choses que je sais d'elles, annonça Jonathan en s'asseyant en face de Léa à la terrasse du café.
— Qui, elles ?
— Les probabilités ! Tu as oublié que nous avons une direction à gérer et ce n'est pas ta balade au CNAM qui nous a fait avancer sur le sujet. Les voilà, ces deux ou trois choses. Une probabilité est coincée entre 0 et 1. Plus probable que 1, c'est plus blanc que blanc ! Moins probable que 0, c'est moins possible que l'impossible ! En probabilités, 0 est l'expression mathématique de l'impossible, 1 celle de la certitude. Entre les deux, tous les degrés du probable. Ce que j'ai compris, c'est qu'ils veulent, comme

ils disent, « mathématiser le probable ». *La Géométrie du hasard*, c'est le nom que Pascal lui a donné : la rigueur des démonstrations de la géométrie réunie à l'incertitude du hasard !

— Mouiffle, lâcha Léa avec une moue appuyée. Rendre rigoureux le hasard ! Comme couper les ailes à un oiseau.

— Tu penses à qui ?

— Depuis longtemps, je me suis demandé quelle probabilité il pouvait bien y avoir pour que Max rencontre Nofutur dans ce hangar des Puces.

— En tout cas, pas une probabilité nulle. Et qu'on naisse jumeaux, tu t'es demandé, quelle probabilité ?

— Oh, oui ! laissa échapper Léa.

Léa s'était enfoncée dans son siège et écoutait la voix de Jonathan. Il semblait s'être sérieusement documenté, il était allé « au charbon », suivant son expression. Voilà qu'il parlait de diligence, elle écouta avec plus d'attention et se retrouva au beau milieu du XVIIᵉ siècle, brinquebalée, aux côtés de Pascal, lancé dans une grande discussion avec son voisin, le chevalier de Méré, un joueur invétéré. A l'étape, pendant qu'on changeait les chevaux, Méré entraîna Pascal dans une partie de dés. Le départ de la diligence les interrompit en pleine partie. Que faire des enjeux ? Les partager équitablement, bien sûr ! Mais comment y parvenir ? Sitôt arrivés, Pascal écrit à Fermat pour lui poser le *problème des parties*. Des parties interrompues, il y en avait eu des tas avant eux. Tartaglia et Cardan en particulier avaient écrit là-dessus.

— Une partie entre les deux, ça devait donner ! Tartaglia qui cachait ses cartes et Cardan qui voulait les lui piquer !

— Pour être franc je ne suis pas sûr que cela se soit passé exactement comme je te l'ai raconté, avertit Jonathan. Quoi qu'il en soit, Pascal et Fermat échangèrent quelques lettres sur le sujet. Dans lesquelles ils jetèrent les bases du calcul des probabilités. Pascal va également se lancer dans l'*analyse combinatoire,* le calcul du nombre de manières d'énumérer les cas possibles sans avoir à les compter un par un comme un plouc, les *arrangements,* les *combinaisons,* les *permutations.* Je passe, on l'a fait cette année en classe, le *triangle de Pascal*… Ah, j'oubliais tout simplement la définition : « La probabilité d'un événement est le nombre de cas favorables divisé par le nombre de cas possibles. »

— Tu veux dire que naître jumeaux, c'est un cas favorable…

— Je ne suis pas loin de le penser. Attends la suite.

Le serveur, qui les avait oubliés, s'approcha. Jonathan commanda un lait, à cause du « plus blanc que blanc », Léa demanda un café.

— Après nous avoir amusés avec les jeux, poursuivit Jonathan explorant ses notes, les cartes, les dés, la roulette, les boules blanches dans des sacs noirs, les boules noires dans des sacs blancs, les gens qui s'intéressaient aux probas sont passés aux choses sérieuses. Figure-toi qu'ils se sont mis à étudier la mort des gens en établissant des tables. Ils estimaient mathématiquement la probabilité de survie d'une personne prise au hasard. Et aussi la probabilité de coexistence de plusieurs personnes.

— Hm. (Léa se fit la tête chercheuse :) On a le même âge, on a les mêmes parents, on a eu les mêmes maladies, on a vécu dans les mêmes lieux, donc notre probabilité de survie est la même.

- Et les accidents ?

— Les accidents ne comptent pas. Donc, reprit-elle, la donnée probable de notre coexistence est égale à 1. Si on meurt au même âge, on aura coexisté toute notre vie. C'est une bonne nouvelle, non ?

— Ils n'ont pas dit coexistence pacifique.

— Manquerait plus que cela ! Là, ce serait la mort, s'écria Léa.

– Justement. Tu remarqueras qu'une des premières choses que les probabilités ont faites a été d'établir des *Tables de mortalité*.

– Après les tables de multiplication, les tables de putréfaction ! lâcha Léa.

– J'aime ta façon délicate de dire les choses. En fait, c'est toi la poète.

Le serveur déposa le verre de lait et le café. Léa pointa le café, puis le lait :

– Noir : impossible. Blanc : certain.

Puis avec un geste vague de la main :

« Entre les deux, toute la gamme de cafés au lait, qui, paraît-il, sont hyper mauvais pour l'estomac.

Jonathan compulsait ses notes. Comment s'y retrouvait-il ? Miracle.

– M. Ruche nous a déjà parlé des Bernoulli, ils étaient partout. En moins de deux siècles, il y en a eu dix ! Presque tous des matheux ! La famille était loin d'être unie. Entre Jacques, l'aîné, et Jean, le cadet, la haine ! Les « Abel et Caïn des maths », ils ont passé leur vie à se bouffer le nez. Quand ils étaient présents tous les deux à une séance de l'Académie, on était bon pour le pugilat. Leurs collègues se précipitaient pour les séparer.

Jacques a écrit le livre fondateur des Probas : *Ars conjectandi*, l'art de conjecturer, l'art de deviner. Il est mort pendant qu'il rédigeait la dernière partie de son bouquin. Comme Tartaglia.

– Et les tables ne l'avaient pas prévu, bien sûr !

– Pas plus qu'elles n'avaient prévu la découverte du manuscrit par un autre Bernoulli, plusieurs années après sa mort. Quand le livre a été publié cela a fait l'effet d'une bombe. (Brusquement, avec un accent épouvantable, il lança :) *stokhasticos*, « art de lancer un javelot. Savoir comment faire pour atteindre la cible ».

Elle le regarda.

– Moi aussi je fais mon Ruche ! Pour Bernoulli, l'art de conjecturer, c'est la *stochastique* : l'art de savoir faire ce qu'il faut pour atteindre le but fixé comme dans le lancer du javelot. Comment peser l'incertain ? Comment prendre la décision de faire telle ou telle chose quand tu te trouves dans une situation incertaine ?

– C'est simple, quand on sait pas, on va pas !

Jonathan éclata de rire :

– Sauf que pour Bernoulli, et il est formel, on sait tout ! Et si on ne sait pas tout, c'est notre tronche qui ne fonctionne pas bien. L'incertitude n'est pas dans les choses mais dans notre tête : l'incertitude est une méconnaissance. Il le dit : « Le temps du lendemain ne peut être autre que ce qu'il sera en réalité. »

– C'est la météo 250 ans avant ! Alors, il n'y aurait pas de hasard !

De la poche arrière de son jean, elle sortit la carte de M. Simakha et lut théâtralement : *Grand Médium. Grand Voyant. Pas de problèmes sans solutions*. Toutes les questions ont une réponse !

– C'est exactement ce qu'affirme Bernoulli. Son but : « Découvrir les lois générales qui gouvernent ce que, dans leur ignorance de l'enchaînement des effets et des causes, les hommes appellent des noms de *fortune* et de *sort*. »

– Et mes envies soudaines ? et mes désirs subits ? et mes lubies ? et mes… elle bafouillait de rage. Et la liberté ? finit-elle par crier. (Elle renversa son café qu'elle avait complètement oublié de boire.) Pas de hasard ? (Son jean était plein de café.) Je hais cette façon de voir le monde. Quand Max est tombé sur Nofutur dans le hangar des Puces, c'était prévu ! Il ne pouvait pas ne pas le rencontrer ! et Nofutur aussi ! Ils étaient condamnés depuis toujours à se rencontrer là, à ce moment-là ! La trajectoire de deux projectiles ! C'est de la balistique humaine. Le javelot de ta stoch…

— *Stokhasticos*. On est peu de chose, ma vieille, geignit Jonathan.

Léa se redressa :

— Oui, mais on n'est pas rien ! Sinon il ne se passerait rien. Même pas ce qui est prévu. Et cette tache de café sur mon jean, impossible d'y échapper et moi, comme une conne, qui essayais de l'éviter !

Jonathan saisit le ticket des consommations et dessina une spirale :

— Ça ne te rappelle rien ? La *spirale logarithmique* ! L'une des inventions de Jacques Bernoulli ; il en était tellement fier qu'il a demandé qu'on la grave sur sa tombe avec cette phrase : « Changée en moi-même, je resurgis. » (Jonathan compléta le dessin.) Cette spirale est devenue extrêmement célèbre. Tu sais où on la trouve ? Sur le ventre du père Ubu.

Toutes les directions ne se valent pas ; ceux qui cherchent leur chemin le savent bien. Le nord, on n'a encore rien fait de mieux pour ne pas le perdre. Dans la rose des vents de πR Fermat, il indiquait

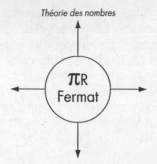

M. Ruche cingla vers le septentrion, direction ultime où Grosrouvre voulait qu'il s'engageât. A preuve, les fiches concernant la théorie des nombres, dans les *Œuvres complètes* de Fermat, avaient été placées après toutes les autres.

En mathématiques, les « bons » problèmes sont généralement ceux qui sont formulés de façon simple… mais dont la résolution se révèle particulièrement difficile. Plus grande est la distance entre la simplicité de la formulation et la complexité de la solution, « meilleur » est le problème. A ce titre, la théorie des nombres est une mine de bons problèmes !

En théorie des nombres, Fermat est incontestablement le meilleur. Ni Pascal, ni Descartes, ni aucun autre mathématicien contemporain, n'obtint de résultats comparables

Il s'agit de la recherche des propriétés des nombres en eux-mêmes. A partir de la séparation entre nombres pairs et impairs, entre nombres premiers et nombres composés, le jeu consiste à représenter un nombre comme somme de carrés, ou de cubes. De combien de carrés, de combien de cubes ?

N.B. Depuis quelque temps, les nombres premiers sont devenus extrêmement importants en cryptologie. La plupart des codages modernes s'appuient sur les propriétés des nombres premiers.

M. Ruche sursauta. Là, c'était clair. Grosrouvre pointait les codes secrets. Se rafraîchir la mémoire ! Dans son cahier cartonné, M. Ruche retrouva ce qu'il avait naguère écrit :

> Un nombre est *premier* s'il n'admet aucun diviseur autre que 1 et lui-même. Hormis 2, tous les nombres premiers sont impairs : 3, 5, 7, 11, 13, 17, 19, 23…

Suivaient deux résultats :

> — Tout nombre entier peut être décomposé d'une façon unique en produit de facteurs premiers.
> — Si un nombre premier divise le produit *ab*, il divise ou *a* ou *b*.
> (*i.e.* un nombre premier ne peut diviser un produit sans diviser l'un des deux facteurs. Intérêt de la chose : une divisibilité en entraîne une autre.)

Claires, concises, ces notes ! Étaient-ce là les propriétés dont Grosrouvre parlait concernant le codage ?

Un bruit venant de la cour attira son attention. Nofutur voletait de façon insistante devant la baie vitrée. M. Ruche roula jusqu'à la porte et fit entrer Nofutur qui alla se poser sur le perchoir. Jamais il n'avait demandé à entrer dans la BDF.

Ne voyant pas comment il pouvait répondre à la question sur le codage, M. Ruche décida de poursuivre la lecture de la fiche. Grosrouvre citait une liste de résultats de Fermat, précédée par ce petit mot de l'auteur :

> Voilà sommairement le compte de mes rêveries sur le sujet des nombres. Je ne l'ai écrit que parce que j'appréhende que le loisir d'étendre et de mettre au long toutes ces démonstrations et ces méthodes me manquera ; en tout cas,

cette indication servira aux savants pour trouver d'eux-mêmes ce que je n'entends point.

Chaque nombre entier est soit un carré, soit une somme de deux, de trois ou de quatre carrés. Et, plus généralement, tout entier est somme de trois nombres triangulaires, de quatre carrés, de cinq pentagonaux, etc.

Un peu plus loin, Grosrouvre citait son fameux « Théorème des deux carrés ».

Les nombres premiers (sauf 2) peuvent être séparés en deux tas :

— le premier : 5, 13, 17, 29... formé des nombres dont la division par 4 donne 1 pour reste (que l'on peut noter $4k + 1$).

— le second : 3, 7, 11, 19, 23... formé des nombres dont la division par 4 donne 3 pour reste (et que l'on peut noter $4k + 3$).

Il poursuit en précisant que :

— 1. Tous les nombres du premier tas peuvent être exprimés comme somme de 2 carrés, et ne peuvent l'être que d'une seule manière,

— 2. Aucun nombre du second tas ne peut l'être.

Pour exemple, si $k = 3$, $4 \times 3 + 1 = 13$, nombre premier et $13 = 2^2 + 3^2$.

Voilà à quoi, au milieu du XVIIᵉ siècle, rêvait un conseiller au Parlement de Toulouse ! Aujourd'hui, à quoi rêvent les conseillers au Parlement européen, se demanda M. Ruche ? Rêvent-ils seulement ? La liste des résultats de Fermat concernant les nombres était impressionnante.

Puis Fermat démontra son fameux « Petit Théorème ». Si a n'est pas divisible par p, et si p est premier, $(a^{p-1} - 1)$ est divisible par p.

Il a également démontré qu'aucun triangle rectangle n'a pour aire un carré.

Fermat dut une grande partie de cette incroyable moisson de résultats à la *descente infinie*.

Un bien joli nom que ce type de raisonnement mis au point par Fermat : si on veut prouver qu'un problème n'a pas de solutions en nombres entiers, on montre que, s'il en admettait une, il en aurait une autre avec des nombres plus petits, avait écrit Grosrouvre. « D'accord, mais pourquoi est-ce une preuve ? se demanda M. Ruche. Pardi, parce qu'il n'y a qu'un nombre fini d'entiers inférieurs à un entier donné. C'est-à-dire, justement parce que la descente n'est pas infinie ! »

Soit un escalier qui démarre au rez-de-chaussée, si chaque fois que l'on se trouve sur une marche on est obligé de redescendre sur la marche précédente, il arrive un moment – le moment où l'on atteint le rez-de-chaussée – où l'on ne peut descendre plus bas. Or notre hypothèse nous contraint de descendre toujours plus bas. Contradiction ! L'hypothèse est donc fausse. Donc aucun nombre ne possède la propriété en question. CQFD. M. Ruche apprécia ce mélange subtil de raisonnement par l'absurde et de raisonnement par récurrence à rebrousse-poil.

Les fiches concernant Fermat portaient toutes un titre, ce qui n'était pas le cas pour les auteurs précédents. Peut-être était-ce dû au fait que les travaux traitant d'un même sujet étant disséminés à travers les cinq tomes des *Œuvres complètes*, Grosrouvre avait dû en effectuer lui-même la synthèse.

Le titre, écrit en gros, de la fiche suivante était :

Naissance de la conjecture de Fermat

Ça y était ! On mettait le doigt dans le nœud de vipères. M. Ruche ne s'y aventurerait pas seul. Ce qui allait suivre touchait de trop près l'un des deux problèmes que Grosrouvre avait résolus. Une réunion générale s'imposait.

La curiosité l'emporta cependant.

Tout commence par Diophante.

Un ami de Fermat, Bachet de Méziriac, ayant édité et traduit en latin les six livres des *Arithmétiques* de Diophante lui en offrit un exemplaire. Coup de foudre ! Fermat fut immédiatement passionné par le type de problèmes posés par le vieux mathématicien d'Alexandrie.

Équations diophantiennes. Elles se présentent sous la forme
$$P(x, t, z) = 0,$$
P étant un polynôme à plusieurs variables dont les coefficients sont des nombres entiers ou rationnels. Équations dont on ne recherche les solutions que parmi les nombres entiers ou rationnels (les irrationnels étant rejetés). Toute la difficulté tient dans ces restrictions.

Bien qu'en quantité infinie, les entiers sont une toute petite poignée parmi la multitude des nombres. Plus l'ensemble dans lequel on impose la recherche de solutions est restreint, moins il y a de chances d'en trouver !

Fermat annota les ouvrages page après page. Inscrivant ici des observations, griffonnant là des résultats inédits... Mais sans démonstrations !

« C'est heureux ! marmonna M. Ruche. Mais qu'est-ce qu'ils ont à gribouiller sur les livres ! ils ne peuvent pas se payer un cahier ! Voilà qui n'a pas dû beaucoup tracasser Grosrouvre, lui qui colle à tout bout de champ des croix dans la marge d'ouvrages vieux de quatre siècles. »

M. Ruche s'aperçut qu'il parlait de son ami au présent. C'est vrai que depuis un certain temps Elgar était devenu omniprésent ; vivant à ses côtés et, pour ainsi dire, lui dictant son emploi du temps jour après jour. Tant que le Poète continue de chanter le Héros, celui-ci vit encore. Mais quand cessent les odes, commencent l'oubli et la véritable mort, affirmaient les Grecs. A cette aune, jamais, depuis cinquante ans, Grosrouvre n'avait été aussi vivant.

Deux jours après avoir plaidé un procès, dont on ne sait s'il l'a gagné ou perdu, Fermat mourut. Quelque temps plus tôt, s'apercevant que ses découvertes risquaient d'être perdues, il avait demandé à ses amis mathématiciens de les rassembler – il s'agissait surtout de correspondance – afin de pouvoir les publier. Certains commencèrent, mais devant l'ampleur de la tâche s'arrêtèrent en chemin. Son fils Samuel reprit le flambeau. Il publia tout ce que son père avait écrit. Ou presque.

Les plus beaux résultats de théorie des nombres jamais réunis jusqu'alors. Samuel avait eu la bonne idée de joindre les annotations inscrites par son père dans les pages du *Diophante* de Bachet. Dans le livre II, en face du problème 8 : « Diviser un nombre carré donné en deux nombres carrés », Fermat avait inscrit dans la marge :

Il n'est pas possible de partager un cube en deux autres cubes ou un bicarré en deux autres bicarrés, et ainsi de suite, ou, en général, une puissance quelconque supérieure en deux puissances de même degré excepté pour la puissance 2.

Et il avait ajouté (toujours dans la marge !) :

J'en ai découvert une démonstration vraiment merveilleuse que la marge est trop étroite pour contenir.

M. Ruche ne put s'empêcher de penser que si Fermat n'avait pas cochonné son livre, s'il n'avait pas griffonné dans la marge, elle n'aurait pas été trop étroite ! Avec une bonne feuille de papier, il aurait eu toute la place qu'il voulait pour coucher par le menu sa démonstration. Voilà tout !

Voilà tout, quoi ? Lorsqu'il rapporta l'histoire à la famille réunie dans la salle à manger-salon après le dîner, et qu'il leur fit part de sa dernière observation, il reçut une volée de bois vert.

— S'il avait eu toute la place, il y aurait pas eu d'histoire. Pas de mystère, déclara Jonathan.

— Et qu'est-ce qu'il aurait fait votre ami, en pleine forêt ? demanda Léa.

— M. Ruche, vous le savez bien, vous, dit Perrette, les mythes naissent toujours parce que quelque chose ne fonctionne pas. Parce qu'une marge est trop étroite, qu'un fleuve est trop large, qu'un doigt est trop fin, qu'une porte est fermée, que…

Jonathan-et-Léa retinrent leur respiration, se demandant si elle allait le dire. Si elle allait dire : qu'un « regard d'égout » est ouvert. Elle n'eut pas besoin, c'était tout comme.

Léa se retourna violemment. Comme en AG, au lycée, elle lança :

— Je propose la motion suivante : Il est heureux que la marge du livre de Bachet de… de comment ?…

— de Méziriac, rappela M. Ruche d'un air pincé.

— Que la marge du livre de Bachet de Méziriac ait été trop étroite. Je passe au vote.

Si le vote avait eu lieu, voilà ce qui se serait passé : Perrette aurait levé la main. Léa aussi, Jonathan également.

Max aurait levé les deux mains, tellement il était

d'accord. M. Ruche aurait bien levé la main lui aussi, mais il ne pouvait se déjuger si vite. Il se serait abstenu. Nofutur n'aurait pas pris part au vote. Et la motion aurait été adoptée.

— Gide a écrit *La Porte étroite* et Fermat a écrit dans la marge étroite, osa Léa.

Jonathan siffla :

— Pas née dans une librairie pour rien, la Léa !

Perrette enfonça le clou :

— Donc, grâce à l'étroitesse de la marge, votre ami Grosrouvre a eu la possibilité de résoudre la conjecture de Fermat.

— Si je peux me permettre, mère, précisa Jonathan, il a eu la possibilité de croire l'avoir résolue. Ce n'est pas parce que, dans la lettre qu'il a envoyée à M. Ruche, il a affirmé l'avoir résolue, que cela prouve qu'il l'a résolue. Cela prouve seulement qu'il a cru l'avoir résolue.

Perrette plissa des yeux, le regarda intensément :

— Toi, qu'est-ce que tu voudrais ? Qu'il l'ait résolue ou non ?

Tout le monde se tut, les yeux fixés sur Jonathan. Il faisait face à Perrette :

— Je voudrais qu'il ne l'ait pas résolue.

M. Ruche ouvrit la bouche. Aucun son ne sortit. Puis, difficilement :

— Mais pourquoi, pourquoi, mon petit ?

C'est Léa qui répondit :

— Parce qu'il n'avait qu'à rendre public son travail. On aurait su et basta !

— Eh bien moi, c'est le contraire. J'aimerais qu'il l'ait résolue, dit Perrette d'une voix froide.

Dans un silence glacial, Jonathan déclara gravement :

— Que vous le vouliez ou non, c'est son secret qui a entraîné sa mort.

M. Ruche resta interdit.

– Mais… (C'était Max.) … si Grosrouvre n'avait pas gardé secrètes ses démonstrations, eh bien… il n'y aurait pas d'histoire ! C'est la même chose que ce que vous avez raconté tout à l'heure sur les mythes, non ?

Max passait dans le camp de Perrette.

« Et puis, ajouta-t-il, on ne doit pas toujours tout savoir.

Max n'avait rien loupé de ce qui s'était dit. Comme d'habitude, quand la discussion devenait grave, il se mettait dans un état d'extrême attention. Plus que d'attention, de réception. Par tous ses sens, il enregistrait tout ce qui s'échangeait, percevant comme personne les intensités, les charges émotionnelles que souvent cachaient les mots et qui s'échappaient, à leur corps défendant, des interlocuteurs.

Pour lui, les sons étaient des sortes d'icebergs, ce que l'on entendait n'en était que la partie émergée. La plus grande part de la charge du mot était inaudible et n'était pas du ressort de l'audition. Le corps entier devant participer de cette réception et capter ce qui avait échappé à l'oreille. M. Ruche avait parfois décelé cette étonnante aptitude de Max. C'était pour cette raison qu'il l'avait nommé Max l'Éolien. Car il le devinait sensible à tous les vents, à toutes les ondes.

C'est pourquoi les derniers mots de Max étaient poignants. Lui qui était capable de tout ressentir venait de déclarer qu'il refusait de tout savoir.

Puis il ajouta :

« De toute manière, il faut bien mourir de quelque chose. (Son regard brilla d'un éclat insensé.) Il est mort de maths. C'est ce qui pouvait lui arriver de mieux.

Ils le regardèrent, abasourdis.

Il ne s'arrêta pas là :

« Pour tout vous dire, pendant longtemps je me suis

demandé si Grosrouvre existait vraiment, s'il n'était pas une invention de M. Ruche.

— Mais qu'est-ce qu'il leur arrive aujourd'hui ? pensa M. Ruche, affolé.

— Qui aurait écrit les lettres, alors ? interrogea Perrette.

— La première, j'ai cru que c'était M. Ruche lui-même qui se l'était envoyée. En fait, qui nous l'envoyait. Que c'était la façon qu'il avait trouvée de nous parler de lui. Parce que jusqu'à cette lettre, je ne savais rien de vous, M. Ruche. Et je ne vous avais jamais rien demandé d'ailleurs. Maintenant… c'est différent, la Résistance, la Sorbonne, votre ami…

— Et la Bibliothèque de la Forêt ? demanda Perrette.

— C'est elle qui m'a fait changer d'avis. Quand elle a débarqué et que j'ai vu tous ces livres, je n'ai plus eu de doute. Je vais souvent aux Puces, je sais bien ce que coûtent des livres comme ceux-là. Ce sont des trésors. M. Ruche n'aurait pas eu assez d'argent pour s'acheter ne serait-ce que la moitié du plus petit rayonnage.

— Je suis un pauvre, c'est cela ? demanda M. Ruche.

— Pas un pauvre. Mais pas un riche comme votre ami.

— Bon. Maintenant que Max est convaincu que Grosrouvre existe, si on revenait à Fermat ? proposa Perrette. Cela s'est passé à quelle époque ?

M. Ruche ne savait plus où il en était :

— Quand ? euh, attendez. (Il feuilleta nerveusement son cahier.) Mais, nom de Dieu, où est-ce que j'ai fourré ça ? C'était dans les années 1650.

— Eh bien, reprit Perrette. Depuis plus de trois siècles, à cause d'une marge étroite, il y a un mythe de Fermat, et depuis six mois, à cause d'un secret décidé au fond d'une forêt, il y a un mythe de Grosrouvre.

— Chacun son mythe, s'écria Max, joyeux, comme s'il était délivré. N'est-ce pas, Nofutur. C'est quoi, le tien ?

Nofutur poussa une série de cris rauques. Mais là, il

parla uniquement en perroquet. Personne ne comprit rien. Puis il but une grande goulée d'eau. Comme pour se gargariser.

Revenant à la conjecture, Perrette fit remarquer qu'une fois encore il s'agissait d'un résultat affirmant une impossibilité :

– Si j'ai bien compris, ce que soutenait Fermat, c'est ON NE PEUT PAS !

– En effet, confirma M. Ruche.

– Maintenant qu'on a eu Viète, Descartes et *tutti quanti*, on a peut-être le droit d'écrire la conjecture comme on l'écrirait aujourd'hui, glissa Léa.

– On ne peut pas quoi ? insista Perrette.

Léa l'écrivit sur un bout de papier qui traînait et l'entoura.

ON NE PEUT PAS trouver quatre entiers x, y, z, et n avec x, y, z, différents de 0, et n supérieur à 2, tels que :

$$x^n + y^n = z^n$$

– Ou plus élégamment, souffla Jonathan : « On ne peut pas décomposer une puissance en somme de deux mêmes puissances, sauf pour les carrés. C'est tout simple ! »

– Alors, vas-y !

– Je veux dire, tout simple à dire ! Trop simple. Cette simplicité est suspecte, jugea Jonathan en se levant brusquement. J'ai besoin d'aller faire prendre l'air à mes neurones.

Comme si la cloche de la récréation s'était mise à sonner, tout le monde se leva d'un coup. L'atelier se vida.

– Ne tardez pas, M. Ruche, on va bientôt manger, lui lança Perrette en refermant la porte.

Une question tarabustait M. Ruche. Pourquoi, dans l'équation de Fermat, ce qui était vrai jusqu'à 2 cessait brusquement de l'être pour ne plus jamais l'être après ? C'est bien ce qu'affirmait l'énoncé de la conjecture.

Pourquoi cette discontinuité ? Pourquoi l'eau gèle-t-elle exactement à 0 degré et bout-elle à 100 ? M. Ruche ne se plaignait nullement qu'il existât des seuils. Au contraire. Une nature continue, allant son petit bonhomme de chemin sans rupture ni discontinuité, sans saut, sans changements brusques, quel monde mou ce serait ! Un monde dans lequel chaque phénomène évoluerait douillettement. Une nature pépère... Beuh !

Pourquoi à un moment donné, ce qui était possible ne l'est plus ? Pourquoi, à un endroit précis, ce qui valait en deçà ne vaut plus au-delà ? Pourquoi, tout à coup, la frontière se dresse ici, entre le possible et l'impossible ?

Et pour la conjecture de Fermat, ce fossé entre 2 et 3 ! M. Ruche espérait bien qu'on lui fournirait la réponse. Parce que, pour tout dire, la façon dont les mathématiciens s'y étaient pris, il savait bien qu'il ne pourrait pas la comprendre. Peut-être, dans sa démonstration, Grosrouvre avait-il répondu à la question. M. Ruche s'aperçut que c'était la première fois qu'il ressentait un intérêt réel pour le contenu même du travail de Grosrouvre. Et tout avait commencé par Diophante.

Diophante, dont on ne savait rien sauf... l'âge auquel il est mort. C'est en rangeant les *Œuvres complètes* de Fermat qu'il apprit cela. Par une fiche qui se trouvait dans le tome I et qui lui avait échappé à la première lecture, Grosrouvre l'ayant exceptionnellement placée au début de l'ouvrage et non à la fin comme à son habitude. Il s'agissait de l'épitaphe de Diophante, tirée de l'*Anthologie palatine* de Métrodore :

« Passant, sous ce tombeau repose Diophante.

Oh, grand prodige, la science te donnera la mesure de sa vie. Écoute. Dieu lui accorda d'être jeune pendant la sixième partie de sa vie. Un douzième en plus et il lui fit pousser une barbe noire. Puis, après un septième, ce fut le jour de son mariage. Et de ce mariage lui naquit un enfant la cinquième année.

Ah, hélas, pauvre jeune fils : il connut le froid de la mort après avoir vécu seulement la moitié de l'âge de son père. Mais, après quatre années, celui-ci, trouvant à son tour une consolation à son affliction, atteignit avec cette sagesse le terme de sa vie. Combien sa vie dura-t-elle ? »

Le verso de la fiche était vierge. Du Grosrouvre craché ! Il n'avait évidemment pas donné la réponse. « Eh bien, on va voir ! On va voir si, après six mois de travail acharné, je ne suis pas capable de calculer ça ! Voyons voir ! » Tous ces mots étaient là pour masquer la nervosité de M. Ruche qui craignait justement de ne pas être capable de résoudre cette énigme arithmétique.

« C'est une équation. A une inconnue. Nommer la chose, a dit al-Khwārizmī. L'inconnue, comme toujours dans la vie, c'est la durée de la vie. Ici, celle de Diophante. Appelons-la petit v, pour faire comme Descartes qui demande de réserver les dernières minuscules latines pour les inconnues.

Que sait-on d'elle ? Que comme toute vie, elle est partagée en tranches qui, ajoutées les unes aux autres, font la vie même.

– Sa tendre jeunesse dura un sixième de sa vie : $v/6$

– il lui fallut attendre un douzième de plus pour voir pousser sa barbe noire : $+ v/12$

– et un septième pour se marier : $+ v/7$

– et cinq ans encore pour voir naître son enfant : $+ 5$

– et la moitié de sa propre vie pour le voir mourir :
+ $v/2$

– et attendre 4 années de plus pour mourir lui-même
+ 4

M. Ruche s'appliqua et écrivit :

$$v = \frac{v}{6} + \frac{v}{12} + \frac{v}{7} + 5 + \frac{v}{2} + 4$$

Qu'est-ce qu'il lui prenait ! C'était stupide. Il n'allait pas se taper tous les exercices et tous les problèmes liés à Diophante ! 189 dans les six livres de Régiomontanus ! Dieu sait combien dans les quatre retrouvés en Iran…

Max ouvrit la porte. Nofutur était avec lui.

M. Ruche n'était pas bien. Cela ne pouvait échapper à Max, qui lui demanda ce qu'il avait.

– Je lis dans le marc de café.

– Qu'est-ce que vous cherchez ? Je peux ?

– Oh, regarde autant que tu veux.

Max se pencha, vit l'équation, sourit :

– v, c'est quoi ?

– C'est une vie.

– Bon. Alors, c'est positif.

Il était admirable.

Comprenant que M. Ruche s'était mépris sur sa demande, il précisa :

« Je veux dire, c'est un nombre positif. Une vie en nombre d'années négatif, ce serait une vie en sous-sol, une vie en parkings souterrains. Eh bien, je vous laisse.

– Non Max, tu ne peux pas me faire cela !

– J'étais simplement venu vous dire que c'est l'heure du dîner. Et vous me prenez en otage. (Il regarda à nouveau la feuille.) Écoutez, M. Ruche : somme de fractions, réduction au même dénominateur, simplification. La routine, quoi.

Et il l'abandonna.

— On vit seul, on meurt seul, on calcule seul.

Après simplification, M. Ruche trouva…

— M. Ruche ! Du haut du balcon de la salle à manger salon, Perrette l'appelait. La soupe était servie.

Il fourra le papier des calculs dans la poche de son veston, jeta un regard pour la dernière fois sur la rose des vents qui lui avait permis de s'orienter dans ces nouveaux mondes mathématiques. Après s'être assuré que le voyage avait bien été accompli dans les quatre directions, il quitta l'atelier.

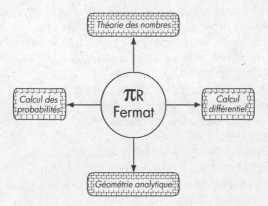

Bien après la soupe, à la fin du repas, alors que tous étaient silencieux, pour une fois, Léa lança à M. Ruche :

— J'ai trouvé quelque chose pour vous.

M. Ruche, étonné de ne pas entendre la suite, leva la tête, intrigué. Léa faisait des signes à Nofutur qui se dressa d'un coup. Il avait oublié ! Voilà qui ne lui arrivait guère.

Nofutur se reprit et lâcha d'une traite :

— « On peut voir trois principaux objets dans l'étude de la vérité : l'un, de la découvrir, quand on la cherche, l'autre, de la démontrer, quand on la possède, le dernier, de la discerner d'avec le faux quand on l'examine. »

M. Ruche bondit :

— Pascal ! *De l'esprit de géométrie et de l'art de persuader.*

— Bravo ! s'écrièrent Perrette et Jonathan-et-Léa sincèrement admiratifs.

M. Ruche fit le modeste.

— La culture, voyez-vous, c'est ce dont on se souvient quand on a tout oublié. Ah, si j'avais voulu, je serais devenu…

Il leva son bras vers le ciel. Les enfants le regardèrent, il laissa retomber son bras sur ses genoux :

« Je serais devenu… exactement ce que je suis devenu.

— Je n'aurais pas aimé que vous soyez autrement, déclara Max presque sèchement.

— Vas-y, Nofutur, la phrase, encore une fois ! commanda Léa.

Nofutur la regarda gravement. Puis, digne, avec une voix basse :

— Je ne répète pas, je ne récite pas. Je raconte.

Tournant le dos à l'assistance, il voleta jusqu'à son perchoir et se mit à croquer les graines de niger et de chènevis qui emplissaient sa mangeoire.

Léa répéta la phrase et fit part à l'assemblée de son analyse.

— Le premier principe est, pour nous, ici : découvrir la vérité quand on la cherche. Le second est pour Grosrouvre. En s'attaquant aux conjectures, c'est précisément ce qu'il voulait faire : démontrer une vérité, quand on la possède. S'il n'a pas mieux réussi que nous !

Après le dîner, M. Ruche regagna rapidement la chambre-garage. Otant son veston pour enfiler sa robe de chambre, et se faisant les poches comme à son habitude, il tomba sur le papier griffonné. Il ne serait pas dit qu'il ne viendrait pas à bout d'un calcul « de routine », comme l'avait dédaigneusement nommé Max.

C'était reparti ! Durée de la vie de Diophante ? Autrement dit, quel âge avait-il quand il est mort ? Après simplification, M. Ruche était arrivé à :

$$v = \frac{75v}{84} + 9 = \frac{25v}{28} + 9.$$

Donc, $v - \frac{25v}{28} = 9.$

Donc $\frac{28v}{28} - \frac{25v}{28} = 9.$

Donc $\frac{3v}{28} = 9.$ Donc $v = 28 \times \frac{9}{3}.$

Il commença à écrire. « Ah, non, ça ne va pas recommencer ! » Il se débarrassa de sa robe de chambre, remit son veston, enfila un manteau, se fourra un chapeau sur la tête et quitta la chambre-garage. Il descendit la rue Ravignan sur les chapeaux de roues. Heureusement, il n'y avait personne sur les trottoirs.

Il entra dans le café de la rue des Abbesses qui restait ouvert tard la nuit. Un monde fou, un bruit fou, une fumée folle ! On lui fit une place. Il commanda une bière, puis une autre, coup sur coup. Il déplia la feuille des calculs qu'il avait rageusement mise en boule. Épousant les plis du papier, la solution était là :

$$v = 28 \times \frac{9}{3} = \mathbf{84}$$

Diophante aussi ! Comme al-Khayyām, et comme Gros-rouvre, mort à 84 ans. Un âge butoir, en quelque sorte. Il commanda quelques autres bières.

Avec les jeunes gens à la table desquels il était assis, il chanta. A la stupéfaction des assistants, entre deux longues rasades, il s'écria : « Ils veulent ma mort, ils ne m'auront pas vivant ! » Et cela le fit rire.

Il ne sut pas comment, tard dans la nuit, il réussit à remonter la dure pente de la rue Ravignan et à regagner sa chambre-garage. Il plongea tout habillé dans son lit à baldaquin et, protégé par le dais épais et les lourds rideaux de velours, il rêva qu'il était saoul.

Euler, l'homme qui voyait les maths

GDB. Gueule de bois !

Grâce à son mal de tête, M. Ruche, en se réveillant, s'aperçut qu'il n'était pas mort. Mais il fut incapable de se conduire en bon pythagoricien. Un bon pythagoricien ne se levant jamais avant de s'être remis en mémoire tous les événements vécus la veille.

M. Ruche ne se souvint de rien.

Au début de l'après-midi, tandis qu'il somnolait dans la chambre-garage, il entendit un bruit bizarre semblant provenir de l'appartement. Immédiatement après, il perçut les braillements de Nofutur. Puis plus rien. Puis des bruits de pas. Puis plus rien.

Cela ne pouvait pas être Perrette. Le lundi, elle fermait le magasin jusqu'à cinq heures pour aller faire un tour dans les librairies du Quartier latin et s'informer des dernières parutions. Elle étudiait les vitrines afin de voir les ouvrages mis en avant par ses confrères, écoutant les conversations, guettant les réactions des clients ; cela lui donnait des idées pour établir sa commande auprès des représentants.

Les livres, mon Dieu ! M. Ruche se jeta dans son fauteuil. La Bibliothèque de la Forêt ! Les bruits, c'était cela. Il ne fermait jamais les ateliers à clef. À quoi bon ? les cambrioleurs savent parfaitement bien crocheter les serrures. Il aurait au moins dû faire installer une alarme, comme n'importe qui… Fonçant à travers la cour, il ne quittait pas des yeux la porte de l'atelier. Grosrouvre lui avait confié des trésors et il se les faisait voler. M. Ruche maudissait sa négligence. La roue de son fauteuil accrocha la grille de la fontaine. Il faillit verser. Il poussa la porte. Elle était fermée ! Cela ne prouvait rien ; le voleur l'avait refermée en quittant les lieux. M. Ruche tourna le loquet, entra en trombe. Quelle catastrophe ! Il regarda partout… il n'y avait pas de catastrophe. Aucun vide dans les rayonnages. La pièce était dans l'état où il l'avait laissée avant sa soirée arrosée. Personne apparemment ne s'y était introduit. Alors ? Sur le point d'ouvrir la porte de la BDF, le cambrioleur, surpris par les vociférations de Nofutur, se serait enfui. Nofutur ? C'est alors que M. Ruche se souvint que le bruit ne venait pas des ateliers mais de l'appartement.

« Nofutur » appela M. Ruche. Pour aller plus vite, il n'abaissa pas la barrière de protection du monte-Ruche. Dieu, que cette machine est lente ! La porte de l'appartement était grande ouverte ! Il se dégageait une insupportable odeur chimique. Il recula, et depuis le pas de la porte appela Nofutur à plusieurs reprises. M. Ruche plaqua un mouchoir sur sa bouche et entra. Il vit le perchoir renversé ; puis les graines éparpillées et l'eau répandue sur le carrelage. Juste à côté, trois plumes arrachées. Nofutur venait d'être enlevé ! Ceux qui avaient fait le coup avaient choisi sciemment le jour où Perrette était absente. Ils étaient bien renseignés

Lorsque Perrette pénétra dans la salle à manger-salon, l'odeur ne s'était pas complètement dissipée. Du chloroforme ! Nofutur avait été anesthésié. Il s'était tout de même débattu comme un beau diable ; les plumes sur le carrelage témoignaient de sa résistance.

Perrette les ramassa, songeuse, les posa sur la table,

releva le perchoir, balaya les graines, passa la serpillière. Un tour complet dans la pièce lui permit d'affirmer que rien n'avait été emporté. Ils en voulaient uniquement au perroquet.

M. Ruche, qui n'avait pas dit un mot depuis l'arrivée de Perrette, lui demanda de ne pas laisser les plumes sur la table.

– Les jeter ? s'étonna Perrette. Il y a sûrement des empreintes qui permettront à la police de retrouver les voleurs.

Elle ne savait pas si elle devait dire voleurs ou ravisseurs.

– Max va bientôt rentrer de l'école, il vaut mieux qu'il ne voie pas les plumes.

– Évidemment. Mais qu'avez-vous, M. Ruche ?

Tassé dans son fauteuil, le visage blême, il semblait abattu. Bien sûr, il s'était attaché à Nofutur. Au cours des séances dans l'atelier, une réelle complicité était née entre eux. M. Ruche n'avait jamais rencontré animal aussi… aussi intelligent. Intelligent et attachant. Mais ce qui l'atteignait profondément, c'est de n'avoir rien pu faire pour empêcher l'enlèvement. Des gens s'introduisent dans ma maison, enlèvent un perroquet, juste au-dessus de mon lit et je ne peux rien faire pour m'y opposer. S'ils étaient si bien renseignés sur l'absence de Perrette, ils devaient l'être tout autant sur mon état. « Aucun risque, le vieux ne pourra pas s'y opposer, il est… » Non, il ne dira jamais « impotent ». Ce mot est atroce. Invalide, paralytique, estropié, tout ce que vous voulez, mais pas impotent. Lorsqu'un homme ne peut plus défendre sa maison contre des agresseurs, il n'est plus rien.

– Heureusement que vous n'avez pas pu arriver à temps, s'écria Perrette. Ces gens sont déterminés. Vous auriez reçu un mauvais coup. Et maintenant, il faudrait que je m'occupe de vous. Avec tout ce que j'ai à faire…

Max montait l'escalier en courant. M. Ruche eut juste le temps de crier :

– Perrette, les plumes !

Perrette les fourra dans sa poche au moment où Max pénétrait dans la pièce. Découvrant Perrette et M. Ruche :

– La librairie est fermée. Il est arrivé quelque chose.

Et il aperçut le perchoir :

« Où est Nofutur ?

Perrette lui raconta.

– Les salauds ! (Ses petits yeux anthracite brillaient de colère.) J'espère qu'ils ne lui ont pas fait de mal. Sinon…

Il y avait une telle menace dans son regard que Perrette en fut effrayée.

– C'est eux qui ont fait le coup ! murmura-t-il pour lui.

– Qui ?

– La bande de trafiquants d'animaux !

– Quelle bande ?

– Celle des Puces, m'man. Tu n'as pas oublié, non, comment Nofutur est arrivé ici.

– Ça fait plusieurs mois, Max. Comment auraient-ils pu te retrouver ?

Max leur raconta sa virée quai de la Mégisserie et les informa de l'attitude de la vendeuse.

– Ils t'auraient suivi jusqu'ici, alors ? Mais pourquoi avoir attendu si longtemps pour intervenir ? Quel acharnement, tout de même ! s'écria-t-elle. (Puis, avec un petit sourire :) Faut-il qu'il soit précieux, ton perroquet, pour qu'ils se donnent tant de mal..

– Je suis sûr qu'ils ne m'ont pas suivi, affirma Max. J'ai fait attention.

– Alors comment ont-ils pu remonter jusqu'ici ? Non, c'est le seul moyen.

– Je te dis que personne ne m'a suivi. Si je te le dis, tu dois le croire.

Il avait l'air parfaitement sûr de lui. Après quelques instants, il ajouta :

« C'est bien cela le problème. Ils ne m'ont pas suivi et ils ont retrouvé la trace de Nofutur. Je ne comprends pas comment ils ont fait.

Malgré tout, Perrette pensa qu'en se rendant à l'oisellerie Max avait involontairement renoué le fil entre les types des Puces et Nofutur.

– Je vais avertir la police.

Max bondit :

– Non, m'man, surtout pas !

Il leur rapporta ce qu'il avait appris concernant les certificats obligatoires, certificat de vente et certificat médical, l'obligation de la quarantaine, les vaccinations.

« Si on va à la police, on aura des ennuis. Lorsqu'on retrouvera Nofutur, ils nous le prendront. Sur l'affiche, c'était clair : l'oiseau introduit en fraude sera confisqué et mis en quarantaine. Si on le retrouve pour le reperdre !

– Qu'en pensez-vous, M Ruche ?

– Je suis d'accord avec Max. Le plus urgent, c'est l'oisellerie. Il faut retrouver cette vendeuse.

– J'irai demain.

– Le plus vite sera le mieux, conseilla M. Ruche.

– Je ne peux pas laisser la librairie fermée tout l'après-midi.

Elle hésita, puis :

« Vous avez raison. Je vais mettre un écriteau pour avertir les clients.

– C'est cela, dit M. Ruche, vous allez accrocher une pancarte sur laquelle vous écrirez :

> *La librairie est fermée pour*
> *cause de rapt de perroquet !*

– On laissera le magasin fermé, sans rien mettre sur la porte, annonça Perrette.

– Pourquoi fermé ? Pendant que vous serez à l'oisellerie, je tiendrai la librairie.

– Mais… cela fait dix ans que…

– Vous voulez dire que je ne saurais pas ? Peut-être avez-vous oublié que j'ai tenu cette librairie pendant plus de trente-cinq ans.

Perrette refusa que Max l'accompagne. La dernière fois qu'elle était allée quai de la Mégisserie, c'était avec les jumeaux ; ils avaient dans les sept-huit ans.

Après un premier tour dans l'oisellerie, elle n'était pas parvenue à identifier la vendeuse décrite par Max. Elle demanda à voir le propriétaire du magasin. En l'attendant, elle pensa à M. Ruche, elle aurait voulu être là-bas, l'observer. Avait-il immédiatement retrouvé ses habitudes, ou bien avait-il eu le sentiment qu'elle lui avait changé entièrement sa librairie ?

– Madame, est-ce vous qui m'avez fait demander ? Je suis assez pressé.

Le propriétaire n'avait pas l'air commode. Perrette lui fit la description de la vendeuse.

– Ah, oui Anna. Anna Giletti. Elle nous a quittés la semaine dernière ; elle n'est restée que quelques mois. Une fille très bien, très sérieuse. C'est elle qui a voulu partir, je l'aurais bien gardée. Vous êtes une de ses amies ? de la famille, alors ?

Le propriétaire refusa de lui communiquer l'adresse d'Anna Giletti. Perrette dut lui expliquer les raisons de sa demande. Elle lui raconta la visite de Max à l'oisellerie, la conduite de la vendeuse. Mais lui cacha l'enlèvement de Nofutur. Pour finir, elle lui déclara qu'elle soupçonnait la jeune fille d'être mêlée à un trafic d'animaux.

– Un trafic ? Ici ? (Le propriétaire se figea.) Oseriez-vous insinuer, madame, que dans notre magasin…

– Pas du tout, monsieur, je…

– Vos propos sont offensants. Sachez, madame, que notre oisellerie existe depuis plus d'un siècle. Et à ce même emplacement, quai de la Mégisserie. Nous sommes une maison connue et honnête.

Sachez également que les animaleries, je veux dire celles qui ont pignon sur rue, sont régulièrement contrôlées. Je ne dirais pas la même chose pour tous les lieux. Les services de la préfecture sont devenus extrêmement sévères au sujet des vaccinations à cause des maladies exotiques. Les certificats d'importation de nos animaux sont régulièrement visés. (Puis, changeant de ton :) Depuis quelques années, un important trafic s'est développé à Paris. Cela nous fait le plus grand tort. Oh, on sait bien où cela se passe.

Elle le regarda, le poussant à aller plus loin.

– Aux Puces, madame, cela se passe aux Puces !

Tout se recoupait. Max avait vu juste.

Il lui demanda de la suivre dans son bureau. Il sortit un dossier où étaient rangées des coupures de journaux. La première relatait une opération de police connue sous le nom de code Oscar (O, comme oiseau). La seconde coupure décrivait l'opération Roméo, à l'issue de laquelle cinq trafiquants avaient été interpellés. Une troisième rapportait l'opération baptisée PM, comme Puces de Montreuil ; la plus importante descente effectuée par les services de police de la capitale. 499 animaux, précisait l'article, avaient été récupérés, des tarins, des aulnes, des perruches à croupion rouge, des tortues de Floride. Mais pas de perroquet.

Le propriétaire rangea soigneusement le dossier. Puis, sortant un répertoire, il le feuilleta et tendit un post-it à Perrette :

– Voilà votre adresse.

Perrette s'y rendit sur-le-champ. Évidemment, l'adresse était fausse. Pas d'Anna Giletti ! Ce qui la confortait dans ses soupçons : c'est en suivant Max que les ravisseurs – elle disait ravisseurs, à présent – étaient remontés jusqu'à la rue Ravignan.

Max s'enferma dans sa minuscule chambre. Une fois déjà, il avait sauvé Nofutur des pattes de ces deux types. S'il avait été à la maison quand ils avaient débarqué là, il se serait battu pour le protéger. Il s'en voulait d'être allé à l'école. Il ne pouvait tout de même pas l'amener avec lui en classe. Il y a des chiens d'aveugle, pourquoi pas des perroquets de sourds ?

Ce serait une erreur d'interrompre le travail entrepris depuis plus de six mois. Nofutur avait été l'un des acteurs les plus actifs de l'enquête, c'est sûr qu'il manquerait, mais le travail devait continuer. La disparition d'un inspecteur ne doit pas faire cesser les recherches de l'équipe. M. Ruche espérait que tout le monde, rue Ravignan, serait de son avis.

Après Pierre Fermat, le nom suivant sur la liste de Grosrouvre était Euler. Léonard, sans « h », c'est Vinci, avec, c'est Euler. Leonhard Euler, né à Bâle en 1707.

Coup sur coup, M. Ruche venait d'avoir à faire à deux philosophes mathématiciens considérables. Descartes, Leibniz. De tous les philosophes occidentaux modernes, Leibniz fut le plus grand mathématicien ; de tous les mathématiciens occidentaux, il fut le plus grand philosophe. Avec Euler, c'était tout différent. M. Ruche n'en avait, philosophiquement parlant, jamais entendu parler. Pour pénétrer dans Euler, M. Ruche décida d'utiliser un sas : un dictionnaire de mathématiques. Juste après Euclide, il y avait Euler. A l'importance de l'espace qui lui était consacré, le second ne faisait pas pâle figure aux côtés du premier. Huit pages !

Grosrouvre avait fait fort. Fermat pour le XVIIe, Euler pour le XVIIIe ! Deux monuments s'élevant chacun dans son siècle, et si Fermat était une rose des vents indiquant quatre directions, que dire d'Euler, qui semblait les indiquer toutes ? Comme si rien de ce qui se faisait en mathématiques à son époque ne lui avait échappé.

Une chose était sûre, de tous les mathématiciens, il était de loin le plus grand fournisseur d'« appellations contrôlées », offrant son nom à une liste impressionnante : formules, théorèmes, méthodes, critères, relations, équations…

En géométrie, cercle, droite et points d'Euler concernant les triangles, relation d'Euler concernant le cercle circonscrit à un triangle. En théorie des nombres, critère d'Euler, indicateur d'Euler, identité d'Euler, conjecture d'Euler – « lui aussi ! ». En mécanique, angles d'Euler. En analyse, constante d'Euler. En logique, diagramme d'Euler. En théorie des graphes, relation d'Euler, à nouveau. En algèbre, méthode d'Euler, concernant la résolution de l'équation du 4e degré. En calcul différentiel, méthode d'Euler concernant les équations différentielles. La tête lui tournait. Il irait jusqu'au bout. Équation d'Euler d'une droite sous forme normale, et celle (qu'il partage avec Lagrange) concernant le calcul des variations. Caractéristique d'Euler (qu'il partage avec Poincaré) concernant les polyèdres, les graphes, les surfaces, les variétés différentielles. Relation d'Euler, à nouveau, pour les graphes, et celle pour les triangles. Transformation d'Euler, concernant les dérivées partielles et celle concernant les suites. Plus le problème des 36 officiers d'Euler. Et une foule de théorèmes concernant les nombres parfaits, la généralisation de la formule du binôme, les graphes connexes. Plus celui sur les polyèdres, qui fonde la topologie. Sans oublier une tripotée de formules. Voilà pour les substantifs.

Puis il y avait les adjectifs.

Masculin singulier : le cycle eulérien et le graphe eulérien.

Féminin singulier : la fonction eulérienne de première espèce ou fonction *bêta*, et celle de deuxième espèce, fonction *gamma*. Sans oublier la chaîne eulérienne d'un graphe sans boucles. Masculin pluriel : les nombres eulériens (différents des nombres d'Euler) en combinatoire, et les développements eulériens, pour les sinus et les cotangentes de nombres complexes !

Et dire que chacun de ces noms recouvrait une méthode originale, un résultat nouveau, un concept neuf !

La plupart des mots lui étaient inconnus. Bien sûr, il ne comprenait pas ce qu'ils recouvraient. Qu'est-ce qu'une variété, une chaîne, un graphe ? Mais quel plaisir d'en retrouver d'autres découverts ces derniers temps : nombre complexe, cercle circonscrit, équation algébrique, binôme, polyèdre, équation différentielle. Une chose était sûre, ce périple dans les mathématiques avait enrichi son vocabulaire.

Et puis cette information, qui eut le mérite de replacer M. Ruche en terrain familier : Euler, « roi des nombres amiables ». Alors que ses prédécesseurs s'étaient contentés d'en exhumer deux ou trois couples tout au plus, lui en découvrit plus de soixante !

Encore sous le coup des huit pages du dictionnaire, M. Ruche fit glisser son fauteuil vers les rayonnages de la BDF. Section 3. Là, Euler n'était pas à côté d'Euclide, mais de Descartes. Non ! Ce n'est pas possible ! Le fauteuil roulait, roulait, roulait le long du meuble. 75 volumes ! 45 000 pages de mathématiques pensées et écrites par une seule personne ! A lui seul, Leonhard Euler était une presque bibliothèque.

A cela, il fallait ajouter sa correspondance. 4 000 lettres !
Et moi qui fait tout ce foin pour deux lettres reçues d'un
ami disparu.

Les *Œuvres complètes* avaient été publiées pour le bicen-
tenaire de sa mort en 1983. Preuve s'il en était besoin que
Grosrouvre se tenait au courant des dernières publications.
Un sentiment d'accablement submergea M. Ruche. Lui
qui, la veille, n'avait pas été capable de s'opposer au viol
de sa demeure et au vol d'un perroquet auquel il était en
train de s'attacher, était sommé d'affronter un tel monument. Lassitude. A quoi bon ? Oui, à quoi cela rimait-il ?
Pourquoi suivre à la lettre le « programme » de Grosrouvre ? D'un coup tout chavira, tout sembla absurde.
Arrêter, cesser cet enfantillage. Je n'ai plus l'âge à ça ! La
dernière phrase le fit sursauter. C'était tout le contraire : il
n'avait plus l'âge qu'à ça !

La parenthèse refermée, il fallait commencer. Par où
commencer ? Au milieu de la page sur laquelle il s'était
arrêté, une formule attira son regard par son élégance
sobre :

$$\frac{\pi^2}{6} = 1 + \frac{1}{4} + \frac{1}{9} + \frac{1}{16} + \cdots + \frac{1}{n^2} + \cdots$$

M. Ruche essaya de la dire en français : le sixième du
carré de π est égal à la somme… des inverses… des carrés des différents nombres entiers. « Tu vois que tu peux,
se dit-il, fier d'avoir réussi du premier coup ce qu'il
n'était pas loin de considérer comme un exploit : dire
avec des mots une formule écrite, justement, sans. »
C'est-à-dire la décrypter et mettre à jour ce qu'elle voulait exprimer. Le carré de π… Ça y est ! Il avait trouvé
où aller. Cela ferait du bien à Max de sortir un peu.

S'arrêter en haut ou en bas ? En haut, c'était l'Arc de triomphe de l'Étoile. En bas, la place de la Concorde. Entre, les Champs-Élysées. Ils optèrent pour le bas, c'était plus près. Arrivés à la Concorde, Max et M. Ruche remontèrent la « plus belle avenue du monde ».

Parvenus à la hauteur du Grand Palais, avec sa nef immense qui, paraît-il, était en train de sombrer, M. Ruche expliqua à Max ce qu'il avait lu dans les journaux à ce propos. Le palais avait été construit pour la grande Exposition universelle de 1900. Le terrain descendait en pente douce depuis les Champs-Élysées jusqu'à la Seine. Il avait fallu remblayer. Au lieu de combler avec de la terre, on avait utilisé des poteaux de chênes. Plusieurs milliers avaient été enterrés.

Quatre-vingts ans avaient passé. Le Grand Palais s'était mis à pencher vers la Seine. On chercha la cause. Le bois s'était asséché, et il s'était asséché parce que l'eau de la Seine qui humidifiait les troncs ne parvenait plus jusqu'à eux. Et elle ne parvenait plus jusqu'à eux parce que les voies sur berges construites par la suite faisaient un barrage étanche. Max marchait à côté de M. Ruche. Ils étaient arrivés.

– C'était en 1937, raconta M. Ruche.

Les rues de Paris étaient encore pleines du bruit des grandes manifestations du Front populaire. Les gens n'en revenaient pas d'être partis, à la campagne, à la montagne, à la mer, n'importe où. D'être partis, tout simplement. On ne disait pas « vacances », c'était un mot de riches, mais « congés payés ». Le mot magique, il mettait les choses cul par-dessus tête. Avant, quand un patron disait à un ouvrier : « Je te donne ton congé », c'était pour lui apprendre qu'il le foutait à la porte. Et maintenant, non seulement le patron était obligé de te donner ton congé pour que tu te reposes, mais en plus il était obligé de te le payer !

Pendant tout l'hiver, je me souviens, les gens que je croisais, dans la rue, le métro ou dans le bus, avaient une drôle de tête. Ils attendaient le mois d'août pour repartir.

Au début de l'été 37, la Grande Expo s'est ouverte tout le long de la Seine. Tour Eiffel, Champ-de-Mars, jardins des Champs-Élysées, palais du Trocadéro, Petit Palais, Grand Palais.

Un peu partout dans Paris, ils avaient construit des musées. Cinq d'un coup ! Les Arts et Traditions populaires, la Marine, les Monuments français, et les deux derniers où j'étais tout le temps fourré, le musée de l'Homme, et le musée d'Art Moderne.

L'année universitaire était terminée. Un matin, au petit déjeuner, Grosrouvre m'a tendu un véritable traquenard. Il m'a quasiment traîné avec lui. Dès qu'on est arrivés, il m'a fait remarquer que le hall n'était pas circulaire. Le fauteuil de M. Ruche glissait sur la mosaïque – classée monument historique ! – du gigantesque hall elliptique du palais de la Découverte, l'une des attractions de l'Expo internationale de 1937, but du voyage de M. Ruche et de Max.

La tête renversée, Max regardait la coupole et les verrières par lesquelles pénétrait la lumière du jour. Il y avait également, un peu partout, des dalles de verre, se souvint M. Ruche. Il les chercha en vain. La plupart avaient été bouchées, les emplacements étaient encore visibles. Arrivé au centre de l'ellipse, M. Ruche obliqua sur sa droite, vers l'escalier latéral.

– Nous avons monté les marches quatre à quatre, tellement Grosrouvre brûlait de me montrer…

Le fauteuil de M. Ruche était bloqué face à la première marche, au pied du monumental escalier.

Et il n'y avait aucun ascenseur. Les paralytiques n'avaient qu'à se contenter de visiter le rez-de-chaussée ! Il y avait bien un monte-charge que l'on pouvait atteindre par les sous-sols, à la sauvette, en passant par les communs comme un paquet de linge sale.

M. Ruche s'y refusa. En plein accord avec Max.

Il était sur le point de faire demi-tour quand un groupe de lycéens, qui avaient suivi l'affaire en attendant leur professeur parti chercher les tickets, s'empara du fauteuil, le souleva et au pas de charge grimpa l'escalier. Grisé par l'ascension, brinquebalé comme jamais, M. Ruche riait à gorge déployée.

Les visiteurs regardaient « ça » d'un air désapprobateur. Max courait derrière. Tout ce petit monde se retrouva sur le palier en moins de temps que ne l'aurait permis le plus rapide des monte-Ruche. Pas essoufflés pour un sou, les jeunes gens ! C'était un groupe « sport-études » en sortie avec leur prof de maths. Ils allaient au même endroit que le fauteuil.

Tandis que celui-ci avait repris une allure plus civile, des lèvres de M. Ruche s'échappèrent quelques vers. Grosrouvre les lui avait naguère serinés tout au long de leur visite. C'est vrai que la mémoire revient quand on se retrouve dans les lieux où les choses se sont passées !

– « La première des sciences, surgie des mers incolores de l'Abstrait, s'enveloppe du vêtement charnel de l'Aphrodite soufflée de l'écume marine. Sous une coupole empruntée à un décor de film cubiste, court la guirlande de chiffres de 700 décimales calculées du nombre π. »

Ils étaient arrivés au but ! Le temple de π. Une salle unique au monde qui avait fait rêver des générations de jeunes gens. Et qui les faisait rêver encore, à en juger par la foule d'adolescents qui s'y pressaient. La salle était ronde, naturellement !

Un bandeau circulaire, affichant les noms de mathématiciens célèbres, courait autour de la pièce. Au-dessus, surmontée par une voûte sphérique illuminée, une frise en spirale faisant plusieurs tours supportait, inscrits par groupes de dix, de couleur rouge et noire alternativement, les 707 premières décimales de π.

Subjugué par ces graffitis numériques, Max posa son regard sur le 3 du début, sauta la virgule et commença : **1415926535**, tranche rouge, **8979323846**, tranche noire, **2643383279,** tranche rouge, **502**... il accéléra, tranche noire, tranche rouge. Premier tour, il était arrivé sous le 3 du départ, tranche noire, tranche rouge. Coureur de décimales ! Il accéléra encore, rouge, noire, comme la roulette. Ses yeux noirs comme la boule rouge sautaient de chiffres en chiffres, gagné ! perdu ! Il avait les larmes aux yeux, où était Nofutur à cet instant ? Noir, rouge, rouge comme le bout de ses plumes. Max pivotait sur lui-même de plus en plus vite, la tête lui tournait, il n'avait jamais bouffé autant de chiffres de sa vie. Quatrième tour, quatrième jour que Nofutur avait disparu. Il allait décoller ! Il avait la tête en bouillie, il passa en trombe le dernier chiffre sans pouvoir s'arrêtcr. Pourquoi s'arrêtcr au 707e ? Continuer, continuer la ronde interminable des chiffres ! Quand enfin il réussit à s'immobiliser, détachant les yeux de la frise où dansaient encore les décimales de π, il s'agrippa très fort au fauteuil de M. Ruche. La pièce avait la gigue, le sol tanguait. Était-ce, sous ses pieds, les poteaux de chêne enterrés qui s'affaissaient un peu plus ?

Le silence se fit. Le conférencier-présentateur entra. Il avait l'air sérieux et espiègle. Il démarra immédiatement :

– Dans le plan, la droite est la plus courte distance entre deux points. Si vous vous sentez l'âme buissonnière et que vous vouliez faire le trajet en empruntant un

chemin circulaire, ce sera plus long. Mais de combien ?
Ce sera $\pi/2$ fois plus long !

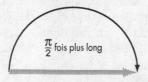

– Babylone, Ahmès, l'Égyptien, Archimède, Archimède, Archimède, Āryabhata, l'Hindou, Zu Chongshi, le
Chinois… longue histoire que l'histoire de π.

Max n'arrivait pas à fixer son attention.

« Al-Kāshi, à Samarcande, 14 décimales, Ludolph van
Ceulen, 35 décimales, qu'il fit graver sur sa tombe…

Déjà, plusieurs feuilles du paperboard avaient été utilisées. Le présentateur laissa échapper son marker. Ce fut le
déclic. Max sortit de ses pensées. M. Ruche se détendit.

« On entre maintenant dans l'ère des formules, annonça
le présentateur qui avait récupéré son marker. François
Viète en construisit une tout à fait étonnante. Elle ne mettait en jeu qu'un seul nombre, le nombre 2 ! Son mécanisme reposant sur des juxtapositions de racines carrées.
Ce fut la première formule infinie.

Lentement, il l'écrivit sur le tableau :

$$\pi = 2 \times \frac{2}{\sqrt{2}} \times \frac{2}{\sqrt{2+\sqrt{2}}} \times \cdots$$

– Vous voyez, tout se joue dans les dénominateurs qui
doivent forcément être de plus en plus grands, sans cela
le produit serait infini.

Puis, poursuivit-il, le calcul de π va traverser la Manche. Durant tout le XVIIe siècle, il va devenir une spécialité britannique. Les différentes formules proposées vont mettre en jeu des expressions infinies, sommes, produits, quotients, mais qui ont l'avantage de ne plus comporter de radicaux. La première de ce type fut de John Wallis.

« Revoilà le médecin décrypteur ! » se dit M. Ruche.

Tout en inscrivant la formule, le présentateur la décrypta pour l'assemblée :

— Au numérateur, les entiers pairs redoublés : deux fois deux, fois quatre fois quatre, fois six fois six fois et cætera. Au dénominateur, les impairs redoublés : trois fois trois, fois cinq fois cinq, fois sept fois sept, fois et cætera.

— On dirait qu'elle bégaye, glissa Max dans l'oreille de M. Ruche. S'il avait su que Wallis avait ouvert la première école de sourds-muets… !

$$\frac{\pi}{2} = \frac{2 \times 2 \times 4 \times 4 \times 6 \times 6 \times \cdots}{3 \times 3 \times 5 \times 5 \times 7 \times 7 \times \cdots}$$

La formule semblait bégayer en effet.

— Puis, continua le présentateur, il y eut William Brouncker, le premier président de la Royal Society, l'équivalent de l'Académie des sciences française. Il construisit une fraction différente de celles que nous utilisons habituellement, une *fraction continue*. Son numérateur est composé d'un entier joint à une fraction… qui a elle-même pour dénominateur un entier et une fraction formée de la même manière que les précédentes… et ainsi de suite. Cette définition est de Leonhard Euler. Ici, la formule met en jeu les carrés de nombres impairs.

Il se mit à écrire sur le tableau, forcé de se baisser à mesure qu'il avançait dans l'écriture de la formule.

$$\frac{4}{\pi} = 1 + \cfrac{1}{2 + \cfrac{3^2}{2 + \cfrac{5^2}{2 + \cfrac{7^2}{\cdots}}}}$$

– Elle coule ! cria quelqu'un. C'est le *Titanic*.

Un élève du groupe sport-études, un de ceux qui avaient hissé M. Ruche, lança :

– Va falloir plonger, les gars, pour aller l'écrire !

– Vas-y, Henry. Plonge !

Henry prit une longue inspiration. Tous les élèves suivirent avec attention le gonflement lent du torse d'Henry. Quand il eut fini d'inspirer, il planta ses baskets bien dans le sol.

– Top !

Sans précipitation, sur un rythme fluide et soutenu, le jeune homme commença. On sentait le gars bien entraîné.

– Un plus un sur deux plus trois au carré sur deux plus cinq au carré sur deux plus sept au carré sur deux plus neuf au carré...

Il arriva à vingt-sept ! Un record. M. Ruche estima qu'il devait faire du 5 au spiromètre, un peu moins que Grosrouvre, mais quand même !

Le présentateur se promit que sitôt revenu dans son bureau sous les combles, il essayerait, pour voir, jusqu'où il pouvait descendre. Il imagina le directeur du Palais utilisant l'exercice pour tester les présentateurs. Ceux qui n'atteindraient pas un entier impair fixé seraient mis au placard !

Puis il revint à π.

— Ensuite, dit-il, il y a eu James Gregory, Isaac Newton et John Machin. Newton écrivit à l'un de ses amis : « N'ayant rien d'autre à faire en ce moment, j'ai calculé 16 décimales de π » ! John Machin fut le premier à atteindre les cent premières décimales. Repassons sur le continent.

Nous sommes à la fin du XVIIe siècle. Gottfried W. Leibniz construisit une somme infinie, mettant en jeu, elle aussi, la suite des nombres impairs :

$$\frac{\pi}{8} = \frac{1}{1 \times 3} + \frac{1}{5 \times 7} + \frac{1}{9 \times 11} + \cdots$$

« Toutes ces formules, bien que très "belles", ne sont pas forcément très "bonnes", au sens où elles ne sont pas également efficaces pour la production des décimales. Certaines convergent très lentement, elles avancent comme des tortues, d'autres vont beaucoup plus vite. En ce domaine, les mathématiciens préfèrent les lièvres. Puis on arrive à Leonhard Euler, Leonhard avec un h !

M. Ruche récita entre ses dents : « Somme des carrés des inverses des différents nombres entiers. »

Sur le paperboard, la formule était différente de celle qu'il avait écrite sur son carnet dans la BDF.

$$\frac{\pi^2}{6} = \sum_{n=1}^{\infty} \frac{1}{n^2}$$

— Je vois que certains d'entre vous tiquent, lança le présentateur, remarquant l'air sceptique de M. Ruche. C'est sûrement à cause du signe qui se trouve après l'égalité, n'est-ce pas, la lettre majuscule grecque *sigma*, l'équivalent de notre « S » ? Cette notation permet une écriture concentrée, offrant un procédé très économique pour représenter une somme, particulièrement si elle est infinie :

$$\sum_{n=1}^{\infty}$$

Cela se lit : « somme de n égale 1 à l'infini ». Oui, le petit huit couché au-dessus du sigma représente l'infini vers lequel le nombre n tend. Il a été inventé par John Wallis, dont nous avons parlé tout à l'heure.

Échange de coups d'œil entre Max et M. Ruche.

– La course aux décimales est lancée. On va assister à une véritable bourse aux records. 127, puis 140. Les calculateurs professionnels entrent en lice, les « chasseurs de décimales » comme on les a appelés. Certains sont de véritables phénomènes de cirque. La 200e décimale est atteinte en 1844. D'un bond, on passe à la 440e. Persuadé de rester longtemps hors d'atteinte, le recordman, William Rutherford, dort sur ses deux oreilles. Patatras ! Deux ans plus tard, on est en 1874, un autre William lui passe devant, William Shanks lance ses 707 décimales ! Fêté comme un héros ; il le mérite bien. N'a-t-il pas passé vingt années de sa vie à calculer une à une ces 707 décimales !

En un éclair, M. Ruche imagina la vie de ce type. Pendant vingt ans, tous les matins, s'installant à son bureau et disant : « Bon, où en étais-je ? » Il eut la nausée.

Les décimales de William Shanks s'affichaient sur la frise de la coupole. C'est elles que Grosrouvre avait voulu lui montrer ce matin de juillet 1937 où il l'avait entraîné au palais de la Découverte !

Le conférencier-présentateur poursuivit :

– Le record de Shanks a tenu soixante et onze ans. En

1947, la guerre n'était pas sitôt terminée qu'un dénommé Ferguson, refaisant les calculs, découvrit...

Laissant sa phrase en suspens, il saisit une longue règle dissimulée aux yeux du public et, se fendant comme un escrimeur, embrocha un « 9 » de la quatrième rangée situé juste au-dessus des deux « S » de « POISSON », et avant « PONCELET ». Puis, se retournant vers l'assemblée, il reprit :

« découvrit que la 528e décimale était fausse !

Horrifiée, l'assemblée ne put réprimer un « Ah !... », que l'écho répercuta et rendit plus terrible encore.

« Merde ! » laissa échapper M. Ruche. Il jubilait. Grosrouvre s'est pâmé des matinées entières devant des chiffres faux ! C'est comme si on lui avait fourgué un faux Rembrandt, devant lequel il se serait extasié. C'était la meilleure nouvelle depuis longtemps. M. Ruche se sentait vengé. Un fou rire terrible le saisit.

Tout le monde pensa que c'était la décompression. Et dire que Grosrouvre ne l'a jamais su ! Quand la nouvelle de l'erreur a été connue, où était-il ? En Amazonie, dans la jungle, en train de saigner des hévéas pour récupérer le caoutchouc, bouffé par les moustiques, à trimer tout le jour. Qu'alors on lui eût appris que la 528e décimale de π était fausse, je gage qu'il s'en serait archi foutu.

Le professeur accompagnateur de la classe sport-études, qui n'avait pas dit mot depuis le début de la séance, grossit sa voix pour se faire entendre et se permit :

– Mais si la 528e est fausse, les suivantes le sont aussi !

– Parfaitement, acquiesça sereinement le présentateur.

– Mais alors, hoqueta le professeur, les 180 dernières qui sont affichées là sont fausses !

Tous les regards étaient fixés sur le présentateur.

– Elles l'ont été ! Elles ne le sont plus depuis l'année 1949. La direction du Palais a fait effacer les décimales fautives à partir de ce 9, qu'il réembrocha avec la règle. Celles que vous voyez là sont absolument correctes !

Tout le monde fit un pas en avant pour examiner les chiffres de plus près et déceler les marques de la modification. Ni les couleurs, ni la forme des lettres ni leur espacement ne trahissaient ce qui s'était passé. Rien ne transpirait du drame que la frise avait vécu.

En professionnel averti, le présentateur embraya sans laisser de temps à l'assemblée :

— En cette même année 49, le mur des mille fut crevé. Puis on passa le relais aux machines ; dûment programmées, c'est elles qui dorénavant exhumeront les décimales de π. Les 10 000 furent atteints en 58, les 100 000 en 61, le million en 73, les 10 millions en 83, les 100 millions en 87, le milliard en 89 !

Haletants, les élèves de sport-études suivaient cette course aux records, subjugués par les chiffres qui tombaient. Ça, c'était du sport !

La séance était finie.

« Deux ou trois petites choses avant de nous quitter. Il ne faudrait pas croire que π ne se trouve que dans la pureté des mathématiques. On le retrouve çà et là dans des phénomènes physiques et même cosmologiques.

Il désigna la voûte sphérique illuminée chapeautant la spirale de décimales. Il appuya sur un bouton, la voûte disparut dans l'obscurité.

— Certains astronomes prétendent que π est présent dans le ciel. Si chaque étoile de la voûte céleste est repérée par ses deux coordonnées, sa hauteur et sa déclinaison, exprimées en nombres entiers, la probabilité que ces deux nombres soient premiers entre eux, c'est-à-dire qu'ils n'aient aucun diviseur commun, cette probabilité est de $6/\pi^2$.

La voûte sphérique s'éclaira à nouveau.

— Et sur la terre, poursuivit le conférencier-présentateur, c'est aux grands fleuves paresseux que π est lié. Ceux dont le cours dessine des méandres et des boucles. Si l'on compare la distance, à vol d'oiseau, entre la source et l'embouchure, et la longueur réelle du fleuve avec tous ses méandres, on constate que le rapport est proche de 3,14. Plus le relief est plat, et plus ce rapport est proche de π. Le fleuve Amazone en est le meilleur exemple.

M. Ruche entendit Max murmurer le plus sérieusement du monde :

— Il y a π en l'air et π dans l'eau.

— En sortant de la salle, ne manquez pas d'admirer la formule inscrite au-dessus de la porte. Elle est de Leonhard Euler. C'est sans doute la plus belle de toutes les mathématiques.

En sortant de la salle, tout le monde leva la tête et chacun lut :

$$e^{i\pi} = -1$$

Le cou cassé, M. Ruche examinait la chose. Pour être courte, elle l'était. Mais belle, pourquoi, diable, l'était-elle ? Non seulement belle, mais la plus belle ?

M. Ruche l'éplucha. Cinq signes. Tous connus de lui. Sauf un.

Il y avait π, quoi de plus normal en ce lieu, c'était la puissance invitante. Puis, le signe « = » de Recorde, le « −1 » des parkings, le « i » de imaginaire de… Leonhard Euler lui-même, qu'il avait oublié dans sa liste des appellations contrôlées.

Et puis, il y avait ce e. Jamais vu auparavant. Était-ce lui qui rendait la formule si belle ? Il demanda à Max, qui, le cou tout aussi cassé, contemplait la formule, comme à Rome, les touristes admirant les plafonds de la Sixtine :

— Est-ce que tu la trouves si belle que ça ?

– La beauté, vous savez, M. Ruche… Un rouquin avec des petits yeux noirs, c'est beau ou pas ? Je ne vous demande pas de répondre.

– Alors, on est comme Thalès, M. Ruche, on regarde le ciel !

Trois diables verticaux sortis de l'antre de π se dressaient devant eux : Jonathan, Léa et Perrette.

– On est là depuis cinq minutes. Faut-il que vous soyez absorbé par cette formule pour ne pas nous avoir aperçus, dit Perrette.

M. Ruche, qui n'aimait pas être surpris, ne trouva rien de mieux à dire que :

– Savez-vous qui est e ?

– Oui, nous le savons, dirent ensemble J-et L.

Les élèves de sport-études ayant quitté les lieux au pas de course sitôt la conférence finie, ils n'étaient plus là pour redescendre le fauteuil. Qu'importe, M. Ruche avait à présent, sous la main, sa famille au complet. Jonathan le balèze et Max le plus petit d'un côté, les femmes, Perrette et Léa, toutes les deux fines et vigoureuses, de l'autre. Le quatuor empoigna le fauteuil et M. Ruche se retrouva dans les airs au seuil du monumental escalier.

Ceux qui les croisèrent dans la descente purent admirer les superbes boots bleues aux pieds du vieil invalide. Ce fut une descente souveraine. Jamais, depuis qu'il s'était écrasé au pied des rayonnages des *Mille et Une Feuilles*, pareille fête ne lui avait été offerte. Clovis sur son bouclier, porté par les siens ! M. Ruche se fabriquait un visage neutre pour ne pas laisser paraître l'émotion qui l'étreignait. Soudain, il prit conscience que Perrette était là en plein après-midi de semaine !

– Perrette, vous avez fermé le magasin !

– Oui, M. Ruche. Comme vous me l'avez conseillé, j'ai tiré le rideau et j'ai accroché une pancarte avec

La libraire est dans l'escalier

Ils déposèrent le fauteuil en plein sur la mosaïque – classée monument historique ! – du gigantesque hall elliptique.

En fait, ils s'étaient vantés. Ni J de son côté, ni L du sien, ni J-et-L ensemble ne savaient quoi que ce soit concernant *e*, sinon que c'était la première lettre d'*exponentiel*.

Histoire d'*e*

Une question se posait : « Qui est *e* ? » La réponse les surprit par sa simplicité. *e* est un nombre ! Tout bonnement. Comme 1, 2, ou π. Et, semblablement à ce dernier, mais à la différence des deux premiers, sa valeur ne peut être exprimée exactement dans l'écriture décimale. L'expression de Léa était : « Un nombre qui n'en finit pas et qui en plus se comporte un peu n'importe comment après. » En termes crus, Léa exprimait que non seulement les décimales de *e* étaient en nombre infini, mais qu'en plus elles ne présentaient aucune régularité, c'est-à-dire qu'il n'y avait aucun moyen de les prévoir avant de les avoir calculées.

$$e = 2{,}718\ 281\ 828\ldots$$

Ils se seraient bien arrêtés là. Mais cela ne faisait pas une histoire. Pouvaient-ils se présenter devant M. Ruche en disant : Quant à *e*, eh bien, euh ?…

Pour ne pas vivre une telle humiliation, ils étaient prêts à marner. Ils se partagèrent le travail. C'est-à-dire que, dans un premier temps, Léa fit tout et Jonathan rien.

– Tout l'intérêt de *e*, si je puis dire, est, annonça Léa. Écoute, c'est une fiction, bien sûr. Suppose qu'il y a un an tu aies amassé un beau pécule qui nous permettra de payer notre voyage pour Manaus. Soit P, ce pécule. Tu l'as placé en attendant. Coup de bol, ton banquier t'a proposé un taux d'intérêt mirobolant : 100 % ! Ne rigole pas, ça s'est vu. Pas avec les pauvres, mais avec les riches. Rêve !

Calcule ! Au bout d'un an, tu aurais eu P + P = 2 P. Tu aurais doublé ton pécule. Si au lieu de toucher les intérêts à la fin de l'année, tu les avais touchés tous les six mois et que tu les aies replacés, au bout d'un an ça t'aurait fait $P(1+1/2)^2$. Calcule ! Tu aurais plus que doublé ton pécule : tu aurais 2,25 P.

Si au lieu de toucher les intérêts tous les six mois, tu les avais touchés tous les trimestres et que tu les aies replacés, au bout de l'année, ça t'aurait fait $P(1+1/4)^4$. Calcule ! Tu aurais gagné encore plus : 2,441P. Si tu les avais touchés tous les mois et que tu les aies replacés, ça t'aurait fait $P(1+1/12)^{12}$. Calcule ! 2,5996. Encore plus ! Puis, tous les jours : $P(1+1/365)^{365}$. Encore plus ! Toutes les secondes, encore plus ! Et puis, tous les riens du tout, « en continu ». Tu n'en peux plus, tu t'envoles, tu planes, tu te dis que c'est Byzance, que ton pécule pécuple, qu'il va quadrupler, décupler, centupler, millionupler, milliardupler, tu penses déjà à ta petite sœur à qui tu donnes la moitié de ce que tu as gagné, tu t'en fiches, puisque l'instant d'après tu vas en gagner le double. Atterris, mon pauvre Jon ! Ton beau rêve s'écroule. Tes intérêts composés, ils ont eu beau se décomposer, eh bien, à l'arrivée, tu n'as même pas le triple de ton pécule, ni même 2,9 fois plus, ni même 2,8 fois plus, ni même 2,75 fois plus, ni même 2,72 fois plus…

Tu as seulement 2,718281828 !… Mon pauvre Jon,

après toute cette richesse, te voilà seulement e fois moins pauvre qu'au départ ! Tiens !

Elle lui lança une pièce qu'il laissa choir sur le sol, remâchant sa désillusion.

« Bah, cela ne nous empêchera pas d'aller à Manaus.

– Ton histoire d'e est une sordide invention des banquiers pour ne pas être ruinés ! C'est pas e, c'est beuh

– Ne jette pas l'eau du bain avec le bébé ! La fonction exponentielle est malgré tout une petite merveille. Tu te souviens des coniques d'Apollonios qu'on avait retrouvées dans le mouvement des astres ? C'est un peu la même chose : l'exponentielle, on la trouve un peu partout. Dans la nature et dans la société. Le développement d'une plante, l'extension d'une épidémie, l'évolution d'une population, de la radioactivité, etc. Là, je te sors la phrase idoine : « Quand le *degré* du développement est proportionnel à l'*état* du développement, ça sent l'exponentielle. »

– Plus tu es riche, plus tu gagnes de l'argent ! Plus tu es malade, plus tu attrapes de maladies !…

– Pire ! Non seulement plus tu es riche, plus tu gagnes de l'argent, mais plus tu en gagnes rapidement. Comment te le faire toucher du doigt ? Tu es face à un phénomène en pleine croissance, curieux comme je te connais, tu vas t'intéresser à la façon dont il croît. Par exemple… On ne peut pas y échapper, c'est encore avec les maths que cela te parlera le mieux. Si ton phénomène croît comme une droite, la droite « 2x », par exemple, sa croissance est *linéaire*. Sa dérivée, confer Fermat et les autres…

– Sa dérivé est égale à 2 !

– Sa croissance est donc constante ! Si, par contre, ton phénomène croît comme la parabole : « x^2 », sa croissance…

– qui est 2x.

– Est également croissante ! Mais en plus la croissance de sa croissance, tu me suis, est constante, elle est égale à 2.

Devant la tête de Jonathan, Léa intervint vigoureusement :

« Pas question de faiblir, Jon, si moi je suis, tu suis !

— Non, non ! Moi, Épiphane, toi Hypatie ! Lui beaucoup moins doué que sa sœur.

— Qui a fini brûlée !

— Justement.

— Je préfère être mauvais en maths et ne pas finir sur un bûcher.

— Tu dramatises toujours ! Histoire d'*e*, suite et fin. Si, à présent, ton phénomène croît comme « e^x », alors non seulement sa croissance est croissante, non seulement la croissance de sa croissance est croissante ! Mais en plus la croissance de la croissance de sa croissance est croissante ! Et ça continue… Pourquoi ?

Jonathan ne demanda pas pourquoi. Léa n'en eut cure. Elle avait posé une question, elle donnerait la réponse.

— Parce que la dérivée de e^x est e^x. C'est tout à fait exceptionnel. Cela n'arrive qu'à elle. Elle est la seule qui soit égale à sa dérivée.

Léa se figea et fit HP :

« Attention, attention, la fonction exponentielle est exceptionnelle. Elle est la seule qui soit égale à sa dérivée !

— Tiens, qu'est-ce qu'il devient, HP ? Longtemps qu'on ne l'a plus vu.

— Qu'on ne l'a plus entendu, tu veux dire. Aux dernières nouvelles, il aurait grillé sa membrane.

— Un haut-parleur sans membrane, clama Jonathan, c'est une gorge sans cordes vocales, une oreille sans tympan, des yeux sans pupilles… et des explications sans dessins.

Le message était clair. Léa dut se fendre d'un dessin. Elle le torchonna.

Au lycée, leur professeur de maths, à qui ils en touchèrent un mot en salle C113, fut étonné qu'ils ne se souvinssent pas que *e* était lié à *log*. Les deux vrais faux génies ricanèrent. Oh, pas longtemps ! Les deux vrais faux jumeaux les ratiboisèrent sur-le-champ. Il restait que, pour J- et-L, c'était tout de même la honte. Après un tel affront, ils ne remettraient pas les pieds en C113 avant d'être devenus les « champions des logs ». Ils se partagèrent le travail. C'est-à-dire que, dans un premier temps, Jonathan fit tout et Léa rien.

Dans un traité, Jonathan lut ceci :

« Si a, b, c sont trois nombres tels que $a^b = c$, alors b est le *logarithme* de c dans la *base* a :

$$a^b = c \Leftrightarrow b = \log_a c$$

Puisque $10^2 = 100$, le logarithme de 100 en base 10 est 2 : $\log_{10} 100 = 2$.

Puisque $10^3 = 1000$, le logarithme de 1000 en base 10 est 3 : $\log_{10} 1000 = 3$.

Etc.

Dans la base 2, par exemple, le logarithme en base 2 de 8 est 3 : $\log_2 8 = 3$, puisque $2^3 = 8$.

Il y a donc autant de bases possibles que de nombres. En fait, pas tout à fait. On exclut 1 et les nombres négatifs comme base de logarithmes. »

— Pourquoi pas tous les nombres ? demanda Léa.

— Il y a à peine dix secondes, il n'y avait pas un seul log, et maintenant il te les faut avec tous les nombres !

— Un seul log vous manque et tout est dépeuplé !

— Il faudra que tu t'y fasses. Je le clame :

Pas de log en base négative ou égale à 1 !

– Il nous en reste quand même un bon tas. Tous les logs ont un point commun, que je clame :

$$\log_a 1 = 0$$

– Et e ? demanda Léa.
– On brûle !
– C'est tout à fait ce qu'il faut dire !
– e étant plus grand que 1, je te rappelle que...
– **2,718 281 828...**
- Donc il y a un logarithme en base e. On l'appelle grand log et on le note avec un « l » majuscule :

Log

– C'est le « log naturel » ou log népérien, du nom de Napier, l'inventeur des logarithmes.

Ils auraient pu s'arrêter, ils en savaient assez. Mais, vindicatifs comme ils étaient, ils iraient jusqu'au bout des logs. Ils se précipitèrent à la BDF, foncèrent à la lettre N de la section III. De Napier, coincé entre Claude Mydorge et Isaac Newton, ils sortirent son *Mirifici Logarithmorum*. Cela commençait mal, la seule lecture du sous-titre les épuisa. *Mirifici Logarithmorum canonis descriptio, ejusque usus, in utraque Trigonometria, ut etiam in omni Logistica Mathematica amplissimi, facillimi et expedissimi explicatio, de Johanne Neper. Barone Merchistonii.*

La traduction heureusement suivait : « Description des merveilleuses règles des logarithmes et de leur usage dans l'une et l'autre trigonométrie, aussi bien que dans tout calcul mathématique. Avec l'explication la plus large, la plus facile et la plus dégagée de complications. Édité à Édimbourg, dans l'atelier de André Hart, libraire, 1614. »

56 pages de présentations, de définitions et d'explications. Puis des tables, des tables… qui n'en finissaient pas. Une sorte de bottin numérique. Difficile de faire plus austère. Le cadeau à faire à sa meilleure amie, pensa Léa.

Les fameuses « tables de logs » !

Durant des siècles, aucun calcul conséquent n'a pu se faire sans leur aide et les voilà à présent reléguées au magasin des curiosités. Même en maths, les choses vieillissent !

Quelles étaient donc ces « merveilleuses règles » dont parlait Napier ? Publicité mensongère ? Toute la beauté et toute l'efficacité des logs tenaient en une phrase : *« Le logarithme d'un produit est la somme des logarithmes. »*

$$\log xy = \log x + \log y$$

Jonathan prit l'accent de Habibi : « Tu veux une multiplication ? j'te fais une addition ! » Puis brusquement il devint l'intervenant de France Culture : « Les mécanismes de l'addition étant notoirement plus élémentaires que ceux à l'œuvre dans une multiplication, le gain est patent. Le log agit comme un démultiplicateur. »

Le reste suivait : pour faire une division, il suffit de faire une soustraction :

$$\log x/y = \log x - \log y$$

Pour élever à une puissance, il suffit de faire une multiplication :

$$\log x^n = n \log x$$

Et le plus beau, les extractions de racines ! Pour extraire une racine, il suffit de faire une division. Pour la racine carrée, par exemple, il suffit de diviser par 2 !

$$\log \sqrt{x} = 1/2 \log x.$$

– Tu veux la racine dix-septième de 1789 : $\sqrt[17]{1789}$? Tu divises log 1789 par 17. Puis dans la table de logs tu cherches le nombre dont c'est le log. Ce nombre, c'est racine dix-septième de 1789 ! Et ouala le travail, ma petite dame !

La publicité de John Napier parue en 1614 n'était pas mensongère !

Léa, pensive :

– Cela a dû être une sacrée révolution ! Une racine dix-septième, mon Dieu ! Déjà, une racine carrée ! On devait mettre des journées entières. Et, là, paf, table de logs, une minute. On ne peut pas imaginer ce que cela a dû être. Aujourd'hui, avec les calculettes, la machine fait le boulot.

– Le fellah de Thalès !

– Qu'est-ce que tu racontes ?

– Je ne raconte pas, je répète.

La phrase lui avait échappé. Ils regardèrent machinalement en direction du perchoir vide. Léa se leva, s'approcha. L'eau avait été changée, la mangeoire était pleine de graines fraîches, comme si Nofutur allait revenir d'un instant à l'autre. J-et-L ne croyaient pas au retour de Nofutur. Pour tout dire, ils pensaient qu'ils ne le reverraient plus jamais. Seuls de vrais pros avaient pu réussir à s'introduire en plein jour dans la maison, chloroformer Nofutur et ressortir sans se faire remarquer.

Ils se dirent que Nofutur devait quand même avoir une satanée valeur pour que, six mois après, ces types des Puces aient continué à le rechercher et soient venus le récupérer. Il est vrai que ce n'était pas un perroquet banal. Bien que n'ayant pas une grande connaissance en la matière, J-et-L convinrent que Nofutur faisait des choses pas ordinaires. « C'est peut-être un perroquet de cirque. Tiens, c'est une idée, il faudrait en toucher un mot aux autres et chercher de ce côté. Chaque année, des tigres, des boas et des hyènes s'échappent des cirques. Pourquoi pas un perroquet ? Ces deux types bien mis étaient peut-être des gens du cirque qui voulaient récupérer leur perroquet savant. Et pas du tout des trafiquants d'animaux. Voilà ce que c'est que de ne pas envisager toutes les hypothèses », conclut Jonathan.

Forts de leur savoir neuf, J-et-L. purent se présenter dignement devant M. Ruche. Dans la chambre-garage, l'odeur d'huile de vidange remontait du sol de Montmartre. M. Ruche était allongé sur son lit à baldaquin, il les écouta :

Jonathan annonça :

– Histoire d'*e* ! *e* comme Euler. Va falloir s'accrocher, M. Ruche. Ça va tanguer !

– Dans mon lit à baldaquin, je ne crains rien. Il est garanti insubmersible.

– Vous étiez chargé de la direction est de la rose des vents de πR Fermat ?

– Affirmatif.

– Elle indiquait le calcul différentiel ?

– Reaffirmatif.

– Donc, rien de ce qui concerne les dérivées et les primitives ne vous est étranger !

– Rereaffirmatif.

Ils parlèrent longuement. Quand ils eurent fini, M. Ruche avait appris beaucoup de choses concernant *e* et les logs, mais :

– Votre *e* n'explique pas pourquoi la formule du palais de la Découverte est la plus belle de toutes les formules mathématiques.

– Ce n'était pas la commande, s'insurgea Jonathan.

– En effet, j'avais posé la question à Max.

– Lui, c'est lui, et *e*, c'est nous. Où est-il, à propos ?

– Aux Puces. Il passe ses journées là-bas. Il questionne

les gens, il fait son enquête. Il veut retrouver les deux types qui ont enlevé Nofutur. Il est sûr que c'est ceux du hangar.

— C'est peut-être dangereux, dit Jonathan.

— S'il l'a décidé, rien ne l'empêchera d'y aller. Tu le sais bien, dit Léa.

Elle s'installa bien à son aise au bas de l'ample lit de M. Ruche. Drapée dans le baldaquin de velours, elle annonça :

— Histoire d'*e*, deux ! John Napier a passé vingt années de sa vie à construire les tables de logarithmes.

— Encore un ! s'exclama M. Ruche en calant un gros coussin derrière sa tête. A quoi aurai-je pu passer vingt années de ma vie ?...

On gratta à la porte. Max entra. Surpris de trouver tant de monde, il voulut repartir.

— Non, reste !

Léa l'attira :

« Viens t'asseoir.

Il avait le visage triste. Elle commença abruptement par un :

« Les coqs ne sont pas des perroquets !

Surprise générale. Avec un sourire malicieux, elle poursuivit :

« Mais ils ont des plumes tous les deux. Celles du coq de John Napier étaient d'un noir éclatant. Napier était un magicien. Son coq lui rapportait tous les secrets du voisinage. Un jour, un vol avait été commis dans sa maison. D'après les indices, ce ne pouvait être que l'un des serviteurs.

En cachette, Napier racla la suie du conduit de la cheminée. Après en avoir enduit le coq, il l'enferma dans une pièce obscure. Rassemblant ses serviteurs, il leur annonça qu'ils devraient entrer dans la pièce l'un après l'autre et caresser le coq. Dès que le voleur toucherait le volatile, celui-ci se mettrait à chanter. Les serviteurs entrèrent dans la pièce. Après un moment passé avec le coq, chacun en ressortit soulagé. Pas une fois le coq ne chanta !

— Il était aphone ? demanda M. Ruche.

— Aucun des serviteur n'était le voleur ? demanda Max.

— Le coq avait été bâillonné ? demanda M. Ruche.

— Vous n'y êtes pas ! Napier demanda à ses serviteurs de montrer leurs mains. Tous avaient les mains noircies, sauf un qui les avait blanches.

Max se dressa :

— Le voleur ! C'est celui qui avait les mains propres qui les avait sales !

Puis, après un silence :

« Je voudrais bien avoir un coq comme celui-ci. Avec lui, je découvrirais sûrement les bandits qui ont enlevé Nofutur.

Il sortit.

— Attends, Max, cria Jonathan, le rattrapant sur le pas de la porte. (S'adressant à M. Ruche :) Chose promise, chose due ! Il s'agit de cette formule sur laquelle vous semblez faire une focalisation.

— Comment, une focalisation ! (M. Ruche se dressa sur son fauteuil.) On m'assure que c'est la plus belle formule du monde et je devrais ne pas la prendre au sérieux ! Pour moi, jeunes gens, la beauté, c'est important.

— Max Liard, que voici, s'était engagé à vous donner une réponse incessamment, déclara Léa. Une affaire privée ne lui ayant pas permis de faire le travail lui-même, il nous a passé le témoin.

Max confirma et, tout étonné, prit la feuille pliée qu'ils lui tendirent. A M. Ruche, attentif, il lut la réponse :

$$e^{i\pi} = -1$$

que l'on peut également écrire :

$$\boxed{e^{i\pi} + 1 = 0}$$

Dans cette simple formule, se trouvent les nombres fondamentaux des mathématiques :

$$1, 0, \pi, e, i.$$

Une odeur de brûlé… Au milieu de cet après-midi de mai 1771, l'incendie se propage dans Saint-Pétersbourg à une vitesse impressionnante. Plus de 500 bâtiments vont disparaître dans les flammes. Euler est en plein travail dans la pièce qui lui sert de bureau. Il est seul dans sa grande demeure. Les flammes cernent la pièce, l'atmosphère est irrespirable. Euler ne pourra pas s'en sortir, il est presque aveugle, et ne parvient pas à trouver la porte de la pièce. Un homme entre à bout de souffle, Peter Grimm, un Bâlois travaillant à son service. Il charge Euler sur son dos, lui demande de s'agripper à ses épaules et s'élance à travers les flammes. Une foule anxieuse attend devant la maison. Au milieu de la fumée, Peter apparaît. Il dépose Euler. Aucun des deux hommes n'a été brûlé. C'est un miracle. Euler, excité, indique l'endroit où sont rangés ses manuscrits. Des dizaines de cartons, pleins de notes, de mémoires, de calculs… Une chaîne se forme.

La plupart des manuscrits furent sauvés. Mais tous ceux sur lesquels Euler était en train de travailler quand l'incendie s'est propagé disparurent dans les flammes. Dans cette pièce se trouvait sa bibliothèque. Entièrement consumée ! Bernoulli, racontant la scène, a écrit qu'il avait « à peine pu sauver sa robe de chambre ».

M. Ruche sentit un pincement de cœur. Que de livres brûlés tout au long de cette histoire ! Il leva les yeux, regarda avec tendresse la Bibliothèque de la Forêt. Tous ces livres magnifiques. Elle avait vraiment eu de la chance !

Tout à coup, il repensa à l'effroi éprouvé lorsqu'il avait cru qu'un cambrioleur s'était introduit dans la BDF. Il n'y avait pas eu de vol. Mais le feu, y avait-il pensé ? Pas une fois il avait imaginé qu'un incendie puisse éclater dans l'atelier et anéantir la bibliothèque. Quelle inconscience ! Ces livres, Grosrouvre leur avait fait quitter Manaus pour les préserver, ils avaient traversé l'Atlantique et échappé de peu à l'engloutissement et ce serait pour finir en fumée dans un atelier d'artiste de la butte Montmartre ! Dans lequel il n'y avait ni verrou ni alarme ni dispositif anti-incendie ni détecteur de fumée. C'était folie ! Oh, bien sûr, pour les aimer, il les aimait. Mais il n'avait rien fait pour les protéger. Déjà, il n'avait pu empêcher l'enlèvement de Nofutur. Voilà qu'il remettait cela avec la BDF et là, pas question d'incriminer ses jambes invalides, elles n'y étaient pour rien. Il faut protéger ce que l'on aime. Je suis un vieil irresponsable. Il quitta la BDF, fonça vers la librairie. Il fallait agir vite. Perrette saurait quoi faire. Entre deux clients, il lui exposa ses craintes.

Bien qu'il n'ait gagné sa vie qu'en vendant des livres, M. Ruche était de ces libraires pour qui un ouvrage est toujours bien plus que son prix affiché. A Perrette, qui lui demandait à combien il estimait la BDF, il répondit :

– Plusieurs centaines de millions.

Il ajouta :

« De millions nouveaux ! Au bas mot ! Que l'on vienne à apprendre que la petite maison de la rue Ravignan abritait un tel trésor, ce serait un appel aux pillages, aux sacs, aux brigandages.

Ah, le salaud, le salaud !

Le salaud, bien sûr, c'était Grosrouvre. M. Ruche venait de mettre à nu le piège dans lequel son vieil ami Elgar l'avait entraîné. Grosrouvre était en train de le forcer à agir comme lui-même avait agi avec ses démonstrations : il le contraignait au secret. M. Ruche était piégé, il était contraint de garder secrète l'existence de la Bibliothèque de la Forêt. Du fin fond de l'Amazonie, Elgar avait exporté son choix du secret et M. Ruche était forcé de s'y tenir. Pas uniquement lui, mais Perrette, Max, Jonathan-et-Léa également. Et Nofutur aussi. Sans compter Albert et Habibi. C'était révoltant.

Perrette attendit que sa rage s'atténue et proposa de faire appel à une entreprise spécialisée dans la protection. Sous couvert d'installer un dispositif anti-incendie dans la librairie, ils en feraient installer un dans l'atelier de la BDF, présenté comme entrepôt où étaient remisées les réserves du magasin. Pour dissimuler la valeur des livres, on recouvrirait les rayonnages de bâches afin, dirait-on, de les protéger de la poussière causée par les travaux d'installation.

Mais cela coûterait cher.

Pour payer le coût de l'installation, Jonathan proposa de vendre l'un des livres de la BDF. Le visage de M. Ruche se ferma.

– En vendre un pour les sauver tous ! expliqua Léa.

– On choisirait le moins intéressant, le moins ancien…

– Le plus jeune ? Comme le mousse que l'on sacrifie pour sauver l'équipage. On tira z'à la courte paille pour savoir qui, qui, qui serait mangé, chantonna M. Ruche d'une voix acide. Jamais !

M. Ruche puiserait dans ses économies. Perrette se chargerait de tout.

Libéré des contingences matérielles, M. Ruche put réfléchir à ce qui s'était passé depuis la lecture de ces quelques lignes de la vie d'Euler. Une fois encore, il avait eu la confirmation que Grosrouvre n'avait pas fait les choses au hasard. S'il avait mentionné Leonhard Euler dans sa lettre, c'était pour désigner l'incendie. Cela

EULER, L'HOMME QUI VOYAIT LES MATHS

paraissait évident. Sauf que… cela ne collait pas. 1. La maison d'Euler n'avait pas brûlé. 2. Ses manuscrits n'avaient pas brûlé. 3. Sa bibliothèque avait brûlé.

Exactement le contraire de qui était arrivé à Grosrouvre ! Mais il y avait plus grave. Dans ses raisonnements, M. Ruche violait la chronologie. La lettre avait été écrite un mois avant l'incendie de Manaus, Grosrouvre ne pouvait donc avoir mentionné Euler pour pointer l'incendie. Il s'agissait d'une lecture trompeuse des événements, d'une lecture *a posteriori*. Le rapprochement entre Saint-Pétersbourg et Manaus était fortuit, il ne pouvait être dans les intentions de Grosrouvre. Il existait donc une autre raison à la présence d'Euler dans la liste. M. Ruche décida de se replonger dans la vie d'Euler.

Quand Max n'allait pas aux Puces, il venait à la BDF, s'asseyait à côté de M. Ruche sans dire un mot. Ainsi en fut-il au moment où M. Ruche reprit les *Œuvres complètes* d'Euler. La présence de Max l'incita à en faire une lecture à voix haute :

– En 1760, durant la guerre de sept ans, les troupes russes occupaient une partie de l'Allemagne. En passant près de Charlottenbourg, elles saccagèrent la propriété d'Euler. Le général russe Tottleben, l'ayant appris, envoya sur-le-champ un message à Euler : « Nous ne sommes pas venus ici faire la guerre aux sciences. »

– Bien sûr, constata Max, ils étaient venus faire la guerre aux gens. Pas faire du mal aux théorèmes, seulement tuer des hommes ! Tottleben, cela veut dire quoi ?

– *Tot*, mort, *leben*, vie.

– Je vous l'avais dit, s'exclama Max en battant des mains. La mort, la vie !

M. Ruche, stupéfait, le regarda comme s'il eût vu un vieux sorcier.

– Qu'a fait Tottleben ? demanda Max.

M. Ruche eut quelque peine à revenir dans le récit :

— Euler fut immédiatement remboursé, dit-il.

— Rembourser des pages de maths ! Combien vaut un théorème, d'après vous, M. Ruche ?

M. Ruche se demanda s'il se moquait de lui. Il poursuivit malgré tout, décidé à ne pas s'arrêter tant qu'il n'aurait pas découvert la raison de la présence d'Euler sur la liste de Grosrouvre.

— L'impératrice de Russie, la Grande Catherine, voulait Euler pour son Académie des sciences. Heureux de se séparer du roi de Prusse Frédéric II, avec lequel il ne s'entendait guère, Euler quitta Berlin pour Saint-Pétersbourg. Je te lis la lettre que Frédéric II écrivit à d'Alembert pour lui raconter le voyage : « M. Euler, qui aime à la folie la Grande et la Petite Ourse, s'est approché du nord pour les observer plus à son aise. Un vaisseau qui portait ses xz et son kk a fait naufrage. Tout est perdu et c'est dommage, parce qu'il y aurait eu de quoi remplir six volumes in-folio de mémoires chiffrés d'un bout à l'autre, et l'Europe sera vraisemblablement privée de l'agréable amusement que cette lecture lui aurait donné. »

— Il a sombré ? Et Euler ?

— Il n'était pas dans le bateau, répondit M. Ruche extrêmement troublé.

Il se dirigea vers la bouilloire électrique.

Wallace, le botaniste, avait eu la mer et le feu en une seule fois, au milieu de l'Atlantique. Euler, le mathématicien, avait eu également les deux, mais séparément, l'eau dans la Baltique, le feu à Saint-Pétersbourg.

C'était l'heure du thé. M. Ruche choisit du thé de Chine, âpre ; un thé noir et corsé qu'il laissa longuement infuser. Après les manuscrits saccagés par Tottleben, les manuscrits coulés de la Baltique ! Six volumes de mémoires perdus ! Un jour, peut-être, des plongeurs retrouveraient au fond de la Baltique les xz et les kk d'Euler et un réalisateur américain en fera un film à succès, et cela donnerait du travail pour des années aux historiens des sciences du monde entier. La Baltique n'est pas l'Atlantique et un voilier russe du XVIIIe siècle pas un cargo brésilien du XXe.

M. Ruche se versa une tasse de thé et reprit la lecture :

— Après chaque perte, Euler, avec application, réécrivait tout ce qui avait été perdu. Il faut dire qu'il avait une mémoire hors du commun. Écoute. Une nuit, il décida de calculer les six premières puissances des cent premiers nombres et de les apprendre par cœur. Par exemple cinquante et un à la puissance cinq ou…

Ne lui laissant pas le temps de poursuivre, Max, ayant tapé sur sa calculette, annonça :

— Trois cent quarante-cinq millions vingt-cinq mille deux cent cinquante et un.

— Ou bien, je ne sais pas, moi, soixante-dix-sept à la puissance six, proposa M. Ruche.

Max annonça le résultat :

— Deux cent huit milliards quatre cent vingt-deux millions trois cent quatre-vingt mille quatre-vingt-neuf.

— Par cœur, les six cents ! Cela me donne le tournis ! Comment avoir tous ces nombres dans la tête et arriver à dormir ! Euler ne cherchait pas l'exploit, tous ces nombres imprimés dans sa mémoire lui servirent pour ses travaux : cela le mit en familiarité avec les nombres. Il fut le continuateur de Fermat. Il a écrit cent cinquante mémoires ! Il connaissait également sur le bout des doigts toutes les formules de trigonométrie et d'analyse, mais cela n'avait rien à voir avec les maths, il pouvait réciter *L'Enéide* en entier ! Et en plus, il indiquait la première et la dernière ligne de chaque page du livre dans lequel il l'avait lu quand il était enfant.

— La mémoire ! s'écria Max. M. Ruche, la mémoire ! Voilà ce que Grosrouvre voulait vous dire. Son fidèle compagnon pouvait réciter par cœur un texte entier. Le texte de ses démonstrations !

– Bravo, Max. Tu as mis le doigt dessus. Ce n'était pas l'incendie, mais la mémoire !

Max prit des mains de M. Ruche l'ouvrage sur la vie d'Euler et poursuivit la lecture :

– A l'âge de 28 ans, Euler avait été confronté à un problème d'astronomie très ardu. Il se mit au travail et, après trois jours d'un travail ininterrompu, il y était parvenu. Mais l'effort avait été tel qu'il fut frappé d'une congestion cérébrale. Heureusement il n'eut aucune séquelle au cerveau. Mais il perdit l'usage d'un œil. Voltaire l'a surnommé le « géomètre borgne ».

Euler comprit qu'il deviendrait complètement aveugle. Il décida de s'y préparer. Tout d'abord, il apprit à écrire « en aveugle ». Il fermait son œil valide, prenait un morceau de craie et sur une grande ardoise écrivait toutes sortes de formules mathématiques. Au début, c'était illisible, mais peu à peu, en corrigeant ses mouvements, il parvint, les yeux fermés, à écrire de longues et difficiles formules d'analyse et de tout autre domaine des mathématiques.

Chaque jour, il s'exerçait afin de pouvoir se souvenir du plus grand nombre possible de textes mathématiques. Quand il n'y verrait plus, il n'aurait qu'à puiser dans sa mémoire comme dans une bibliothèque. Il devint une bibliothèque vivante.

Une bibliothèque vivante ! Exactement le rôle que Grosrouvre avait alloué au fidèle compagnon. Euler apprenait des textes par cœur pour pouvoir les utiliser quand il ne pourrait plus les lire. Qu'a fait Grosrouvre ? Il a fait apprendre par cœur à son fidèle compagnon le texte de ses démonstrations. Non parce qu'il allait devenir aveugle, mais parce que ces textes allaient disparaître, brûlés.

M. Ruche était très excité : Voilà ce que Grosrouvre

voulait me communiquer en mentionnant Euler dans sa liste.

— On peut arrêter Euler maintenant.

Quel chemin pour en arriver là ! Il se versa à nouveau du thé, buvant à petites lampées, pensant qu'on ne pourrait pas se passer d'aller à Manaus si l'on voulait identifier le fidèle compagnon de Grosrouvre. Le voyage en Amazonie était de plus en plus incontournable. Léa l'avait affirmé depuis longtemps. Qui irait ? Surtout pas moi ! Je ne veux pas bouger d'ici. Que les jumeaux y aillent, c'est leur idée.

— Bon, dit M. Ruche qui avait l'humeur rigolarde, je m'en vais apprendre par cœur toute la BDF. Ce sera la meilleure assurance contre l'incendie.

— Vous vous vantez, M. Ruche ! Euler avait une mémoire extraordinaire parce que ses yeux ne fonctionnaient pas bien. C'est parce que quelque chose manque que l'on développe autre chose à la place.

La remarque de Max fit mouche. M. Ruche comprenait parfaitement ce que voulait dire Max l'Éolien, lui qui, pour suppléer à ses oreilles défaillantes, avait su si bien développer sa capacité à « ressentir » les sons avec tout son corps. « Mais moi, qu'ai-je développé depuis que je ne peux plus marcher ? Rien ! Je ne me suis même pas fait pousser des ailes ! Quand on commence tard, on arrive encore plus tard… » Cette réflexion le révolta.

Étranger au remue-ménage qui agitait M. Ruche, Max poursuivait en faisant remarquer qu'Euler avait eu du nez en apprenant par cœur tous ces textes de maths, « parce que même s'il n'était pas devenu aveugle, les livres lui auraient de toute façon manqué puisqu'ils ont disparu dans l'incendie de sa maison ». Il ajouta :

— C'est ce qui se serait passé si votre ami Grosrouvre ne vous avait pas envoyé la Bibliothèque de la Forêt.

Une idée terrible traversa l'esprit de M. Ruche. Ce que

jusqu'à présent il avait pris pour un miracle n'en était peut-être pas un. Ce n'était pas par un « hasard miraculeux » que Grosrouvre avait envoyé la BDF à Ruche avant que sa maison ne brûle. C'est parce qu'il savait que sa maison allait brûler qu'il avait envoyé la bibliothèque. Du coup…

Hou là. Du coup, si cette hypothèse se révélait exacte, l'incendie n'était plus accidentel mais délibéré. M. Ruche refusa de sauter le pas et exclut que Grosrouvre lui-même puisse être l'incendiaire.

Max n'en avait pas fini avec Euler :

— Son œil gauche se mit à décliner. Quelque temps après son arrivée à Saint-Pétersbourg, il n'y voyait plus du tout. Il décida de se faire opérer de la cataracte. L'opération réussit. Il se remettait à voir tout ce qui avait disparu depuis des années, tous les êtres, à commencer par ceux qui lui étaient le plus chers. La plus grande joie de sa vie ! Avec quel plaisir il se remit à écrire lui-même ses lettres. A tous ses nombreux correspondants, Bernoulli, Lagrange, Goldbach…

— Répète le nom !

— Goldbach.

— Goldbach, Goldbach… C'est la deuxième conjecture que Grosrouvre a démontrée ! Il faut vérifier tout de suite. Tu ne veux pas aller dans ma chambre chercher la lettre ?

— Pas tout à la fois, M. Ruche ! On finit Euler et on passe à Goldbach, proposa Max et, sans attendre, il reprit sa lecture.

Mais M. Ruche, tout à ses pensées, ne l'écoutait pas. L'irruption impromptue de Goldbach dans Euler changeait la donne et mettait en cause sa dernière conclusion : ce n'était pas de la mémoire de son fidèle compagnon que Grosrouvre voulait lui parler en citant Euler, mais de la deuxième conjecture.

Pourquoi pas des deux ?

— Une infection se déclara et, après des souffrances terribles, Euler perdit l'usage de son second œil ; il était à présent totalement aveugle. Il s'y était préparé, certes. Il avait 59 ans, c'était avant l'incendie. Il restera aveugle dix-huit années. Dès que les douleurs cessèrent, il reprit son travail, se lançant dans la rédaction d'un grand ouvrage d'algèbre. Il engagea un jeune garçon tailleur possédant une belle écriture, pour qu'il écrive sous sa dictée. Euler décida de composer l'ouvrage de façon à ce que le jeune homme comprenne au fur et à mesure ce qu'il écrivait. Pour y parvenir, il fallait que le texte soit conçu de façon telle qu'en l'écrivant le jeune homme se forme en mathématiques. Quand le livre fut terminé, le garçon tailleur était capable de résoudre des problèmes d'algèbre réellement difficiles.

Cette histoire rappelait quelque chose à Max.

M. Ruche fut plus rapide :

— Ferrari, Ludovico Ferrari ! Cardan l'avait engagé comme commissionnaire et il est devenu un grand mathématicien !

— Mais c'était un démon, rappela Max. Le texte ne dit pas si le petit tailleur était un démon. Euler a continué à travailler et le garçon tailleur à écrire. Sa femme mourut, Euler avait 69 ans. Savez-vous ce qu'il a fait ? Il s'est remarié l'année suivante. Vous voyez, il n'est jamais trop tard. Et il s'est remarié avec la demi-sœur de sa première femme. Avec sa demi-belle-sœur.

— Cela ne peut pas m'arriver. Je n'ai pas eu de première femme, lança M. Ruche.

Max, que rien n'aurait pu arrêter, continuait :

— Durant les premiers jours du mois de septembre 1783, deux ans après l'incendie de sa bibliothèque, Euler eut des accès de vertiges, mais ils ne l'empêchèrent pas de calculer les mouvements des globes aéros… aérostatiques. Le 7 septembre, au repas de midi, il discuta avec l'un de ses amis. Puis il s'amusa avec l'un de ses vingt-six petits-enfants. Pendant qu'il prenait son thé, il eut une crise d'apoplexie.

C'est quoi l'apoplexie ?

— C'est… le cœur qui flanche.

— Il s'écria : « Je me meurs ! » et perdit connaissance. Il mourut dans la soirée. Il avait 76 ans 5 mois et 3 jours.

— Enfin un qui ne meurt pas à 84 ans ! ne put s'empêcher de s'exclamer M. Ruche.

Max reposa le livre. Son visage devint grave. De ses petits yeux noirs, il fixait M. Ruche.

— S'il vous plaît, M. Ruche, ne prenez plus de thé.

CHAPITRE 21

Conjectures et Cie...

Une assertion d'une absolue simplicité, qu'un élève moyen de lycée comprendrait sans peine. Une assertion que tout le monde considère vraie, mais dont personne n'a pu démontrer la vérité. Exactement ce qu'il me fallait ! Quels os à ronger ! M. Ruche avait sous les yeux la lettre de Grosrouvre. Il fonça vers les rayonnages de la BDF. Section 3.

Voilà ce qu'il lut sur la fiche de Grosrouvre :

Conjecture de Goldbach

Un jour de 1742, le mathématicien Christian Goldbach envoya une lettre à son collègue Leonhard Euler, dans laquelle il écrivit cette petite phrase : « Tout nombre pair (différent de 2) est la somme de deux nombres premiers. » Par exemple, $16 = 13 + 3$ ou $30 = 23 + 7$.

On sait depuis Gauss que tout nombre entier peut être décomposé d'une façon unique en un produit, non limité, de nombres premiers. Goldbach affirmait qu'on pouvait le décomposer également comme une somme, et comme une somme *limitée* de nombres premiers ! Superbe !

Deux siècles et demi ont passé ; on ne sait toujours pas si cette assertion, connue sous le nom de *conjecture de Goldbach*, est vraie.

Je m'y attelle.

Une note suivait. Écrite avec une autre encre, elle était de toute évidence d'une écriture plus récente.

N.B. : Le Russe I. M. Vinogradov a démontré que tout entier impair supérieur à $3^{14\,348\,907}$ est somme de trois nombres premiers. Dernièrement, le Chinois Chen Jing-Run a accompli de grands progrès sur le sujet.
Mais la conjecture n'est toujours pas démontrée.
Je suis sur la voie d'y parvenir.

La suite de la fiche disait en substance ceci : c'est Christian Goldbach qui attira l'attention d'Euler sur les travaux de Fermat en théorie des nombres. Immédiatement passionné par ces questions, Euler donna des démonstrations complètes de plusieurs propositions de Fermat, confirmant que ce dernier avait une vision claire étonnement claire dans ce domaine.

De plus en plus passionné par l'œuvre de Fermat, Euler s'arrangea pour pouvoir disposer de ses papiers. Il les étudia attentivement. Au milieu de la démonstration de « aucun triangle rectangle n'a pour aire un carré », il découvrit, toujours dans la marge des *Arithmétiques* de Diophante, une démonstration de la conjecture pour n = 4 :

$$x^4 + y^4 = z^4 \text{ n'a pas de solution en nombres entiers.}$$

Ce fut d'ailleurs la seule fois où Fermat employa explicitement la *descente infinie*.
Utilisant cette fameuse méthode, Euler se mit immédiatement au travail et s'attacha à démontrer la conjecture pour n = 3, en utilisant non pas les nombres réels mais les nombres complexes. Le 4 août 1753, il annonça qu'il venait de démontrer :

« Un cube en nombres entiers ne peut être la somme de deux cubes. »

Sauf que…, écrivait Grosrouvre dans sa fiche, la démonstration d'Euler comportait une erreur ! Sa méthode, par contre,
était tout à fait judicieuse. Elle fut utilisée postérieurement
avec grand succès.

L'épopée de la conjecture commençait.

M. Ruche potassa sérieusement les fiches suivantes de
Grosrouvre avant de lancer convocation pour une « soirée conjectures ».

Soirée capitale. Après plus de six mois, enfin, on commençait à aborder sérieusement la quatrième question :
Grosrouvre avait-il résolu les conjectures qu'il affirmait
avoir résolues ?

L'importance de la soirée n'échappa à personne. Tout
le monde était là. Sauf Nofutur. Présent dans l'esprit de
chacun. Personne n'en laissa rien paraître. M. Ruche sortit ses munitions, il lut le titre de la fiche de Grosrouvre :

> Les différentes étapes accomplies jusqu'à ce jour
> dans l'entreprise de résolution
> de la conjecture de Fermat

Grosrouvre avait biffé « réso » pour le remplacer par
« disso ». Dissolution de la conjecture !

Premier résultat. Il suffit de démontrer la conjecture pour
les seuls exposants n premiers. Ce qui permit de balayer le
terrain et d'évacuer tous les nombres non premiers !

Les générations successives de mathématiciens qui
s'attaquent à une conjecture s'y prennent de façon gra-
duelle, ils la « grignotent ». Ne parvenant pas de prime
abord à la démontrer dans toute sa généralité, ils vont

distinguer des cas particuliers où ils pourront tout de même répondre. Et de fil en aiguille, peut-être...

Le démarrage fut d'une extrême lenteur. Un siècle passa. Le grignotage se poursuivit. Legendre démontra la conjecture pour n = 5, un dénommé Lamé la démontra pour n = 7, tandis que Lejeune-Dirichlet la démontrait pour n = 14.

En 1820, une jeune femme, Sophie Germain, qui avait publié certains de ses écrits sous le nom de « monsieur Le Blanc » !, fut la première à fournir un résultat général ne portant pas sur une valeur donnée de l'exposant, mais sur une catégorie entière de nombres premiers d'une certaine forme.

Léa bondit. Elle avait encore sur l'estomac le massacre d'Hypatie. Belle revanche sur les salauds et les fanatiques. Mais il avait fallu que la mathématicienne se cachât sous l'identité d'un homme ! Belle revanche tout de même. Et en plus, alors qu'on ne cesse de reprocher aux femmes de ne s'intéresser qu'à leurs petites affaires particulières, ce fut une femme qui, la première, aborda le cas général.

M. Ruche, toujours admiratif devant l'énergie de Léa, poursuivit la lecture de la fiche :

Le 1er mars 1847, il y eut une séance terrible à l'Académie des sciences. Coup sur coup, deux hommes se levèrent, Gabriel Lamé et Augustin Cauchy, l'un des grands mathématiciens du XIXe siècle. Ils présentèrent chacun une enveloppe scellée contenant la démonstration complète de la conjecture de Fermat. Stupeur dans l'assistance. Lequel des deux l'emporterait et empocherait la médaille d'or ?

Un mois passa. A la séance suivante, on attendait Lamé, on attendait Cauchy, ce fut Ernst Kummer, un mathématicien allemand, qui, dans une lettre envoyée à l'Académie, montrait que l'un et l'autre avaient attribué aux nombres complexes une propriété des nombres réels. Les démonstrations de Cauchy et de Lamé étaient fausses ! Ils avaient commis la même erreur qu'Euler un siècle plus tôt.

Presque en même temps, Kummer, s'appuyant sur les propriétés des nombres qu'il avait nommés *idéaux*, démontra la conjecture pour presque tous les nombres premiers inférieurs à 100. Puis, dans la deuxième moitié de notre siècle, on assista à une brusque accélération. Grâce aux ordinateurs, on démontra la conjecture pour des dizaines de milliers puis des centaines de milliers de nombres. Mais cela n'en faisait jamais qu'un nombre fini. Enfin, dans les années 80, plusieurs résultats importants tombèrent :

En trois siècles, on était passé de 1 à 2, à 3, à 4, à 100, à beaucoup, à une infinité, à presque tous. La conjecture ne sera démontrée que lorsque l'on arrivera à « TOUS » !

Je m'y attelle.

Jonathan avait réussi à attendre que M. Ruche termine la lecture de l'interminable fiche.

– Je note seulement, dit-il, que l'un des plus grands mathématiciens du XIXe siècle, qui croyait avoir démontré la conjecture de Fermat, s'est trompé.

On nota que Jonathan avait noté et M. Ruche prit la fiche suivante.

J'avais écrit dans une précédente fiche qu'Euler avait donné des démonstrations complètes de plusieurs propositions de Fermat, confirmant que ce dernier avait une vision claire de ce qui était vrai dans le domaine de la théorie des nombres. En effet. Sauf en une occasion...

En 1640, Fermat écrit à son ami Frénicle : « Je suis persuadé que $2^{(2^n)} + 1$ est toujours un nombre premier. Je n'en ai pas la démonstration exacte, mais j'ai exclu une si grande quantité de diviseurs par démonstrations infaillibles, et j'ai de si grandes lumières qui établissent ma pensée, que j'aurais peine à me dédire. » Un peu plus tard, pour enfoncer le clou, il écrivit à Pascal : « C'est une proposition de la vérité de laquelle je vous réponds. »

En 1732, Leonhard Euler montra que le cinquième nombre de Fermat : 2 puis. $(2^5) - 1$, c'est-à-dire $2^{32} - 1$, qui est égal à …

Heureusement que j'ai une bonne vue, se félicita M. Ruche.

… à 4 294 967 297, était divisible par 641. Donc n'était pas premier. La seconde conjecture de Fermat était fausse ! Fermat s'était donc trompé une fois. Pourquoi pas deux ? Pourquoi sa première conjecture serait-elle exacte ?

– Je note seulement, dit Jonathan, que l'un des plus grands mathématiciens du XVIIe siècle, qui croyait avoir démontré une proposition, s'est trompé.

On nota que Jonathan avait noté et M. Ruche poursuivit la lecture :

C'est pourquoi, faisant fi des innombrables essais des dizaines de mathématiciens qui ont tenté avant moi de démontrer cette conjecture en étant persuadés de sa vérité, j'ai commencé par tenter de démontrer qu'elle était fausse. J'y ai travaillé longtemps. Sans succès. Mais ces travaux ont eu l'énorme avantage d'établir en moi la conviction intime qu'elle était vraie, ayant éprouvé personnellement en quelques points précis en quoi elle ne pouvait pas ne pas être vraie. Depuis, je me suis attaché à la démontrer.

Au début du XIXe siècle, toutes les questions laissées ouvertes par Fermat, toutes celles qui avaient été conjecturées ou dont la preuve était incomplète avaient été résolues. Sauf une ! Seule restait inviolée sa conjecture de 1637 sur les sommes de puissances. On décida de l'appeler le Dernier Théorème de Fermat (DTF). Il y avait une bonne dose d'ironie dans ce nom, car justement ce n'était pas un théorème. C'est même cela qui faisait problème. Théorème, il ne le deviendrait que lorsqu'il aura été démontré... s'il l'était un jour.

Plus le problème résistait, plus il devenait célèbre. En 1816, l'Académie des sciences décida de créer un prix pour récompenser celui qui parviendrait à le résoudre. Quarante ans plus tard, il n'était pas résolu. L'Académie créa un second prix, accompagné cette fois d'une médaille d'or et d'une somme confortable de 3 000 francs. Le prix fut décerné à Ernst Kummer.

M. Ruche ne put s'empêcher de raconter l'histoire du lauréat.

– Contrairement à Galois, Abel et Gauss, Kummer ne s'était pas adonné dans sa jeunesse aux mathématiques. Quand il était enfant, l'Europe était ravagée par les campagnes napoléoniennes. Les troupes françaises occupèrent sa ville, y apportant une épidémie de peste ou de typhus, je ne sais plus bien. Le père de Kummer était médecin, il sauva des dizaines de malades, mais finit par succomber à l'épidémie. Le petit Ernst décida qu'il serait militaire afin de pouvoir s'opposer à toute nouvelle invasion de sa ville. Suivant les traces de Tartaglia, de Galilée et de Newton, il se mit à étudier les trajectoires des boulets de canons et devint l'un des meilleurs spécialistes de balistique de toute l'Europe.

– Décidément, remarqua Perrette, là où passent les troupes françaises, naissent les balisticiens.

– Donc, poursuivit M. Ruche, Kummer reçut le prix de l'Académie, qui n'était que broutilles comparé à celui qu'un richissime allemand, Paul Wolfskehl, créa un peu avant la Première Guerre mondiale. Celui-là était doté d'une somme énorme. Mais assorti d'une condition : la démonstration du DTF devait être effectuée avant le 13 septembre 2007.

— Pourquoi cette date ? demanda Perrette.

— 13/9/2007 ? 13 est premier, 9 ne l'est pas, réfléchit tout haut Jonathan. Quant à 2007... il est peut-être bien premier.

— Pas du tout, le coupa Perrette. Quand j'étais petite, on m'avait appris que si on peut diviser la somme des chiffres par 3, on peut diviser le nombre par 3. Or, 7 plus 2 plus 0 plus 0 égal 9. Et 9 est divisible par 3, donc...

L'assistance était stupéfaite. C'était la première fois qu'ils entendaient Perrette prononcer cette expression. Perrette avait été petite !

« Ben quoi... ! s'écria-t-elle devant cette surprise qu'elle mettait sur le compte de ses capacités calcula-toires.

Quand, derrière eux, s'éleva la voix de Max :

« Parce que ce sera en l'an racine cubique de 8 092 772 751. Tenir compte des décimales !

Assis par terre, une calculette à la main, Max les regar-dait sans broncher, son agenda ouvert à côté de lui.

— Comment tu le sais ? demanda Léa presque agres-sive.

— J'ai cherché dans mon agenda le combientième jour de l'année était le 13 septembre. C'est le 256e. J'ai divisé 256 par 365, ça fait 0,701369, que j'ai ajouté à 2007, ça m'a fait 2007,701369, que j'ai multiplié par lui-même deux fois de suite pour faire un cube. Et j'ai servi tout chaud.

Perrette pensa tout de suite : « Pourvu qu'il ne m'at-trape pas une tuberculose à vingt-sept ans, comme Abel ! »

— Eh bien, vous n'y êtes pas, mes amis, dit M. Ruche, intervenant rapidement parce qu'il ne voulait surtout pas que Max crût que ce qu'il venait de faire n'était pas très ordinaire pour un gamin de son âge.

M. Ruche raconta alors l'histoire du prix brodé d'or.

Le jeune Paul W. était très riche et très malheureux. Il aimait une femme qui ne l'aimait pas.

– Comme Galois ! Lui aussi était amoureux d'une femme qui ne l'aimait pas, rappela Jonathan. Mais qu'est-ce qu'ils ont tous à s'amouracher de femmes qui ne les aiment pas ?

– C'est presque toujours ainsi, n'est-ce pas, M. Ruche ? demanda Léa.

M. Ruche ne répondit pas.

– Moi, affirma Jonathan crânement, une femme qui ne m'aime pas, je ne l'aime pas. Je n'aime pas qu'on ne m'aime pas.

– Ce n'est pas si simple, dit Perrette.

– Alors, tu n'aimes aucune femme ! Hi hi, lui balança Léa.

– Parce que toi tu pourrais aimer quelqu'un qui ne t'aime pas ?

– La question ne se pose pas. Tous les hommes sont fous de moi !

– Pas de séance de psy, si vous voulez bien ! les interrompit M. Ruche. Et revenons à... c'était quoi, ton chiffre ?

– Racine cubique de 8 092 772 751. Tenir compte des décimales ! rappela Max.

– L'amour malheureux de Galois a été la cause du duel dans lequel il a trouvé la mort. L'amour malheureux de Paul W. l'amena à prendre une décision terrible. Il décida de se suicider.

Ayant fixé la date, il choisit l'heure : Paul W. mettrait fin à ses jours à la fin de son dernier jour. Juste avant minuit, il se tirerait une balle dans la tête. L'ultime soirée arriva. Paul W. était un homme d'ordre, il rangea ses affaires, régla ce qu'il y avait à régler. Puis rédigea son testament. Quand il eut fini, il s'aperçut qu'il restait une paire d'heures avant minuit. Il regarda longuement son pistolet posé sur son secrétaire et se dirigea vers la bibliothèque. Paul W. était un assez bon mathématicien, il pensa qu'en cet ultime instant ce serait la seule lecture capable à la fois de le captiver et de l'apaiser. Il compulsa plusieurs ouvrages et s'arrêta sur le texte de son compatriote Ernst Kummer concernant le DTF, celui dans lequel il avait démontré l'erreur de Cauchy et de Lamé. Paul W. se plongea dans le texte. Soudain son cœur battit... il y avait une erreur ! Il jeta un regard sur la pendule, il lui restait encore un peu de temps. Suffisamment pour prouver que Kummer s'était trompé. Si, durant la dernière heure de sa vie, il était capable de prouver la présence d'une erreur dans l'œuvre d'un si grand mathématicien, quelle belle fin ce serait !

Il s'installa à son bureau et se mit au travail, reprenant ligne par ligne le texte de Kummer. Arrivé à la dernière ligne, il dut se rendre à l'évidence : le travail de Kummer était absolument correct. Pas la moindre erreur. Déçu, et épuisé, Paul W. se massa les tempes et leva les yeux des feuilles noircies par sa recherche. Le jour s'était levé. Minuit était passé. Il était vivant !

Il referma le texte de Kummer, plia les feuilles, rangea le pistolet, déchira son testament et oublia la jeune femme. Les événements avaient trouvé la solution : la résurrection par la démonstration.

Il avait une dette envers Fermat et son DT. Il décida de créer un prix pour récompenser celui qui parviendrait à résoudre le problème qui lui avait sauvé la vie. La date que Paul W. avait fixée pour son suicide était le 13 septembre 1907 !

Léa se mit à chanter :

Chagrin d'amour ne dure qu'un instant,
plaisir d'amour dure toute la vie-iiiiiiiiiie !

Il restait une fiche. Elle était toute récente. Et débutait étrangement :

Dernière minute.

Conjecture d'Euler

Extrapolant la conjecture de Fermat : la somme de deux puissances n-ième d'un entier ne peut être la puissance n-ième d'un entier : $x^n + y^n = z^n$, Euler avait posé une conjecture plus modeste mettant en jeu non pas trois mais quatre nombres et restreinte à la seule puissance quatre :
« La somme de trois bicarrés ne peut être un bicarré. » Dit dans les termes d'aujourd'hui :
$x^4 + y^4 + z^4 = w^4$ n'a pas de solution en nombres entiers.
La conjecture va tenir un siècle, puis deux. Et voilà que le mathématicien Noam Elkies – nous sommes en l'année 1988 – vient de sortir de son chapeau quatre nombres qui contredisent l'affirmation d'Euler. J'ai vérifié. $2\,682\,440^4 +$ $15\,365\,639^4 + 18\,796\,760^4 = 20\,615\,673^4$
La conjecture d'Euler est fausse !

La nouvelle fit l'effet d'une bombe et électrisa l'assemblée qui, il faut le dire, sombrait dans la somnolence.
– Je note seulement, dit Jonathan, que l'un des plus grands mathématiciens du XVIIIe siècle...
– On note, on note ! s'écrièrent-ils ensemble.
Le prodigieux calculateur bâlois, l'homme aux huit pages de dictionnaire, aux 75 volumes, aux 4000 lettres, l'homme à la mémoire prodigieuse avait émis une conjecture fausse !
Que cherchait Grosrouvre en insistant si visiblement

sur les erreurs commises par ces illustres mathématiciens ? Erreur de Cauchy, celle de Lamé, qui l'un et l'autre firent une démonstration fausse ! Erreur de Fermat, celle d'Euler, qui l'un et l'autre émirent une conjecture fausse ?

Chapitre 22

Impossible est mathématique

— « Académie royale des sciences de Paris, année 1775. L'Académie a pris, cette année, la résolution de ne plus examiner aucune solution des problèmes de la duplication du cube, de la trisection de l'angle, ou de la quadrature du cercle, ni aucune machine annoncée comme un mouvement perpétuel. »

J-et-L, qui, plongés dans leurs livres de classe, potassaient leur bac avec bien du retard, levèrent le nez. Perrette lisait le journal. Max, les yeux fixés sur le perchoir veuf, pensait à Nofutur. Brandissant une photocopie rapportée de la BN, M. Ruche avait débarqué dans la salle à manger-salon.

— « Une expérience de plus de soixante-dix ans, continua-t-il, a montré à l'Académie qu'aucun de ceux qui lui envoyaient des solutions de ces problèmes n'en connaissait ni la nature ni les difficultés, qu'aucune des méthodes qu'ils employaient n'aurait pu les conduire à la solution quand même elle serait possible.

Cette longue expérience a suffi pour convaincre l'Académie du peu d'utilité qui résulterait pour les Sciences de l'examen de toutes ces prétendues solutions. D'autres considérations ont encore déterminé l'Académie. Il existe un bruit populaire que les gouvernements ont promis des récompenses considérables à celui qui parviendrait à résoudre le problème de la quadrature du cercle ; que ce

LE THÉORÈME DU PERROQUET

problème est l'objet de recherches des géomètres les plus célèbres. Sur la foi de ces bruits, une foule d'hommes beaucoup plus grande qu'on ne le croit renonce à des occupations utiles pour se livrer à la recherche de ce problème, souvent sans l'entendre, et toujours sans en avoir les connaissances nécessaires pour en tenter la solution avec succès.

Plusieurs avaient le malheur de croire avoir réussi, ils se refusaient aux raisons avec lesquelles les géomètres attaquaient leurs solutions, souvent ils ne pouvaient les entendre, et ils finissaient par les accuser d'envie et de mauvaise foi. Quelquefois leur opiniâtreté a dégénéré en une véritable folie. Tout attachement opiniâtre à une opinion démontrée fausse, s'il s'y joint une occupation perpétuelle du même objet, une impatience violente de la contradiction, est sans doute une véritable folie ; mais on ne la regarde point comme telle, si l'opinion qui forme cette folie ne choque pas les idées connues des hommes, si elle n'influe pas sur la conduite de la vie, si elle ne trouble pas l'ordre et la société.

L'humanité exigeait donc que l'Académie, persuadée de l'inutilité absolue de l'examen qu'elle aurait pu faire des solutions de la quadrature du cercle, cherchât à détruire, par une déclaration publique, des opinions populaires qui ont été funestes à plusieurs familles. »

Les derniers mots résonnèrent dans le silence : « funestes à plusieurs familles ! »

Que voulait signifier M. Ruche en donnant lecture de ce texte ? Voulait-il avertir que, semblablement aux Trois Problèmes de l'Antiquité, la recherche des Trois Problèmes de la rue Ravignan pourrait être funeste ? Quels risques encouraient-ils ? Devenir fous ? Depuis que l'enquête avait débuté, personne n'avait perdu la raison. Renoncer à des occupations utiles ? Perrette continuait de tenir la librairie, Max d'aller au collège, J-et-L de se rendre au lycée. Quant à M. Ruche, pouvait-il faire choses plus inutiles que celles qu'il faisait auparavant, avant de se lancer dans la résolution des TPRR ?

Funeste : qui cause la mort, qui porte avec soi le malheur. Terrible mise en garde ! La poursuite de la recherche des TPRR porterait-elle le malheur ?

Depuis que cette aventure avait commencé, il n'y avait guère eu que l'enlèvement de Nofutur… mais il n'avait rien à voir avec l'histoire de Grosrouvre. Triste événement, certes, mais tout de même pas un drame. Si, pour Max, c'en était un. Son premier drame.

Ces réflexions agitèrent les esprits durant les instants qui suivirent la lecture de la Déclaration de l'Académie royale des sciences.

Perrette fut la première à rompre le silence :

– Pouvez-vous relire cette phrase qui commence par « une expérience de plus de soixante-dix ans ».

M. Ruche relut le passage. Lorsqu'il arriva à « n'aurait pu les conduire à la solution, quand même elle serait possible », Perrette s'écria :

– Oui, là ! J'avais bien entendu. Pour les académiciens, donc, ces problèmes peuvent ne pas être possibles !

– Quoi ! s'écrièrent J-et-L. Pas possibles, les trois …!

– Holà ! Attendez ! Ne pas aller plus vite que la musique ! leur rappela M. Ruche.

– Cela voudrait dire, siffla Léa, que tous les mathématiciens de l'Antiquité…

– … et tous ceux d'après, ajouta Jonathan.

– … se sont escrimés à résoudre des problèmes impossibles !

– Conclusion hâtive. Le texte dit : « Quand même la solution serait possible », il ne dit pas « impossible » !

– Excusez-moi, M. Ruche, déclara Léa gravement, il dit : « quand même elle serait possible » et pas « quand même elle serait impossible ». Ce que vos académiciens mettent en doute clairement, c'est bien que les problèmes soient possibles, et non qu'ils soient impossibles !

Voilà qu'au moment même où J-et-L se mettaient – si tardivement – à potasser leur bac, une question aux conséquences gravissimes leur tombait dessus. Ils refermèrent leurs livres de classe, donnant raison à la déclaration de l'Académie : « renoncer à des occupations utiles ». N'est-ce pas ce que précisément J-et-L étaient en train de faire ? A moins que le bachotage ne soit pas une occupation si utile que...

Dans l'état des connaissances ravignanesques sur le sujet, il était évident qu'on ne pouvait aller plus loin. Ils se séparèrent.

M. Ruche l'admit : Léa avait vu juste dans son interprétation de la déclaration des académiciens : ils penchaient ouvertement pour l'impossibilité. Tous les mathématiciens grecs, puis tous les mathématiciens arabes, et tant d'autres après eux, étaient convaincus que ces problèmes étaient possibles. Quand donc le tournant avait-il été pris ? A quel moment était-on passé de chercher à les résoudre à chercher à démontrer qu'il était impossible de les résoudre ?

Qui, « on » ? Question difficile. Les mathématiciens ? C'est quoi, un mathématicien ? Y a-t-il une définition ? Existe-t-il une carte, un diplôme, une liste exhaustive ? Disons, la « communauté des mathématiciens ». Quand donc la communauté des mathématiciens avait-elle été convaincue que la quadrature était impossible ?

« Voilà, se dit M. Ruche, le type de question étrangère à la philosophie. Il n'y a pas une communauté des philosophes, encore moins une communauté qui "serait d'accord" sur telle ou telle question et qui serait "convaincue de...". Horreur ! Pas de consensus en philosophie, pas de preuves ni de vérités générales communes à l'en-

semble des philosophes. » En cela, M. Ruche était fier
d'être philosophe.

C'est par une séance solennelle que les TPRR avaient
fait une entrée fracassante dans la maison de la rue Ravignan, c'est par une séance solennelle que l'on saurait ce
qui leur était advenu. S'ils avaient été résolus et par qui.
A leur sujet, Jonathan utilisa le mot « tombeur », brûlant
de savoir les noms des héroïques tombeurs des TPRR.

Entre-temps – la séance où M. Ruche en avait parlé
pour la première fois s'était déroulée avant Noël et l'on
était après Pâques – la troupe d'acteurs s'était dégarnie.
Des acteurs, il ne restait que Max et M. Ruche. Nofutur
et HP étant dans l'impossibilité d'être là, on ferait au plus
simple.

– Commençons par la quadrature du cercle, proposa
M. Ruche à Jonathan-et-Léa et aussi à Perrette.

Pressentant que la séance serait d'une importance stra-
tégique, elle avait fermé la librairie plus tôt afin d'être
présente dès le début. Le grand rideau avait été tiré, mais
aucun décor particulier n'avait été installé.

– Au milieu du XVIe siècle un mathématicien allemand,
Michael Stiefel, suggéra que la quadrature du cercle était
peut-être impossible ! Cela n'eut aucun effet. Chaque
année voyait croître le nombre d'engagés volontaires
dans l'armée des quadrateurs : un cardinal, de Cusa ; un
professeur royal, Oronce Fine ; un chanoine, Charles de
Bovelles ; un jésuite, le père Leuréchon ; un Danois,
Logomontanus ; un Hollandais, Van der Eyck ; un géographe, Rémy Baudemont ; un officier suisse, Nicolas
Wursten, et d'autres par dizaines.

Chaque nouvelle tentative fournissait son lot d'erreurs,
chaque nouvel échec, loin de décourager les prétendants,
était reçu comme une bonne nouvelle : il laissait la porte

ouverte à de nouvelles tentatives. Comme dans les tournois du Moyen Age, plus le tas de cadavres grossissait, plus le combat prenait de la valeur.

– Si tant de gens, qui croyaient de bonne foi avoir démontré la quadrature, se sont trompés, qui dit que votre ami ne s'est pas lui aussi trompé ? suggéra Léa.

– Ce n'est pas parce que d'autres se sont trompés que lui s'est trompé, déclara fermement Perrette.

– Ils se sont tous trompés ! Il y a une présomption...

M. Ruche fit un signe hâtif à Max.

– Voyage dans l'univers des nombres ! annonça Max, fermement, mais tristement.

C'était le type d'annonces habituellement dévolues à Nofutur.

– Grâce à Tartaglia, Cardan, Ferrari, Bombelli, Abel, Galois...

Pendant que M. Ruche égrenait les noms, Max pensait : « C'était le bon temps. »

Avoir douze ans et regretter le passé...

– ... nous avons longuement fréquenté les équations algébriques, poursuivait M. Ruche. Elles vont nous permettre de définir une nouvelle propriété des nombres réels. Si HP était encore là, on l'entendrait proclamer : « Attention, attention, ceci est une définition : un *nombre algébrique* est un nombre qui est solution d'une équation algébrique. »

Mais HP n'était plus là, il avait définitivement grillé ses cordes vocales. Confidence : Max en était réjoui, il n'avait jamais pu « s'entendre » avec lui. Jamais il n'était parvenu à lire un seul son sur son cornet frigide.

Max annonça :

– Les entiers, positifs et négatifs, sont algébriques.

M. Ruche énonça :

– 1, par exemple, est solution de « $x + 1 = 0$ ».

Max annonça :

– Les rationnels sont algébriques.

M. Ruche énonça :

– 2/3 est solution de « $3x - 2 = 0$ ».

Max avertit :

– Mais il n'y a pas qu'eux ! $\sqrt{2}$, lui aussi, est algébrique !

M. Ruche énonça : – Il est solution de « $x^2 - 2 = 0$ ». Une question se pose alors…

Le moteur de la machine à transparents ronronna. Sur le mur s'afficha :

> Les algébriques épuisent-ils tous les nombres réels ?

– En un mot, reprit M. Ruche, existe-t-il des nombres qui ne soient pas algébriques ?

– Mais où voulez-vous en venir ? demanda Léa.

– Pas plus vite que la musique !

– Oh, qu'il commence à m'énerver avec sa musique ! fulmina Léa.

– Il a raison, lui glissa Jonathan, laisse toi faire un peu…

Imperturbable, M. Ruche continua :

– Puisque, comme nous l'avons vu dans le cas de $\sqrt{2}$

certains irrationnels sont algébriques, on se demanda tout naturellement si tous l'étaient. Ce qui revenait à se poser la question :

> Existe-t-il des irrationnels qui ne soient pas algébriques ?

– Sans savoir si de tels nombres existaient, on les nomma *transcendants*… A noter au passage la qualité des qualificatifs offerts aux nombres par les mathématiciens : rompus, absurdes, impossibles, sourds, fracturés, imaginaires, complexes, idéaux et pour finir transcendants. Le seul fait d'imaginer l'existence des transcendants permit d'établir une double partition des nombres réels :

> **– Rationnels/Irrationnels**
> **– Algébriques/Transcendants**

Comment ces deux partitions s'imbriquaient-elles ? Cette question agita les mathématiciens durant le XVIIIe et le XIXe siècle.

A part les nombres habituels et leurs racines, de quels autres nombres disposaient les mathématiciens ? Il y avait π, e, les logs, les sinus et les cosinus. π, par exemple, était-il rationnel ou irrationnel, algébrique ou transcendant ?

M. Ruche en profita pour pointer une différence importante entre le carré et le cercle. Autant il avait été facile de démontrer l'irrationalité du rapport entre le périmètre P et la diagonale d'un carré : $2\sqrt{2}$, autant il fut difficile de démontrer l'irrationalité du rapport entre la circonférence C et le rayon d'un cercle : π.

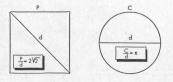

– C'est là que nous retrouvons Leonhard avec un h. Il fut le premier à conjecturer que π était non seulement irrationnel, mais transcendant. Il ne parvint pas à le démontrer. Quelques années plus tard, en 1761, Heinrich Lambert donna la réponse.

Étrange personnage que ce Johan Heinrich Lambert. Mathématicien, philosophe, astronome. Un jour qu'il était reçu au château de Potsdam, le roi Frédéric II de Prusse, celui qui n'aimait pas beaucoup Euler, lui demanda : « Lambert, que savez-vous ? » « Tout, sire. » « Et de qui le tenez-vous ? » « De moi-même. » De lui-même, donc, Lambert démontra que :

π est irrationnel.

– Donc quand on dit π égale 22/7, c'est faux ? demanda naïvement Perrette.

– Une horreur ! s'écria M. Ruche avec la mimique de certains profs de maths confrontés à une abomination commise par un de leurs élèves.

– Pourtant, quand j'étais petite...

C'était la deuxième fois en quelques jours que Perrette avait été petite !

– Si π avait été égal à 22/7, tenta d'expliquer M. Ruche..., on n'aurait pas eu besoin de lui donner un nom à part, de l'appeler π. On l'aurait appelé 22/7 comme tout le monde.

Il sentait qu'il fallait ajouter quelque chose. Excité, il lança :

« Et la quadrature du cercle aurait été possible !

De derrière la machine, Max laissa échapper :

– Et les maths auraient été plus tristes.

La lumière de la machine à transparents éclairait son visage et faisait rougeoyer un peu plus sa chevelure.

M. Ruche hocha la tête :

— Certainement, certainement. (Affichant un visage tragique :) Et la salle du palais de la Découverte n'aurait pas existé !

— Et les milliards de milliards de décimales, à la poubelle ! ajouta Jonathan. Tu vois où cela nous entraîne, mère !

— Si je comprends bien, on l'a échappé belle !

Pour tout dire, l'irrationalité de π, J-et-L s'en fichaient. Ce qu'ils brûlaient de savoir, c'était sa transcendance.

M. Ruche commença à répondre que le fameux Lambert qui « savait tout » n'était pas parvenu à la démontrer. Pas plus qu'Adrien Legendre qui s'y essaya également, mais qui, en chemin, démontra l'irrationalité de π^2.

— Là survient une conversion cruciale dans la façon d'envisager le problème. La première conversion avait consisté à passer de la possibilité de la quadrature à son impossibilité, la seconde consista à passer de la géométrie à l'algèbre. Puisque depuis 2 000 ans tous les efforts pour résoudre par des moyens géométriques la quadrature ou son impossibilité s'étaient révélés vains, on allait l'« algébriser ».

Ce fut le grand œuvre d'un tout jeune répétiteur à l'École polytechnique. En 1837, Wantzel était âgé de 23 ans quand il démontra un petit théorème qui eut des conséquences énormes. Ce théorème ne faisait rien de moins que d'exhiber la forme des équations des problèmes impossibles à résoudre avec la règle et le compas.

M. Ruche ménagea un silence. Et, solennel, il déclara : « L'équation de la duplication du cube était de ce type !

La duplication du cube avec la règle et le compas est impossible.

La phrase était apparue sur l'écran avant même que M. Ruche ait terminé de parler.

Max annonça :

– L'un des trois problèmes de l'Antiquité est « impossible » !

Rarement Jonathan, Léa et Perrette avaient été aussi attentifs. Tandis qu'ils échangeaient un regard, M. Ruche fit une nouvelle déclaration :

– L'équation de trisection de l'angle était de ce type !

> La trisection de l'angle avec la règle et le compas est impossible.

La phrase s'afficha au-dessous de la précédente.

Max annonça :

– Deux des trois problèmes de l'Antiquité sont « impossibles » !

– Et la quadrature ? ne put s'empêcher de demander Jonathan qui bouillait.

M. Ruche déclara :

– En 1882, le mathématicien allemand Ferdinand Lindemann démontra que π était transcendant. C'est-à-dire que π ne pouvait être la solution d'aucune équation algébrique. C'en était fini de la quadrature du cercle !

Un nouveau transparent chassa le précédent :

> La quadrature du cercle avec la règle et le compas est impossible.

LE THÉORÈME DU PERROQUET

La phrase vint s'afficher sous les deux précédentes. C'était impressionnant, les trois phrases réunies ! Perrette s'était bien doutée que la séance serait capitale.

Et Max conclut :

– Les trois problèmes de l'Antiquité sont « impossibles » !

2 400 ans pour le démontrer ! Un profond silence envahit l'atelier des séances. Tous pensaient aux conséquences de cette révélation, à ce qu'elle pouvait signifier concernant l'enquête : les Trois Problèmes de la rue Ravignan seraient-ils eux aussi impossibles à résoudre avec les moyens dont ils disposaient ? Mais la vie, ce n'est pas les maths, c'est autrement plus difficile. Impossible est mathématique ! Tous, cependant, se sentaient étrangement libérés : loin d'obturer le futur, chaque démonstration d'impossibilité libère l'avenir…

La fourgonnette était garée le long du trottoir, les deux portes arrière ouvertes. Cinq heures. La sonnerie du collège retentit, comme tous les jours de semaine. Les collégiens envahirent la chaussée. Max quitta ses copains. En passant devant la boutique de Habibi, il lui fit un signe et poursuivit sa route. Tout à coup, il se sentit soulevé. Il voulut crier. Trop tard ! Les portes de la camionnette s'étaient refermées sur lui. La camionnette démarrait. Cela n'avait pas duré plus de dix secondes. Personne n'avait rien vu.

A sept heures, Perrette commença à s'inquiéter. Elle téléphona au collège, on ne répondit pas. Elle décida d'y aller, sonna. Le concierge appela la principale. Max était bien sorti avec ses camarades à la fin des cours. En rentrant, Perrette s'arrêta à l'épicerie de Habibi. « Oui, je l'ai vu, il m'a fait un petit bonjour et juste après je ne l'ai plus vu. »

Peut-être Max était-il rentré à présent. Perrette courut.

Devant l'entrée de la librairie, M. Ruche l'attendait. Il avait une tête à faire peur.

— Ils ont enlevé Max ! dit-il d'une voix lugubre.

— Comment le savez-vous ?

— Ils ont téléphoné.

— Qui a téléphoné ?

— Comment voulez-vous que je sache ?

— Il faut prévenir immédiatement la police.

— Non, Perrette. Ils ont vraiment dit qu'il ne fallait pas, qu'ils ne lui feraient pas de mal. Ils doivent rappeler dans la soirée.

— On aurait déjà dû le faire quand ils ont enlevé Nofutur.

Elle entra dans le magasin pour appeler la police. La sonnerie retentit, elle se précipita.

— Allô, allô ! Où est mon fils ?

C'était Jonathan. Il appelait pour avertir qu'avec Léa ils ne rentreraient pas manger.

Elle hurla :

— Ah non, pas vous aussi !

Elle se mit à pleurer. M. Ruche lui retira doucement le combiné des mains et expliqua à Jonathan ce qui se passait. Il raccrocha :

— Ils arrivent, Perrette.

Le téléphone sonna à nouveau. Avant que M. Ruche pût faire un geste, elle décrocha. Elle blêmit.

— Qui êtes-vous ? Qui êtes-vous ?

Elle passa le combiné à M. Ruche :

« Ils veulent vous parler, à vous.

M. Ruche prit le combiné.

— Non, je vous assure. Nous n'avons pas appelé la police, dit M. Ruche d'une voix ferme.

Perrette prit l'écouteur.

Quand M. Ruche raccrocha. Ils se regardèrent, abasourdis.

— Vous n'allez pas y aller ! s'écria Perrette.

– Évidemment que si !

– Partir pour la Sicile, à votre âge ! Vous êtes fou. C'est moi qui dois y aller.

– Écoutez, Perrette, je crois que vous n'avez pas bien compris ce qui se passe.

– Parce que vous comprenez, vous ? On enlève un perroquet dans notre maison, sous notre nez, on kidnappe mon fils, en plein Paris, on exige que vous vous rendiez sur-le-champ où ? En Sicile…

– Non. Je ne comprends pas, pas plus que vous. Sauf une chose. Ces types ne plaisantent pas. Je crois vraiment qu'ils ne veulent pas faire de mal à Max… si on fait exactement ce qu'ils demandent. Ils m'ont averti que Max était déjà parti pour la Sicile.

– Pourquoi la Sicile ? La mafia ! Pourquoi la mafia s'intéresserait-elle à Max ? Je ne comprends pas pourquoi ils veulent que ce soit vous qui y alliez. (Tout à coup, elle le regarda, horrifiée :) M. Ruche, vous n'avez jamais rien eu à faire avec la mafia ?

Quand il comprit le sens de la question, il ne put s'empêcher de rire.

– Oh, non, ma pauvre Perrette, jamais, je vous le jure. Il y a des moments où il ne faut pas chercher à comprendre. Je partirai demain.

Elle lui prépara sa valise.

Le lendemain matin, aux informations, la nouvelle tomba : grève générale en Italie, *sciopero* ! Le speaker précisait que le mouvement était très dur, et qu'en particulier dans les transports la grève semblait partie pour durer plusieurs jours.

Cette information acheva de les abattre. C'est à ce moment qu'Albert sonna. C'était son jour de congé. Ils ne purent lui cacher ce qui se passait. Il tritura sa casquette, alluma son mégot plusieurs fois.

– Je vous embarque, annonça-t-il brusquement à M. Ruche.

– Mais tu es fou, tu sais où est la Sicile ?

– Vous voulez dire que la 404 est trop vieille pour faire le trajet ?

– Mais, ton travail ?

– Voilà à quoi ça sert d'être un indépendant. On part quand on veut. Vous connaissez la chanson : « J'aimerais bien voir Syracuse… » Syracuse, c'est en Sicile, non ?

Quand la 404 démarra, Perrette et les jumeaux, plantés devant les *Mille et Une Feuilles*, agitèrent discrètement la main. « Qu'ils reviennent ! »

Après tout ce qui venait de se passer, l'enlèvement de Nofutur, le rapt de Max, et maintenant ce départ en catastrophe pour Syracuse, Jonathan-et-Léa surent que leur voyage était fortement compromis.

Si Max revenait indemne, et il reviendrait indemne – ils en étaient sûrs, ayant une confiance absolue dans les capacités de leur petit frère de se sortir des pires situations – ils partiraient à Manaus ? J-et-L étaient de plus en plus convaincus qu'on ne pourrait trouver la solution des TPRR qu'en allant là-bas, sur les lieux originels, là où l'histoire avait commencé.

La 404 passait la frontière quand le téléphone sonna aux *Mille et Une Feuilles*. C'était… « Allô, m'man ! » Max ! Il lui dit d'une traite qu'il avait retrouvé Nofutur, que Nofutur allait bien, que lui allait bien, qu'il l'aimait beaucoup, qu'elle ne se fasse pas de mauvais sang, qu'elle embrasse les jumeaux et M. Ruche.

Perrette attendit la fin de ce déluge pour annoncer à Max que M. Ruche était parti le rejoindre, avec Albert, qu'il les verrait dans deux ou trois jours. En parlant, elle réalisa qu'il ne pouvait pas entendre ce qu'elle venait de dire, c'était la première fois qu'elle lui téléphonait. Comment faire ? un interminable silence suivit. Puis une voix de femme : « J'ai transmis à Max ce que vous venez de lui dire. Je crois qu'il est très content de la nouvelle. Il est adorable, votre petit, madame. »

La femme raccrocha.

CHAPITRE 23

J'aimerais bien voir Syracuse...

Comme Alexandrie, Syracuse a deux ports qui se tournent le dos. Le grand et le petit port. La 404 s'arrêta sur le Porto Piccolo devant un bar minuscule. Albert entra. Il n'eut pas besoin de se faire reconnaître. Le barman lui tendit un message leur demandant de se rendre à l'*Orecchia di Dionisio*, l'Oreille de Denys. Le barman indiqua le chemin à Albert et, dès que celui-ci eut franchi la porte, il décrocha le téléphone.

Après avoir traversé le centre de la ville, la 404 se dirigea vers le parc archéologique de Neapolis, passant devant le théâtre grec qui, aux dires d'Albert, était le plus vaste de tout le monde antique. Creusé à même la colline, il pouvait accueillir 15 000 spectateurs assis sur une cinquantaine de gradins ! Après s'être emparés de la ville, les Romains l'avaient aménagé pour y faire des spectacles aquatiques, avec des naïades. En toute autre circonstance, M. Ruche se serait arrêté, pas pour les naïades mais pour l'architecture. Pensez, une *cavea* superbe traversée en son milieu par un *dyazoma* surmonté d'une frise, le tout merveilleusement conservé. Ils poursuivirent leur chemin.

Les Latomies sont d'immenses carrières entourant Syracuse. Leurs pierres ont servi à construire la ville antique. L'Oreille de Denys se trouve dans la Latomie Del Paradisio. La 404 s'arrêta au milieu d'un verger touffu plein d'orangers, de citronniers et de grenadiers sauvages.

Une falaise de calcaire, trouée par une impressionnante faille d'une vingtaine de mètres de hauteur, se dressait devant eux. Indiscutablement, la faille avait la forme du conduit d'une gigantesque oreille. L'Oreille de Denys ! Albert la reconnut pour l'avoir vue dans tous les guides de Syracuse.

Pas rassuré du tout, il descendit, scruta les alentours, fit quelques pas sans s'éloigner de la voiture. Personne ! Il remonta dans la voiture. M. Ruche n'avait pas dit un mot depuis leur arrivée dans la ville. Malgré la verdure environnante, il faisait très chaud. Du temps de ses « voyages » singuliers, Albert avait lu pas mal de choses concernant l'Oreille de Denys

– Le Denys de l'Oreille, c'est Denys le tyran de Syracuse, qui a régné vers le IVe siècle avant Jésus-Christ. En vieillissant, il était devenu tellement méfiant qu'il avait transformé sa chambre en une véritable forteresse. Écoutez ça ! Son lit était entouré d'un fossé ! Le fossé était si large et si profond qu'il était impossible de le franchir sans l'aide d'un pont-levis. Chaque nuit, avant de se coucher, il relevait lui-même le pont-levis. Il s'endormait tranquille. C'est mieux que votre lit à baldaquin, dit-il à M. Ruche, pour le dérider. Ça fait moins de mal à la santé que les somnifères, mais c'est plus cher !

M. Ruche était trop inquiet pour sourire. Pourquoi les gens qui leur avaient fixé rendez-vous n'étaient-ils pas là ? Tant qu'il n'aurait pas vu Max de ses yeux, il ne serait pas rassuré.

« Ce Denys, continua Albert, avait un courtisan qui ne cessait de lui seriner : quel bonheur tu as d'être roi ! Denys décida de le faire roi pour une journée. Le courtisan n'en pouvait plus de bonheur. La journée se termina par un banquet qu'il présida, ceint du diadème royal. Au milieu du repas, Denys lui demanda de regarder au-dessus de lui. Le courtisan leva les yeux, au-dessus de sa tête il y avait une lourde épée nue. Elle était suspendue à un crin de cheval. Le courtisan abandonna le trône sur-le-champ. Il s'appelait Damoclès.

Et Albert, décidément intarissable, poursuivit :

« Denys faisait enfermer ses prisonniers dans les grottes qui truffaient les Latomies. Celle qui se trouvait devant eux avait une qualité acoustique exceptionnelle. Le moindre son était amplifié, un murmure lâché au sol, on croyait entendre le souffle d'une tempête. La légende raconte que lorsque la nuit tombait et que les langues se déliaient, Denys collait son oreille tout en haut de la faille, pour y surprendre les paroles des prisonniers.

Albert n'avait pas fini sa phrase qu'une voix, bien réelle celle-là, se fit entendre. Elle provenait de l'Oreille de Denys. Albert laissa échapper son mégot. La voix lui ordonna de descendre M. Ruche et de l'installer sur son fauteuil, puis de quitter les lieux. Albert refusa. « Une arme est braquée sur vous ! »

– Laisse, Albert, dit M. Ruche. Que veux-tu qu'on me fasse, à mon âge ?

On ne voyait toujours personne et la voix continua à donner ses instructions. Albert devait retourner au bar du Piccolo Porto. Là, on lui indiquerait l'hôtel où il devait demeurer jusqu'à ce qu'on le contacte. « Un seul mot à qui que ce soit et... »

Albert sortit le fauteuil, aida M. Ruche à s'installer et déposa à ses côtés les deux valises, celle de M. Ruche et celle que Perrette avait préparée pour Max. Puis il remonta à contrecœur dans la voiture. M. Ruche lui fit un petit signe d'encouragement. La 404 démarra, Albert se retourna plusieurs fois avant de disparaître derrière le verger sauvage.

Entouré de ses valises, assis sur son fauteuil au milieu des grenadiers et des citronniers, M. Ruche fixait l'Oreille de Denys. Un bruit derrière lui le fit se retourner. Sortie d'on ne sait où, une camionnette s'avançait. Un homme en descendit. Si Albert avait fait demi-tour à cet instant, il aurait reconnu l'homme qu'il avait refusé de charger à l'aéroport de Roissy, l'homme qui venait de Tokyo, le GTBM.

La porte arrière de la camionnette s'ouvrit, un plan incliné actionné automatiquement se déploya. M. Ruche se sentit poussé à l'intérieur de la camionnette.

Après une longue montée, la camionnette s'immobilisa devant l'entrée d'un château. Immédiatement après que la caméra eut identifié le chauffeur, la grille s'ouvrit et se referma sans bruit après le passage de la camionnette. Accompagnée de deux molosses courant silencieusement à ses côtés, elle grimpa une allée bordée d'ifs qui sinuait à travers un parc immense.

Sur l'avancée d'un château du XVIIIe siècle, un homme appuyé à une balustrade de pierre avait suivi des yeux l'arrivée de la camionnette. Les chiens, arrivés les premiers, se précipitèrent en jappant. Un geste de l'homme, ils s'arrêtèrent en pleine course et se couchèrent sur le gravier. Le soleil était encore haut.

Le fauteuil fut déposé sous un large oranger.

M. Ruche vit s'avancer vers lui un superbe vieillard, droit et sec. Le casque d'argent de ses cheveux blancs dominait un visage fin et dur que des rides imperceptibles mettaient en valeur comme une trame. Il tenait fermement le pommeau d'ivoire d'une canne ciselée, qui était bien plus un attribut de pouvoir qu'une assistance à une marche défaillante. Vêtu avec une extrême distinction, il portait une chemise de lin presque transparente qui contribuait à donner à ses mouvements une allure aérienne. Ses sandales de cuir souple ne faisaient aucun bruit sur le gravier tandis qu'il s'approchait de M. Ruche. Malgré son âge, on sentait une énergie et une souplesse qui le rendaient encore redoutable.

Il s'immobilisa à quelques pas, sortit une fine paire de lunettes, regarda M. Ruche avec une extrême attention.

– Mon Dieu !

M. Ruche ne lui laissa pas le temps de poursuivre. Dressé sur son fauteuil, il gronda :

– Je veux voir le gosse immédiatement ! Si vous avez touché à un seul de ses cheveux !...

Visage durci par une terrible fureur, il menaçait.

Le propriétaire du château fit un signe au GTBM.

– Tout de suite, Don Ottavio, dit celui-ci respectueusement avant de s'éloigner.

– Tu ne me reconnais pas ? demanda le vieillard.

– Je n'ai pas l'honneur de vous connaître, monsieur. Ni l'envie.

– Moi je te reconnais, malgré les années. Pierre !

M. Ruche, interloqué, regarda avec attention cet homme qui l'appelait par son prénom. L'homme agitait sa canne :

– Pierre Ruche ! Le philosophe. Tu as toujours cette même tête fine. Au moins, toi, tu n'as pas empâté.

Cet accent italien... ce vieillard qui disait le reconnaître...

– Tavio ! Non, c'est impossible. Qu'est-ce que tu fais là ? C'est toi qui m'as fait venir ? Pourquoi m'as-tu fait venir ? Qu'est-ce que tu as à voir avec cette sale histoire ?

Le troisième du trio du Tabac de la Sorbonne, le petit serveur ! Il était là, devant ses yeux ! Grosrouvre, Ruche et Tavio. M. Ruche se dressa sur son fauteuil :

« Ne me dis pas que c'est toi qui as fait enlever le gosse ? Tu es devenu fou ! Il a douze ans, c'est un enfant. Je veux le voir immédiatement, hurla M. Ruche.

Des crissements sur le gravier, Max courait à perdre haleine. Il se jeta dans ses bras.

– Mon petit, mon petit ; ils ne t'ont pas fait de mal ?
(M. Ruche serrait Max dans ses bras.) Réponds-moi !

Il pleurait, cela faisait vingt ans, trente ans qu'il n'avait
pas pleuré. Tout aussi ému, Max, qui avait senti une larme
couler sur sa main, lui glissa dans le creux de l'oreille :

– On nous regarde, M. Ruche.

M. Ruche desserra son étreinte.

– Ils ne t'ont pas fait de mal ? redemanda-t-il.

– Non. A Nofutur non plus.

– Tu vois, on n'est pas des sauvages, osa ajouter Don
Ottavio.

Mais dans l'esprit de M. Ruche, c'était une satanée
purée. Il n'y comprenait rien. Le rapt du perroquet, le
kidnapping de Max, ce Tavio qui sortait du fin fond de
son passé. Ce Tavio serait le chef de la bande de trafiquants d'animaux qui s'acharnait depuis des mois à récupérer Nofutur ? Brusquement il se souvint que lors de
leur enquête au sujet d'Omar al-Khayyām et de Nasīr al-
Dīn al-Tūsī, Perrette l'avait forcé à se souvenir du trio du
Tabac de la Sorbonne. Oui, elle avait pointé l'existence
de Tavio bien avant qu'il n'apparaisse là en chair et en
os ! Serait-il lié avec ce qui s'était passé à Manaus ? Ce
serait lui... non, impossible ! Il croisa le regard de Tavio,
lut dans ses yeux sa détermination.

Ce fut le déclic. Tavio serait le chef de la bande qui
voulait s'emparer des démonstrations ! C'était lui que
Grosrouvre avait voulu lui désigner en multipliant les
indices. Lui que Perrette avait identifié ! C'est évident, il
croit que Grosrouvre m'a envoyé ses papiers avant de
mourir et il a kidnappé Max pour me forcer à les lui
remettre, le salaud ! Mais, alors, pourquoi enlever Nofutur ? Tout s'embrouillait. M. Ruche était fatigué. Ce
voyage interminable l'avait épuisé. Même à l'ombre du
superbe oranger, il faisait très chaud ; on était à moins de
trois cents kilomètres de l'Afrique.

Le gosse était en bonne santé. C'était la seule chose qui importait. Et puis, il n'en avait rien à fiche des démonstrations, des conjectures et de Manaus et de Grosrouvre et de toute cette histoire. Sa tension se relâcha. Il vit Tavio se précipiter vers lui et crut le voir s'écrouler. Max poussa un cri. Tavio, lâchant sa canne, eut juste le temps de retenir M. Ruche avant qu'il ne tombe de son fauteuil. Il s'était évanoui.

Quand M. Ruche ouvrit les yeux, il ne reconnut rien. Mais c'était si beau ! La seule chose qu'il vit : des murs bleus. Ses mains étaient posées sur un tissu d'une douceur inouïe. Allongé sur un lit qui n'était ni à baldaquin ni entouré d'un fossé avec un pont-levis mais qui avait la forme d'un bateau, dont la proue se dressait, fine, devant lui, et semblait naviguer en direction de la fenêtre par laquelle M. Ruche aperçut la frange bleue de la mer Ionienne. La chambre était grande mais pas trop. Une délicieuse armoire transformée en bibliothèque, dont les portes à claire-voie grillagée laissaient voir des livres précieux. M. Ruche comprit, il avait eu un étourdissement. A présent, il se sentait bien. Tellement mieux que tout au long de cette journée terrible. Le soir commençait à descendre. Des voix parlaient bas. Sur le balcon, Don Ottavio était en discussion avec un homme en costume sombre. Ainsi, pensa M. Ruche, le petit Tavio est devenu cet homme inquiétant, respecté et craint, un chef de bande. On était en Sicile... la mafia ! Don Ottavio, boss de la mafia ! C'était à peine croyable. Don Ottavio se retourna et regarda en direction du lit. M. Ruche ferma précipitamment les yeux. Cela lui donnera un peu de temps pour réfléchir.

Bien que ne comprenant toujours pas les raisons de l'enlèvement de Nofutur, M. Ruche se convainquit que la piste des trafiquants d'animaux ne tenait pas. Il s'agissait bien de Grosrouvre et de Manaus. Il prit une décision. C'était simple. Il allait tout raconter à Tav…, il ne pouvait plus à présent l'appeler par son prénom. Il allait tout raconter à Don Ottavio, lui dire exactement ce qui s'était passé, les deux lettres, la bibliothèque, tout, ne rien lui cacher. Mais lui dire que, par contre, Grosrouvre ne lui avait pas envoyé les démonstrations. M. Ruche hésita : en était-il si sûr ? Une pensée lui traversa l'esprit : et si elles étaient dissimulées dans un ouvrage de la Bibliothèque de la Forêt ! Et si c'était pour cette raison qu'il la lui avait envoyée ? Pour qu'elle échappe au feu, bien sûr. Mais aussi parce qu'il y avait caché les démonstrations ! Il l'aurait une fois de plus manipulé. C'est étrange qu'il n'y ait jamais pensé, ni Perrette, ni les jumeaux, ni Max. Personne ! Les fiches ! Peut-être les démonstrations étaient-elles inscrites sur certaines fiches. Mais si tel était le cas, avait-il le droit de révéler ce secret à Don Ottavio et de trahir Grosrouvre ? Qui le méritait bien ! De quelque côté qu'il retournât les choses, elles se présentaient chaque fois de façon plus compliquée encore. Comme une pelote de laine que chaque tentative pour la démêler emmêle un peu plus.

Tant pis, il allait dire tout cela à ce vieillard. Et repartir sur-le-champ avec Max, et Nofutur, et Albert, qui dans son hôtel, sans nouvelles, devait se faire un sang d'encre. Il ouvrit la bouche pour appeler Don Ottavio et tout à coup se rappela d'un principe qu'on lui avait inculqué dans la Résistance : le geôlier ne sait rien, c'est toujours le prisonnier qui lui apprend tout. Se taire et ne jamais anticiper !

Il se tut et prit la décision de ne parler à Don Ottavio ni des lettres de Grosrouvre ni de la Bibliothèque de la Forêt.

L'homme en costume sur le balcon était le médecin de famille. Lorsqu'il s'approcha pour ausculter M. Ruche, celui-ci refusa tout net. Max insista si bien qu'il finit par se laisser faire.

Tout allait bien, la tension, la respiration, le cœur.

— Il est en parfaite santé, votre ami français, conclut le médecin.

Puis il se laissa aller à :

« Et il a un cœur de jeune homme. »

Il s'interrompit brusquement, rougit, regarda Don Ottavio pour s'excuser.

— Oui, mon cœur a quelques faiblesses, de temps en temps, il jappe un peu comme un mauvais chien, dit Don Ottavio. Bon, tu es rassuré pour le petit. Il dort déjà.

Max s'était endormi sur un petit lit au fond de la pièce.

« Si tu veux, demain on transportera son lit ici. Repose-toi, on se reparlera plus tard.

Au point du jour, M. Ruche se réveilla. Ce qui n'était pas dans ses habitudes. Par la fenêtre du balcon restée ouverte, il admira le lever du soleil sur la mer Ionienne.

Une femme de chambre entrée discrètement l'aida à faire sa toilette. Max dormait, dans la même position que la veille. « Don Ottavio vous attend pour le petit déjeuner. » Elle le conduisit vers un petit salon. Don Ottavio lisait les journaux. Les entendant arriver, il ôta précipitamment ses lunettes. Coquetterie de vieux monsieur. Il accueillit M. Ruche avec égards, visiblement content de le voir rétabli :

— Ah, tu vas mieux ! Tu nous as fait peur. (Se tournant vers la fenêtre :) Il va faire chaud. Mais tu vas voir, ici, on ne sent pas la chaleur. Installe-toi.

M. Ruche sentit que sa résistance faiblissait. Il attaqua :

- Pourquoi as-tu enlevé le petit ? Et le perroquet ? Pourquoi as-tu exigé que je vienne ici ? Qu'est-ce que tu nous veux, à la fin ?

Don Ottavio le calma d'un geste :

– Je répondrai à toutes tes questions. Laisse-moi simplement t'apprendre qu'Elgar est mort il y a presque un an dans l'incendie de sa maison à Manaus en Amazonie.

Don Ottavio fixa M. Ruche. M. Ruche ne cilla pas. Puis, comme s'il puisait dans le passé :

– Je croyais qu'il était mort depuis longtemps. Mais qu'est-ce qu'il fichait là-bas ! Quel lien cela a-t-il avec mes questions ?

– Je vais être obligé de remonter bien loin en arrière. Tu te souviens, nous nous sommes connus à peu près un an avant la guerre. J'avais autour de dix-sept ans, j'étais arrivé en France avec mes parents quelques années plus tôt. Nous sommes d'un village dans la montagne, du côté de l'Etna. (Il pointa son doigt vers les montagnes derrière lui.) Une famille de bergers, mon père était maçon. Il ne trouvait plus de travail dans l'île à cause de la crise. Il a décidé d'émigrer. Ses frères habitaient New York, dans le Bronx. Ils lui ont dit de venir le rejoindre. Ils se chargeaient de lui faire sa situation là-bas.

Don Ottavio fit signe à un majordome en livrée, à la carrure athlétique. Il proposa à M. Ruche des jus de fruits.

« Les fruits sont du domaine, précisa Don Ottavio, qui ne prit qu'un café.

Il le savoura à petites goulées avant de poursuivre :

« Mon père a refusé. Tu sais pourquoi ? Il ne supportait pas la mer ! Un voyage jusqu'en Amérique, il a dit qu'il en mourrait. Déjà, la traversée jusqu'au continent a été un calvaire. Dans le détroit, la mer est toujours terrible ; Charybde et Scylla, ce n'est pas à toi que je vais rappeler la légende des deux gouffres. Moi je voulais rester chez nous. Mais ici, maintenant encore, on ne discute pas la parole du père. J'ai suivi la famille. Quel âge j'avais ? Comme ton petit. Il a onze-douze ans ? (M. Ruche acquiesça.) Et nous sommes arrivés en France.

Mon père a trouvé du travail dans les mines, dans le Nord. Moi j'ai fait des petits boulots à droite, à gauche. Puis je suis monté à Paris, des remplacements dans des cafés et je me suis retrouvé au Tabac de la Sorbonne. C'est là que je vous ai connus tous les deux, Elgar et toi. Vous étiez les vedettes, « l'Être et le Néant », tu te souviens ? Qu'est-ce que je vous enviais ! Et puis on est devenu amis. Le soir vous m'emmeniez dans vos bringues au Quartier latin. C'est avec vous que j'ai connu mes premières filles. De belles étudiantes. Ah, les Parisiennes ! L'après-midi, pendant les heures creuses, Elgar restait seul, à travailler ou à réfléchir. Il n'y avait presque personne dans la salle. Entre deux clients, je venais à sa table et il m'expliquait des mathématiques. Je ne comprenais pas grand-chose, je l'écoutais. C'était un vrai crack.

Et puis il y a eu la guerre. Vous êtes partis tout de suite. Une fois, Elgar m'a envoyé un mot, il m'a dit qu'il avait eu un accident à la jambe et qu'il n'avait pas de nouvelles de toi. J'étais sûr que tu t'étais fait tuer.

Mon père avait une mauvaise maladie de la mine qui s'attaque aux poumons. Elle s'est aggravée d'un coup. Il voulait rentrer. On n'a pas eu le temps de le ramener dans l'île. Au moins, il n'a pas eu à repasser le détroit, dit-il en se forçant à rire.

Mais moi je suis rentré. Avec ma mère et mes frères. Il y avait des Allemands partout à Paris, ça me dégoûtait. Ici, j'ai tout de suite fait de la Résistance. Les Américains sont arrivés. Et puis mes oncles du Bronx ont commencé à m'envoyer de la « marchandise ». J'ai fait de la contrebande de cigarettes. J'ai gagné de l'argent. J'en ai gagné de plus en plus.

Et je suis devenu Don Ottavio. Je me suis installé dans ce château d'aristocrates. Je pouvais tout me payer et je me suis tout payé. Les plus belles propriétés, les plus beaux chevaux, les plus belles voitures, des Ferrari ! les plus belles femmes… On achète tout, tu sais.

C'était si loin de M. Ruche !

Et Don Ottavio lui raconta dans quelles circonstances il avait retrouvé Grosrouvre. Faisant des « affaires » un peu partout dans le monde, il s'était rendu à Manaus pour rencontrer des « correspondants ». Un soir, dans un café du centre de la ville, il était tombé sur Grosrouvre.

— Lui aussi faisait des affaires. Pas dans les mêmes dimensions, mais il était en train de devenir riche. On a un peu travaillé ensemble. Du commerce, un peu spécial. Tu appellerais cela du trafic.

Et brusquement :

« Goldbach, sais-tu ce que cela veut dire ?

M. Ruche avait été totalement surpris. Il hésita, se troubla. Puis, se reprenant :

— C'est de l'allemand ? Mais pourquoi cette question ?

M. Ruche se promit de rester sur ses gardes. Il ne sut si Don Ottavio avait voulu lui tendre un piège.

— Oui, mais qu'est-ce que cela veut dire ? insista Don Ottavio.

— Goldbach ? Gold-bach ! ben… la rivière d'or.

— La rivière d'or ! En Amazonie, il y a plein de rivières d'or. Elgar les connaissait bien ; il a été l'un des grands trafiquants de cette époque.

Don Ottavio raconta qu'il était retourné souvent à Manaus. Un peu pour le bizness, comme il disait, beaucoup pour revoir Grosrouvre.

« Il s'était remis à faire des mathématiques. Il me disait : j'en ai besoin, physiquement besoin. Il y en a qui prennent de la drogue, lui, c'était des maths. Cela ne lui a pas mal réussi.

— Pas mal réussi ! s'exclama M. Ruche.

— Oui, il est mort à 84 ans, tout de même !

— Nous avons le même âge, maugréa M. Ruche avec agacement.

— Je lui ai proposé de venir s'installer ici, au château. Il aurait eu ses aises, il aurait transporté toutes ses affaires, ses livres surtout. Le climat de là-bas n'est pas bon, une humidité terrible. Il a refusé.

Puis il a changé. Il s'est mis à travailler comme un fou. Il s'asseyait à sa table de travail après le dîner, il ne la quittait qu'à l'aube. Il disait qu'il ne travaillait bien que la nuit.

Lui si solide, tu te souviens de son torse de bœuf ? Il a commencé à maigrir. Je pensais qu'il avait des problèmes graves, je le questionnais. Il ne voulait rien me dire. Il était obsédé par son travail et de plus en plus exalté. Son mutisme et ses airs mystérieux ont fini par exciter ma curiosité.

Don Ottavio raconta comment, une nuit, après avoir longuement fait boire Grosrouvre, celui-ci lui avait révélé qu'il venait de résoudre deux problèmes célèbres que depuis des siècles personne n'avait pu résoudre. Des conjectures. Quand il m'a dit que la seconde était d'un dénommé Goldbach, je me suis mis à rire. Je lui ai demandé s'il l'avait choisie exprès. Il m'a regardé en faisant de gros yeux, il n'avait pas fait le lien avant que je le lui dise. Rivière d'or ! Ah, les intellectuels !

Et Grosrouvre avait décidé de garder ses démonstrations secrètes.

« Oh, il n'a pas eu besoin de m'en dire plus long sur ses raisons. Je le comprenais très bien, ajouta Don Ottavio.

Son regard brilla :

« Tu veux savoir pourquoi je le comprenais si bien ?

Don Ottavio se leva, fit signe au majordome de les laisser. Absorbé par ses pensées, il marcha vers le mur latéral du salon, où était accroché un miroir ovale d'une pureté inquiétante. M. Ruche le vit poser ses mains de part et d'autre du cadre comme s'il voulait le redresser. Geste familier du maître de maison, se dit M. Ruche, impatient de savoir pourquoi Don Ottavio comprenait si bien que Grosrouvre voulût garder le secret, alors que lui, Ruche, malgré les explications que Grosrouvre avait données dans sa lettre, ne comprenait toujours pas.

Le mur sembla bouger. Comme dans les films, un panneau, invisible jusqu'alors, s'entrouvrit sans bruit. Une porte secrète ! Elle donnait sur un espace que, de sa place, M. Ruche ne pouvait identifier. Don Ottavio se retourna. D'un geste impérial, il invita M. Ruche à entrer. La porte était étroite mais le fauteuil s'y glissa sans mal. Sitôt entré, Don Ottavio actionna un miroir identique à celui du salon. La porte se referma. Il faisait sombre, l'unique source de lumière naturelle était une ouverture pratiquée au centre du plafond, elle ouvrait sur un conduit de lumière. Don Ottavio actionna un commutateur. La pièce semblait une chapelle.

D'un jeu de lampes dissimulées dans le mur naquirent des nids de lumières. M. Ruche laissa échapper un cri. Placé au centre de la pièce, il faisait nerveusement pivoter son fauteuil pour pouvoir embrasser d'un regard continu ce qu'il venait de découvrir. Une dizaine de toiles de maîtres accrochées aux murs en pierres nues.

– Uniquement des tableaux volés ! annonça Don Ottavio.

M. Ruche se retourna. Don Ottavio, radieux, le fixait. Appuyé sur sa canne, il était comme planté dans le sol Inébranlable.

– Ils sont parmi les tableaux les plus recherchés par toutes les polices du monde ! On offre des sommes folles pour les récupérer. J'ai dépensé des sommes folles pour me les procurer.

Et, se plaçant à côté de chacun d'eux, il les nomma :

– *Vue de Delft*, de Jongking. *Lettre d'amour*, de Vermeer. *La Fuite en Égypte*, de Rembrandt. *Le Duc de Wellington*, de Goya. Ce diptyque est de l'école de Giotto. *Portrait à son père*, de Rodin. *L'Estaque ou l'embarcadère*, de Braque, et ces deux Picasso, *Guitare et Compotier*, *L'Enfant et la Poupée*.

Et, là, mon préféré, forcément, c'est le petit dernier. *Le Joueur de flûte*, de Vermeer. Qu'on vient de me rapporter de Tokyo.

Il chaussa ses lunettes et sembla l'étudier.

Un véritable musée ! Qui pourrait imaginer que derrière ce mur se cachaient toutes ces merveilles !

– Le Vermeer n'a pas été facile à obtenir. Le mieux, c'est de passer une commande. Tu adores un tableau, tu passes une commande à des spécialistes. Ils mettent le temps qu'il faut mais ils finissent par te le rapporter. Tu es maître de ta collection ! Tu la composes tableau par tableau.

– Puisque tu es tellement riche, pourquoi ne les as-tu pas achetés, tout simplement ? s'écria M. Ruche exaspéré.

Don Ottavio accueillit la question par un insupportable éclat de rire. Il s'approcha de *La Lettre d'amour*, la regardant avec tendresse :

– Les acheter ? Comme une Ferrari, ou un lave-vaisselle ? (Il eut une moue dédaigneuse.) Voilà bien une réflexion de boutiquier ! D'abord, la plupart d'entre elles n'étaient pas à vendre. Elles font partie du patrimoine universel, comme on dit. Mais là n'est pas la raison. (Il s'interrompit, rangea ses lunettes.) Tu ne portes pas de lunettes ?

– Jamais, répondit M. Ruche, fièrement.

– Pourquoi je ne les ai pas achetés ? Oui, au fond, cela aurait été plus simple, dit-il en se moquant ouvertement de M. Ruche. Posséder la pièce unique que personne au monde ne possède, et que tous t'envient, c'est certes une satisfaction, mais une satisfaction facile. Un plaisir de bourgeois, une excitation de cour de récréation : posséder le sac de billes que l'autre n'a pas. Moi, il me fallait une jouissance d'un autre type, une jouissance à double détente, si je puis dire. Je voulais, je veux encore, être seul à posséder une pièce unique ET être seul à savoir que je la possède. C'est précisément ce que j'ai ressenti la première fois que j'ai acheté un tableau de maître qui venait d'être volé au Rijksmuseum.

T'es-tu demandé pourquoi certains tableaux célèbres, apparemment invendables, parce que immédiatement repérables, sont tout de même dérobés dans les musées ? Que peuvent en faire les voleurs ? les vendre ? Mais à qui ? A des collectionneurs. Qui vont en faire quoi ? Je vais te le dire : qui vont les accrocher à un mur d'une chambre secrète, comme celle-ci, pour les admirer clandestinement en solitaire !

Qu'est-ce que cette jubilation a de commun, peux-tu me dire, toi le philosophe, avec celle d'un richard qui achète, au vu et au su de tous, une toile dans une vente publique, et qui repart avec, comme une ménagère avec sa lessive sous le bras ? Et qui l'accroche bien en évidence dans son appartement ou dans son château, afin que ses invités viennent l'admirer comme dans un musée privé pour gens de la haute ? Et qui les suit comme un petit chien, et leur glisse dans le creux de l'oreille des bribes de commentaires appris par cœur dans un livre d'art et qui baisse les yeux comme une vierge sicilienne lorsque le visiteur se retourne et lui jette un regard d'admiration bien plus vrai que celui qu'un instant auparavant il jetait sur la toile de maître déjà oubliée ? Bah !

La possession intime dont je te parle est comme... faire l'amour en secret avec la plus belle femme du village que le lendemain tu croises dans la grand-rue au milieu de la foule, à la sortie de la messe, et que tu salues bas comme une étrangère.

Étourdi par cette sortie, M. Ruche mit un instant avant de recouvrer ses esprits. Il ne trouva à dire que :

— On s'éloigne ! Je t'avais posé des questions et tu n'y as toujours pas répondu. Qu'est-ce que nous avons à faire dans tout cela, je te le redemande ?

— On ne s'éloigne pas.

Et Don Ottavio se mit à raconter comment, ayant appris l'existence des démonstrations et la volonté de Grosrouvre de les maintenir secrètes, il voulut sur-le-champ les posséder pour les mêmes raisons que celles qui lui avaient fait s'emparer des tableaux accrochés sous leurs yeux.

M. Ruche explosa :

— Parce que tu crois qu'on peut posséder une démonstration mathématique comme on possède un Rembrandt ? (Il y avait dans son exclamation autant de stupeur que de condescendance.) Ces tableaux que tu possèdes en secret, comment t'es-tu assuré que ce sont les originaux et qu'on ne t'a pas fourgué une vieille croûte ?

Don Ottavio se raidit. D'un ton glacial :

— Celui qui m'aurait fait le coup ne serait plus là pour s'en vanter.

— La question n'est pas là. *Le Joueur de flûte*, là-bas dans son cadre, il t'a bien fallu le faire analyser pour t'assurer qu'il était de Vermeer. Aussi connaisseur sois-tu, tu n'as pu le faire toi-même ; tu as dû recourir à un expert qui, après l'avoir analysé, a pu t'assurer que ce n'était pas un « faux ». Cet expert qui t'a garanti l'authenticité du tableau ne t'en a pas dépossédé du simple fait qu'il l'avait expertisé et reconnu pour un original.

De plus en plus intrigué par les propos de M. Ruche, Don Ottavio l'écoutait avec attention :

— Tout cela est vrai.

M. Ruche avait renversé le rapport de forces. C'est Don Ottavio qui à présent demandait :

« Mais où veux-tu en venir ?

– Simplement à ceci. Les démonstrations d'Elgar, si un jour tu mets la main dessus, qui t'assurera qu'elles sont correctes et qu'elles ne se résument pas à un délire truffé d'erreurs ?

– Ce n'est pas possible que tu dises cela. Les démonstrations d'Elgar, un délire truffé d'erreurs !

– Je retire « délire ». Il n'empêche. Des centaines de mathématiciens avant lui, m'as-tu dit et parmi les plus grands, s'y sont essayés et s'y sont cassé les dents. Beaucoup, sans doute, ont cru avoir démontré ces conjectures et se sont trompés. Pourquoi pas Elgar ? Seul un mathématicien, et un très bon mathématicien en plus, pourrait t'assurer qu'elles sont correctes. Sauf que… sauf que… dès qu'il en aura pris connaissance, il les possédera autant que toi. Plus que toi, en fait. Puisque lui les aura comprises. Et il pourra les publier quand il le voudra. Qui a su reconnaître la justesse d'une démonstration la connaît !

Don Ottavio bouillait :

– En Sicile, il y a une expression qu'on applique plus souvent qu'ailleurs : Les tombes ne parlent pas.

M. Ruche sursauta, horrifié :

– Qu'est-ce que tu veux dire ?

– Je plaisantais. C'était simplement pour que tu saches qu'il y a toujours des solutions à tous les problèmes.

M. Ruche repensa aux Trois Problèmes de l'Antiquité. Il était ébranlé. Il ne s'agissait pas d'un exercice d'école, d'un échange d'arguments ou d'une joute oratoire, mais de quelque chose de bien plus grave. Des vies humaines, peut-être, étaient en jeu. Il devait reprendre à tout prix l'avantage. Il fallait qu'il convainque Don Ottavio que sa chasse aux démonstrations était vouée à l'échec dans tous les cas de figure.

— Tu plaisantais, reprit M. Ruche. Je préfère cela. Tout ce que tu as possédé jusqu'à maintenant, c'était... comment dire, oui cela avait un support matériel, les propriétés, les voitures, les chevaux, les tableaux, les femmes même, avaient un corps.

— Eh bien, heureusement ! Tu es toujours aussi bizarre.

— Mais avec les maths, tu es tombé sur un bec. C'est la force des idées. Elles n'ont pas de support ! Un ami parlait de l'incroyable légèreté des idées. Ces démonstrations, tu ne pourras jamais les posséder. Laisse tomber, Tavio.

— Tu parles comme un croque-mort. Tu es venu ici pour me bousiller le moral, ou quoi ?

— Tu as peut-être oublié que je ne suis pas venu ici de mon plein gré. Oui, tu es confronté à un véritable paradoxe. Tu as dans ta main une pierre, tu ne sais pas si c'est du verre ou du diamant. Pour le savoir, il te faut convoquer un mage. Dès que le mage voit ce que tu as dans ta main, si c'est une pierre, il te dit : « C'est une pierre. » Si c'est un diamant, sous tes yeux le diamant se transforme en pierre !

— Une chose t'a échappé, monsieur le philosophe : je suis convaincu que les démonstrations d'Elgar sont correctes. Cela seul me suffit. Voilà pourquoi, et tu devrais soupirer d'aise, je n'aurai pas besoin de faire assassiner un très bon mathématicien pour m'assurer de quoi que ce soit. (Puis, changeant de ton :) On parle, on parle, mais je ne les ai pas encore, ces foutues démonstrations !

Il était resté debout, appuyé sur sa canne tout le temps qu'avait duré l'échange. Il paraissait fatigué. On était au début de la matinée.

Rompant brutalement la conversation, il se dirigea vers le miroir, appliqua ses mains sur le cadre, le panneau s'effaça, la porte secrète s'ouvrit. Ruche quitta la pièce. Don Ottavio éteignit la lumière, sortit à son tour et actionna le mécanisme. Le mur se referma comme le couvercle d'un sarcophage sur ses trésors immenses.

La table sur laquelle ils avaient pris le petit déjeuner avait été nettoyée. Les rideaux de la fenêtre avaient été tirés. Don Ottavio proposa à M. Ruche d'aller faire un tour dans le parc avant qu'il ne fasse trop chaud. M. Ruche était sous le coup de ce qu'il venait de découvrir.

– Et tu n'as pas peur que j'avertisse la police ?

– Non. Avant qu'elle arrive et que les flics réussissent à pénétrer dans la chapelle, les toiles auraient été déménagées. Et tu sais, ici, ce que l'on fait avec... en France, vous dites les « balances ».

Et il ajouta :

« Surtout si c'est un ami.

Au milieu des arbres, il faisait encore frais. M. Ruche leva la tête, la frondaison était si dense que le soleil ne parvenait pas à la traverser. Don Ottavio suivit son regard, puis, à brûle-pourpoint :

– Je me suis dit : il n'est pas possible qu'Elgar n'ait pas laissé de traces de ces démonstrations. Je ne pouvais imaginer cela. Il aurait travaillé comme personne durant des dizaines d'années, et il laisserait ses résultats se perdre ! Alors, je me suis demandé quelles pourraient être ces traces ; plus exactement, de quel type elles pouvaient être. Texte écrit, disquette, bande magnétique, bande vidéo, microfilm ? J'ai même pensé qu'il aurait pu les graver dans de la pierre ! Et je me suis demandé où il aurait pu cacher ces traces.

Pour la même raison que celle que tu as énoncée – on se retrouve, tu vois –, je me suis dit que tout support matériel comportait en soi le risque d'être découvert et donc de livrer le secret à celui qui aurait mis la main dessus.

Il s'arrêta.

« Regarde-le, il n'a pas l'air de manquer d'appétit.

Dans l'enfilade de l'allée, M. Ruche aperçut une tonnelle recouverte de verdure. Max était assis devant un petit déjeuner.

— Il est vif, ce petit, un vrai rebelle. Et ta femme, comment elle s'appelle ?

— Je n'ai pas de femme.

— Tu es veuf ?

— Je ne me suis pas marié.

— Moi non plus. C'est drôle. Aucun de nous trois ne s'est marié. Ni Elgar, ni toi, ni moi. Chez nous, en Sicile, cela ne se fait pas ; il faut laisser une descendance, pour le nom. Moi, tu veux que je te dise, je m'en fous. Alors, c'est qui, s'il n'est pas ton petit-fils ?

— Il est comme mon petit-fils.

— Et pour ses oreilles ? Vous avez fait quelque chose ?

— Sa mère a essayé, mais c'était trop tard. Quand elle l'a adopté, il était déjà sourd.

— On m'a parlé de jumeaux. Adoptés aussi ? Où sont-ils en ce moment ?

— C'est un interrogatoire, ou quoi ? Je ne parlerai qu'en présence de mon avocat !

M. Ruche sourit. C'était la première phrase que Nofutur avait prononcée quand Max l'avait ramené des Puces.

Laissant Don Ottavio, M. Ruche roula jusqu'à la tonnelle. Max ne l'avait pas entendu venir. Il ne se tourna qu'au dernier moment.

M. Ruche s'empressa de lui demander s'il avait déjà parlé à qui que ce soit de la BDF et des lettres de Grosrouvre. Max n'en avait pas dit un mot. M. Ruche lui demanda de ne rien dire.

— Je vous le promets. J'ai déjà trop parlé. C'est à cause de moi que vous êtes là. Il ne connaissait qu'un seul nom, Liard. Il pensait que vous vous appeliez Liard, comme Perrette. Quand je suis arrivé ici et que j'ai vu Don Otta-

vio, j'étais tellement furieux que je lui ai dit : « Quand
M. Ruche saura que vous m'avez kidnappé, vous allez voir
ce qui va vous arriver ! » Dès qu'il a entendu votre nom, il
a sursauté. Il m'a demandé : « Quel âge il a, ton monsieur
Ruche ? » « Le même que vous », je lui ai dit. Alors, il
s'est arrêté comme s'il était assommé. Et il a dit : « Pierre
Ruche ? » J'ai dit : « Oui, Pierre ! » Il a réfléchi et il a dit :
« Eh bien, on va le faire venir, ce M. Pierre Ruche ! » C'est
là que j'ai compris que j'avais fait une bêtise.

— Pas du tout, Max. Au contraire. Tu vas voir, on va
bien s'en sortir.

— Il ne m'a pas dit qu'il vous connaissait, le fourbe. Il
était perdu dans les nuages. Au bout d'un moment, il m'a
demandé : « Est-ce que ton M. Ruche a parlé d'un monsieur Grosrouvre ? » Alors moi, j'ai dit : « Gros quoi ?
C'est un nom ridicule, ça. » Alors Don Ottavio est parti.

— Bravo, Max ! (M. Ruche lui frictionna la tête.) Surtout, pas un mot des lettres de Manaus et de la bibliothèque ! Sauf si on te force.

— Je serai muet comme un sourd.

— Non ! M. Ruche avait crié. (Baissant immédiatement
le ton, il murmura en prononçant bien des mots :) Si on te
force, parle tout de suite, tu m'entends, Max. Tout de
suite !

Le cri de M. Ruche avait attiré l'attention de Don Ottavio. Il marcha vers la tonnelle :

— Alors, c'est fini, ces secrets ! Vous savez qu'ici il y a
des micros partout ?

M. Ruche sentit son cœur battre à tout rompre.

« Et puis, tu l'empêches de prendre son petit déjeuner.
A son âge, il faut qu'il mange bien le matin, comme les
Anglais. Brikfast.

« Alors, Pierre Ruche, on la continue cette balade !

Ils s'éloignèrent.

— J'étais en train de te dire que n'importe quel support

matériel auquel Elgar aurait confié ses démonstrations comportait le risque d'être découvert et donc de livrer le secret à quiconque aurait mis la main dessus. A moins que, pour ne pas courir ce risque, Elgar les ait confiées oralement à quelqu'un.

Quand il prononça « oralement », Ruche tressaillit. Mais Don Ottavio, tout à son récit, ne s'aperçut de rien. Il continua, revivant chaque étape du cheminement qui l'avait amené à la solution :

— Mais la personne à qui il les aurait confiées pouvait sur-le-champ les rendre publiques. C'est précisément ce que tu as dit au sujet de l'expert. Alors ?... Ce ne pouvait être ni un support matériel ni un homme ! Une bande magnétique qui ne soit pas un objet ! Une mémoire qui n'ait pas de support, matériel !

M. Ruche le suivait phrase à phrase. Où voulait-il en venir ? Don Ottavio, fier de son long raisonnement, répéta :

« Une mémoire qui n'ait pas de support matériel ? Un perroquet !

Il triomphait.

— Tu veux dire que... Nom de Dieu, ce serait lui le...

— Le quoi ?

Il avait failli dire « le fidèle compagnon ».

— Oui, Pierre Ruche. Le perroquet. Celui-là même !

Impossible ! M. Ruche ne pouvait croire ce qu'il entendait. Don Ottavio n'avait pas du tout l'air de plaisanter. En un éclair, M. Ruche pensa aux enfants, à Perrette. Durant des mois, tous les cinq, ils avaient eu la solution sous leurs yeux ! Voilà au moins un des Trois Problèmes de la rue Ravignan résolu. Mais était-il vraiment résolu ? Et Nofutur était-il vraiment le fidèle compagnon dont Grosrouvre parlait ?

« Des animaux, ici, j'en ai adopté des dizaines. C'est peu dire que nous avons eu ensemble de longues discus-

sions. De longues discussions ! Grosrouvre l'avait écrit dans sa lettre. Grosrouvre a tout écrit dans sa lettre ! Il m'a tout dit. Et je n'ai rien entendu ! *Ainigmata et sumbolo…* C'est moi le sourd. Max, lui, avait immédiatement repéré la phrase. »

M. Ruche examina à la dérobée Don Ottavio. La gravité de son visage plaidait pour qu'on crût en ce qu'il venait de dire. Surprenant son regard, Don Ottavio l'examina :

– Qu'est-ce que tu as ? Tu as l'air troublé.

– J'ai l'air troublé ? Parce que je ne devrais pas avoir l'air troublé ! Tu m'expliques sur le ton le plus sérieux du monde que notre ami Elgar a confié ses secrets les plus chers, et pas n'importe quoi, des démonstrations mathématiques, des démonstrations que les mathématiciens du monde entier s'arracheraient, qu'il les a confiées à un perroquet ! Et je ne devrais pas avoir l'air troublé ? Je devrais peut-être te dire comme dans les films : « Élémentaire, mon cher Don Ottavson ! » Tu as eu le temps de te faire à cette idée. Moi, je la découvre à l'instant.

M. Ruche agitait nerveusement ses mains serrées sur les roues du fauteuil :

« Je comprends à présent ton acharnement à récupérer le perroquet.

Disant cela, M. Ruche dut convenir que c'était une raison supplémentaire pour croire ce que Don Ottavio affirmait. Il fallait qu'il y ait une raison sérieuse pour qu'un homme tel que lui déploie tant d'efforts pour récupérer un perroquet.

– Plus je vieillis, moins je suis patient, et l'on ne me refuse pas longtemps ce que j'ai décidé d'obtenir.

Ruche sursauta ; Don Ottavio avait utilisé la phrase même que Grosrouvre avait employée pour le décrire.

A nouveau l'incrédulité l'emporta

– Mais enfin, qu'est-ce qui peut te faire croire à une chose aussi invraisemblable ?

Il avait eu l'air tellement ébahi que Don Ottavio éclata de rire :

— Invraisemblable ? C'est que tu n'as pas vu ton ami Elgar avec sa Mamaguêna !

— Avec sa quoi ?

— Mamaguêna ! C'était son nom avant que vous ne vous décidiez à l'appeler… Nofutur, n'est-ce pas.

— C'est une femelle ?

— Eh oui, non content de confier ses démonstrations à un perroquet, Elgar les a confiées à une perroquette !

« On n'arrête pas le progrès », lâcha M. Ruche.

Et Don Ottavio décrivit à M. Ruche les liens que Grosrouvre avait tissés avec sa perroquette.

— Il l'avait prise avec lui dès qu'il était arrivé à Manaus ; elle avait à peine quelques semaines. Ils ne s'étaient plus quittés depuis. Un demi-siècle ! On aurait pu fêter leurs noces d'argent. Où qu'il aille, il l'amenait avec lui ; dans ses virées au fin fond de la forêt et sur le fleuve quand il cherchait de l'or et des diamants. Et après, quand il a fait du trafic. Il lui parlait des heures entières comme à une vieille amie. Fallait les voir ! C'est une amazone bleue, un des meilleurs parleurs. Quand il travaillait dans sa bibliothèque jusqu'à l'aube, elle se tenait sur son perchoir sans dire un mot. Je crois qu'elle était ce à quoi il tenait le plus, conclut Don Ottavio. Avec ses démonstrations, bien sûr. Et sa bibliothèque.

— Et nous qui pensions que c'était des trafiquants d'animaux qui l'avaient kidnappé, laissa échapper M. Ruche.

— Don Ottavio, trafiquant d'animaux ! Ça va faire rire les amis, quand je vais leur raconter. Avec des trucs comme ça, tu coules ma réputation. Rassure-toi, vous n'étiez pas si loin, il y a eu en effet des trafiquants d'animaux qui se sont intéressés de très près au perroquet.

On frappa à la porte. Le GTBM entra, dit quelques mots à l'oreille de Don Ottavio.

– Excuse-moi. Je reviens de suite.

L'interruption venait à point nommé. M. Ruche avait du mal à se remettre de ce que venait de lui révéler Don Ottavio. Sa première pensée fut pour Léa, elle allait être ravie : le premier perroquet mathématicien était une perroquette ! Mamaguêna vengeait Hypatie.

Don Ottavio revint, M. Ruche le cueillit :

– Eh bien, tu es comblé à présent, Don Ottavio ! (Il insista sur le nom.) Tu l'as, ce perroquet ! Il est dans ta volière. Qu'est-ce qu'il te faut de plus ? Je ne vois pas ce que tu nous veux ? Garde tes démonstrations, cache-les dans ton coffre et fiche-nous la paix ! Relâche le gosse et laisse-nous rentrer chez nous.

– Tu resteras ici le temps que je voudrai ! dit Don Ottavio d'un ton glacial.

– Tu ne me parles pas comme ça ! hurla M. Ruche. Je ne suis pas un de tes larbins.

Surpris par la violence de M. Ruche, Don Ottavio serra les mâchoires. Ses yeux brillèrent d'un éclat terrible. Il se calma d'un coup. Les huit années de moins qui les séparaient du temps de leur jeunesse, il ne les rattraperait jamais. Pour l'éternité, Ruche serait l'aîné et lui, Tavio, malgré tout son pouvoir, n'y pouvait rien. Il pouvait le contraindre, le garder de force, mais pas lui parler sur ce ton. Il le comprit. D'une voix adoucie, il lui confia :

– Le perroquet n'a pas parlé.

– Nofutur n'a pas parlé ?

Pas un mot !

– C'est le perroquet le plus bavard que je connaisse ! C'est vrai qu'il a son caractère, dit M. Ruche sans pouvoir cacher un petit sentiment de fierté. Il ne veut pas parler ?

– Il ne PEUT pas ! Don Ottavio avait hurlé. Il est amnésique, tu m'entends, AMNÉSIQUE !

Meurt-on de rire ? M. Ruche faillit tomber de son fauteuil. Il se dit que, sous ses airs féroces, Don Ottavio finalement était très drôle. D'autant que celui-ci ajoutait :

— Et je me retrouve comme un *cretino*, moi, Don Ottavio ! Comme un petit cambrioleur minable devant un coffre plein de dollars et qui s'aperçoit qu'il n'a ni la clef, ni le code, ni les instruments pour le casser. A l'heure qu'il est, les démonstrations se trouvent toujours dans le crâne de ce foutu perroquet. Et si j'ai fait venir le petit, c'est parce que lui seul peut m'aider à les en sortir.

Ses yeux brillèrent soudain :

— Savais-tu que, dans la nature, les perroquets n'imitent ni les bruits qu'ils entendent, ni le chant des autres oiseaux ? Et que ceux qui vivent en captivité avec d'autres perroquets n'arrivent pas à parler ? Comme si la compagnie de leurs congénères leur suffisait pour ne pas s'ennuyer.

Il s'arrêta, sembla réfléchir :

« Pourquoi ne parlent-ils que lorsqu'ils vivent en captivité et au contact des humains ?

— Sûrement pour qu'on leur confie des démonstrations mathématiques, répondit M. Ruche avec le ton de l'évidence.

Une volière comme celle-ci était exceptionnelle. Plus vaste et plus haute, on n'en pouvait trouver que dans des jardins d'acclimatation, et encore !

Max se tenait en bas à l'extérieur, Nofutur en haut à l'intérieur. Max parlait. Nofutur ne répondait pas. Il était en boule ! Retiré dans un splendide isolement, il n'acceptait pas sa condition de prisonnier. A son âge, se retrouver derrière des barreaux ! Volière est un mot faux cul, un attrape-minon. Qu'on puisse faire entrer dans celle-ci une girafe et un hippopotame, tellement elle était grande, et qu'il n'y ait pas une seule merde sur le sol ne changeait rien ! Pour un perroquet, il n'y a pas de prisons quatre étoiles.

Il avait toujours été un oiseau solitaire et voilà qu'il était incarcéré dans une cellule collective, mêlé à d'autres volatiles qui sifflotaient, heureux de leur sort ! Mais qu'est-ce qui m'a foutu des oiseaux pareils ! L'acceptation qu'ils semblaient avoir de leur condition l'écœurait. On a raison de se révolter ! Et Max en bas qui me prêche la patience et me demande d'interrompre ma grève de la faim. C'est facile, il est libre, lui. Tiens, voilà M. Ruche, maintenant !

Essoufflé, M. Ruche rejoignit Max et lui raconta ce qu'il venait d'apprendre. Max fixait les lèvres de M. Ruche avec une extrême attention, désireux de ne laisser échapper aucun mot.

Quand M. Ruche eut terminé, Max se tourna vers la volière et appela le perroquet. Nofutur, qui n'avait rien voulu entendre depuis qu'on l'avait emprisonné dans la volière, descendit de ses hauteurs et voleta jusqu'à Max. Max glissa la main à travers les barreaux, caressant doucement sa cicatrice sur le front. Nofutur se laissa faire.

Une sorte de jardinier, qui depuis quelques minutes observait la scène, s'approcha, un sécateur à la main. M. Ruche se demanda comment, avec des battoirs pareils, l'homme pouvait parvenir à attraper une seule fleur par la tige.

Max se mit à brailler : « *Chiuso, chiuso !* »

Le jardinier-geôlier s'éloigna.

Tout à coup, Nofutur se mit à vociférer en battant férocement des ailes. Max n'y comprenait rien, l'instant d'avant il était abattu. Nofutur était accroché aux barreaux, le bec menaçant pointé vers l'extérieur. A quelques mètres de la volière, passait le PTBM. Il regardait en direction de Nofutur avec autant de haine que de crainte. Le pansement entourant son petit doigt éclatait de blancheur sous le soleil brûlant.

M. Ruche se dit que, malgré la grève de la faim qu'il avait entamée depuis son départ de Paris, Nofutur n'avait pas encore les deux ailes dans la tombe.

Nofutur se calma. Il était épuisé. Max parla doucement à M. Ruche : « Il n'a rien mangé depuis Paris ? Si on ne fait rien, il va mourir, j'en suis sûr. Je vais vous dire, M. Ruche, je m'en fiche de toute cette histoire. La seule chose qui m'importe, c'est Nofutur. J'en suis responsable. Alors, je vous avertis, je vais... collaborer. Si Nofutur peut lui donner ces démonstrations, à ce dingo de Don Ottavio, qu'il les lui donne ! Et je vais tout faire pour. »

M. Ruche préféra ne pas parler de Mamaguêna. Une chose à la fois.

CHAPITRE 24

Archimède.
Qui peut le moins peut le plus

La longue limousine quitta le château vers les cinq heures. Don Ottavio était au volant ; à ses côtés, M. Ruche, superbement installé sur un siège de cuir souple, regardait défiler le paysage. Après un moment, il reconnut le chemin qui les avait menés à l'*Orecchio di Dionisio*, le jour de leur arrivée. Deux jours plus tôt seulement ! La limousine dépassa la Latomie Del Paradisio, longea la grotte des Cordiers. Toujours cette végétation tropicale et ces falaises de calcaire tombant à pic et ces gigantesques carrières. Don Ottavio n'avait pas dit un mot. La voiture tourna à gauche, abordant une côte. Le paysage changea, ils traversaient la nécropole Groticelli. Les touristes étaient de sortie ! Il y en avait plein la route. Mouchoirs sur la tête, shorts larges offrant à l'air du large leurs jambes poilues, ils marchaient avec la vigueur des soldats anglais fondant sur El Alamein. Don Ottavio ralentit. Quelques coups de klaxon, ils s'égaillèrent comme des cailles chassées d'un champ de blé. Au milieu de leurs piaillements, Don Ottavio se mit à parler :

— Je n'ai pas été tout à fait… complet, hier, quand je t'ai parlé de ma décision de posséder les démonstrations d'Elgar. Ce que je t'ai dit est exact, mais je ne t'ai pas parlé d'une chose capitale. C'est que dans toute cette histoire, il s'agissait de mathématiques. Si Elgar avait travaillé sur n'importe quel autre domaine, cela aurait été complètement différent.

Et, à brûle-pourpoint :

« As-tu déjà regardé une carte de la Sicile ?

Du bout du doigt, sur le pare-brise, il traça trois traits, comme Max l'avait fait au cours de la séance sur Pythagore.

« Sais-tu comment on l'appelait dans l'Antiquité ? La Trinacrie : la Terre aux trois points. Le cap Pelore au nord-est, le Lilibeo, à l'ouest, et le Pachynum au sud-est. Un véritable triangle, dont chaque côté est tourné vers une mer différente, la mer Tyrrhénienne, la mer d'Afrique, et là, devant nous, la mer Ionienne.

Il piqua un point imaginaire à l'intérieur du triangle imaginaire qu'il voyait comme si l'île s'étendait devant ses yeux :

« Au centre de gravité du triangle, la ville d'Enna. De là partent trois chaînes de montagnes, filant chacune vers la mer ; elles découpent l'île en trois régions. Je suis né dans une île géométrique offerte aux mathématiques ! Cela crée des liens.

Enfoncé dans le siège dont l'extrême souplesse appelait la somnolence, M. Ruche écoutait Don Ottavio. Il ne s'était pas aperçu que, depuis leur départ, une voiture roulant à bonne distance les suivait.

« C'était ma dernière année d'école, un après-midi, cela devait être pendant la *Pasqua*, mon instituteur m'a emmené sur la route d'Agrigente, celle où nous roulons à présent.

Il arrêta la voiture sur le bas-côté. Ouvrant la fenêtre, il désigna au loin un rocher béant. Sous les ronces et les épines, on distinguait une ruine.

« Nous nous sommes approchés de la grotte, l'instituteur s'est mis à genoux et m'a montré des traces sculptées dans la pierre. Le temps les avait presque totalement effacées. Sur le sol, il a dessiné ce qu'elles représentaient : une sphère et un cylindre emboîtés. On était devant le tombeau d'Archimède !

Don Ottavio referma la vitre. La limousine repartit en douceur. Le moteur était tellement silencieux que M. Ruche avait cru le contact coupé.

« Pourquoi un cylindre et une sphère ? demanda Don Ottavio. Parce qu'il a démontré que le volume de la sphère était les deux tiers de celui du cylindre, et aussi que leur surface était dans le même rapport, et aussi que le volume du cône était le tiers de celui du cylindre, et aussi que la surface de la sphère est quatre fois plus grande que celle de l'un de ses grands cercles.

Il reprit son souffle difficilement. M. Ruche le regardait en ouvrant de grands yeux.

« Ça t'épate, hein ? Je n'étais pas à la Sorbonne comme vous deux, mais juste en face, au Tabac ! (Il éclata de rire.) Regarde !

Tout en conduisant, il détacha son porte-clefs.

– Attention ! cria M. Ruche.

La limousine évita un cycliste qui montait en danseuse sur la petite route du plateau des Epipoleis.

Don Ottavio tendit le porte-clefs. En or, incrusté de diamants. Sur une face, il y avait cette figure :

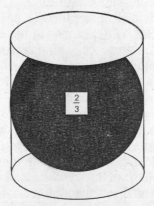

Sur l'autre étaient gravées les armes de la Sicile. A l'intérieur d'un triangle finement ciselé, trois jambes d'homme en pleine course, courant chacune dans une direction et liées par le haut à une tête de Gorgone coiffée de serpents entrelacés. Le travail de l'orfèvre était d'une finesse à couper le souffle.

— Archimède, la Trinacrie, la Sicile. Tu comprends mieux maintenant ? Dis, j'y pense tout à coup ! Ces trois jambes, c'est nous, d'une certaine façon ! Il y a des signes parfois… Chaque jambe court dans une direction différente, mais elles sont liées.

— Pour courir, elles courent ! grommela M. Ruche

— Oh, excuse-moi. Tu sais, Pierre Ruche, c'est étonnant, mais ton…

— … invalidité.

— On ne la voit pas. Je n'arrive pas à me la mettre dans la tête. Je suppose que cela doit t'arriver souvent.

M. Ruche ne répondit pas, il hocha la tête, tout à ses pensées :

— Trois jambes qui courent ! L'une est dans une tombe du côté de Manaus. L'autre, cela fait dix ans qu'elle est immobile comme du marbre. Et toi… ah oui ; toi tu cours pour les trois. Mais à force de courir tu vas finir par t'essouffler.

— C'est déjà fait !

— A propos, tu nous as fait venir ici, le perroquet, Max et moi. Cela aurait été plus simple que toi tu viennes à Paris.

— C'était pour te faire visiter mon château.

— Tu as fait venir Max et Nofutur ici avant d'apprendre que j'avais quelque chose à voir dans cette histoire.

— Tu veux vraiment le savoir ? Je t'ai dit que mon cœur jappait. Parfois, il fait plus que japper, il aboie. Le médecin qui t'a ausculté est un grand cardiologue. Il me suit depuis des années, il m'a averti que… enfin. J'ai décidé de ne plus quitter la Sicile. Je ne veux pas mourir comme mon père, en dehors d'ici, sur une autre terre. Voilà pourquoi je ne suis pas allé à Paris.

– Alors, aucun de nous trois ne court plus.

Ils se turent.

Les touristes avaient totalement disparu. Don Ottavio accéléra, la limousine fila à travers un plateau rocheux. La végétation luxuriante avait fait place à un paysage désertique, le plateau des Epipoleis. La limousine allait vraiment très vite. M. Ruche ouvrit la vitre, un vent tiède lui gifla le visage. Il regarda Don Ottavio, les longues mèches de sa chevelure argentée voletaient. Son air autoritaire avait disparu. D'un geste machinal, il tentait de remettre ses cheveux en place.

La limousine s'arrêta sur le sommet des Epipoleis devant une forteresse en ruine. Don Ottavio descendit, frappa à la porte d'une petite maison. Sans ouvrir, le gardien hurla que le musée fermait une heure avant le coucher du soleil. Voilà pourquoi le lieu, habituellement grouillant de visiteurs, était désert. Don Ottavio frappa à nouveau, la porte s'ouvrit. Reconnaissant Don Ottavio, le gardien s'inclina en s'excusant platement. Sans qu'un seul mot soit échangé, il rentra précipitamment et ressortit avec un trousseau de clefs. On voyait qu'il avait l'habitude des visites de Don Ottavio.

Entourée d'une triple rangée de fossés creusés dans la roche, la forteresse était impressionnante. Au fond du dernier fossé, M. Ruche aperçut les piliers du pont-levis. Le donjon se dressait encore avec ses cinq tours qui commençaient à rosir au soleil couchant.

– L'Euryale ! annonça fièrement Don Ottavio. La forteresse de Denys l'Ancien, Denys le tyran.

– C'est là qu'il avait sa chambre ? demanda M. Ruche.

– Ah oui, tu veux parler du fameux fossé qui entourait

son lit, avec le pont-levis. Voilà une bonne protection ! En Sicile, on n'est jamais trop prudent.

Il jeta un regard en contrebas de la forteresse. La voiture qui les avait suivis depuis le départ du château était là, avec ses gardes du corps. Un homme en était sorti. A l'aide d'une paire de jumelles, il scrutait le paysage, comme un touriste. Ses jumelles étaient plus souvent dirigées vers la forteresse, où se trouvait Don Ottavio, que vers la mer, où il y avait tant de jolies choses à voir.

Avec ses cheveux qu'il avait définitivement abandonnés à la brise, s'appuyant sur sa canne, Don Ottavio expliquait à M. Ruche le système défensif de Denys et la disposition des défenses qui avaient rendu la forteresse imprenable.

Avec ce sentiment d'avoir déjà vécu cette scène, M. Ruche prononça doucement : « Forteresse imprenable. » Sous le soleil et le ciel bleu de la mer Ionienne, était-on si loin de l'Elbruz, d'Hassan Sabbah et d'Alamut ?

Désignant les pans de murs en ruine courant au milieu du plateau désolé, Don Ottavio expliqua que l'enceinte construite par Denys dessinait un long demi-cercle allant jusqu'à la mer des deux côtés, enfermant entièrement le plateau.

C'est ici, au pied de la forteresse, que les fortifications du nord et du sud se rejoignaient. Syracuse était entièrement protégée. Que les attaquants viennent de la montagne ou de la mer. Vingt-deux kilomètres de remparts ! C'était énorme pour l'époque. Votre périphérique, à Paris, il fait combien ?

– L'intérieur ou l'extérieur ?

Euh…

Don Ottavio n'avait pas prévu le coup.

– L'extérieur fait 35,063 kilomètres, l'intérieur 35,014 kilomètres.

Stupéfaction de Don Ottavio.

LE THÉORÈME DU PERROQUET

« Ou quelque chose comme cela, ajouta M. Ruche.

– Oui, c'est approximativement précis… Viens, je vais te montrer. De là-bas, tu comprendras tout. Dépêchons-nous avant que la nuit tombe, le pressa Don Ottavio, poussant le fauteuil à travers un sol inégal, sans égard pour les tressautements affreux chahutant M. Ruche.

– On pourrait aller moins vite !

– Il faut arriver avant le coucher du soleil si tu veux assister à la bataille.

Le fauteuil stoppa au bout de l'avancée de la forteresse. Au loin, vers l'est, la mer était recouverte par la pénombre, avec quelques minutes d'avance sur Syracuse.

– Je suis sûr que c'est en regardant la mer d'ici, comme nous, qu'Archimède a pu affirmer que la surface de tous les liquides était courbe. Courbe comme la Terre. L'eau salée dans la mer ou le café de l'espresso dans ma tasse. Et vous, en France, qui dites l'« eau plate » ! Ici, on dit *senza gas*.

Fier de son jeu de mots, il rit. M. Ruche ne l'écoutait pas. Il admirait le paysage. En bas, la ville jouissait des dernières lueurs du jour. Les gens sortaient des bureaux. Le spectacle était magnifique.

« Ce petit bout de terre pointu qui se détache là-bas, c'est là que les premiers Grecs ont débarqué ; ils venaient de Corinthe. Comme il y avait plein de cailles, ils l'ont nommé Ortygie, l'île aux cailles. A l'époque, au VIIe siècle, c'était une île. A droite, le Porto Grande, à gauche, le Porto Piccolo sur lequel tu avais rendez-vous. Il donne sur le quartier de l'Achradine.

La bataille, c'est celle qui opposa Marcellus, le plus grand général romain, à Archimède, le plus grand savant grec. Syracuse était riche et puissante et la Sicile l'île la plus fertile de la Méditerranée. Sans ses céréales, Rome aurait crevé de faim.

La bataille se déroula en 215 avant notre ère. Marcellus

fonce vers Syracuse. L'attaque doit être lancée conjointement par mer et par terre.

Don Ottavio pointa sa canne en direction du Porto Piccolo.

« Soixante galères romaines se présentèrent devant la ville en ordre de combat, fonçant vers les remparts de l'Achradine, le quartier chic, où habitait Archimède.

Immédiatement, les archers se mirent en position, criblant le haut de la muraille. Des frondeurs prirent la relève, aspergeant la ville de nuées de pierres. Soudain, huit galères se détachèrent du reste de la flotte. Liées deux à deux par d'énormes cordages, elles formaient un long tablier sur lequel reposait une arme redoutable, une gigantesque sambuque. Au même moment, là, derrière nous…

Don Ottavio fit pivoter le fauteuil et pointa la ligne des remparts courant à travers le plateau.

« Les fantassins romains déferlèrent des montagnes à l'assaut des remparts, espérant ouvrir une brèche par laquelle ils pénétreraient dans la ville, prise à revers.

Les machines d'Archimède les attendent. Ils courent à découvert en lançant leurs cris de guerre pour se donner du courage. Ils sont des milliers. Un sifflement recouvre la clameur. Éjectés de derrière les remparts, des rochers traversent l'air comme si c'étaient de vulgaires cailloux. Ils s'abattent sur les fantassins romains qui n'ont jamais essuyé une pluie de projectiles plus mortelle. L'assaut est brisé dans l'œuf. Sur mer, l'affaire est plus grave.

Don Ottavio fit pivoter à nouveau le fauteuil de M. Ruche, qui se retrouva à nouveau face à la mer. Don Ottavio, debout à côté du fauteuil, avait posé la main sur l'accoudoir pour s'y appuyer discrètement. Le petit vent qui s'engouffrait dans sa chemise gonfla le tissu et lui faisait un ventre bedonnant. Don Ottavio voyait le combat, il le revivait comme s'il était un défenseur de Syracuse, revenu 2 000 ans après raconter SA bataille. De temps à autre, il pointait sa canne pour désigner un lieu précis du combat.

M. Ruche s'était laissé prendre. Il avait tout oublié, le kidnapping de Max, les raisons qui l'avaient obligé à se rendre à Syracuse… Il écoutait Don Ottavio, subjugué par son récit. Qui passerait par là croirait voir deux retraités des forces armées italiennes dans un cours de rattrapage sur la haute stratégie antique.

– La sambuque était en train d'être dressée. Une arme terrifiante. Une sorte de tour constituée par un système d'échelles coulissantes protégées par des panneaux. Mises bout à bout, elles dépassaient le haut des fortifications. Si la sambuque parvenait jusqu'à la muraille, c'en serait fini de Syracuse. Des soldats, prêts au combat, attendaient au pied de l'échelle. Des dizaines d'hommes tiraient de toutes leurs forces pour la redresser à l'aide des câbles attachés à ses extrémités. D'autres posaient des étais pour la soutenir et la stabiliser. L'assaut était imminent. Déjà, des soldats grimpaient sur les échelles. Un rocher d'une grosseur inouïe passa au-dessus de la muraille dans un bruit épouvantable. Avant même qu'il atteigne sa cible, un second, tout aussi énorme, fendit l'air, immédiatement suivi d'un troisième. Par trois fois, la sambuque fut touchée. Suspendue dans l'air, elle avait résisté. Le silence se fit. Tous les yeux étaient fixés sur elle. Elle vacilla imperceptiblement. Les soldats qui avaient grimpé le long des échelles poussèrent des cris de terreur.

Les hommes restés en bas, la voyant chanceler au-dessus de leurs têtes, mêlèrent leurs cris à ceux qui hurlaient en s'écrasant sur le pont à leurs pieds. Beaucoup furent projetés dans la mer et se noyèrent. La sambuque, disloquée, s'abattit sur le pont des galères ; la violence du choc rompit les cordages qui les tenaient solidaires. Plusieurs sombrèrent.

Victime des machines d'Archimède, l'arme maîtresse

des Romains, celle qui devait faire plier Syracuse, s'abîma dans l'eau, soulevant des vagues énormes qui firent chavirer les barques d'accompagnement, face aux remparts de l'Achradine.

Sur les autres galères, les Romains sidérés avaient assisté à la destruction de la sambuque. Ils étaient démoralisés.

Mais Marcellus n'est-il pas le plus grand des généraux romains ? Durant la nuit, dans le plus grand silence, il fait avancer ses bateaux au plus près des remparts. Au pied des murailles, il se croit à couvert, c'est ce qui se passe habituellement dans ce genre de combat. « Leur puissance même et leur longue portée rendant les machines d'Archimède inefficaces pour atteindre cet emplacement, les projectiles passeront bien au-dessus de nos têtes. Quant aux machines à faible portée qu'il pourrait employer, elles sont sans danger. » Voilà ce que pensait le stratège romain.

Archimède s'était préparé. Rien de ce qui touche au rapport des poids et des distances ne lui était étranger.

A l'aube, alors que les Romains passaient à l'attaque, des poutres énormes dégringolèrent du haut des murailles, assommant littéralement les navires de Marcellus. Pire, elles repartirent d'où elles étaient venues, comme des boomerangs gigantesques. Retenues par de grands filins, elles furent hissées jusqu'au sommet des remparts et tombèrent à nouveau sur les navires qui s'étaient crus à l'abri. Puis Archimède fit donner une autre de ses inventions.

Don Ottavio se mit à réciter :

« "Un levier, établi au-dessus du mur, lançait sur la proue de ces vaisseaux une main de fer attachée à une forte chaîne. Un énorme contrepoids en plomb ramenait en arrière la main de fer qui enlevait ainsi la proue, suspendait le vaisseau droit sur la poupe ; puis, par une secousse subite, le rejetait de telle sorte qu'il paraissait tomber du mur. Le vaisseau, à la grande épouvante des matelots, frappait l'onde avec tant de force que les flots y entraient toujours même quand il retombait droit." C'est Tite-Live qui raconte.

Marcellus donna l'ordre à ses galères de se disperser pour se placer à des distances différentes des remparts, de façon à ce qu'Archimède ne puisse pas régler le tir de ses machines. Archimède l'avait prévu.

Ses batteries de balistes et de catapultes réglées comme les tuyaux d'un orgue, chacune fixée sur une portée différente, lancèrent leurs salves de projectiles qui atteignirent les navires, à quelque distance des remparts qu'ils se trouvent.

Marcellus donna l'ordre à ses navires de ne pas rester immobiles. Les projectiles les poursuivirent.

Les marins et les soldats endurcis, qui avaient fait toutes les batailles de Marcellus, s'affolaient. Ils n'avaient jamais vu, ni subi, un tel harcèlement. Le plus grand général romain était défait devant Syracuse. Marcellus ne comprenait pas comment de tels exploits étaient possibles.

S'il avait su sur quoi travaillait Archimède depuis des années, tout lui serait devenu clair. Quelle longueur de levier, quelle masse à envoyer, quel contrepoids à fixer, tout ce qui ressort de l'art des balances, Archimède le maîtrise. Il est le maître des leviers et des balances ; à l'aide de la géométrie, il en a établi les lois mécaniques. Les Syracusains, eux, n'étaient pas surpris. Ils connaissaient leur Archimède !

Don Ottavio se mit à réciter :

« "Archimède s'étant assis à quelque distance, sans employer d'efforts, en tirant doucement de la main le bout d'une machine à plusieurs poulies, ramène à lui la galère qui glissait aussi légèrement et avec aussi peu d'obstacles que si elle avait fendu les flots."

En réalisant cet exploit, Archimède foutait par terre

l'un des grands principes qu'Aristote serinait depuis un siècle, le principe d'impuissance.

– D'impuissance ? !

« Que Don Ottavio s'emballe sur son Syracusain, c'est son affaire, mais qu'il se mêle d'Aristote, cela devient la mienne, se révolta *in petto* M. Ruche. En un mot : "Touche pas à mon Aristote !" »

– Oui, c'est moi qui l'appelle comme cela. Si la force est faible et la résistance grande, alors la vitesse est nulle ! C'est bien ce qu'il affirmait, ton philosophe grec. Si ce n'est pas un principe d'impuissance, je voudrais bien savoir ce que c'est ! La force déployée par Archimède en tirant le navire était faible, tu es d'accord ? La résistance du navire dans l'eau était grande, tu es d'accord ? Et le navire a glissé vers la rive ! Donc il a bougé, donc sa vitesse n'était pas nulle, tu es d'accord ? Donc, le principe d'Aristote, qui proclame l'impuissance, est tout faux !

M. Ruche se dit qu'il allait réfléchir.

Les Syracusains avaient applaudi à un autre exploit d'Archimède, l'affaire de la couronne royale. Comment Archimède avait démasqué la fraude de l'orfèvre royal qui avait mélangé de l'argent à l'or de la couronne.

M. Ruche connaissait l'histoire. Écoutant avec un sourire malicieux le récit que lui en faisait Don Ottavio, il ne put s'empêcher de s'exclamer :

– C'est fou ce qu'il te fait faire, Archimède ! Depuis une demi-heure tu me fais l'apologie des balances ! Toi qui, ce matin même, était prêt à les faire assassiner ! Parce que, au fond, qu'est-ce qu'il a fait, ton héros, il n'a pas cessé de faire parler les balances !

Don Ottavio le regarda, stupéfait, considérant M. Ruche avec une admiration non retenue :

– Toi, alors, tu n'as pas changé, tu trouves toujours le moyen de sortir quelque chose qu'on n'avait jamais

entendu avant. C'est ça qu'elle t'a appris, la philosophie ?

Sans répondre, M. Ruche poursuivit :

— Et ce n'est pas tout ! Voilà Don Ottavio, grand trafiquant devant l'Éternel, en train de se réjouir que son
Archimède ait démasqué un faussaire ! Là, c'est toi qui
me surprends.

— Oui, bon, admit Don Ottavio, gêné. Personne n'est
parfait.

— Si tu continues, tu vas finir à Interpol !

— Ah, ne dis pas des choses sales. Ce que je viens de te
raconter, je l'ai entendu pour la première fois ici même,
de la bouche de mon instituteur. Son récit a duré bien
plus longtemps que le mien. Qu'un Syracusain ait foutu
une raclée pareille à ce Romain, tu ne peux imaginer l'effet que cela m'a fait. Je jubilais. Archimède me vengeait
de tous ces gens de Rome, des snobs, tous ces Italiens du
Nord qui venaient dans notre île en pays conquis et qui
nous traitaient comme de la merde. D'un seul coup, là, à
l'endroit où je me trouve maintenant, il y a… oh, pas la
peine de compter les années, il y a longtemps. Il m'a
donné la fierté d'être né ici.

Quelques jours après cet après-midi de la *Pasqua*, on
était en classe, l'instituteur nous a parlé de l'axiome
d'Archimède. Tu connais l'axiome d'Archimède ?

— Non, répondit M. Ruche, intérieurement furibard.

« Il ne va pas maintenant me donner un cours de maths, à
moi ! Après tout ce que j'ai appris ces huit derniers mois ! »
Mais, c'était vrai, et c'était étonnant, durant ces huit mois
il n'avait pas du tout été confronté aux œuvres d'Archimède. Ce qui donnait l'avantage à ce vieux mafioso.

— Eh bien, je vais te l'apprendre, dit Don Ottavio qui
buvait du petit-lait. L'instituteur nous a dit, je m'en souviens au mot près : *« Il y a toujours un multiple du plus
petit qui est supérieur au plus grand. »* On n'a rien com-

pris. Alors, il nous a dit : « Si on a un petit et un grand segment, on peut toujours, en multipliant le petit, dépasser le grand. » Ça a fait une explosion dans ma tête. La cloche a sonné juste après. J'aurais voulu parler à l'instituteur, mais il était pressé. En rentrant chez moi, je me suis assis sur une des ruines que tu as vues. Et j'ai réfléchi, c'était la première fois que je réfléchissais. Avant, sûrement, cela avait dû m'arriver, mais c'était sans le vouloir, alors que là, je me suis forcé à réfléchir. Je me suis dit, Tavio, c'est toi le petit segment. Et tout s'est éclairé. L'instituteur avait dit qu'Archimède avait dit : « Aussi petit segment que tu sois, tu peux te "multiplier" et devenir plus grand que n'importe quel grand segment. Aussi grand qu'il soit ! »

Le dimanche d'après, quand j'ai croisé le comte, comme tous les dimanches matin, et qu'il passait sur la place du village, et que mon père l'a salué bien bas, je lui ai dit dans ma tête : « Tout comte que tu es, je te dépasserai ! » J'ai eu chaud au cœur comme si j'avais bu. Mais comment me multiplier ? Depuis ce jour-là, voilà ce que j'ai voulu apprendre : me multiplier pour dépasser n'importe quel grand, le plus grand des grands. Et tu vois, j'ai appris.

M. Ruche restait silencieux. Puis, presque pour lui, ce que venait de dire Don Ottavio l'ayant pas mal remué :

– Il y a toujours de nouveaux petits… Et certains d'entre eux aussi veulent dépasser les grands. Et tu es devenu un grand.

– Tu ne sais pas à quel point c'est vrai. Mais moi, je suis un grand qui n'a pas oublié qu'il a été petit, alors je continue à me multiplier.

– Je sais : « Donnez-moi un point fixe et je soulèverai la Terre. » C'est Archimède qui l'a dit. Une petite masse peut, par son propre poids, grâce à un levier, soulever le mastodonte le plus lourd. Encore faut-il qu'elle sache où se placer !

– Fais-moi confiance ! Tu as parlé d'Archimède, je vais te raconter comment s'est finie la bataille.

Devant les remparts de l'Achradine, le plus grand général romain venait d'être battu par le plus grand géomètre grec, né à Syracuse. Au lieu de s'en retourner vers le nord, il a utilisé l'arme des lâches : le siège. Ce qu'il n'avait pu obtenir par les armes, il comptait l'obtenir par la faim. Deux ans plus tard, Syracuse résistait toujours.

La longueur de l'enceinte de Denys, qui avait été sa sauvegarde, va causer sa perte. Comment surveiller une enceinte si étendue durant une si longue période ? Au cours d'une nuit de fête, un groupe de Syracusains, des traîtres, des salopards qui ne pensaient qu'à bouffer, ouvrit une porte mal gardée dans la muraille d'Epipoleis. Les Romains déferlèrent sur la ville. Syracuse est prise !

Marcellus se précipite. Il veut voir ces machines qui l'ont tenu en échec. Il est émerveillé. Il comprend pourquoi il ne pouvait pas gagner face à un tel adversaire, et pourquoi, sans cette trahison, il n'aurait jamais pu prendre la ville par les armes. Archimède est introuvable, il part à sa recherche.

Alors que, sous les yeux de M. Ruche, la ville étincelle à la dernière lueur du jour, Don Ottavio raconte cette nuit de l'année 212 où Syracuse est tombée. M. Ruche n'a pas de peine à imaginer la scène. La nuit de pillage se termine. Çà et là, des incendies ! Des groupes de soldats ivres chantent, sortant des demeures des riches syracusains, vases d'or et vaisselle d'argent plein les bras. A mesure qu'on s'éloigne de l'Achradine, le bruit et les lueurs s'estompent. Le jour se lève sur Syracuse dévastée.

Au bas des remparts, à quelques mètres de la mer, Archimède est étendu, la main posée sur le sol. L'eau n'a pas encore effacé les figures qu'avec son doigt il a tracées sur le sable humide. Sur sa toge blanche criblée de sable, une tache de sang. Le soldat romain qui, il y a quelques instants, l'a surpris, est retourné vers la ville. Plongé dans sa géométrie, Archimède n'a pas entendu, ou pas voulu entendre, les pas qui s'approchaient. Il ne s'est pas retourné. Les figures piétinées témoignent de la déception de l'assassin, furieux de n'avoir trouvé sur le corps de ce vieillard aucun objet précieux.

Don Ottavio s'est tu. Puis :

« En quelques heures, dans cette journée de la *Pasqua*, cet instituteur, à travers Archimède, m'avait tout à la fois offert la fierté d'être né ici, les moyens de ne pas accepter ma condition, la tristesse de la défaite et le désir de vengeance. En quelques heures, il m'avait fait vieillir. Archimède avait soixante-quinze ans quand il est mort.

En faisant ce bilan, Don Ottavio était profondément ému. Cet homme autoritaire, ce patriarche sans descendance, qui n'était entouré que de conseillers, de gardes du corps, d'avocats et de banquiers ne s'était sans doute jamais confié aussi totalement. Sauf, peut-être, à Grosrouvre, mais certainement pas avec cette émotion et cette franchise. Là, le lieu jouait, Don Ottavio était, dans sa ville, à l'endroit même où l'événement s'était produit. Il ne racontait pas des souvenirs, il revivait son passé.

« Il est tard. Rentrons, dit Don Ottavio d'une voix fatiguée.

— Mon Dieu, s'exclama M. Ruche, j'ai oublié de téléphoner à Perrette. Je lui ai promis de l'appeler tous les soirs avant 8 heures. Elle va se faire un sang d'encre.

Beaucoup plus lentement qu'à l'aller, Don Ottavio poussa le fauteuil à travers les rochers dans la nuit tombée. M. Ruche l'entendait souffler sous l'effort.

Ils rejoignirent la limousine. M. Ruche retrouva avec plaisir le cuir souple du siège sur lequel Don Ottavio l'aida à s'installer. La voiture démarra sans bruit, puis emprunta une petite route à travers le plateau.

Derrière eux, s'étant rapprochée, la voiture des gardes

du corps suivait. La limousine roulait doucement vers le château du comte, que Don Ottavio avait acquis voilà des années.

La nuit tomba très vite. Don Ottavio mit pleins phares. On voyait comme en plein jour.

Dans le silence de la nuit, M. Ruche repensa à Hippias d'Élis. Comme Hippias, Don Ottavio avait commencé sa vie très pauvre et la finissait très riche. Sa fortune avait débuté lorsqu'il s'était rendu dans la ville d'Inycos, en Sicile, où il avait gagné un argent fou. On ne savait pas comment. Pour lui, tous les problèmes étaient des problèmes techniques. Il ne s'encombrait pas de théorie, ne s'interdisait aucun moyen, et recourait à toutes les astuces possibles pour arriver à ses fins. Le portrait craché de Don Ottavio.

– Quarante-quatre mille neuf cent soixante-trois milliards cinq cent quarante…

M. Ruche sortit brutalement de ses pensées et regarda Don Ottavio. « Il égrène son compte en banque, ou quoi, pour m'épater ! »

– … millions d'années ! C'est le temps que mettrait Archimède, s'il était lancé à la vitesse d'un cheval au galop, pour déplacer la Terre d'un seul pouce à l'aide de son levier ! Une espèce d'Anglais s'est pris la tête pour calculer cela, dit Don Ottavio en s'esclaffant. Bon, d'accord. Qu'est-ce que cela change ? Il pourrait la déplacer, c'est tout !

« Sa dévotion pour Archimède a d'étranges effets épistémologiques sur Don Ottavio, pensa M. Ruche. Elle le fait raisonner comme un authentique mathématicien. En maths, le temps ne "compte" pas, milliards d'années ou pas. Archimède aurait déplacé la Terre avec son levier, cela seul compte ! »

– Le tombeau que je t'ai montré tout à l'heure, celui que mon instituteur m'avait montré n'est pas le tombeau d'Archimède. Mais une sorte de colombarium romain. Qu'est-ce que cela change ? Ne me crois pas dupe. J'adore les légendes ! Mais, comme tu t'en es aperçu, je ne crache pas du tout sur le réel.

Une question obsédait Perrette. Comment les aider, là-bas ? Depuis le départ de M. Ruche pour Syracuse, elle cherchait, essayant de se remémorer tout ce qui s'était passé depuis l'arrivée de la première lettre. Une chose devenait à ses yeux de plus en plus évidente. Grosrouvre ne pouvait pas ne pas avoir envoyé à M. Ruche un signe, ne serait-ce qu'un tout petit signe, concernant les deux démonstrations. Pas les démonstrations elles-mêmes, certes. Mais une indication, un indice, une marque les concernant.

Elle décida d'aller fureter dans la BDF. De toute façon, elle était incapable de rien faire d'autre. Elle traversa la cour. Le monte-Ruche était immobilisé à hauteur du balcon avec son parasol, M. Ruche l'avait bloqué là avant de partir. Elle entra dans l'atelier. Il était dans l'état où M. Ruche l'avait laissé avant son départ précipité pour la Sicile. Ni Max, ni M. Ruche, ni Nofutur, la BDF était bien vide. Soudain, elle plongea vers un petit cadran dissimulé derrière un rideau. Quand le système de sécurité était enclenché, dès que quelqu'un pénétrait dans la pièce, on avait 40 secondes avant que l'alarme se déclenche. Perrette commença à taper le code. Mince, elle avait oublié la suite ! L'alarme allait se déclencher ! Heureusement, elle réussit à se rappeler la phrase que lui avait communiquée M. Ruche pour reconstituer le code :

Que j'aime à faire apprendre un nombre
utile aux sages !
Immortel Archimède, artiste, ingénieur.

Le nombre de lettres de chaque mot. *Que* : 3 ; *j'* : 1 ; *aime* : 4 ; *à* : 1 ; *faire* : 5... Elle annula, puis tapa en hâte les quinze premiers chiffres de l'écriture décimale de π : 314159265358979. Trente-cinq secondes. Ouf ! L'alarme était bloquée.

Elle s'assit et ne sut quoi faire. Elle était désemparée. C'est la première fois qu'elle était séparée de Max... en douze années ! Il n'était jamais parti en colonie ou en voyage avec l'école. Peut-être l'avait-elle trop couvé. Ce n'était pas qu'il fût dépendant d'elle, oh, ça non. Ni d'elle ni de personne.

Plongée dans ses pensées, son regard balayait les rayonnages. Apercevant la caisse qui se trouvait là depuis l'arrivée de la BDF, elle décida de la déballer et d'en ranger le contenu dans les rayonnages.

Elle l'ouvrit : il y avait deux tas de revues de mathématiques, chacun soigneusement ficelé. Elle coupa les ficelles et commença à les poser sur la dernière étagère encore libre, en prenant garde de ne pas les mélanger.

Était-ce parce qu'elles étaient récentes que M. Ruche les avait négligées ? La plupart étaient en américain, quelques-unes en français, en allemand et en russe.

Perrette examina les titres pour comprendre ce qui différenciait un tas de l'autre. Elle ne trouva aucune explication. Feuilletant la première revue, elle remarqua, en lisant le sommaire, qu'un article était souligné à l'encre.

– Mère ! (Léa l'appelait depuis le balcon.) Viens vite ! Téléphone ! Syracuse !

C'était Max. Il parlait à Jonathan, M. Ruche répétait à Max ce que Jonathan lui disait. Ils se parlèrent tous. Quand Léa raccrocha, Perrette s'effondra en larmes. Léa et Jonathan, sidérés, ne savaient pas quoi faire. Ils ne se souvenaient pas d'avoir vu leur mère pleurer.

Tout allait bien à Syracuse ! A part Nofutur, qui faisait la grève de la faim. Perrette se souvint qu'elle avait laissé la porte de la BDF ouverte. Elle retourna dans l'atelier et reprit la lecture des deux tas de revues. Dans chacune d'elles, un article du sommaire était souligné. Par exemple, dans le n° 29 de *Communication on Pure and Applied Mathematics* de 1976, un article de Goro Shimura, « The special values of the zeta function associated with cusp forms ». Dans le n° 44 de *Inventiones Mathematicæ* de 1978, un article de Barry C. Mazur, « Rational isogenies of prime degree ».

Feuilletant l'un d'eux, elle happa ces quelques lignes qui ouvraient l'article de Goro Shimura :

1. Introduction

For a positive integer k and a Dirichlet character χ modulo a positive integer n such that $\chi(-1) = (-1)^\chi$, let $G_k(N, \chi)$ denote the vector space of all holomorphic modular forms $f(x)$ satisfying

$$f(\gamma(z)) = \chi(d)(cz+d)^k f(z) \quad \text{for all } \gamma = \begin{pmatrix} a & b \\ c & d \end{pmatrix} \in \gamma_0(N)$$

where z is the variable on the upper half-plane, $\gamma(z) = \dfrac{(az+b)}{(cz+d)}$, and

$$\gamma_0(N) - \left\{ \begin{pmatrix} a & b \\ c & d \end{pmatrix} \in SL_2(\mathbb{Z}) \mid c \equiv 0 \ (\mathrm{mod}\, N) \right\}.$$

Soudain, elle se sentit terriblement fatiguée.

Giulietta s'était mise au volant d'un superbe coupé. Max s'était assis à côté d'elle. Elle avait fait glisser la capote. Le PTBM, qui les avait aperçus, leur avait lancé un regard noir.

Un mignon petit lit avait été dressé dans la chambre bleue de M. Ruche. Max s'était endormi immédiatement, les joues et le front roses. Il avait attrapé un coup de soleil au cours de sa balade avec Giulietta Mari.

M. Ruche n'avait pas sommeil. Il lui fallait digérer tout ce qu'il avait découvert en si peu de temps. L'existence de Don Ottavio, les relations entre lui et Grosrouvre, les mystérieuses affaires de ce dernier, le rôle de Nofutur son incroyable amnésie, sans compter cette histoire de tableaux volés accrochés dans la chapelle secrète. Il était groggy.

Qu'elle était loin, la tranquille librairie de la rue Ravignan ! Parlons-en. Deux des TPRR venaient d'être résolus coup surcoup : l'identité du fidèle compagnon et l'identification de la bande qui voulait s'emparer des démonstrations. Dur de constater qu'ils n'étaient pour rien dans la découverte de leur solution. Les réponses leur avaient été livrées sur un plateau. Exception faite pour Perrette : elle avait su détecter la présence de Tavio dans l'histoire d'Alamut. Seul l'aveuglement de M. Ruche avait empêché que cette piste soit sérieusement prise en compte. Quant au fidèle compagnon, il valait mieux en rire. Durant sept mois, ils avaient eu la réponse sous les yeux. La semaine dernière encore, M. Ruche n'affirmait-il pas, péremptoire, qu'on ne pourrait y répondre qu'en faisant le déplacement à Manaus !

Plongés dans le bain jusqu'au cou, ils n'avaient pas su voir, à la différence d'Archimède, l'eau déborder, et encore moins découvrir la raison de ce débordement. Ils pouvaient rengorger leur *eurêka*. A leur décharge, il faut dire que la solution était tellement invraisemblable que personne n'aurait pu la trouver. Personne sauf Don Ottavio. Et c'était sa force ; il ne s'interdisait aucune hypothèse. Hippias d'Élis. En cette occasion, il avait été foutument plus scientifique que nous. Pour nous, le fidèle compagnon ne pouvait être qu'un humain. Péché anthropocentrique. Et saint François d'Assise parlant aux oiseaux ! Si lui avait causé avec des moineaux, pourquoi pas Grosrouvre avec un perroquet ?

Ce que le saint avait confié aux volatiles de la petite cité du nord de l'Italie est resté à tout jamais secret. En sera-t-il de même pour les confidences faites par le mathématicien-trafiquant de Manaus à sa Mamaguêna ? Demain, peut-être, M. Ruche le saura-t-il ?

Quand même, un boss sicilien entiché d'un géomètre antique ! Qu'Archimède fût un personnage déchaînant curiosité et admiration, soit ; mais dans le cas de Don Ottavio, il s'agissait d'une véritable passion qui lui collait à la peau depuis l'enfance.

Soudain, il se rappela un fait auquel en son temps il n'avait pas donné d'importance. Au cours des nombreuses séances de mathématiques, il n'avait jamais réellement abordé Archimède. Tout au plus l'avait-il frôlé une fois ou deux. Compte tenu de l'importance de cette œuvre, cela aurait dû l'intriguer. Mais il n'était pas mathématicien. Par contre, le libraire qu'il était avait remarqué l'absence de ses ouvrages dans la BDF. Aucun livre de lui dans les rayonnages consacrés aux mathématiques grecques !

Et pour cause ! Ils étaient là, sous ses yeux, rangés dans la délicieuse petite armoire de la chambre bleue. De ce qu'il pouvait en juger, la petite bibliothèque était entièrement consacrée au mathématicien de Syracuse.

Le premier livre que M. Ruche ouvrit, et il l'ouvrit pour cette raison, était un joyau. Un exemplaire de *La Vie de Marcellus,* de Plutarque, enluminé par Girolamo de Crémone, avec de merveilleuses miniatures. Plus exactement, un exemplaire de *La Vie des hommes illustres*, dans lequel Plutarque racontait par le menu le fameux combat de l'Euryale. M. Ruche chercha la date d'impression. MCDLXXVIII. Il siffla de surprise. Il avait sous les yeux l'un des premiers livres imprimés ! Seize ans plus tôt que la *Summa* de Luca Pacioli !

Et puis il y avait les œuvres des historiens et des philosophes de l'Antiquité ayant raconté des épisodes de la vie du Syracusain, Tite-Live, Polybe, Athénée, Cicéron. Rien d'étonnant qu'après de telles lectures Don Ottavio ne soit au fait des moindres détails de la vie de son héros.

Sur les autres rayons, il y avait les ouvrages d'Archimède lui-même. Première constatation, il y en avait beaucoup. A la différence des autres auteurs grecs, on a presque tout retrouvé de son œuvre.

M. Ruche les compulsa un long moment.

Le titre d'un ouvrage l'intrigua, lui inspirant une pensée qui le fit sourire : ce savant de Syracuse qui passe son temps à couler des galères, à brûler des navires, à les écrabouiller sous des monceaux de pierres, à les soulever avec une main de fer pour les lâcher du plus haut. Bref, qui passe son temps à faire couler les navires, de quoi se préoccupe-t-il ? *Des corps flottants*, c'était le titre de l'ouvrage dans lequel Archimède étudiait les conditions de flottabilité des solides ! « Nous admettons comme principe que le liquide a une nature telle que, ses parties étant disposées d'une manière égale et contiguë, celle qui est moins comprimée est poussée de sa place par celle qui est comprimée davantage », écrit Archimède, et puis, plus loin, il retrouva ce que Don Ottavio lui avait dit cet après-midi, concernant la forme de l'eau. « La surface de tout liquide en état de repos aura la forme d'une sphère ayant le même centre que la terre. »

Un bruit. La tête de Don Ottavio apparut dans l'entre-bâillement de la porte :

— Tu ne dors pas ? J'ai vu de la lumière…

— … et tu es entré. Comme dans les films des années 40. Alors entre ! s'écria M. Ruche.

— Chut ! fit Don Ottavio, sur un ton de reproche en désignant Max endormi.

« Manque pas de culot ! pensa M. Ruche. Il le kidnappe,

le fourre dans un avion qui le transporte à 2 000 kilomètres
de chez lui, et il me reproche de parler fort parce que je
risque de le réveiller ! »

— Max est sourd, tu peux parler plus fort, l'informa
M. Ruche.

— Tu regardais les livres. Splendides, n'est-ce pas ?

A la grande surprise de M. Ruche, il énuméra les titres
par cœur, comme le petit Tavio, sans doute, les comptines de sa jeunesse : *La Quadrature de la parabole. Sur
la sphère et le cylindre. Sur les spirales. Sur les conoïdes
et les sphéroïdes. La Mesure du cercle. Des corps flottants. Le Traité de la méthode. L'Arénaire.*

Il mit ses lunettes, retira l'ouvrage de la bibliothèque.

— Ah, *L'Arénaire*, le compteur de sable !

Il se mit à réciter :

« D'aucuns pensent, roi Gélon, que le nombre de grains
de sable est infiniment grand, et ils visent ainsi, non seulement le sable des environs de Syracuse, mais encore
celui qui gît dans toute contrée habitée ou inhabitable. »

Don Ottavio lança un regard vers M. Ruche qui disait
quelque chose comme : « Je porte des lunettes, mais j'ai
de la mémoire. Pourrais-tu en dire autant ? »

Puis il s'enflamma, pointant l'ouvrage :

« Là, Archimède va se déchaîner ! Avec ce qu'il y a de
plus petit au monde : un grain de sable, il va prendre la
mesure de ce qu'il y a de plus grand : l'univers entier !
Toujours la même chose. Sais-tu combien il y a de grains
de sable ? Un nombre long de soixante-quatre chiffres !
C'était un soir à Manaus, il faisait une chaleur épouvantable, on était sur la terrasse, Elgar m'a raconté comment
Archimède s'y est pris. Cela a pris des heures, il avait
un talent pour raconter des histoires, des histoires de
maths, comme il disait. Plus le nombre grossissait, plus
on buvait. A la fin, on était un peu saouls. Il m'a dit
qu'Archimède avait réussi à créer un système qui pou-

vait aller jusqu'à des nombres longs de… (il ajusta ses lunettes, feuilleta le livre) … longs de 80 millions de milliards de chiffres ! Une fortune ! J'en ai rêvé. Une myriade de myriades d'unités du myriade-de-myriadième ordre de la myriade-de-myriadième période ! Tiens, s'écria-t-il ravi, ça m'est revenu d'un coup ! Et ces minables de Romains avec leurs nombres ridicules. Il ne les aimait pas du tout, Elgar. Là, on s'est retrouvés. Il m'a raconté qu'ils n'ont pas eu un seul grand mathématicien en presque mille ans ! Ça le mettait en boule. Tu ne peux pas imaginer le plaisir que cela m'a fait quand j'ai appris qu'ils étaient nuls en maths. J'ai repensé à mon instituteur. C'est ce soir-là qu'il m'a dit que lorsque vous étiez étudiants, toi, tu étais pour Thalès et lui pour Pythagore. Je me souviens que vous vous opposiez sur tout ; c'était même drôle, vous étiez toujours ensemble et vous n'étiez jamais d'accord. Un vieux couple. Je me souviens de vos sorties sur Danton-Robespierre et sur Verlaine-Rimbaud. Moi, en secret, c'était Archimède. Tout à l'heure avant de venir, j'ai pensé qu'en jouant Thalès, Pythagore, Archimède, on aurait gagné le paquet. Un fameux tiercé ! Le jeu, ce n'est pas *my glass of whisky,* comme disent les Anglais.

Tout à coup, il s'arrêta, ému, désignant les livres :

« C'est tout ce qu'il me reste d'Elgar. Il me les a offerts il y a des années. Tous ces livres proviennent de sa bibliothèque. Je ne t'en ai pas parlé, je crois.

Le moment était dangereux, pas de gaffes, surtout, se dit M. Ruche.

« C'était sans doute l'une des plus belles du monde, uniquement des ouvrages de mathématiques, extrêmement rares, comme celui-ci, dit-il en désignant le livre de Plutarque. Il l'a constituée lui-même, livre par livre. Il a mis des années pour la rassembler. Elle lui a coûté une fortune ; tout ce qu'il gagnait y passait. Chaque fois que j'ai pu, je l'ai aidé, soit en ajoutant quelques sous qui manquaient, soit en forçant gentiment la main des propriétaires réticents ; mais tout cela s'est fait avec la plus grande courtoisie et aucun n'a été grugé. Moi, je n'y connais rien aux livres, mais toi, tu es libraire, c'est vrai. Ah, elle t'aurait fait rêver. Le plus drôle c'est qu'une bibliothèque aussi étonnante se trouvait dans une maison en pleine forêt. Je trouvais cette situation, comment dire, ironique. Des livres pleins de calculs et de théorèmes au milieu des hévéas ! Du Elgar craché ! Oh, il avait pris des précautions. Il ne l'avait pas mise n'importe où, il l'avait montée dans une pièce fraîche et assez sèche. Parce que l'humidité, là-bas, tue tout. Il avait commandé des appareils pour contrôler l'humidité et d'autres choses de ce genre, tu sais, comme les électroencéphalogrammes dans les hôpitaux, avec une plume qui trace des lignes sur du papier. Un jour, le système est tombé en panne, j'étais là. Je ne l'avais jamais vu ainsi, il était catastrophé. Il y tenait, à sa bibliothèque ! Moi, les livres, ce n'est pas…

— *My glass of whisky,* lui souffla M. Ruche ironique.

— Et tout cela pour qu'ils finissent brûlés !

M. Ruche devait réagir .

— Brûlés ? s'exclama-t-il âprement.

— Dans l'incendie de sa maison. Tout a brûlé. Et lui aussi !

M. Ruche sentit la colère monter en lui. Il devait faire très attention de ne pas se trahir. Rien de ce qu'il allait dire ne devait laisser soupçonner qu'il en savait long sur cet épisode. Il avait encore en tête les mots de la lettre. Il lui fallait biaiser :

— Je pense tout à coup à une histoire qui s'est passée non loin d'ici, à Crotone, deux ou trois siècles avant ton Archimède, dit M. Ruche. Peut-être Grosrouvre te l'a-t-il racontée, il s'agit des pythagoriciens. A Crotone vivait un homme riche et puissant du nom de Cylon. Il admirait les pythagoriciens, voulant absolument être admis dans leurs rangs. Les pythagoriciens le trouvaient, disons, louche. Il fut éconduit. Leur refus mit Cylon en fureur ; il n'avait pas l'habitude qu'on lui refuse ce qu'il désirait. Un soir, les membres de l'École étaient réunis dans leur local ; Cylon et ses partisans s'approchèrent et mirent le feu à la maison. Tous les pythagoriciens périrent. Un seul en réchappa.

Don Ottavio se dressa, blême. Il resta un moment sans dire un mot, sa main broyant le pommeau de la canne.

– Qui est l'homme riche et puissant ? Tu dis, Pierre Ruche, que j'ai fait mettre le feu à la maison d'Elgar ? Tu dis que je l'ai assassiné ?

M. Ruche eut peur. La fureur de Don Ottavio était terrifiante :

– Tu me fais une violence inouïe. Assassiner un ami…

– … qui t'a refusé ce que tu voulais. Et c'est sans doute le seul qui l'ait jamais fait…

– Oui, Elgar m'a refusé ce que je désirais. C'est le seul qui l'ait jamais fait. Oui, cela m'a mis en rage. Mais il devait me donner sa réponse définitive ce soir-là. C'est pour cela que nous avions rendez-vous chez lui à la tombée du jour. Je lui avais proposé une somme énorme. Personne ne sait ce qu'il allait me répondre.

M. Ruche se mordit les lèvres pour ne pas exploser. Il savait tout cela : *Ils vont revenir tout à l'heure, à la nuit tombée. Tu peux m'en croire, ils n'auront pas mes démonstrations ! Je m'en vais les brûler sitôt que j'aurai terminé cette lettre…*

– Mes hommes sont arrivés les premiers. La maison était en feu. Je suis venu juste après. C'était terrible, une grande maison de bois ; impossible d'arrêter l'incendie, impossible de porter secours à Elgar. J'étais écrasé. Nous sommes partis assez vite. La police allait arriver, il valait mieux qu'elle ne nous voie pas sur les lieux.

Don Ottavio s'inclina et regardant M. Ruche dans les yeux :

« Il m'importe que tu me croies, Pierre Ruche. Tu es la seule personne que j'aie envie de convaincre. Tu m'entends ? C'est aussi pour cela que je t'ai fait venir quand j'ai appris que tu étais vivant.

– Ce n'était pas la peine d'enlever mon petit-fils. Tu n'avais qu'à m'inviter tout simplement. Tu penses vraiment que tu ne savais pas quelle allait être la réponse d'Elgar ?

Don Ottavio baissa la tête .

– Tant qu'une chose n'est pas dite…

L'ouvrage de Plutarque était resté ouvert sur un guéridon où Don Ottavio l'avait posé. Les miniatures de Girolamo de Crémone qui en ornaient la page dansaient dans une fantasmagorie de coloris subtils. Tout en les regardant, Don Ottavio, se parlant à lui-même :

« C'était un peu comme si j'avais partagé seul avec Archimède un de ses théorèmes secrets.

Puis, levant la tête brusquement, sa crinière d'argent étincelant à la lumière de la lampe :

« Je veux que tu m'écoutes, Pierre Ruche. Indépendamment de mes liens d'amitié avec Elgar, je n'avais aucun intérêt, il répéta le mot, à ce qu'il meure. Sa mort était pour moi une catastrophe. Mort, ses démonstrations disparaissaient avec lui.

– Imagine que tu aies pu les lui extorquer par la force, demanda M. Ruche, qui refusait de se laisser affecter par les révélations de Don Ottavio, il t'aurait fallu ensuite le tuer. Car il aurait pu les divulguer à tout moment, comme notre expert de ce matin.

– Cela, je peux te le jurer, il ne l'aurait jamais fait. Il aurait préféré mille fois que nous soyons deux à les posséder, plutôt que de les rendre publiques. C'est exactement ce que je désirais. Pas les lui ôter, mais les posséder avec lui. Tous les deux, seuls. J'aspirais à cette complicité.

Après un temps où il se remémora son désir perdu, il retrouva tout son sang-froid :

– Il reste qu'il est mort ET que je n'ai pas les démonstrations. Et cela est une preuve. Pas une supposition.

M. Ruche fut ébranlé par le dernier argument. Jamais en effet, Grosrouvre n'aurait rendu publiques ses démonstrations. Même pour punir Don Ottavio.

– Il reste que cet incendie, tu l'as dit toi-même, est survenu juste avant votre rendez-vous, juste avant qu'il réponde à ce qu'il faut bien appeler ton ultimatum. Et c'est cet incendie qui a causé sa mort. Tu ne peux le nier. Qu'il se soit suicidé pour t'échapper ou que l'incendie soit accidentel – il aurait voulu brûler ses papiers pour que tu ne puisses les récupérer. Il reste que tu es responsable de sa mort. Tu n'as pas respecté ses désirs, car les tiens passent toujours avant ceux des autres. Tu n'as pas respecté son vœu. Tu l'as mal aimé.

Don Ottavio s'assit. La dernière phrase de Pierre Ruche lui avait fait mal.

M. Ruche avait encore une chose à dire. C'est par une sorte d'honnêteté, et de fidélité à sa jeunesse, qu'il parla. Il était las, il était tard, c'en était trop. Et puis, ce n'est que par ricochet que l'histoire de Don Ottavio intervenait dans sa vie. Un ricochet qui l'avait atteint avec une terrible violence. Max était encore retenu dans ce superbe château du XVIIIe sur les hauteurs de Syracuse !

– J'ai encore quelque chose à te dire. A propos de ce que tu m'as raconté cet après-midi concernant ton instituteur et Archimède. Mais qui concerne aussi ce dont nous venons de parler. Je comprends beaucoup de choses à ton sujet, j'en ai été ému parfois. Je crois que tu n'en avais jamais parlé à personne. Je comprends ta révolte, ta fierté retrouvée grâce à cet instituteur et grâce à… Archimède. Mais la façon que tu as choisie pour te venger, les moyens que tu as adoptés n'ont rien changé au monde, Tavio.

— Tu connais des actions ? des gens ? qui ont changé le monde ?

— Ce que je veux dire, c'est que ta vengeance n'a pas amélioré le monde ; elle l'a pourri un peu plus. Il y a toujours autant de petits Tavios dans les rues de Syracuse et dans la campagne de ton île trinacrienne. Et si les aristocrates romains de ta jeunesse ont un peu baissé la tête, les boss de la mafia sont devenus les nouveaux tyrans de Palerme, de Catane ou de Corleone. Ton fric coule comme du poison. Certes, tu es devenu Don Ottavio, on te salue, tu habites tout en haut, le château du comte ! On tremble devant toi. Et les gamins, dès l'âge du petit, sont branchés sur des aiguilles. Et l'héroïne coule dans leurs veines comme le sérum d'un goutte-à-goutte qui les tue.

— Je t'interdis de dire cela ! Je n'ai pas touché à la drogue. Jamais ! Moi aussi, Pierre Ruche, j'ai des limites, je les ai seulement placées un peu plus loin que les tiennes.

— Il reste que dans la grande comptabilité ton action n'a fait que creuser le déficit, même si toi personnellement tu t'en es sorti. Regarde, pour assouvir ton plaisir, tu n'as pas hésité à enlever mon petit-fils. Un gosse !

— Tu oublies le perroquet ! dit-il crânement.

— Un gosse et en plus un perroquet. Une chose encore, au sujet de l'axiome d'Archimède, celui qui t'a donné cette force. Je viens de lire dans un de ces livres, juste avant que tu ne viennes, attends, je l'ai écrit sur un petit bout de papier. Mince, où est-il ? Ah, le voilà : « Tout segment, aussi grand soit-il, peut, si on le divise en deux successivement, être rendu plus petit que n'importe quel autre segment si petit soit-il. »

Le visage de Don Ottavio était marqué par l'effort pour

comprendre. Mais ses yeux brillaient de l'éclat que M. Ruche lui avait vu chaque fois qu'il s'agissait d'Archimède.

– Ce qui veut dire qu'on peut te rendre moindre que n'importe quoi. C'est le revers de la médaille d'Archimède, déclara M. Ruche d'une voix froide.

Après que Don Ottavio s'en fut allé, M. Ruche s'approcha du lit de Max. Le petit dormait « sur ses deux oreilles ». Si Perrette avait adopté Max plus tôt, peut-être aurait-on pu corriger sa surdité ou au moins l'améliorer. C'est la première fois qu'il dormait dans la même chambre qu'un des enfants de Perrette. Depuis combien d'années n'y avait-il eu personne dans sa chambre ? Ce que c'est que d'être célibataire ; on ne veille à proprement parler sur le sommeil de personne. D'entendre la respiration lente et régulière de Max le troublait… il aimait vraiment ce gosse. Aujourd'hui, il avait gagné quelque chose qui n'avait pas de prix. Ce matin dans le parc, il avait dit : « c'est comme mon petit-fils » et il y a quelques instants il venait de dire : « mon petit-fils » !

M. Ruche roula jusqu'au balcon. Quelle merveille que le Sud ! Juste la température qu'il faut, et les parfums mêlés qui montaient du parc. La lune, plus ouverte que la veille, éclairait un peu plus la mer sur laquelle s'étaient déroulées les terribles batailles que Don Ottavio lui avait contées. Des lumières dansant dans le grand parc attirèrent son regard. Celles des torches puissantes des gardiens faisant leur ronde, accompagnés par les molosses qui avaient accueilli la camionnette le jour de son arrivée.

Ces lumières le firent sortir brutalement de ses rêves. Il était en train de songer à des combats vieux de 2 000 ans, et il avait oublié qu'il était prisonnier dans ce château luxueux et trop bien gardé. En fait, c'était plus subtil, il n'était pas prisonnier, mais il ne pouvait pas quitter le lieu. Cela lui rappela ce qui, dans cette ville même, était arrivé à Platon, un siècle avant Archimède. Denys le jeune, le fils de celui de la forteresse, s'étant pris de passion pour la philosophie, demanda à Platon de venir l'en entretenir. Platon fit le voyage. Mais pour de sombres raisons politiques, Denys le retint à Syracuse, lui interdisant de rentrer à Athènes. Archytas, qui gouvernait la ville de Tarente toute proche et qui était l'ami de Platon, envoya une galère à Syracuse pour le ramener. Denys n'osa pas s'y opposer et Platon put rentrer à Athènes.

Sans vouloir se prendre pour Platon, sa situation et celle de l'Athénien étaient singulièrement proches. A 2400 ans de distance, deux philosophes étaient retenus contre leur gré à Syracuse ! Tout logiquement, il poursuivit en se demandant quel serait l'Archytas qui les délivrerait tous les trois, Max, lui et Nofutur ?

M. Ruche sut que son périple mathématique se terminait là. Il l'avait commencé avec un Grec de la mer Égée, il le terminait avec un Grec de la mer Ionienne. Thalès avait eu besoin d'une pyramide, Ératosthène d'un puits, et Archimède d'une baignoire, de miroirs ardents, de mains de métal, etc. La pyramide de l'un, comme le puits de l'autre, comme les dispositifs du troisième ne sont pas nécessaires à l'établissement de la vérité scientifique, pas plus qu'ils n'améliorent la rigueur des démonstrations. Ils sont là pour frapper l'imaginaire et permettre de répondre à cette question : « En quoi cette vérité nous concerne-t-elle ? »

Il faut aux vérités de la science de belles histoires pour que les hommes s'y attachent. Le mythe, ici, n'est pas là pour entrer en concurrence avec le vrai, mais pour le rattacher à ce à quoi les hommes tiennent et qui les font rêver.

M. Ruche frissonna. C'est qu'il commençait à faire frisquet. En quittant le balcon, il entendit venant du parc un beau chant profond. Le GTBM chantait pour sa Japonaise.

Le soleil était déjà haut dans le ciel. Le jardinier-geôlier ouvrit le gros cadenas, Max pénétra dans la volière. Tout en haut, quasiment dans les nuages, juste au-dessous du grand toit de paille, Nofutur était blotti. Max l'appela doucement. Nofutur sortit de sa léthargie, s'ébroua et, passant toujours avec le même mépris devant les autres oiseaux captifs, se posa sur l'épaule de Max.

M. Ruche, qui regardait la scène de loin, se souvint de la phrase de Platon, « un oiselier capturant dans une volière des oiseaux aux brillantes couleurs », c'est ainsi qu'il définissait les mathématiciens !

Max et Nofutur sortirent de la volière, la tête haute. Le soleil éblouit Nofutur.

Sitôt dehors, il mit fin à sa grève de la faim, se jetant sur la poignée de graines dont Max avait rempli le creux de sa main.

Le grand jour était arrivé. Don Ottavio avait mis toutes les chances de son côté. Ayant parlé à Max, il était convaincu de la volonté du petit de collaborer. La seule chose qui importait à Max était qu'on libère son perroquet.

Ils se dirigèrent vers une dépendance du château. Traversant un grand hall, ils s'arrêtèrent devant une porte capitonnée. Don Ottavio l'ouvrit. Lorsque M. Ruche voulut y pénétrer à la suite de Nofutur, de Max et de Don Ottavio, celui-ci lui en interdit l'entrée :

– Moins nous serons à entendre ces démonstrations, mieux ce sera pour tout le monde.

M. Ruche dut en convenir.

Un studio d'enregistrement dernier cri ; une console imposante, avec des tas de manettes et de petites lumières, une série de magnétophones, un appareil de projection; murs tapissés de tissus, sol recouvert de moquette.

Au milieu de la pièce, un micro pendait. Devant le micro, un perchoir muni d'une mangeoire trois étoiles. Don Ottavio avait bien fait les choses. Un fauteuil face au micro. Max installa Nofutur sur le perchoir, puis s'assit dans le fauteuil. Don Ottavio s'assit aux commandes de la console. Il n'y avait aucun technicien. Don Ottavio avait décidé de ne pas s'adresser directement au perroquet. Tout passerait par Max; à qui Don Ottavio avait fourni un petit cahier sur lequel était inscrit tout ce qu'il avait à demander au perroquet.

Il y avait de simples mots. Mais des mots choisis pour leur charge émotive espérée. Suivant les conseils des spécialistes ayant ausculté Nofutur, ils devaient, comme des clefs, ouvrir les portes de la mémoire brutalement fermées par le choc. Ce devait être des mots d'avant le traumatisme, des mots du monde oublié. Jouant le rôle d'hameçons, que Nofutur vienne en happer un seul et l'on pourrait commencer à tirer le fil du souvenir.

Don Ottavio appuya sur un bouton. Une petite lumière rouge s'alluma au-dessus de la porte du studio. M. Ruche sut que la séance commençait. Dans son for intérieur, il souhaita que Nofutur recouvre sa mémoire. C'en serait fini alors de toute cette histoire. C'était, certes, une prime aux salauds, mais la rue Ravignan n'était pas de taille à lutter contre le château de Syracuse.

En même temps, il ne put se le cacher, il savait bien que si Nofutur parlait, jamais Don Ottavio ne le laisserait partir. A moins tout simplement qu'il ne le fasse disparaître. Cette idée révolta M. Ruche, qui se prit à souhaiter tout aussi fortement le contraire de ce qu'il souhaitait un instant auparavant. Pourvu que Nofutur ne recouvre pas la mémoire. Son amnésie serait sa protection, elle lui conserverait la vie, même si elle le privait de liberté. Quadrature du cercle. D'où qu'il se tourne, la situation était bloquée.

Sur un signe de Don Ottavio, Max commença la lecture des mots de la liste établie par celui-ci. Il lut le premier mot, attendit la réaction de Nofutur, le répéta sur des tons différents, en y mêlant des paroles affectueuses. Nofutur ne réagit pas. Puis il passa au mot suivant, guettant les réactions. Pas plus de réactions qu'avec le premier. Par contre, chaque fois que Max lui parlait directement, Nofutur répondait comme il l'avait toujours fait. Après chaque nouveau mot, Max l'encourageait, lui demandant de se souvenir.

Casque aux oreilles, Don Ottavio suivait le déroulement de l'interrogatoire. Chaque fois qu'un mot « échouait », il cachait mal sa déception. Les spécialistes des maladies de la mémoire avaient déclaré qu'il fallait être patient, qu'on ne savait jamais exactement comment les souvenirs resurgissaient. Don Ottavio s'enrageait de cette impuissance. Ici, pas de miroir sur lequel il suffisait d'appliquer les mains pour que s'entrouvre le mur. Le lieu dans lequel les démonstrations étaient enfermées était bien plus inaccessible que la chapelle où se trouvaient les chefs-d'œuvre volés.

« Elgar », « Manaus » !… La liste y passa. Puis Max en arriva au dernier mot de la liste. Il le lut pour lui. C'était le mot sur lequel Don Ottavio comptait le plus. Max regarda Don Ottavio d'un air interrogateur, Don Ottavio lui confirma le mot d'un signe de la tête et Max prononça : Mamaguêna. Max ne chercha pas à comprendre. Don Ottavio retint son souffle et guetta.

Nofutur regarda Max, le mot glissa sur lui.

A plusieurs reprises, Max répéta le nom. Nofutur ne se souvenait pas s'être jamais appelé Mamaguêna ! C'était comme si Nofutur était né neuf mois plus tôt dans le hangar des Puces de Clignancourt. Effacés, comme sur une disquette endommagée, les cinquante ans qu'il avait vécus à Manaus. L'amnésie était vraiment profonde. Irréversible sans doute. Don Ottavio était blême.

La lumière s'éteignit. Sur l'écran apparut une grande maison de bois au milieu de la forêt. Devant la maison, un homme s'adressait à la caméra. Grand, le cheveu noir, dans les soixante-dix ans, portant pantalon large et veste de toile blanche comme ceux des Mexicains. A travers la chemise largement ouverte, un torse puissant. Grosrouvre devant sa maison à Manaus. Le film était muet. Nofutur ne cilla pas.

La lumière se ralluma.

Don Ottavio, l'air sinistre, ôta son casque. Nofutur but une grande rasade d'eau et avala deux goulées de grains. Max ne savait pas s'il devait être heureux. Ou triste.

Dans le couloir rouge la lumière s'éteignit.

— Tu ne peux pas partir avant d'avoir vu la mer !

Don Ottavio embarqua M. Ruche dans la limousine.

— On rentre à Paris ? demanda M. Ruche.

— Il n'y a plus rien à faire pour vous ici. L'expérience de ce matin a été concluante. Le perroquet ne retrouvera pas la mémoire ici. Inutile d'insister.

M. Ruche poussa un soupir de soulagement et s'enfonça dans le siège de cuir souple auquel il commençait vraiment à s'habituer.

La limousine longea une petite rivière bordée de citronniers et d'eucalyptus. Il y faisait bien plus frais qu'ailleurs.

« Regarde bien ces tiges dans l'eau. De vulgaires roseaux ? Tu n'y es pas. Des papyrus !

— Arrête ! Je voudrais bien en prendre un.

— C'est formellement interdit !

– Alors là ! Tu kidnappes un gosse et tu m'empêches de prendre une tige de papyrus parce que c'est interdit par la loi. Rapport à la loi à géométrie variable, dit-il en s'esclaffant.

– C'est le seul endroit en Europe où ils poussent encore à l'état sauvage, se justifia Don Ottavio. En Égypte, il n'y a plus un seul plant. Ils ont moins bien résisté que les pyramides. Ici aussi, ils ne vont pas durer longtemps. L'eau est trop salée et les racines sont presque à découvert. Il faut que la plante baigne dans l'eau, c'est son élément. Toutes les œuvres d'Archimède ont été écrites sur du papyrus ! Mais on n'en a retrouvé aucune, seulement des copies sur papier ou sur parchemin.

La limousine fila vers la côte nord de Syracuse. La route longeait la mer sur des kilomètres. Pas de grandes plages molles, mais des dizaines de petites criques toniques, avec des rochers descendant directement dans l'eau. Exactement ce que M. Ruche aimait. Cela faisait bien vingt ans qu'il n'avait vu la mer de si près. La dernière fois, il s'était baigné, il avait même plongé. Maintenant il coulerait comme une pierre.

La voix de Don Ottavio le sortit de ses pensées :

– J'ai une proposition à te faire. Nous allons tous partir à Manaus. Toi, le petit, le perroquet et moi.

M. Ruche sursauta :

– Mais tu es fou. Il n'en est pas question. Moi, je veux qu'on me foute la paix ; le tourisme du troisième âge, j'ai passé l'âge, tu m'entends. Et Perrette ? Elle va être folle d'angoisse. Elle va avertir la police, j'en suis sûr ; elle a tenu jusqu'à présent, mais...

Le visage de Don Ottavio se figea et d'une voix glaciale :

– Elle n'a pas du tout intérêt à le faire. Tout s'est très bien passé jusqu'ici...

– Ah, tu trouves !

– Dis-lui de ne pas faire de bêtises. Cela va bientôt être fini.

– Pourquoi aller là-bas ? revint à la charge M. Ruche qui avait compris qu'en réalité Don Ottavio avait pris sa décision et faisait comme s'il lui laissait le choix, comptant sur son intelligence pour comprendre qu'il valait mieux accepter de plein gré.

Tu le vois bien, il est complètement fermé, ce perroquet. Tu n'en tireras rien.

– Les spécialistes l'ont affirmé. Il faut le replonger dans son milieu, dans les lieux où il vivait avant qu'il perde la mémoire.

– Mais la maison a cramé, il n'en reste rien.

– Enfin, il a vécu cinquante ans dans les environs de Manaus, près de cette forêt, à deux doigts du fleuve. Même si la maison a brûlé, le lieu ressemble plus à l'endroit où il a vécu que ce château de Syracuse ou bien ta librairie à Paris, non ! Je t'en donne ma parole, si le perroquet ne parle pas là-bas, je vous laisserai repartir tous les trois. J'ai bien dit tous les trois, le perroquet aussi et tu n'entendras plus parler de moi.

– Et si je refuse d'y aller ?

– Je garde le perroquet. Et si je garde le perroquet, Max ne voudra pas le quitter.

– Tu es vraiment dégueulasse.

Ne sachant plus quoi dire, M. Ruche lança :

« Tu n'as pas le droit de garder le perroquet.

– Ah bon, parce qu'il t'appartient ? Où sont les certificats ? A qui l'as-tu acheté ? Tu n'as aucun titre prouvant quoi que ce soit concernant ce perroquet, mon pauvre Pierre Ruche.

M. Ruche était piégé, il aurait hurlé de rage. Don Ottavio avait tout prévu.

« Moi, par contre, poursuivit Don Ottavio, je suis parfaitement en règle. J'ai tous les certificats qu'il me faut.

Il gara la limousine sur le bas-côté. Du vide-poches, il retira une chemise de cuir, en sortit plusieurs feuilles d'allure officielle portant force tampons. Au moment où il allait les ranger, M. Ruche arrêta son geste. Il examina les pièces. Pour autant qu'il puisse en juger, c'étaient des pièces officielles, émanant des services d'hygiène et de l'office des douanes de Palerme. M. Ruche était coincé.

« Tu penses bien, les gens comme nous, nous sommes toujours en règle.

Et il redémarra.

M. Ruche se dit qu'il n'avait plus le choix, il fallait accepter d'aller à Manaus. Quitte ou double !

– Regarde !

Don Ottavio, détendu, désigna à quelques mètres de la rive un rocher à la forme étrange, évidé en son milieu et qui semblait reposer sur deux énormes pylônes.

« Le rocher des Deux Frères !

Après un moment :

« Le petit a été vraiment bien tout à l'heure. Il t'aime bien, ça se voit. Il a du respect et de l'affection pour toi. Tu as de la chance.

M. Ruche ne put s'empêcher de rétorquer :

– Ça ne s'achète pas. Comme les tableaux ou même comme les démonstrations mathématiques. Ça se gagne !

Don Ottavio accusa le coup.

– J'ai décidé d'assurer son avenir. Je vais lui léguer quelque chose.

– Tu as décidé ? Qui es-tu pour décider pour nous ?

– Pas pour vous. **Pour lui.**

– Nous n'avons pas besoin d'argent.

– Tu ne peux pas m'empêcher de lui léguer quelque chose.

– Tu ne peux pas nous obliger à accepter ton argent.

Don Ottavio faillit lui dire : « De toute manière, tu n'as

pas ton mot à dire, tu n'es pas de la famille. » Il se tut. Puis :

— Personne ne peut décider avant sa majorité. Il décidera alors. Peut-être à ce moment-là, on ne sait pas, les progrès de la médecine vont si vite… de toute façon, cela coûtera cher. De quel droit aujourd'hui te permets-tu de lui enlever cette possibilité !

A l'unique table du bar, Albert était assis devant un marsala. Ce n'était pas le premier verre. Le GTBM se dirigea vers la table et s'assit. Albert souleva tout juste la tête. Dans un français teinté d'accent sicilien, le GTBM demanda :

— Je pourrais savoir quelle est la marque de vos cigarettes ?

— De quoi vous mêlez-vous ?

Albert avait le regard menaçant et un peu flou des gens qu'on dérange dans un flip. La stature impressionnante de son interlocuteur lui ôta toute tentation de violence.

« Cela ne vous regarde pas.

- Aldo, sers un autre marsala à Monsieur…

Interrogeant Albert du regard :

« Monsieur ?

- Monsieur Albert, répondit Albert avec un regard noir.

— C'est à vous cette superbe 404 dehors ? Je suis amoureux de cette voiture. On n'en voit presque plus. Dieu sait qu'on en a des belles bagnoles ici, en Italie, mais on n'a jamais rien fait d'aussi réussi que celle-là.

Albert commença à se détendre.

— Vous êtes taxi, vous avez dû en faire des kilomètres ! continua l'autre.

— Pour ça, oui. Elle est fidèle, dit Albert.

Crachant son mégot dans le cendrier, il sortit son paquet de cigarettes, l'ouvrit et le tendit à son interlocuteur qui refusa.

– Je ne fume pas.

– Vous ne fumez pas ! Alors pourquoi voulez-vous savoir la marque de mes cigarettes ?

– C'est tout simple, j'avais une photo de vous avec un mégot au bec, et je ne savais pas de quelle marque était le mégot. A présent je le sais. Gitanes bleues !

Et il se leva.

Albert plaqua sa main sur son bras pour l'empêcher de partir. L'autre le regarda comme s'il avait été un insecte posé sur sa manche. Et il se dégagea délicatement.

– Ah, non. Vous ne pouvez pas vous arrêter là, insista tout de même Albert, avec un certain courage. Quelle photo ?

– Celle-là !

Le GTBM sortit de sa poche la photo de la pyramide du Louvre parue dans le journal japonais.

Albert se jeta dessus.

– Comment l'avez-vous eue ? Je n'ai jamais vu cette photo. Mais…

Il fit un effort.

« Je me souviens de quand c'était.

Le GTBM se cassa en deux et sur le ton du secret, dans le creux de l'oreille d'Albert, il glissa :

– C'est grâce à votre mégot que j'ai pu remonter la trace du perroquet, et de là jusqu'au gosse.

Albert se leva comme une fusée :

– Comment cela, comment cela, mon mégot ?

– Un matin, à l'aéroport de Roissy un passager qui venait de Tokyo… et que vous avez refusé d'embarquer… c'était moi, et le chauffeur avec son mégot au volant de la 404, c'était vous. Le même mégot que sur la photo !

– Merde, merde et merde !

Albert s'effondra sur sa chaise.

– Aldo, un autre marsala pour monsieur, dit le GTBM.

Albert le but d'une traite, noyé dans sa honte. Il était responsable de tous ces rapts et kidnappings. A cause de son putain de mégot. Sur l'instant – non sans avoir aspiré une dernière taffe – il prit une décision terrible. Il décida de s'arrêter de fumer !

– Tiens, voilà votre ami qui arrive, annonça le GTBM.

La limousine s'immobilisa devant l'entrée du bar. Albert se leva et se précipita vers M. Ruche qu'il aperçut à la fenêtre de la voiture.

Sans lui laisser le temps de dire un mot, M. Ruche déclara :

– Tout va bien, Albert. Nous allons prendre quelques jours de vacances à Manaus. Toi, tu rentres à Paris. Dis à Perrette qu'elle n'a vraiment aucun souci à se faire. Elle te croira plus facilement que moi. Je vais lui téléphoner, bien sûr.

– Et le petit ?

– Il est bien. Et toi, rentre doucement. Attention, ils conduisent comme des fous ici. A propos, toi qui voulais tant voir Syracuse, là, tu as eu tout le temps.

Albert ne dit pas à M. Ruche que, depuis son arrivée, il n'avait pas quitté la salle de ce maudit bar. Il était resté assis à cette table, à boire des marsalas, à se ronger les sangs et à attendre de leurs nouvelles. Il ne lui dit pas, comme l'acteur d'*Hiroshima mon amour* : « Je n'ai rien vu à Syracuse. »

En prenant le volant de la 404, Albert lut le nom de la place où il avait passé trois jours et trois nuits : piazza Archimède.

Quand les jumeaux apprirent que M. Ruche, Max et Nofutur s'envolaient pour l'Amazonie, ils surent que leur voyage à Manaus était définitivement tombé à l'eau. Fini le fleuve ! Fini la forêt !

CHAPITRE 25

Mamaguêna !

Le décollage fut très difficile pour Max. La pression lui déchira les tympans. Son visage se crispa, il ferma les yeux. Giulietta, qui s'était débrouillée pour s'asseoir à côté de lui, au grand dam du PTBM qui bouillait sur son siège, à l'arrière de l'appareil, remarqua sa souffrance. Cela lui pinça le cœur. Max respira profondément en gonflant le ventre comme Perrette le lui avait appris. Sa tension commença à lâcher.

Le jet privé affrété par Don Ottavio prit de la hauteur.

Nofutur, lui non plus, n'avait pas apprécié le décollage. Ses plumes s'étaient hérissées. Il s'était agrippé à son perchoir solidement fixé à l'accoudoir. En fait, c'était lui la vedette. Ne faisait-on pas le voyage uniquement pour lui ! Jamais, sans doute, oiseau fut plus courtisé. Et dire qu'il y en a qui osent vous traiter de « tête d'oiseau » pour vous dire que vous n'avez rien dedans ! Dans cette tête, il y avait deux des plus importantes démonstrations de l'histoire des mathématiques !

Juste derrière Max, le GTBM occupait deux places afin de pouvoir étendre ses longues jambes. Ainsi placé, il pouvait surveiller Nofutur.

Assis à côté, Don Ottavio et M. Ruche ne cessèrent pas de papoter pendant la plus grande partie du voyage.

Qui aurait tendu l'oreille les aurait entendu parler probabilités et différences entre « improbable » et « impos-

sible ». Chacun contant à l'autre sa surprise. Don Ottavio, lorsqu'il avait découvert que l'enfant qui s'était
emparé du perroquet de Grosrouvre vivait avec Pierre
Ruche. Et M. Ruche, lorsqu'il avait découvert que le perroquet rapporté à la maison par Max était celui de Grosrouvre. Évidemment, M. Ruche ne dit mot de l'enquête
et de sa stupéfaction lorsqu'il avait appris que celui qu'ils
nommaient entre eux « le fidèle compagnon », et qu'ils
cherchaient à identifier depuis des mois, était ce perroquet même.

C'était la rencontre inopinée entre Max et Nofutur qui
avait fait événement. Dans un touchant ensemble, Don
Ottavio et M. Ruche se retournèrent pour regarder les
deux protagonistes de l'histoire : séparés par le couloir,
Nofutur perché sur un accoudoir et Max assis dans son
siège.

Comment se faisait-il que, sans que nul ne l'ait décidé,
ni voulu, ni projeté, un perroquet de Manaus appartenant
à un vieux matheux chercheur d'or se retrouve dans une
librairie de Montmartre appartenant à son ami perdu de
vue depuis cinquante ans !

Pourquoi, ce matin d'août, Max avait-il pénétré dans ce
hangar des Puces ? On pouvait en remonter le fil des raisons. Pourquoi, ce même matin d'août, Nofutur se trou-
vait-il dans ce hangar ? On pouvait en remonter le fil des
raisons. Pourquoi le gamin et le perroquet se trouvaient-
ils au même endroit, au même moment ? On pouvait en
remonter le fil des raisons. Mais cela n'expliquait rien. Il
s'était bien produit un événement à la probabilité infime.
Mais pas nulle. Un événement totalement improbable.
Mais pas impossible.

Deux chemins partis du Tabac de la Sorbonne des
décennies plus tôt s'étaient rejoints là. Le premier, très
long, déroulant son fil jusque dans l'autre hémisphère,
pour revenir des lustres plus tard à quelques kilomètres

de son point de départ. Le second, infiniment plus court, avait, durant la même période, traversé Paris du sud vers le nord, en passant par Montmartre, pour aboutir au même lieu. Comme le petit et le grand arc d'un même cercle.

Machinalement, M. Ruche dessina sur sa serviette en papier.

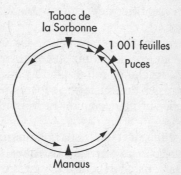

Pourquoi ces deux séries d'événements s'étaient-elles rejointes dans un hangar des Puces de Clignancourt à Paris ? De quelques façons qu'ils examinent les faits, ils ne trouvaient aucune explication. Les Puces, lieu s'il en est des rencontres improbables et souhaitées.

Faire défiler les deux suites de faits ne pourra pas rendre compte de leur croisement, ni expulser, ni épuiser, la dose de contingence de l'événement. On peut donner des raisons pour expliquer pourquoi il n'était pas impossible que la vie apparaisse sur la Terre, mais pas pourquoi elle est apparue. M. Ruche ne croyait ni en Dieu ni en la destinée. La rencontre aux Puces n'était écrite sur aucun Grand Livre, ne faisait partie d'aucun programme, elle aurait pu tout aussi bien ne pas se produire. Elle s'était produite de la manière la plus fortuite du monde. C'était ainsi et c'était beau, comme la rencontre fortuite sur une table d'opération d'un parapluie et d'une machine à coudre, avait dit Lautréamont. Qui était le parapluie ? Qui la machine à coudre ? M. Ruche se retourna en direction de Max et de Nofutur. Ils s'étaient endormis.

M. Ruche refusait une lecture du monde où chaque chose serait à SA place. A ce moment, il se souvint de la discussion avec Léa au sujet de la naissance des mathématiques grecques, quand il préparait ce succulent *osso bucco*. Il avait dit : « Lorsque quelque chose arrive, c'est qu'il y a des raisons. » Il aurait dû ajouter que ces raisons ne rendaient pas toujours raison.

Que ces deux fils déroulés à partir de la même source se rejoignent dans ce hangar avait fait court-circuit. Des plombs avaient sauté, les plongeant dans l'obscurité. Il avait fallu sortir les chandelles et s'éclairer avec d'autres lumières, et la réalité en avait été changée.

Alors que le jet se trouvait au milieu de l'Atlantique, à plusieurs milliers de kilomètres à l'est, Perrette, comme à son habitude au début de l'après-midi, déplia *Le Monde*. Après avoir jeté un regard sur le titre de la une, elle parcourut la première page. Soudain : « Non, ce n'est pas possible ! »

Au même moment, l'hôtesse servait un succulent repas aux passagers. Si l'on en juge par les plissements des yeux de M. Ruche dégustant sa première coupe, le champagne était de toute première qualité.

Par le hublot, il aperçut, tout en bas, à travers le tapis épais de la forêt, les larges méandres qui rallongeaient le cours de l'Amazone. π, les avait informés le conférencier-présentateur du palais de la Découverte.

Au fait, pourquoi Nofutur se retrouvait-il aux Puces de

la porte Clignancourt à Paris, à cette heure-là, alors que, au moment de l'incendie, quelques jours avant, il se trouvait dans la maison de Manaus ? C'était le maillon manquant. Don Ottavio répondit à la question.

– Je t'avais dit qu'en effet il y avait eu des trafiquants d'animaux dans cette histoire. C'est là qu'ils interviennent. Après l'incendie de la maison, dès que j'ai compris que Grosrouvre avait confié ses démonstrations au perroquet, on l'a cherché partout. Il avait disparu. En s'échappant de la maison, sans doute au moment où tout brûlait, il s'était réfugié dans le bar habituel de Grosrouvre. Là, il s'était mis à parler ; il paraît qu'on n'arrivait pas à l'arrêter. Personne ne comprenait ce qu'il disait. A une table, il y avait des trafiquants d'animaux. Ils venaient régulièrement en Amazonie pour se fournir en espèces protégées, interdites à la vente. Ils ont tout de suite compris quelle somme ils pourraient en tirer. Ils l'ont capturé. Quand on l'a su, c'était trop tard ; ils venaient de quitter Manaus. Oh, on n'a pas été longs à les retrouver ! Ils étaient à Paris, une plaque tournante du trafic d'animaux. J'ai envoyé deux de mes hommes. Ils se sont d'abord occupés des trafiquants, après du perroquet, ils l'ont récupéré. Et tout aurait pu se terminer là. Mais un de mes types, il se retourna, désigna le PTBM au fond de l'avion, a laissé échapper l'oiseau. Je l'aurais bien... mais c'est un tireur d'élite. C'est tout ce qu'il a pour lui, mais ça compte beaucoup dans notre métier. Bon, où j'en étais ? Ah oui, ce crétin l'a laissé échapper, ils l'ont poursuivi à travers les Puces jusque dans ce hangar. Ils étaient sur le point de mettre la main dessus quand ton... petit-fils leur est tombé dessus, un démon ! Tu connais la suite.

M. Ruche buvait du petit-lait.

Un peu plus tard, après que l'hôtesse l'eut aidé à se rendre aux toilettes et tandis qu'il se réinstallait dans son fauteuil, il pensa à ce qu'avait raconté Don Ottavio. Une chose l'intriguait concernant Nofutur. Après l'incendie, il s'était réfugié dans le bar de Grosrouvre et s'était mis à parler, personne ne pouvant l'arrêter... comme un magnétophone qui se dévide. C'était clair, Nofutur avait tout bonnement déliré ! Son amnésie n'avait pas été causée par le coup, physique, reçu aux Puces, comme tout le monde le croyait, mais par le choc, psychique, subi quelques jours avant au cours de l'incendie.

Le commandant de bord demanda aux passagers d'attacher leurs ceintures. Les repas furent desservis. Le jet entra dans une zone de turbulences.

Hagard devint le regard du PTBM. Des gouttes de sueur perlèrent sur son front. Dans l'un de ses pires cauchemars, qui revenait souvent, il se voyait aux commandes bloquées d'un avion kamikaze fonçant vers la tour du Shinjuku NS, en plein cœur de Tokyo, que lui avait décrite le GTBM.

L'hôtesse, qui savait repérer les passagers susceptibles de salir les fauteuils, lui tendit juste à temps un sachet dans lequel il se sépara bruyamment du caviar d'Iran qu'il venait de déguster. Puis on l'entendit ronfler.

Max ne ronflait pas. Sa tête balançait sur son torse. Doucement, Giulietta Mari le redressa. Il resta un moment appuyé contre le dossier, puis, insensiblement sa tête glissa et se posa sur l'épaule de Giulietta. Elle se figea, rougit, s'arrêta de respirer, de peur que le moindre mouvement ne lui fasse changer de position. Sa crinière rousse lui effleurait le visage. Depuis combien d'années n'avait-elle pas été aussi heureuse ?

Manaus. La ville de légende. Ils passèrent leur première nuit dans un grand palace. De sa splendeur du début du siècle, le bâtiment avait gardé de beaux restes.

Une information faisait la une de tous les journaux : La disparition du petit ara bleu. Don Ottavio montra le journal à M. Ruche qui passa le journal à Max.

« Toujours aucune nouvelle du petit ara bleu !

Les recherches pour retrouver le petit ara bleu n'ont toujours rien donné. Force est de constater que cette disparition fait suite aux tentatives, l'an dernier, d'accoupler, contre son gré, le précieux volatile à une femelle élevée en captivité et remise en liberté pour l'occasion. »

L'article rappelait les faits.

« L'ara de Spix ou petit ara bleu, reconnaissable à sa tête délicatement argentée, est le perroquet le plus rare du monde. On n'en connaît qu'un seul spécimen en liberté. Les experts qui l'avaient repéré surveillaient depuis des années ses déplacements dans une zone bien délimitée. Il avait pris l'habitude de s'accoupler avec d'autres races de perroquets de la région. Afin de lui assurer une descendance, les experts ont cherché dans le stock des 17 femelles petits aras bleus qui vivent actuellement en captivité. Avant de lâcher la promise dans les parages, à son intention, en pleine nature, celle-ci avait dû subir une sévère rééducation : apprendre à chercher sa nourriture toute seule, s'entraîner à de longs vols, vivre seule.

Or il semblerait que cette compagnie imposée n'ait pas eu l'heur de plaire, et que le petit ara bleu ait préféré s'enfuir dans un autre coin de la forêt brésilienne, probablement en compagnie d'une femelle ara macaréna, variété plus commune, mais librement choisie. Depuis, le petit ara bleu a disparu. La promise dédaignée, elle, est retournée au zoo. »

Max décida de ne rien dire à Nofutur.

Tôt le lendemain, ils partirent en direction de la propriété de Grosrouvre. Elle était située le long du fleuve, dans une trouée de la forêt. Elle avait dû être une somptueuse *fazenda*. De la maison elle-même, que Max avait vue sur le petit film dans le studio de Don Ottavio à Syracuse, il ne restait que des ruines. Seule une dépendance, à quelque distance, avait été épargnée par les flammes. Elle était occupée par des Indiens.

Deux superbes vans grands comme des wagons étaient garés près de l'eau. Ce serait leur logement. Don Ottavio voulut commencer immédiatement l'interrogatoire de Nofutur. Il était confiant, ayant mis cette fois toutes les chances de son côté ainsi que les spécialistes de l'amnésie le lui avaient recommandé. Le perroquet se trouvait enfin dans le lieu même où il avait vécu durant plus d'un demi-siècle. Là où Grosrouvre lui avait transmis les démonstrations. C'était cette fois… ou jamais !

Max commença à lire une liste de mots, un peu différente de celle de Syracuse.

M. Ruche s'apprêta à pénétrer dans l'un des vans, il était fatigué. Une Indienne d'une cinquantaine d'années se dirigea vers lui.

– C'est vous l'ami de Monsieur Elgar, celui de Paris ? A la fin il me parlait beaucoup de vous, au début, jamais.

Elle regarda le fauteuil.

« Il ne m'a pas dit pour les jambes.

Elle s'assit à terre en ramenant son vêtement sous elle. Sans regarder M. Ruche, les yeux perdus, elle se mit à parler :

« Quand il est arrivé dans notre village, là-bas, dans la forêt, j'étais une petite fille. Au milieu de la place, il y avait un géant, sale, avec une barbe. Il était beau ! C'était un saigneur de caoutchouc, un *seringueiro*, un métier dur, saigner les hévéas toute la journée. Mais lui, c'était une force, avant d'être fatigué, il en faisait des arbres !

Les autres sont des sauvages, ils n'aiment pas les Indiens, ils nous traitent pas bien. Lui, il n'était pas comme eux. Jamais de menace, jamais il ne prenait par la force. Il aurait pu, dit-elle, avec une fierté non dissimulée. Quand il prenait, il payait.

Il est revenu plusieurs fois et il s'est installé ; il a été comme nous, les Indiens. Il était aussi pauvre que nous. Moi j'ai grandi. Il avait la tête, elle fit un geste vers le lointain, la tête partie, ça se voyait. Il écrivait sur des papiers qu'il mettait dans la poche de son pantalon. On aurait dit que ça lui faisait du bien. Le sorcier a dit : « C'est ses herbes à lui. »

Un jour, il m'a dit : "Je vais dans la rivière de l'or. Je vais chercher de l'or et des diamants." Il est devenu *garimpeiro*, je ne l'ai plus revu pendant des années. J'étais devenue une jeune fille ; on disait : "Elle n'est pas laide, Mélissa." Mes parents voulaient que je me marie. J'ai refusé.

Et puis, un soir, il est sorti de la forêt. Je ne l'ai pas reconnu. Il était tout propre, plus de barbe, on aurait dit qu'il était plus grand encore qu'avant. Je l'ai suivi à Manaus. Il a gagné de l'argent. Beaucoup ! Il achetait tout le temps des livres. C'était bien, nous deux. Et puis, quelque chose a commencé à lui manger la tête. La nuit, il ne venait plus me rejoindre. Il écrivait dans sa chambre en haut jusqu'au matin. Et le matin il s'endormait. Mamaguêna ne le quittait jamais. J'étais jalouse.

Mélissa parla longtemps. Elle dit qu'après la disparition de Grosrouvre, c'est à cause de sa fille qu'elle n'était pas retournée dans son village.

« Dès qu'elle prend un mari, je retourne chez moi, dans la forêt. Tiens, la voilà, ma fille !

Une jeune femme marchait en direction de la route, une superbe métisse, grande, élancée, corps de liane, une vingtaine d'années.

— Sorbonne ! appela Mélissa.

La jeune fille fit un signe pour dire qu'elle était pressée et s'éloigna.

— Comment l'avez-vous appelée ? demanda M. Ruche.

— Sorbonne !

Devant le visage surpris de M. Ruche, elle expliqua :

— Monsieur Elgar disait tout le temps : « Qu'est-ce qu'elle était belle, la Sorbonne ! Qu'est-ce qu'elle était belle, la Sorbonne ! » Alors, quand ma fille est née, je l'ai appelée Sorbonne. Pour qu'elle soit la plus belle de toutes !

M. Ruche éclata de rire. Plus ému qu'il ne voulait le laisser paraître, il suivit des yeux le déhanchement de la belle Sorbonne, trottant vers un vieil autocar bariolé qui klaxonnait sur la route.

M. Ruche pénétra dans le van. Luxe inouï, climatisation et tout le confort. Il s'allongea dans un lit moelleux et s'endormit sur-le-champ.

Quelqu'un le secouait. Giulietta Mari était penchée sur lui :

— Don Ottavio vous demande. Il faut venir. Il ne va pas bien.

Elle le conduisit dans l'autre van et sortit, le laissant seul avec Don Ottavio. Il était allongé, le visage livide.

— Ah, Pierre Ruche. Je voulais te dire une chose… c'est important que tu le croies. Je n'ai pas mis le feu à la maison, je n'ai pas tué Elgar. Oh, il m'a fait enrager à ne pas me donner ses démonstrations. Tu t'imagines ? Me préférer un perroquet ! Je ne sais pas ce qui est arrivé, un accident, avec tous ses livres.

Il s'arrêta, reprit sa respiration :

« Tu crois que c'est lui, qu'il l'a fait exprès ?

Il porta la main à sa poitrine.

— Il faut appeler un docteur.

— Laisse, Pierre Ruche ! Un moment arrive où on a

beau se multiplier, on ne va pas plus loin. Je savais bien, il ne fallait pas que je quitte la Sicile. Ça va faire comme avec mon père. Je vais crever loin de chez moi. On se débrouille toujours pour qu'il arrive ce qu'on redoute le plus.

– Moi aussi je voulais te dire quelque chose, lui confia M. Ruche en se penchant vers lui : Elgar avait repris contact avec moi. Oh, il n'y a pas longtemps.

– Tu crois que je ne le sais pas ? J'ai fait mon enquête dès que j'ai appris que tu étais dans cette histoire. J'ai su qu'il t'avait envoyé sa bibliothèque.

M. Ruche le regarda, stupéfait, et rougit.

– Tu mens assez bien, Pierre Ruche. C'est la philosophie qui te l'a appris ? Je croyais qu'elle apprenait la vérité.

Il s'arrêta, épuisé. Puis :

– Prends bien soin de la bibliothèque, c'est tout ce qui restera de lui. Je crois que le perroquet ne parlera pas.

Un coup de feu claqua tout près. M. Ruche regarda vers la fenêtre, inquiet.

– Pierre, va voir ce qui se passe, demanda Don Ottavio d'une voix basse.

M. Ruche quitta le van aussi vite qu'il put. A une cinquantaine de mètres, il y avait un attroupement.

Quelques instants auparavant, Max était avec Nofutur quand le PTBM est arrivé, très excité, et s'en est pris au perroquet :

– Alors, coco, tu n'as pas parlé ! Tu te fous de nous ! Regarde dans quel état tu as mis le patron.

Sa fureur est montée d'un cran :

« Si tu ne parles pas et qu'il lui arrive quelque chose, tu ne parleras plus jamais.

Il avança la main pour saisir Nofutur.

– Laisse-le ! cria Max.

– Oh, ferme-la, toi.

Nofutur qui voletait autour de lui, se mit à crier.

— Ferme-la, ferme-la ! Fermat, Fermat !

Et puis il s'envola.

— Reviens, reviens, supplia le PTBM épouvanté, se rendant compte de la bêtise qu'il venait de commettre.

Max cria :

— Non, Nofutur, j'ai promis...

Mais Nofutur n'entendait plus rien. Il s'élevait dans les airs en direction de la forêt, et dans un énorme éclat de rire, il cria une fois encore : « Fermat, Fermat ! »

Dans le ciel d'Amazonie disparaissaient les démonstrations des deux conjectures...

— C'est qu'il fout le camp, ce con ! Il va aller raconter tout ce qu'il sait partout !

Le PTBM sortit son revolver, visa et tira. C'est le coup de feu que Don Ottavio avait entendu.

Max se jeta sur le PTBM pour l'empêcher de tirer à nouveau. Le PTBM le repoussa violemment. C'était trop tard. Max se figea. Dans le ciel, Nofutur s'était arrêté de voler. Il tomba comme une pierre et disparut dans les grands arbres entourant la maison.

— Tu l'as tué, salaud, tu l'as tué ! hurlait Max qui attrapa un caillou.

Le PTBM qui, comme Max, avait vu Nofutur tomber dans les arbres, maugréa entre ses lèvres :

— Tu n'iras rien raconter à personne maintenant !

Réalisant ce qu'il venait de dire, son visage devint livide. Il se rendit compte de ce qu'il avait fait. Une énorme connerie ! Que Don Ottavio ne lui pardonnerait pas et qui risquait de lui coûter la vie. Il se mit à trembler, menaça Max avec son revolver et Max qui continuait à hurler :

— Tu l'as tué, tu l'as tué !

Il s'affola, son doigt tremblait sur la gâchette. Le PTBM entendit un bruit derrière lui. Il n'eut pas le temps de se retourner. Il tomba, assommé.

Giulietta Mari, une matraque à la main, se précipita :

— Tu n'as rien mon petit, tu n'as rien ?

— Merci, madame, dit Max en se relevant.

Il souriait. Giulietta Mari crut qu'il lui souriait. Allongé sur le sol, il avait eu le temps d'apercevoir quelque chose comme Nofutur réapparaître au-dessus des arbres, à l'endroit où il l'avait vu tomber, et s'éloigner vers la forêt profonde.

Max ne dit rien de ce qu'il avait vu à M. Ruche. Ce serait son secret, à lui ! M. Ruche pensa que, Nofutur disparu, il n'était plus nécessaire d'apprendre à Max qu'il s'appelait Mamaguêna. Il fut quand même étonné du peu de tristesse de Max, qu'il mit sur le compte de son habituelle réserve.

M. Ruche se dirigea vers le van, il fallait aller rapporter à Don Ottavio ce qui venait de se passer. M. Ruche poussa la porte du van. Sur le lit, Don Ottavio était mort.

Sur la table de nuit, un papier griffonné de sa main. La porte s'ouvrit, Mélissa se glissa dans le van, essoufflée. Elle se pencha et doucement à l'oreille de M. Ruche, à cause du mort :

— Y a un message de votre hôtel. Il faut téléphoner tout de suite à Paris, madame Perrette. Elle a dit que c'est urgent.

Urgent ! Le cœur de M. Ruche bondit. Après la mort de Tavio et l'assassinat de Nofutur…

Giulietta proposa de le conduire à l'hôtel.

Le préposé composa le numéro des *Mille et Une Feuilles*.

— Allô, Perrette, ici M. Ruche !

A Paris, on était en pleine nuit. Il l'avait réveillée. Elle se dressa sur son lit :

— Il est arrivé quelque chose au petit ? demanda-t-elle.

— Mais non, calmez-vous. C'est vous qui m'avez demandé

de vous appeler d'urgence. Il est arrivé quelque chose aux jumeaux ?

— Non.

— La Bibliothèque ?…

Il pensa immédiatement au feu.

— Non. Si vous me laissiez parler. Sur le journal, en première page, j'ai lu…

M. Ruche écouta. Il blêmit :

— Nom de nom ! Pour une tuile, c'est une tuile !

Giulietta le regarda, interrogative. M. Ruche appuya sur la touche pour qu'elle puisse entendre :

— « Le dernier Théorème de Fermat vient d'être démontré, disait Perrette, lisant l'article du *Monde*. Un mathématicien anglais, Andrew Wiles, vient de démontrer la plus célèbre conjecture de l'histoire des mathématiques… »

Giulietta appuya sur la touche du récepteur. La voix de Perrette disparut.

Tout doucement, pour elle-même, elle dit :

— Heureusement que le patron est mort sans avoir su la nouvelle.

Avec un petit sourire triste, elle ajouta :

« Ça l'aurait achevé.

CHAPITRE 26

Les pierres du gué

Rue Ravignan. *Les Mille et Une Feuilles*, 9 heures du soir. Il fallait fêter dignement le retour de Max et de M. Ruche.

Le repas fut somptueux.

Au dessert, Perrette prit la parole de façon assez solennelle :

— Nous sommes à nouveau réunis. Bien sûr, il manque Nofutur. Il nous manque. Voilà venu le temps de faire le point. Deux des TPRR sont résolus. Pas par nous, je vous l'accorde, mais ils le sont. Concernant le troisième, les causes de la mort de Grosrouvre, M. Ruche vient de nous révéler ce que Don Ottavio lui a confié : l'incendie n'est pas d'origine criminelle. Il ne reste que l'accident ou le suicide. Dans l'état actuel de nos informations, rien ne nous permet d'opter pour l'une ou l'autre de ces deux hypothèses.

Il reste, par contre, un problème totalement ouvert. Grosrouvre a-t-il résolu les deux conjectures ? Au cours de la période troublée qui vient de s'écouler, j'ai essayé d'avancer sur cette question. Deux arguments militaient *a priori* pour répondre par la négative : l'âge de Grosrouvre et le fait qu'il était totalement isolé des autres mathématiciens. Je me suis renseignée sur Andrew Wiles.

Alors qu'il est de bon ton d'affirmer qu'un mathématicien doit avoir bâti son œuvre à 25-30 ans au plus tard, j'ai appris que A. Wiles avait une quarantaine d'années quand il a résolu le DTF ; Grosrouvre, lui, n'en avait pas plus d'une soixantaine.

D'autre part, concernant son isolement, que nous disiez-vous, M. Ruche ? En dehors du temps où ils travaillent seuls, debout devant leur tableau noir, assis devant une feuille blanche ou devant un écran d'ordinateur, les mathématiciens passent une bonne partie de leur temps dans des séminaires, des colloques, des symposiums, des congrès internationaux, et encore plus régulièrement dans les réunions hebdomadaires des départements ou des centres de recherches auxquels ils sont rattachés. Ils discutent, parlent de l'avancée de leurs travaux, testent leurs idées nouvelles auprès de leurs collègues. Bref, ils échangent, et ils échangent publiquement.

Alors qu'un homme perdu au fond de la forêt amazonienne, ne communiquant directement avec aucun autre de ses collègues, réussisse là où des centaines de mathématiciens, parmi les plus doués de l'Histoire, ont échoué – vous aviez du mal à y croire. N'est-ce pas ?

M. Ruche confirma, encourageant Perrette à poursuivre.

« J'ai appris, déclara Perrette, que, bien qu'étant attaché à une université, A. Wiles n'a, durant les sept années qui ont précédé l'annonce de son succès, participé à aucun séminaire, à aucune rencontre, à aucun congrès. Il n'a pas non plus fait de publications dans des journaux spécialisés. Au point que ses collègues le croyaient perdu pour la recherche. C'est donc sans rapports intimes et continus avec la communauté mathématicienne qu'il a résolu le DTF. Ses seuls liens avec les autres chercheurs se trouvaient dans la lecture des ouvrages et des revues.

Et Grosrouvre ? Nous avons ici la BDF. Elle est certes composées d'ouvrages anciens de collection d'une inesti-

LE THÉORÈME DU PERROQUET

mable valeur, mais elle contient également de nombreux
livres récents. On sait qu'en ce domaine les livres sont en
retard sur l'actualité, qu'ils sont toujours précédés par les
revues spécialisées où sont publiées les dernières
recherches. C'est même la publication dans l'une de ses
revues de prestige qui fait date. C'est elle qui permet
d'attribuer la paternité d'une découverte à son ou ses
auteurs…

— Parce que les chercheurs ne gardent pas secrets leurs
résultats, comme Grosrouvre, rappela Léa.

— C'est vrai. Mais concernant Wiles, j'ai appris… (Elle
s'interrompit, ménageant son effet.) … j'ai appris qu'il a
travaillé dans le plus grand secret et que, durant ces sept
années, il n'a publié aucun résultat intermédiaire concernant ses recherches. Recherches dont personne dans son
entourage n'avait lu une seule ligne avant qu'il ne les
rende publiques.

— Mais il les a publiées !

— Revenons à Grosrouvre. Il était abonné à la plupart
des revues internationales de mathématiques. J'ai la liste.
Tout à l'écart du monde qu'il ait été, Grosrouvre était
donc au courant de ce qui se faisait en mathématiques.
Avec, tout au plus, quelques mois de retard sur les autres
mathématiciens. L'argument de l'isolement n'est donc
pas rédhibitoire et ne constitue pas une raison suffisante
pour rendre impossible le succès de son entreprise.

On aurait dit qu'elle plaidait. Mais contre qui ?

Quelles étaient les thèses en présence et qui les soutenait ?

J-et-L pensaient, et désiraient, que Grosrouvre n'ait pas
résolu les deux conjectures. Ils ne lui pardonnaient pas le
secret. Mais ils ne pouvaient pas aller plus loin : à présent, ils savaient combien il est difficile de prouver une
impossibilité, même dans la vie.

M. Ruche était partagé. Au début, il était persuadé que

Grosrouvre les avait résolues. Puis, le temps passant, prenant conscience de l'extrême difficulté des deux problèmes posés, il s'était convaincu que Grosrouvre n'avait pu les résoudre.

Quant à Max, il s'en fichait. Pour lui, il y avait des tas de choses plus importantes dans la vie. Et il avait décidé de décider lui-même de ce qui était important. Dans la liste, ni le DTF ni la conjecture de Goldbach ne figuraient.

Et Perrette?

Justement. Elle était en train d'en parler :

– Dès que M. Ruche a reçu la seconde lettre, j'ai pensé que Grosrouvre avait eu besoin des conjectures pour survivre à Manaus : il s'était fabriqué un mythe auquel il avait besoin de croire. Il était donc convaincu d'avoir vraiment démontré les conjectures. Et puis quelqu'un d'autre s'est mis à y croire : Don Ottavio ! C'est le fonctionnement du mythe, il faut que d'autres y croient. Et le mythe s'est propagé jusqu'ici, à des milliers de kilomètres.

Dans un premier temps, je me suis dit qu'il n'était pas important de savoir si Grosrouvre avait démontré les deux conjectures. Parce que, dans le mythe, la question de la vérité n'est pas essentielle. Quand vous étiez à Syracuse tous les deux, j'ai radicalement changé de point de vue, j'ai, comment dire, endossé la position des mathématiques, il est étonnant que ce soit moi qui l'ait fait. Pour elles, la question de la vérité n'est pas du tout inimportante ; elle est capitale. Je me suis dit qu'il fallait savoir ce qu'il en était.

La sonnette de l'entrée retentit.

– A cette heure-ci ? s'étonna M. Ruche.

Jonathan descendit ouvrir et revint avec Albert et Habibi qui entrèrent, goguenards : « On a vu de la lumière, alors on a sonné ! » M. Ruche eut un petit pincement de cœur en se souvenant de la dernière fois où il avait entendu cette réplique.

– On est venus fêter votre retour, on n'a pas pu venir plus tôt.

Léa leur servit à boire.

« Vous étiez en pleine discussion, continuez, continuez, dirent-ils.

Max quitta la table en jetant un regard triste à l'endroit où durant plus de six mois s'était élevé le perchoir de Nofutur et s'enferma dans sa chambre.

Perrette reprit. Elle raconta les deux tas de revues de la BDF et les articles soulignés.

– Je me suis dit que c'était peut-être les signes que je recherchais, les indices que Grosrouvre vous avez envoyés. Mais comment savoir ? Et il y a eu la nouvelle de la résolution du DTF par A. Wiles. A présent que l'on savait comment quelqu'un s'y était pris pour faire cette démonstration, on était un peu plus avancé. Bien sûr, il y a parfois plusieurs moyens de démontrer un résultat, mais quand même. Je tenais un fil. Qui interroger ? Je ne connais aucun mathématicien. J'ai pensé au conférencier du palais de la Découverte, vous vous souvenez ?

J'ai recopié les titres de tous les articles soulignés de chacune des piles et je suis allée le voir, je lui ai demandé s'il y avait un lien entre ces listes d'articles et la démonstration de A. Wiles. Il a été surpris de ma demande. Il était pressé, un groupe de visiteurs l'attendait dans la salle π. Je lui ai laissé mon téléphone.

Le lendemain, le téléphone a sonné. Je me suis précipitée au palais de la Découverte. Il m'attendait. Et il m'a annoncé : « Chacun des articles consignés dans cette liste – il me montrait la plus longue – contient les résultats, ou les méthodes, ayant servi à Wiles pour établir sa démonstration ! »

Je lui ai demandé ce que cela signifiait. Il m'a répondu

par une image. « Imaginez une rivière réputée infranchissable. Dans l'une des listes que vous m'avez présentée, il y a les pierres du gué. Toutes ! Et nous savons que c'est un gué, puisque Wiles, en l'empruntant, est effectivement parvenu à atteindre l'autre rive. » Voilà ce qu'il m'a dit.

Perrette s'enflamma :

« Ce qui veut dire que Grosrouvre avait découvert tout seul l'emplacement du gué. L'a-t-il effectivement emprunté ? C'est vraisemblable. Mais, l'ayant emprunté, est-il parvenu sur l'autre rive, ou bien s'est-il noyé en chemin ? Rien ne prouve qu'il a atteint l'autre rive, rien ne prouve qu'il s'est noyé. Rien ne prouve qu'il a effectivement démontré le DTF, mais…

Elle faillit s'arrêter là. C'en était assez d'un secret, cette fois elle parlerait.

« On s'est revus, il viendra manger un soir. Je lui ai demandé pour la deuxième liste.

– Alors ? demanda Jonathan excité.

– Les articles consignés concernent tous la conjecture de Goldbach ! répondit Perrette.

– « Les articles soulignés sont-ils les pierres du gué qui ont permis à Grosrouvre de traverser la rivière de l'or. »

Ce n'était pas une question.

La lumière s'éteignit.

Habibi et Albert se marraient comme des baleines et criaient :

– On a vu de la lumière, alors on est entrés !

La porte de la chambre de Max s'ouvrit. Max apparut, éclairé comme à la fête. Il marchait doucement, portant un énorme gâteau dans lequel était plantée une forêt de bougies.

Les cris fusèrent :

– Bon anniversaire !

Max avança vers M. Ruche avec le gâteau illuminé de 85 bougies. Diophante, al-Khayyām, Grosrouvre ! M. Ruche avait atteint sa quatre-vingt-cinquième année ; triomphant, les doigts dans le nez, de la loi des séries.

Dans sa poche, sur le papier griffonné de Manaus, Don Ottavio avait écrit : « Dans l'incendie de Crotone allumé par Cylon, un des pythagoriciens est parvenu à s'échapper. Gr... » M. Ruche décida de ne parler de ce mot à personne. Ce serait son secret, à lui.

La conférence des oiseaux

Le soir tombait. Au moment où dans la plupart des coins du monde les lions vont boire, et que dans la forêt s'apaisent les bruits, au milieu de cette clairière au cœur de la jungle amazonienne, le silence se fit.

Une voix cassée s'éleva.

Haut perché sur le faîte d'un éminent hévéa, Mamaguêna, alias Nofutur, s'était mis à parler. Ne répétant pas, ne rapportant pas, n'informant pas, ne renseignant pas. Il raconta. Plus exactement, il démontra…

Toutes les branches alentour étaient occupées. Des dizaines d'oiseaux, de toutes espèces, de toutes tailles, de toutes couleurs, de toutes plumes, se tenaient cois, attentifs. Sur une branche proche, lui faisant face, un superbe petit ara bleu, à la tête argentée, couvait du regard Mamaguêna.

Dans un silence respectueux se poursuivit longtemps la conférence aux oiseaux. Ligne après ligne, Nofutur restituait les deux démonstrations interminables que Grosrouvre lui avait confiées. Le soir tomba vite. La lune monta aussi vite et se plaça de manière à éclairer la clairière. Tout à coup, l'un des auditeurs se mit à piailler, agitant les ailes, faisant un boucan d'enfer. Toutes les têtes se tournèrent d'un air désapprobateur. Il continua. Nofutur, troublé, s'arrêta. Le perturbateur avait-il, dans la démonstration de Grosrouvre sur la conjecture de Goldbach, peut-être, décelé une erreur fatale…

Glossaire

BDF	Bibliothèque de la Forêt
BN	Bibliothèque nationale
CNAM	Centre national des arts et métiers
CQFD	Ce qu'il fallait démontrer
DTF	Dernier théorème de Fermat
GDB	Gueule de bois
GTBM	Grand type bien mis
HP	Haut-Parleur
IMA	Institut du monde arabe
J-et-L	Jonathan-et-Léa
N et L	Newton et Leibniz
PDF	Pascal-Descartes-Fermat
PDLD	Palais de la Découverte
PGCD	Plus grand commun diviseur
PPCM	Plus petit commun multiple
PTBM	Petit type bien mis
TPRR	Trois Problèmes de la rue Ravignan
πR	Pierre

Avec mes remerciements à

(par ordre d'entrée en pages)

Omar al-Khayyām
Nasīr al-Dīn al-Tūsī
Niccoló Fontana, dit Tartaglia
Pierre Fermat
Leonhard Euler
Thalès
Pythagore
Philolaos de Crotone
Hippase de Métaponte
Hippocrate de Chios
Archytas de Tarente
Parménide
Zénon
Hippias d'Élis
Platon
Eudoxe
Antiphon
Théodore de Cyrène
Thééthète
Aristote
Ménechme
Autolycos de Pilane
Euclide
Appolonios de Perge
Archimède
Hipparque
Théodose

Héron
Ménélaos
Claude Ptolémée
Nicomaque de Gérase
Théon de Smyrne
Pappus
Diophante d'Alexandrie
Théon d'Alexandrie
Hypatie
Proclus
Boèce
Bhaskara
Ahmès
Āryabatha
Brahmagupta
Jiuzhang Suanshu
al-Khwārizmī
abū Kāmil
al-Karagi
al-Fārisī
al-Kāshī
al-Fārābī
Les trois frères Banu Musa
Thabit ibn Qurra
Abū al-Wafā
al-Nayrīzī
al-Khujandı

al-Bīrūnī
Ibn al-Haytham
Ibn al-Khawwām
al-Samaw'al
Sharaf al-Dīn al-Tūsī
Hasbash al-Hāsib
Anton Maria Del Fiore
Jérôme Cardan
Ludovico Ferrari
Raffaelle Bombelli
John Napier
François Viète
Simon Stevin
Albert Girard
Thomas Harriot
William Oughtred
René Descartes
Bonaventura Cavalieri
Gilles Persone de Roberval
Grégoire de Saint-Vincent
Gottfried Wilhelm Leibniz
Isaac Newton
Gérard Desargues
Blaise Pascal
Philippe de La Hire
Jean Le Rond D'Alembert
Alexis Claude Clairaut
Abraham De Moivre
Gabriel Cramer
Gaspard Monge
Joseph Louis Lagrange
Pierre-Simon Laplace
Adrien Marie Legendre
Augustin Cauchy
Jean-Baptiste Fourier
Niels Abel
Évariste Galois
Michel Chasles
Félix Klein
Carl Friedrich Gauss

Nicolas Ivanovitch Lobatchevski
Janos Bolyai
Bernhard Riemann
George Boole
Georg Cantor
David Hilbert
Iwasawa
Eugène Charles Catalan
Eratosthène
Abu Nasr
al-Yazdi
al-Kindi
Leonardo Bigollo, dit Fibonacci
Luca Pacioli
Scipione Del Ferro
Annibal de la Nave
Robert Recorde
Johan Widmann
Christoff Rudolff
John Wallis
Nicolas Chuquet
Lazare Carnot
Alexandre Vandermonde
Condorcet
Jean-Baptiste Delambre
Jean Victor Poncelet
Sophie Germain
Siméon Denis Poisson
Evangelista Toricelli
le marquis de l'Hospital
Christian Huygens
Isaac Barrow
Christopher Wren
James Gregory
Brook Taylor
Colin Mac Laurin
Régiomontanus
Métrodore
Zu Chongshi

AVEC MES REMERCIEMENTS À

Ludolph van Ceulen
William Brouncker
William Rutherford
William Shanks
Claude Mydorge
I.M. Vinogradov
Chen Jing-Run
Gabriel Lamé
Peter Gustav Lejeune-Dirichlet
Ernst Kummer
Bernard Frénicle de Bessy
Noam Elkies

de Cusa
Oronce Fine
Charles de Bovelles
le père Leuréchon
Logomontanus
Michael Stiefel
Wantzel
Johan Heinrich Lambert
Lindemann
Andrew Wiles
Gorro Shimura
Barry C. Mazur

Table

La Révolution des savants
Gallimard, « Découvertes », n° 48, 1988

L'Empire des nombres
Gallimard, « Découvertes », n° 300, 1996

**La gratuité ne vaut plus rien
et autres chroniques mathématiciennes**
*Seuil, 1997
et « Points », n° P 783*

La Mesure du monde / La Méridienne
Robert Laffont, 1997

Génis ou le bambou parapluie
*Seuil, 1999
et « Points », n° P 867*

Le Mètre du monde
Seuil, 2000

One zéro show
*Théâtre
Seuil, 2001*

**La Bela
Autobiographie d'une caravelle**
*Illustration, Jöelle Jolivet
Seuil, 2001*

RÉALISATION : PAO ÉDITIONS DU SEUIL

GROUPE CPI

Achevé d'imprimer en juin 2002 par
BUSSIÈRE CAMEDAN IMPRIMERIES
à Saint-Amand-Montrond (Cher)
N° d'édition : 42785/6. - N° d'impression : 022850/1
Dépôt légal : septembre 2000.
Imprimé en France

Collection Points